天纵才情，似水流年。

三位民国奇绝才女，三个婉

转轻舞人生。她们只是回眸

一笑，便醉了人间。

民国三大才女

林徽因　张爱玲　陆小曼

姜雯漪　含瑛　艾平　著

江西美术出版社
全国百佳出版单位

图书在版编目（CIP）数据

民国三大才女：林徽因、张爱玲、陆小曼 / 姜雯漪，
含瑛，艾平著 . -- 南昌：江西美术出版社，2019.1
　　ISBN 978-7-5480-6847-1

Ⅰ . ①民… Ⅱ . ①姜… ②含… ③艾… Ⅲ . ①传记文
学－作品集－中国－当代 Ⅳ . ① I25

中国版本图书馆 CIP 数据核字（2019）第 024029 号

出 品 人：周建森
企　　划：北京江美长风文化传播有限公司
责任编辑：楚天顺　朱鲁巍　　策划编辑：朱鲁巍
责任印制：谭　勋　　　　　　封面设计：施凌云

民国三大才女：林徽因、张爱玲、陆小曼

MINGUO SAN DA CAINÜ LIN HUIYIN ZHANG AILING LU XIAOMAN

姜雯漪　含瑛　艾平　著
出　　版：江西美术出版社
社　　址：南昌市子安路66号　　　邮编：330025
网　　址：http://www.jxfinearts.com
电子信箱：jxms@jxfinearts.com
电　　话：010-82093785　　0791-86566124
发　　行：010-58815874
经　　销：全国新华书店
印　　刷：北京德富泰印务有限公司
版　　次：2019年1月第1版
印　　次：2019年1月第1次印刷
开　　本：889mm×1194mm　1/32
印　　张：22
Ｉ Ｓ Ｂ Ｎ：978-7-5480-6847-1
定　　价：39.80元

　　民国才女，穿着旧式旗袍却读着新式文章的传奇女子。她们是民国最有范儿的女子，是令人遐想的风流人物。她们用一生的辉煌成就了一段段传奇，用无与伦比的美丽跨越了百年的风雨。她们精彩的故事或充满温情，或留有遗憾，或激昂高亢，或低调回旋。她们就像一颗颗耀眼的明珠，光芒四射、熠熠生辉。走近她们，也就走近了高贵的心灵。

　　林徽因，一个集美貌与智慧、感性与理性于一身的传奇女子，在才女辈出的民国，无疑是无数人心中温暖和温柔的印记。她是一个女人、一个母亲、一个作家、一个建筑学者。她才华横溢，风姿绰约，曾令徐志摩神魂颠倒，曾令金岳霖终身不娶，也曾令梁思成呵护一生，以至于"几乎妇女全把她当作仇敌"。她像一个不食人间烟火的仙女，在

1

诗文中游走，在古建筑里穿行，漫步于红尘之上，从容淡定，与世无争。世间女子，纷丽多姿，唯独有她，哀艳如诗。

张爱玲是傲然于世的海上花，才华横溢，惊艳文坛。一直以来，她都是特立独行的人物，有着说不尽的话题，她像一部未完的《红楼梦》一样，引得世人对她进行各种解读。有人说她是个天才，才情纵横；有人说她性情孤僻冷傲，不近人情；有人说她痴心，被人伤害了却不知反抗……终其一生，她横空出世地来，旁若无人地活，用一颗赤子之心直面世态炎凉、人生冷暖，她的独立、坚强和智慧值得每一个女人欣赏。

陆小曼出身名门，生于繁华的上海滩，长于古老的北京城。她是一朵妩媚妖娆的花，一个民国最有故事的女子。她才高八斗、颠倒众生，却我行我素，一生为人诋毁；她兼具文采与风采、柔情与豪情，让徐志摩宠爱了一生。她的美貌，胡适赞为"北京城一道不可不看的风景"；她的才华，傅抱石评说"堪称东方才女"。她娇艳美丽、多才多艺、任性妄为、傲慢骄纵，但又清白简单、不改初心。她的一生离不开的是情，但最终洗尽铅华，素衣半生。

天纵才情，似水流年。三位民国奇绝才女，三个婉转轻舞人生。她们已渐行渐远，却用自己独特的人格魅力影响了一代又一代人。本书用细腻多情的笔调讲述了民国才女的故事，原汁原味地展示民国风情，将她们模糊的身影清晰地勾勒出来，让她们再次在文字里盛放，带领读者感受那个混杂着战火与繁华的年代的独特韵味，领悟民国才女的内心情感。

目录
contents

你若安好，便是晴天——林徽因传

民国三大才女：林徽因 张爱玲 陆小曼

---------------------➤

何处是归程

因为懂得，所以慈悲——张爱玲传

---------------------➤

落尽繁花

一刹那的悲与喜

总有撒手的一日

繁华落尽，雾冷笙箫——陆小曼传

────────────────➤

如花美眷，轻舞霓裳唤风华

────────────────➤

一代芳华，寂寞花开开无主

你是一树一树的花开，
是燕在梁间呢喃，——
你是爱，是暖，是希望，
你是人间的四月天！

你若安好，便是晴天

——林徽因传

梦回江南烟雨中

　　林徽因幼年时的照片留存的不多，大抵是由于年代久远不知失落在何处吧。有一张徽因大约3岁时的照片被保存下来：一个小小的女孩子站在庭院里，背靠一张老式藤椅，清澈的眼睛注视着前方。这老宅已有百年光阴，这藤椅亦默默守候了很多人的欢笑和泪珠。唯有这女孩尚不知人事，亦不知那遥远处会有怎样的期待和遭遇。

　　林徽因是林家的第一个孩子，祖父母和父亲自然视其为掌上明珠。她也是怨妾的女儿，与父亲聚少离多。人生就是这么悲喜交加。

　　然而人生又何来绝对的完美？悲观者说人生下来即为承担罪孽，以为自己早已厌倦，却总想一醉贪欢。

　　而那被时光遗忘的欢颜，此时还在烟雨蒙蒙中等待着谁呢？

徽音，徽因

几场梅雨，几卷荷风，杭州城已是烟水迷离。

淡妆浓抹总相宜的西湖，恍若梦境的烟雨小巷，青翠掩映下的幽深庭院……它们静静的，不知道在等待着什么。

也许是在等待一个人的到来，让这座古城更加风情万种。

微雨西湖，莲花徐徐地舒展绽放。

一座本就韵味天然的城，被秋月春风的情怀滋养，又被诗酒年华的故事填满。这是梦里才有的故园，让人沉迷其中，但愿长醉不复醒。

1904 年 6 月 10 日，杭州。陆官巷如往日一样古朴安详，空气中飘散着栀子花的清淡香气。林宅的主人——翰林林孝恂的长子，28 岁的林长民此时并不在家中。他正与一群志同道合的朋友为自己的政治理想奔忙着，和热血沸腾的宪政名士来往，用笔杆子为他们的主张摇旗呐喊。他整日忙碌，极少过问家中事，甚至包括自己待产的太太。

忽然间，一声婴儿清亮的啼哭打破了这座巍巍官宅燥热的宁静。这一声啼哭在翰林和妻子游氏听来犹如天籁——林孝恂的长孙女、长民的长女出生了。

这个小婴儿为沉寂许久的林宅带来了无限的希望和欢喜。尽管当时男尊女卑，尽管这是个女孩子，但也是上苍赐给林家的一份不早不晚的厚礼。弄瓦之喜嘛。

一个女孩子，又是长女，名字一定得精雕细琢了，取什么名字好呢？林老太爷是光绪己丑年（1889年）进士，自然是饱读诗书，信手拈来。《诗经·大雅·思齐》云："思齐大任，文王之母，思媚周姜，京室之妇。大姒嗣徽音，则百斯男。"长孙女遂名为林徽音。

无数诗词歌赋中有那么多美丽娇媚的名字，为什么给孩子取名为徽音呢？

3岁时的林徽因。

虽然时光倒流千年，儒家的先哲们对女性却并不存在偏见，他们承认女性在相夫教子中的重要地位并颂扬之。林孝恂明显继承了这一优良文化传统。并且，长子林长民把这一传统发扬光大，甚至更进一步。他把长女徽音当作儿子一样培养，送她读书，带着她出国游学。让人没想到的是，这个女孩子在未来不仅做到了相夫教子，更在男性占据绝对优势的领域争取到了一席之地，留名中国建筑史。即使是在今天，这样的成就也足以令人赞叹，更何况她还是一名天赋异禀的诗人。

徽音改为"徽因"是20世纪30年代的事情了。当时她常有诗作发表，当时另一位经常写诗的男性作者也名林徽音，报刊经常把他们的名字混淆。《诗刊》还专门就这件事发过更正声明。于是林徽因自己给自己改了名字。

"我倒不怕别人把我的作品当成了他的作品，我只怕别人把他的作品当成了我的。"此后，林徽音正式更名为"林徽因"。

林徽因对改名字的解释，流露出她独有的傲气。她相信自己是独一无二的，不愿泯然于众人。从字形上看，徽因比徽音更男性化，似乎不太适合面容秀丽的她。但这恰好契合了她的性格。林徽因"人艳如花"的外表下，是不输给七尺男儿的坚韧。她短暂却耀眼的一生，诠释了一位女性是如何把坚强和美丽、风情和理智完美地结合在一起。她仿佛是一个遥不可及的梦，一个筑在高高的崖壁上、在云间若隐若现的城堡中的梦。

庭院深深深几许

那座古朴灵性的深深庭院，带着温厚的江南底蕴。只是不知道青瓦灰墙下，有过几多冷暖交替的从前；老旧的木楼上，又有何人凝注过飞入百姓家的堂前燕。

园内的栀子花还在不识愁滋味地开着，梁间的燕巢仍在，桌上的景泰蓝花瓶已落满尘埃。它们不知道，这宅院里的人都去了哪里。

幸福宁静之下总是隐藏着苦涩的暗涌，就像花容月貌终将抵不过春恨秋悲的凋零。

这深深庭院，倒是适合上演这么一些说不清道不明的前尘往事。

林徽因出身高贵，是真正的书香门第的后代。祖父林孝恂历任浙江海宁、石门、仁和各州县地方官，他资助的旅日青年学子多参加孙中山领导的革命运动。父亲林长民1906年赴日留学，回国之后就读于杭州东文学校，后再次东渡日本，于早稻田大学学习政治、经济。林长民气质儒雅，善诗文，工书法，翻译过《西方东侵史》，也是《译林》月刊的创始人之一。徽因的叔叔、姑姑们也是才华横溢。总之，林家人才辈出，风气向学，志在荡涤陋习，除旧迎新。

只有一个人与这个环境格格不入，那就是徽因的母亲何雪媛。

何雪媛是林长民的续弦。她来自浙江小城嘉兴，家里开着小作坊，属于典型的小家碧玉。林长民原配是门当户对的叶氏，两人系指腹为婚，感情淡薄。叶氏早早病逝，来不及留下一儿半女。何雪媛在这样的情况下嫁入林家，名为续弦，实与原配无异。对于一个小作坊主的女儿来说，能嫁入林家，堪称天大的喜事了。

但何雪媛并不幸福。她大字不识，又不会女红，脾气也不好。因此，她和丈夫没有任何共同语言。她也不理解林家上下那种读书人的作为：一家子聚在一起吟诗作对，讲历史典故，针砭时弊，激扬文字。她不懂，更没有兴趣，觉得他们很可笑。如果是算计升官发财的途径，也情有可原，可这些丝毫没有实用价值的行为有何用呢？

林家人也曾试图向何雪媛解释这一切，但很快发现他们根本是两个世界的人，于是他们不再跟她费口舌，丈夫回家的次数越来越少。她试图参与一些家务事，但那套小作坊带来的行事做派根本入不了婆婆的法眼。甚至连用人也把她的指挥当耳边风，他们只听游氏——这个优雅干练、有文化的女人的话。

何雪媛就这样在书香门第中煎熬着，性格渐渐变得暴躁，喜怒无常。特别是女儿林徽因被公公婆婆带走教读书识字这件事更让她感到孤立无援。何雪媛常常无故冲小小的徽因发脾气，过后又后悔甚至哭泣起来。徽因战战兢兢地和母亲相处着，不知如何是好。

父母的言行势必会影响孩子日后的人生。何雪媛给了林徽因性格上负面的影响，至少急躁是其中之一。几十年后，林徽因为人妻、为人母，仍然和母亲住在一起，两个急躁的女性处在同一屋檐下，冲突无可避免。她在给好友费慰梅的信中说："我自己的母亲碰巧是个极其无能又爱管闲事的女人，而且她还是天下最没有耐性的人。刚才这又是为了女用人……我经常和妈妈争吵，但这完全是傻帽和自找苦吃。"

林徽因爱着母亲，但无法令人放松的母女关系也成了她一生的精神包袱。徽因好友金岳霖写给费正清的信中如此看待林母：

她属于完全不同的一代人，却又生活在一个比较现代的家庭中，她在这个家庭中主意很多，也有些能量，可是完全没有正经事可做，她做的只是偶尔落到她手中的事。她自己因为非常寂寞，迫切需要与人交谈，唯一能够与之交流的就是徽因，但徽因由于全然不了解她的一般观念和感受，几乎不能和她交流。其结果是她和自己的女儿之间除了争吵以外别无接触。她们彼此相爱，却又相互不喜欢。

何雪媛和林徽因的关系，就像她和林长民一样，无话可说，说话必争吵。何雪媛就生活在这种"无话可说""无事可做"的状态下，直到她80多岁去世。她的一生中经历了两件大事情：一是给自己51岁的女儿送终，二是几年后给女婿送终。为她送终的，则是她女婿的续弦。

蔡官巷

人的性情多为天生，有些人骨子里即是安静，有些人生来便怀着躁动不安的因子。但后天之启蒙亦尤为重要，倘若一个沉静之人被放逐于喧嚣市井，难免不为浮华所动。而将一个浮躁之人搁置于庙宇山林，亦可稍许净化。我们都在潜移默化的时光中改变着自己，熟悉又陌生，陌生又熟悉。

1909 年，5 岁的林徽因随家人搬迁至蔡官巷的一处宅院，在这里住了三年。时光短暂，但却给一代才女风华绝代的人生奠定了不可动摇的根基。徽因的大姑林泽民成为她的启蒙老师。林泽民是典型的大家闺秀，打小接受私塾教育，琴棋书画样样精通，诗词歌赋也不落人后。就是这位知书达理、温文尔雅的姑母教会了徽因读书识字。

最重要的是，林徽因由于林泽民的启蒙，爱上了书香。

拨开时光的雾霭，我们仿佛可以看到幼小的徽因手捧一册册书本，在月上柳梢头的夜晚，在暮色低垂的黄昏，在朝晖喷薄的清晨安静而沉醉地阅读着，用小小的心体会着。也许那时她还不能完全明白其中美好的意象，也读不懂诗意的情怀和人情冷暖的故事，但她从此爱上了读书。

那些早早就映入脑海的或瑰丽或清淡的文字，在她成年后，幻化成一树一树的花开，幻化成忧郁的秋天，幻化成少女的巧笑倩兮和不息的变幻，成为中国现代文学的星空中最特别的那一颗星星。

但林徽因的童年并非单纯愉快，她的家庭注定了她不能用符合这个年纪的行事与大人们交流。

　　何雪媛由于得不到丈夫的宠爱和家族的认可，生出抱怨之心。那时候徽因跟母亲住在后院，每次高高兴兴从前院回来，何雪媛就会无休止地数落女儿。从那时候起，徽因的内心深处就交织着对父母又爱又怨的矛盾感情。她爱儒雅清俊、才华横溢的父亲，却又怪他对母亲的冷淡无情；她也爱着给她温暖和爱的母亲，又怨着她总在怨怼中把父亲推得更远。

　　年纪小小的徽因背上了成年人强加的沉重。她既要在祖父母、父亲面前当乖巧伶俐的"天才少女"，又得在母亲面前做个让她满意的乖顺的女儿。多年以后林徽因写了一篇叫作《绣绣》的小说，说的是一个乖巧的女孩子绣绣生活在一个不幸的家庭，母亲性格懦弱、心胸狭隘又无能，父亲冷落妻子，又娶了二太太。绣绣整日夹在父母的争执中彷徨不安，最终因病去世了。绣绣还未成熟的心灵里深藏着对父母爱恨交织的情绪和爱莫能助的无奈。

　　这一切又何尝不是林徽因童年生活的写照呢？

母亲与女儿

她是林家的长女，得宠，但林家人却吝于将这份宠爱分给她的母亲。

林徽因的生母，这个脾气喜怒无常，常常伤害尚且年幼的女儿的不得宠爱的女人，也许并不知道，她的性格影响了女儿一生对爱情的抉择。

好日子就像薄薄的第一场冬雪，还没等把美景看个究竟就消失得无踪迹了。徽因9岁，林长民娶了二太太程桂林。作为大太太的何雪媛，是最后一个知道老爷要纳妾的。林长民禀告了老太爷一回，得了默许。林翰林已是垂暮的夕阳，实在没有心力再来操心37岁大儿子的第三桩婚事了。那时候他们已经举家搬迁到上海。

何雪媛听到这个消息很平静，她知道该来的总会来的，丈夫终究是熬不住自己了。那个时代三妻四妾的男人多的是，甚至一些女性为了取悦丈夫，遇到纳妾的事儿比丈夫本人还积极，但何雪媛做不到。她虽不是什么大户人家的千金，但也是家中老小，父母娇宠爱护。要她和别的女人分享一个丈夫是没办法的。

何雪媛对于二太太很是好奇。她到底是个怎样的女性呢？一定很美丽吧，或者是个清丽的女学生，一个风情万种的交际花？她也会像林家人一样吟诗作对吗？会说洋话、识洋文吗？她会怎么看待自己这个大太太呢？

程桂林在何雪媛忐忑不安的期待中终于来了。何雪媛看她一眼就大失所望。她不年轻，不美丽，个头不高，勉强能赞一句娇小玲珑。而且听八卦的老妈子说，二太太也是个目不识丁的俗气女人。何雪媛终于松下一口气，看来这不是个值得防备的竞争对手。况且，程桂林对她还算友善，她也挑不出什么理，遂同样亲热相待。

但何雪媛很快就对二太太亲热不起来了。她原本以为依着林长民的性子，对程桂林八成也是不冷不热，没想到这个大字不识的女人把丈夫牢牢地绑走了。林长民每次归来，就直奔程桂林的房间。离家的时候，最多冷淡地和大太太打个招呼。这简直太不公平了！

其实，林长民宠爱程桂林也是有原因的。程桂林虽然没有文化，但胜在识得眉眼高低，说话轻言细语，不像何雪媛那样漂亮话一句没有。她从来不会发脾气，最多嗲着嗓子冲老爷叫："宗孟，你到底要怎么样嘛！"听得何雪媛掉一地鸡皮疙瘩。可是没关系，宗孟可是受用得很。

林长民被嗲声嗲气的程桂林哄得高兴，带着她到处玩乐、出差，还新起了一个名号"桂林一枝室主"。

何雪媛被气得头昏脑涨，但是二太太对大太太的怒气好像感觉不到一样，照样温言软语跟她搭讪。何雪媛没办法，只好另找途径发泄。猫呀狗呀，连仆人们都遭了殃。林长民偶尔来一趟也不得幸免，最后干脆眼不见为净了。

后来，程桂林像示威似的，接二连三地生下三儿一女。比起前院的其乐融融，何雪媛的后院彻底成了"冷宫"。何雪媛知道，自己一辈子只能是这样了。她永远不能得到丈夫的疼爱，堂堂正正地做她的林太太了。

以前，他不乐意，是她自己倔，不讨人喜欢；现在，他更不会愿意了，她要是得了势，程桂林往哪儿摆呢？他可不愿意这么做。

因为二太太的到来和得宠，何雪媛对堂堂正正的"林太太"的名分彻底死心了。这个名分是何雪媛和女儿林徽因一辈子的心结，一辈子的痛楚。多年后林徽因拒绝徐志摩的追求，有人说最大的原因就是徐志摩当时已与张幼仪结婚，林徽因若是与他在一起，必定是"小"，甚至徐志摩最终顶着压力离了婚，她也不肯回头，而是选择了梁启超的大公子。

林徽因的儿子梁从诫是这么理解她的母亲的：

她爱父亲，却恨他对自己母亲的无情；她爱自己的母亲，却又恨她不争气；她以长姊真挚的感情，爱着几个异母的弟妹，然而，那个半封建的家庭中扭曲了的人际关系却在精神上深深地伤害过她。(《倏忽人间四月天——回忆我的母亲林徽因》)

多年后林徽因又一次被推到一个旋涡的中心，始作俑者是三个爱她的男人。也正是这几段感情让她遭到非议。天意？人意？红颜已逝，谁说得清楚呢？

林家有女初长成

心静则国土静，心动则万象动，若能懂得随遇而安，任何的迁徙都不会成为困扰，更不至于改变生活的初衷。每个人都于漫漫人生路努力找寻着适合自己的方向，不至于太过曲折，不至于在拐弯处过于彷徨。

不管童年的天真遗失了多少，时间的沙漏仍然静静地渗着，蔡官巷和西湖渐行渐远。林徽因懵懵懂懂地撞进了她的少女时代。16岁的青春，将在伦敦的轻雾中绽放。

即便当得起风华绝代，林徽因也一定不会满足于小情小梦，守着一世清净了却此生。许多年前她就与江南告别，从此接受了迁徙的命运。这种迁徙并不仅仅是颠沛流离，而是顺应时代，是自我放逐。本是追梦的年龄，又怎可过于安静，枉自蹉跎时光。

父女和知己

他是林徽因生命中最重要的男人。

她是他血脉的延续，期望的寄托。他对她的爱是那样复杂，甚至又那样沉重。

她是那个畸形的家庭中唯一能与他交流的人，不经意地，他把不应该让她背负的沉重交予了她。

她一生的繁华和努力隐藏的酸楚，都与这个男人息息相关。

虽然林长民在家的时间极少，但他仍不失为一个好父亲。他心性开朗，特别喜欢跟孩子们在一块儿。在他这里，孩子们不分前院后院，前院的丫头小子，后院的两个丫头，都是他最爱的心肝宝贝。莫说是自家孩子，就是姑妈家的表姐表弟们，也少不了这位舅舅的宠爱。大姑姑对待徽因两姐妹，也同对待自己的孩子无异。

林徽因长到 10 岁时，祖父去世了。父亲常年在外，大太太什么都放手不管，二太太弱不禁风。和老爷书信往来，伺候两位太太，照顾年纪尚幼的弟妹，甚至打点搬家的行装，家中大事小事，竟然都是这个十一二岁的大小姐自己承担。俗话说，穷人的孩子早当家，出身名门的徽因也早早地当起家来了。

林长民爱那一大群孩子，但最爱的还是长女林徽因。

林徽因早早启蒙读书，天资聪敏，6 岁就能识文断字，开始为祖父代笔给林长民写家书。林家保存了一批林长民的回信，最早的那一封是徽因 7 岁时的回信：

徽儿：

　　知悉得汝两信，我心甚喜。儿读书进益，又驯良，知道理，我尤爱汝。闻娘娘往嘉兴，现已归否？趾趾闻甚可爱，尚有闹癖（脾）气否？望告我。祖父日来安好否？汝要好好讨老人欢喜。兹奇甜真酥糕一筒赏汝。我本期不及作长书，汝可禀告祖父母，我都安好。

　　　　　　　　　　　　　　　　　　父长民三月廿日。

　　林长民特别喜欢这个长女，不但因为她天资聪慧，还在于她早早就领会了这个大家庭的人情世故。父亲眼里的林徽因"驯良""知道理"，这当然让他高兴、喜欢。从成年人的角度

林徽因与父亲林长民。

讲，家里有这样一个孩子实在是很好的。可是，对于只有七八岁的小女孩来说，这样的重视和赞美，是否有些残酷呢？原本应该和玩伴们肆无忌惮地争抢糖果玩具的年龄，由于成人有意无意地施压，必须要学会察言观色，努力用成年人的眼光看世界，甚至处理大人们之间的纷争。林徽因就在这样一个有点畸形的家庭环境中匆匆地成长着。就好像北方的植物一样，生怕错过短暂奢侈的温暖，一个劲地生长，让枝叶最大限度地靠近阳光。

长辈眼中，她是林家的长孙女，天资过人，温良有礼；和孩子们在一起，她嬉笑打闹，无伤大雅地争抢零食和玩具。到底哪一个才是真实的林徽因呢？大人们选择忽略这个问题，他们只要一个讨人喜欢、明事理的林徽因就可以了。林长民有时甚至忘了她只是一个小女孩，书信往来之中对她吐露心声，把她当成了同辈的伙伴、知己。

本日寄一书当已到。我终日在家理医药，亦借此偷闲也。天下事，玄黄未定，我又何去何从？念汝读书正是及时。蹉跎误了，亦爹爹之过。二娘病好，我当到津一作计□。春深风候正暖，庭花丁香开过，牡丹本亦有两三葩向人作态，惜儿未来耳。葛雷武女儿前在六国饭店与汝见后时时念汝，昨归国我饯其父母，对我依依，为汝留□，并以相告家事。儿当学理，勿尽作孩子气，千万□□。

徽儿 桂室老人五月五日

对长女寄托殷殷厚望的家人们就这样不经意地拿走了林徽因的童年和天真。这个没有真正意义上的童年时光的女孩子果然谨遵父训，一生都把澎湃的感情压制于庄重的理智之下。这是林徽因和同时代女性的最大区别。

林长民对林徽因的爱是复杂的。林徽因把家务事打理得井井有条，心无芥蒂地爱护着异母的弟妹，对二娘尊重有加，固然让离家在外的林长民欣慰。但从另一方面理解这份父女之情，林徽因的文化修养也占了重要的部分。

林长民是一个文人，但不幸的是他的妻妾都是文盲。他和她们身处两个世界，他的满腹才情和济世救国的抱负对她们来说如同天书。林长民的内心是寂寥的，无人应和，他必须努力用最浅白的语言和妻妾交流，以免她们听不懂。只有这个从小跟随祖父母和大姑学习的长女能懂得他，可以用文人的语言与他对话交流。不知不觉中，林徽因成了林长民在这个半旧半新的家庭中唯一的同类、知己。

林长民曾感叹："做一个有天分的女儿的父亲，不是容易享的福，你得放低你天伦的辈分，先求做到友谊的了解。"

林长民对林徽因的影响如此大，他是她生命中最重要的男人。他"清奇的相貌""清奇的谈吐"（徐志摩语）在林徽因的身上传承下来。父女双方都对彼此怀有复杂的情感，这样的情感对林徽因来说甚至成了一块石头。父亲的冷漠让母亲成了妾，她怨他——看《我们太太的客厅》，就知道林徽因一直在意着母亲妾的身份。刚刚懂事的时候，她留恋父亲给予的片刻温暖，再大一点，又开始同情父亲的寂寥。

一个过于理智的人，反而会在爱恨之间挣扎不断。毫无疑问的爱，却无法爱到忘记缺点，不能爱得忘我；那被恨占据了的爱，更没有让人心安的纯粹。成人后的林徽因在爱情和婚姻中也是这样理智着，清醒着。被有些人评论为"只爱自己""自私"。

栀子花开

这个秀美灵慧的女孩子离开杭州古城，开始了她一段崭新的人生历程。她带走了江南水乡的灵秀，带走了小巷里栀子花的清雅，还有西湖水面的一缕薄烟。小小年纪的她，还不懂相忘于江湖，不懂迁徙意味着时光的诀别。这时候她还未到风华绝代的年龄，但已经能够好好打理自己的青春韶华。有那么一天，她的风采将倾倒这座皇城。

林徽因9岁，父亲林长民居北京，全家则从杭州迁居上海，住在虹口区金益里，林徽因和表姐妹们一同进入虹口爱国小学读二年级。后来，徽因12岁时，全家又从临时落脚的天津迁往京城与林长民团聚。林徽因进入著名的北京培华女子中学上学，表姐妹们也与她一同入读了教会学校。

林徽因的大部分传记都取"就读培华女子中学"这一观点，并说这是当时的顶级名校。该校由英国教会创办，是一所教风严谨的贵族学校，培养出的学生皆具上流社会的气度风采。但有人考证，现今已寻不到培华女校的记载，林徽因就读的可能是"培根女校"，培华是培根的笔误，遂以讹传讹下来。

不过，这所学校是外国人创办的教会中学这点可以确证无疑。

1916年的某一天，开学不久，徽因和一同入读的表姐妹们穿着校服拍了一张合影。照片上姐妹四人出落得亭亭玉立，气质不凡，尤徽因更甚。她已经不是四年前那个和姐妹们嬉笑打闹的小女孩子了，这几年无论是世事还是家中都发生了大的变化。曾经在徽因姐姐膝下撒娇的小妹麟趾已安睡在另一个世界。家也不再是和母亲两个人的家,而是需要和更多的人分享。林徽因秀丽的双眼蒙上了一层抹不去的忧郁。

从氤氲的江南水乡来到这座尊贵的皇城,初晓人事的林徽因感到一种与历史相连的沧桑和沉重。自己仿佛是一粒微小的尘埃,没有人会注意到她的存在。虽然敏感多愁,但也十分坚强,将自己和家都打理得干净漂亮。其实,在林徽因心中,自从祖父母相继离世,家已经变了,不再是往日安宁的归宿,而是一个需要时时小心的战场。在徽因10岁时去世的祖父,感受不到何雪媛和程桂林之间的波涛暗涌,但林徽因夹在中间却体验个明明白白。唯一能让她得到放松休憩的就是读书。这是属于她的世外桃源,在另一个世界里,她可以暂时忘记那些没有硝烟的你争我夺,放下林家长女的身份,只做单纯的林徽因。

林徽因就像一株新鲜的栀子花,给这座高贵沧桑的北方城市增添了诗意与柔情。栀子花清雅的香气徐徐飘散着,美丽着而不自知。有些人的美丽与生俱来,有些则要经历时光的沉淀方能绽放,林徽因是前者。高贵清白的出身,眉目如画的容颜,满腹诗书的才情,这样的林徽因注定有一个不平凡的人生开端。很快她就要漂洋过海,开始更绝美的绽放。

欧洲之旅

在那个诞生无数传奇的年代，漂洋过海是一种时尚。大家闺秀的林徽因自是顺应了这潮流，任何的执拗都无法改变初衷。当乘上远航的船，面对烟波浩渺的苍茫大海，她头一次深刻地明白，自己不过是一朵微弱的浪花。

倘若没有那次漂洋过海，大约林徽因的生命轨迹会走向另一个方向。但无论怎样，以她的聪慧都能把握得很好。任何时候，任何境况，她都不至于让自己过于狼狈。

那时的她还未想过风云不尽，她还是个少女，只想在自己的空间里筑梦。

那是世界上最多情的蓝。

夹杂着全部光谱颜色的浪花，热烈地拥抱着布莱顿海湾。仿佛是分割了彩虹，独取那道靛青作为海的底色，既锋利又温暖，碰一下就能撞出脆响的颜色，没有人能说清那到底是一种怎么样的蓝。

16 岁的林徽因注视着这片海。

和父母一样，林长民对长女徽因寄予了厚望。他也理解这个时时令人窒息的家庭对徽因来说意味着什么。虽然女儿从未抱怨，但林长民敏锐地察觉到了她的忧郁。林长民觉得有必要让这个孩子解放一下了。

1920 年，林长民将赴欧洲考察西方宪制并在英国讲学，他决定携徽因同往。这次远行主要的目的是增长见识，接受更先进的教育和文化熏陶，其次是避开让人身心俱疲的琐碎家庭纷争。林徽因跟着父亲旅居国外一年半，这正是中国最传统的教育方式之一——游学。

我此次远游携汝同行。第一要汝多观察诸国事物增长见识。第二要汝近我身边能领悟我的胸次怀抱。第三要汝暂时离去家庭烦琐生活，俾得扩大眼光，养成将来改良社会的见解与能力。（1920年林长民致林徽因家书）

1920年4月，林徽因跟着父亲登上法国Pauliecat邮轮，从上海出发前往欧洲。这一次远行让林徽因踏上了人生的新旅程，也意味着告别了青涩的少女时代。她将看到一番新事物、新景致、新思想，对一个即将成长成熟的女孩子来说，这新奇将带给她鲜活、神奇的美丽。

虽然生于江南水乡，但海天一色、碧波万顷的风光仍然带给林徽因雀跃的欣喜。海鸥舒展双翼在船头盘旋着鸣叫，带着海水腥味的风吹起少女的长发和纱巾，朝阳落日把碧空烧出血来，又泼洒在海面，那是大自然铺展开的最壮美的油画。

林徽因在旅途中看到了一个与往日不同的年轻的、充满生气的父亲。父亲在家中时，虽然温文尔雅，对孩子们关爱有加，但总给徽因一种无法排遣的寂寥之感。

而此时的林长民，却是如此满怀激情，热情善辩。"五四"纪念日，船上赴法国勤工俭学的100多名中国留学生举行"五四运动纪念会"，林长民登台发表了慷慨激昂的演说：

吾人赴外国，复宜切实考察。若预料中国将来必害与欧洲同样之病，与其毒深然后暴发，不如种痘，促其早日发现，以便医治。鄙人亦愿前往欧洲，以从诸君之后，改造中国。（见《时事新报》6月14日刊载的通讯《赴法船中之五四纪念会》）

清晨的第一缕阳光冲破了乌云，宛如流水从绝壁上飞跃而下，溅起点点金色，将林长民笼罩在一圈光晕之中。林徽因注视着意气风发的父亲，倾听着她从未听过的掷地有声的语言，懵懵懂懂之间，她好像明白了父亲的期望，一股无可名状的勇气和热情，仿佛要冲破年轻的心房。

1920年5月7日，经过一个多月的航行，Pauliecat邮轮平安抵达法国。那时欧洲的各学校正是暑假，于是林长民决定先带着女儿漫游欧洲大陆。

林徽因跟随着父亲游历巴黎、日内瓦、罗马、法兰克福、柏林等地。她见识了巴黎浪漫优雅的风情，领略过显赫一时的古罗马帝国的庄严华美，她被异国那些从未想象过的美丽征服了。

父女二人的第一站是日内瓦湖。

这是一个无法划分国籍的湖。它地处阿尔卑斯山区，在瑞士占地140平方英里，另有84平方英里在法国境内。湖面海拔375米，平均水深150米，最深处可达310米。湖水流向从东往西，形状略似新月，法国便与月缺部分衔接。湖水湛蓝，清澈又神秘的气质倾倒了众多艺术名流。亨利·詹姆斯称为"出奇的蓝色的湖"；在拜伦笔下它是一面晶莹的镜子，"有着沉思所需的养料和空气"；对于巴尔扎克来说，它是"爱情的同义词"。

林徽因看着在湖面戏水的天鹅，在湖畔徜徉的白鸽，著名的人工喷泉在阳光的照射下浮现出若隐若现的彩虹，从未体验过酒香的女孩醉了，沉思了。某个瞬间，她好像身处小时候在故事里才能看到的仙境。

终生纷繁，有人过得迷糊，有人生得清醒。有人一生寻找，怅然若失着；有人早早认定今生挚爱，永不放手。

世界如此之大，能与挚爱相逢已是不易，有缘相处更是极其珍贵，所以我们都应当懂得珍惜。纵然如此，一路行来，还是太容易与缘分擦肩而过，所拥有的也渐次失去。并非不懂珍重，只是缘分的长短大抵已被注定，留不住的终究是刹那芳华。

所谓"诗酒趁年华"，青春不挥霍也会过去，何必将自己持久地困于笼中？世间百态必要亲自品尝，世间美景也必要亲身置于其中，方能领略生命之珍贵。而漫漫长路，唯有亲自丈量，才能知晓它的长度与距离。

每个人从拥有这份生命开始，若可扬帆天涯，万万无须回避。一

跟父亲游学时的林徽因，1920 年拍于英国。

旦融入茫茫沧海，亦无须渴求回头。

1920 年 9 月，林长民带着林徽因抵达伦敦。他们先暂时入住 Rortland，后来在伦敦西区阿尔比恩门 27 号安顿下来。林徽因入读 St. Mary's College。

虽然林徽因在国内已经接受了英文教育，但一下子置身于全英文的陌生环境，还是有些不适应。尤其是当父亲去欧洲大陆开会时，十六七岁的少女不得不独自度过，想法子打发从早到晚的孤单。也就是在这段日子里，林徽因阅读了大量书籍，名家的小说、诗歌、戏剧，她都一一涉猎。

在伦敦时，林徽因也经常以女主人的角色加入父亲的各种应酬，由此与众多文化名流都有过接触。这为她后来的文学创作奠定了深厚基础。她有过游学经历，又得著名学者点拨，因此她在文坛上的起步高于同时代许多女作家。

与建筑结缘

布莱顿海湾的沙滩是柔软的金色地毯，一把细沙过手，掌上便粲然闪烁着无数金色的星星。卖海鲜的小贩都是些十来岁的孩子，篮子里放着煮成金红色的蟹和淡紫色的小龙虾。他们苏格兰民歌一样的叫卖声穿梭在遮阳伞之间。不远处，拖着修长影子的华美建筑是皮尔皇宫。这座阁楼式的皇宫建于大帝国摄政时期，神秘的东方韵味使其成为这座小城最豪华、最漂亮的海外休闲别墅。

林徽因跟着柏列特医生一家来到布莱顿度暑假。

布莱顿是英国南部的一座小城，面朝英吉利海峡，北距伦敦约 80 公里。早在 11 世纪，这里就是一个航运发达、鱼市兴盛的地方。如今布莱顿已经成了一处绝好的度假胜地，据说这里的海水有治疗百病的神奇功效。差不多每家观光旅馆都竖着一块"天然水，海水浴"的招牌来招揽生意。

头发花白的柏列特医生站在浅水处，一边往身上撩着水，一边招呼着女儿们下水。他是林长民的老友，50 多岁，个性幽默亲切。他有五个女儿：吉蒂、黛丝、苏珊、苏娜、斯泰西。吉蒂 20 岁；苏珊和苏娜是一对双胞胎，面貌几乎一模一样；黛丝和林徽因同龄，最小的妹妹斯泰西还是个小学生。五个亭亭玉立的花样女孩加上东方美人林徽因，立刻吸引了众多游人的注目。

吉蒂和柏列特医生很快游到远处的深水区去了。黛丝留在浅水区教林徽因游泳，并照应着三个妹妹。黛丝给徽因做着示范动作，徽因伏在橡皮圈上按照黛丝的指点划着水。黛丝一边纠正动作一边鼓励她："别怕，菲利斯，这海水浮力很大，不会沉下去的。"

菲利斯是林徽因在英国的教名，柏列特的女儿们都这么称呼她。

小妹妹斯泰西用沙子堆起一座城堡，快完成的时候，一下子又塌了下来，她又努力了一次，仍然失败。"来！工程师，帮帮忙。"她冲躺在遮阳伞下休息的黛丝喊道。

黛丝很快就给妹妹建起一座漂亮精致的沙子城堡。林徽因问："为什么叫你工程师？"

黛丝说："我对建筑感兴趣，将来是要做工程师的。看到你身后那座王宫了吗？那是中国风格的建筑，明天我要去画素描，你可以跟我一起去吗？顺便也给我讲讲中国的建筑。"

"你说的是盖房子吗？"林徽因问。

"不，建筑和盖房子不完全是一回事。"黛丝说，"建筑是一门艺术，就像诗歌和绘画一样，它有自己独特的语言，这是大师们才能掌握的。"

林徽因的心弦被拨动了，这是她有生以来第一次听到这样的事。

第二天，黛丝就领着林徽因去皮尔皇宫画素描。这座建筑的设计完全是东方阁楼式的，大门口挂着两个极富中国风情的八角灯笼，里面的飞檐、梁柱、窗棂都是中国式的，让林徽因想起杭州的老宅，异常亲切。黛丝如获至宝，兴致勃勃地到处参观着，不停地写写画画，一天很快就过去了。

一星期后，林徽因收到林长民的来信：

得汝来信，未即复。汝行后，我无甚事，亦不甚闲，匆匆过了一个星期，今日起整理归装。"波罗加"船展期至10月14日始行。如是则发行李亦可少缓。汝如觉得海滨快意，可待至9月七八日，与柏列特家人同归。此间租屋，14日期满，行李能于12、13日发出为便，想汝归来后结束余件当无不及也。9月14日以后，汝可住柏列特，此意先与说及，我何适，尚未定，但欲一身轻快随便游行了，用费亦可较省。老斐理普尚未来，我亦不欲多劳动他。此间余务有其女帮助足矣。但为远归留别，姑俟临去时，图一晤，已嘱他不必急来，其女9月梢入越剧训练处，汝更少伴，故尤以住柏家为宜，我即他住。将届开船时，还是到伦敦与汝一路赴法，一切较便。但手边行李较之寻常行李不免稍多，姑到临时再图部署。盼汝涉泳日谙，心身俱适。

8月24日父手书。

获准继续住在柏列特家，正是林徽因求之不得的，因为她已经被"建筑师"黛丝迷住了。黛丝领着林徽因走遍布莱顿的大街小巷，一座桥、一条路、一栋房子、一根柱子、一扇窗，在黛丝的讲解下，忽然都像变戏法似的，变了另外一副令人着迷的样子。林徽因从未知道，这些习以为常的建筑竟然还蕴藏着这么多的魅力。

林徽因领悟能力过人，她独特的审美也让黛丝称赞不已，她惊异于这个东方少女的聪慧："菲利斯，你对建筑很有感觉，你在审美方面有不可思议的灵感，你一定很适合当一个建筑师！"

"是吗？可是，我就要回中国去了，未来会怎么样——还不知道呢！"归期将至，未来会以什么面目迎接这个初长成的女孩子呢？林徽因感到一丝迷茫。

海风一下一下地推着浪花，把它们推到少女的脚边，片刻后又退下去，仿佛也洞悉了这一颗不安的年轻的心。

几天后，林徽因又接到了林长民于8月31日写的信，催她提前回去，因为他已经安排好女儿9月6日参观泰晤士报馆，所以希望她5日赶回去。不管有多么不舍，离别已经近在咫尺了。

1921年10月4日，泰晤士河出海口被清晨的阳光涂成了猩红色，海面如同一块玛瑙静静地在前方闪耀着华贵的光泽。雾气渐散，汽笛悠然拉响，"波罗加"号就要起航了。地中海的信天翁展开细长的双翼从船舷旁掠过，海风吹拂着一面面彩旗，如同船舷上的女客挥舞着纱巾。

林徽因和父亲站在甲板上。她着一袭湖绿色连衣裙，亭亭玉立，清新又娇艳，在一群金发碧眼的男女中格外引人注目。她瓷白的面容上有一朵淡淡的红晕，一双清澈的眼睛带着忧郁和不舍，注视着送行的人群中另一双饱含深情的眼睛。

那双眼睛的主人叫徐志摩。

爱是天时地利的迷信

徐志摩说："我这一辈子只那一春，说也可怜，算是不曾虚度。就只那一春，我的生活是自然的，是真愉快的。"

林徽因大抵是不能苟同的，如若她亦像陆小曼一样，是个爱情至上者，就没有后来梁思成和金岳霖的故事。

那时年少，因为她一句话，他把建筑作为一生的事业。他娶了她，却没得多少安稳，在贫病交加中过了许多年。他是梁思成，中国著名的建筑学家，因车祸落下终身病患，第一部中国人的建筑史，是他用玻璃瓶垫着下巴支撑着身体完成的。

1931 年，在新月派诗人徐志摩的引荐下，他见了她，从此一眼万年，他追随她几十年，不告白，终身不娶，她去世时，他写的挽联被传诵至今。他是金岳霖，哲学家，将逻辑学引进中国的第一人。

你我相逢在黑夜的海上

每每提起感情，或者谁又与谁相遇，谁又与谁相恋，总会与缘分纠缠不清。有缘之人，无论相隔千山万水，终会聚在一起，携手红尘。无缘之人，纵使近在咫尺，也恍如陌路，无分相牵。

也只有康桥才能配得上那倾城之恋。

康河的雨雾，从来无须约定，就这样不期而至。异国的一场偶遇，让他们仿佛找到了相同的自我。沉静的心不再沉静，从容的姿态亦不再从容。

只是人本多情，多情才无情，所有结果亦只能独自承担。他遇上她，无论是缘是债，是苦是甜，都得学会尝试，学会开始，学会终结。

这个只有几十户人家的小镇沙士顿，正处在一年中最生动的季节。妖艳的罂粟三朵两朵摇曳在青草黄花之间，苹果已经红了半边脸庞。高高低低的农舍被栗树的浓荫遮盖着。由于年代久远，农舍的墙壁呈现出斑驳的灰色。

这里的一切都有着中世纪英格兰最具古典意味的情调。

靠近村边的一间农舍的篱笆门打开了，一个穿着长衫，戴着眼镜的高瘦的中国青年推着自行车走出来。他眉清目秀的妻子同样年轻，站在门口目送着他推着自行车消失在通向剑桥的小路的尽头。她脸上的表情似乎有一些忧郁，不太符合她这个年纪。

但是青年看起来心情颇好，路过镇子上的理发店他停了下来，他不是去剪头发，这间理发店兼作邮亭，门口挂着一个简陋的造型古怪的邮箱。肩负信使职责的是个五短身材，留着大胡子的男人，名字叫约瑟，喜欢喝酒，随身的酒壶里永远装着土酿威士忌。他身背一个羊皮邮袋，每天在镇子上巡视三次，投送收取沙士顿的来往信件。这个爱唱英格兰民歌，爱喝酒的大胡子是沙士顿欢乐和悲伤的使者。

中国青年差不多一两天寄一次信，同样隔个一两天就又来取信了。和他通信的人住在并不远的剑桥，是个17岁的中国少女。

青年把一封信交到约瑟手中。约瑟的脸上漾出难得一见的笑容，用力拍着他的肩膀，称赞着他年轻的妻子。

中国青年装在信封里的信就像他此时的心迹一样，忧郁、热烈：

——如果有一天我获得了你的爱，那么我飘零的生命就有了归宿，只有爱才可以让我匆匆行进的脚步停下，让我在你的身边停留一小会儿吧，你知道忧伤正像锯子锯着我的灵魂……

如果没有那一次登门拜访，就不会有今日这份甜蜜又痛苦的思念和挣扎了吧？

1920年9月24日，这个24岁的中国青年跟着在伦敦大学政治经济学院留学的江苏籍学生陈通伯来到阿尔比恩门27号，接待他们的是个相貌清俊、气度不凡的中年男人。陈通伯向这个男人引荐中国青年："这位叫徐志摩，浙江海宁人，在经济学院师从赖世基读博士学位，敬重先生，慕名拜访。"

阿尔比恩门27号的主人林长民是被派到欧洲"国际联盟中

国协会"任理事，并对各国政治动向进行考察的。实质上已经远离了国内的实权派，可谓官场失意。但文人本质的林长民也乐得摆脱政坛困扰，回归本色，吟诗作对，泼墨书画，更兼呼朋伴友，结交青年学子，倒也过得潇洒愉快。

恰好林长民曾在海宁度过童年，和徐志摩也算老乡了。异乡相逢，又都是性情中人，两人一见如故，经常促膝长谈，很快就成了无话不谈的忘年交。

徐志摩就是在这里邂逅了林长民的千金，是年16岁的林徽因。徽因第一次见到高高瘦瘦，戴着一副玳瑁眼镜的徐志摩，差点脱口而出喊他叔叔。虽然只比徽因长8岁，但他已经是个3岁孩子的父亲，看起来老成不少。

每天下午4点，是林家的下午茶时间。这是典型的英国式的生活方式，也是林家祖上的习俗。英国人对茶的喜爱有300多年的历史了，茶的英文即其故乡福建方言的发音。林家的下午茶完全是英式的，但所用茶壶是传统的中国帽筒式，用来保温的棉套做成穿长裙的少女的样式。

林长民聚会的时候，林徽因就给客人泡茶，准备甜点，陪客人聊天，有时也会代替父亲接送客人。客人们谈兴正浓的时候，徽因清丽的身影会时不时出现，恰到好处地续上茶水，端来刚出炉的美味点心。极少数的时候她会好奇地插言。在这个纯男性的世界，她不是主角，但在徐志摩的眼里，不知不觉就只能看见这个文静又不失大方的美丽少女了。

到底是她纯真率性的谈吐吸引了徐志摩，还是她的翦水双瞳中暗藏的忧郁和寂寞叩开了年轻诗人的心门呢？徐志摩相信没有人比自己更懂得忧郁的滋味。

徐志摩是海宁富商徐申如唯一的儿子，但他并非一个游手好闲的公子哥。他在求学之路上不曾懈怠。他在麻省的克拉克大学读过历史，在哥伦比亚大学读过经济。为了追随偶像罗素，远渡重洋来到伦敦，不想罗素已经离开。学习金融是父亲的期望，但他不确定那是否就是自己真实的心意。已经是个3岁孩子的父亲，却没有经历过真正的恋爱。张幼仪嫁给他的时候和目前的林徽因同岁，张家也是江苏宝山的名门，他们的婚姻是张幼仪四哥，中央银行总裁张嘉璈撮合的，但他不爱她。尽管张幼仪端庄贤惠，但他们之间没有爱情。他不快乐，一天一天地熬着日子。

直到见到林徽因。

他遇见她，爱上她，好像如梦初醒一般，明白了谁才是与他相配的那个人。他们有太多共同语言，而不是跟张幼仪那样相对无言。他谈自己的求学经历、政治理想；他们讨论着济慈、雪莱、拜伦和狄更斯，丝毫不觉得时间飞逝。时间于他们，或者说于他来说是静止的。他期望时间静止，这样就能待在她身边不离开了。

那些日子，伦敦的雨雾好似特别在为徐志摩和林徽因营造一种浪漫的气氛，若有若无地飘散着，笼罩其间的剑桥仿佛少女湿漉漉的眼睛，看不真切却无限动人。这对年轻人漫步在康河畔，听着教堂里飘出的晚祷的钟声，悠远而苍凉。三三两两的金发白裙的少女用长篙撑着小船从叹息桥的桥洞下穿过，青春的笑声撞开了雾和月光的帷幕。

"我很想像那些英国姑娘一样，用长篙撑起木船，穿过一座座桥洞，可惜我试过几次，那些篙在我手里不听摆布，不是原地打转，就是没头没脑往桥上撞。"徐志摩说。

他们走上王家学院的"数学家桥"时，徐志摩又说道："这座桥没有一颗钉子，1902年，有一些物理学家出于好奇，把桥拆下来研究，最后无法复原，只好用钉子才重新组装起来。每一种美都有它固有的建构，不可随意拆卸，人生就不同，你可以更动任何一个链条，那么，全部的生活也就因此改变了。"

这话应和了徐志摩自己的人生。他更动了人生中最重要的链条，使三个人的人生发生了巨变。他把那封信投入了沙士顿唯一的邮筒，就像交付自己唯一的一颗真心。

终于有一天，张幼仪从邮差约瑟那里接到一封信，她无意中拆开，没读完便觉天旋地转。那是林家大小姐的亲笔信。

时至今日，那封信的内容已经无从知晓，有人说是这么写的：我不是那种滥用感情的女子，你若真的能够爱我，就不能给我一个尴尬的位置，你必须在我和张幼仪之间做出选择……

直到最后，张幼仪仍然是那个温顺的张幼仪，她没有和变心的丈夫吵闹，怀着他们的第二个孩子，她孑然一身去柏林留学。幼仪离开的那天，沙士顿田野上开满了太阳花，金色的火焰却温暖不了她冰冷的心。善良的大胡子约瑟，从远方唱出一首歌伴她上路。她的眼中噙着泪水，离开了这个给过她温暖和痛楚的小镇。

真的令人难以想象，在妻子怀有身孕的时候，徐志摩能弃她

徐志摩（中）热烈地追求林徽因（左），不惜抛弃妻子张幼仪（右），最终坚定地与原配离了婚。但林徽因理智地选择了拒绝，因为那份违背伦理道德的爱，她实在是承受不起。

而去，和她离婚。有人说，你守得住一个负心汉，却守不住一个痴情郎。徐志摩到底是专情还是无情呢？别说什么要听从自己的心，听从自己的心，就要伤了别人的心。远在异国的张幼仪已经开始了新生活，她不恨他，可是她结了茧的心，再也抽不出丝了。

那么对于女儿和有妇之夫的交往，林长民的态度如何呢？实际上林长民也是个潇洒开明的人，他欣赏徐志摩的浪漫诗情，认为女儿可以与他恋爱，但需要适可而止，且不可论及婚嫁。因为徐志摩已有妻儿，况且他已与好友梁启超有口头之约，将来要把女儿许配给梁家的大公子。

年少的林徽因夹在这样两个男人中间，何去何从？也许她无意破坏徐志摩和张幼仪的婚姻，也许就像林长民给徐志摩的信中说的"徽亦惶恐不知何以为答"。不管怎么说，徐、林二人最终走向了不同的方向。他们交会时互放的光芒耀眼而又短暂，仿佛是流星刹那划过天际。从林徽因跟随父亲回国的那一天起，她就已经背他而行了。在徐志摩余下的生命中，林徽因成了他的挚友、知己。这位一生都在追求自由和真爱的诗人曾说："我将于茫茫人海中访我唯一的灵魂伴侣，得之我幸，不得我命，如此而已。"

执子之手

1918 年，林徽因 14 岁，在教会女校读中学，日子过得平静如水。

有一天，一个叫梁思成的少年到林家拜访。他戴着眼镜，有着坚毅的眼睛和端正的面孔，只是神态有些局促不安，这让林家大小姐觉得很有趣。之前父亲林长民告诉过她，这个少年是他的好朋友，大名鼎鼎的维新派领军人物梁启超的长子。林徽因就像接待其他的来客那样礼貌而周全地招待了他。

梁思成走后，二娘程桂林对徽因打趣道："宝宝，这个梁公子怎么样？你爹打算招他当女婿呢。"徽因立刻羞红了脸，低头跑开了。

二娘不会无缘无故说这句话的。林长民和她亲近，必然跟她提起过什么。可是从那以后，父亲好像忘了那个面目端正的少年来拜访的事儿，梁思成也就此从林徽因的生命中淡出了。

三年之后，已经是个花季少女的林徽因才重遇梁思成。

1921 年 10 月 14 日，结束了一年多的欧洲游学，林徽因和父亲乘坐"波罗加"号邮轮从伦敦转道法国，踏上归国的旅程。林徽因又得和父亲分开生活了，父亲留在上海，她回到北京的教会女中继续上学。梁启超派人来接林徽因，然后，梁思成出现了，他是专门来拜访林徽因的。

梁思成是年 20 岁，在清华学校（今天的清华大学）上学，美术、音乐、政治都是他的追求。他在学校广受欢迎，颇有名气。

小小年纪便有丰富阅历的林徽因和他相谈甚欢，不知不觉竟然已经过去了好几个时辰。

他们谈起各自的理想，梁思成笑言："我啊，跟父亲一样，样样都爱，样样都不精，也许，我以后会和他一样，从政？"

林徽因并不以为然："从政需要磨炼，也需要天赋，古往今来，把政治之路走得顺风顺水的不多，即使我的父亲，也许还有尊驾——不好意思，唐突了，不过这不是我操心的，我感兴趣的是建筑。"

梁思成感到惊讶："建筑？你是说，盖房子？女孩子家怎么做这个呢？"

"不仅仅是盖房子，准确地说，是 architecture，叫建筑学或者建筑艺术吧，那是集艺术和工程于一体的一门学科。"林徽因对他解释道。

回到家，梁思成告诉父亲梁启超两件事：第一，他要把建筑作为终生的事业和追求；第二，他想要约会林家大小姐。

梁思成的女儿梁再冰在《回忆我的父亲》中讲述了她的父亲母亲第一次见面的情景：

父亲大约 17 岁时，有一天，祖父要父亲到他的老朋友家里去见见他的女儿林徽因（当时名林徽音）。父亲明白祖父的用意，虽然他还很年轻，并不急于谈恋爱，但他仍从南长街的梁家来到景山附近的林家。在"林叔"的书房里，父亲暗自猜想，按照当时的时尚，这位林大小姐的打扮大概是：绸缎裤衫，梳一条油光光的大辫子。不知怎的，他感到有些不自在。

门开了，年仅14岁的林徽因走进房来。父亲看到的是一个亭亭玉立却仍带稚气的小姑娘，梳两条小辫，双眼清亮有神采，五官精致有雕琢之美，左颊有笑靥；浅色半袖短衫罩在长仅及膝下的黑色绸裙上；她翩然转身告辞时，飘逸如一个小仙子，给父亲留下了极深刻的印象。

从梁再冰的记述可以看出来，林徽因与梁思成身边的女孩子都不一样，正是这份特别的清新气质吸引了他。

梁启超很高兴，对儿子说："徽因这孩子不错，爸爸早就支持你们交往，其他的，就要随缘分了。"

梁启超最想看到的就是这样的情况：父母留意，选定人选，然后创造适当的机会让两人接触，经过充分的了解，自由恋爱后的结合是最好的，这是这位维新派大人物心目中的"理想的婚姻制度"。

梁家的大小姐梁思顺就是父亲"理想的婚姻制度"的实践者。梁启超选定的得意女婿周希哲，原本出身寒微，但后来成为驻菲律宾和加拿大使馆总领事，对梁思顺和梁家都很好，这是梁启超一直引以为傲的。

林徽因没有拒绝梁思成的追求，他们时常选在环境优美的北海公园游玩约会，一起逛太庙，也会去清华学校看梁思成参加的音乐演出。虽然梁思成比起徐志摩少了些浪漫温柔，但多了一份踏实稳重，又是个风度翩翩的青年才俊。而且梁思成和林徽因年龄相仿，感兴趣的话题相近。更重要的是，和梁思成在一起，林徽因才真正恢复了与年纪相符的轻松，而不是那种混合着负罪感和忧愁的沉重。

事情进展颇顺。这对金童玉女相处愉快，彼此好感渐长。其实早在1923年1月7日，梁启超就在给思顺的家书中提起梁、林两家联姻的事宜了：

> 思成和徽因已有成言（我告思成和徽因须彼此学成之后乃订婚约，婚约订后不久便结婚）。林家欲即行订婚，朋友中也多说该如此，你的意见呢？

1925年梁启超、林徽因（右一）和梁启超的二女儿梁思庄同游长城。梁启超慧眼识人，对林徽因非常喜爱。

梁启超不急于让两个孩子订婚当然不是他对未来的儿媳妇不满意。他延缓婚期大概是出于多方面的考虑：一是学业的问题。梁思成是他一直寄予厚望的长子，不想他沉溺于儿女情长误了前途；二是梁太太李蕙仙。李蕙仙思想传统，看不惯留洋归来的林徽因的新派作风。她对林徽因的偏见甚至影响了居住海外的大女儿梁思顺。再来，梁启超毕竟思想开明，想尽量减少家族对孩子们感情的影响，让他们有足够的时间相互了解、磨合，甚至做出新的选择。只有这个过程够长，婚姻才越稳定。

林家是女方，林徽因按现在的话说条件一流，理应矜持一些才对，为何提出即行订婚呢？有人认为这和徐志摩有关。林长民一方面看好梁思成，另一方面希望女儿早日断了对徐志摩的念想。最终双方家长经过商讨，同意了梁启超的提议，暂不订婚。林徽因和梁思成直到1927年一起获得宾夕法尼亚大学学士学位才订婚，次年3月二人结婚。

这对恋人终于结成了伴侣，从此将共度漫漫人生，一切尘埃落定。大概是因为从一开始就知道结局吧，所以没有多少惊喜，一切都很安静。

结婚之前，梁思成曾问林徽因："有一句话，我只问这一次，以后都不会再问，为什么是我？"林徽因回答他："答案很长，我得用一生去回答你，准备好听我了吗？"这个答案就像林徽因这个人一样，太特别，太令人深陷了。她果然用一生给出了答案，甚至她留在人世的最后两个字，是她丈夫的名字。

你记得也好，最好你忘掉

人总想求得圆满，觉得好茶要配好壶，好花当配好瓶。可世间圆满不易寻，缺憾倒是俯拾皆是。殊不知，缺憾也许伤人一时，完美却可能伤人一世。打算在人世间行走，就不要奢求那许多。且当每一条路都是荒径，每一个人都是过客，每一篇记忆都是曾经。

一切都有尘埃落定的一天，你有你的港湾，我有我的归宿。人生原本亦没有相欠，又何来偿还之说？转身天涯，各自安好，那么这风尘的世间就算有烟火蔓延，却不会再有伤害。

再也没有比秋天更适合"忧郁"这个词的季节了，即使是严冬也没有这份令人心生疲惫的萧瑟。苍蓝的天空愈加高远，连带着仰望它的人的心都变得空落落的。落叶挣扎着不愿离开树梢，最终认命地跌落进泥土，连哭泣都是微弱的。一声寂寥的鸣叫，是落了单的候鸟在呼唤着同伴。没有回音，它焦急地拍动疲惫的双翼，可是旅途那么漫长，方向不辨，何时才能到达目的地呢？

徐志摩仰头看着那孤单的身影消失在天际。他觉得自己就是那候鸟，身心俱疲，带一身的伤痛终于停留下来，未来却更加迷茫。

他现在眼前全是刚刚在林家的书房"雪池斋"看到的福建老诗人陈石遗赠给林长民的诗：

七年不见林宗孟，划去长髯貌瘦劲。
入都五旬仅两面，但觉心亲非面敬。
······

小妻两人皆揖我，常服黑色无妆靓。

……

长者有女年十八，游学欧洲高志行。

君言新会梁氏子，已许为婚但未聘。

命运真是不可抗拒的存在。一番挣扎之后，也逃不过既定的结局。

1922年9月，徐志摩乘坐日本商船回国。六个月之前，他写信给在柏林留学的妻子张幼仪，开诚布公地谈了自己对爱情和婚姻的理解：

林徽因、梁思成拍于1922年。

真生命必自奋斗自求得来，真幸福亦必自奋斗自求得来，真恋爱亦必自奋斗自求得来！彼此前途无限……彼此有改良社会之心，彼此有造福人类之心，其先自做榜样，勇决智断，彼此尊重人格，自由离婚，止绝苦痛，始兆幸福，皆在此矣。

信刚一寄出，他就动身前往柏林。此时张幼仪已经生下第二个儿子彼得。小彼得刚满月，笑容纯真，全然不知父亲就要离开自己。徐志摩请了金岳霖、吴经熊做证人，与张幼仪在离婚协议上签了字。

走到这一步，徐志摩已经为他的所爱抛下了一切，即使顶着抛弃妻子的罪名也在所不惜。该去的都去了，该来的能如期来吗？

1922年10月15日，恢复单身的徐志摩抵达上海。刚刚下船，他的头上就炸响了一个晴天霹雳：林徽因和梁启超的大公子梁思成将结为秦晋之好。他不敢也不愿相信，但是朋友告诉他，梁启超已经写信给长女梁思顺，明明白白地讲了林徽因同梁思成的婚事"已有成言"。

徐志摩呆若木鸡，思维停滞了。他的大脑仿佛正本能地拒绝这个现实：他的心上人就要成为别人的妻子！

耐不住这份煎熬，一个月后，徐志摩硬着头皮坐上了北上的火车，他一定要亲口向林徽因求证。可是他没有在林家见到林徽因，而是看到了那首彻底打碎他抱有最后一丝希望的诗。徐志摩望着那幅悬挂在墙上的诗作，觉得自己也像个死刑犯一样被吊起来了。

随即，徐志摩收到了恩师梁启超从上海寄来的一封长信。梁启超一直以为徐志摩和张幼仪彼此再不能相处，所以也没有反对他们离婚。但他却听张君劢（幼仪二哥）说，徐志摩回国后和张幼仪"通信不绝""常常称道她"，觉得很奇怪。梁启超给了学生两条忠告：万万不可把自己的快乐建立在抛弃弱妻幼子之上；真爱固然神圣，但可遇不可求，不可勉强。信写得情深意切，语重心长。但陷在感情旋涡的徐志摩哪里看得进去，他即刻给梁启超回了一封慷慨陈词的信：

我之甘冒世之不韪，竭全力以斗者，非特求免凶惨之苦痛，实求良心之安顿，求人格之确立，求灵魂之救渡耳。……我将于茫茫人海中访我唯一的灵魂伴侣，得之我幸，不得我命，如此而已。

　　徐志摩是真正地为爱而生，自由的爱情是他一生的理想和追求。世俗无法理解，也无法容忍，但这份真心他必须要向恩师剖白。

　　人总是有隐藏的反骨，世俗越是阻挠，越是激起徐志摩的决心。虽然林徽因正在和梁思成恋爱，并且"已有成言"，但不是还没订婚吗？既然如此为何不可以追求呢？徐志摩和林长民仍是好友，梁启超是他的老师，他和梁思成也算是师兄弟，来找林徽因也没什么不妥。

　　当时，林徽因和梁思成经常在北海公园的快雪堂约会见面。这是一处安静典雅的院落，里面是松坡图书馆的藏书，馆长正是梁启超，持有图书馆钥匙。图书馆星期天不开馆，林徽因和梁思成就在这儿读书。徐志摩当时在图书馆担任英文干事，和林徽因见面很方便，并且他并不避讳梁思成。次数多了，好脾气的梁思成也忍不下去了，就在门口贴了一张条子，上书"lovers want to be left alone"（情人不愿受干扰）。徐志摩见了，也只得识趣离开。

　　和徐志摩分开，回国的林徽因仍然在教会女校读书。她用这段清静的时间好好地考虑了自己的感情和婚姻。她曾多次把徐志摩和梁思成放在天平上称过，论才华诗情，她更倾向于徐志摩，林长民也没有明确地反对过，但两个姑姑坚决不同意。林徽因是名门之后，徐志摩离过婚，嫁给他不就等于填房吗？这无疑会辱了林家的名声，林徽因也会被人戳脊梁骨。徽因自己又何尝没有这样的顾虑？她是那么看重自尊，那么骄傲，做"小"这样的事怎么会发生在自己身上！梁思成又待她如此，她也欣赏他的才华。虽然这么做，对不起一往情深的徐志摩，看到他伤心的模样她也一样痛苦。但是她必须做出一个让大家都满意、顾全大局、损失最小的选择。

这就是林徽因。当年她只有18岁，却能如此冷静地抉择自己的人生。

一切的转折在1923年5月7日。那是林徽因和梁思成感情史上重要的一天。那天是个阳光灿烂的星期一，大学生上街举行"五七国耻日"（1919年5月7日，日本政府向袁世凯提出卖国"二十一条"）的游行。梁思成带着弟弟梁思永骑着摩托车，从梁家所在的南长街去追赶游行队伍。当他们经过长安街时，一辆大轿车迎面撞上了摩托车。悲剧只在刹那间，摩托车被撞翻，重重地把梁思成压在了下面，梁思永被甩出去老远。坐在轿车里的官员视而不见，命令司机继续前行。梁思永挣扎着爬起来，流了很多血。他发现哥哥不省人事，慌忙赶回家叫人。一个仆人赶到车祸现场背回了梁思成。

被带回家的梁思成眼珠已经不会转了，面无血色，一家人见状大哭小叫。刚从陕西赶回来的梁启超极力稳住心神，差人去开车找医生来。大约一个钟头，一个年轻的外科医生像押俘虏似的被带来了。检查之后断定梁思成右腿骨折，马上送去了协和医院抢救。

梁家两兄弟住在同一间病房，弟弟一个星期就出院了，梁思成得在这里待上八个星期。

得到消息后的林徽因立刻赶到协和医院，梁家上下全挤在病房里。梁启超安慰惊慌的林徽因："思成的伤不要紧，医生说只是左腿骨折，七八个星期就能复原，你不要着急。"

林长民和夫人随后也赶来了。两家从中午守到傍晚，送来的饭菜在桌子上冷了热，热了冷，谁也没有心思动筷子。林徽因呆呆地坐着，梁思成每一声呻吟她都跟着疼。

林徽因从学校请了一个星期的假，在医院照顾梁思成。她寸步不离地守在梁思成的病床前，细心地喂饭喂药。梁思成刚动过手术，身子不能动弹，但精神却一下子好了很多。徽因怕他无聊，就经常拿报纸来给他读上面的新闻。有一回她给梁思成看《晨报》，开玩笑地说："你看，你成明星啦。"原来是他车祸的消息上了头条。

梁思成看了一眼，苦笑着说："这我倒不感兴趣，你在这儿陪我，就三生有福了。"

一旁的李蕙仙却皱起了眉头。

梁思成身体还很虚弱，动一下都很困难，林徽因就一次次帮他翻身，尽管动作已经尽量轻柔，梁思成还是大汗淋漓。徽因顾不得自己擦汗，便用帕子先给梁思成擦拭额头。每当这时，李夫人就不高兴地把帕子抢过去，弄得徽因也有些尴尬。

梁启超却很高兴。他知道夫人对现代女性有成见，就出来打圆场："这本来就是徽因应该做的事嘛。"

其实梁启超一直担心徐志摩和林徽因旧情复燃，伤了儿子的感情，梁家也没面子。特别是之前和徐志摩通过信，学生态度坚定地表白了心意，令他芒刺在背。再加上同样受过西方教育的林徽因，他的忧心并不多余。好在这次的意外事故，歪打正着地检验了林徽因对梁思成的感情。梁启超看到了一个有情有义、善良懂事的好女孩，他心里的一块大石头终于放了下来，喜不自禁。

最开始的时候医院认为梁思成没有骨折，不需要手术，后来诊断是复合型骨折，到 5 月底已经做了三次手术。从那时起，梁思成的左腿比右腿短了一截，造成后来的终身跛足。

梁启超借着养伤的这段时间，让儿子研读中国古代经典名著，从《论语》《孟子》开始，到《左传》《战国策》等一一涉猎，用以积累他的知识。

李夫人对撞伤梁思成的官员恼火不已，她亲自登门拜访黎元洪，要求处罚那个官员，最后说是司机的失职，李夫人不接受这个敷衍，直到黎元洪替那个官员道歉为止。

一个半月后，林徽因带着一束花来接梁思成出院。这个时候她已经从教会女中毕业，考取了半官费留学。

大概就是这场车祸彻底坚定了林徽因要和梁思成一道走下去的信念吧？因为照顾病人，林徽因和梁思成才有了自恋爱以来从未有过的频繁的亲密接触。这次有惊无险的意外让林徽因看清了自己的心，她和梁思成再不能轻易地别离了。

我们总是失去了才懂得珍惜。老天慷慨地给了林徽因弥补的机会，在一切还来得及的时候让她重新选择安排自己的缘分。如果没有这次生死考验，也许林徽因还在徐志摩和梁思成之间苦恼不已。其实命运不一定残酷，在你感到迷茫的时候它会给你暗示，让你选择自己想要走的路。虽然选择也会有得有失，但人生本就不能完全无憾。

对于已经不再相爱的那个人，有人选择还是朋友，有人老死不相往来。这两种态度不能说谁对谁错，因为性格决定选择，想要以何种关系继续以后的生活，就要保证自己不被那种关系所搅乱。林徽因和徐志摩此后一直是好朋友，因为林徽因够理智、够清醒，她知道自己的心已经给了梁思成，再无可能与他分开，所以才能坦然地与徐志摩相处。

人的一生终究是一个人的一生。不是说要孤独终老，而是大家各自有所追求，有缘分就相遇，有缘无分、情深缘浅是常事，分开也未尝就会痛苦得无法自持。人生如戏，一场落幕，下一场又要开始，自然也不必过分耽于昨天。你记得也好，你忘记也罢，生命本就如轮回一般，来来去去，何曾为谁有过丝毫停歇。

一生挚爱，一生等待

"人生若只如初见，何事秋风悲画扇。"可人生又怎能只如初见，如果说初见灿若春花，携手一段漫长人生，便可看秋叶之静美了。只是情到薄处，难免会有所失落，怅惘追忆曾经之美好。然而亦有些人，爱上了便可情深不寿。在他的生命中，所有光阴都如初见时美好绝伦。

真爱无悔，无论你我以何种方式对待自己的情感。只要付出过、珍重过、拥有过，便是爱的慈悲。相离亦不一定是背叛，给彼此一个美好祝福，或许都会海阔天空。

有人说衡量一位女性有多大魅力，看看她身边的男性质量如何就知道了。这么说的话，林徽因必定是个风姿绰约、魅力超凡的女性了。建筑学家梁思成是她的丈夫，新月派诗人徐志摩是她的知己。还有一位一直与林徽因联系在一起的优秀男人，就是"择林而居"的哲学家金岳霖。

很多年前的清华大学清华园，有几位著名人物，人称"清华三苏"，同时也是著名的单身汉三人帮。其中有个哲学家叫金龙苏的，就是金岳霖，大家都习惯喊他老金。

老金生长于三江大地，年长梁思成六岁。他自幼聪慧，小小年纪便考进清华。1914 年毕业后留学英美。刚到美国的时候，他服从家人的安排读商科，后来到哥伦比亚大学改学政治学，仅两年就拿到了博士学位。在美国短期任教后，他又游学欧洲近十年。有一天，他在巴黎大街上闲逛的时候，忽然听得一帮法国人在那里激烈地辩论，他越听越有兴趣。于是这位政治学博士转攻逻辑学，并将之作为自己终生的事业。

金岳霖也按照当时风行的"清华—放洋—清华"的人生模式，从欧洲回国后执教于清华哲学系，看上去又回到了起点。但此"点"绝非彼"点"，不一样就是不一样。金岳霖受了十几年欧美文化的熏陶，生活作风相当洋化。他在清华教书的时候，总是一身笔挺的正装，打扮入时。加上超过一米八的个子，仪表堂堂，非常有绅士派头。清华哲学系最初只有一位老师，就是老金，当年他只有三十出头。但逻辑学这门年轻的学科，差不多就是这位年轻的学者引进中国的。时人有言，中国只有三四个分析哲学家，金岳霖是第一个。张申府说："如果中国有一个哲学界，那么金岳霖当是哲学界之第一人。"

关于老金的逸闻趣事，最引人注目的就是他暗恋建筑学家、诗人林徽因，并为之终身未娶。据说老金在英国读书时，收获不少外国女同学的爱慕，其中一位金发美人丽琳还跟着他来到了中国，并同居了一段时间。在当时看来，这位丽琳属于女性中的异类，她是个不婚主义者，但对中国的家庭生活极为有兴趣，表示要以同居的方式体验中国家庭内部生活与爱情的真谛，于是便和老金在北平同居下来。

至于这位美国美人何因何时离开老金回国，在文献中记载极少。或许是当时的文人们欲维护老金颜面，对此事大多讳莫如深。我们能知道的就是，随着老金和梁氏夫妇结为好友，思维和处事方法极另类的哲学家就打包行李搬到北总布胡同三号"择林而居"

（老金语）了。

老金晚年回忆说："他们住前院，大院；我住后院，小院。前后院都单门独户。30年代，一些朋友每个星期六有集会，这些集会都是在我的小院里进行的。因为我是单身汉，我那时吃洋菜。除了请了一个拉东洋车的外，还请了一个西式厨师。'星期六碰头会'吃的冰激凌和喝的咖啡都是我的厨师按我要求的浓度做出来的。除早饭在我自己家吃外，我的中饭、晚饭大都搬到前院和梁家一起吃。这样的生活一直维持到'七七事变'为止。抗战以后，一有机会，我就住他们家。"老金还说："一离开梁家，就像丢了魂似的。"

老金因为一直单身，没有什么牵绊，所以始终是梁家聚会上的座上宾。梁家和老金志趣相投，背景相似，交情自然非比寻常。老金对林徽因的才华人品赞不绝口，对她本人亦是呵护有加。徽因对老金则有一种后辈对前辈的仰慕之情，两人感情甚笃。徐志摩去世后，金、林二人交往越发亲密。

关于林徽因和金岳霖的这段感情，多年之后梁思成曾有过谈论。梁思成第二任夫人林洙说："我曾经问起过梁公关于金岳霖为林徽因而终身不娶的事。梁公笑了笑说：'我们住在总布胡同的时候，老金就住在我们家后院，但另有旁门出入。可能是在1931年，我从宝坻调查回来，徽因见到我哭丧着脸说，她苦恼极了，因为她同时爱上了两个人，不知怎么办才好。她和我谈话时一点不像妻子和丈夫谈话，却像个小妹妹在请哥哥拿主意。听到这事我半天说不出话，一种无法形容的痛苦紧紧地抓住了我，我感到血液也凝固了，连呼吸都很困难。但我感谢徽因，她没有把我当一个傻丈夫，她对我是坦白和信任的。我想了一夜该怎么办。我问自己：徽因到底和我幸福还是和老金一起幸福？我把自己、老金和徽因三个人反复放在天平上衡量。我觉得尽管自己在文学艺术各方面有一定的修养，但我缺少老金那哲学家的头脑，我认为自己不如老金，于是第二天，我把想了一夜的结论告诉徽因。我说她是自由的，如果她选择了老金，祝愿他们永远幸福。我们都哭了。'"

林徽因把梁思成的话告诉了老金，老金对她说："看来思成是真正爱你的，我不能去伤害一个真正爱你的人。我应该退出。"从那以后，林徽因和梁思成再未谈及此事。

老金是个守信用的人，林徽因同样是个诚实的人。他们三人始终是很好的朋友。"我自己在工作上遇到难题也常去请教老金，甚至连我和徽因吵架也常要老金来'仲裁'，因为他总是那么理性，把我们因为情绪激动而搞糊涂的问题分析得一清二楚。"梁思成说。

从好事者的调查猜测和可考证的文字看，这三人的关系很像西洋小说中的人物关系，这个故事的结局是林徽因、金岳霖一直相爱、相依、相存，但又无法结为夫妇。老金孑然一身，默默地守护着心中挚爱。怎奈天意弄人，徽因红颜薄命，这趟爱情旅行只剩下老金踽踽独行了。

事实上，上面梁思成的那些话出自林洙所写的《梁思成、林徽因与我》。当她写这段故事的时候，三个当事人已全部作古，是否完全还原事实无从考证。总之，只要一提起林徽因和金岳霖，大家必说起这个故事并唏嘘感动一番，到了这份上，也就无必要评判真假了。

老金大概真的对林徽因有感情，只是感情的深浅、表达的程度，特别是林徽因的回应，从旁的地方很难得到证实。旁证倒也不是没有，但都像白开水一样，缺乏好事者期待的那种惊世骇俗的浪漫。

　　汪曾祺先生在《金岳霖先生》一文中记载，林徽因去世以后，有一天老金在北京饭店请客，老友们收到通知都很纳闷怎么老金忽然要请客呢？到了之后，金岳霖才宣布："今天是林徽因的生日。"

　　林徽因对金岳霖的回应有一个算得上可靠的证据。她在1932年元旦写给胡适的信中提到老金时，称他为"另一个爱我的人"。

　　在林、梁、金三人中最长寿的是老金，享年89岁。晚年的老金和林徽因的儿子梁从诫生活在一起，从诫以"尊父"之礼事之，称为"金爸"。不过这也没什么可惊讶的，老金在梁家住过，后来梁家搬到四川，老金住在好友钱瑞升家里时，钱家的孩子也是亲热地喊他"金爸"。

　　老金晚年时，有人请求他给再版的林徽因诗集写一些话。他考虑良久，拒绝了。"我所有的话都应当同她自己说，我不能说。"停顿一下，补充道，"我没有机会同她自己说的话，我不愿意说，也不愿意有这种话。"

　　喜欢一个人，爱一个人，是一件沉重而长远的事，可能会是一生一世。这要靠行动而非语言。喜欢，或者爱，于用情至深之人，是千钧的重量，一旦化成语言就减轻了分量；是付出，而非索取，一旦索取就不再纯粹。

　　佛把他变成了一棵树，永远等在她必经的路旁。世上再无金岳霖，那份可能称为"爱"的感情，也永远无法复制。

诟　病

"他如果活着恐怕我待他仍不能改变，事实上也是不大可能，也许那就是我不够爱他的缘故。"林徽因这么说的时候，康桥之恋已经过去许多年，她的生活已然平静安稳。也许她的骨子里还存有少女般的浪漫，梦里的时候，她可以比谁都诗意，一旦醒转，又比谁都理智。她用理智超越了情感。

人间情爱莫过于此。时光氤氲，我们更无法分清当年的落花流水，到底是谁有情，谁无意。又或许本就没有过情意之说，不过是红尘中的一场偶遇，一旦分别，两无痕迹。

1932 年，林徽因给胡适去了一封信，在信中提及自己最近的愁闷心情：

我自己也到了相当的年纪，也没什么成就，眼看得机会愈少——我是个兴奋型的人，靠突然的灵感和神来之笔做事，现在身体也不好，家常的负担也繁重，真是怕从此平庸处世，做妻生子地过一世！我禁不住伤心起来。想到志摩今夏对于我富于启迪性的友谊和 love，我难过极了。

因为和三位优秀的男性都有过感情纠葛，很多人在这一点上批评林徽因。特别是在与金岳霖的关系上这一点。那时她已是梁思成的妻子，却仍然和金岳霖有不清不楚的关系。在这场"三角"旋涡中，金岳霖表现得是那么痴情、隐忍，梁思成又是那么宽容，简直就是现代女性梦寐以求的好男人！但是，相比被镀上一层金的两位男士，林徽因就不是那么被人称道了。这完全就是不守妇德、用情不专的典型嘛。

用现在的观点看，林徽因大概会被归类到"很会释放荷尔蒙的女性"那一队里吧。

事实真是这样？

关于金、林二人的感情关系，实际上很容易举出反驳的例证。两人一个是逻辑学家，另一个是建筑学家，都是以理智、清醒著称。林徽因在感情与婚姻中令人惊异的理性也是她作为一名女性的成功之处。她既然能拒绝浪漫多情的诗人，怎么面对常人眼里的"怪胎"逻辑学家就冲昏头脑了？她接受过西方文化的熏染是没错，但在婚姻之中她始终有着中国人的传统思维方式，她爱着丈夫和一双儿女，顾虑到家族的名誉，怎么会不管不顾地和金岳霖坠入罗曼蒂克、惊世骇俗的爱河呢？

很多人都认为金岳霖终身不娶是因为痴恋林徽因。但是别忘了，金岳霖是个哲学家，准确地说是个逻辑学家。哲人的精神世界又如何用常识去揣测？只有理智和智慧在他们眼中闪烁着永恒价值的光彩。金岳霖不是诗人徐志摩，把爱与美看成至高无上。如果说金岳霖为了林徽因单身一辈子，那么，让柏拉图、叔本华、康德这些前辈终身未娶的女神又是谁呢？金岳霖曾经的女友丽琳也是一位不婚主义者，两人同居而不谈婚姻，说明金岳霖在这个问题上极有可能与之达成一致。梁思成大姐梁思顺曾说："有人激进到连婚姻也不相信。"——这是在说金岳霖。

金岳霖终身不娶，并非仅仅因为林徽因这么简单，而是哲学家追求理性和智慧的一种极端的表现。当然，林徽因的出现可能坚定了他这一想法。哲学家特有的理智，对女性的要求在林徽因身上寻求到了一个完美。他必不会去破坏这份完美，必将去维护这份完美。

金岳霖始终理智地看待自己所处的位置，并理性地掌控着他的处世哲学。许多时候他用"打发日子"来形容他长期单身的寂寞。他后来写文章把自己和梁家的关系做了描述，并发挥了对"爱"和"喜欢"两种感情与感觉的分析。老金的逻辑是："爱与喜欢是两种不同的感情或感觉。这二者经常是统一的，不统一的时候也不少，就人说可能还非常之多。爱，说的是父母、夫妇、姐妹、兄弟之间比较自然的感情，他们彼此之间也许很喜欢。""喜欢，说的是朋友之间的喜悦，它是朋友之间的感情。我的生活差不多完全是朋友之间的生活。"

那么和徐志摩呢？

林徽因与徐志摩的一段剑桥情缘无可非议，当时林徽因与梁思成毫无关系，是绝对的自由身。但有人认为林徽因相当于第三者，拆散了徐志摩和张幼仪。一大批研究者相信徐、林二人是有过爱情的。韩石山研究整合了与徐志摩相关联的三位女性的资料，肯定地说："（张）幼仪不记恨陆小曼，她记恨的是林徽因。她的记恨并非是为自己，倒有一半是为了志摩。她恨林答应了他，却没有嫁给他。……两人的恋情，肯定是有的。徐志摩为了赶听林在协和小礼堂的报告，才匆匆坐飞机殒命的。"

林徽因遭人议论最多的，就是她在已经和梁思成交往的前提下仍然和徐志摩关系甚密。她和梁思成在宾大读书时也曾主动写信给徐志摩。但是从另一方面看，当时北平文化圈的名人来来去去就那么多，低头不见抬头见，要完全避开，简直是不可能的。

梁从诫、梁再冰一再重申"徐、林之间没有爱情"。梁再冰说："徐志摩去世时我年纪还小，但作为林徽因和梁思成的女儿，我很了解徐志摩同我父母之间关系的性质。徐志摩是我家两代人的朋友。他曾经追求过年轻时的母亲，但她对他的追求没有做出回应。他们之间只有友谊，没有爱情。……母亲在世时从不避讳徐志摩追求过她，但她也曾明确地告诉过我，她无法接受这种追求，因为她当时并没有对徐志摩产生爱情。她曾在一篇散文中披露过16岁时的心情：不是初恋，而是未恋……她曾说过，徐志摩当时并不了解她，他所追求的与其说是真实的她，不如说是他自

金岳霖（左一）、梁再冰（左二）、林徽因（左三）、费慰梅（右二）、费正清（右一）等，1935年于北京天坛。费正清和费慰梅夫妇是林徽因的好友，林徽因经常写信给好友诉说自己的境况，而好友则将这些往来的书信一直珍藏着。

己心目中一个理想化和诗化了的人物。"

梁从诫也强调，林徽因很坦然地承认她和徐志摩之间的感情，但不是那种谈婚论嫁的爱。"他们都非常懂得，爱一个人，首先是尊重一个人，宽容一个人，给对方留有余地，这才是它的魅力所在，所以我们才说它崇高。"

林徽因挚友费慰梅在回忆林徽因时说，她在谈到徐志摩的时候，总是把他和英国诗人、大文豪联系在一起。可见林徽因对徐志摩更多的是待之以文学上的师友。梁从诫认为"这才是他们之间的真实关系"。

我们可以肯定地说，林徽因绝对没有辜负梁思成。无论是车祸之后的精心照料，还是二人结婚之后的夫唱妇随。人们只道梁思成在建筑上的成就，但若没有林徽因相伴，梁思成的成就也许不会如此耀眼。林徽因在丈夫的研究中，做了大量不为人知的工作。一切都是默默地进行，她没有署上自己的名字。因为她与梁思成早已不分彼此。

民国，这个连字形都被染上了浪漫、风情、传奇气息的词汇。那个年代的才女不止林徽因一个，引人入胜的爱情故事也不止这一桩。很多民国才女，她们的爱情或热烈，或淳朴。她们的爱情有时也很决绝，比如张爱玲，比如蒋碧薇，还有萧红。这些才女们并没有比林徽因笨拙，她们有足够的智慧和才情。她们的天赋才华，民国以后再难寻找。可她们在爱情中，总会伤了自己。大抵是那份执着太锋利了，生生割断了情感中聪慧的弦，才变傻了，被伤了。但林徽因的感情是民国才女中的异类。她是真聪明的。

要知道，世上最坚韧的，不是石头，是水。林徽因像流水，灵活柔软地避开了执着的利刃，在那个年代特有的风花雪月的迷阵中，全身而退。

　　林徽因是一位复杂的女性。她善良、聪慧，用现在的话说情商极高，她能理解对方，为对方设身处地地着想，从不会嘲笑他们。但从另一方面看，她又是那么理智甚至冰冷无情。面对热烈追求的徐志摩她能决然地转身，面对默默守护的金岳霖她以礼相待，面对丈夫的宽容呵护她也能坦然相告"我同时爱上了两个人"。从某种程度上来说，林徽因算得上是爱情的终结者吧？她不是一个特别适合谈恋爱的人。恋爱大概是属于徐志摩、陆小曼那一类人的，赴汤蹈火，无怨无悔，蜡炬成灰泪始干。而林徽因占上风的始终是理智。她是一个特别清醒、特别从容的人，不会为了某种情绪让自己深深沉沦。她有属于自己的坚持和原则，有自己独立的空间。所以她能留下许多的瞬间和剪影，有些人记住的是她的柔情婉转，有些人记住的是她的淡然自若，有些人记住的是她的热情执着。或许正是由于她的复杂，不可名状，才会有那么多人仰慕她，爱恋她，甚至一生一世守在她身边。

光芒初绽

张爱玲说:"出名要趁早。"

林徽因便是如此。她没有不得志过,更不是大器晚成。在她尚未拥有"中国第一代女建筑学家""新月派诗人"这样熠熠生辉的头衔之时,她年轻秀美的面庞就已经让许多人铭记。

林徽因这一生虽说也经历过至亲的死亡,自己亦是落下一身病骨,但在那个风起云涌的年代,亦算得上安稳。她不是张幼仪,命运所逼终于成就一位新女性。她高贵的出身、开明的父亲让她年纪轻轻就站在了与平凡女孩截然不同的位置。更不要说林徽因本就天赋异禀,生得美丽,又有才华,性格机敏讨喜,这对一个女人来说,已经是太充裕了。

大幕拉开,是"马尼浦王的女儿"的绝世风采;宾大校园里还留着那个东方女孩清雅的身影;欧陆的古建筑还记得那双闪烁着光彩的美丽的眼睛……

新 月

那个为爱而生的诗人曾对他的朋友说："我要把生命留给更伟大的事业呢。"但这事业终究是未完成。有人说，徐志摩再走下去，也许会长大，总有一天会看清现实的样子，但上天没有再给他十年。所以他永远单纯着信仰，怀抱着赤子的天真。

一提到"新月"会想起什么？

诗哲泰戈尔的《新月集》是自然的。这本诗集的名字同样也是中国现代新诗史上一个重要流派的名字。闻一多曾在《诗的格律》中提出著名的"三美"主张，即"音乐美（音节）、绘画美（辞藻）、建筑美（节的匀称和句的均齐）"。它是针对当时的新诗形式过分散体化而提出来的。这一主张奠定了新格律学派的理论基础，对新诗的发展做出了一定的贡献。因此，新月派又被称作新格律诗派。后期新月派提出了"健康""尊严"的原则，坚持的仍是超功利的、自我表现的、贵族化的"纯诗"的立场，讲求"本质的醇正、技巧的周密和格律的谨严"，但诗的艺术表现、抒情方式与现代派趋近。

说新月派，自然不能不说《再别康桥》的作者徐志摩。

一切开始于北京西单附近的石虎胡同七号。那里有一座王府似的宅子，古树参天。这座宅子名气不小，住过平西王吴三桂，清代名臣裘曰修也曾是它的主人。还有人说这宅子里闹鬼，是座凶宅。后来维新派大人物梁启超把松坡图书馆专门收藏西书的分馆办在这里。徐志摩从英国回来，在图书馆当英文干事，将其中的一间房屋作为自己的居所。

1924 年初春，林徽因走进了石虎胡同七号。

这座宅子有两进两出的幽静的庭院。院落不大，布局倒是严谨有加，一正两厢，掠檐斗拱，颇为气派。乍暖

徐志摩，1924 年摄。

还寒，院子里的柿子树、槐树还未返青，只在枝梢上泛出些微的绿意。倒是那藤萝耐不住性子，迎着稀薄的日光抽出黄绿色的新叶来，料峭春寒好像也不那么漫长了。那是个微弱的季节，同时也是不可忽视的力量。

林徽因推开北正厅的大门，迎接她的是粉刷一新的墙壁和新铺的红地毯。地毯四周摆放了一圈沙发。房间被打扫得窗明几净，几盆仙客来竞相绽放，粉白紫红相间的娇嫩的花瓣如颤动的蝴蝶的翅膀，仿佛就要振翅向春天飞去了。

那个春天，徐志摩正等待着泰戈尔来华。有人说徐志摩伶俐会来事儿，定是为了讨得诗哲欢心，才应景似的将自己创立的团体命名为“新月”。徐志摩的“新月社”当然与《新月集》有联系，可“新月”二字，自然也镌刻着徐志摩的追求。

徐志摩喜欢月，写过许多和月有关的诗，人也如月般浪漫，情感如月般明澈，毫无遮掩。这正应和了新月的清澈明亮。但同时这也是他遭遇情感风波和文坛风波的原因。

就连徐志摩自己都无法确定，自己一个二十几岁，毫无根基

的青年究竟能做出些什么成就来。那时候，一大批青年学子海外归来，北京城里藏龙卧虎。你看那逼仄胡同里一扇不起眼的门后，不定就坐着个惊才绝艳的人中龙凤。一场新文化运动催生了多少雨后春笋，文学研究社、创造社锋芒毕露；《小说月刊》《新青年》风生水起。清丽的月光真的能照彻他的理想吗？

徐志摩没有太多时间考虑这些，眼下他正红着眼睛忙碌着。今天是个重要的日子，为了筹备新月社成立，他已经连续数日寝食不安了。这件事确实为难了他，筹集经费，请厨师，粉刷房屋，事事都得操心。多亏有个能干的黄子美跑前跑后地帮衬，也亏得徐申如与儿子冰释前嫌，慷慨解囊，这个由周末聚会托生的新月社才不至于胎死腹中。

"好漂亮哟！"林徽因带着福建官话味儿的京片子脆生生的俏皮。

"让林小姐夸奖可不容易呀！"徐志摩一边打趣说，一边给她搬来一把椅子。

林徽因哪里闲得住，她兴致勃勃地绕着大厅走了一圈儿，又去院子里看藤萝。她惊奇地叫起来："志摩你看！这藤萝出新叶啦！用不了多久就会有一串一串的紫花开出来，那时这小院就更美啦。"

徐志摩的布满血丝的眼睛亮起来："新月社就像这藤萝一样，有新叶就会有花朵，看上去那么纤弱，可它却是生长着，咱们的新月也会有圆满的一天，你说是吗？"

林徽因连连点头。

"就凭咱们这一班儿爱做梦的人，凭咱们那点子不服输的傻气，什么事干不成！当年萧伯纳、韦伯夫妇一起，在文化艺术界，就开辟出一条新道路。新月、新月，难道我们这新月是用纸板剪成的吗？"

"把树都给栽到一处，才容易长高啊！"林徽因不无感慨地说。

"咱们有许多大事要做，要排戏，要办刊物，要在中国培养一种新的风气，回复人的天性，开辟一条全新的路。"徐志摩说，"眼下最重要的是排练《齐德拉》，到时候你可是要演马尼浦王的女儿呢。"

说到专门为了泰戈尔来华排练的舞台剧，林徽因的情绪更加热烈起来。

社员们三三两两地走进了院子。

胡适是第一个来的。穿一件蓝布棉袍，袖着手。这位蜚声中外的学者看起来倒像个乡塾冬烘先生。一进门，就冲着厨子用徽州土话嚷："老倌，多加点油啊！"

徐志摩笑说："胡先生，给你来个一品锅怎么样啊？保险不比江大嫂手艺差！"

林徽因拊掌笑起来。难得这位不苟言笑的胡博士幽上一默。

随后来的是陈通伯和凌叔华。陈通伯瘦高个儿，温文尔雅，一副闲云野鹤的派头；凌叔华安安静静的，鹅蛋脸上挂着淡淡的微笑。

高个头儿的金岳霖侧着身子进来。林徽因笑道："老金一来，这屋子就矮了！"

大家都笑起来。

梁启超和林长民这对老友姗姗来迟。梁启超穿着宽大的长袍，秃顶宽下巴，看着倒也精神潇洒。他左顾右盼一番，赞道："收拾得不错，蛮像样子的嘛！"

一屋子的人吵闹着："今天林先生来晚了，罚他唱段甘露寺！"

林长民抱拳过头向四座拱手道："多谢列位抬举，老夫的戏从来是压轴的，现在不唱！现在不唱！"

这些在中国现代文化史上留下名字的天之骄子们谁也没有意识到，他们以泰戈尔诗集名字命名的这个小小的社团，就在这初春里的平平常常的一天，走进了新文化运动的历史。

尚且年轻的林徽因自己也没有注意到，她将和这些文采飞扬的朋友、前辈们一起，为改变中国现代文坛的格局留下清新却坚实有力的一笔。

苍松竹梅三友图

流水过往，一去不返，可人又是为何在悲伤惆怅的时候无法抑制地怀想从前呢？大抵是我们都自知太过庸常，经不住平淡流光日复一日地冲刷。想当初立于别离的渡口，多少人说出誓死不回头的话语。末了偏生是那些人需要依靠回忆度日，将泛黄的过往前尘一遍又一遍阅读，泪水涟涟。

1924年4月23日，9时24分。墨绿色的车厢如同从远海归航的古船，停泊在了北京前门火车站的月台上。一群文化名人装扮一新，神情严肃中透出期待和焦急。梁启超、蔡元培、胡适、蒋梦麟、梁漱溟、辜鸿铭、熊希龄、范源濂、林长民等人或西装革履，或长衫飘逸，个个气度不凡。万绿丛中一点红的林徽因，着咖啡色连衣裙搭配米黄色上装，素净淡雅。她手捧一束红色郁金香，年轻娇美的面容被衬托得更加动人。

车门打开。

一位头戴红色柔帽，身穿浅棕色长袍，鹤发童颜，长髯飘逸的老人在一个清秀的中国青年的搀扶下下了车，林徽因感到自己的心跳一下子加快了。这就是获得诺贝尔奖的诗哲泰戈尔吗？分明是慈眉善目的东方寿星呀。林徽因觉得他仿佛来自一个童话世界，一个圣灵的国度。如果不是同时下车的徐志摩提醒，她差点忘了献上手中的花。

鞭炮响了，是一千响的霸王鞭，这是最具中国古典韵味的欢迎仪式。泰戈尔兴奋地展开双臂，像个孩子那样地笑着，好像要

拥抱这座尊贵古老的皇城。

从 4 月 12 日"热田丸"号徐徐驶入黄浦江开始，中国知识界的神经就已经兴奋起来了，泰戈尔也同样激动，他终于来到了这个早已心向往之的国度。桃花似锦的龙华，草长莺飞的西湖，六朝烟霞的秦淮……都深深吸引这位印度诗人。泰戈尔踏访遗迹，发表演讲，与学者们交流互动，乐此不疲。徐志摩作为忘年交的好友和翻译一直陪伴在他身边。

泰戈尔访华的演讲稿是徐志摩事先翻译好的，诗哲的行程也是他精心安排的。他们在这段朝夕相处的日子里，谈创造的生活，谈心灵的自由，谈普爱的实现，谈教育的改造。在杭州游西湖时，徐志摩一时诗兴大发，在一株海棠树下作诗达旦。梁启超特别集宋人吴梦窗、姜白石的词作了一副对联赠给学生：

临流可奈清癯，第四桥边，呼棹过环碧；
此意平生飞动，海棠影下，吹笛到天明。

林徽因的情感也许没有诗人那么外露和激荡，但是她的内心也平静不下来。从泰戈尔到达国内的那天起，她就每天看着报纸为他们计算着行期。对于泰戈尔那些脍炙人口的名作，爱诗的林徽因早已烂熟于心，她时刻都在盼望着能早一点见到这位睿智的偶像。当泰戈尔真正出现在她的眼前时，她就像掉进了一个童话世界似的，几乎要分不清是真是幻了。

　　鸽哨清亮悠扬地划过如洗碧空。日坛公园的草坪修剪一新，阳光铺展其上，每一片草叶都闪耀着淡淡的金色光泽，蒸发起令人心情舒畅的植物清香。那是一种令人想起梦境中的故园的清香，遥远、古老而又安宁。

　　欢迎泰戈尔的集会就在这片草坪上进行。原本的计划是在天坛公园集会，但天坛公园是收门票的，考虑到学生们大多经济不自由，于是改在免费的日坛公园。

　　林徽因搀扶着泰戈尔登上演讲台，担任同声翻译的是徐志摩。当天京城的各大报纸都在头条报道了这次集会的盛况。说林小姐人艳如花，和老诗人挟臂而行，加上长袍白面、郊寒岛瘦的徐志摩，犹如苍松竹梅的一幅三友图，林徽因的青春美丽、徐志摩的风度翩翩和诗哲的仙风道骨相映成趣，一时成为京城美谈。

　　泰戈尔的即兴演讲，充满了真挚、亲善的情感。他说："今天我们集会在这个美丽的地方，象征着人类的和平、安康和丰足。多少个世纪以来，贸易、军事和其他职业的客人，不断地来到你们这儿。但在这以前，你们从未考虑过邀请任何人，你们不是欣赏我个人的品格，而是把敬意奉献给新时代的春天。"

老人清清嗓子，接着说："现在，当我接近你们，我想用自己那颗对你们和亚洲伟大的未来充满希望的心，赢得你们的心。当你们的国家为着那未来的前途，站立起来，表达自己民族的精神，我们大家将分享那未来前途的愉快。我再次指出，不管真理从哪方来，我们都应该接受它，毫不迟疑地赞扬它。如果我们不接受它，我们的文明将是片面的、停滞的。科学给我们理智力量，它使我们具有能够获得自己理想价值积极意识的能力。"

饮了一口林徽因送上的热茶，泰戈尔望着远方的天空，情绪有点激动。

"为了从垂死的传统习惯的黑暗中走出来，我们十分需要这种探索。我们应该为此怀着感激的心情，转向人类活生生的心灵。"他提醒说，"今天，我们彼此命运是息息相关的。归根结底，社会是通过道德价值来抚育的，那些价值尽管随着时间的变化而变化，但仍然具有——道德精神。恶尽管能够显示胜利，但不是永恒的。"他雪白的长髯微微飘拂着，嗓音洪亮，精神矍铄，宛如圣哲站在阿尔卑斯山巅对着全人类布道，"在结束我的讲演之前，我想给你们读一首我喜爱的诗句：

仰仗恶的帮助的人，建立了繁荣昌盛，

依靠恶的帮助的人，战胜了他的仇敌，

依赖恶的帮助的人，实现了他们的愿望，

但是，有朝一日他们将彻底毁灭。"

徐志摩文采飞扬的传译伴随着诗哲淙淙流水般的演讲，让参加集会的学生都入了神。一旁的林徽因不时向他投去赞许的目光。讲演结束之后，林徽因对徐志摩说："今天你的翻译发挥得真好，好多人都听得入迷了。"

徐志摩说："跟泰戈尔老人在一起，我的灵感就有了翅膀，总是立刻就能找到最好的感觉。"

林徽因说："我只觉得老人是那样深邃，你还记得在康桥你给我读过的惠特曼的诗吗？——从你，我仿佛看到了宽阔的入海口。面对泰戈尔老人，觉得他真的就像入海口那样，宽广博大。"

林徽因、徐志摩一左一右，相伴泰戈尔，被拍成大幅照片，登在了当天的许多家报纸上，京城一时"洛阳纸贵"。

5月8日，由胡适做主席，400位京城最著名的文化界名人出席了泰戈尔64岁的生日宴会。这是一场按照中国传统方式操办的宴会，泰戈尔得到了十几张名画和一件瓷器作为寿礼，但最让他高兴的是自己有了一个中国名字。命名仪式由梁启超亲自主持。梁启超解释道，泰戈尔的英文名字"Rabindranath"译作中文即"太阳"和"雷"，"震旦"二字由此而来。而"震旦"恰恰是古代印度称呼中国的名字"Cheenastnana"，音译应为"震旦"，意译应为"泰士"。梁启超又说，按照中国人的习惯，名字应该有姓，印度国名天竺，泰戈尔当以国名为姓，全称为"竺震旦"。泰戈尔先生的中文名字象征着中印文化永久结合。

同样是为了给泰戈尔祝寿，新月社排演了他根据印度史诗《摩诃婆罗多》写的《齐德拉》。因是专场演出，且人物对白全部用英语，观众只有几十个人，不太懂英文的梁启超由陈通伯担任翻译。

这是一个与爱情有关的故事。齐德拉是马尼浦国王的女儿，马尼浦王系中，代代都有一个男孩传宗接代，可是齐德拉却是他的父亲齐德拉瓦哈那唯一的女儿，因此父亲想把她当成儿子来传宗接代，并立为储君。公主齐德拉生来不美，从小受到王子应受的训练。邻国的王子阿顺那在还苦行誓愿的路上，来到了马尼浦。一天王子在山林中坐禅睡着了，被入山行猎的齐德拉唤醒，并一见钟情。齐德拉生平第一次感到，她没有女性美是最大的缺憾，失望的齐德拉便向爱神祈祷，赐予她青春的美貌，哪怕只有一天也好。爱神被齐德拉的诚心感动了，答应给她一年的美貌，丑陋的齐德拉一下变成如花似玉的美人，赢得了王子的爱，并结为夫妇。可是这位女中豪杰不甘冒充美人，同时，王子又表示敬慕那个平定了盗贼的女英雄齐德拉，他不知他的妻子就是这位公主。于是，齐德拉祈祷爱神收回她的美貌，在丈夫面前显露了她本来的面目。

在这个故事里，观众最关注的不是王子公主，而是公主和爱神。林徽因饰演齐德拉，徐志摩扮爱神玛达那。

天鹅绒大幕缓缓拉开了。

林徽因和徐志摩没有想到，他们竟然那么快就进入情境。他们的配合是如此默契，每一次眼神交汇都是心灵的相连。台词好像不需要记忆，因为完全可以从对方的眼神里读出。真情演绎出的戏剧无疑能打动所有人。他们似乎忘记了舞台的存在，也忘记了台下的观众。当然，他们也无暇注意到台下英文并不灵光的梁启超的惊愕、愠怒的目光。

演出大获成功。随着幕布的落下，观众纷纷起身鼓掌，为他们精湛的表演叫好。掌声在四壁如潮水般回旋着。泰戈尔登上台，拍着女主角的肩膀赞许道："马尼浦王的女儿，你的美丽和智慧不是借来的，是爱神早已给你的馈赠，不只是让你拥有一天、一年，而是伴随你终生，你因此而放射出光辉。"

林徽因在泰戈尔的诗剧《齐德拉》中饰演马尼浦国王的女儿齐德拉公主。

尽管林徽因光芒四射的美貌和演技为北京文化界增了光、添了彩，也得到了诗哲的赏识，但梁家可是高兴不起来。李夫人和大女儿梁思顺耿耿于怀，梁思成也有些郁闷。因为一场戏擦出火花，俨然现在八卦绯闻的桥段。但这桩绯闻很难让人不当真。当时周围的朋友都知道徐、林二人余情未了，特别是徐志摩，一直没有完全放弃追求林徽因，这几乎是公开的秘密。他回国后一直殷切地待她，如初见一般温柔热切。就算林徽因当时确实如外界传言的那样有些动摇，也是在情理之中。

但是，林徽因依旧是那个理智得令大多数女性羡慕的林徽因。可能她有过短暂的挣扎矛盾，但她最终选择了远离感情是非。她马上就要跟梁思成一起去美国读书了。

5月20日是泰戈尔离开的日子。在北京时，林徽因一直不离诗哲左右，令泰戈尔欣赏有加。临别时特别写了一首诗赠给林徽因：

蔚蓝的天空
俯瞰苍翠的森林，
他们中间
吹过一阵喟叹的清风。

陪同泰戈尔的徐志摩在靠窗的桌子上铺开纸笔。他不敢看站台上的林徽因。看了又能怎么样呢？他们之间的爱情苏醒宛如一次生命的回光返照。最终他们会渐行渐远，消失在彼此眼里。原来，爱情是这般脆弱呀！简直是不敢相信！

徐志摩匆匆写着：

我真不知我要说的是什么话，我已经好几次提起笔来想写，但是每次总是写不成篇。这两日我的头脑总是昏沉沉的，开着眼闭着眼却只见大前晚模糊的凄清的月色，照着我们不愿意的车辆，迟迟地向荒野里退缩。离别！怎么能叫人相信？我想着了就要发疯。这么多丝，谁能割得断？我的眼前又黑了！

徐志摩害怕各种形式的离别，每一次离别对他来说都是一种死亡。他曾私下里对泰戈尔说过自己仍然爱着林徽因，泰戈尔也觉得两人般配，代为求情，却没有使林徽因回心转意。他们这次真的要天各一方了。

徐志摩没有时间写完，火车已经要启程了。他心下焦急，冲向站台。同行的泰戈尔的英文秘书恩厚之见他如此悲伤激动，便将他拦下，替他把信收起。

这封没有写完的信永不会被寄出。

汽笛不解离人的别意，硬是执拗地拉响了。列车缓缓驶出站台。徐志摩朝车窗外看了一眼，所有的景物都一片迷离，他觉得自己那颗心，已经永远地种在了站台上。

灯火飞快地向后退去。

就像自己无疾而终的爱情一样被岁月留在了记忆里。单凭理想和一腔热忱，确实无法与现实抵抗。"去吧，青年，去吧！悲哀付于暮天的群鸦"；从那幻梦里醒过来，"去吧，梦乡，去吧！我把幻境的玉杯摔破"。

绮色佳的枫情

正值7月，美国东部的枫叶才刚刚泛出些微的红色。绮色佳这座万树环绕的小城正准备迎接一年中最丰盛、最风情的时节。湖光山色没有想象中热烈，反而多了几分庄重素雅。泉水从山涧中潺潺奔流而出，跌宕于岩石之间，形成精巧的瀑布。彩虹在水雾间若隐若现，与红树碧水一起环抱着康奈尔大学。

绮色佳小城居民1万人，其中有6000人是康大学子。

1924年6月，20岁的林徽因和23岁的梁思成共同赴美，前往康奈尔大学读预科班，为正式读大学做准备，7月7日抵达学校报到。同行的还有梁思成的弟弟梁思永。

康奈尔大学校园夹在两道峡谷之间，三面环山，一面是水光潋滟的卡尤噶湖。康大的建筑多为奶黄和瓦灰，很是素净。这是一座田园牧歌式的大学城。

刚刚放下行李，他们就立刻办理入学手续。Summer School 从今天正式开课，他们已经迟了一天了。报名、缴费、选课……忙碌了好半天才办妥当。林徽因选择了户外写生、高等代数等课程，梁思成则将要学习三角、水彩静物和户外写生。

除了梁思永，一同来康大就读的还有梁思成在清华的好友兼室友陈植。

林徽因喜欢这里的山光水色。这里的美有一种中国山水画的意境，再加之主观的感情渲染，引发了她若有似无的乡恋。这样的美丽陶醉着他们，西方式教学的开放创新也使他们如鱼得水。

每天清早，梁思成和林徽因携着画具，伴着鸟鸣去野外感受大自然生动的色彩，心灵得到前所未有的自由的释放。每一天都有不一样的新收获。

最吸引他们的还是康大的校友会。校友会会址是一栋淡黄色的雅致建筑，大厅里挂着康大从成立以来历任校长的肖像油画。栗色的长桌上，陈列着每一届毕业生的名册，记录了他们在学术和社会贡献上的成就以及对母校的慷慨回馈。毕业生和在校生捐赠的桌椅等物品都刻着捐赠者的名字。

他们在校友会结识了许多新朋友，大家经常聚在一起畅谈理想，讨论人生观，放松时办舞会，生活比国内充实快乐了许多。他们非常珍惜这段生活，因为再过两个月，他们就要按照计划动身去宾夕法尼亚大学攻读建筑专业。这里的每一天，每一分钟都值得用心体会。

但是，新鲜的异国学习生活并不能搬走他们心里压着的那块石头。因泰戈尔访华崭露头角的林徽因，非但没有改变李夫人的偏见，反而更让她不满。李夫人本就不赞同梁、林两家联姻，从这时候起就更加反对。梁思成常常收到大姐梁思顺的信，心中对林徽因责难有加。特别是最近的一封，大姐说母亲重病，也许至死都不会接受徽因做梁家的儿媳妇。

林徽因知道以后非常伤心，梁思成也很焦急，不知道怎么安慰她。徽因无法忍受李夫人和大姐的种种非难，更无法忍受的是他人对她的品行的质疑和独立人格的干预。于是她对梁思成说，Summer School 的课程结束后她不准备和他一起去宾大了。她要留在康奈尔，她需要这里恬静的景致和生活为自己疗伤。听到恋人这么说，梁思成的情绪更加低落，很快消瘦下去。他给大姐写信说：感觉做错多少事，就受到多少惩罚，非受完了不会转过来。这是宇宙间唯一的真理，佛教说"业"和"报"就是这个真理。

此时此刻，远在北京独自伤心的徐志摩忽然收到林徽因的一封来信。那信很短，只说希望能收到他的回信。不用写什么，报个平安也好。

徐志摩已经冷却的希望又被点燃了。他生怕写信太慢，连忙跑到邮局发了一封加急电报给林徽因。从邮局回到石虎胡同，徐志摩一路被兴奋和喜悦包围着。红鼻子老塞拉住他喝酒，喝到半酣，他猛然想起什么，放下酒杯，再次跑到邮局。当他把拟好的电稿交给营业室的老头时，老人看了看笑了："你刚才不是拍过这样一封电报了吗？"徐志摩这才反应过来，不好意思地笑笑。确实，他刚才已经发过一遍了。

梁思成（左一）、林徽因（左三）在美国留影。

回到寓所，抑制不住激动心情的徐志摩备好纸笔，他要立刻给林徽因去一封信。谁承想信没写成，一首诗却满篇云霞地落在纸上。

当这首诗寄到绮色佳的时候，林徽因已经在医院的病床上躺了好几天了。她发着高烧，分不清是梦里还是醒着，是幻觉还是真实。她一会儿感觉自己躺在冰冷的山谷里，周围没有花朵，没有清泉，黑夜像一只怪兽的大嘴吞噬着她，又像一只沉重的大钟扣在她的头顶。一会儿又漂流在茫茫然的海上，望不到尽头的海，鱼儿在天空游着，飞鸟掠过海底，海浪摇晃着她疲倦的身体，越来越厉害，她感到头晕目眩……不行，不敢睁开眼睛，那太阳就在离她很近很近的地方，一定会被灼伤瞳孔……

当她终于张开双目的时候，看到的是淡金色的阳光洒在窗帘上，温暖却不刺眼。她艰难地动了一下，稍稍转过头，床头有一束新鲜的花，刚刚从山野采来的花，露水还未来得及蒸发掉，在花瓣上晶莹闪烁着。

一只手轻轻放在她的额头上。她听到梁思成如释重负的声音："烧总算退了一点儿，谢天谢地。"

林徽因看向梁思成，见他双眼通红，笑容疲惫，面色十分难看，心里就有了不好的预感。

勉强吃了点东西，林徽因总算觉得好了些。梁思成扶着她坐起来，从口袋里掏出一封电报给她看：母病危重，速归。

1922年，李夫人在马尼拉做了癌切除手术，当时姐夫周希哲任中国驻菲律宾使馆总领事，大姐一家住在那里，夏天父亲梁启超派梁思成到马尼拉把母亲接回天津。此时林徽因知道李夫人的病已到晚期,日子不能长久了。她焦急地问:"你准备什么时候起程?"

梁思成说他已经往家里拍了电报,说不回去了。

林徽因住院的那段时间,梁思成每天早晨采一束带露的鲜花,骑上摩托车,准时赶到医院。每天的一束鲜花,让她看到了生命不断变化着的色彩。一连许多天,她整个的心腌渍在这浓得化不开的颜色里。

当他们结束了 summer school 的课程,准备一同前往宾夕法尼亚大学时,绮色佳漫山遍野的枫叶正如火一般燃烧着……

筑梦宾大

日子又回到了往日的平静，两片流云短暂交会后，飘向不同的方向。同在一片天空，自会有难免的交集，但分离之后能换来长久的安稳亦是值得。离别并非只会带来永无休止的牵挂和痛苦，人事万物自有它的去处，况且还有那么多至美的梦等着你我去营造。咖啡虽不是纯粹的甘甜，你沉浸于浓郁的芬芳，亦会忘记那最初的苦涩。

林徽因宾大学生证照片。

宾夕法尼亚州别名"拱顶石"，是美国东部的工业大州。首府费城坐落在特拉华和丘尔基尔两条河流涨潮时的交汇处。这里曾是美利坚合众国的第一个首都所在地。从丘尔基尔河开始，是费城的西城，闻名全球的宾夕法尼亚大学就建在河的西岸。

成立于18世纪的宾夕法尼亚大学属于常春藤大学联盟，是一所以浓厚的学术氛围闻名的大学，历任校长思想活跃，研究院办得也很出色。梁思成就读的建筑学研究院就是宾大的招牌研究院之一。法国建筑师保尔·P.克雷（1876—1945）在那里主持建筑学研究院的教学工作。克雷于1896年进入巴黎美术学院就读，接受了建筑、建筑史及简洁漂亮的透视图的强化训练。此时克雷已经在建筑和数学方面崭露头角。他的设计包括华盛顿泛美联盟大厦、联邦储备局大厦和底特律美术学校等有名的建筑，充分显示了他的才华和实力。

宾夕法尼亚大学与德克莱赛尔大学比邻而建，与哈佛大学、斯坦福大学并列全美最好的三所大学。

9月，梁思成和林徽因结束康奈尔的 summer school，一同前往宾大正式读大学。梁思成很快便入读了建筑学研究院。但林徽因却得到一个令人沮丧的消息，建筑系不招收女生。校方给出的解释是建筑系学生经常需要熬夜画图，一个女孩子处在这样的环境中比较危险。林徽因只好"曲线救国"，和美国女学生一样去读美术系，注册的是戏剧学院舞台美术设计专业，辅修建筑系的主要课程。

这样，林徽因和梁思成就成了同窗，一起上课，一起完成设计作业。没课的时候，林徽因、梁思成就会约上早一年到宾大的陈植，去校外郊游散步。兴致好的时候，他们便坐了车子到蒙哥马利、切斯特和葛底斯堡等郊县去，看福谷和白兰地韦恩战场，拉德诺狩猎场和长木公园。林徽因和梁思成对那里的盖顶桥梁很感兴趣，总是流连忘返，陈植却醉心于那连绵起伏、和平宁静的田园。有时三个人也会去逛逛集贸市场。在农家的小摊上，总能买到各种新鲜的水果和蔬菜，林徽因喜欢吃油炸燕麦包，梁思成却喜欢黎巴嫩香肠和瑞士干奶酪，陈植说他什么也吃不惯，只是喜欢独具风味的史密尔开斯。劳逸结合，求学生活过得倒也惬意。

林徽因漂洋过海来到美国追求自己的建筑梦，只因为性别就被轻飘飘地拒之门外，要强的她怎么会就此甘心？她的倔强和才华注定不会令她埋没于人。她只是一个建筑系的旁听生，却和其他正式的学生一样认真地上课，交作业，交报告，她的成绩不是第一也是第二。她和梁思成共同完成的建筑图给当时一位年轻的讲师约翰·哈贝森留下了极深的印象。后来哈贝森成为著名的建筑师，还能回忆起那份"棒极了"的作业。

天道酬勤，林徽因很快得到了应得到的回报。从 1926 年春季开始，她就成了建筑设计的业余助教；在 1926—1927 学年又升为该专业的业余教师。

林徽因的厉害之处在于，不仅靠着勤奋和天赋得到学业上的成功，也能拥有良好的人际关系而绝非只是个两耳不闻窗外事的书呆子。那个时候，美国的学生戏称中国来的留学生为"拳匪学生"，因为他们非常刻板和死硬，只会埋头死读书，极少交际，只有林徽因和陈植例外。林徽因外表美丽，能讲很棒的英文，活泼健谈，走到哪里都是焦点，大家都喜欢跟她做朋友。陈植常在大学合唱俱乐部里唱歌，大方幽默，也是最受欢迎的男生。

与他们相反，梁思成是一个严肃用功的学生。而林徽因在学业上也和人际关系上一样，思维活跃富于创造性。她常常是先画一张草图，随后又多次修改，甚至丢弃。当交图期限快到的时候，还是梁思成参加进来，以他那准确、漂亮的绘图功夫，把林徽因绘制的乱七八糟的草图，变成一张清楚而整齐的作品。

1926 年 1 月 17 日，一位美国同学比林斯给她的家乡《蒙塔纳报》写了一篇访问记，记录了林徽因在宾大的学习生活：

她坐在靠近窗户能够俯视校园中一条小径的椅子上，俯身向一张绘图桌，她那瘦削的身影匍匐在那巨大的建筑习题上，当它同其他三十张到四十张习题一起挂在巨大的判分室的墙上时，将会获得很高的奖赏。这样说并非捕风捉影，因为她的作业总是得到最高的分数或偶尔得第二。她不苟言笑，幽默而谦逊，从不把自己的成就挂在嘴边。

"我曾跟着父亲走遍了欧洲。在旅途中我第一次产生了学习建筑的梦想。现代西方的古典建筑启发了我，使我充满了要带一些回国的欲望。我们需要一种能使建筑物数百年不朽的良好建筑理论。

"然后我就在英国上了中学。英国女孩子并不像美国女孩子那样一上来就这么友好。她们的传统似乎使得她们变得那么不自然的矜持。"

"对于美国女孩子——那些小野鸭子们你怎么看？"

回答是轻轻一笑。她的面颊上显现出一对色彩美妙的、浅浅的酒窝。细细的眉毛抬向她那严格按照女大学生式样梳成的云鬓。

"开始我的姑姑阿姨们不肯让我到美国来。她们怕那些小野鸭子，也怕我受她们的影响，也变成像她们一样。我得承认刚开始的时候我认为她们很傻，但是后来当你已看透了表面的时候，你就会发现她们是世界上最好的伴侣。在中国一个女孩子的价值完全取决于她的家庭。而在这里，有一种我所喜欢的民主精神。"

可能是因为林徽因那太过早熟、压抑的童年，让她能在这个自由的环境里感受到更大的快乐和放松。这一株青春的树终于可以肆无忌惮地碰触阳光了。这里的氛围是明朗的，同窗好友充满朝气的笑声让人越发感到年轻的活力。她可以大声地讲笑话，开心地笑闹，没有人会干涉她。严格的父亲，愤愤不平的母亲，畸形的家庭关系……这些纠缠她多年的束缚终于解开了。在这个新世界，每个人都心无芥蒂地喜欢着她。虽然功课繁重，但她仍然可以和同学看戏、跳舞、聚会。她加入了"中华戏剧改进社"，生活看起来真是好极了。

可是作为林徽因的男朋友，准确地说是未婚夫，梁思成可是有点介意了。自己的女朋友是这么耀眼又这么美丽，欢喜之余有着同样多的担心。她对所有人都那么友好，包括对着各式各样的仰慕者也不吝甜美的笑容。林徽因的长袖善舞让梁思成坐立不安。他在学业上比起林徽因毫不逊色，甚至更加优秀。他在大学里曾获得过两个建筑设计方面的金奖，但他觉得这样还不够，距离他的理想还差很远的距离。他写信给父亲坦白自己在学业上的迷茫和失落，梁启超回信鼓励他"但问耕耘，莫问收获"。他用的功不比林徽因少，成绩不比她差，但在性格上没有那么外放，总给人严肃的感觉。更重要的是，她是将要和他共度一生的人，难道不应该在交往上收敛一点吗？难道不应该凡事征求一下他的意见吗？但是女友似乎更愿意自由自在地做她的"菲利斯"，而把"梁夫人"丢在了一边。

这对日后携手为中国的建筑学研究做出重大贡献的年轻恋人，也像所有的小情侣一样有着这样那样的矛盾，为一些小事情争执不休。事实证明梁启超推迟孩子们的婚期的决定是对的，他们必须经过充分的了解、磨合，才能更理智地面对婚姻。不意百炼钢，化作绕指柔。两人在依恋、争吵、怀疑的轮回中找到了平衡之道，这也是后来他们几十年稳固婚姻的基础。

虽然有着不可避免的龃龉，林徽因和梁思成在宾大的大部分时间还是充实快乐的。他们常常会去博物馆，宾夕法尼亚大学博物馆规模不大，但名声颇不小，且离建筑系很近，不上课的时候，林徽因便拉了梁思成去那里转转。博物馆里珍藏着来自全世界各个国家的珍贵文物，唐太宗陵墓的六骏中的两骏"飒露紫"和"拳毛䯄"竟也被放在这里。

六骏原是唐太宗李世民在创建唐王朝的各次征战中的坐骑，贞观十年（公元 636 年），天下大定，李世民命画家阎立本绘制其所骑骏马图，并分别雕刻在六块高 1.7 米、宽 2 米左右长方形石灰岩上。每块石灰岩的右上角刻有马的名字，注明此马是李世民对谁作战时所乘用的，并刻有李世民的评语。这些石雕原本存于昭陵，帝国主义入侵我国，这两骏被盗至美国费城大学博物馆。林徽因曾在昭陵见过的四骏的名字是"青骓""什伐赤""特勒骠""白蹄乌"。她曾惊奇于这艺术品的细腻和气派，一匹匹石马或奔跑，或站立，栩栩如生，仿佛看到它们在万里征尘之中飞扬的长鬃，仿佛听到它们在关山冰河之中划破长天的嘶鸣。她没有想到，它们中的两匹，竟孤独地远渡重洋，遗失在异国他乡，同她在这里邂逅。

梁思成主业虽然是建筑，但他在音乐和绘画方面都有很好的修养。他在宾大的第一件设计作品便是给林徽因做了面仿古铜镜。

那是用一个现代的圆玻璃镜面，镶嵌在仿古铜镜里合成的。铜镜正中刻着两个云冈石窟中的飞天浮雕，飞天的外围是一圈卷草花纹，花环与飞天组合成完美的圆形图案，图案中间刻着：徽因自鉴之用，思成自镌并铸喻其晶莹不珏也。

林徽因不由得赞叹梁思成的绝妙手艺："这件假古董简直可以乱真啦！"

梁思成说："做好以后，我拿去让美术系研究东方美术史的教授，鉴定这个镜子的年代。他不懂中文，翻过来正过去看了半天，说从来没见过这么厚的铜镜，从图案看，好像是北魏的，可这上面的文字又不像。最后我告诉教授，这是我的手艺。教授大笑，连说：'Hey！ Mischievousimp（淘气包）！'"

林徽因被逗得大笑起来。

但生活总是有笑有泪。入校不到一个月，梁思成就接到了李夫人病逝的电报。但是考虑到孩子们刚刚安顿下来，梁启超几次三番致电叮嘱梁思成不必回国奔丧，只梁思永一人回去便可。梁思成身为家中长子，母亲重病期间别说床前尽孝，就连去世也没法子回去见最后一面，这如何能不让他悔恨交加？林徽因看着他伤心欲绝的模样，知道现在说什么都没有用，她能做的就是陪在他身边用沉默安慰他，表达自己的关切。两人在校园后面的山坡上做了简单的祭奠，梁思成流着泪烧了写给母亲的祭文。林徽因采来鲜花和草叶，编织了一个精巧的花环，挂在松枝上，朝着家乡的方向。

丧母的悲痛还未完全平复，又一个晴天霹雳炸响了。这次痛失至亲的变成了林徽因。15个月后，梁启超从国内来信，告知林徽因的父亲林长民在反奉战争中身亡。

林徽因再一次病倒了，比在康大时的那次要严重得多。梁思成每天陪伴在她身边，徽因吃不下饭的时候，他就去学校的餐馆烧了鸡汤，一勺一勺喂她。林徽因每天处在恍惚的精神状态里。她远离家乡，被病痛困扰着，可是身体上的难过也抵不过巨大的悲绝。她哀悼为理想献出生命的父亲，又挂念着年迈多病的母亲，挂念着几个幼小的弟弟，她知道父亲身后没有多少积蓄，一家人的生计将无法维持。她执意要回国，无奈梁启超频频电函阻止，说是福建匪祸迭起，交通阻隔，会出意外，加之徽因已完全被这突如其来的噩耗所击倒，再也没有力气站立起来。

林徽因望着窗外肆意燃烧着的云霞。她感到那冰冷的火焰慢慢变成绳索，在慢慢地扼住她的咽喉。

那是命运的绳索。

我愿意

走过那段多梦的青春岁月，人的肩上便多了一份责任，思想自然也更加理性。爱亦不再轻浮，而是稳重深沉。只有爱做梦的年少之人才会认为诗情画意就可过一生。他们不知道现实的艰辛，不知道你侬我侬只是点缀而非生活的全部。

每个人都有做梦的资格，但错过了做梦的年龄，再想要肆无忌惮就要付出代价。林徽因即是选择清醒，便毅然与梦作别。同时代有那么多的女性为了爱情换得一身致命伤，唯独林徽因没有那些悲绝的回忆。

湿润清爽的西太平洋季风温柔地吹拂着。针叶林将三月的落基山麓蒙上一层灰色。大概是由于春季越走越近，这灰色并不萧条，渥太华浸染在这片独特的温暖中。

中国驻加拿大总领事馆此刻庄重圣洁宛如天使庇护的古老教堂。林徽因穿着自己设计的嫁衣——一件具有中国传统风格的"凤冠霞帔"，领口和袖口都配有宽边彩条，头戴装饰有嵌珠、左右垂着两条彩缎的头饰。与她并肩而立的梁思成一身简洁庄重的黑色西装，端正的面孔更加神采飞扬。

这天是 1928 年 3 月 21 日。林徽因、梁思成之所以选择在这一天举行婚礼，是为了纪念宋代建筑家李诫。

1927 年 9 月，林徽因结束了宾夕法尼亚大学的学业，获美术学士学位，4 年学业 3 年完成，转入耶鲁大学戏剧学院，在 C.P. 贝克教授的工作室，学习舞台美术半年，成为我国第一位在国外学习舞美的学生。这年 2 月，梁思成也完成了宾大课程，获建筑学学士学位，为研究东方建筑，转入哈佛大学研究生院，半年之后，他获得了建筑学硕士学位。1928 年 2 月，他们各自完成了自己的学业。

1926 年 10 月 4 日，梁启超给林徽因和梁思成写信说：

> 我昨天做了一件极不情愿做之事，去替徐志摩证婚。他的新妇是王受庆夫人，与志摩恋爱上，才和受庆离婚，实在是不道德之极。我屡次告诫志摩而无效，胡适之、张彭春苦苦为他说情，到底以姑息志摩之故，卒徇其情。我在礼堂演说一篇训词，大大教训一番，新人及满堂宾客无不失色，此恐是中外古今所未闻之婚礼矣。……徐志摩这个人其实很聪明，我爱他，不过此次看着他陷于灭顶，还想救他出来，我也有一番苦心。老朋友们对于他这番举动无不深恶痛绝，我想他若从此见摈于社会，固然自作自受，无可怨恨，但觉得这个人太可惜了，或者竟弄到自杀。我又看着他找得这样一个人做伴侣，怕他将来痛苦更无限，所以想对于那个人当头一棍，盼望他能有觉悟（但恐甚难），免得将来把志摩弄累，但恐不过是我极痴的婆心便了。

梁思成读完信，不自觉地松下一口气。关于徐志摩一直不死心地追求林徽因这件事他是清楚的。林徽因是个大方坦诚的女孩，对她和徐志摩之间的事情从未隐瞒，只当他是他们共同的朋友。三人之间的关系往简单了说也没什么好担心的，徐志摩是徽因父亲的好友，是梁思成父亲的学生。但是梁思成自认沉稳儒雅有余却温柔浪漫不足，诗人的才情也令他感到一丝不安。现在这个"定时炸弹"总算解除警戒，怎么说都是件好事。至于父亲担心陆小曼伤害徐志摩，恐怕是多虑了。梁思成见过这位京城名媛，并不是传说中的交际花做派，而是个温婉庄重的大家闺秀。如今竟然有勇气离婚也要和徐志摩携手，倒也令人生出几分敬佩。

　　林徽因放下信纸，心中五味杂陈，竟然不知道是喜悦还是失落。她和陆小曼交情很浅，仅仅限于新月社的活动。她们都知道彼此不是同道中人。陆小曼是京城最光艳的景，她是柔媚的，举手投足间尽是女性极致的风情；林徽因则是率直的、棱角分明的。陆小曼若是一幅氤氲的江南水墨画，林徽因就是浓墨重彩的油画。令人惊异的是，在陆小曼风情娇媚的外表下，竟然隐藏着如此叛逆、果敢、热烈的灵魂。这一点林徽因自叹不如。或许是因为自己喜欢徐志摩不够多吧？她替她爱了这个人，就算是火坑也毫不犹豫地跳下去。是不是该祝福她呢？自己到底是怅然还是欣慰呢？果然时间是能带走一切的。或许对于林徽因来说，徐志摩和陆小曼的结合能让她更安心地嫁给梁思成吧？她不必再为了无法回应他的追求而感到愧疚不安，亦能与徐志摩做一生的知己。双方都给灵魂找到了归宿，再无须惧怕不可预测，或许将是颠沛流离的人生路。

　　在与梁思成相伴的几年里，她失去了父亲，他没有了母亲。他们共同面对了痛失至亲的悲伤，紧握双手支撑着彼此。正是这些风风雨雨巩固了他们的感情基础，是时候建立一个共同生活的家庭了。

梁思成、林徽因正式订婚是在1927年12月18日。订婚仪式在北京的家里按照传统礼仪举办。林徽因因为父亲过世，由姑父卓君庸履行仪式。梁启超在致女儿思顺信中，言其行文定礼极盛：

这几天家里忙着为思成行文定礼，已定于（1927年12月）十八日在京寓举行，因婚礼十有八九是在美举行，所以此次行文定礼特别庄严慎重些。晨起谒祖告聘，男女两家皆用全帖遍拜长亲，午间大宴，晚间家族欢宴。我本拟是日入京，但（一）因京中近日风潮正来，（二）因养病正见效，入京数日，起居饮食不能如法，恐或再发旧病，故二叔及王姨皆极力主张我勿往，一切由二叔代为执行，也是一样的。今将告庙文写寄，可由思成保藏之作纪念。

聘物我家用玉佩两方，一红一绿，林家初时拟用一玉印，后闻我家用双佩，他家中也用双印，但因刻玉好手难得，故暂且不刻，完其太璞。礼毕拟两家聘物汇寄坎京，备结婚时佩带，惟物品太贵重，深恐失落，届时当与邮局及海关交涉，看能否确实担保，若不能，即仍留两家家长，结婚后归来，乃授与保存。

梁启超大小事情亲力亲为，从聘礼的红绿庚帖，到大媒人选的择定，甚至买一件交聘的玉器，从选料到玉牌孔眼的大小方圆，都考虑得面面俱到。这些烦琐的事情，虽然让他劳累不堪，但他心里却有难以掩饰的高兴。几天后又给儿子寄去一封信：

这几天为你们的聘礼，我精神上非常愉快，你想从抱在怀里

"小不点点"，一个孩子盼到成人，品性学问都还算有出息，眼看着就要缔结美满的婚姻，而且不久就要返国，回到怀里，如何不高兴呢？今天的北京家里典礼极庄严热闹，天津也相当的小小点缀，我和弟妹们极快乐地玩了半天。想起你妈妈不能小待数年，看见今日，不免有些伤感，但她脱离尘恼，在彼岸上一定是含笑的。除在北京由二叔正式告庙外，今晨已命达达等在神位前默祷达此诚意。

我主张你们在坎京行礼，你们意思如何？我想没有比这样再好的了。你们在美国两个小孩子自己确实张罗不来，且总觉得太草率，有姐姐代你们请些客，还在中国官署内行谒祖礼（礼还是在教堂内好），才庄严像个体统。

婚礼只在庄严不要侈靡，衣服首饰之类，只要相当过得去便够，一切都等回家再行补办，宁可节省点钱作旅行费。

曾经因为受母亲影响对林徽因有成见的梁思顺现在高高兴兴地成了婚礼的操办人。她的丈夫正担任中国驻加拿大总领事。于是他们没有按照梁启超的意思在教堂结婚，而是把仪式地点改到了领事馆。

婚礼开始了。

周希哲担任了牧师的角色。他身穿笔挺的正装，向前跨了一步，庄重地说："你们即将经过上帝的圣言所允许，而结为夫妇，上帝必然在你心中向你说，每个灵魂对另一个灵魂，都是他神圣的圣地。人的心灵有他的安息与喜庆日，你们的婚礼与欢乐世界一般，都是曲曲恋歌。爱，作为动机与奖赏，是无处不在的，你们不要亵渎上帝的荣耀。爱是崇高的语言，它与上帝同义。"然后他转向一对新人，说："现在我要求你们，在一切心灵的秘密都要宣布出来之时，你们需要回答——"面对梁思成："你愿意娶这个姑娘做你正式的妻子，爱她并珍惜她，无论贫富或疾病，至死不渝？"

"我愿意！"梁思成朗声说道。

"你愿意接受这个男人为夫，爱他并珍惜他，无论贫富和疾病，至死不渝？"

"我愿意。"林徽因轻声回答。

梁思成把一枚镶嵌着孔雀蓝宝石的戒指，戴在林徽因左手的无名指上。他温文尔雅地亲吻了他的新婚妻子。

站在傧相席位上的梁思顺，眼里激动地流出泪水。李夫人去世后，梁启超不间断地写信给大女儿，弥合她与未来儿媳之间的感情。梁思顺也慢慢冰释了思想上的芥蒂。今次在婚礼上见到林徽因，觉得她又有了些许变化，出落得更加美丽大方、气质不凡。梁思顺觉得，父亲果然眼光不错，弟弟有了这样一个好的伴侣，这一生幸福就有望了。

这次婚礼的费用，也都是梁思顺筹措的。在中国领事馆，她和周希哲还为林徽因、梁思成张罗了几桌丰盛的婚宴。这对小夫妻也欢欢喜喜给姐姐、姐夫行了三鞠躬。

第二天，参加婚礼的记者把梁思成和林徽因的结婚照作为头条登在报纸上，林徽因东方式的美丽在当地刮起一阵小小的旋风。

二人完婚后，就要按照梁启超的安排周游南欧。梁启超为此做了详细的筹划：

你们由欧归国行程，我也盘算到了。头一件我反对由西伯利亚回来，因为……没有什么可看，而且入境出境，都有种种意外危险，你们最主要的目的是游南欧，从南欧折回俄京搭火车也太不经济，想省钱也许要多花钱。我替你们打算，到英国后折往瑞典、挪威一行，因北欧极有特色，市政亦极严整有新意（新造之市，建筑上最有意思却为南美诸国，可惜力量不能供此游，次则北欧特可观）必须一往。由是入德国，除几个古都市外，莱茵河畔著名堡垒最好能参观一二，回头折入瑞士，看些天然之美，再入意大利，多耽搁些日子，把文艺复兴时代的美，彻底研究了解。最后便回到法国，在马赛上船，中间最好能腾出点时间和金钱到土耳其一行，看看宗教建筑和美术，附带着看土耳其革命后政治。

林徽因呼吸着温哥华3月的空气，沐浴着玫瑰花雨，她看了一下身旁俊朗的丈夫，由衷地微笑了。

九泉之下的父亲，我知道你一定会为女儿祝福的。我一定会幸福，一定要幸福。

罗曼归途

总有一个人会令你甘愿舍弃自由不再流浪，不管行至何处，有他在的地方便是至高无上的乐园。从此有了一个人携手并肩，便不会再怕任何苦难。

最好的爱情大抵接近友情，一起工作、游玩和成长，共同分担两个人的责任、报酬和权利，帮助对方追求自我意识，同时又因为共同的给予、分享、信任和互爱而合为一体。

梁思成、林徽因新婚时。

即使对方不在身边，只要想到那个人，就会感到幸福；哪怕正处于悲伤之中，也会变得坚强。和那个人在一起时，就能展现出真正的自我。能够遇到那个交换着信任、热情和梦想的人，无论之前要走过多少弯路，相信有那样一个人在等待着自己，就一定会到达那个两个人一起憧憬着的地方。

仲春的伦敦表情温柔。泰晤士河水静静流淌，岸边的建筑物被阳光洗刷得生机盎然，仿佛也有了生命。圣保罗大教堂穿一身灰色法衣，傲然立于泰晤士河畔，沉默而坚韧。它是岁月的守望者，沉郁的钟声只让浪漫的水手和虔诚的拜谒者感动。

这是林徽因和梁思成新婚旅行的第一站。按照梁启超的安排，他们这趟旅行主要是考察古建筑，圣保罗大教堂是他们瞩目的第一座圣殿。

伦敦之于林徽因，是故地重游，自然倍感亲切。对梁思成来说这里的一切则是陌生的，正因为陌生，乐趣和向往反而加倍。

圣保罗大教堂是一座比较成熟的文艺复兴建筑。高大的穹隆呈碟状形，加之两层楹廊，看上去典雅庄重，整个布局完美和谐，在这里，中世纪的建筑语言几乎完全消失，全部造型生动地反映出文艺复兴建筑文化的特质。这座教堂的设计者是 18 世纪著名建筑师克里斯托弗·雷恩爵士，埋葬着曾经打败拿破仑的惠灵顿公爵和战功赫赫的海军中将纳尔逊的遗骨。

梁思成和林徽因走在雕刻着圣保罗旧主生平的山墙下。

梁思成问："你从泰晤士河上看这座教堂，有什么感觉？"

林徽因说："我想起了歌德的一首诗：它像一棵崇高浓荫广覆的上帝之树，腾空而起，它有成千枝干，万百细梢，叶片像海洋中的沙，它把上帝——它的主人——的光荣向周围的人们诉说。直到细枝末节，都经过剪裁，一切于整体适合。看呀，这建筑物坚实地屹立在大地上，却又遨游太空。它们雕镂得多么纤细呀，却又永固不朽。"

梁思成也赞叹道："我一眼就看出，它并非一座人世间建筑，它是人与上帝对话的地方，它像一个传教士，也会让人联想起《圣经》里救世的方舟。"

伦敦的建筑大多典雅华美，不论是富有东方情调的铸铁建筑布莱顿皇家别墅，别具古典内涵的英国议会大厦，都让他们陶醉在这座文化名城浓厚的艺术氛围中。他们最倾心的是海德公园的水晶宫。这是一座铁架建构，全部玻璃面材的新建筑，摈弃了传统的建筑形式和装饰，展示着新材料、新技术的优势。他们选择在夜晚去到那里，水晶宫里灯火辉煌，玲珑剔透，人置身其间，如同身处安徒生笔下的海王的宫殿，许多慕名一睹为快的参观者，都发出了阵阵感叹之声。

林徽因在日记本上写道："从这座建筑，我看到了引发起新的、时代的审美观念最初的心理原因，这个时代里存在着一种新的精神。新的建筑，必须具有共生的美学基础。水晶宫是一个大变革时代的标志。"

易北河笼罩在一片蒙蒙烟雨中。两岸的橡树和柠檬轻快地舒展着，荨麻、蓟草的头发被打湿了，蔷薇和百合的脸颊闪烁着珍珠样的光泽。

梁思成和林徽因共撑一把油纸伞，挽着手臂走在石板街上。这是德国波茨坦的第一场春雨。上天好像也眷顾这对金童玉女，特别为他们的旅途增添着罗曼蒂克的气氛。

雨中的爱因斯坦天文台，像一只引颈远眺的白天鹅，展翅欲飞。

"好美啊！"林徽因不由得感叹道。

"是啊。"梁思成注视着那高贵的艺术品说，"我觉得它好像一部复调音乐。塔楼的纵向轴线和流线型的窗户，如乐曲中的两个主题，这个建筑与巴赫的《赋格曲》真是异曲同工。"

刚到波茨坦的时候，当地建筑界的朋友就告诉他们，爱因斯坦天文台是著名建筑师门德尔松表现主义代表作，是为纪念爱因

梁思成、林徽因
在欧洲旅行中。

斯坦的广义相对论的诞生而设计的。这个建筑刚刚落成8年，爱因斯坦看了也很满意，称赞它是一座20世纪最伟大的建筑和造型艺术的纪念碑。

天文台造型设计十分特别，以塔楼为主体，墙面屋顶浑然一体，线的门窗，使人想起轮船上的窗子，造成好像是由于快速运动而形成的形体上的变形，用来象征时代的动力和速度。

林徽因站在塔楼下仰望着这栋神奇的天文台的一幕，被梁思成用相机记录了下来。

随后他们前往德绍市参观了以培养建筑学家而著称的包豪斯学院刚刚落成的校舍，这是一座洋溢着现代美感的建筑群，为著名建筑师格罗皮乌斯设计，由教学楼、实习工厂和学生宿舍三个部分组成。根据使用功能，组合为既分又合的群体，这样不同高低的形体组合在一起，既创造了在行进中观赏建筑群体，给人带来的时空感受，又表达了建筑物相互之间的有机联系，以不对称的形式，表达出时间和空间上的和谐性。

林徽因拿出随身携带的素描本一笔一笔地临摹起来。她觉得落在纸上的每一条线都是有生命、有意志的。

这座建筑尚且年轻，其独特的美感和研究价值尚未被更多人发现。但林徽因认为："它终有一天会蜚声世界。"一年后她到东北大学建筑系任教，专门讲了包豪斯校舍。她说："每个建筑家都应该是一个巨人，他们在智慧与感情上，必须得到均衡而协调的发展，你们来看看包豪斯校舍。"她把自己的素描图挂在黑板上，"它像一篇精练的散文那样朴实无华，它摈弃附加的装饰，注重发挥结构本身的形式美，包豪斯的现代观点，有着它永久的生命力。建筑的有机精神，是从自然的机能主义开始，艺术家观察自然现象，发现万物无我，功能协调无间，而各呈其独特之美，这便是建筑意的所在。"

他们在德国考察了很多巴洛克和洛可可时期的建筑：德累斯顿萃莹阁宫、柏林宫廷剧院、乌尔姆主教堂与希腊雅典风格的慕尼黑城门，历时632年才建成的北欧最大的哥特式教堂——科隆主教堂。这些建筑象征的是一个民族的文化积淀。

恋恋不舍地从德国离开，他们立刻出发去瑞士。有着独特神韵的湖光山色为这个精巧的北欧国家赢得了世界公园的美誉。阿尔卑斯山巅覆盖着层层白雪，山坡上却已披上了郁郁葱葱的新装。50多个湖泊镶嵌在国土上，倒映着大自然的鬼斧神工。莱蒙湖上成群的鹳鸟展翅追逐着，在湖面嬉闹着；湖畔稠密的矮树林里，画眉正炫耀着歌喉；绿地上的莓子刚刚吐出淡红色的花蕊。这对新婚夫妇流连于湖边菩提树下，忘记了时间。

人与自然，人与建筑，建筑与自然……这里的一切都是无比的和谐舒适。

塔诺西是他们刚到罗马时结识的新朋友。这个刚满 20 岁，金发碧眼的漂亮女孩是罗马大学建筑系的三年级学生。塔诺西讲一口地道英文，听说林徽因和梁思成考察文艺复兴时期的古建筑，便热情提出给他们当向导。

塔诺西建议他们先去看拜占庭艺术。"罗马是拜占庭的故地，不了解拜占庭，就不了解文艺复兴。"她说，"在你们中国魏晋南北朝时期，而欧洲也正处在罗马帝国分裂，奴隶制正在消亡的时期。每个民族每个历史时期，都会有它独特的文化实体和艺术成就，建筑文化和艺术的价值，它的伟大与骄傲也就在这里。"

塔诺西深邃的思想引起了林徽因的兴趣，她立刻喜欢上了这个女孩子。不过梁思成想从拜占庭艺术之前的建筑看起，这个建议得到了塔诺西的响应，他们决定先去庞贝古城遗址和古罗马角斗场。一行三人乘着塔诺西借来的车子前往那不勒斯维苏威火山。

塔诺西对他们强调说："意大利是一部世界建筑史，你们一定要多看一看。"

庞贝是一座沉睡在地下的城市。它曾经繁华过，但那是公元1 世纪的事了。公元 79 年 8 月 24 日中午 1 点，这座拥有 25000 居民的美丽城市在一瞬间从历史上消失——沉睡了 1500 多年的维苏威火山突然爆发，铺天盖地的火山灰覆盖了庞贝，甚至飘到了罗马和埃及。庞贝就此成为一座废墟。

塔诺西领着两位中国朋友顺着街道参观。街道很整齐，笔直宽广，最宽处竟有 10 米左右。两旁的建筑多以石料堆砌建设，楼层则为木屋。他们按照塔诺西的指点，辨别出哪儿是鞋店，哪儿是成衣店，哪儿是酒馆，哪儿是银庄。中心广场的阿波罗神庙，还留着精美的石柱。许多室内还装饰着壁画，他们在一块石头上发现了一行斑驳不清的文字，塔诺西仔细辨认了一会儿，说那行字写的是"5 月 31 日角斗士与野兽搏斗"。

林徽因被这残缺的壮美和历史的沉重感震动，感慨道："一座城市壮烈地死去了，可是它却以顽强的精神力量延续下去，它总是带着这种精神语言流传。思成，你说是吗？"

梁思成赞同地点点头。

而古罗马斗兽场则以一种苍凉的悲壮感震撼着他们。这座椭圆形的角斗场更像两个对接的半圆形舞台，柱子和墙身全部用大理石垒砌，总高 48.5 米，上下分为 4 层，全部用混凝土、凝灰岩、灰华石建造，虽然经过两千年的风雨剥蚀，整个结构仍然十分坚固。整个角斗场能够容纳 8 万名观众。

"古罗马是以武功发迹，崇武的国家，这种社会形态，也在建筑中得到了反映，整个古罗马的文化都可以在建筑中找到投影。罗马时代有好多进步的文化内容，其中有物质的，也有精神的，文艺复兴时期的建筑理论，主要受了罗马古建筑的影响。"塔诺西对林徽因说着自己的看法。

林徽因也表示同意："我也这么想过，罗马最伟大的纪念物是角斗场，是表现文化具体精神的东西，文艺复兴以来，与以后的建筑观念中，最重要的一个部分，就是建筑的纪念性。"

斗兽场在夕阳下沉默地伫立着，仿佛能背负所有的辉煌，亦能承受所有的苦难。残阳如血，斗兽场的平台被染得猩红。三人盘桓着不愿离去，他们好像听到勇士与困兽搏斗的嘶吼声，罗马人的欢呼穿越时光仍然回响在风中。

塔诺西热心又尽责，她带着他们几乎跑遍了整个罗马城。她领着二人参观了卡比多山上的建筑群、马西米府邸和维琴察圆厅别墅，这些建筑都很鲜明地表述了文艺复兴的建筑语言和文化形态，洋溢着建筑与人的亲切感。他们也没错过圣彼得大教堂和圣卡罗大教堂的庄严神圣。前者建于17世纪初，全部工期曾历时120年，是整个文艺复兴建筑中最辉煌的作品。1505年，教皇朱里阿斯二世想为自己建造一座宏大的墓室，就拆掉了一座老教堂，公开征集设计方案，结果伯拉孟特十字形平面方案中选，这项设计参照了罗马万神庙，但增加灯塔形的窗户和围廊，后来，文艺复兴时期的画家拉斐尔和米开朗基罗又做修改才最终定型。中央穹隆便是米开朗琪罗的遗作。

登上高达137米的顶点，罗马城风光尽收眼底。梁思成赞叹着："真是'会当凌绝顶，一览众山小'啊！"

塔诺西说："这座教堂是罗马全城的最高点，人们说它可与埃及的吉萨金字塔相比。"

随后，在年轻向导的建议下，他们搭火车去米兰参观世界上最大、最有气魄的教堂——米兰大教堂。

米兰是意大利北部的一座小城，米兰大教堂是它闻名世界的城市坐标。远远看过去，那是一片尖塔的森林，乳白色的大理石吃了满嘴的阳光，闪烁出玉般的光泽。整整 135 座尖塔，塔上的雕像多达 3615 个，全都与真人一样大小。米兰大教堂从公元 1385 年开始建造，一直到 19 世纪才告完工，它是根据米兰第一任大公吉安·加莱亚佐·维斯孔蒂的命令建造的，可容纳 4 万人做大弥撒。大教堂有 168 米长、59 米宽，4 排柱子分开了一座宏伟的大厅，每根柱子高约 26 米，圣坛周围支撑中央塔楼的 4 根柱子，每根高 40 米，直径达 10 米，由大块花岗石叠砌而成，外包大理石。所有的柱头上都有小龛，内置工艺精美的雕像。

林徽因欣赏着教堂的环形花窗对梁思成说："你看这玫瑰形的窗子多么神奇呵，它就像《圣经》中描述的永恒的玫瑰，但丁的诗中也说，玫瑰象征着极乐的灵魂，在上帝身旁放出不断的芬芳，歌颂上帝。"

梁思成说："那玫瑰的叶子，一定是代表信徒们得救的心灵。"

塔诺西笑道："它以象征和隐喻的语言说出了基督的基本精神。你们再看看那柱子上的雕刻——"

两人顺着她手指的方向望去，那些神像是工匠恶作剧的作品，故意雕得参差不齐。那些雕刻作品不是圣像，而是做弥撒的狼、对鸭子和鸡传道的狐狸，或者长着驴耳朵的神父等。

三人一路到了水城威尼斯。这座海中之城是意大利半岛的东北隅的一座别致的画廊。威尼斯建在 118 个小岛上，外面一道沙堤隔开了亚得里亚海，穿过全城的大运河，像反写的"S"，这段河道便是"大街"。

威尼斯人使用一种叫作"贡多拉"的摇橹小船作为交通工具。三人入乡随俗,租了一条"贡多拉",在花团锦簇的河道间惬意地穿行。两岸到处耸立着罗马时期的建筑。

威尼斯最负盛名的去处便是圣马可广场,拿破仑称赞这里是"最漂亮的客厅"。沿着弯弯曲曲的小巷穿过东北角门,他们走进了圣马可广场。眼前一片开阔。蓝天白云映衬着别致的建筑和高耸的尖塔,令人心旷神怡。连绵不断的券廊,把高低不同、年代不同、风格迥异的建筑统一在一起,没有丝毫冲突之感。广场上栖息的鸽子起起落落,不时飞到游客身边盘旋着,甚至大胆地落在手中啄食。

圣马可教堂就在广场正面,修建者为《马可福音》的作者圣徒马可。这座建成于11世纪的教堂原为拜占庭式,14世纪加上了哥特式的拱门装饰,17世纪又掺入文艺复兴时期的栏杆,各种时期的建筑风格,集为大成。一座高100米,半面呈方形的钟塔坐落于教堂的西南。钟塔初建于9世纪,14世纪重建,16世纪初又在塔顶建了一座天使像。教堂的左前方,是一座15世纪的钟楼,楼顶有一座巨钟,两个铜铸的敲钟人立于其旁。

河中红红绿绿燃着蜡烛的纸球灯温柔地点亮了水城之夜。两岸的窗户全部打开,不知名的乐手凭窗弹奏吉他,唱起动听的意大利民谣。威尼斯的歌女是非常出名的,她们乘坐着唱夜曲的歌船,穿着非常漂亮的彩衣,清亮的嗓音在河面飘散着。

塔诺西被这风情感染,随着节拍用英文唱起彼特拉克的《劳拉的面纱》:

我忍心的美人呀，你说吧，

为什么总不肯揭开你的面纱？

不论晴空万里，骄阳炎炎的日子，

或是浓云密布，天空阴沉的日子；

你明明看透我的心，明明知道

我是怎样等待着要看你的爱娇。

……

一条面纱竟能支配我的命运？

残忍的面纱呀，不管是冷是热，

反正都已经证明我阴暗的命运，

遮盖了我所爱的，一切的光明。

林徽因和梁思成都听得入了迷。徽因拍手称赞着："塔诺西小姐，你真了不起，你的歌声美极了。威尼斯的夜景让我想起了中国的秦淮河，桨声灯影里，歌女们怀抱着琵琶，唱杨柳岸、晓风残月。"

相逢总是短暂的。两天之后，他们在威尼斯与塔诺西依依惜别。塔诺西赠给他们水城的特产———一只刻花皮夹和一个大理石小雕像作为纪念。

林徽因和梁思成从威尼斯走水路，经马赛上岸，沿罗纳河北上到达罗曼蒂克的代名词巴黎。先到中国领事馆稍事休息，第二天二人便迫不及待地去造访巴黎的宫室建筑了。

位于巴黎东南，原来称作"彼耶森林"的枫丹白露宫是他们的第一个考察对象。

法兰西国王闯入林中行猎，无意中发现这块风水宝地，遂辟为猎庄。1528年起，法兰西一世大肆扩建，以后直到路易十五时期，历代国王均加以扩大。参加设计的，除了法国的建筑师，还有意大利的建筑师。

　　枫丹白露宫形态上完全是意大利文艺复兴建筑语言，但又不完全像那些无生命感的建筑，而是充满自然的情趣。法兰西一世时期，建筑师布瑞顿先后改建了奥佛尔院，增建了夏佛尔。那座很大的长方形四合院就是勃朗克院，四面均有建筑物，屋顶的老虎窗、方塔和装饰性的小山墙，构成复杂的轮廓线。

　　1814年3月，拿破仑驾临枫丹白露，将其辟为寝宫，但他在这里只住了短短5天，便被迫退位。在前往流放之地厄尔巴岛之前，他在德鲁奥和贝特朗两位将军的陪同下走出这座古堡，在一片静穆中向众人发表了慷慨激昂的演讲。演讲结束后拿破仑命人把鹰旗拿过来，他在帝国鹰旗上连吻了三次，低语道："亲爱的鹰啊，让你的吻声在所有的勇士心里震荡吧！"一年后，拿破仑"百日政变"，返回枫丹白露，再次在白马院重新阅兵，重整旗鼓，对欧洲的神圣同盟展开反扑。可惜终在滑铁卢一役失败被囚，死在大西洋中的圣赫勒拿岛上。

　　梁思成和林徽因漫步在为了见证拿破仑厄运而改名为"诀别院"的白马院，不禁感慨道："真是'人事有代谢，往来成古今'啊！"

　　从古堡出来，两人漫步在枫丹白露大森林。林徽因望着英吉利花园中迷迷蒙蒙的白露泉，问梁思成："你知道这儿为什么叫枫丹白露吗？"

梁思成说:"传说那个打猎的国王,在这儿丢失了一条叫'白露'的爱犬,便急令士兵们去寻找,找了好久,终于在森林深处的一汪美丽的泉水边找到了它,探寻者们也迷醉于这水光山色之中,于是便把这泉水称作白露泉了。"

林徽因笑道:"那是传说。你知道有一位公元 1 世纪的罗马诗人叫鲁卡纳斯的吗?他写过的史诗《法萨利亚》,对这片森林有过描述:岁月不曾侵犯,/这神圣的森林;/在浓密的树荫下,/长夜漫漫无垠……这白露,并非泉名,而是'美丽的流水'之音。"

林徽因还想去森林西边的巴比松看看那处 19 世纪农村画的发源地,梁思成不得不催促她去看卢浮宫,林徽因才恋恋不舍地离开。

坐落在塞纳河畔的卢浮宫,是号称太阳王的路易十四的王宫,也是欧洲最壮丽的宫殿之一。1204 年,菲利普·奥古斯塔二世最先在这里建起一座城堡,1546 年弗朗索瓦一世勒令将其改建成宫殿,至亨利二世时,完成了宫殿的最初部分,直到路易十四时代,才完成其全貌。到了 17 世纪末,这个宫殿最阔气的时代已一去不复返,随着路易十五、十六的皇权衰落,卢浮宫的功能也为之改变,后来改为国家美术馆。

古埃及的《司芬克斯》、米开朗基罗的《奴隶》、卡尔波的《舞蹈》,还有鲁本斯的名画《玛丽·美第奇画传》、穆里洛的《年轻乞丐》、伦朗的《伊丽莎白》……这些古希腊、古罗马雕塑艺术品和油画深深吸引着林徽因。最令人沉醉的当属举世瞩目的《米洛斯的维纳斯》、《萨莫色雷斯的胜利女神》和《蒙娜丽莎》。

林徽因被这些顶级的艺术作品震撼得心怦怦直跳。她想起徐志摩常说的"美必须是震颤的，没有震颤就没有美"，直到这里才真真正正地体验到了。

　　第二天，两人又去了巴黎西南的凡尔赛宫。这座宫殿集建筑、园林、绘画之大成，集中体现了法国17、18世纪光辉的艺术成就。这里原为一片沼泽和森林，有一座路易十三的猎庄，路易十四决定以此猎庄为中心，建造一座前所未有的豪华宫殿，便相继委任勒勃兰和孟沙尔担任主设计师。路易十四虽聘有一流的建筑师、造园师、画家参加营建，他仍亲临施工现场指挥，直到竣工。

　　古堡前的演兵场立着路易十四跃然马上的铜像。这位不可一世的皇帝曾问他的陪臣："你还记得这地方，曾看见过一座磨坊吗？""是的，陛下，磨坊已经消失了，但风照样在吹。"

　　现在，风正静静地从水晶般的喷泉之间吹过来，在方圆数公里的大花园里播撒着玫瑰和蔷薇的幽香。

　　宫内有一座长达19间的大厅，这就是著名的镜厅。虽名为镜，却找不到一面镜子。转了半天，两人才发现那绿色和淡紫色的大理石柱子背面，有17面拱形的镜子，与廊柱浑然一色，难以分辨，只有阳光射进西面17扇高大的拱形窗子时，这座大厅才会陡然满壁生辉。

　　"这下我可知道路易十四为什么被尊为'太阳王'了。"梁思成恍然大悟。

　　"那时中国的漆器、纺织品和瓷器大量销往欧洲，"梁思成略一沉吟，说道，"路易十五这个贪财好货的皇帝也有点艺术灵感，可能是从中受了启发。如此说来，中国人还是他们的老师呢。"

从镜廊沿梯而下便是底廊。莫里哀曾于1664年5月14日在这里临时搭起舞台，演出了让他称誉全球的名剧《伪君子》前三幕和《丈夫学堂》，后来，这位戏剧大师还把剧团搬出宫殿，在花园的草坪上露天表演。从平台上能遥遥地看到大运河。阳光慷慨地为水面披上一件华美的袍子，平台周围装饰着酒神等四座青铜像，台下分列两座长方形水池，石桩上卧着象征卡隆河、多尔多涅河、卢瓦雷河、卢瓦尔河、塞纳河、马恩河、索纳河和罗纳河的一些水神像。仙子和捧花的婴儿塑像，也是个个栩栩如生，典雅脱俗。这些都是雕塑大师勒格罗浮的杰作。

两人在返回领事馆的路上顺便去照相馆取回一路拍下的照片。林徽因看到冲出来的成品不禁哑然失笑，几乎所有的照片上，建筑物占据了大部分空间，人却放在小小的角落里。她佯怒地对这个蹩脚的摄影师打趣道："你这家伙，看看你的杰作，把我当成比例尺了！"

刚一到领事馆，他们便收到了梁启超发来的催促他们回北京工作的电报。

于是二人放弃了对巴黎圣母院、万神庙和雄狮凯旋门的考察计划，去西班牙、土耳其等国家的旅行也取消了。他们由水路改道旱路，从巴黎乘火车取道波恩、柏林、华沙、莫斯科，横穿西伯利亚，一路从鄂木斯克、托木斯克、伊尔库茨克、贝加尔……颠簸而至边境，转乘中国列车，经哈尔滨、沈阳抵达大连，又换乘轮船到大沽上岸，冒着倾盆大雨登上开往北京的列车。

白山黑水

嫁一个实在的男人，平凡生养，有一份事业加持，无须惊涛骇浪，只求现世安稳……这些女人渴望的东西，在这一年，林徽因全部拥有了。

美满的家庭让人陷落在幸福里不愿醒转，事业的成就更将林徽因的人生推向另一种极致。这一年，林徽因的生命里繁花滋长，冬季仿佛永不会来临。

只是回到现实，花期究竟会有多长？是否会有那么一天，繁花落尽君辞去，将一切交付给流水？其实谁都清楚，这世间又何来只开不落的花，何来只起不落的人生？

林徽因大抵懂得了宿命自有其安排，任何一种生活方式都有其不可逆转的规则。当初转身时难免也落寞了一阵子，只是不经历那阵痛，又怎会有今日的岁月静好。

应聘东北大学

病中的梁启超急切地想要见到儿子和儿媳妇，他已经和他们分别四年了。他写信给还在旅途中的孩子们：

> （我）在康复期中最大的快慰是收到你们的信。我真的希望你能经常告诉我你们在旅行中看到些什么（即使是明信片也好），这样我躺在床上也能旅行了。我尤其希望我的新女儿能写信给我。
>
> ……你们俩从前都有小孩子脾气，爱吵嘴，现在完全成人了，希望全变成大人样子，处处互相体贴，造成终身和睦安乐的基础。

梁启超的"新女儿"自然就是林徽因。

林徽因从小称公公"梁伯伯"。在幼年的记忆里，梁伯伯身材不高但很结实，一双明亮的眼睛，说话时到了激动处，总是眉飞色舞的模样，非常有趣。这种印象太深，以至于等到徽因长大懂事后，一时间没办法把记忆中的"梁伯伯"和名满京城、学贯中西，活跃于政坛的一代宗师联系起来。

1928年8月中旬，梁启超的儿子和"新女儿"回到了家。

林徽因正式成为梁家的家庭成员。虽然梁启超一早就把她当成女儿看待，但她非常清楚自己的身份已经不同了，她不能再是那个总和梁思成耍点小脾气，总是"欺负"他的女孩子了。她要担负起为人妻、为人媳的责任，不能辜负梁家的期望和丈夫的包容疼爱。

梁启超为了两人的生活琐事操心，事业上更不敢轻心。早在小两口在欧洲新婚旅行时，梁启超就开始为他们的职业筹划奔忙了。他在写给儿子的信中说：

> 所差者，以徽音（因）现在的境遇，该迎养她的娘才是正办，若你们未得职业上独立，这一点很感困难。但现在觅业之难，恐非你们意想所及料，所以我一面随时替你们打算，一面愿意你们先有这种觉悟，纵令回国一时未能得相当职业，也不必失望沮丧。失望沮丧，是我们生命上最可怖之敌，我们须终身不许它侵入。

梁启超原先的第一考虑是让儿子到清华大学任教，他请清华增设建筑图案讲座，让梁思成任教。校长不便做主，这需要学校评议会投票才可决定。当时时局混乱，南京国民政府想接管清华，1928 年 6 月，南京国民政府大学院和外交部会同致电清华学校教务长，委派他暂代校务。在清华归属问题上，大学院与外交部之间各不相让。大学院以统一全国教育学术机构的名义接管清华，而外交部却坚持要由它来承袭北洋政府外交部对清华的管辖权力，抢先一步接管了清华的基金，拒绝大学院插足，在梁思成和林徽因游欧期间，外交部派张歆海等八人来校"查账"，以示接管了清华。第二天，大学院的特派接管人员高鲁等三人也接踵而至，声称"视察"，双方你争我夺，互不相让，各派势力，竞相逐鹿，一个校长的位子，竟有 30 多个人去争抢。

与此同时，远离京城纷争的东北大学却在积极招贤纳士。"皇姑屯事件"不久之后，张作霖死，少帅张学良主政，对东大实施改革，把原有的文、法、理、工 4 个学科，改为文学院、法学院、理学院、工学院。工学院又设建筑系，四处招聘人才，年轻的东大建筑系，成为中国首屈一指的人才库。张学良捐款 300 万元，又增建了汉卿南楼和汉卿北楼。东大新建建筑系，聘请毕业于宾夕法尼亚的杨廷宝担任系主任。但杨已经受聘于某公司，遂推荐还未归国的师弟梁思成。

东北大学前身是国立沈阳高等师范学校和公立文科专科学校，1922 年奉天省长王永江倡议筹设东北大学，并自任校长，在北陵前辟地五百余亩，依照德国柏林大学图纸建造。1923 年春季，正式成立东北大学，暑期招收第一届预科学生，分为文、法、理、工 4 科，两年毕业，可直接升大学本科。1925 年暑期，招收第一届本科学生，仍分 4 科 9 系，学制 4 年，毕业后授予学士学位。1926 年 5 月，又增设东大附属高中，分为文、理两种，毕业后经考试升入大学本科。另外，还有东大夜校专修科，政法、数理专修科，招收在职公教人员。

清华悬而不决，东大求贤若渴，梁启超审时度势后，来不及征求儿子的意见，当机立断替思成做了应聘东北大学的决定。

1928 年，梁氏夫妇还在欧洲游学的时候，东北大学的聘书就寄到了梁启超手里。东大开出的待遇十分优厚，系主任梁思成月薪 800 元（亦有考证说合同中规定的月薪是 265 银圆），教员林徽因月薪 400 元，是新聘教授中薪水最高的。

梁启超慈爱细心的续弦王姨（原来是李夫人的陪嫁丫鬟）早就为他们收拾好了东四十四条北沟沿 23 号的新房，他们举行了庙见大礼，又到西山祭谒了李夫人墓。梁启超见爱子满面黑瘦、头筋涨起的风尘憔悴之色，老大不高兴。休息几天后，看到儿子脸上恢复了原来的样子，才算放下心来。林徽因的到来，给这个家庭添了许多喜气，不但博得长辈的喜欢，就连梁启超在信中屡次提到的"老白鼻"（old baby）小儿子思礼也整天黏着二哥二嫂。梁启超原本还担心在外读了几年书的思成变成阴沉的"书呆子"，现在看到儿子学问长了，活泼开朗的本性并没有磨损半分，大大放了心。

　　欢聚的日子总嫌不够长，东大开学的时间已经很近了。梁思成先行北上，林徽因回福建老家接到母亲和二弟林桓，把他们安顿在东北，也带了堂弟林宣到东大建筑系就读。在福州时，林徽因受到父亲创办的私立法政专科学校的热情接待，并应了当地两所中学之邀，作了《建筑与文学》和《园林建筑艺术》的演讲。

新风气

东北大学的开学典礼如期举行。

2000多名师生，队伍齐整，在堡垒形的大礼堂前面的广场上站成一座森林的方阵。

鼓乐队奏起了雄浑的音乐，乐声漂卷着松涛柳浪，如大海的波涛澎湃汹涌。

校长张学良将军一身戎装，胸前披挂着金色的绶带，英气逼人，立于主席台正中，副校长刘凤竹、文科学长周守一、法科学长臧启芳、工科学长高惜冰站立两旁。

他们身后的一排是张学良亲自募聘的名流学者：数学家冯祖荀、化学家庄长恭、机械工程学家刘化洲和潘成孝、新开设的建筑系主任梁思成、美学教授林徽因和文法学院聘请的名教授吴贯因、林损、黄侃等。

东大建筑系刚刚建成时只有两名教员，有40多个学生，他们也和其他院系一样完全采用西式教学，大家集中在一间大教室，座席不按年级划分，每个教师带十四五个学生。

林徽因是年24岁，教授美学和建筑设计课。她年轻活跃，知识渊博，谈吐直爽幽默，非常受学生欢迎。她还经常把学生带到昭陵和沈阳故宫去上课，以现存的古建筑做为教具，讲建筑与美的关系。多年后，她的学生还能记起这名初出茅庐的教授给他们上的第一堂课。

第一次讲课，林徽因就把学生带到沈阳故宫的大清门前，让大家从这座宫廷建筑的外部进行感受，然后问："你们谁能讲出最能体现这座宫殿的美学建构在什么地方？"

学生们热烈地讨论起来，各抒己见。有的说是崇政殿，有的说是大政殿，有的说是迪光殿，还有的说是大清门。

林徽因听大家发表完看法，微笑着提示说："有人注意到八旗亭了吗？"

学生们看着毫不起眼的八旗亭，困惑地看着林徽因。

林徽因说道："它没有特殊的装潢，也没有精细的雕刻，跟这金碧辉煌的大殿比起来，它还是简陋了些，而又分列两边，就不那么惹人注意了，可是它的美在于整体建筑的和谐、层次的变化、主次的分明。中国宫廷建筑的对称，是统治政体的反映，是权力的象征。这些亭子单独看起来，与整个建筑毫不协调，可是你们从总体看，这飞檐斗拱的抱厦，与大殿则形成了大与小、简与繁的有机整体，如果设计了四面对称的建筑，这独具的匠心也就没有了。"

就着这个问题，林徽因给大家讲了八旗制度的创设。

她说："从大政殿到八旗亭的建筑看，它不仅布局合理，壮观和谐，而且也反映了清初共治国政的联合政体，它是中国宫廷建筑史上独具特色的一大创造。这组古代建筑还告诉我们，美，就是各部分的和谐，不仅表现为建筑形式中各相关要素的和谐，而且还表现为建筑形式和其内容的和谐。最伟大的艺术，是把最简单和最复杂的多样，变成高度的统一。"

林徽因讲课深入浅出，非常善于引导学生独立思考。在她教过的 40 多个学生中，走出了刘致平、刘鸿典、张镈、赵正之、陈绎勤这些日后建筑界的精英。她的学生当中还有堂弟林宣，晚年在西安冶金建筑学院担任教授。

因为刚刚建系，教学任务繁重，林徽因经常给学生补习英语，天天忙到深夜。那时她已怀孕，但她毫不顾惜自己，照样带着学生去爬东大操场后山的北陵。

沈阳的古建筑不少，清代皇陵尤其多。林徽因、梁思成在教学之余忙着到处考察，落日余晖下有他们欣赏古建筑的沉寂之美的身影；他们深入建筑内部细心测量尺寸，一个个数据都详细记录在图纸上。林徽因知道，建筑不仅是一门科学，也是一门需要感知的艺术。建筑师不能只会欣赏城市的高楼大厦，也要经得住荒郊野外的风餐露宿。

而他们的建筑生涯，也才刚刚开始。

第一件设计作品

1929年1月，寒假还未开始，梁思成、林徽因就接到家里的急电，说是梁启超重病入住协和医院。两人匆匆收拾了一下，即刻赶回北平。

当夫妻俩心急如焚地赶回家时，得知梁启超已经住院快一个礼拜了。

林徽因和梁思成看到病床上的父亲已宛若暮年的老人，双目黯淡，脸上没有血色，喉中痰壅，亦不能言，见到儿子、儿媳也只能用目光表示内心的宽慰。

主治医师杨继石和来华讲学的美国医生柏仑莱告诉他们：梁启超的病已不大有挽回的希望了。刚住院时因咳嗽厉害，怀疑是肺病，经X光透视后，却没发现肺有异常，只是在血液化验中，发现了大量的"末乃利菌"，这是一种世界罕见的病症，当时的医学文献只有三例记载，均在欧美，梁启超是第四例。灭除此菌的唯一药剂是碘酒，而任公积弱过甚，不便多用，只好靠强心剂维持生命。

梁启超曾经患有尿血症，1926年3月，去协和医院检查时，医生发现右肾有一黑点，诊断为瘤。医生建议切除右肾，梁启超素来信奉西医，便听医生建议做了手术。但手术后病情没有丝毫缓解，大夫又怀疑病根在牙齿，于是连拔了八颗牙，尿血症仍不减；后又怀疑病根在饮食，梁启超被饿了好几天，仍无丝毫好转。医生只得宣布"无理由之出血症"。梁启超是名人，更重要的是当时西医刚刚引进中国，推崇之人极少，本就存在中医西医孰优孰劣的争论。两相叠加，梁启超的手术就引起许多口水战。一时间舆论大作，对西医的谴责和质疑占了大部分。

反对西医科学的声音甚嚣尘上，梁启超公开为西医辩护，文章最后特别声明："我们不能因为现代人科学知识还幼稚，便根本怀疑到科学这样东西。"

那么，梁启超真的认为协和医院的诊治是完全正确的吗？答案是否定的。他对院方的诊治同样抱有怀疑，但医院始终对他含糊其词。直到他找到著名西医伍连德帮忙才了解到一些真实情况。1926年9月14日梁启超写信给孩子们，告诉他们现在已经证明协和医院确实是"孟浪错误"了。

梁思成和林徽因这才明白，梁启超之所以公开为协和医院辩白，并不是害怕和之前的言论自相矛盾。他是不想因为自己的个案，就阻断了作为"科学"象征的西医在中国的发展。虽然牺牲了自己，但可以让后世万千国人享受到西医的科学成果——这位维新派大人物的病，是在替众生病。

徐志摩匆匆从上海赶来探望老师，也只能隔着门缝看上两眼。他望着瘦骨嶙峋的梁启超，禁不住涌出眼泪。林徽因告诉他："父亲平常做学问太苦了，不太注意自己的身体，病到这个程度，还在赶写《辛稼轩年谱》。"

采用中药治疗一段时间，梁启超的病情竟然略有好转。他不但能开口讲话，精神也好了些。梁思成心里高兴，就邀了金岳霖、徐志摩几个朋友到东兴楼饭庄小聚，之后又一起去老金家探望他母亲。老金住在东单史家胡同，那是借凌叔华家的小洋楼。一进门庭，就看见地下铺的红地毯，那是新月社的旧物。大家触物伤情，忆起新月社当年的意气风发和现在的窘落，很是感慨了一番。

1月17日，梁启超病情再次恶化。医生经过会诊，迫不得已决定注射碘酒。第二天，病人出现呼吸紧迫，神智已经处于昏迷状态。梁思成急忙致电就职于南开大学的二叔梁启勋。当日中午，梁启勋就带着梁思懿和梁思宁赶到协和医院，梁启超尚存一点神智，但已不能说话，只是握着弟弟的手，无声地望着儿子儿媳，眼中流出几滴泪水。

当天的《京报》《北平日报》《大公报》都在显著的位置报道了梁启超病危的消息。

1929年1月19日14时15分，梁启超病逝于协和医院。当晚，梁家向亲友发出了简短的讣告：家主梁总长任公于1月19日未时病终协和医院，即日移入广惠寺，21日接三。20日下午3时大殓，到场亲视者除其家属外，尚有任公生前朋辈胡汝麟、王敬芳、刘崇佑、蹇念益等数十人。接三后举行佛教葬礼，仪式新旧参半，灵柩安葬于西山卧佛寺西东沟村，与李夫人合葬。长子梁思成和儿媳林徽因设计了墓碑。他们没想到，这竟然是毕业后的第一件设计作品。

墓碑采用花岗岩材质，高2.8米，宽1.7米，碑形似樽，古朴庄重，不事修饰。正面镌刻"先考任公政君暨先妣李太夫人墓"，除此之外再无任何表明墓主生平事迹的文字。这也是梁启超的遗愿。

直到40多年后，梁思成从为他治病的医生那里得到了父亲早逝的真相。因为梁启超是名人,协和医院安排了著名的外科教授刘大夫主刀肾切除手术。病人进了手术室后,值班护士用碘酒在肚皮上做的记号出错了。刘大夫手术时没有仔细核对 X 光片,误将健康的肾切除。这一重大的医疗事故术后不久就被发现了,医院当即将之当成"最高机密"隐瞒起来。不久后刘大夫辞去协和医院的工作,到国民党政府的卫生部当政务次长去了。

最能概括梁启超一生的评价,于儿媳妇林徽因看来,莫过于沈商耆的挽联:

三十年来新事业,新知识,新思想,是谁唤起?
百千载后论学术,论文章,论人品,自有公评。

白山兮高高，黑水兮滔滔

开学后，林徽因和梁思成回到东大。

理工学院是东北大学教学和生活环境最好的一所学院，巍峨的白楼耸立于沈阳北陵的前沿，校门前浑河川流不息，学院的教学条件很好，图书、仪器格外充实，学生宿舍富丽堂皇，教授的住宅是每人一套小洋房。

1929年夏季，林徽因、梁思成在宾夕法尼亚大学读书时的同窗好友陈植、童寯和蔡方萌应夫妇二人的邀请来到东北大学建筑系任教。几个老同学再次相聚，除了一起讨论建筑，切磋教学，下了班也会聚在梁家喝茶聊天，纵谈国事，日子过得非常充实。

建筑系的教学逐渐走上正轨，几个老同学便商量着能做点更有创造性、更有价值的事，"梁、陈、童、蔡营造事务所"就这么成立了。事务所不仅搞研究，也承揽建筑工程。时逢吉林大学筹建，事务所包揽了总体规划、教学楼和公寓楼的设计，后来还设计了交通大学在辽宁锦州开办的分校校舍、沈阳郊区的"萧何园"等建筑。林徽因没有挂名，但事事参与。她的主要研究方向是古建筑学，建筑规划和设计只是她的副业，留下的作品不多。她和梁思成一起设计的"萧何园"应该是她最初的实践。

东大改组后张学良亲任校长，公开悬赏征校歌。最终，刘半农填词、赵元任作曲的歌曲被选中了：

白山兮高高，黑水兮滔滔；有此山川之伟大，故生民质朴而

在梁思成的心目中，"文章是老婆的好，老婆是自己的好"。
林徽因用自己的行动将"执子之手，与子偕老"做了最美
的诠释。林徽因既不崇拜物质生活，也不迷恋精神生活，
她总是让幸福伴随自己。

雄豪；地所产者丰且美，俗所习者勤与劳；愿以此为基础，应世界进化之洪潮。沐三民主义之圣化，仰青天白日之昭昭。痛国难之未已，恒怒火之中烧。东夷兮狡诈，北虏兮骄骁，灼灼兮其目，霍霍兮其刀，苟捍卫之不力，宁宰割之能逃？惟卧薪而尝胆，庶雪耻于一朝。唯知行合一方为责，无取乎空论之滔滔，唯积学养气可致用，无取乎狂热之呼号。其自迩以行远，其自卑以登高。爱校、爱乡、爱国、爱人类，期终达于世界大同之目标。使命如此其重大，能不奋勉乎吾曹，能不奋勉乎吾曹。

这首校歌带有强烈的时代印记，倾注了诗人刘半农面对即将沦丧于列强的东北山河的忧虑痛心，对学子的期望和鼓励。忧国之心，期望之情，跃然纸上。现在的东大校歌仍然是以这首歌为基础，精简而成。

1929 年是东大六周年校庆，张学良将军携夫人于凤至女士进入会场并登台讲话。随后，在教育学院潘美如的指挥下，全校 2000 多名学生合唱《东北大学校歌》。一首歌，唱沸了 2000 多颗激昂的心。师生们群情振奋，他们仿佛听到了血液在脉管里汩汩奔流的声响。

随后，张学良公开悬赏征集东大校徽。最终，林徽因设计的"白山黑水"图案中标。它的整体图形是一块盾牌，正方上是"东北大学"四个古体字，中间有八卦中的"艮"卦，同样代表东北，正中为东大校训"知行合一"，下面两只猛兽——狼和熊面对巍峨耸立的白山和滔滔黑水虎视眈眈，象征列强环伺，形势紧迫。校徽构思巧妙，很好地呼应了校歌内容。

得知徽因的作品被选中，几个老同学到梁家又是一番庆贺。

惬意的生活仍然蒙着一层阴影，而且有越来越沉重的趋势。各派势力争夺地盘，时局混乱，社会治安极不稳定，"胡子"时常在夜间招摇而过。太阳一落山，"胡子"便从北部牧区流窜下来。东大校园地处郊区，"胡子"进城，必经过校园，马队飞一样从窗外飞驰而过。此时家家户户都不敢亮灯，连小孩子都屏声静气，不敢喧哗。梁家一帮人聊到兴致正好的时候，也只能把灯关掉，不再出声。林徽因在晚上替学生修改绘图作业，时常忙碌到深夜，有时隔窗看一眼，月光下"胡子"们骑着高头骏马，披着红色斗篷，很是威武。别人感到紧张，林徽因却说："这还真有点罗曼蒂克呢！"

这年7月，林徽因产期已近，借暑假之机，梁思成陪同林徽因返回北平。8月，林徽因在协和医院生下大女儿，取名梁再冰，意在纪念离世不久的祖父——梁启超的书房名曰"饮冰室"，他的著作叫《饮冰室文集》。

宝宝的第一声啼哭，引爆了窗外一片嘹亮的蝉鸣。从此，两颗心就像漂泊的风筝被这根纯洁的纽带系在一起，再也无法分开。

男人和女人

北京总布胡同三号，一群优秀的男宾众星捧月，以他们的才智和热忱，成就了一位光彩照人、名满京华的沙龙女主人。

林徽因之所以为林徽因，不是陆小曼，也不是冰心，也许和父亲林长民有关。其他的民国名媛不是没有受到好的教育，亦不乏欧美教育，但她们没有像林徽因这样，少年时代跟随父亲游历，青年时代和未婚夫一道求学。她人生中最重要的成长期都是和优秀的男性在一块儿的。林长民对这个长女的期望，不是做一个温婉贤良的居家妻子，他期望她像男性一样有独立的职业、独立的见解和独立的精神，而徽因也确实做到了。

人艳如花，又有多方面的才情，直爽甚至急躁的脾性，高傲的眼界。男人有多欣赏林徽因，女人就有多排斥林徽因。

邂　逅

在梁思成、林徽因留下的书信中，与两位朋友的通信和其他人颇有不同。他们不是中国人，来自大洋彼岸的美利坚合众国，却有味道十足的中文名字。他们就是后来成为著名社会学家、汉学家的费正清（费尔班克·约翰·金）和费慰梅（威尔玛）夫妇。

当时，费正清和费慰梅都是刚刚大学毕业的学生，费正清来自南达科他，费慰梅则来自马萨诸塞州的剑桥，这一对如痴如狂地喜欢中国的人文历史和艺术的年轻人，就是在那里相遇并相爱的。因为共同的追求，他们到古老的北平结了婚。

费正清和费慰梅是在结婚两个月后遇见梁思成夫妇的，四个人的友情维系了一生。晚年的费慰梅回忆起他们相识时的感受说：

当时他们和我们都不曾想到这个友谊今后会持续多年，但它的头一年就把我们都迷住了。他们很年轻，相互倾慕着，同时又很愿回报我们喜欢和他们做伴的感情。徽——她为外国的亲密朋友给自己起的短名——是特别的美丽活泼。思成则比较沉稳些。他既有礼貌而又反应敏捷，偶尔还表现出一种古怪的才智，两人都会两国语言，通晓东西方文化。徽以她滔滔不绝的言语和笑声平衡着她丈夫的拘谨。通过交换美国大学生活的故事，她很快就知道我们夫妇俩都在哈佛念过书，而正清是在牛津大学当研究生时来到北京的。

这两对夫妇的邂逅并不是什么奇遇。他们在一次聚会上认识，并互相吸引，一交谈，才知两家居然是相距不远的近邻，这使他们喜不自胜。

费正清、费慰梅的中文名字就是梁思成夫妇取的。后来抗战时费正清以美国情报局官员身份来华，曾改名字为"范邦国"，梁思成却颇不以为然，说："范邦国这三个字听起来像番邦之国，也像藩子绑票国，而正清乃是象征正直、清朗，又接近 John King 的发音，是个典型的中国名字。"从此，费正清的中文名字就没有变过。

这份上天赐予的新的友谊给林徽因的生活注入了阳光。当时她和梁思成刚刚由沈阳迁回北平，开始在中国营造学社工作，事业还未走上正轨，又有家务琐事缠身，让本就急性子的林徽因心烦意乱。费慰梅怀念这段日子时记叙道：

> 那时徽因正在经历着她可能是生平第一次操持家务的苦难，并不是她没有仆人，而是她的家人，包括小女儿、新生的儿子，以及可能是最麻烦的、一个感情上完全依附于她的、头脑同她的双脚一样被裹得紧紧的母亲。中国的传统要求照顾她的母亲、丈夫和孩子们，她是被要求担任家庭"经理"的角色，这些责任要消耗掉她在家里的大部分时间和精力。

作为一个来自不同文化环境的女性，费慰梅对林徽因的感知是深层次的，她在中西方文化的穴结点上，一下子找到了她的中国朋友全部痛苦的症结。

费正清 1946 年回到哈佛历史系教书，专注于学术研究，开创

1932 年，梁思成、林徽因与费慰梅合影。

了费正清学派，建立哈佛东亚研究中心，把费氏夫妇深爱的中国文化向全世界传播。回国后，他们的友谊只能靠书信传达。梁家被战争困在李庄时，生活极端拮据，连信纸都只能用剪开的小纸片，邮费也够一家人生活一阵子。即使是这样，他们的联系也没有中断。

1993 年，费慰梅完成书稿《梁思成与林徽因：一对探索中国建筑史的伴侣》，1995 年由宾州大学出版，以纪念二人曾在宾夕法尼亚大学求学的渊源。费慰梅于 2002 年 4 月 4 日逝世，享年 92 岁，与林徽因的忌日只差三天。她的名气虽然不如丈夫费正清大，但她对中国艺术的深深热爱，和中国才女林徽因至死不渝的情谊，写下了中美知识分子交流史上的动人诗篇。

至 交

林徽因多才多艺，幽默活泼，人又心直口快，想什么说什么，批评起人来毫不留情面。费慰梅曾经这样形容她的犀利言谈："她的谈话同她的著作一样充满了创造性。话题从诙谐的逸事到敏锐的分析，从明智的忠告到突发的愤怒，从发狂的热情到深刻的蔑视，几乎无所不包。"照理说，这么一个牙尖嘴利的女性，长得再漂亮，恐怕也会让人敬而远之。但林徽因和梁思成却有许多共同的朋友，他们是一生的挚友和知己。

费正清、费慰梅夫妇在这一群朋友中，因为是外国人而有些特殊。但参加了几次聚会，就和大家都成了谈得来的老朋友，他们的中文水平也就在这样的聚会中飞快地提高。

不欢迎费氏夫妇的似乎只有林徽因的母亲和仆人们，老太太总是用一双疑惑的眼睛直盯着这一对黄头发、蓝眼睛的外国人。每当费氏夫妇扣响梁家的门环，开门的仆人总是只把大门打开一道缝，从上到下把他们打量一会儿，然后才把他们放进院子，而老太太却踮着小脚一直把他们追到客厅里，每次都是徽因把她的母亲推着送回她自己的屋里。

有时候林徽因心情不好，费氏夫妇就拉上她去郊外骑马，将城市里的尘嚣远远地隔在灰色的城墙和灰色的心情之外。林徽因很有骑师的天赋，她坐在马背上的身姿看上去棒极了，连号称美利坚骑士的费正清也啧啧称赞。因为经常去骑马，林徽因索性买了一对马鞍、一套马裤，穿上这身装束，她俨然成了一位英姿勃发的巾帼骑师。

那段日子是林徽因一生中最值得留恋的一段时光之一。费氏夫妇回国后，她在信中对往事的回顾，依然是那样神采飞扬：

自从你们两人在我们周围出现，并把新的活力和对生活、未来的憧憬分给我以来，我已变得年轻活泼和精神抖擞得多了。每当我回想到今冬我所做的一切，我都十分感激和惊奇。

你看，我是在两种文化教养下长大的，不容否认，两种文化的接触和活动对我来说是必不可少的。在你们真正出现在我们（北总布胡同）三号的生活中之前，我总感到有些茫然若失，有一种缺少点什么的感觉，觉得有一种需要填补的精神贫乏。而你们的"蓝色通知"恰恰适合这种需要。另一个问题，我在北京的朋友年龄都比较大也比较严肃。他们自己不仅不能给我们什么乐趣，而且还要找思成和我要灵感或让我们把事情搞活泼些。我是多少次感到精疲力竭了啊！

今秋或不如说是初冬的野餐和骑马（以及到山西的旅行）使整个世界对我来说都变了。想一想假如没有这一切，我怎么能够经得住我们频繁的民族危机所带来的所有的激动、慌乱和忧郁！那骑马也是很具象征意义的。出了西华门，过去那里对我来说只是日本人和他们的猎物，现在我能看到小径、无边的冬季平原风景、细细的银色树枝、静静的小寺院和人们能够抱着传奇式的自豪感跨越的小桥。

费氏夫妇在中国时最先熟悉起来的除梁氏夫妇，就是逻辑学家金岳霖了。大家都叫他"老金"。看上去他似乎是梁家的一个成员，住在梁家院后一座小房子里，梁氏夫妇住宅的一扇小门，便和老金的院落相通。每次聚会，老金总是第一个来。有时候，这样的聚会也在老金家进行。作为一个逻辑学家，老金的幽默是独特的。林徽因和梁思成免不了拌嘴，闻声而来的老金从不问青红皂白，而是大讲特讲其生活与哲学的关系，却总能迅速让两口子"熄火"。

　　老金和梁家的关系有些特殊，因为不少人都认为他和林徽因有一段情缘。至于事实的真相早已不可考，老金也从未承认过他和林徽因之间有过爱情。但老金和梁家的确是莫逆之交。他可不是只在安逸的年代才陪在你身边高谈阔论的朋友。梁家困顿李庄时，老金从昆明赶了过去，像在北平时一样陪伴在他们身边。为了给病重的林徽因滋补身体，他从自己微薄的薪水中拿出一部分，到镇上买了十几只鸡饲养，盼望着早日生蛋。老金养鸡很厉害，在北平总布胡同时就养着几只大斗鸡。据梁从诫说，在李庄的时候"金爸在的时候老是坐在屋里写呀写的。不写的时候就在院子里用玉米喂他的一大群鸡。有一

林徽因与费氏夫妇到朝阳门外骑马归来，摄于1935年。

次说是鸡闹病了，他就把大蒜整瓣地塞进鸡口里，它们吞的时候总是伸长脖子，眼睛瞪得老大，我觉得很可怜"。这十几只鸡，长势很快，一只都没生病，后来还下蛋了，所有人都特别开心。

至于老金自己，他对生活的艰难和通货膨胀总是用哲学家的观点对待，他对梁思成和林徽因说："在这艰难的岁月里，最重要的是，要想一想自己拥有的东西，它们是多么有价值，有时你就会觉得自己很富有。同时，人最好尽可能不要去想那些非买不可的东西。"老金的"金口玉言"使处在艰难困苦中的朋友们得到了精神上的宽慰。

林徽因是典型的"刀子嘴，豆腐心"，但是了解她的亲友们都不会计较。林徽因和二姑子梁思庄的关系并不"符合"很多人理解的那种姑嫂之间必处不来的"定律"，梁思庄的女儿吴荔明女士回忆道：

我的妈妈，一直和二舅妈相处得很好，她们还在十几岁的时候就相识了，后来又一起在国外留学。由于共同接受了西方教育，使她们有很多共同语言，亲如姐妹。妈妈说二舅妈林徽因是"刀子嘴，豆腐心"，别看她嘴巴很厉害，但心眼好。她喜怒形于色，绝对真实。正因为妈妈对二舅妈的性格为人有这样深刻的认识，才能使她们姑嫂两人始终是好朋友。

1936 年 1 月，丧夫的梁思庄带着女儿从广州回到北平，初到北平时住在梁家，林徽因还写信给费慰梅唠叨了一番——事实上，林徽因面对琐碎的家务事，经常会发牢骚。但是牢骚归牢骚，林徽因当时对母女俩特别好，即使在外地考察也要特意写信，询问她们是否安顿好了。新中国成立后，林徽因和梁思庄联系也很频繁，吴荔明小时候爱吃雪糕，夏天的时候林徽因去梁思庄家，总是用一个小广口暖瓶装着满满的雪糕给孩子。梁思庄见到林徽因第一句话总是："Are you all right？"林徽因身体不好，梁思庄一直放心不下。

林洙在《梁思成、林徽因与我》中提到一件事，林洙以"同乡"身份到清华先修班学习，被介绍给林徽因，林徽因主动热心地给她补习英文；后来，林洙要和在清华任教的男友结婚，但经济困窘。林徽因知道后找到她，告诉她营造学社有一笔款项专门用来资助青年学生，让她先用。看到对方一脸窘迫，立刻安慰说："不要紧的，你可以先借用，以后再还。"不由分说把存折塞给了她，还送了一套青花瓷杯盘做贺礼。后来林洙想还这笔钱，却被林徽因"严厉"地退了回来。

"林徽因式"的热诚，包裹着尖锐的刺。如果你不能接受这些尖利的表象，就无法触及她的真心的柔软。好在林徽因的朋友们都能宽容她最"坏"的那一面。因为他们知道，这个美丽的嘴上不饶人的女学者，"好"的那面是值得结交一生的。

妇女的敌人

林徽因是一个混合体，她是建筑师，这个即使是在现在也充满男性气息的职业，需要科学严谨的精神去考察，更要吃得风餐露宿的苦；她是诗人，清丽的诗句中流露出细腻复杂的情感。面对徐志摩和金岳霖的追求、守护，她表现出令女性惊异的理智，选择了志同道合的梁思成做丈夫，但同时她对他们有深刻的了解。她的性格和外表也是矛盾的。貌美如花的表象之下隐藏的是男

梁思成与林徽因在国内补照的结婚照。

人气的豪爽，爱骑马，也能吸烟喝酒，颇有几分当下备受追捧的"爷"的气派。她直爽甚至急躁，但又心思缜密，对亲友的关照事无巨细。

林徽因就是这样一个奇怪又矛盾的混合体，她把科学和艺术、理智和情感、男性化和女性化这些看似对立的特质完美地结合于一身。

晚年的梁思成这样评价她的这位"万人迷"妻子：

林徽因是个很特别的人，她的才华是多方面的。不管是文学、艺术、建筑乃至哲学她都有很深的修养。她能作为一个严谨的科学工作者，和我一同到村野僻壤去调查古建筑，测量平面和爬梁

上柱，做精确的分析比较；又能和徐志摩一起，用英语探讨英国古典文学或我国新诗创作。她具有哲学家的思维和高度概括事物的能力。所以做她的丈夫很不容易。中国有句俗话："文章是自己的好，老婆是人家的好。"可是对我来说，老婆是自己的好，文章是老婆的好。我不否认和林徽因在一起有时很累，因为她的思想太活跃，和她在一起必须和她同样的反应敏捷才行，不然就跟不上她。（林洙《梁思成、林徽因与我》）

林徽因的儿子梁从诫先生认为母亲能够把多方面知识才能汇集于一身，是一位有着"文艺复兴色彩"的知识分子。费慰梅则这么分析林徽因的敏锐和复杂：

当我回顾那些久已消失的往事时，她那种广博而深邃的敏锐性仍然使我惊叹不已。她的神经犹如一架大钢琴的复杂的音弦。对于琴键的每一触，不论是高音还是低音，重击还是轻弹，它都会做出反应。或者是继承自她那诗人的父亲，在她身上有着艺术家的全部气质。她能够以其精致的洞察力为任何一门艺术留下自己的印痕。

年轻的时候，戏剧曾强烈地吸引过她，后来，在她的一生中，视觉艺术设计也曾间或使她着迷。然而，她的真正热情还在于文字艺术，不论表现为语言还是写作。它们才是她最新的表达手段。

一个无可争议的才女，在建筑、文学上都有其贡献，凑巧，又生得美丽，个性呢，又不是传统的小鸟依人。这样的林徽因，对于 20 世纪 30 年代的大部分的中国女性来说，确实是一个不可想象的存在。文学家李健吾这样说林徽因："绝顶聪明，又是一副赤热的心肠，口快，性子直，好强，几乎妇女全把她当作仇敌。"

林徽因才华过人，事业心又很强，交往的都是当时文化界的精英，比如经济学家陈岱孙，政治学家张奚若，逻辑学家金岳霖，物理学家周培源，文学界的有胡适、徐志摩、朱光潜、沈从文等，全都是各自领域的鼎鼎大名的人物。

受男性欢迎的女性本就不容易被同性认可，况且林徽因心气又高，不通世故，不屑于与她们周旋敷衍，同性的误解甚至嫉妒就可想而知了。这其中也包括林徽因的大姑子，梁思成大姐梁思顺。

1936 年，林徽因写信给费慰梅说：

对我来说，三月是一个多事的月份……主要是由于小姑大姑们。我真羡慕慰梅嫁给一个独子（何况又是正清）……我的一个小姑（燕京学生示威领袖）面临被捕，我只好用各种巧妙办法把她藏起来和送她去南方。另一个姑姑带着孩子和一个广东老妈子来了，要长期住下去。必须从我们已经很挤的住宅里分给他们房子。还得从我已经无可再挤的时间里找出大量时间来！到处都是喧闹声和乱七八糟。第三位是我最年长的大姑，她半夜里来要把她在燕京读书的女儿带走，她全然出于嫉妒心，尽说些不三不四的话，而那女儿则一直在哭。她抱怨说女儿在学生政治形势紧张的时候也不跟她说就从学校跑到城里来，"她这么喜欢出来找她舅舅和舅妈，那她干吗不让他们给她出学费"等等。当她走的时候，又扔出最后的炸弹来。她不喜欢她的女儿从他舅舅和舅妈的朋友那里染上那种激进的恋爱婚姻观，这个朋友激进到连婚姻都不相信——指的是老金！

　　这里提到的"小姑"，是梁启超的三女儿梁思懿，后来加入共产党，成为著名社会活动家；"另一个姑姑"自然是梁思庄，后来成为图书馆学家，当时她的丈夫刚去世，带着年幼的吴荔明从广州来到北平。"最年长的大姑"就是梁思顺了，善诗词，曾编写了一本《艺蘅馆词选》，但其思想，总的来说还是传统的中国妇女那一套，性格也有些怪，不容人。在正式成为梁家的媳妇之前，这个大姐就和林徽因"道不同不相为谋"，后来经过梁启超的调解才有所修复。现在，大姐眼看着自己的女儿居然如此喜欢这个自己极其不满的二舅母，怎能没有怨气？

1936年林徽因与母亲何雪媛、三弟林恒等在香山。

和林徽因有过有名的"康桥日记之争"的凌叔华，晚年时曾这样评价这位"妇女的仇敌"："可惜因为人长得漂亮又能说话，被男朋友们宠得很难再进步。"——这里面的"男朋友"当是一种泛指。林徽因的男性朋友始终多于女性，她一生都没能学会絮絮叨叨的"女性特质"。她最亲密的女性朋友是外国人，她超前于那个时代，自然不能被同时代的女性所理解了。

太太客厅和慈慧殿三号

　　无论林徽因成为煮饭浣纱的凡俗妇人，抑或风云不尽的女建筑学家，那些仰慕她才情的人，还是愿意把她定格在人间四月，在每个姹紫嫣红的季节都会不由自主地想起她，那不曾被岁月埋没的伶俐的话语，像是被种植在流年里，已然无法擦去。

　　梁氏夫妇搬到北平总布胡同的四合院以后，由于梁思成、林徽因所具有的渊博学识和人格魅力，他们身边很快聚集了一批当时中国文化界的精英。这些学者和文化精英，经常在星期六下午陆续来到梁家聚会。大家一起吃茶聊天，谈论天下事。女主人林徽因思维敏捷，擅长引起话题，极具亲和力和感染力。他们的话题既有思想深度，又有社会广度；既有学术理论高度，又有强烈的针对现实性，可谓谈古论今皆成学问。慢慢地，梁家的这个聚会的名气越来越大，渐成气候，形成了 20 世纪 30 年代北平最出名的文化沙龙，时人称为"太太的客厅"。这个具有国际俱乐部特色的"客厅"，曾引起过许多知识分子特别是文学青年的心驰神往。

　　有个在燕京大学读书的文学青年就是其中之一。

　　那天林徽因被一阵急促中带着怯意的敲门声唤出来，开了门，两张年轻的脸庞出现在面前。一个是沈从文，他是常客，已是蜚声全国文坛的青年作家；另一个是个陌生的男孩子，二十出头年纪，微微泛红的脸上，还带着点稚气，他穿着一件洗得干干净净的蓝布大褂，一双刚刚打了油的旧皮鞋。

　　沈从文介绍说："这是萧乾，燕京大学新闻系三年级学生。"

"啊，原来是《蚕》的作者。快进屋吧。"林徽因利落地把两人让进来，然后给他们倒上热茶。

萧乾听沈从文说，林徽因的肺病已相当严重，本以为她会躺在床上见客，没想到林徽因却穿了一套骑马装，十分潇洒，她的脸上还带一点病容，精神却很饱满。

"喝茶，不要客气，越随便越好。"林徽因招呼着拘谨的萧乾，又说道，"你的《蚕》我读了几遍，刚写小说就有这样的成绩，真不简单！你喜不喜欢唯美主义的作品？你小说中的语言和色彩，很有唯美主义味道。"

林徽因在屋子里来回走动着，脸庞因为兴奋而微微潮红。

慈慧殿三号是朱光潜和梁宗岱在景山后面的寓所，也是与"太太的客厅"同样有影响的文化沙龙。沙龙每月集会一次，朗诵中外诗歌和散文，因此又称"读诗会"。林徽因也是这里的主要参加者。

这个沙龙实际上是20世纪20年代闻一多西单辟才胡同沙龙的继续。冰心、凌叔华、朱自清、梁宗岱、冯至、郑振铎、孙大雨、周作人、沈从文、卞之琳、何其芳、萧乾，还有英国旅居中国的诗人尤连伯罗、阿立通等人都是沙龙的成员。

沙龙主持人是朱光潜，他是香港大学文科毕业生，20世纪20年代中期先后留学英法，也游历过德国和意大利。1933年7月回国，应胡适之聘，出任北京大学西语系教授，主讲西方名著选读和文学批评史，同时在北大中文系、清华大学、辅仁大学、女子文理学院和中央艺术研究院主讲文艺心理学和诗论。

林徽因在北总
布胡同三号寓
所客厅。

　　读诗会聚会形式轻松活泼，大家畅所欲言，时有"争论"发生。林徽因总是辩论中的核心人物，她言辞犀利，从不给对方留面子。有一回，她就和梁宗岱为了一首诗的翻译争执得面红耳赤。

　　梁宗岱在那天的聚会上朗诵了一首由他翻译的瓦雷里的《水仙辞》，朗诵完毕，林徽因第一个发言，一点台阶也没给大诗人留："宗岱，你别得意，你的老瓦这首诗我真不想恭维。'哥啊，惨淡的白莲，我愁思着美艳，／把我赤裸裸地浸在你溶溶的清泉。／而向着你，女神，女神，水的女神啊，／我来这百静中呈献我无端的泪点。'这首诗的起句不错，但以后意象就全部散乱了，好像一串珠子给粗暴地扯断了线。我想起法国作家戈蒂耶的《莫班小姐》序言里的一段话——谁见过在哪桌宴席上会把一头母猪同12头小猪崽子统统放在一盘菜里呢？有谁吃过海鳝、七鳃鳗炒人肉杂烩？你们真的相信布里亚萨瓦兰使阿波西斯的技术变得更完美了吗？胖子维特尤斯是在什维食品店里用野鸡、凤凰的脑、红鹳的舌头和鸟的肝填满他那著名的'米纳夫盾'的吗？"

　　梁宗岱在法国上学时可是做过瓦雷里的学生的，他亲耳听过瓦雷里讲授这首诗，这也是他最喜欢的一首诗。他马上站起来，高声回敬道："我觉得林小姐对这首诗是一种误读，作为后期象征主义的主要代表，瓦雷里的诗，是人类情绪的一种方程式，这首《水仙辞》是浑然一体的通体象征，它离生命的本质最近，我想你没有读懂这样的句子：'这就是我水中的月与露的身，顺从着我两重心愿的娟娟倩形！／我摇曳的银臂的姿势是何等澄清！／黄金里我迟缓的手已倦了邀请。'瓦雷里的作品，忽视外在的实际，注重表现内心的真实，赋予抽象观念以有声有色的物质形式，我想林小姐恰恰是忽视了这点。"

林徽因毫不让步，也不自觉地提高了嗓门："恰恰是你错了。我们所争论的不是后期象征主义的艺术特点，而是这一首诗，一千个读者，可以有一千个哈姆雷特。我觉得，道义的一些格言，真理的一些教训，都不可被介绍到诗里，因为他们可以用不同的方法，服务于作品的一般目的。但是，真正的诗人，要经常设法冲淡它们，使它们服从于诗的气氛和诗的真正要素——美。"

梁宗岱涨红了脸，急急地说："林小姐，你应该注意到，诗人在作品中所注重的，是感性与理性、变化与永恒、肉体与灵魂、生存与死亡冲突的哲理，这才是美的真谛。我认为美，不应该是唯美，一个诗人，他感受到思想，就像立刻闻到一朵玫瑰花的芬芳一样。"

林徽因也站起身回击道："我想提醒梁诗人，诗歌是诉诸灵魂的，而灵魂既可以是肉体的囚徒，也可以是心灵的囚徒。一个人当然不可以有偏见，一位伟大的法国人，在一百年以前就指出过，一个人的偏爱，完全是他自己的事，而一旦有所偏见，就不再是公正的了。"

朋友们没有一个去"拉架"，反而津津有味地听着他们"打嘴仗"。

萧乾头一回参加这个沙龙活动，被这火药味儿十足的讨论吓了一跳，悄声问带他来的沈从文："他们吵得这么热闹，脸红脖子粗的，你怎么不劝劝？"

沈从文摆摆手："在这儿吵，很正常，你不要管他，让他们尽兴地吵，越热闹越好。"

林徽因重新坐回沙发上，平静地结案陈词道："每个诗人都可以从日出日落受到启发，那是心灵的一种颤动。梁诗人说过，'诗人要到自然中去，到爱人的怀抱里去，到你自己的灵魂里去，如果你觉得有三头六臂，就一起去。'只是别去钻'象征'的牛角尖儿。"

梁宗岱心服口服地笑起来，朋友们也哈哈大笑。

笑得最响、最轻快的，当然是"得理不饶人"的林徽因。

与冰心的龃龉

李健吾和林徽因是在 1934 年年初认识的。当时林徽因在《文学季刊》上读到李健吾关于《包法利夫人》的论文，极为赞赏，就写信给李健吾邀请他来"太太客厅"参加聚会。李健吾比林徽因小两岁，与其过从甚密，因此对林徽因的性格为人看得也很透彻：

她（林徽因）缺乏妇女的幽娴的品德。她对于任何问题（都）感到兴趣，特别是文学和艺术，具有本能的、直接的感悟。生长富贵，命运坎坷，修养让她把热情藏在里面，热情却是她生活的支柱。喜好和人辩论——因为她热爱真理，但是孤独、寂寞、抑郁，永远用诗句表达她的哀愁。

李健吾在《林徽因》这篇散文里，说林徽因和另一位女诗人冰心的关系是"既是朋友，同时又是仇敌"。林徽因亲口对他讲起过一件趣事：冰心写了一篇小说《我们太太的客厅》讽刺她，因为每到星期六下午，便有若干朋友以她为中心谈论各种现象和问题。林徽因恰好由山西调查庙宇回到北平，带了一坛又香又陈的山西醋，立即叫人送给冰心吃用。

这篇小说从 1933 年 10 月 27 日开始在天津《大公报》文艺副刊连载。小说一开头就单刀直入地描述道：

时间是一个最理想的北平春天的下午，温煦而光明。地点是我们太太的客厅。所谓太太的客厅，当然指着我们的先生也有他的客厅，不过客人们少在那时聚会，从略。

我们的太太自己以为，她的客人们也以为她是当时当地的一个"沙龙"的主人。当时当地的艺术家、诗人，以及一切人等，每逢清闲的下午，想喝一杯浓茶，或咖啡，想抽几根好烟，想坐坐温软的沙发，想见见朋友，想有一个明眸皓齿能说会道的人儿，陪着他们谈笑，便不需思索地拿起帽子和手杖，走路或坐车，把自己送到我们的太太的客厅里来。在这里，各自都能得到他们所向往的一切。

　　按冰心小说中的描述："我们的太太是当时社交界的一朵名花，十六七岁时候尤其嫩艳……我们的先生（的照片）自然不能同太太摆在一起，他在客人的眼中，至少是猥琐，是世俗。谁能看见我们的太太不叹一口惊慕的气，谁又能看见我们的先生，不抽一口厌烦的气？""我们的太太自己虽是个女性，却并不喜欢女人。她觉得中国的女人特别的守旧，特别的琐碎，特别的小方。"接着还详细描写了一位诗人的外貌："还有一位'白袷临风，天然瘦削'的诗人。此诗人头发光溜溜地两边平分着，白净的脸，高高的鼻子，薄薄的嘴唇，态度潇洒，顾盼含情，是天生的一个'女人的男子'。"但见那诗人：

林徽因（右）与冰心在美国康奈尔大学绮色佳风景区野炊，拍于 1925 年。

微俯着身，捧着我们太太的指尖，轻轻地亲了一下，说："太太，无论哪时看见你，都如同一片光明的彩云……"我们的太太微微地一笑，抽出手来，又和后面一位文学教授把握。

教授有四十上下年纪，两道短须，春风满面，连连地说："好久不见了，太太，你好！"

哲学家背着手，俯身细看书架上的书，抽出叔本华《妇女论》的译本来，正在翻着，诗人悄悄过去，把他肩膀猛然一拍，他才笑着合上卷，回过身来。他是一个瘦瘦高高的人，深目高额，两肩下垂，脸色微黄，不认得他的人，总以为是个烟鬼。

……诗人笑了，走到太太椅旁坐下，抚着太太的肩，说："美，让我今晚跟你听戏去！"我们的太太推着诗人的手，站了起来，说："这可不能，那边还有人等我吃饭，而且……而且六国饭店也有人等你吃饭，还有西班牙跳舞，多么曼妙的西班牙跳舞！"诗人也站了起来，挨到太太跟前说："美，你晓得，她是约着大家，我怎好说一个人不去，当时只是含糊答应而已，我不去他们也未必会想到我。还是你带我去听戏罢，你娘那边我又不是第一次去，那些等你的人，不过是你那班表姊妹们，我也不是第一次会见。美，你知道我只愿意永远在你的左右。"

我们的太太不言语，只用纤指托着桌上瓶中的黄寿丹，轻轻地举到脸上闻着，眉梢渐有笑意。

这帮上层人士聚集在"我们太太的客厅"指点江山，激扬文字，尽情挥洒各自的情感之后星散而去。太太满身疲惫、神情萎靡并有些窝囊的先生回来了，那位一直等到最后渴望与"我们的太太"携手并肩外出看戏的白脸薄唇高鼻子诗人只好无趣地告别"客厅",悄然消失在门外逼人的夜色中。整个太太客厅的故事到此结束。

小说对人物做了诸多模糊处理,和林徽因的文化沙龙完全不同,但映射的痕迹仍然明显。特别是对于诗人、哲学家的外貌描写,一看就是以徐志摩和金岳霖为原型。是人说的"太太,无论哪时看见你,都如同一片光明的彩云……"更是让人马上联想到徐志摩的诗歌。

《我们太太的客厅》发表以后,引起平津乃至全国文化界的高度关注。小说中塑造的"我们的太太"、诗人、哲学家、画家、科学家、风流的外国寡妇,都有一种明显的虚伪、虚荣与虚幻的鲜明色彩,这"三虚"人物的出现,对社会、对爱情、对己、对人都是一股颓废情调和萎缩的浊流。冰心以温婉又不失调侃的笔调,对此做了深刻的讽刺与抨击。金岳霖后来曾说过:这篇小说"也有别的意思,这个别的意思好像是20世纪30年代的中国少奶奶们似乎有一种'不知亡国恨'的毛病"。

冰心的先生吴文藻与梁思成同为清华学校1923级毕业生,且二人在清华同一间宿舍,是真正的同窗;林徽因与冰心是福建同乡。这两对夫妇曾先后留学美国,曾在绮色佳有过愉快的交往。只是时间过于短暂,至少在1933年晚秋这篇明显带有影射意味的小说完成并发表,林徽因派人送给冰心一坛子山西陈醋之后,二人便很难再作为"朋友"相处了。

徐志摩因飞机失事死亡后,冰心给老友梁实秋写信说:

志摩死了，利用聪明，在一场不人道、不光明的行为之下，仍得到社会一班人的欢迎的人，得到一个归宿了！我仍是这么一句话，上天生一个天才，真是万难，而聪明人自己的糟蹋，看了使我心痛。志摩的诗，魄力甚好，而情调则处处趋向一个毁灭的结局。看他《自剖》时的散文《飞》等等，仿佛就是他将死未绝时的情感，诗中尤其看得出，我不是信预兆，是说他十年心理的酝酿，与无形中心灵的绝望与寂寥，所形成的必然的结果！人死了什么话都太晚，他生前我对着他没有说过一句好话，最后一句话，他对我说的："我的心肝五脏都坏了，要到你那里圣洁的地方去忏悔！"我没说什么，我和他从来就不是朋友，如今倒怜惜他了，她真辜负了他的一股子劲！谈到女人，究竟是"女人误他？"还是"他误女人？"也很难说。志摩是蝴蝶，而不是蜜蜂，女人的好处就得不着，女人的坏处就使他牺牲了。到这里，我打住不说了！

林徽因在北京北总布胡同家中，拍于1934年。

很显然，这封信的爆发点落在"女人的坏处就使他牺牲"上面，这是一句颇有些意气用事且很重的话，冰心所暗示的"女人"是谁呢？从文字上看似泛指，实为特指，想来冰心与梁实秋心里都心照不宣，不过世人也不糊涂。在徐志摩"于茫茫人海中访我唯一灵魂之伴侣"的鼎盛时期，与他走得最近的有三个女人，即陆小曼、林徽因、凌叔华。而最终的结局是，陆小曼嫁给了徐志摩，林徽因嫁给了梁思成，凌叔华嫁给了北大教授陈西滢。

冰心为徐志摩鸣不平，认为女人利用了他，牺牲了他，这其中大概也包括林徽因。徐志摩几次追求林徽因人尽皆知，为了赶林徽因的讲座在大雾中乘飞机，在当时也流传甚广。梁从诫承认："徐志摩遇难后，舆论对林徽因有过不小的压力。"

有意思的是，即使收到了一坛山西陈醋，冰心在晚年却不承认《我们太太的客厅》是影射林徽因，在公众场合提起林徽因，也是一团和气。1987年，冰心在谈到自"五四"以来的中国女作家时提到了林徽因，说："1925年我在美国绮色佳会见了林徽因，那时她是我的男朋友吴文藻的好友梁思成的未婚妻，也是我所见到的女作家中最俏美灵秀的一个。后来，我常在《新月》上看她的诗文，真是文如其人。"

1992年6月中国作协的张树英和舒乙曾拜访冰心，在交谈中，冰心忽然提到《我们太太的客厅》，萧乾认为是写林徽因，其实是陆小曼。

于是有研究者认为，冰心与林徽因并没什么龃龉，两人是关系不错的朋友。冰心的小说讽刺的不是林徽因，而是陆小曼。

其实，只要稍微留心阅读就会发现，小说中的"我们的太太"和陆小曼实在没什么瓜葛。冰心晚年不过是使用了个"障眼法"罢了。大概是小说讽刺林徽因的说法流传太广，不好跟林的后人交代，不如推给陆小曼，反正陆早已作古，又没什么后代，岂不省去很多麻烦？大抵是冰心老人大事化小小事化了的中国式的圆滑聪明吧。

年轻时的林徽因提起冰心总有些愤愤，曾在写给费慰梅的信中这样说：

朋友"Icy Heart"却将飞往重庆去做官（再没有比这更无聊更无用的事了），她全家将乘飞机，家当将由一辆靠拉关系弄来的注册卡车全部运走，而时下成百有真正重要职务的人却因为汽油受限而不得旅行。她对我们国家一定是太有价值了！

翻译这封信的是梁从诫，他没有将英文中带有贬义的"Icy Heart"直译为"冰心"，而是保留了奇怪的原称谓。后来，一个研究林徽因的学者提到梁从诫谈起冰心时"怨气溢于言表"，还透露说："柯灵极为赞赏林徽因，他主编一套'民国女作家小说经典'丛书，计划收入林徽因一卷。但多时不得如愿，原因就在出版社聘了冰心为丛书名誉主编，梁从诫为此不肯授予版权。"果真如此，看来林徽因的率性固执、不通圆滑也遗传到了她的后人身上。

橡树旁的木棉

走出京城的"太太客厅"，她是和一帮男人一样风餐露宿，坐三等车厢，睡鸡毛小店的古建筑学家。

她不是凌霄花，不是鸟儿，不是泉源。她是一株木棉。她和她的丈夫站在一起，平等的，相互映衬着彼此的光芒，为中国建筑学的历史填上了浓墨重彩的一笔。

自古以来，红颜多是陪衬，红袖添香多少有些低人一等的意味。若无有价值的遗产，又何以让人书写铭记。红颜却又总是跟着祸水，要获得赞许，更是难上加难。任你生前风情万种，死后亦只留无人问津的骸骨，谁还能辨认出当年的绝代容姿？又有谁知晓他们曾经有过的风华故事？

但终究有人没被禁锢，被记住了。

林徽因便是如此。

中国营造学社

尽管肺病的阴影一直挥之不去，但对林徽因来说，20世纪30年代仍然是一生中最好的时光——丰沛的物质生活，志同道合的朋友，体贴的丈夫，可爱伶俐的女儿。对于一个女性来说，最珍贵的东西她都拥有了。

但林徽因并不是一个只能养尊处优地坐在客厅里高谈阔论、不事生产的"太太"。1932—1935年，只要一有机会，林徽因就和梁思成还有一帮营造学社的同人们一起进行野外勘察，考察中国古建筑。

中国营造学社是一个私立机构，费慰梅将其形容为"一个有钱人业余爱好的副产品"。创始人朱启钤曾在北洋政府担任交通总长、内政总长、国务总理，他下野后，创办了营造学社，专门研究中国古代建筑。

1931年，梁氏夫妇离开东北大学回到北平，加盟中国营造学社，梁思成任研究部主任，林徽因担任校理。截至抗战爆发，营造学社先后考察了全国137个县市的古建殿堂房舍1823处，其中详细测绘的有206组，完成测绘图稿1898张。他们在春夏外出考察，秋冬两季用来整理照片和测稿，撰写考察报告。他们编撰了《中国营造学社汇刊》，在上面接连刊登最新的发现，在当时的欧美和日本都有读者。人们由此知道了中国的古建筑并不只有日本人在研究。他们针对急需抢救的古建筑制定出相应的保护修葺的方案，提交给当地政府和中央古物保护文员会。

营造学社的考察，从 1932 年夏天开始，他们的第一个目标是平郊的古建筑。同年，梁思成在《中国营造学社汇刊》发表第一篇科考报告——《蓟县独乐寺观音阁山门考》，在中国考古界乃至于国际考古界都引起了轰动。

1932 年 6 月 11 日，梁思成带着营造学社一个年轻社员和一个随从前往野外调查的第二站——宝坻的广济寺。他在《宝坻县广济寺三大殿》中记录了这次考察的收获：

抬头一看，殿上部并没有天花板，《营造法式》里所称"彻上露明造"的。梁枋结构的精巧，在后世建筑物里还没有看见过，当初的失望，到此立刻消失。这先抑后扬的高兴，趣味尤富。在发现蓟县独乐寺几个月后，又得见一个辽构，实是一个奢侈的幸福。

可惜的是，作为妻子的林徽因没有办法和丈夫共同体验这种幸福，因为她这时候是一个大腹便便的孕妇，还有两个月，他们的儿子就要出生了。

虽然不能跟随丈夫去实地考察，但林徽因还可以用另一种方式参与、扶持梁思成的事业——撰写建筑论文或著作。夫妇俩于 1932 年共同撰写了《平郊建筑杂录》。林徽

1932 年，林徽因的儿子出生，为了纪念建筑师李诚，取名"从诚"。

因在开篇写道：

这些美的存在，在建筑审美者的眼里，都能引起特异的感觉，在"诗意""画意"之外，还使他感到一种"建筑意"的愉快。这也许是个狂妄的说法——但是，什么叫作"建筑意"？我们很可以找出一个比较近理的含义或解释来。

顽石会不会点头，我们不敢有所争辩，那问题怕要牵涉到物理学家，但经过大匠之手艺，年代之磋磨，有一些石头的确会蕴含生气的。天然的材料经人的聪明建造，再受时间的洗礼，成美术与历史地理之和，使它不能不引起赏鉴者一种特殊的性灵的融会，神志的感触，这话或者可以算是说得通。

无论哪一个巍峨的古城楼，或一角倾颓的殿基的灵魂里，无形中都在诉说，乃至于歌唱，时间上漫不可信的变迁；由温雅的儿女佳话，到流血成渠的杀戮。他们所给的"意"的确是"诗"与"画"的。但是建筑师要郑重地声明，那里面还有超出这"诗""画"以外的"意"存在。眼睛在接触人的智力和生活所产生的一个结构，在光影可人中，和谐的轮廓，披着风露所赐予的层层生动的色彩；潜意识里更有"眼看他起高楼，眼看他楼塌了"凭吊与兴衰的感慨；偶然更发现一片，只要一片，极精致的雕纹，一位不知名匠师的手笔，请问那时锐感，即不叫他做"建筑意"，我们也得要临时给他制造个同样狂妄的名词，是不？

以优美的文笔和富有创造性的文思对枯燥的古建筑进行委婉的描述，把科学考察报告写得像散文一样具有可读性，这是林徽因对于丈夫最好的帮助，也是她作为一个建筑学者的独特贡献。

同年，林徽因又发表了《论中国建筑之几个特征》：

> 因为后代的中国建筑，即达到结构和艺术上极复杂精美的程度，外表上却仍呈现出一种单纯简朴的气象，一般人常误会中国建筑根本简陋无甚发展，较诸别系建筑低劣幼稚。这种错误观念最初自然是起于西人对东方文化的粗忽观察，常作浮躁轻率的结论，以致影响到中国人自己对本国艺术发生极过当的怀疑乃至鄙薄……外人论著关于中国建筑的，尚极少好的贡献，许多地方尚待我们建筑家今后急起直追，搜寻材料考据，作有价值的研究探讨，更正外人的许多隔膜和谬解处。

林徽因的论述也解释了为什么她和梁思成不利用自己的专业去做工程做设计，轻松快速地赚钱（当时北平只有两家中国人开办的建筑事务所，以梁林两人的留学背景，做这样的事情轻而易举），而是选择了冷门的中国古建筑作为研究对象。

1932 年 8 月，梁家的第二个孩子出生了，是个男孩。夫妇俩给孩子命名为"从诫"，意在纪念宋代建筑学家李诫。

日子一天天过去，孩子们慢慢长大，可以经受与母亲短暂的离别了。林徽因迫不及待地加入营造学社的考察队伍，和丈夫一起跋山涉水，风餐露宿，辗转于穷乡僻壤、荒郊野外，对中国的古建筑进行详细的考察。

1934 年，梁思成的《清式营造则例》由中国营造学社出版，林徽因为该书写了《绪论》。

石窟与塔的旋律

从北平开来的火车停在了大同站。一下车，梁思成、林徽因还有营造学社的同事都愣住了，这就是辽、金两代的陪都西京吗？

从火车站广场上望出去，没有几座像样的楼房，大都是些窑洞式的平房，满目败舍残墙。大街上没有一棵树，尘土飞扬直迷眼睛。

车站广场上聚集着许多驼帮。林徽因头一回看到大群大群的骆驼，成百上千的骆驼一队队涌进来。这些傲岸而沉默的生物的影子，被9月的夕阳拉得长长的，驼铃苍凉地震响了干燥的空气。这大群的骆驼总是让人想起远古与深邃，想起大漠孤烟与长河落日，这情景，仿佛是从遥远年代飘来的古歌。

林徽因、梁思成加上刘敦桢和莫宗江一行四人，沿着尘土飞扬的街道搜寻旅馆，强烈的骆驼粪尿气味熏得他们捂着鼻子直咳嗽。偌大一个大同城，竟然找不到一家能够栖身的旅馆。街上全是大车店一类的简陋的旅社，穿着羊皮服的骆驼客成帮结伙蹲踞在铺面的门口，呼噜呼噜喝着盛在粗瓷蓝花大碗里的玉茭稀粥，剃得精光的头顶冒着热气。

林徽因走到哪里，就在哪里引起一片骆驼客的骚动。刘敦桢打趣道："真是耕者忘其犁，锄者忘其锄，来归相怨怒，但坐观罗敷啊！"

可是很快他们就高兴不起来了。

跑了大半个城，天都快黑了，也没找到可容身的住处，四个人只好又折回火车站。本来身体就有旧伤的梁思成，这一折腾腰酸背痛，连连讨饶："看来只有蹲火车站啦！"

大家认命地进了候车室。还没安顿好，突然有谁喊了一声："这不是梁思成？"

梁、林二人惊诧地转过身，一位穿着铁路制服的大汉站在他们面前。两个人一起惊喜地喊起来："刘大个子，你怎么到这儿了？"

刘大个子说："这话该我问你们啊。"

梁思成说："我们来考察古建筑，跑遍了大同城，连个住处都找不下。"

林徽因高兴地跟刘敦桢和莫宗江介绍："这是我们在宾大的同学老刘，他是学铁路的。看样子我们今晚不用蹲车站了。"

老刘朗声笑道："我这个站长还能让你们蹲车站？走，到我家去。"

老刘用莜麦片炒山药蛋和黄糕做晚餐招待他们。莫宗江吃多了，肚子胀得像鼓一样，跑了好几次厕所。林徽因说："莜麦片吃

林徽因（左二）、梁思成、刘敦桢和莫宗江赴云冈考察途中。

多了就这样，真忘记告诉你了。"

翌日一大早，老刘开着弄来的敞篷吉普车陪同他们去云冈。

出大同城西 30 多里，便是云冈石窟。石窟依武周山北崖开凿，面朝武烈河，50 多座洞窟一字排开。这座石窟开凿于北魏文成帝和平初年（公元 460 年），与中原北方地区的洛阳龙门石窟和西北高原的敦煌莫高窟为中外知名的三大石窟。《魏书释老志》中记载，北魏和平年间（公元 460—465 年），高僧昙曜主持在京城郊武周塞开凿了五所石窟，即云冈 16 窟至 20 窟，后人称"昙曜五窟"。它是云冈石窟群中最早的五窟。其他各洞窟完成于北魏太和十九年（公元 495 年）迁都洛阳之前。其主要洞窟大约在四十年间建成。北魏地理学家郦道元在《水经注·漯水》中写道："凿石开山，因岩结构，真容巨壮，世法所希。山堂水殿，烟寺相望，林渊锦镜，缀目新眺。"使后人可窥当时之盛况。

营造学社的一行人完全被这石窟的壮美震住了。云冈石窟的开凿，不凭借天然洞窟，完全以人工劈山凿洞。昙曜五窟，平面呈马蹄形，穹隆顶是苦行僧结茅为庐的草庐形状，主佛占据洞窟的绝大部分空间，四面石壁雕以千佛，使朝拜者一进洞窟必须仰视，才得窥见真容。这五尊佛像，是昙曜和尚为了取悦当时的统治者，模拟北魏王朝五位皇帝的真容而雕凿的。主佛像高大威严，充满尊贵神圣的气息。

《华严经》响起来了，排箫、琵琶、长笛奏出的美妙的仙乐缭绕在耳畔。这穿越了 1500 年时光的声音没有丝毫的消损，仍然轰轰烈烈地震荡着现代人的灵魂。在这里，活着的不是释迦牟尼，活着的是石头一样顽强的历史，是把这历史雕凿在侏罗纪云冈统砂岩上的无名的太史公们。远在"西方雕塑之父"米开朗基罗没有诞生之前，这些无名艺术家的生命便活在这云冈统砂岩上了，便活在这有血有肉的石头里了。石头的灵魂是永远醒着的，他们要把一个个梦境千年万年地守护下去。

林徽因怔怔地聆听着这乐声，泪流满面而不自知。

他们用三天的时间考察了云冈石窟，完成了许多素描和拓片。接着他们又考察辽、金时代的巨刹华严寺和善化寺。这项工作结束以后，梁思成和莫宗江要去应县考察木塔，林徽因和刘敦桢返回北平，整理资料。

1934年夏天，梁氏夫妇继去年9月云冈石窟考察之后，又来到山西吕梁山区的汾阳。

他们原本计划到北戴河度假，临行时费正清和夫人费慰梅告诉他们，美国传教士朋友汉莫在山西汾阳城外买了一座别墅，梁思成原来也想到洪洞考察，两地相距很近，于是便一同前往。

这是他们第二次山西之行。虽名为消暑避夏，怎奈夫妇二人一看到古建筑就迈不开腿，又把度假变成了工作，还请了两个免费外国帮工。费正清回忆道：

菲利斯（林徽因英文名）穿着白裤子，蓝衬衫，与穿着卡其布的思成相比更显得清爽整洁。每到一座庙宇，思成便用他的莱卡照相机从各个方位把它拍摄下来，我们则帮助菲利斯进行测量，并按比例绘图，工作往往需要整整一天，只是中午暂停下来吃一顿野餐。思成虽然脚有点跛，但他仍然能爬上屋顶和屋椽拍照或测量。

梁思成、林徽因在费氏夫妇的协助下，对太原、文水、汾阳、孝义、介休、灵石、霍县、赵城一带汾河流域的古代寺庙进行了一系列的考察，发现古建筑40余处。这次调查最有价值的发现，莫过于赵城的广胜寺和太原的晋祠。1935年3月，林徽因与梁思成把这次山西之行的成果写成了《晋汾古建筑预查纪略》。

"我们夜宿廊下，仰首静观檐底黑影，看凉月出没云底，星斗时现时隐，人工自然，悠然溶合入梦，滋味深长。"

"后二十里积渐坡斜，直上高冈，盘绕上下，既可前望山峦屏嶂，俯瞰田垄农舍，乃又穿行几处山庄村落，中间小庙城楼，街巷里井，均极幽雅有画意。"

"小殿向着东门，在田野中间镇座，好像乡间新娘，满头花钿，正要回门的神气。"

《晋汾古建筑预查纪略》是梁、林二人合写的。那文字中的俏皮、生动和诗情画意，应该就是这位聪明绝顶的女诗人留给山西的印记吧。

与宁公遇对话

　　1936 年 5 月 28 日，梁氏夫妇和营造学社的同事去河南洛阳龙门石窟、开封及山东历城、章丘、泰安、济宁等处做古建筑考察。

　　考察中国古建筑，必定是一项艰苦的工作，舟车劳顿只是其中的一部分。对发现的古建筑进行拍照、测量、绘图、整理，也远非容易的事情。到了 1937 年，梁思

林徽因测绘佛光寺经幢。

成已经带着营造学社的学员几乎跑遍了整个华北地区。虽然有很多惊喜发现，但仍然有一个令人揪心的事实摆在眼前：迄今为止发现的所有木结构建筑都是宋辽以后的遗存。日本学者曾经断言，中国已经不存在唐代以前的木构建筑，只有在奈良才能看到真正的唐代建筑。营造学社的努力似乎也印证了这一尴尬的现实。

　　但是梁思成和林徽因一直没有放弃希望，他们以科学家的敏感相信着在中国某一个偏僻的角落，一定还存有真正的唐代建筑。眼下战争形势越来越紧迫，时间不多了，梁思成和林徽因加紧了野外考察的步伐。

　　1937 年 6 月，他们上路了，先坐火车到太原，而后转乘汽车

抵达五台县，再从那里骑乘骡轿，在崎岖陡峭的山路上走了整整两天终于到达了佛光寺。考察这座寺庙的契机很偶然。梁思成和林徽因无意间在法国汉学家伯希和的《敦煌石窟》一书中，发现了两幅描绘佛教圣地五台山全景的唐代壁画，壁画描绘了五台山的山川与寺庙，并标注了寺庙的名称。这燃起了他们内心深处残存的希望。他们决定立刻前往大山深处，看看能否找到一点儿唐代木结构建筑的残迹。

眼前的佛光寺业已失去往昔的光彩。推开沉重的殿门，黑暗的屋顶藻井是一间黑暗的阁楼，厚厚的尘土在藻井上累积了千年。成千上万只黑色的蝙蝠倒挂在屋檩上，尘土中还堆积着许多蝙蝠的死尸。蝙蝠聚集在黑暗的角落，三角形的翅膀扇动着令人窒息的尘土和秽气。藻井里到处爬满了臭虫，它们以吸食蝙蝠血为生。

这光景真是恐怖又凄凉。

梁思成和林徽因连忙戴上口罩。惊起的蝙蝠在他们身边飞来撞去，他们只顾得不停地测量、记录和拍照，在呛人的尘土和难耐的秽气中一待就是几个小时。身上和背包里爬满了臭虫，浑身奇痒难耐。

在殿堂工作了三天，他们的眼睛已适应了屋顶昏暗的光线。林徽因发现大殿的一根主梁上有模糊的刻字。于是他们在佛像的间隙搭起了脚手架，清除梁上的灰尘以看清题字。林徽因从各个角度仔细辨认着，庆幸自己是个远视眼。那些隐隐约约的字迹中有人名，有长长的官职称谓。她断断续续地读出了几个字："女弟子宁公遇。"忽然灵光一闪：大殿外的经幢上好像看到过类似的名字！她急忙跑出去核实，果然，经幢上刻着"佛殿主女弟子宁公遇"。

林徽因马上向大家报告了这个喜悦的发现，原来，他们先前看到的、大殿中那尊身着便装、面目谦恭的女人坐像，并不是寺僧所说的"武后"塑像，而是这座寺庙的女施主宁公遇夫人。

一行人在佛光寺整整工作了一个星期，对整座寺院做了详细的考察记录。这座寺庙已经有超过1000年的历史，是思成他们历年搜寻考察中所找到的唯一一座唐代木结构建筑，比他们以前发现的最古老的建筑还要早一百多年。不仅如此，他们在这里还发现了唐代的壁画、书法、雕塑。

那一个星期是他们从事野外考察工作以来最高兴的日子，这份巨大的快乐把所有的疲倦都冲去了。

离开之前，梁思成特别给山西省政府写了报告，请求他们保护好这一处珍贵的建筑遗存。

林徽因恋恋不舍地向这座在他们的学术生涯中意义重大的古建筑告别。梁思成帮她和"女弟子宁公遇"的塑像拍了一张合影。她面对着宁公遇塑像仁蔼丰满的面容，遥想着这位女性的生平和性行，这是怎样一位女性呢？她为了信念捐出了家产修筑这座寺院，当寺院落成时，她把自己也永远地留在了这里，日日倾听着暮鼓晨钟和诵经声，谦卑地守护着缭绕的香火和青灯黄卷。

英文版《亚洲杂志》1941年7月号发表了梁思成的《中国最古老的木构建筑》，其中特别提到："佛殿是由一位妇女捐献的！而我们这个年轻建筑学家，一位妇女，将成为第一个发现中国最难得的古庙的人，这显然不是一个巧合。"

没错，这不是一个巧合，而是一场注定的缘分。几千年过去了，女建筑学家林徽因和佛光寺的宁公遇四目相对，她们都是有坚韧信念的女性，为了心中的理想和信念，她付出了什么？她又付出了什么？宁公遇谦卑地沉默着。林徽因默默无言，只想自己也化为一尊塑像，让"女弟子林徽因"永远陪伴这位虔诚的唐朝妇女，在肃穆中再盘腿坐上一千年。

1937 年 7 月的五台山佛光寺考察是中国建筑史上最伟大的发现。另外，还有唐代塑像 30 余尊和一小幅珍贵的唐代壁画与大殿一同被发现。这是除敦煌以外，梁思成所知道的中国本土唯一现存的唐代壁画。从那以后日本人再也不敢说要看唐代木结构建筑只能去日本这样的话了。

颠沛流离

　　动乱年代，无论你多么想要安稳，都免不了颠沛流离地奔走。这一路上，任何落脚之处都是人生驿站。我们可以把这驿站当作灵魂的故乡，却永不能当作安身立命的归宿。人这一生，只有当结束的那一瞬间，才是真正的归宿。不，甚至你还不知道你的骸骨将要被放置于何处。

　　这是昆明，这里有最美的云，最轻柔的风，最艳的花。可是因了战争和病痛，一想起来，尽是酸楚。

　　知道她为了建筑事业奔波田野都市，但她的人生中，还有这么多坎坷。人在漂泊的时候，总会感到自己力量的薄弱，许多时候，我们无力填平人生的沟渠，就只能任由流水东逝。

　　到底怎样才能全然不怕伤痛，怎样才能求得一时平稳？可还是有人，始终不愿向岁月低头。

九死一生

如水岁月如水光阴，本该柔软多情，而它偏生是一把锋利的刀，雕刻着容颜，削薄了青春，刨去残存的一点梦想，只留下支离破碎的记忆。这散乱无章的前尘过往，还能拼凑出一个完整的故事吗？

1937 年 7 月，梁思成和林徽因正与营造学社的同人们在山西考察，12 号到达代县，他们就听到了"卢沟桥事变"的消息。一路上发现佛光寺的兴奋，立刻被当头浇下一桶冷水。想到九一八事变之前，日寇在沈阳的种种暴行，大家的心情沉重无比。山中一日，世上千年，他们在深山僻壤中辛勤工作的时候，外界已经发生了翻天覆地的变化。梁思成不禁一声长叹，道："事不宜迟，还是快点回北平吧。"

刚回到北平，浓烈的火药味即刻扑面而来。宋哲元二十九军的兵车从大街上呼啸着开过，卷起的尘土像不祥的狼烟。回到布总胡同，又见士兵们在门口挖起了堑壕，好像要打一场大仗的样子。朋友们听说梁氏夫妇考察归来，便相约来到布总胡同。那时北平人心惶惶，大家都用实际行动支持宋哲元，梁思成、林徽因和刘敦桢一起，在北平教授致政府要求抗日的呼吁书上签了字。

战云压城，营造学社的工作无法继续，大家最担心的就是这几年积累下来的资料落入敌手，他们决定把这些资料转移到天津英租界英资银行保险库中存放。

战争烧到了太太客厅门口，但"我们的太太"却没有惊慌失措，她给女儿梁再冰写信，沉着地说：

如果日本人要来占北平，我们都愿意打仗！那时候你就跟着大姑姑那边，我们就守在北平，等到打胜了仗再说。我觉得现在我们做中国人应该要顶勇敢，什么都不怕，什么都顶有决定才好。

林徽因什么都不怕，但不久之后，他们听到了守军撤兵的消息。看着满街的太阳旗，一种强烈的耻辱感涌上林徽因和梁思成的心头。

有一天，夫妇俩受到署名为"大东亚共荣协会"的请柬，邀请他们参加一个会议，林徽因愤怒地把请柬撕碎了，他们决定举家南迁。

1937 年的夏末秋初，总布胡同三号的四合院里仍然像往年那样生机勃勃，矮墙边的指甲花逗引着蜜蜂蝴蝶，粉红色的夹竹桃，也正开得绚烂。丁香花散播着幽幽的香气，院落被浓郁、和平、宁静的芬芳包围着。

但林徽因却和丈夫扶老携幼，带着简单的行李，在 8 月的一个黄昏，匆匆离开了这里，在弥漫的狼烟中向天津出发。

梁氏夫妇、金岳霖和清华的两位教授，下了从北平来的火车，眼前的情景比他们想象的还糟糕。车站里到处是荷枪实弹的日军，天桥上架着机关枪，每一个过往的旅客都受到严厉的盘查。日军把他们认为可疑的人集中到角落里，用枪托在他们头上身上打着。一时间，日本兵的叫骂声、小孩惊恐的哭闹声和大人的哀求声混成一片。

临街的墙上到处刷满了"中日亲善""东亚共荣""建设大东亚新秩序"之类的黑色标语。街道上行人寥落，一队队巡逻的日本兵列队走过，树上的蝉也噤了声。

天津在血与火中颤抖着呻吟。

回到英租界红道路的家，还能稍微得到点安全感，但睡梦中总会被枪炮声吵醒。他们不敢久留，决定先乘船到青岛，然后南下到长沙。

之所以选择长沙，是因为他们从朋友处得到消息，国民党政府教育部指定清华大学、北京大学和南开大学三校联合，以长沙为校址组建第一临时大学。校址选在长沙，受益于清华的政治敏锐度。早在1935年，清华出于对局势动荡的考虑，就打算在长沙建立分校。他们一早就把贵重的中英文图书和精密仪器悄悄装箱，秘密运到了汉口，同时拨款在长沙岳麓山下建立新校舍，预计1938年年初即可完工使用。

9月初，他们搭乘一艘英国商船，从新港出发，驶入烟波浩渺的大海。船到烟台，那里也已战云密布，中日军队正在烟台对峙着。一行人上有老下有小，不敢在这里留宿，马上转乘去潍坊的汽车，在那里住了一夜，第二天一早，又坐上了开往济南的第一班火车。

胶东半岛已经满目疮痍。火车在胶济线上行驶，不时有日军的飞机呼啸着掠过。每当这时火车就立刻停下来拉响警报，乘客大呼小叫地跑下车。飞机飞得很低，几乎能看见机身上的"太阳"标记。小弟天真地问："妈妈，那是舅舅的飞机吗？"

林徽因说："不是，那是日本鬼子的飞机。"

"那舅舅的飞机为什么不来打他们呀？"

"会来的，会来的。"林徽因摸着儿子的头，不知道是在对孩子说还是给自己打气。

火车走走停停，下午3点总算到了济南。

济南所有的旅店都爆满，梁思成跑到山东省教育厅，有他们帮忙，总算在大明湖边找到一间条件尚可的旅店栖身。

在济南住了两天，他们继续南下，经徐州、郑州、武汉，终于在9月中旬到了长沙。

9月的长沙热得像蒸笼，下了火车，在路边摊吃了几块西瓜解暑，林徽因一家就在火车站附近租了两间房子。这是一座二层灰砖楼房，房东住在楼下，楼后有个阴暗的天井。

在担惊受怕中疲于奔命，何雪媛支撑不住第一个病倒了。梁思成、林徽因只好承担起烧饭洗衣这些家务事。好在南方暂无战事，他们可以稍微喘口气观望局势，再做打算。

林徽因的其他朋友——一些北大和清华的教授也陆续来到长沙，张奚若夫妇和梁思永一家也来了。梁氏夫妇这个刚刚安置下来的简陋的家，又成

林徽因在五台山塔院寺考察。

了朋友们的聚会中心。现在他们讨论的话题总是战局和国内外形势。有时晚上聊到激动处，就一起高唱抗日救亡歌曲，有时用中文唱，有时用英文唱。梁思成担任指挥。连宝宝也学会了好几首歌，天天唱着"向前走，别退后"。

11月下旬的一个下午，天空忽然出现大批飞机。小弟在阳台上喊着："妈妈，妈妈，舅舅的飞机来了！"梁思成跑到阳台上远远望去，还没看清楚，乌鸦一样的机群，号叫着投下了炸弹。梁思成还没反应过来，炸弹便在楼下开了花。他一把抱起小弟，林徽因抱着宝宝，搀着母亲下楼。门窗已经被震垮，到处是玻璃碎片。刚走到楼梯拐角处，又一批炸弹在天井里炸响。林徽因被气浪冲倒，顺着楼梯滚到院子里。楼房倒塌了，一家人逃到大街上。街上黑烟弥漫，好几所房子正烧着大火，四处是人们惊慌的哭叫。

清华、北大、南开挖的临时防空壕就在离他们家不远处。一家人往那里跑的时候，飞机再次俯冲，炸弹呼啸而至，其中一颗落在他们身边。林徽因和丈夫紧紧护住两个孩子，只一个瞬间，他们绝望地对视了一眼，然而这颗炸弹却没有爆炸。

飞机飞走后，他们从焦土里扒出还能找得见的几件衣物。刚刚安置好的家，又化作一堆废墟。一家五口东一家西一家在朋友那里借住了好一段日子，直到和金岳霖一起住在了长沙圣经学院。

那是日军第一次轰炸长沙，4架飞机在长沙上空投弹6枚，死伤300余人。等国民党空军飞机起飞时，日机已经扬长而去。

林徽因在1937年给费慰梅写信描述了这次轰炸：

炸弹就落在我们房门口大约十五米的地方，天知道我们怎么没被炸成碎片！先听到两声稍远处的爆炸和接着传来的地狱般的垮塌声音，我们各自拎起一个孩子就往楼下冲，随即我们自己住的房子就成了碎片。你们一定担心死了，没事！如果真有不测发生，对我们来说算是从眼前这场厄运中解脱。天啊，什么日子！

有了这样的开头，长沙也不再是一片净土了。日军隔三岔五地扔炸弹，长沙城很快就满目疮痍。

沅陵梦醒

1937 年 11 月末，梁家离开长沙，乘公共汽车，取道湘西，前往昆明。

从长沙到昆明，要经过沈从文的老家凤凰。林徽因早就在他的小说中领略过凤凰的风光了。凤凰城在湘、川、黔接壤处的山洼里，四面环山，处处可见自然造化的鬼斧神工。茂密的原始森林是这座石头城的天然屏障。沱江自贵州的铜江东北流入湖南境内，过凤凰城北，在东北向注入湘西著名的武水。一架飞桥架在沱江江面，住家的房子在桥西两侧重叠着，中间是一道自然被分割出来的青石小街。桥下游的河流拐弯处有一座万寿宫。从桥上就能欣赏到万寿宫塔的倒影。凤凰城以多泉著名，泉水从山岩的缝隙中渗出来，石壁上是人们凿出的壁炉一样的泉井，泉井四周生满了羊齿形状的植物，山岩披上了青翠的纱裙。

这新鲜生动的景色让日夜担惊受怕的一家人心情放松了一些。

沈从文人在武昌，连连写信给林徽因，邀请梁家去自己老家小住几日，还说不方便的话，自己的哥哥住在沅陵，它被称为"湘西门户"，是长沙到昆明汽车的必经之地。林徽因盛情难却，便同梁思成商量，决定路过沅陵时停留两天看看沈从文笔下的湘西，看看沈从文的家乡和亲人。

湘西是传说中土匪横行之地。一家人提心吊胆地在沅陵下了车，在官镇住了一晚，竟是出乎意料的安全平静。店家很淳朴，满目的青山绿水更是令人心情格外沉静。第二天一大早，梁思成和林徽因就带着孩子们去拜访沈从文的大哥。沈家大哥的房子盖在小山上，四周溪流淙淙，宛如世外桃源一般。

林徽因不禁对梁思成感叹道："真是不虚此行，不来湘西，永远认为翠翠那样的人物是虚构的，来了才知道这里肯定有许多个翠翠。"

梁思成戏道："嗯，说不定在沈大哥家就有一个翠翠在等着我们呢。"

他们在沈大哥家受到了热情的款待。那热情不是用语言，而是用饭桌上一道又一道美味的菜色、一碗又一碗香醇的美酒、一杯又一杯清洌的鲜茶表达出来的。晶莹饱满的米饭，风味十足的蒜苗炒腊肉，肉质鲜美的沅水鲑鱼，还有在北平亦很少有机会品尝的山鸡、野猪肉……他们太久没有享受到这样优渥的物质生活了。小弟和宝宝狼吞虎咽的吃相让林徽因有点尴尬，不断小声提醒孩子们斯文客气一些。女主人倒是善解人意，沈太太说："没关系，孩子这是在吃长饭呢！爱吃这里的饭菜，以后一定还要来啊。"

当然，沈家没有一个翠翠让他们见，倒是意外地见到了另一个人，沈从文的三弟。他在前线打仗负了伤，回家来休养。吃了饭，他们在廊边一边吃茶，一边畅谈时事，不知不觉时间就过去了。

林徽因和梁思成依依不舍地告别了沈家大哥，离开了梦一样的沅陵。

在颠簸的汽车上，林徽因提笔给沈从文写信：

我们真欢喜极了，都又感到太打扰得他们（注：沈从文大哥）

有点过意。虽然，有半天工夫在那楼上廊子上坐着谈天，可是我真感到有无限亲切。沅陵的风景，沅陵的城市，同沅陵的人物，在我们心里是一片很完整的记忆，我愿意再回到沅陵一次，无论什么时候，最好当然是打完仗！

说到打仗你别过于悲观，我们还许要吃苦，可是我们不能不争到一种翻身的地步。我们这种人太无用了，也许会死，会消灭。可是总有别的法子，我们中国国家进步了，弄得好一点，争出一种新的局面，不再是低着头地被压迫着，我们根据事实时有时很难乐观，但是往大处看，抓紧信心，我相信我们大家根本还是乐观的，你说对不对？

这次分别大家都怀着深忧！不知以后事如何？相见在何日？只要有着信心，我们还要再见的呢。无限亲切的感觉因为我们在你的家乡。

牧歌般的沅陵梦一般地消失了，一家子在战争的缝隙之间偷得一口气，现在又要挣扎在残酷的现实中。夫妇俩扶老携幼继续颠簸的旅途。从湖南到昆明，海拔越来越高，山路越来越险。他们乘坐的汽车是老掉牙的"铁家伙"。林徽因在途中写给费慰梅的信透露了这个苟延残喘的交通工具是怎么把他们弄到目的地的：

为了能挤上车，每天凌晨一点我们就要摸黑爬起，抢着把我们少得可怜的行李和我们自己塞进汽车，一直等到十点，汽车终于开动。这是一辆没有窗户、没有点火器，实际上"什么也没有"的家伙，爬过一段平路都很困难，何况是险峻的高山。

经过晃县时，林徽因发起高烧，幸好意外遇见一群航空学校的学员，腾了一处地方给他们。梁思成又找了一位懂得中草药的女医生，给林徽因开了中药，养了半个月，才退了烧。一家人告别朝夕相处的 8 个学员和女医生，又继续赶路。

他们乘坐的这辆汽车，经常抛锚。有一回，车子开到一处地势险峻的大山顶上，突然停住不动。天色已晚，大病初愈的林徽因在寒风中快被冻僵了。乘客们都很害怕，因为这里常有土匪出没，大家不停地抱怨着。

梁思成懂得机械原理，主动和司机一起修车，寻找车"罢工"的原因。他把手帕放进油箱，拿出来一看，手绢是干的，原来是汽油烧完了。这地方前不着村后不着店，又不能在车上过夜，梁思成召集乘客，大家一起推着车慢慢往山下走。太阳落山的时候，忽然一个村子奇迹般出现在路旁。大家都欢呼起来。

过了贵阳、安顺和镇宁，前面就是举世闻名的黄果树瀑布了。远远就听到轰鸣的水声。汽车在距离瀑布两公里的地方停下来，大家急不可待地循着水声的方向奔去。

一道宽约 30 多米的水帘飞旋于万丈峭壁，凭高作浪，发出轰然巨响，跌入深深的犀牛潭。飞瀑跌落处掀起轩然大波，水雾迷蒙中，数道彩虹若隐若现，恍若仙境。

林徽因立于百丈石崖之下，出神地凝望着眼前壮美的白练，听着奔腾的仿佛具有生命活力的水声，对站在身边的梁思成说："思成，我感觉到世界上最强悍的是水，而不是石头，它们在没有路的绝壁上，也会直挺挺地站立起来，从这崖顶义无反顾地纵身跳下去，让石破天惊的瞬间成为永恒，让人能领悟到一种精神的落差。"

梁思成说道："你记得爸爸生前跟我们说过的话吗？失望和沮丧，是我们生命中最可怖之敌，我们终身不许它侵入。人也需要水的这种勇敢和无畏。"

车子再一次徐徐启动，过晋安，下富源，奔曲靖，春城昆明已经遥遥在望。

昆明艰难

穿过陡峭的悬崖绝壁和凹凸不平的土路，1938 年 1 月，林徽因一家晃晃悠悠，奇迹般地被驮到了春城。

昆明的春天不是奢侈之物。那垂柳，好像一天就换一件新衣裳似的，永远是翠绿中透出新鲜的鹅黄。季节的变迁只从天空的色泽中才能感知一二。早春的天空，是玻璃样的青色，是画家的画板上调制不出来的那种颜色。云总是疏疏懒懒地在天空的边角挂着，如果你不在意，八成会以为那是谁挂在那儿的一张网片。

林徽因和梁思成还算幸运，通过老朋友的关系很快找到了居所。而且环境相当不错，就在翠湖巡律街前市长的宅院里。虽然是借住，但毕竟有了一个舒适的落脚之地了。

张奚若夫妇与梁家比邻而居。出门不远，便是阮堤。散步时，穿过听莺桥，就能到海心亭去坐坐。

林徽因很喜欢海心亭。作为建筑，它倒是没什么特色，林徽因喜欢的是里面的对联：有亭翼然，占绿水十分之一；何时闲了，与明月对饮而三。

但落难的人没有太多闲情逸致。

从长沙到昆明这一个多月的长途跋涉，梁思成这个家里的顶梁柱也倒下了。脊椎病痛排山倒海地袭来，即使穿了那件从不离身的铁背心，由于背部肌肉痉挛，也难以直起身子。

痛得最厉害的时候，梁思成整夜整夜无法入睡。医生诊断说是扁桃体化脓引起的，于是切除了扁桃体，又引发了牙周炎，满口的牙也给拔了，只能躺在一张帆布床上。医生让他找点简单的事情做做，分散一些注意力，以免服用过量的镇痛剂引起中毒。

于是梁思成就只有两件事情可做，一是拆旧毛衣；二是补袜子。梁思成有一双灵巧的手，画得一手好图，他做梦也没想到，这种技能也能用来补袜子。多年之后，梁再冰还能清楚地回忆起父亲半躺在帆布床上补袜子的情景。他做得非常专心，简直把手中的破袜子当成了艺术品，细心地穿针引线，反复搭配颜色，然后用彩线把袜子织补起来。建筑学家补出来的袜子果然相当漂亮。梁思成当了大约一年的"织补匠"，身体逐渐好转，可以下地自如活动了。

家中顶梁柱倒了，老母亲卧病在床。林徽因，这个昔日太太客厅优雅美丽的女主人，现在是一个被肺病折磨的女病人，必须要撑起这个家。为了赚钱，林徽因给云南大学的学生补习英语，每周六节课，每月可以挣到四十块钱的课时费。每次上课，她都得翻过四个山坡，昆明海拔高，稀薄的空气对林徽因脆弱的肺是个巨大的考验。

月底拿了钱，林徽因就去昆明城里转悠。她想买外出考察古建筑用的皮尺，这个是现在急需的工具。转了半天，终于在一间杂货店看到了皮尺。一问价钱，23块——这也太贵了！但林徽因咬咬牙买了下来。然后呢，还得给小弟和宝宝一人买一双鞋子。孩子们的旧鞋子早就开了花，天冷了，冻脚。还得去割一点肉来，家里已经几月不知肉味了。老的老，小的小，病的病，营养不能太缺……林徽因精打细算着身上的几十块钱，到后来还是所剩无几。天快黑了，她拖着疲倦的身子，回家烧饭。

1938年林徽因（左四）、梁思成（左二）和女儿、儿子与金岳霖（左一）等在昆明合影。

一个人怎么分配手头有限的金钱，大体就能看出这一样样事物在他心里的分量。皮尺代表她钟爱的建筑事业，这份事业是她的生命，被她排在第一位。她是幸运的，那个与她相爱的人，支持着她的选择。他们开创了一片事业的新天地，他们的爱情亦开了花，结了果。

林徽因痴迷于建筑，家务活自然成了拖后腿的"元凶"。林徽因觉得没有比做家务更无聊更浪费时间的了。即使风餐露宿的野外考察，也没有比这来得更糟心。家务活，这个大部分女性无法分离的伙伴，几乎困扰了这个女学者的一辈子。她在给费慰梅的信中这样描述自己的生活：

我一起床就开始洒扫庭院和做苦工，然后是采购和做饭，然后是收拾和洗涮，然后就跟见了鬼一样，在困难的三餐中根本没有时间感知任何事物，最后我浑身痛着呻吟着上床，我奇怪自己干吗还活着。这就是一切。

即使是偏于一隅的春城，也逃不开无处不在的战争。1938 年 9 月 28 日，日军第一次轰炸昆明。从那天开始，这个他们原本以为安全的世外桃源，也要裸露在战争的伤口中。

昆明五华山的山顶有一座铁塔，塔上挂一个灯笼，叫预行警报；挂上两个灯笼，叫空袭警报；要是挂上了三个，就是紧急警报了。预防警报一挂出来，马上就得跑。躲警报成了昆明人日常生活的一部分。到最后，大家都对它习以为常了。

最最亲爱的慰梅、正清，我恨不能有一支庞大的秘书队伍，用她们打字机的猛烈敲击声去盖过刺耳的空袭警报，过去一周以来这已经成为每日袭来的交响乐。别担心，慰梅，凡事我们总要表现得尽量平静。每次空袭后，我们总会像专家一样略作评论："这个炸弹很一般嘛。"之后我们通常会变得异常活跃，好像是要把刚刚浪费的时间夺回来。你大概能想象到过去一年我的生活的大体内容，日子完全变了模样。我的体重一直在减，作为补偿，我的脾气一直在长，生活无所不能。（1939 年致费慰梅的信）

尽管林徽因用轻松的口吻安慰着好友，但事实可不是那样轻松，昆明的形势也越来越严峻了。1940 年 7 月，日军攻占了越南，战时中国海路运输的国际交通线被切断了。云南成为前线，昆明自然变成了日军的主要轰炸目标。五华山的警报越来越频繁，警报级数也越来越高。有时候，一天就能轰炸好几次，轰炸之前活生生的一个人刚才还跟着大家一块儿逃命，等飞机离开，那个人已经在混乱中被炸弹带离了这个令人绝望的世界。

昆明的天空失去了往日的宁静，日本人的飞机不断前来骚扰。联大的教授们为了保全性命，只好拖家带口地疏散到昆明郊外各处。

当时，美国有好几所大学和博物馆聘请梁思成和林徽因到美国工作和治疗，梁思成婉言谢绝道："我的祖国正在灾难中，我不能离开她；假如我必须死在刺刀或炸弹下，我要死在祖国的土地上。"

营造学社的几位骨干陆陆续续来到昆明，于是梁思成把大家组织起来，打算恢复工作，考察西南地区的古建筑。这一阶段，后来成为营造学社起死回生的关键时期。为了尽快筹到资金，梁思成致信中华教育文化基金会董事会的周诒春，申请基金补助。周诒春回信说，只要有梁思成和刘敦桢，基金会就会承认营造学社，也会继续提供补助。正好刘敦桢从湖南新宁老家来了信，说愿意到昆明来。这样，营造学社西南小分队就组建起来了。

1938 年 10 月到 11 月间，考察组调查了圆通寺、土主庙、建水会馆、东西寺塔等 50 多处古建筑，几乎涵盖了昆明的主要古建筑。

为了躲避空袭，梁家和营造学社由傅斯年任所长的"中央研究院"历史语言研究所搬到了昆明市东北八公里处的龙泉镇龙头村附近的麦地村，借住在一座名为"兴国庵"的庵堂里。绘图桌与菩萨们共处一殿，只用麻布拉了一道帐子。梁思成和林徽因的家就安在大殿旁一间半泥土铺就的小屋里。由于屋内非常潮湿，他们只能把石灰撒在地上吸走潮气。

1939 年 9 月至 1940 年 2 月，梁思成率领考察队对四川西康地区 35 个县的古建筑进行了野外勘察，发现古建筑、摩崖、崖墓、石刻、汉阙等多达 730 余处。在这期间，梁思成又为西南联合大学设计了校舍。林徽因身体不好，便留在兴国庵主持日常工作，但也完成了云南大学女生宿舍"映秋院"的设计。

战争把本就遥遥无期的归期推到了完全看不见的黑暗之中。总是在庵堂住着也不是办法，梁氏夫妇决定在龙头村北侧棕皮营靠近金汁河埂的一块空地为自己设计建造一座住房。

1940 年春天，梁思成和林徽因亲手设计并建造完成了这间 80 多平方米的住宅，有 3 间住房和 1 间厨房。这座小屋背靠高高的堤坝，上面是一排笔直的松树，南风习习吹拂着，野花散发出清香，短暂的平静让人产生了又回到了往昔的生活的错觉。

艰难时日中的林徽因一家及金岳霖等友人。

这是梁思成、林徽因夫妇一生中唯一一次为自己设计建造住房。

后来，老金在他们住房的尽头又加了一间耳房，权当作他的居室。他每天白天去联大讲课，晚上才能赶回来，好不辛苦。钱端升等一群老友也在这里建了房子，大家都为这"乔迁之喜"自豪，这里的每一块砖，每一块木板，每一根钉子都浸透着他们的汗水。此时，北平太太客厅的欢乐，又得以在这里重聚了。

梁家为了建造这三间住房，花光了所有的积蓄。为了省钱，"不得不为争取每一块木板，每一块砖，乃至每根钉子而奋斗"，还得亲自运木料，做木工和泥瓦工。尽管这样，这个家也已经到了山穷水尽的地步。还好在此时，费正清、费慰梅夫妇寄来一张给林徽因治病的支票，才算付清了建房欠下的债务。

梁思成1940年在昆明写给费氏夫妇的信，流露出当时他们所处的窘境：

> 我们奇缺各种阅读和参考书籍。如果你们能间或从二手书店为我们挑选一些过期的畅销书，老金、端升、徽因、我，还有许多朋友都将无上感激。我们迫切希望阅读一些从左向右排列的西文书籍，现在手边通通都是从上到下排列的中文古书。我发现，我在给你们写信索要图书时，徽因正在给慰梅写信索要一些旧衣服，看来我们已经实实在在地沦为乞丐了。

不仅仅是梁家陷入绝境，随着国军节节败退，更多的内地难民涌入昆明，人口激增导致昆明物价节节攀升，昔日生活富足的教授、学者们全都陷入赤贫。为了贴补家用，联大的教授到中学兼职上课，闻一多打出了刻章广告，梅贻琦校长等13名教授联名为他推荐。生物系的教授发动大家开垦荒地，住地唐家花园被他们变成了菜园，梅贻琦的夫人韩永华和另外两位有名教授的夫人一起做了点心，拿到冠生园去寄卖。教授夫人们给这种点心取名"定胜糕"，寓意抗战一定能胜利。

为了糊口，一直清高的梁氏夫妇也不得不加入这场兼职大潮，给有钱人设计私人住宅，可往往得不到应得的报酬。他们也曾不情愿地出席权贵们的宴会，避不开的时候，林徽因必做声明：思成不能酒我不能牌，两人都不能烟。

没有钱，但不能没有节。他们可以接受最好的朋友的救济，可以在最好的朋友面前"沦为乞丐"，但是，对于别人，他们始终保持着知识分子的尊严，不食嗟来之食。

竹林深处

我想象我在轻轻的独语：

十一月的小村外是怎样个去处？

是这渺茫江边淡泊的天；

是这映红了的叶子疏疏隔着雾；

是乡愁，是这许多说不出的寂寞；

还是这条独自转折来去的山路？

是村子迷惘了，绕出一丝丝青烟；

是那白沙一片筜竹围着的茅屋？

是枯柴爆烈着灶火的声响，

是童子缩颈落叶林中的歌唱？

是老农随着耕牛，远远过去

还是那坡边零落在吃草的牛羊？

是什么做成这十一月的心，

十一月的灵魂又是谁的病？

写下这些诗句时，橘红色的阳光正洒在窗前。林徽因的目光循着阳光里那对靛蓝色的小鸟，它们在窗外的竹梢上唱着，跳着，享受着阳光梳理着它们轻盈的羽毛。它们有时候会跳上窗台，在这个窄窄的舞台上展示自己的身姿和舞步。

孩子们在窗外笑闹着，跑动着。孩子们的快乐很简单，一朵野花、一只蝴蝶、一只田螺或是拇指大的棒棒鸟，都能让他们在甜梦中笑出声响。

林徽因多么羡慕窗外的世界，羡慕在窗台上舞蹈的小鸟，羡慕在窗外玩乐的孩子们。她也需要那么一丁点简单的微小的快乐。但现在她只能躺在床上，能做的唯有看阳光在窗棂上涂抹着晨昏。

1940 年年底，营造学社迁往更偏僻的四川李庄。这是一次无奈的迁徙。"中央研究院"历史语言研究所要搬到四川，营造学社靠史语所的资料生存，不得不跟着搬迁。用梁思成的话说，这次迁徙"真是令人沮丧，它意味着我们将要和一群有着十几年交情的朋友分离，去到一个远离大城市的全然陌生的地方。"

李庄位于宜宾市城区东郊长江下游 19 公里的南岸，梁思成当年称之为"谁都难以到达的可诅咒的小镇"。梁思成不能和妻子同行，因为营造学社经费严重短缺，已经无法维持运转。梁思成要找在重庆的教育部要一些补贴。他从昆明出发，先到重庆，再到李庄。

林徽因带着老母亲和两个孩子，坐着四面透风的敞篷卡车，走了两个星期，才从昆明到达李庄。

在营造学社同人的协助下，林徽因拖家带口在李庄镇外的上坎村找到一间"L"形平砖房安顿下来。

战争的阴影尚未完全笼罩李庄，但另一个可怕的敌人毫不留情地扑向了这个本已摇摇欲坠的家庭，那就是林徽因的肺病。肺病在当时是一种痨病，没有能治愈的法子，只能靠静养。但整个中国都卷入抗战，一家人居无定所，颠沛流离之中何来静养？晃县那次长达半个月的高烧，侵蚀了林徽因的病体。现在，经过两个星期的颠簸，加之已是对肺病患者极为不利的严冬，旧疾再次疯狂反扑，击倒了林徽因。

四十几度的高烧，好几个礼拜退不下去。林徽因每天晚上躺在床上，大汗淋漓，什么也吃不下，瘦成皮包骨。何雪媛已经是个六十多岁的老太太，孩子们又太小，谁也没法子去李庄找医生。而且，李庄地处穷乡僻壤，没有西医，农民生了病只吃中药，生死在天。林徽因也跟他们一样了。她强打精神安慰着被吓坏的幼子幼女："宝宝，小弟，妈妈没有事！"

林徽因挣扎着给丈夫写了封信，但只说她病了，盼着他早点回来，没有提到自己病成什么样子。她知道那只会给焦头烂额的梁思成徒增负担和烦恼。而全家人能做的，就只有焦急地等着一家之主的归来。

这边厢，梁思成在重庆心急如焚，但是筹不到款，妻子的病也没有办法。梁思成四处奔走，和教育部的官员们做着"踢皮球"的游戏。他已经下了决心，就是当了乞丐，也得多少筹一些款子回去。他身上担着妻儿老小和营造学社的生计。

直拖到1941年4月14日，梁思成终于赶到了李庄。一回到家，就看到病得不成人样的妻子。梁思成回来了，林徽因才能享受到一些病人的待遇，不用自己操持整个家了。但物质生活依然清苦。村子里无医无药，林徽因发了烧，梁思成请来史语所的医生为她诊治，无奈之下他也学会了打针。

川南的冬天来了，这意味着日子将更加艰苦。营造学社的经费几近枯竭，中美庚款基金会已不再提供补贴，只靠着重庆教育部杯水车薪的资助。成员的薪水也失去了保障，亏得史语所、中央博物院筹备处的负责人傅斯年和李济伸出援手，把营造学社的五人划入他们的编制，每个人才能领到一些固定的薪水。

梁思成和林徽因两人的薪水大半都买了昂贵的药品，生活上的开支自然拮据起来。每月得了钱，必须马上去买药买米。通货膨胀如洪水猛兽，稍迟几日，钱就会化成一堆废纸。小弟有一回失手打碎了家里唯一一支体温计，就再也买不到，林徽因大半年都没办法量体温。

因为吃得少，林徽因身体越来越瘦，不成人形。在重庆领事馆工作的费正清夫妇托人捎来一点奶粉，吃油一样珍惜地用着，算是给林徽因补身子的"奢侈品"。为了改善伙食，梁思成学会了蒸馒头、煮饭、烧菜。他还去跟老乡学着腌菜，用橘子皮做果酱。

家里实在没钱可用的时候，梁思成就只得到宜宾委托商行去典当衣物。每当站在当铺高大的柜台下面，梁思成就觉得双腿发软，自己正一节一节地矮下去。留着山羊胡子的账房先生，总是用嘲弄的眼神注视着这个一脸焦急的斯文的男人，他只对他递过来的东西感兴趣，可是每一次都把价钱压得极低。梁思成拙于讨价还价，换得的钱总是不多。

衣服当完了，就只好去当当作宝贝一样留下来的派克金笔和手表。账房先生对梁思成无比珍惜的宝物，却表现得越来越冷漠和不耐烦。一支陪伴了建筑学家20多年的金笔，一只在美国绮色佳购得的手表，当出的价钱只能到市场上买两条草鱼。

但梁思成从未在林徽因面前流露出抱怨和消极情绪。他拎着草鱼回家时，还开玩笑地跟妻子说："把这派克金笔清炖了吧，这块金表拿来红烧。"他轻快地、有条不紊地做着家务，甚至哼起了轻松的小曲。林徽因看着丈夫进进出出的忙碌背影，眼睛慢慢地湿了。一丝愧疚同时涌上心头。一年以前，梁思成在昆明病倒的时候，自己也是这样忙进忙出，却是满心牢骚，而不是这样快乐。

病情稍微有点好转的苗头，林徽因就闲不住了。白天她拖着瘦弱的病身上街打油买醋，晚上就在灯下给丈夫和孩子们缝补几乎不能再补的衣物。孩子们冬天也只有布鞋可穿，其他季节都是打赤脚，至多穿上草鞋。南瓜、茄子、豇豆成了全家人的主食。后来，同在李庄的傅斯年实在看不下去了，悄悄写信给教育部长朱家骅和国民政府委员长蒋介石，恳请对梁家给予救济。

身子不那么难受的时候，林徽因就躺在小帆布床上整理资料，做读书笔记，为梁思成写作《中国建筑史》做准备。那张小小的简易帆布床周围总是堆满了书籍和资料。

林徽因只能从窗外风景的变化感受着季节的变迁。夏天来了，小屋里的气温骤然升高，闷热难当。宝宝正在放暑假，偶尔闲下来，她就教宝宝学英语——课本是一册英文版《安徒生童话》。宝宝很聪明，等暑假结束，已经能用英文流畅地背诵里面的故事了。

小弟也上了小学。虽然生活艰辛，孩子的个头倒也长起来了。

病中的林徽因，摄于李庄上坝村家中。

一年到头，他都是光着脚，快上学了，才穿上外婆给做的一双布鞋。

生活就这样步履蹒跚地前进着。

由于营造学社的资金严重不足，对西南地区古建筑的考察已经完全停滞了。梁思成、林徽因跟大家商量着恢复营造学社停了好几年的社刊。

但是抗战时期的四川，出版刊物是极其困难的，尤其是李庄这样的偏远乡下。没有印刷设备，他们就用原始的药水、药纸书写石印。莫宗江的绘图才能此时得到了最大的发挥，他把绘制那些平面、立体、刨面的墨线图一己承担下来，描出的建筑图式甚至可以与照片乱真。抄写、绘图、石印、折页、装订，营造学社的同人们全都自己动手。紧张的时候，家属和孩子们也来帮忙了。一期刊物漂漂亮亮地出版的时候，大家高兴得又笑又跳。

继抗战前的六期汇刊后，第七期刊物就诞生在这两间简陋的农舍里。

皇天不负有心人，在梁思成坚韧不拔的努力和朋友们的帮助下，教育部和英国庚子赔款基金给予了一些赠款，费正清夫妇也从重庆捎来了食品。梁家的生活状况稍有改善，他们有能力从当地请了一个热心的女用人。尽管她有时会因为过于热心勤快洗坏了梁思成的衬衫，打坏了杯盘器皿。无论如何，林徽因总算能从拖累人的家务中完全解脱，接近于静养了。

窗子外面的景色变幻着，田野重新焕发出生机，几乎可以听到雨后的甘蔗林清脆的拔节声。棒棒鸟仍然是窗台上的常客，它们洞悉所有季节的秘密。

何处是归程

那是这一季最后的繁花盛开。

林徽因是春天枝头的那朵繁花，一开，就是许多年，迟迟不肯凋谢。

出身名门，少女时代就随父亲周游欧洲，阅尽人世繁华的是她；战争时期困顿李庄，一病不起，拖着病体上街打油买盐，灯下缝补衣裤的还是她。在太太客厅被众星捧月的是她；为了野外考察餐风饮露的还是她。素衫黑裙，梳着两根辫子的小仙子是她；肺疾缠身，容颜更改的也是她。这样的女人，无论从哪个角度看过去，都是一道别致的风景。在她身上，永远有耐人寻味的故事发生。

即使离去，也要选在春风沉醉的夜晚。当清晨人们发现她，痛苦早已远离，只留平静的面容接受晨光的洗礼。这就是林徽因。

困顿中的一道光

困苦的生活中，最大的安慰和乐趣就是来自朋友。梁家熟悉的老朋友大多都留在昆明，林徽因的身体状况是让她没办法去看他们了。但幸好老友们没忘记身处偏远一隅的他们，只要有机会就来探望。

最先来的是老金。1941年暑假，老金从昆明来到李庄。第一眼看到林徽因，老金几乎要认不出来了，她枯瘦如骷髅，面色苍白毫无血色，完全不是当年顾盼生辉光彩照人的林徽因了。两个孩子倒是长高了不少，但又黑又瘦，一看就是营养不良的样子。

老金自己也好不到哪里去。他身材消瘦，头发脱落了大半，眼睛也不好使了，像个小老头。完全不是当年那个风流倜傥、高大挺拔的老金了。

外貌被生活改变了，那份情谊依旧。老金第二天就跑到集市上买了十几只刚孵出的小鸡回来，说是要养鸡下蛋，给大人孩子改善伙食，补充营养。

西南联合大学的教授当时享有"轮休"制度，可以带薪离校休假一年。老金在林家住下来，一边饲养着他的十几只鸡，一边写作他的《知识论》。老金和他的这一群鸡，还留下了一张合影：斑驳的日光从院子里的矮树的枝叶缝隙中洒下来，白色的竹篱笆围着已经长到半大的鸡。黑的白的都有，老金拿着玉米粒之类的食物喂它们，一只黑鸡大胆地从这个消瘦的、头发已经斑白的哲学家手中啄食。旁边站着梁思成、宝宝和小弟，一个邻居家的孩子也在那里，他们饶有兴趣地看着哲学家喂鸡。

此情此景，再要纠缠于老金和林徽因那些真真假假的八卦，那些肤浅的所谓"爱"，所谓"情"，还有什么意义呢！

梁思成、林徽因和金岳霖这么多年的交往，与其说是朋友，倒不如说是亲人来得更贴切吧。他们早已心心相印，患难与共，这份情谊，没有什么能将之阻隔。

1942 年是梁家最热闹的一年，完全可以说是宾客盈门。

1942 年的深秋，李庄上空萦绕着若有似无的薄雾，野花在田野里热烈地开放着，空气里飘荡着农民焚烧稻草、玉米秸秆的味道。宝宝和小弟正在家门口的田地里玩着捉迷藏的游戏，突然，小弟兴奋地喊道："妈妈，妈妈，是林耀舅舅！林耀舅舅来了！"

林耀是澳门人，是林徽因那 9 个飞行员弟弟中最年长也最沉稳的一个。这时候，同期的飞行员和林徽因自己的亲弟弟林恒已经相继殉国，她和梁思成这对"名誉家长"只剩下这一个"孩子"了。说起来，他们都姓林，算得上同宗，徽因待这个年轻的飞行员就更如亲弟弟一般。

大多数时间里，林徽因只能用书信和林耀保持联系。她经常翻出林耀写的长信，反复仔细阅读，称赞弟弟是个"有思想的人"。

大约在 1941 年，林耀作战受了重伤，左肘被射穿，虽然骨头没有大碍，却打断了大神经。伤口愈合之后，林耀做了第二次手术，好歹把神经接上了，但从此左臂没法伸直，而且患上了严重的神经痛。医生知道他喜爱西洋古典音乐，就劝他买一部留声机

（这在当时是一种奢侈品），通过听音乐来镇静神经，同时进行各种康复训练。在疗养中，林耀用各种体育器械来"拉"自己的左臂，虽然剧痛难当，但他还是咬牙坚持了下来。最终恢复了手臂功能，可以出院了。

作为光荣负伤的老兵，林耀完全可以离开战斗第一线，甚至申请退役，但他却执意归队，继续作战。归队前有一个短暂的假期，他来到李庄，探望林徽因这个不是亲姐姐胜似亲姐姐的人。

在简陋的农舍中，林耀常常和林徽因、梁思成秉烛夜谈，每当谈到战争形势的严峻和胜利的渺茫，三人总是会长时间地沉默。这时候只有林耀带来的留声机还在旋转着，为他们送出不朽的《第五交响乐》《命运交响曲》，雄浑的音符一声声叩着每个人的心扉。

孩子们不懂大人的忧愁。特别是小弟，每一个飞行员"舅舅"都是他心目中的英雄，每次这些"舅舅"来家里都是两个孩子的节日。两条小尾巴跟在这些年轻的飞行员身后缠着他们讲战斗故事，做飞机模型，听他们唱起浪漫动听的苏联歌曲。

归队后不久，林耀去乌鲁木齐接收一批苏联援助的轰炸机。回到成都，他再次来到李庄小住了几日。他把唱机和唱片都送给了梁家，这次又带来一张新的唱盘《喀秋莎》，附上了他手抄的中文歌词。小弟得到的礼物是一把蓝色皮鞘的新疆小刀。大家还吃到了甜甜的新疆哈密瓜干。

这部留声机是他们的宝贝，即使是在最艰苦的时候也没有当掉它。在那些日子里音乐就是他们的药品和粮食。那些音符是一群精灵，因为它们的降临，这两间陋室充满了光辉。阴冷的冬日开始大面积地退却，音乐的芬芳，在所有的空间里弥漫着一个季节的活力。

林耀刚走，令孩子们兴奋的消息又传来了：二姑姑梁思庄马上要带着表妹从北平来看他们了！

1942 年 10 月，梁思庄带着女儿从沦陷的北平燕京大学，辗转越过日军的封锁线到了李庄。梁思庄的李庄之行，是代表全家来看望梁思成的。她已经五年没有见过自己的哥哥了。乍一见，梁思庄对林徽因几乎不敢相认，她已经瘦成了一把骨头，蜡黄的脸，只有那双大眼睛还能依稀看见往日美丽的影子。

11 月 14 日，梁家又迎来了另一个挚友费正清。费正清当时以汉学家的身份出任美国驻华大使特别助理、美国国会图书馆代表和美国学术资料服务处主任。这三个显赫的头衔能让他在重庆、四川、云南和广西自由地行动。因此，从美国抵达重庆两个月后，他便以访问"中央研究院"的名义来李庄看望他在中国最好的朋友梁思成夫妇。他们自 1935 年圣诞节分手以来，直到 1942 年 9 月 26 日在陪都重庆与梁思成相逢，差不多有七年时间没有见过一次面。那次相逢，他们激动地握着手足足有五分钟。

一进门，费正清就愣住了。他不敢相信自己的眼睛，这"蜗居"，简直就是原始人的穴居生活状态。这就是这两位中国第一流的学者栖身、研究的地方吗？费正清望着林徽因，心情激动难抑，几年不见，这个美丽的东方女建筑师，再也找不到当时的顾盼神飞了！

费正清终于忍不住说:"我很赞赏你们的爱国热情,可在这样的地方做学问,也太难了,你们是在消耗自己的生命。要是美国人处在这样的环境下,他们要做的第一件事情,是改善自己的生活条件,而绝不是工作。西部淘金者们,面对着金子的诱惑,他们做的第一件事却是设法使自己有舞厅和咖啡馆。"

同来的陶孟和也说:"还是去兰州吧,我的夫人也在那里,西北地区干爽的空气有助于治好你的病。先把病治好了,再去写你们的书。"

费正清趁热打铁劝说林徽因去美国治病,他可以提供经济上的援助。林徽因微笑着说:"你们在这儿住上几天,也许会有不同的看法。"

后来,费正清在他的《费正清对华回忆录》中,满怀深情地讲述了当年去李庄探望梁思成和林徽因时的情景:

梁家的生活仍像过去一样始终充满着错综复杂的情况,如今生活水准下降,使原来错综复杂的关系显得基本和单纯了。首先是用人问题。由于工资太贵,大部分用人都只得辞退,只留下一名女仆,虽然行动迟钝,但性情温和,品行端正,为不使她伤心而留了下来。这样,思成就只能在卧病于床的夫人指点下自行担当大部分煮饭烧菜的家务事。

……

林徽因非常消瘦,但在我做客期间,她还是显得生气勃勃,像以前一样,凡事都由她来管,别人还没有想到的事,她都先行想到了。每次进餐,都吃得很慢;餐后我们开始聊天,趣味盎然,兴致勃勃，徽因最为健谈。傍晚五时半便点起了蜡烛，或是类似植物油灯一类的灯具，这样，八时半就上床了。没有电话，仅有一架留声机和几张贝多芬、莫扎特的音乐唱片；有热水瓶而无咖啡；有许多件毛衣但多半不合身；有床单但缺少洗涤用的肥皂；有钢笔、铅笔但没有供书写的纸张；有报纸但都是过时的。你在这里生活，其日常生活就像在墙壁上挖一个洞，拿到什么用什么，别的一无所想，结果便是过着一种听凭造化的生活。

我逗留了一个星期，其中不少时间是由于严寒而躺在床上。我为我的朋友们继续从事学术研究工作所表现出来的坚韧不拔的精神而深受感动。依我设想，如果美国人处在此种境遇，也许早就抛弃书本，另谋门道，改善生活去了。但是这个曾经接受过高度训练的中国知识界，一面接受了原始纯朴的农民生活，一面继续致力于他们的学术研究事业。学者所承担的社会职责，已根深蒂固地渗透在社会结构和对个人前途的期望中间。

如果我的朋友们打破这种观念，为了改善生活而用业余时间去做木工、泥水匠或铅管工，他们就会搞乱社会秩序，很快会丧失社会地位，即使不被人辱骂，也会成为人们非议的对象。

费正清卧床休息的时候，林徽因便拿了她在李庄写的诗给他和陶孟和来念。他们没想到，在这样恶劣的生存条件下，林徽因的诗情仍然在燃烧着。

等感冒痊愈后，梁思成和林徽因就陪着他们去散步。费正清对这个川南小村庄产生了浓厚的兴趣。林徽因对他说："中国南方的民居，最充分地体现了中国人的人文精神，我有个设想，等身体好了，要对江南民居做一番详细的考察。"

费正清感慨地说："林，我已经明白了，你的事业在中国，你的根也在中国。你们这一代的知识分子，是一种不能移栽的植物。"

梁家的"宾客潮"从1942年延续到次年。1943年6月，英国驻重庆大使馆战时科学参赞李约瑟来李庄访问。这位生物化学家个性严肃，不苟言笑。到了李庄之后，招待他的知识分子相互打赌，看李约瑟能不能在李庄笑一笑。这个"不可能的任务"被梁思成林徽因夫妇给"征服"了。

这件事是在林徽因写给费正清夫妇的信中透露的：

李约瑟教授来过这里，受过煎鸭子的款待，已经离开……这位著名的教授在梁先生和梁夫人（她在床上坐起来）的陪同下谈话时终于笑出了声。他说他很高兴，梁夫人说英语还带有爱尔兰口音。我以前真不知道英国人这么喜欢爱尔兰人。后来他在访问的最后一天下午，在国立博物馆的院子里，当茶和小饼干端上来的时候，据说李教授甚至显得很活泼。

悲喜交加

　　抗日战争已经打了八年了，多灾多难的中国人，被无处不在的战火拖得奄奄一息。林徽因的病情在一天天恶化。膀胱部位时不时传来一阵阵剧痛。林徽因感到从未有过的恐慌，或者说绝望。

20世纪40年代的林徽因。

　　太久了，以至于胜利的消息传来时，大家一瞬间还反应不过来。也是，这消息确实来得颇为突然。

　　1945 年 8 月 14 日晚上大约 8 点钟，重庆正显示着它"火炉"的威力，连晚风吹来的都是热气。梁思成、费慰梅还有两个年轻的中国作家，一起吃了晚饭，就在美国大使馆门前乘凉。

　　梁思成现在的头衔是中国战地文物保护委员会的副主席。他需要负责编制一套沦陷区重要的文物建筑目录，并在军用地图上标注出它们的具体位置，以防止这些建筑在战略反攻中被毁坏。

　　费慰梅则是作为美国大使馆的文化专员在这年夏季来到中国的。老朋友相见，分外激动。他们怎么也想不到，会一起见证这个历史性的时刻。

　　梁思成正在跟费慰梅讲着多年前泰戈尔访问北京的事，忽然间，四周骤然安静下来。这不寻常的寂静让人摸不着头脑，大家面面相觑，仔细地听着动静。警报声从远处传来，经久不息，江上的汽笛也跟着长鸣。人们一开始是压抑地喊喊喳喳，接着有人在大街上飞跑，再接着就是"胜利了！胜利了"的欣喜若狂的欢呼。轰然炸响的鞭炮声中，全城的人都跑到了大街上。

梁思成和费慰梅也来到大街上，到处是欢笑的市民，到处是挥舞的旗帜和"V"形手势。吉普车、大卡车和客车满载着欢庆的人群自发组成车队，陌生的人们在车上彼此握手拥抱，庆祝这来之不易的胜利。

夜已经深了，"中央研究院"招待所却灯火通明。梁思成和学者们聚在一起高兴地笑啊说啊，还开了一瓶存了许久的白酒。梁思成在这非凡的热闹中忽然感到怅然若失。苦苦盼了8年，熬了8年，等了8年，可是当胜利的时刻到来，自己却没有陪在妻儿身边。

费慰梅看穿了梁思成的心思。在她的努力下，梁思成和她坐上了一架由美国飞行员驾驶的C—47运输机飞到宜宾，从那里去李庄就近多了。

在李庄的陋室，费慰梅和病床上的林徽因相拥而泣。她们分别已经有十个年头了。

第二天，林徽因下了床。尽管病得厉害，但她还是想用自己的方式庆祝。她和费慰梅坐着轿子到茶馆去，以茶代酒庆祝中国的胜利。这是她四年以来第一次离开她的居室。梁思成兴致勃勃地拿了家里仅有的一点钱，买了肉和酒，还请了莫宗江一起相庆。林徽因也开了酒戒，痛快地饮了几杯。

费慰梅给林徽因留下了治疗肺病的药品，然后离开了李庄，与林徽因相约在重庆再见面。

随着抗战的胜利，林徽因心头的阴霾也一扫而空。在李庄晴天是稀罕物，赶上的话，林徽因一定不会放过。这年宝宝梁再冰已经是个 16 岁的花季少女，她陪伴着体弱的妈妈，一起到李庄镇上，在小面馆吃面，去茶铺喝茶，还去看了梁再冰同学的排球赛。有一天阳光特别好，林徽因兴致来了，穿上以前在北平穿的漂亮衣服，到女儿的校园里散步，竟引起一阵小小的轰动。

孩子们看到将要随父母回到阔别多年的北平了，也雀跃无比。

然而，林徽因看到和听到的消息，让不安在她的心中一点点扩散开来。虽然日本已经宣布投降，可是歌乐山上空仍然战云密布。蒋介石调兵遣将，准备打仗了。

1946 年 1 月，她从重庆写信给费慰梅说：

正因为中国是我的祖国，长期以来我看到它遭受这样那样的罹难，心如刀割。我也在同它一道受难。这些年来，我忍受了深重苦难。一个人毕生经历了一场接一场的革命，一点也不轻松。正因为如此，每当我察觉有人把涉及千百万人生死存亡的事等闲视之时，就无论如何也不能饶恕他……我作为一个"战争中受伤的人"，行动不能自如，心情有时很躁。我卧床等了四年，一心盼着这个"胜利日"。接下去是什么样，我可没去想。

我不敢多想。如今，胜利果然到来了，却又要打内战，一场旷日持久的消耗战。我很可能活不到和平的那一天了（也可以说，我依稀间一直在盼着它的到来）。我在疾病的折磨中，就这么焦灼烦躁地死去，真是太惨了。

在这同时，还有另一桩心事困扰着林徽因。营造学社经费来源完全中断，已经无法继续维持，刘敦桢和陈明达先后离去，留下的也是人心涣散。

梁思成觉得，中国古建筑的研究，经过营造学社数年的努力，已经基本厘清了各个历史时期的体系沿革，战后最需要的是培养建设人才。

一家人准备先到重庆去。虽然早早收拾好了行李，但雨一直不停，没有船。

林徽因写信给费慰梅抱怨"显然你从美国来到中国要比我们从这里去到重庆容易得多"。

终于等到船了，梁思成带着衰弱的妻子踏上了重庆的土地。

林徽因五年来头一次离开李庄。她身体不行，在重庆的大部分时间都待在中研院招待所里。费慰梅一有时间就开着吉普车带林徽因去城里玩，有时去郊外接在南开中学读书的小弟，有时到美国大使馆的餐厅一起进餐，有时到费氏夫妇刚刚安顿下来的家里小聚。在重庆，费慰梅请了美国著名的胸外科专家里奥埃罗塞尔博士为林徽因检查病情。当她身体略好的时候，费慰梅还带他们全家去看戏看电影。林徽因和小弟还参加了马歇尔将军在重庆"美新处"总部举行的一次招待会，在那里见到了周恩来和冯玉祥等名人。

后来，他们又找了一家医疗条件较好的教会医院检查。梁思成说："咱们一定得把身体全面检查一下，回去的路上心里也踏实。"

X光透视之后，医生把梁思成叫到治疗室，告诉他：“现在来太晚了，林女士肺部都已空洞，一个肾也已感染。这里已经没有办法了。她最多还能活五年。”

　　梁思成顿时如五雷轰顶，一下子瘫倒在椅子上。他不能接受这个宣判。最艰难的日子已经过去了，至爱之人难道只能与自己共苦，却不能与自己同甘？

　　林徽因却很坦然，她对丈夫说：“我现在已经感觉好多了。等回了北平，很快就能恢复过来的。”她拉起还在呆呆地望着自己的梁思成的手，轻声说：“思成，咱们回家吧。”

重返春城

人在病中，就格外容易想家。可是家在哪里呢？北平，是林徽因魂牵梦绕的故都。奈何山河破碎家何在，她现在还不能回去。就是李庄，那个偏僻的小山村，竟也回不去了。因为长江航运局正在清理河道，重庆到李庄的船全都停运了。

梁家在昆明的老朋友知道了情况，邀请他们去昆明住一段时间。老金在张奚若家附近找了一

林徽因在昆明，拍于1946年春。

处房子，是军阀唐继尧后山上的祖居。那祖居的窗户很大，有一个豪华的大花园，几棵参天的桉树，婆娑的枝条随风摇曳，散发着阵阵芳香。

林徽因一到昆明就病倒了，但是与朋友相聚的喜悦压倒了一切。长期的分离之后，张奚若、老金和钱端升夫妇这一群老友又围绕在她身边，床边总是缭绕着没完没了的话题。他们用了十多天，才把各自在昆明和李庄的点点滴滴，包括所有琐事弄清楚。他们谈着每个人的情感状况、学术近况，也谈论国家情势、家庭经济，还有战争中沉浮的人物和团体，彼此都有劫后余生之感。林徽因体验到了缺少旅行工具的唐宋诗人们在遭贬谪的路上，突

然和朋友不期而遇的那种极致的喜悦。

春城气候宜人，但海拔高度对林徽因的呼吸和脉搏有不良影响。不过她周围总是有老朋友陪伴，有聊不完的话题，看不完的书，还有女仆和老金热心周到的照料，令她心中感到十分惬意。

昆明的雨也像林徽因的脾气，来得快去得也快，不像李庄那样慢吞吞地拖啊拖啊烦死人。林徽因给费慰梅讲述了住在唐继尧"梦幻别墅"的感受：

一切最美好的东西都到花园周围来值班，那明亮的蓝天，峭壁下和小山外的一切……

房间这么宽敞，窗户这么大，它具有戈登克莱格早期舞会设计的效果。就是下午的阳光也好像按照他的指令以一种梦幻般的方式射进窗户里来，由外面摇曳的桉树枝条把缓缓移动的影子泼到天花板上来。

不管是晴天或者下雨，昆明永远是那样的美丽，天黑下来时我房间里的气氛之浪漫简直无法形容——当一个人独处在静静的大花园中的寂寞房子里时，忽然天空和大地一齐都黑了下来。这是一个人一辈子都忘不了的。

这时候西南联大已经北返，老朋友们都归心似箭，中国营造学社的历史使命也已完成。再加上梁思成受聘清华大学建筑系主任等缘故，1946 年夏，梁家和西南联大的教授们一起，乘包机顺利从重庆返回北平。

故都惊梦

九年了，日日夜夜走进梦中的北平，会用什么样的姿势拥抱病弱的林徽因？

她在心中无数次勾勒过的北平的形象，却变得扑朔迷离。铺天盖地的太阳旗已经不复踪影，取而代之的是酒幌似的青天白日旗，如经幡一般在每家每户的门上招摇着。林徽因茫然不知所措，拽住路过的行人一打听，原来今天是教师节。北平政府正准备举行八年来的祭孔大典。

前三门大街上，一辆辆十轮卡车吼叫着驶过。炮衣下裸露出的粗大的炮管泛着金属特有的冷冷的光，看得人本能地畏惧。士兵们坐在炮车上，趾高气扬地向街上的人们打着口哨。

林徽因领着孩子站在"信增斋修表店"的屋檐下，这纷乱的街景让她迷惑了。大成至圣先师重新被邀请到这座故都，虽然没有异族的刺刀对准他的胸膛，但这满街的炮车，不知该让他怎样"发乎情，止乎礼"。她有预感，这暗涌马上就要演变成一场海啸。

北返后的清华大学有了自己的建筑系，梁思成是第一任系主任。1946 年夏季，林徽因一家搬进了清华园新林院 8 号，这是清华的教授楼，环境优雅，住宅也十分宽敞。

匆匆组建的建筑系刚刚安顿下来，梁思成很快又要赴美考察战后的美国建筑教育。同时应耶鲁大学的聘请讲学一年，教授《中国艺术史》。

战后的北平经济萧条，物价飞涨，工商业纷纷倒闭，国统区的钞票像长了翅膀似的。

梁家的日子越来越不好过了。

一家人颠沛流离，9年之后回到故土，已是两手空空。贫困和饥饿仿佛认准了他们，跟着回来了。林徽因的病也越来越厉害。

好日子真的是遥遥无期。

梁思成临出发去美国前，交代系里的年轻教师，有事情可以找林徽因商量。于是，开办新系的许多工作暂时就落在了她这个没有任何名分的病人身上。

建筑系刚成立，图书馆的资料不多，林徽因就把家中藏书推荐给年轻教师，任他们挑选借阅。除此之外，林徽因也同青年教师们建立了亲密的同事情谊，热心地毫无保留地与他们交流和探讨学术思想。她还结交了复员后清华、北大的文学和外语专业的教师，大家畅谈文学和艺术，各抒己见，好不热闹。

当时更有一些年轻学子慕名而来求教于林徽因，其中就包括后来成为梁思成第二任夫人的林洙。当时校方为了让林徽因能清静地养病，在她的住宅外面竖了一块一人高的木牌，上面写着：这里有位病人，遵医嘱需要静养，过往行人请勿喧哗。来访的学生们，都以为自己将看到一个精神萎靡的中年女子恹

1947年，林徽因与女儿梁再冰在颐和园留影。

恢地靠在床上待客，没想到这位林先生虽然身体瘦弱，却神采飞扬。她滔滔不绝地谈论着文学、艺术、建筑，融会贯通，妙语连珠。谈到兴奋处，林徽因自己都忘了，她是个被医生判了死刑的重病人。

只是当难熬的夜晚来临，林徽因在床上辗转反侧，整夜咳嗽着不得安宁，半夜里一次次吃药、喝水、咳痰……这一切都只能孤身承受，没有人能帮上她一点忙。她在孤单和绝望中凝视着窗外的黑夜，那么深那么长的夜，不知道何时才是个头？！

这年夏天，梁思成回到北平。一年来，他在耶鲁大学讲学，同时作为中国建筑师代表，参加了设计联合国大厦建筑师顾问团的工作。在那里，他结识了许多现代建筑学权威人物，如勒柯布西埃、尼迈亚等。他还考察了近二十年的新建筑，同时访问了国际闻名的建筑大师莱特、格罗皮乌斯、沙理宁等。

他在美国与老朋友费正清、费慰梅夫妇见了面，并将在李庄时用英文写成的《中国建筑史图录》，委托费慰梅代理出版，后因印刷成本高，而没有找到出版人。1948年，一位英国留学生为写毕业论文，将书稿带到马来西亚。直到1979年，这份稿子才辗转找回，并经费慰梅奔波，1984年在美国出版，获得极高的评价。

梁思成是接到林徽因重病的消息提前回国的。林徽因的肺病已到晚期，结核转移到肾脏，需要做一次手术，由于天气和低烧，也需要静养，做好手术前的准备。

梁思成又恢复了他"护士"的角色。尽管回国后工作很忙，但他还是抽出尽可能多的时间照料妻子。住宅里没有暖气，室内温度高低关系到林徽因的健康和术后恢复。梁思成就在家里生了三个半人高的大炉子，这些炉子不好伺候，收拾不好就"罢工"。添煤、清除煤渣，这些烦琐细致的活儿，梁思成全都亲力亲为，怕用人做不好误了事。他遵医嘱每天给林徽因搭配营养餐，为她肌肉注射和静脉注射，为她读英文报刊。每次去学校上班前，他总是在林徽因身边和背后放上大大小小各种靠垫，让她在床上躺得舒服一点。

秋凉以后，林徽因身体状况略有改善，她被安排在西四牌楼的中央医院住院。这个白色世界好像有禁锢生命能量的威力似的，没有流动，没有亢奋，只有白得刺目的安静煎熬着灵魂。

《恶劣的心绪》就是她在这个时期写下的：

我病中，这样缠住忧虑和烦扰，

好像西北冷风，从沙漠荒原吹起，

逐步吹入黄昏街头巷尾的垃圾堆；

在霉腐的琐屑里寻讨安慰，

自己在万物消耗以后的残骸中惊骇，

又一点一点给别人扬起可怕的尘埃！

吹散记忆正如陈旧的报纸飘在各处彷徨，

破碎支离的记录只颠倒提示过去的骚乱。

多余的理性还像一只饥饿的野狗

那样追着空罐同肉骨，自己寂寞的追着

咬嚼人类的感伤；生活是什么都还说不上来，
摆在眼前的已是这许多渣滓！
我希望：风停了；今晚情绪能像一场小雪，
沉默的白色轻轻降落地上；
雪花每片对自己和他人都带一星耐性的仁慈，
一层一层把恶劣残破和痛苦的一起掩藏；
在美丽明早的晨光下，焦心暂不必再有，——
绝望要来时，索性是雪后残酷的寒流！

　　这种恶劣的心绪时时刻刻缠绕着她。她隐隐觉得，生命就要走到尽头了。这时她才感到了命运的强悍，似乎是她早已期待过这样的结局了。

　　通货膨胀还在持续着，市场上蔬菜几近绝迹，偶尔有几个土豆，立刻就被抢购一空。梁思成开着车跑到百里外的郊县，转了半天，才能买回一只鸡。林徽因给在美国的费慰梅写信说：

　　我还是告诉你们我为什么来住院吧。别紧张，我是来这里做一次大修。只是把各处零件补一补，用我们建筑业的行话来说，就是堵住几处屋漏或者安上几扇纱窗。昨天傍晚，一大队实习医生、年轻的护士住在院里，过来和我一起检查了我的病历，就像检阅两次大战的历史似的。我们起草了各种计划（就像费正清时常做的那样），并就我的眼睛、牙齿、双肺、双肾、食谱、娱乐或哲学，建立了各种小组。事无巨细，包罗无遗，所以就得出了和所有关于当今世界形势的重大会议一样多的结论。同时，检查哪些部位以及什么部位有问题的大量工作已经开始，一切现代技术手段都要用上。如果结核现在还不合作，它早晚是应该合作的。这就是事物的本来逻辑。

12月手术前的一天，胡适之、张奚若、刘敦桢、杨振声、沈从文、陈梦家、莫宗江、陈明达等许多朋友来医院看她，说了些鼓励和宽慰的话。

为了以防万一，林徽因给费慰梅写了诀别信：再见，我最亲爱的慰梅。要是你忽然间降临，送给我一束鲜花，还带来一大套废话和欢笑该有多好。

她对梁思成绽出一个安静的笑颜，然后被推进了手术室。

她躺在无影灯下，却看到命运被拖长的影子。她渐渐感觉到，自己在向一个遥远的、陌生的地方走去，沿着一条隧道进入洞穴，四周是盘古初开一样的混沌。

不知过了多久，她隐隐听到了金属器皿的碰撞声。

新生与弥留

1948 年，反饥饿、反内战的浪潮方兴未艾。11 月 6 日，清华开始总罢课，全校师生频频举行演讲会，第一次喊出"只有反抗，才能生存"的口号。与此同时，北平政府对学生的镇压也随之开始了。北平政府发出逮捕进步学生的通令之后，清华园被反动军警和"棍儿兵"包围了数日，特务们还在西校门外的围墙上写上"消灭知识潜匪"的反动标语。校园被围之日，清华园内菜粮来源断绝，学生和住在园内的教授们只能靠一点咸菜和辣椒度日。

生命的奇迹又一次回到林徽因身上。肾脏切除手术很顺利，虽然由于体弱，刀口愈合很慢，但在梁思成的精心照料下也慢慢复原了。有一天半夜，几个脸上涂着油彩，身穿黑衣的人带着几个"棍儿兵"闯进梁家，"砰砰"地砸着门，嚷着："抓学匪！抓共产党！"林徽因气愤难当，从床上跳下来，大声斥骂着，把他们赶了出去。

梁思成和林徽因都感到蒋家王朝气数已尽，中国就快要有一场翻天覆地的变革了。

远处不时有炮声传来，人民解放军兵临城下。北平外围的国民党飞机经常来清华园骚扰。梁思成为北平的古建筑担忧着。他想起"历代宫室五百年一变"的说法，看样子北平在劫难逃。有一天梁思成开会回来，在路上就遇到了飞机轰炸，炸弹落在梁思成身前不远的小桥边，一声巨响，弹片从耳边呼啸而过，竟毫发未伤。回家后梁思成讲及这番历险，一家人都吓出一身冷汗。宝宝却说："还是爹爹命大，全国那么多寺庙，成千上万的菩萨保佑着你呢！"

有天晚上，张奚若领着两位身穿灰色军装，头戴皮帽子的军人来到梁家。张奚若介绍说："这二位是解放军十三兵团政治部联络处负责人，他们有件事情想请你帮忙。"

两位军人给梁思成和林徽因敬了军礼说："梁先生、林先生，我们早闻二位先生是国内著名的古建筑学家，现在我们部队正为攻占北平做准备，万一与傅作义将军和平谈判不成，只好被迫攻城，兵团首长说要尽可能保护古建筑，请二位先在这张地图上给我们标出重要古建筑，划出禁止炮击的地区，以便攻城时炮火避开。"

两人愕然片刻，随即紧紧握住军人的手，一个劲地说："谢谢你们！谢谢你们！"

当晚，梁思成和林徽因悬着的心终于放下了，在炮火声中睡得特别踏实。

1949年1月22日，傅作义宣布投降，北平和平解放。4月21日，解放全国的命令下达，中国大地上摆开了人类战争史上最大的战场。解放军的代表再次来到清华园，听取梁思成和林徽因的建议。梁思成立即召集建筑系部分教师和学生，夜以继日地赶工，在一个月的时间手工完成了厚厚一本《全国重要建筑文物简目》，供人民解放军作战及接管保护文物之用。

光的道路，从历史的一端铺展过来。

林徽因的生命也出现了前所未有的奇迹，在同死神的角力中，她又一次成了胜者。1949年，她在新政权接管的清华大学被聘为一级教授，主讲《中国建筑史》课程，并为研究生开设《住宅概论》的专业课。林徽因再次沉浸在工作中，像以前那样，拖着病体陀螺一样忙碌着。值得庆幸的是，困扰她多年的家务事像秋后蚂蚱一样越来越少了。再冰参加了解放军南下工作团，从诚考上了北京大学历史系。买菜、烧饭、洗洗涮涮这些烦琐的家务事终于不再困扰她了。

1949 年 7 月 10 日，中华人民共和国成立前夕，《人民日报》等各大报刊刊登了公开征求国旗、国徽图案和国歌词谱的启事，征稿截止日期为 8 月 15 日。梁思成和林徽因领导了清华大学国徽设计组的工作，同时，梁思成还担任了国旗、国徽评选委员会顾问。

自从接受了国徽设计的任务，林徽因的生活就像拧满了发条的钟，每一天都以分钟计。忙碌了两个多月，清华送审的第一稿却没有通过，原因是这个方案体现"政权特征"不足。

梁思成回来，传达了国徽审查小组要求在国徽图案中有天安门图像的意见。林徽因认为这是一个很好的构想，立刻派朱畅中去画天安门的透视图。营造学社藏有测绘天安门建筑的图纸，有百分之一比例和二百分之一比例的天安门立面、平面、

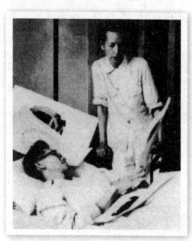

林徽因与病中的梁思成讨论国徽的设计方案。

剖面图。当时在北京，其他单位要找这样的图纸是不可能的，幸亏营造学社保留了这么完整的资料。

一张又一张图纸，一场又一场讨论，一次又一次修改，大家的设计思想越来越明确了。林徽因始终主张，国徽应该放弃多色彩的图案结构，采用中国人民千百年来传统喜爱的金红两色，这是中国自古以来象征吉庆的颜色，用之于国徽的基本色，不仅富丽堂皇，而且醒目大方，具有鲜明的民族特色。

林徽因和梁思成一连数日通宵达旦地工作着。再冰从南方回来探家，一进门大吃一惊，家里成了一个国徽的作坊，满地堆的都是资料和图纸，还有各个国家的国徽，小组每一次讨论的草图，几乎没有下脚的地方。

平日病得爬不起来的林徽因，完全顾不得自己的身体了。她靠在枕头上，在床上的小几上画图。累得实在支持不住了，就躺下去喘口气，起来再接着画。

三个多月的日夜奋战，最后的图案终于出来了：图案外圈环以稻麦穗，下端用红绶带绾接在齿轮上，国徽中央部分和下方是金色浮雕的天安门立面图，上方绘有金色浮雕的五星，衬在红色的底子上，如同天空中飘展的五星红旗。整个图案左右对称，庄严肃穆。

迎接最终评选的那天，大家兴奋中带着不安。梁思成和林徽因都病倒了，于是便让兼任秘书工作的朱畅中去参加评选会议。林徽因一遍遍叮嘱着："畅中，我等候你的消息，评选结束了，多晚也要赶回来。"

评选会议在中南海怀仁堂举行。会议厅的中间墙上，左边挂着清华的设计方案，右边是中央美院的设计方案。美院设计的天安门的图像是一幅彩色的风景画，天安门形象一头大、一头小、一头高、一头低，有强烈的透视感，华表只画一个，立在一侧，碧蓝的天空，金色的琉璃瓦，红柱红墙，加上金桥的白石栏杆和白石华表，铺地的大石块依稀可见，石缝里还画着青草。

参加评审的委员们，在两个国徽之间穿梭着，热烈地争论着。朱畅中心里没底了，脸上浸出了热汗。

正在这时，周恩来总理来了。

周总理跟大家打了招呼，就站到两个图案前仔细审视着。过了一会儿，他让大家发表意见。田汉说："我认为中央美院的方案好，透视感强，色彩比较明朗。"

他的看法得到了许多评委的赞同。

坐在后排的朱畅中脏都不会跳了。

张奚若站起来说："我认为清华的方案好，有民族特色，既富丽，又大方，布局严谨，构图庄重，完全符合政协征求图案的三条要求。"

周总理注意到坐在右边沙发上的李四光，就问："李先生，你看怎样？"

李四光沉吟片刻，指了指清华的设计方案说："我看这个有气魄，有中国特色。"

周总理再次仔细端详了两个图案，然后再次让大家发表意见，多数委员赞成清华的方案。

周总理说："那么好吧，我也投清华一票。"

朱畅中又听到胸腔里传来咚咚咚的心跳声。他真想飞跑出去，给林徽因打电话。

周总理问："清华的梁先生来了没有？"

张奚若说："梁先生和林夫人都病倒了，清华小组的秘书来了。"又叫朱畅中，"小朱到前头来。"

周总理把朱畅中叫到清华的图案前指点着问："这是什么？"

朱畅中回答："这是稻穗。"

"能不能向上挺拔一些？"周总理比画着。朱畅中回答："稻穗下垂是表示丰收，向上挺拔，可以改进。"

周总理说："稻穗向上挺拔，可以表现时代的精神风貌嘛，从造型上也更为美观。1942年冬天，宋庆龄同志在她的寓所，为欢送董必武同志返回延安举行的茶话会上，桌上就摆着重庆近郊农民送来的两串稻穗，被炉火映得金光灿灿，当时有人赞美这稻穗像金子一样。宋庆龄说：'它比金子还宝贵，中国人口百分之八十都是农民，如果年年五谷丰登，人民便可以丰衣足食了。'当时我就说，等到全国解放，我们要把稻穗画到国徽上去。"

评选结束已是深夜，朱畅中没吃夜宵就急着赶回了清华。

清华国徽设计组用了两三天就完成了修改任务，重新画了大幅国徽图案，在图纸上首，林徽因用红纸剪了"国徽"两个字，图的下方写了"国徽图案说明"：国徽的内容为国旗、天安门、齿轮和麦稻穗，象征中国人民自"五四"运动以来的新民主主义革命斗争和工人阶级领导的以工农联盟为基础的人民民主专政的新中国的诞生。

1950 年 6 月 23 日，仍然是中南海怀仁堂。全国政协第一届第二次会议在这里召开。林徽因被特邀出席会议。在今天这个会议上，新政权要正式确定中华人民共和国国徽。在毛泽东的提议下，全体代表起立，以鼓掌的方式通过了由梁思成、林徽因主持设计的国徽图案。

当掌声在大厅里潮水般回荡的时候，林徽因已经是热泪盈眶。一个视艺术为生命的人，还有什么比凝聚着自己心血的作品成为国家形象的代表更令人激动呢？幸福的眩晕感淹没了林徽因。

她病弱的身体，甚至无法从座位上站立起来答谢了。

这一年，林徽因被任命为北京市都市计划委员会委员兼工程师。

新中国成立后的第二个国庆日，梁思成、莫宗江搀着林徽因来到天安门金水桥头。仰望着天安门城楼上悬挂的国徽，林徽因的泪水模糊了双眼。

人民英雄纪念碑 1949 年 9 月 30 日破土奠基，林徽因生前没能看到纪念碑落成，但她生命的最后几年一直与这项工作紧密相连。

1952 年，梁思成和雕塑家刘开渠主持纪念碑设计；参加设计工作的林徽因，被任命为人民英雄纪念碑建筑委员会委员。此时她已经病得不能下床了，在起居室兼书房里，她安放了两张绘图桌，与她的病室只有一门之隔。

当年夏天，郑振铎主持召开会议，决定碑身采用梁思成的设计方案，对碑顶暂作保留；因为有人坚持要在碑顶上放置英雄群像雕塑，梁思成坚决不同意。11 月，北京市人民政府开会，市长彭真最后决定，碑顶采用梁思成的构想，建成我们现在看到的"建筑顶"。同时放弃碑顶雕塑，因为在高达 40 米的碑上放置群塑，无论远近都看不清，而且主题混淆，相互冲突。

林徽因主要承担的则是纪念碑须弥座装饰浮雕的设计，从总平面规划到装饰图案纹样，她一张一张认真推敲，反复研究。每绘一个图样，都要逐级放大，从小比例尺全图直到大样，并在每个图上绘出人形，保证正确的尺度。在风格上，则主张以唐代风格为蓝本进行设计。

林徽因对世界各地的花草图案进行反复对照研究，描绘出成百上千种花卉图案。枕头边上、床头桌上、书桌前、沙发上到处都是一沓沓图纸。梁思成把林徽因废弃在一边的大堆图纸收集起来。他知道林徽因性子急，哪天嫌这些图稿碍事，就会让女佣给烧了。梁思成认定这些画稿是有价值的，他找来一个纸箱，在林徽因废弃的画稿中挑了一些装进箱子保存起来。

在成百上千种图案中，林徽因和梁思成最终选定了以橄榄枝为主题的花环图案。

在选用装饰花环的花卉品种上，他们很伤了一段时间脑筋。最初选用了英雄花，经咨询花卉专家，得知木棉并非中国原产，随后放弃这一构想。最后，他们选定了牡丹、荷花和菊花三种，象征高贵、纯洁和坚韧的品格精神。

须弥座正面设计为一主两从三只花环，侧面为一只花环。同基座的浮雕相互照应，运用中国传统的纪念性符号，如同一组上行的音阶，把英雄的乐章推向高潮。

林徽因和梁思成是海王村古文化市场的常客。早在20世纪二三十年代就经常同张奚若、徐志摩、沈从文等一班朋友到这里光顾。这一天，她又由梁思成陪着来到了海王村。她被一个小小的古玩摊上一只景泰蓝花瓶吸引了。这只花瓶几乎同她小时候在上海爷爷家看到的那只一模一样，她拿在手里仔细观赏着。

　　摊主见林徽因很喜欢这只花瓶，便说："二位先生还是有眼力的，这是正宗老天利的景泰蓝，别处你见不到了。就是老天利这家大字号，也撑不住，快关张了，北京的景泰蓝热闹了几百年，到这会儿算绝根儿了。"

　　林徽因买下花瓶后，摊主还跟他们说，北京景泰蓝以老天利和中兴二厂为最大，都是清康熙的老厂，现在已经办不下去了。至于德兴成、天瑞堂、全兴城那几家小厂，就更加难以为继。

　　林徽因为景泰蓝的命运担忧起来。

　　1952年，北京将召开亚太地区和平会议，筹备组决定要给每位代表送上一份既有鲜明的中国特色，又精致典雅的礼物。礼品分成四类：第一类是丝织品，第二类是手工艺品，第三类是精印的画册，第四类是文学名著。筹备组将第一和第二类礼物交给林徽因负责。

　　林徽因和梁思成商议，在清华建筑系成立一个美术组，她想借这次制作和平礼物的机会，抢救景泰蓝这一濒临灭绝的中国独有的手工艺品。景泰蓝是国宝，绝不能让它在中国失传。

　　美术小组除了营造学社多年的伙伴莫宗江，还有两个年轻的女学生常莎娜和钱美华。林徽因和他们跑了一整天，才找到几间

林徽因（右二）与建筑系教师李宗津（左一）、周卜颐（左二）、王君莲（左三）、郭孝燮（右一）在清华园工字厅合影。

不起眼的小作坊，都是一副凄凉破败的惨象，三五个老师傅，几副小炉灶，产量很低，产品也销不出去。他们为了搞清景泰蓝的生产工艺，整天泡在作坊里看工人们的操作过程。林徽因看着那些灰不溜秋的坯胎变成绚丽的艺术品，感到又神奇又惊讶。

但很快林徽因就感到不满足了。北京的几家景泰蓝厂早就处在倒闭边缘，新老艺人青黄不接，几百年来一直是作坊式的操作，图案单调，尽是些牡丹、荷花、如意之类。林徽因认为想要让景泰蓝起死回生，必须要全面更新设计。她发动大家为景泰蓝设计新的图案，每人画若干幅。林徽因已经不能自己动笔，她的创作构想就由莫宗江完成。

景泰蓝厂的老师傅看林徽因病成这样子，不忍心让她一趟趟往厂里跑，他们就主动到梁家切磋。这样，一批又一批新品试制出来了。美术小组设计的祥云火珠简洁明快，敦煌飞天的形象浪漫动人。

和平礼物被送到了亚太各国代表的手中。这些富有民族特色的礼物令他们赞不绝口。苏联著名芭蕾舞蹈家乌兰诺娃得到了飞天图案的景泰蓝，这位"天鹅公主"欣喜不已："这是代表新中国的新礼物，太美了！"

1953年第二届文代会召开，林徽因由于拯救景泰蓝艺术的成果被邀请参加。开会那天，萧乾坐在会场后面的位子，林徽因远远地冲他招手，萧乾走过去坐在她旁边，还像以前一样轻声说："林小姐，您也来了！"

林徽因笑道："还小姐哪，都成老太婆了！"

林徽因已经49岁了。最好的年华，就在与肺病的拉锯中被一点点消磨光了。

山雨欲来

1953年完成景泰蓝抢救工作之后，林徽因的身子彻底垮了下来。她生命的热能仿佛彻底耗尽了。每到寒冬，她的病情就愈加严重，药物已不能奏效，只能保持居室的温度。即使是一场感冒，对林徽因也是致命的。每到秋天，梁思成就要用牛皮纸把林徽因居室的墙壁和天花板全都糊起来，几个火炉也早早地点上。

10月，中国建筑学会成立，梁思成被推举为副理事长，林徽因被选为理事。他们二人还兼任了建筑研究委员会委员。

北京城兴起了"拆城墙"的运动。这是梁思成和林徽因做梦也没想到的。

他们深深爱着这座高贵沧桑的城市，从金碧辉煌的宫殿到气势巍峨的城墙城门，从和平宁静的四合院到建筑群落上开阔醇和的天际线。这些固有的风貌，怎能如此轻易地就损失掉呢？他们为此殚精竭虑。

梁思成和南京的建筑学家陈占祥一起拟定了《关于中央人民政府行政中心区位置的建议》（后被称作"梁陈方案"），建议在月坛以西、公主坟以东的位置另设中央行政区，这样就能把北京旧城的古建筑完整地保留下来。

但是"梁陈方案"被否定了。因为新中国刚刚成立，中央政府没有资金来建一个新区；更重要的是，决策者们认为以天安门作为北京的中心有重大的政治意义，它从来就有强烈的政治色彩，理应成为新中国的行政中心。

20世纪50年代的梁思成、林徽因。

在一次大型庆典活动上，北京市的一位市领导告诉梁思成，中央的一位负责人说过，将来从天安门城楼望出去，看到的处处都是烟囱。

梁思成吃惊得说不出话来。他无法理解为什么要把北京变成这个样子，也无法想象一座有这么悠久的历史的古都会变成烟囱的丛林。在他的构想中，北京应该像罗马、巴黎和雅典那样，成为全世界仰慕的文化名城。

梁思成和林徽因拿出实际行动，他们提出"城市立体公园"的构想，在城墙上面修建花池，栽种植物，供市民登高、乘凉；城墙角楼等可以辟为陈列馆、阅览室、茶点铺。

因为这个构想，他们被划成"城墙派"。主张拆墙的人说，城墙是古代的防御工事，是封建帝王为镇压农民起义而修建的，乃是封建帝王统治的遗迹，是套在社会主义首都脖子上的枷锁，必须要拆除。

1953 年 5 月开始，对古建筑的大规模拆除开始在北京蔓延。梁思成和林徽因为北京城的城墙疲于奔命。1953 年，林徽因的肺病已经越来越重了，她在一次聚会中和时任北京市市长的彭真据理力争，林徽因掷地有声地撂下一句话："你们现在拆的是真古董，有一天，你们后悔了，想再盖，也只能盖个假古董了！"

林徽因说中了。2004 年 8 月 18 日，"假古董"——重建的永定门城楼竣工。

1955 年春节刚过，建工部召开了设计和施工工作会议，各部、局的领导和北京市委宣传部门的负责人参加了这次大会。会上，根据近年来各报陆续披露的基本建设中的浪费情况，对设计工作中的"复古主义""形式主义"偏向，进行了激烈的讨论和批判。这次会上，还组织了 100 多篇批判文章，已全部打好了清样。

于是，对"以梁思成为代表的资产阶级唯美主义的复古主义建筑思想"的批判，在全国范围内开始了。其中一篇批判文章《论梁思成对建筑问题的若干错误见解》刊登在《学习》杂志上。梁思成只好自我批评，从此在城墙保护运动中沉默下来。

你是人间的四月天

林徽因就是一个那么奇妙的人，无关山河的年岁，她的心总能守住春天，守住那片绿意。谁都知道，姹紫嫣红的春光固然赏心悦目，却也得从了四季流转，开幕时开幕，散场时散场。但心灵却可以栽一株长青的植物。林徽因这样聪慧，漫步红尘烟火里，灵魂却是一只青鸟，栖息在春花盛开的枝头。所以，即使她的生命里也有残缺，而我们看到的却是花好月圆。

该来的还是会来。

1954 年秋冬之际，林徽因再一次病倒了。这次是真的再也起不来——连挣扎着起床的力气也被肺病抽得一干二净。《中国建筑彩画图案》序文的校样已经送来好几天了，她刚读了几行就会头昏眼花。光是靠在床上什么也不做，冷汗就止不住地淌。她整夜整夜地咳嗽，片刻安睡都是奢侈。林徽因面如死灰，双眼深陷得吓人。

梁思成也病了，但他还是拖着病体照顾着妻子。从清华园进城一次很不容易，每次去城内的医院做检查对他们来说都是一次考验。而林徽因的身体也实在不能抵御郊外的寒冷。为了方便治疗，梁思成计划到市区内租房子。可还没等他安排妥当，他就病倒了。他从妻子那里传染的肺结核复发，必须住院治疗。

梁思成和林徽因都住进了同仁医院。他们的病房紧挨着，虽然从这一间到那一间只要走两分钟，但他们都没力气走动。

梁思成没有住院的时候，还能三天两头到医院来一趟。现在

民国三大才女：林徽因 张爱玲 陆小曼

他就在她隔壁，却一步都不能走近她。他们只得拜托送药的护士每天传一张纸条，相互问候。

一道墙壁，却像隔着万水千山，似乎要把他们永远地分开了。

林徽因已经很久不敢照镜子了，她怕在那块明亮的玻璃上，看到自己瘦骨嶙峋的面容和一生跌跌撞撞的路程。

林徽因的床头一直放着一本《拜伦诗选》，医院的医生和护士常常能听见她低声地诵读着那些诗句。

在她没有力气翻动书页的时候，她就把手放在书本上，仿佛要从书本里汲取一些力量。

1955 年的春节，夫妻俩是在医院里度过的。再冰和从诫回来了。他们从父亲的病房到母亲的病房，给他们讲学校里发生的趣事、社会上的见闻。这是梁思成和林徽因一天中最快乐的时光。孩子们离去后，幸福的微笑还久久地停留在他们憔悴的脸上。

一些老朋友和清华建筑系的师生也不时前来探病。他们大多住在学校，进城不方便，梁思成和林徽因总是劝他们不要再折腾了。

春节过后，梁思成病情稍微好了些，医生允许他轻微活动活动。每天等医生查完房，护士打完针，他就来到林徽因的病房陪着她。他们挨在一起小声地聊着天。一直以来，妻子都是说话的主角，丈夫是听众。现在他们的角色终于互换了。林徽因惊讶地发现，原来丈夫竟然是这么健谈，而且记忆力惊人。从年少时的趣事，到他们初次相见，到宾大的甜蜜和争吵，到李庄的相濡以沫不离不弃……每一件事他都记得这么清楚。林徽因听着梁思成的回忆，那些往事又像放电影一样在眼前上演了，青春的影子在飘摇着。梁思成说现在没什么遗憾的，再冰写了入党申请书，正在积极地争取入党呢！这是再冰的秘密，想要等被批准后给妈妈一个惊喜。林徽因听了高兴坏了，答应和丈夫"合谋"严守秘密。

梁思成担心林徽因会疲劳，说一阵子，就让她闭目养神。这时候他或者回到自己房间，但大部分时候还是留在妻子身边陪着她。什么都不说，什么都不做，只是安静地待在一起。这是一段静谧的，完全属于他们的时间。从美国读书回来后，他们就很少有这样的时光了。每一天都为事业、为生活忙碌着不得闲。现在，反倒是这场病，给了他们难得的清闲时光。

林徽因非常平静，她丝毫没有表现出对死亡的恐惧。十年前，甚至更早，她就已经做好了一切准备。她来过这个世界，每天都没有浪费地努力地活着；她的爱人还在她身边，战争和疾病都没能把他们分开；孩子们长大了，有自己的主见和未来；她有自己钟爱一生的事业，建筑、文学、艺术，这些给了她莫大的快乐和安慰，支撑她熬过一个个病痛的白天夜晚。什么她都有了，没有遗憾了。

梁思成的心情却截然相反。看着妻子一天天衰竭，他心如刀绞，却又无能为力。他绝望地向老天乞求着，祈求生命的奇迹再一次降临。他害怕林徽因这次真的要走了，丢下他在这个他越来越不懂的世界里彷徨。她常常在剧烈的咳嗽之后闭着眼睛微微喘气，好一会儿才能缓过来。她垂着眼睑的样子，那安静的神态让他想起他们的第一次相遇。

那时候，她是一个 14 岁的小仙子。小仙子施了魔法，令他再也放不下她。明知道这不是一条容易的路，还是陪她走了一程又一程。

　　直到生命的尽头。

　　外面已经是山雨欲来风满楼，梁思成不怕，他怕的是她离他而去。

　　夜晚又来了。

　　林徽因半夜醒来，呼吸忽然变得急促。往事像走马灯似的在她眼前飞掠而过。杭州陆官巷的栀子花开了，祖母摘了一朵插在小徽因的发间，祖父严肃的脸上露出不易察觉的慈爱的神色；不是啊，那是父亲吧？那清奇的相貌不是父亲是谁？他在问："徽徽，你幸福吗？"刚要开口回答，母亲又来了，她在抱怨父亲的离去。康桥上，那个戴着玳瑁眼镜的长衫青年在对她吟诗，是她没听过的新的诗句。老金来了，手上拿着两个鸡蛋，高兴得像个孩子……不不，那分明是思成，他躺在帆布床上补着破袜子，一会儿他又起来了，去给那三个半人高的炉子扇风添煤。思成忽然变成了再冰，她和从诫在哭呢……什么事情那么伤心？妈妈在这里……思成告诉他们不要哭了……妈妈在这里……

　　"思成！思成！"林徽因挣扎着拼尽力气呼喊。实际上她只发出微弱的声音。

　　灯亮了，是护士走进来。她轻声问："林小姐，您需要什么？"

　　"我想见一见思成。"林徽因忽然变得清醒又镇静，她知道这一次，自己的命真的留不住了。她清楚地说："我有话要对他讲。"

护士柔声说："已经很晚了，有什么事情明天再说吧。"

没有"明天"了。

黑夜的幕布一点点拉开了，死神的黑袍却落了下来。曙光悲怆地将温热献给这间雪白的房间和病床上雪白的人。

林徽因神情安详，恍若剥离了痛苦一般安然沉睡着。

这是 1955 年的 4 月 1 日，清晨 6 点。

中国第一代女建筑学家走完了 51 年的人生。

在一天中最清新的时刻，世界刚刚睡醒，朝露还没有被蒸发。这样的时刻，其实是很适合天堂打开大门，迎接这个美丽绝伦的灵魂的。

1955 年 4 月 2 日，《北京日报》发表了林徽因病逝的讣告。

治丧委员会由张奚若、周培源、钱端升、钱伟长、金岳霖等 13 人组成。

4 月 4 日，林徽因的追悼会在北京市金鱼胡同贤良寺举行。北京市市长彭真送了花圈。

在众多的挽联中，她一生的挚友金岳霖教授和邓以蛰教授合写的挽联最引人注目：

一身诗意千寻瀑，万古人间四月天。

这是对林徽因一生最好的注解。

由于林徽因生前设计国徽和人民英雄纪念碑的特殊贡献，北京市人民政府决定，将她的遗体安葬于八宝山革命公墓。

林徽因曾和梁思成互有约定，谁先去世，活着的那个要为他

（她）设计墓碑。梁思成履行了最后的
承诺。他设计的墓体简洁、朴实、庄
重——也许，林徽因在他的心中，就
是这个样子。

　　人民英雄纪念碑建筑委员会决定，
把林徽因设计的一方白玉花圈刻样移
作她的墓碑。墓碑上镌刻着"建筑师
林徽因之墓"几个字。

林徽因追悼会上的遗像，摄于
1945年。

　　生如夏花之绚烂，死若秋叶之静
美。51年的生命，不短不长，比起长寿者，还是有些许遗憾；但
一生华美，断不是庸常之人所能企及，亦足以无悔。活着的时候
喜欢热闹，死去时，却像青鸟一样倦而知返，在月色还未散去的
清晨踏着薄雾而去。

　　一代才女的人生，被季节封存在四月天。

因为爱过，所以慈悲；因为懂得，所以宽容。人生最大的幸福，是发现自己爱的人正好也爱着自己。

因为懂得，所以慈悲

——张爱玲传

落尽繁花

悠长得像永生的童年，相当愉快地度日如年——再怎么悠长的岁月，有一天也会心头一颤，怎么说完就完了？从前觉得度日如年的快乐，都会变成将来惆怅的记忆。

夕阳无限好

　　我没赶上看见他们，所以跟他们的关系仅只是属于彼此，一种沉默的无条件的支持，看似无用，无效，却是我最需要的。他们只静静地躺在我的血液里，等我死的时候再死一次。我爱他们。

——张爱玲

　　大约天才合该是这样的——要么出生在贫穷之家，要么出生于没落贵族。不知是否缺钱少衣能够引起人的斗志，还是因为急景凋年容易让人敏感多愁，总之，天才们从一出生就注定了要走这样一段人生。

　　长的是磨难，短的是人生。张爱玲如是说。

　　"我们也许没赶上看见三十年前的月亮。年轻的人想着三十年前的月亮该是铜钱大的一个红黄的湿晕，像朵云轩信笺上落了一滴泪珠，陈旧而迷糊。老年人回忆中的三十年前的月亮是欢愉的，比眼前的月亮大、圆、白；然而隔着三十年的辛苦路往回看，再好的月色也不免带点凄凉。"

　　这是我们熟悉的《金锁记》，开篇苍凉的月色铺满了整个故事，像笼罩了晕黄的丝织物，那织物虽贵重，却总有点儿轻飘飘的距离感——1920年的夜晚，中秋才过了几日，毛茸茸的月亮照着上海公共租界的一处中西合璧的老房子。老房子靠近苏州河，藤萝爬满了院墙，从外面看倒还是一处幽雅的居所，只是凑近了才闻到一股铜绿发霉的腐朽味道。

张爱玲就出生在这样的老房子里，很多年以后当她从天津的家返回上海时还跟着保姆何干一起回访住在那里的大爷大妈，对老房子影子似的往下沉的感觉依然触目惊心。好在，那一晚，她还只是个粉红色的婴孩。当她睁开好奇的双眼开始打量这个世界的时候，不知第一眼看见的是否是她那位美丽非凡的母亲，黄素琼。

张爱玲出生的地方。

母亲黄素琼将她交给老妈子何干。何干是张家的老人了，服侍过老太太——李鸿章的女儿李菊藕，张爱玲的奶奶，连带着又养大了她的父亲张志沂（字廷重）、姑姑张茂渊。她出生的时候，这个曾经的簪缨世家只剩下了空壳子，像夕阳的余晖一样，看着和煦但终免不了西沉的一日。夕阳无限好，只是近黄昏。

然而，瘦死的骆驼比马大，光父亲这一边继承的祖宗家业就有安徽、天津、河北等地大宗土地，南京、上海等处房产 8 处。

此时，她的奶奶已经过世好几年，而爷爷张佩纶则更早。"我没赶上看见他们，所以跟他们的关系仅只是属于彼此，一种沉默的无条件的支持，看似无用，无效，却是我最需要的。他们只静静地躺在我的血液里，等我死的时候再死一次。我爱他们。"后来的她曾说过这样动情的话，对一向"寡情"的张爱玲来讲，这也许是最深情的告白了。

当年张佩纶与李菊藕的婚姻也算是一时佳话。张佩纶原先娶过两任夫人，先后病故，待到四十岁的时候反倒成了一身拖累的光棍汉，奶奶李菊藕容貌清丽，样貌很是端方，嫁给张佩纶的时候，自己还是个姑娘却要学着做人家的后母。在这一点上，她与张爱玲的后母颇相似。

后来的张爱玲对爷爷很感兴趣，而姑姑张茂渊则直说爷爷配不上奶奶。没错，姑姑的美貌遗传的是奶奶的——虽然她自己觉得长得像爷爷多一点。

张佩纶祖上是河北丰润人，算是"耕读世家"。他个性狷急耿直，书生意气，在朝中与同辈张之洞等人常常语出惊人，因倾慕明末东林党，遂自称他们是"清流党"，光听这名字就可得知他是有多讨厌"浊流"了。

他甚至公然反对过李鸿章，只是不知为何李鸿章非但没有计较，反而在他政治上走下坡路的时候伸出援手，将心头爱李菊藕嫁给他。后来张爱玲弟弟张子静的回忆文章里提及，李鸿章大约是因为体恤故人之子才"出此下策"。李鸿章的夫人十分不乐意，自己的女儿花容月貌，对方已经年过四十还是个"罪臣"，将女儿嫁过去简直是自讨苦吃。做母亲的总是比父亲多一点疼爱，这是"国际惯例"。

据说当时的张佩纶被曾朴写进了清末著名谴责小说《孽海花》——后辈们好奇的时候就看《孽海花》去追寻先人的踪迹，张爱玲稍长的时候总问父亲，奈何父亲一味辟谣，告诉她全是假的，令她失了兴味。转而去问询姑姑，姑姑却说："我们是没办法，受够了，现在不作兴这个，你们这一代要向前看……"多么英气的姑姑！

受够了什么呢？显然不是张佩纶，想来应该是受够了所谓大家族的虚妄与道德的虚伪，像《红楼梦》中的探春一样，要么希望自己是个男儿身，要么幻想自己出生在一个寒门小户里还能享点家庭的温馨。

爷爷张佩纶是名重一时的文人，但终其一生他也只是个文人，政治上的作为与他的老丈人李鸿章是不可比拟的。

人人都说张佩纶与李菊藕的结合是佳偶天成，张爱玲却说奶奶并不怎么会作诗，存下的一首诗还是经过爷爷润色的。胡兰成在《今生今世》里说她这样舍得破坏佳话，所以写得好小说。

张佩纶去世的时候，儿子张志沂只是个七八岁的孩童，女儿张茂渊两三岁，对他似乎没留下什么特殊的印象。李菊藕对子女的培养深深地影响了他们的个性，乃至后来的张爱玲一切成长的遭遇都与此有关。

一般来说，母亲独自带大的男孩通常性格温顺，敏感细腻，而一手培养的女孩则常有着独立自主的坚强。

关于张爱玲父亲与姑姑的成长，她在自传体小说《雷峰塔》里通过几个老妈子的嘴有过清晰的描写。李菊藕不知出于何种缘故，将男孩当女孩子养，却将唯一的女儿当个男孩子一样散养。张志沂幼年常常穿着女孩子气的衣服，不大出门，有时偶尔出门，清瘦的身子必定挨着墙角走，面色苍白，身形瘦长，仿佛一阵风吹着就能倒了似的，活脱脱一个女子气的男人。

兄妹两个如此不同，这为他们日后因意见不同分道扬镳埋下了祸根。世间万物看起来是那样的偶然，因为它只给我们呈现它的结果，必须掰开果子看到内里方能见着那让人疼痛的因。

如果说张佩纶与李菊藕的婚姻还算是伉俪情深、情投意合，那么当年倔强的黄素琼与张志沂的婚姻则是真正的媒妁之言、父母之命了。黄素琼的爷爷是长江水师提督，母亲是黄家从湖南买来的小妾。姨太太出身，一生要强，生怕别人瞧不起。

黄素琼与张志沂订的是娃娃亲，在她还是个幼儿的时候大人们早已将她一辈子的幸福托付给另一个孩童——张志沂了。他们不曾去想黄素琼的未来，反正祖祖辈辈都是这样过来的，也没见天塌了地陷了。

她与张志沂不同。黄素琼虽然裹着一双小脚，却是深一脚浅一脚踩着新思想一路过来的，内心清刚要强，从不服输，有了孩子之后的她总是对张爱玲说她们那一辈的女人没得选择，想去读书都不能够，一心一意地将满腔希望寄托在女儿身上。

"我们湖南人是顶勇敢坚强的！"这是她时常挂在嘴边的话。她生得美丽，在张爱玲的记忆里她的形象永远是朦胧的洋装，还有湖蓝水绿一样葱茏的色彩——如果遗传真有那么神奇，我们也许该感叹，张爱玲终其一生对鲜艳色彩的爱好可能来自她这个学油画的母亲。她晚年在美国的时候，甚至将地板都涂满这种蓝绿色。

也许，那时候的她怀念的是小时候在天津的时光吧，一张她三岁模样的照片，胖嘟嘟很是可爱，剪着齐眉的刘海，端坐在凳子上，母亲为她的照片着色，用的就是那种蓝绿色。

黄素琼的勇敢强势遇上张志沂的温柔适意，原本该是多好的一对璧人。张志沂学识渊博，浑身透露的是中国旧文人的儒雅与闲适，出了名的好脾气。只可惜，他们生错了年代，再不能一如先辈们那样生活。

黄素琼那面的"新"与"强"，与张志沂那面的"旧"与"弱"，像两条平行线一样，无论怎样努力都没有思想的交集。他们没法儿像过去的人一样，夫妻性格互补地凑巧拼成一个圆。

长大后的张爱玲也奇怪母亲缘何要嫁给父亲，母亲只幽幽地说，你外婆要强好面子，已经订下的婚事如果悔了，岂非要人看笑话？！

是的，旧中国的父母们就是这样狠心，为了所谓家族的荣耀，将儿女们一生的未来维系在某个完全陌生的人身上，他们自己也是这样，摸爬滚打一辈子蹚过岁月的河流，自信靠着一股"摸石子过河"得来的经验完全可以让他们与幸福结缘。一旦过了婚姻那道门，此后流泪还是流血全看她自己的造化了——嫁出去的女儿泼出去的水，这是我们中国人的信条。

为此，黄素琼顶讨厌的是男尊女卑的思想，后来她着意培养女儿忽略对儿子的照管，也许还有这一层补偿心理。

如果不是这一早已经签订的婚书，世上也许少一个天才女作家，但是会多出两个平凡而幸福的家庭吧。黄素琼自己后来也说：你爸爸年轻时候倒是不难看，挺秀气的。假如他遇上了一个爱他的女人，情况可能就不一样了……可惜，这世间令人感到最无可奈何的就是"如果"两个字。

没错，她不爱他，从一开始就是如此。她抗拒着他的一切，张志沂却始终对她怀有一份难以言传的爱意。她漂亮、自立、勇敢、坚强，每一种都是他周围的女人罕有的，她对他而言像是一个美丽新世界。他也曾用心想要走进去，奈何他清瘦的身躯无论如何也打不开通往幸福的那扇门。

　　这个自信满满的女人带给他一生的怀想与自卑，让他在日后每一次想要亲近她的时候，内心总觉得密布隔膜的哀伤。

　　过了几年，他们举家迁往遥远的北方——天津。离开祖辈的老房子原因别无其他，只是黄素琼与张志沂同父异母的哥哥一家处不来，妯娌之间尤其不和。

　　有人的地方就有战争，有女人的地方常年硝烟弥漫。

　　黄素琼固然不是一个好伺候的人——张爱玲在《易经》中就曾这样毫不留情地说道，但她那个贪钱的大爷大妈只怕也不是什么省油的灯。连累着日后两家还要为爷爷奶奶留下的一点家业打官司，想来簪缨贵胄的生活确实也有不得已的酸辛。

挂在斜阳外的命运

姐姐在才情上遗传了我父亲的文学与我母亲的艺术造诣，但在相貌上她长得较像父亲：眼睛细小，长身玉立。我则较像母亲：浓眉大眼，身材中等。不过在性格上又反过来：我遗传了父亲的与世无争，近于懦弱，姐姐则遗传了母亲湖南女子的刚烈，十分强悍，她"要的东西定规要，不要的定规不要"。

——张子静

这个粉嫩的女婴满周岁了，她咧着嘴笑着面对周围的世界，这个充满烟火气的尘世多美好。她终其一生对凡俗世界都有着异乎寻常的热爱，好好活着比什么都重要，她曾这样说过。她爱人生。

家里还是老法子，在满周岁的时候给孩子准备各色东西以检测孩子们的志向。大红的漆盘里摆了一支毛笔、一个顶针、一个红丝线穿起来的古铜钱、一本书、一个骰子、一只银酒杯、一块红棉胭脂等。老妈子们表现得比张志沂和黄素琼两个人还要紧张，仿佛这个小婴孩的未来全在抓周这件古老而神秘的事情上。

她伸出粉嫩的小手一把抓住毛笔，然后似乎还不满足似的又抓了下胭脂——张爱玲在另一处散文作品《童言无忌》中又说抓的是小金镑和笔，但无论怎样，笔总是第一位的，至于爱美与爱财，倒也是真的。

张志沂凝重的脸上现出几分轻松的快意，老妈子们赶紧附和着说小姐将来是个顶爱美的人呢——她们不提毛笔代表的那回事，在她们心里哪有女人当先生的？作家是什么，更是听也没听过的名词。

此际大着肚子的黄素琼约略也是满意的，毕竟这个女孩子的未来原来还可以这样期待，即便知道这是古老的骗人把戏，心中还是忍不住欢腾——她本是这样的毫无选择，女儿的人生应当别有一番天地吧？

几个月后，在一个寒冷的冬日，黄素琼为张家诞下一个万众瞩目的小少爷，给他起名小魁——但看这名字很容易让人联想到"文魁"这样的字眼，可见张志沂自己虽看不见出路却依然对下一代寄予厚望，而那个一岁多的小女孩则被唤为小煐，完全没了小魁的气势。

小魁的出生为这个正日益像影子般往下沉的旧家庭带来一丝甜蜜的宁馨，此时的父亲还没有沉沦在狎妓、纳妾和赌博的轮回里，而初为人母的黄素琼也是满心喜悦，尽管心中的某个角落里早已埋下出走的种子，但此际她已经是两个孩子的母亲，"母亲"两个字带给她的责任与分量让她暂时无暇分身，囿于这片安稳而保守的小天地。

小煐初时对这个新来的玩伴约略也是兴奋开心的，只是随着年岁的渐长，她渐渐地从一些细微的地方觉察到家里的变化。她与黄素琼小时候一样很早便感到男女不平等的问题，在那样一个旧家庭中男尊女卑的思想无须出口已经很伤人——全在一言一行中，哪里还需过多言语？

后来她的弟弟张子静说他们的母亲黄素琼一生最恨男女不平

等，裹小脚便是他童年所能感到的母亲的愤懑。在张爱玲幼小的时候，母亲总是不住提醒她一个女孩子要如何自立图强。黄素琼看到家里老妈子的势利后，总不忘强调一句："现在不兴这个了，都讲究男女平等了！"

老妈子对她的话阳奉阴违，满面带着狐疑的笑，只轻轻地"哦"了一声，将所有的不屑与不信全抛洒在那一声低沉的"哦"里面。

在《我的姐姐张爱玲》一书中，张子静这样写道：姐姐早慧，观察敏锐，她的天赋资质本来就比我优厚。那么幼小的年纪，已经知道保姆的钩心斗角，她后来在《私语》里说，带我的保姆张干，"伶俐要强，处处占先"；领她的何干，"因为带的是个女孩子，自觉心虚，凡事都让着她"。因此她说："张干，使我很早地想到男女平等的问题，我要锐意图强，务必要胜过我弟弟。"

《雷峰塔》里关于保姆的偏心有着活灵活现的体现，弟弟吃饭不小心掉了一支筷子，就是好兆头——筷子落了地，四方买田地。

若是姐姐掉了筷子，保姆就高声说："筷子落了土，挨揍又吃一嘴土。"张爱玲不服气，便嚷嚷着说她也能买田地，小小的她便知道这个世界如何为难着一个小女人。可是保姆告诉她女人不能买田地，甚至她也不姓张，她姓"碰"，碰到哪里是哪里。多么悲哀，才出生，命运已被写好脚本，千千万万的中国女性只需要老实本分地倾情演出。

她抓周家里没人太当回事，可是轮到只比自己小一岁的弟弟情形则又不同。"好东西总搁得近，铜钱、书、毛笔。骰子和酒杯都搁得远远的，够不到。"于是，小魁便抓了铜钱，丫鬟讨好地说他将来会有钱——如果人能够预测未来，该是多么悲怆的一幕。

成年后的张子静一生未娶——他唯一从父亲那儿继承到的遗产便是上海的一处只有十四平方米的小亭子间，最后孤独地老死在那里，比姐姐的苍凉结局还令人唏嘘。

可是，抓周这个古老的游戏在他们姐弟两人身上，似乎又有神奇的预言功效。姐姐抓了毛笔与胭脂——张爱玲终其一生笔耕不辍，并且极其爱美，而弟弟抓到了铜钱——张子静曾经长期在中央银行的扬州分行与无锡分行工作。

或者，我们愿意相信有些东西冥冥中自有天注定，那些我们所不能解释的事情，往往统称为命。

有人说中国人没有信仰，我以为中国人有着朴素的信仰——命运，但凡在人海里沉浮个几十载之后的男男女女，总是会哀叹一句：不服不行啊，这是命。

倘如此，也许张爱玲后来的遭际是命中注定。这个自小被周围视为天才的小姑娘，对弟弟有着异乎寻常的感情——半是怜爱半是嫉妒——嫉妒他是个男孩子，可以不用锐意图强便能继承祖业，不用害怕未来的各种不确定。

小小的她那么早便能从保姆的态度里看出自己地位的高低来，这般早慧日后成就了她，也毁了一个女人糊涂的幸福——太过锐利而通透的女人，如何获得俗世的幸福？

"姐姐在才情上遗传了我父亲的文学与我母亲的艺术造诣，但在相貌上她长得较像父亲：眼睛细小，长身玉立。我则较像母亲：

浓眉大眼，身材中等。不过在性格上又反过来：我遗传了父亲的与世无争，近于懦弱，姐姐则遗传了母亲湖南女子的刚烈，十分强悍，她'要的东西定规要，不要的定规不要'。"长大成人的张子静这样形容姐弟两人的不同，只是那会儿姐弟俩已经几十年未曾见过面，姐姐再也看不到弟弟写下的这番话。想来真是不胜唏嘘。

无论如何，这个小生命的到来改变了她在家中的地位，并且陪伴她在以后漫长的成长岁月中，一起经历喜忧参半的童年。这个家族的平顺与波折，他们曾并肩而立，共同泡着这个家里的酸风甜雨，最终却酝酿出迥然不同的命运。也许，这正是命运的玄妙之处，无法让人一眼洞穿，只得跟着它的剧本不停往前走，不到最终谢幕无法得知它为我们准备了什么样的人生。

没有时间的钟

> 一切的繁华热闹都已经成了过去，她没有份了。即使穿上新鞋也赶不上了。
>
> ——张爱玲

旧历年的清晨家家户户放鞭炮，"爆竹一声除旧岁"，何等的喜庆。对于一个几岁的孩子来讲，再没有什么事比过年还要值得等待与庆祝的了。

那一年，母亲已经远走欧洲，对于一个没有母亲的家来说，她是多么渴盼新年里别人家的鞭炮声来为她祝福。头天晚上她说要守岁，这样就能够看到清晨的热闹了，老妈子何干不让。她心疼大小姐，承诺早晨早点叫她起来。

她放心地入睡，梦里都是人家的热闹与繁华，等醒来才发现已经晚了，来不及了。"一切的繁华热闹都已经成了过去，她没有份了。即使穿上新鞋也赶不上了。"好似那个曾经声名显赫的大家族一样，她没等到看见繁华，已经日薄西山了。

花无百日红，一个家族就像一朵花没有永远兴盛的可能。她一睁开眼看见的已经是露华霜重的晚秋，肃杀颓丧，鲜花着锦的日子一去不返，那朵娇俏妩媚的花朵早已被绣在锦缎上——仅供凭吊，没有生命。

不知是不是因为她出生在一个有月亮的晚上，此后的人生她格外地喜欢月亮，对月亮的描写常常千奇百怪。但无论是何种月色，到了她的笔下，留下的只是苍凉与凄怆，即便是柔美如朵云轩信笺上的一滴泪——还是凄然。

"过三十岁生日那天，夜里在床上看见阳台上的月光，水泥栏杆像倒塌了的石碑横卧在那里，浴在晚唐的蓝色的月光中。一千多年前的月色，但是在她三十年已经太多，墓碑一样沉重地压在心上。"这段《小团圆》中的文字，读来不免让人有种凄惘的阴郁之感，月色那么美，可是到底是晚唐时候了——盛唐已经过了，所有的鼎盛、所有的繁华早已成为明日黄花。

所谓名门望族，所谓钟鸣鼎食之家，到了她那里只剩下空壳子，就是这个空壳子还要像墓碑一样沉重地压在每个生活在这里的人心上——背不动也得背，因为这是无法选择的包袱。

晚年的张爱玲还曾写信给好朋友宋淇说这是她的所有，也是她的包袱，她得永远地背下去，甩也甩不掉。

族人的荣耀或许没了，时代已经变了，还有更大的毁坏要来，一早她便知道这样的道理。但是家里的规矩还没有变，像一个校不准的时钟一样嘀嘀嗒嗒敲着不相干的钟点，一切还要按着旧时的礼法来，诸如长嫂如母、长兄如父。

张家就是这样一个老时钟，尽管它已经校不准周围世界的钟点，却还在慢悠悠地按着它独有的步伐往前走——不到那一刻真正来临，它就一直这样，拖着经年累月积攒的风霜佝偻着身躯，向前，向前，向前——它的向前也不是"前"，只是漫无目的地立在那儿，在时间的无涯的荒野里，四下张望，看不清来时的路，也望不见前行的路标。茫然是这座老时钟的标签。

黄素琼嫁过来五年后才生了小煐，此时的李菊藕早已经驾鹤西去，在张佩纶抑郁而终后，她独立抚养一子一女，同时操持着偌大的张宅——表面上是她当家，事实上，当家的一直是张志沂的哥哥，那是张佩纶之前的妻子所生之子。

　　李菊藕曾接连三年遭遇丧父、丧兄、丧夫，精神压抑不堪重负，终于在四十六岁那年撒手人寰，留下了只有十六岁的张志沂和十一岁的张茂渊。

　　本来哥哥嫂嫂对他们心里多少有点畏惧，如今只剩两个没成年的孩子，自然大咧咧地当起了张家的家。他们住着李菊藕当年陪嫁的老房子，与张志沂一家一起，像所有旧中国的大家庭一样。

　　张爱玲就是出生在那所大房子里，那时他们的母亲黄素琼还是个刚嫁过来没几年的女人，在张家她根本说不上话，加之张志沂个性较为软弱，凡事退让，这让黄素琼很是看不惯，何况她本身就是个个性十分要强的女人。张子静曾经说过男尊女卑的思想是他母亲最不能忍受的事情，她后来漂泊一生所要追求的无非是自由与平等而已。

　　张爱玲的母亲与哥哥嫂嫂处不来，觉得处处受到掣肘，一直想要脱离老房子——这大约与今时今日希望独立不与父母同居一室的子女一个心思。哥哥嫂子还是过去的思想，认为长兄如父、长嫂如母，希望他们能够听从哥嫂的一切安排，倘若是张志沂那样温和退让的个性倒也罢了，相安无事总是能够的，但黄素琼绝不能忍受这样呼来喝去。为此，她与他们产生了不小的矛盾。

　　爱一个人常常是从细微处体现出来，而厌憎一个人也同样如此，那些琐碎的平凡小事最能消磨一个人的感情，就像后来张爱玲自己所说的一样"那些琐屑的难堪，一点点的毁了我的爱"。

在这个看似很大实则狭窄的世界，哪一种爱不是千疮百孔？完美主义者长吁短叹，过于乐观的人则难免失望，只有像张爱玲这样透彻的人才会说出这样极富悲悯的话吧？

黄素琼想要分开另起炉灶，可是却苦于没有一个正当的借口。中国人是有多么喜欢冠冕堂皇的理由啊，就连行军打仗都讲究个"师出有名"，仿佛非得找个道义上的理由才能靠得住脚。分家也不例外。

就在黄素琼一筹莫展的时候，张志沂在天津的堂兄张志潭，当时任交通部部长一职，给他谋了个铁路局英文秘书的职位。于是，他们一家便顶着这个理由浩浩荡荡地北上，那一年小煐两岁，弟弟小魁才一岁多。姐弟俩记忆可能有所偏差，弟弟记得的是姐姐四岁时举家迁往天津。

像笼中的鸟儿突然被放飞，第一个感觉也许不是自由，而是迷茫；像脱缰的马匹，没有羁绊固然可喜，可是却不得不为方向的确立而心焦。使人感伤的是张志沂就是这样一只鸟、一匹马，当他摆脱封建家长制式的约束后，自由来得太快，一下子有点儿找不到北的感觉。

倘使，他过去就是一个胸有主见能够决断的男人，便也罢了，离开只会飞得更高，跑得更快，可他偏偏是一株温室里养大的花朵。他年少的时候母亲因为父亲早早过世，对家庭事务心灰意冷。寡母的心常常是死灰一片，除了对两个子女，别的任何事都提不起精神。加之李菊藕本是清末民初的女人，与后来的儿媳妇黄素琼不同的是，当"五四"风潮刮到她的家门时，她早已是一堆躺在黄土下的枯骨。

因而她对子女的教育完全是封闭式的，不敢将独子放出去锻炼，她满心以为那就是保护，她像只护崽的老母鸡一样，一心想用自己残破的羽翼护一双儿女周全。由于担心张志沂离家会跟着一帮族内男子学坏，因而张志沂一直像个养在深闺中的花朵。倒是他的妹妹张茂渊，从小胡打海摔地成长为一个独立坚强的女性。兄妹俩若换个性格，怕也没有后面的故事了。

张志沂在这样的环境中长大，使他养成了凡事依赖和退避的个性，不喜欢与人争执。及至后来，母亲故去，哥嫂又代行父母之职——张志沂的二哥比他年长十七岁。

一个男人，从小到大，没有为自己的事情发过愁，过着饭来张口衣来伸手的日子，但是他也失去了为自己选择替自己决定的机会，就连他的婚姻也是别人一早牵好的姻缘，似一个木偶般不能有自己的意见。

每每想到张志沂的前尘往事，总觉得有种末路的荒凉之感。他读"四书五经"，旧学样样精通，以为可以像祖辈那样扬名科场，孰料1905年清廷取消了科举考试。这条路算是彻底封闭了。后来他也学英文，他的家里甚至订了英文报纸，但总有种这样的感觉：像墙上一幅美丽的画，画中的鲜花无论多么璀璨却无法芬芳你的心房。

他这样一个清朝遗少，命运对他没有展现出过多的宽厚，他总是那样谦和，为了一家子的和顺。当黄素琼与他的嫂子发生龃龉时，他像是个夹心饼干般无所适从。在婚后的一段时间内，他的日记里充满了"莹归宁"这样的字眼——归宁是妻子回娘家的旧称，他的娇妻在老房子里受了委屈，隔三岔五地就要回娘家诉苦，他作为一个男人无能为力，这种深深的无力感，也许每一个有了婚姻的中国男人都体会过吧？

那时候的他们感情尚可，还没有过多的争吵，即便有，也是为了他们的哥嫂。有共同的"敌人"，他们的矛盾还没有那么快显现出来。

当一切矛盾的根源被冬雪般深深掩盖的时候，我们总意识不到厚厚的雪层下面是一群蠢蠢欲动的生命——希望与伤害都被包裹在白茫茫的一片天地中，只待一个冰雪消融的机会。

行将奔走的灵魂

我母亲虽然出身传统世家，但思想观念并不保守。尤其受到"五四"运动及自身经验的影响，她对男女不平等及旧社会的腐败习气深恶痛绝。对于父亲的堕落，母亲不但不容忍，还要发言干预，这就和我父亲有了矛盾和对立。

——张子静

离开了一直辖制着他们的同父异母的哥哥嫂嫂，张志沂夫妻俩一时间像重获自由的鸟儿，漫无目的地飞——漫无目的也比囚禁了羽翼来得要好。这一点，无论如何是改变不了的。

他们开始了一段"肆意妄为"的日子，过了一段开心的生活。"我记得每天早上女佣把我抱到她床上去，是铜床，我爬在方格子青锦被上，跟着她不知所云地背唐诗。她才醒过来总是不甚快乐的，和我玩了许久才高兴起来。我开始认字块，就是伏在床边上，每天下午认两个字之后，可以吃两块绿豆糕。"

有母亲的日子，阳光都是和煦的，连空气中都飘着一股甜腻的香气，张爱玲后来形容在天津的家里常有种春日迟迟的感觉——也许那股子慵懒和安定才是家的底色吧？

只可惜春太短，眨眼工夫就到了肃杀而萧瑟的秋。像一个一夜暴富的穷人一样，多数人是不懂珍惜眼前的光阴的，只会一味挥霍他的所有。所谓来得快往往去得也快，世间事有时就是这样经不起推敲。

张志沂对突如其来的自由内心自然是欣喜的，终于没人管着他了。中国的男人是多么惧怕大家长的管理，而中国的女人又是有多么喜欢"管理"男人？这才是悲剧的源头，也是矛盾重重的根源所在。

我开始有记忆的时候，我们家已经从上海搬到天津，住在英租界一个宽敞的花园洋房里。那是1924年，姐姐四岁，我三岁。那时我父亲和同父异母的二哥分家不久，名下有不少房屋、地产。我母亲也有一份丰厚的陪嫁，日子本来过得很宽裕。但不久我父亲结识了一些酒肉朋友，开始花天酒地，嫖妓、养姨太太、赌钱、吸大烟，一步步堕落下去。

我母亲虽然出身传统世家，但思想观念并不保守。尤其受到'五四'运动及自身经验的影响，她对男女不平等及旧社会的腐败习气深恶痛绝。对于父亲的堕落，母亲不但不容忍，还要发言干预，这就和我父亲有了矛盾和对立。

张子静曾经这样描述过他的父母。对这样的父亲——吃、喝、嫖、赌样样都来的男人，做子女的心中多少也隐约有些失望吧。

他将从前不得志的种种忧郁与苦闷全抛洒在了烟铺上、妓女的胸脯上、骰子的点数上。他是寂寞的，说出这样话的不是他心爱的妻子黄素琼，也不是他的继承人张子静，而是后来差点儿被他打死的女儿——张爱玲。张爱玲说爱固然是种认同，但恨有种奇异的了解。

张志沂自己虽是个软弱的男人，但骨子里所受的儒家教育还是有着十分重要的影响。"夫为妻纲"，他一定是这样认为的吧。他还保留着一切封建社会中男人的思想，自然也想要男权社会里的一切特权，包括纳妾。他不能允许妻子的抱怨与指责，他搞不懂他眼中的自然而然，为何到她那里就是忍无可忍。

他们之间的裂痕越来越大，争吵声越来越大，争吵的次数越来越多，他们只顾着自己的发泄，忘了两个只有三四岁的孩子。张子静后来的回忆里写着他如何听见争吵声害怕地躲在保姆的身边，他不知道姐姐会不会觉得害怕，因为她习惯坚强，她没有说，可是想了想便知道她跟他一样恐惧。这个家是不复从前的温馨了。

此时，那种春日迟迟的空气里弥漫了硝烟的味道。

家如同累卵般危在旦夕，好似一不小心就会瞬间倾覆。她不论多么早慧，不论多么坚强，她也只不过是个只有三四岁的孩童罢了。保姆们抱着他们下楼，让他们在院子里玩耍，以为这样便可以消散战火的恐惧。院子里有个秋千，平时姐弟俩抢着荡秋千，可今时今日那秋千在午后细密的阳光下照耀着，只令人感到一种虚空的惘然。

伴随着争吵声的还有各种器皿的破碎声，这个家不复过去的宁静了。

"我姑姑也是新派女性，站在我母亲这一边。"兄妹两个个性上的冲突此时也跟着凸显出来。从前白雪掩盖着的矛盾，终于不可避免地暴露于光天化日之下。一个女人的指责与"叛逆"已经让张志沂感到十分头痛，何况再来一个。

面对着两个强势的"新女性"颐指气使的模样，他无力解决这种矛盾，却也不愿听从她们的"好意"——他这辈子是只能这样了，祖上的荣耀没来得及看见，心情苦闷，跟着一群有着同样家族背景的遗老遗少，吃花酒赌钱，借酒浇愁吧。

饮鸩止渴罢了。不是不懂，只是找不到出路的烦闷无处排解。

姨太太倒不会管他这些乱七八糟的事情，不会逼着他上进，只要给她钱用就可以了——他不明白为何素琼不能如此！

他走在堕落的边缘，一面享受着放纵的快感，一面受着因此而来的麻烦的煎熬。黄素琼与张茂渊两个女人眼见着劝慰他完全不起效，内心便谋划着一个惊世骇俗的计划。女人们固然容易因性情相投而亲密，却更易因为有共同的"敌人"而同仇敌忾。她们两个人此刻算是"二位一体"的了，姑嫂如此亲密倒也罕见。

黄素琼见这个男人如此不珍爱自己的身体和家族的名誉，慢慢地对他的态度由规劝变为责骂，直到失望，她的婚姻也许是走到尽头了——真快啊，她想着，这才几年啊？小煐才四岁，小魁还是个体弱多病的孩子！

可是，难道要把自己大好的青春浪费在这个毫无前途的男人身上吗？她知道自己从来就不是一个传统型的母亲，不会为了男人与子女奉献自己的一生，她还有寻觅幸福和自由的机会。

她害怕如果还待在这个家里，她将会变成一个整天唠唠叨叨的黄脸婆，她不想过从前母亲们的日子——一辈子将自己当个活的祭品一样献给一个家庭，临了开始抱怨和邀功——这个家要不是我在撑着早就散架了！是的，这样的话不绝于耳，中国的女性是惯于牺牲的，以至于认为牺牲乃是理所当然，稍微出脱一点儿，为自己的终生想一点儿，倒像个十分自私的女人，太不像话了。

她的心里一直在做着剧烈的斗争，出走还是留下？她对着梳妆镜里自己美丽的面容，痛苦万分。留下，意味着她将成为一个抱怨的妇人和族人称赞的好媳妇、好母亲；出走，她将拥有一个把握不住的未来——谁知道将来的道路上能遇到什么呢？她预感到只要提出出走，对这个保守的旧家庭来说简直像扔了颗炸弹——炸伤别人的同时，自己也未必能全身而退。

她，难道要做新一代"中国的娜拉"？

可是，"娜拉"就算有勇气迈出第一步，如何活着都是个问题。她毫无生存的技能，没有上过正式的学堂，一句英语都不会，没有钱——好在她还有祖上留下的古董，她鄙视张志沂那样不求上进只想着靠祖上留下的钱生活，料不到自己如果出走也不得不成为这样的一个人。生活，有时对我们而言就是一个巨大的讽刺。你越讨厌什么，你越有可能成为一个什么样的人。

有人说，出走最大的困难不是技能，甚至不是金钱，而是勇气。勇气她是不缺的——湖南人是最勇敢的，她继承了湖南人的刚烈，说走就走！

一旦下定了决心，恨不能立刻就生出一对翅膀自由翱翔。这才明白，这个暮气沉沉的家多么令她讨厌，她鲜活的生命在这里只能枯萎。至于孩子——她管不了那么多了！

她想着该如何去跟张志沂解释自己出洋的决定：说自己想去英国学英文？显然通不过，他们就住在英租界里，到处都是洋人，家里不缺请个洋教师的钱！要么称自己去学艺术？难道在中国就没有艺术，什么样的艺术非要出国去学？

借口连自己都听不下。罢了，不如直接说吧。

任何事情，最后总被我们证明直截了当有时是最佳解决方案，像两点之间直线距离最短一样，拐弯抹角有时只会适得其反。

背影，记忆里的香气

要做的事情总找得出时间和机会；不要做的事情总找得出借口。

——张爱玲

一个女人只要对她的婚姻还有一丝一毫的希望，断不会贸然做出离家出走这样离谱的事情。即便是刚烈如黄素琼这样的女人，在面对婚姻时仍脱不了反复与犹豫的习惯。有时张志沂好点儿了，去姨太太那边没那么勤了，她也会有一霎的犹豫，然而也至多是一霎。

决定像箭在弦上不得不发，张志沂越发不像个样子，吃、喝、嫖、赌样样都来，从来不知收敛，甚至仗着堂兄是交通部部长，对那个英文秘书的工作也不太上心，总是三天打鱼两天晒网。她咬咬牙，恨铁不成钢。终于到了摊牌的一刻——张茂渊要去欧洲留学，年龄太小总要有个监护人。我跟她一起去。

张志沂简直不敢相信自己的耳朵！这个女人如今越发离谱，作为两个孩子的母亲，她竟然想到抛夫弃子出海留洋！她以为她是谁！她不是毫无羁绊的女人，怎能说走就走？这个女人怎么变了？她那么狠心吗？

让黄素琼狠心的不是时间，而是张志沂一点一滴琐屑的消磨。世间再美好的爱情到头来少有能抵挡细水长流的平淡，何况他们之间还没有深爱过就要经历这水滴石穿的考验。

张志沂坚决反对，这样的家事让他如何跟其他亲友解释呢？人家会说家门不幸或者有辱家风。一向做事优柔退让的张志沂在这件事上表现出少有的强硬，他不能这样放任事态的发展，她若走了，他不是要成为一个没有妻子的男人？——姨太太老八毕竟是堂子里的，不是正妻，在这个问题上他也跟所有旧时的男人一样，讲究明媒正娶。

他们是父母之命媒妁之言，当年张御史的公子与黄军门的小姐，一时传为美谈，多少人赞他们郎才女貌佳偶天成。如今，才过了多久他们就要让全城人看笑话？！绝对不行。没有任何商量的余地。

黄素琼是个说到做到的女人，其实她跟张志沂这样说，不过是看在夫妻一场的情分上，到底他还是一家之主，到底他还是她的丈夫。她不是与他商量，事实上她自己也焦头烂额，她对他们的婚姻毫无头绪，找不到任何出口。她像一个被伤透心的女人，只得找个借口出去散散心，希望能借助欧风美雨吹散心头的忧伤与烦躁。

她并非是个无情的人，对他多少还有点儿眷恋，只是这段婚姻如同一个病入膏肓的人，她这个并不高明的医生绞尽脑汁也想不到医治的方法。远遁，也许是最佳方法吧？

除此之外，还能怎样呢？一声叹息。

她和张茂渊两个人收拾好行李，一人带了两箱古董——那是她们到欧洲衣食住行的全部。幼小的姐弟俩还不明白他们的人生将从此而改变，他们的母亲将不得不抛下他们，将他们的命运交给时间去裁决。太残忍，却又有着万般无奈。

当她们收拾停当后，却在临出发前出了点儿事——家里遭到小偷的盗窃，偏偏什么都不少，只少了她们的行李！多奇怪，家中谣言四起，都说行李是张志沂指使下人去偷的，没人敢当面问他。

生活中总会有这样的事情，真相薄如蝉翼，人人都看见却只能当作不知道，没人有勇气去拆穿那层纱，像皇帝的新装一样，谁要去做那个鲁勇的孩童呢？

行李遭窃，黄素琼气得不知如何是好。她心知肚明，本想着去跟张志沂发一通火，奈何无凭无据，于是便生生地咽下了这口气。但她跟张茂渊两个人都不是半途而废的人，已经做好的决定岂能这样就偃旗息鼓？

两个人肚里各自存了一口气，又默默地装了几箱古董——你能拿走，我就能再接着装！各式各样的衣物又重新置办了一套，张志沂自始至终都是冷眼旁观，他料不到这两个女人铁了心真比男人心肠还要硬！

拿了她们的东西，居然还要走——看来，这颗心已经关不住，只怕早已飞到了大洋彼岸。

临了真的要走了，黄素琼趴在竹床上嘤嘤地哭泣，没人敢去劝她。是她自己要走的，离别真的来临的时候却还是忍不住潸然泪下。除了小煐与小魁，这个破落的大家族，无论自己曾经多么厌弃，那么多年总也有过一些温馨的时光吧？

小姑张茂渊上来催了一趟，她不管不顾地还在哭——一个母亲要与自己的骨肉分离，不哭才怪；一个女人要与家庭决裂，是要付出怎样惨痛的代价？没有过婚姻的人约莫体会不到黄素琼此刻的心情，就像后来从未做过母亲的张爱玲一样，她终生对她的母亲有种隔膜的认知与了解。

下人上来跟张爱玲的保姆何干说，时间到了，再不走只怕来不及了！订的是船票，有些昂贵——要不走也是不行了，为着这昂贵的船票也要走一遭，哪怕搭上昂贵的温暖与爱。像离弦的箭一样，开弓没有回头箭。

黄素琼焉能不知道这样浅显的道理？她只是难过。两个孩子被保姆推到自己的身边，他们还那么小，还不知道什么是离别。孩子是没有愁绪的，他们永远快乐，即便是悲伤也只是一瞬，此后只有她想他们的可能，他们却连她的样子也会记得模糊。

张志沂早知道这一天会到来，只是料不到真的来临的时候，心里除了愤慨外还有点儿别情离愁。他害怕分别，那种丝绵线割裂心口的痛楚，一点儿也不好受。他逃了，藏在了姨太太老八的家中。

眼不见心不烦。

他可以避走，因为他是一家之主。可他的孩子们不得不面对伤痛的一刻。保姆们将小煐推给她的母亲，使了个眼色，那意思是我们都是做下人的，哪里敢催促太太呢？你就不同了，你是她的女儿呀，赶紧说吧。

小小的张爱玲，就那样机械地站在母亲的床头，看母亲哭肿的双眼还有略微凌乱的头发，她还不明白这到底是为了什么。她只得按照用人教她的话，对着哭泣中的母亲说："婶婶，时间不早了，走吧。"——张爱玲算是过继给另一房的，所以称呼自己的父母为叔叔婶婶，不过据张子静晚年的回忆称，他也是这样叫自己的父亲母亲，据说是黄家的习惯，不知姐弟俩哪个说的是真。反正，她叫她"婶婶"。

母亲听了毫无反应，她只得杵在那里，一遍又一遍地重复着用人教她的话。她还没有离愁的概念，只觉得母亲如此必定是种忧伤的事情。她呆立在那儿，有点儿手足无措，不知如何是好。好在，一个丫头将她抱了下去。她只感到浑身上下有种解脱的轻松。

终于到了码头，母亲与姑姑一起真是漂亮！这是她们张家的两个"新女性"——当时具有新思想的一批人大力称赞她们的勇敢，称她们是具有进步思想的新女性，而那些黄家、张家、李家的旧亲友面子上不说，背地里都说她们两个人"不安分"——都二十八岁了，两个孩子的母亲了，自己走就罢了还要带着小姑子！像什么话嘛！

说的比唱的好听，周围的亲戚一定有这样看热闹的。黄素琼与张茂渊这次的出走风波在几个家族内引起了巨大的反应。她们虽然是所谓新女性，但还是顾及张家的颜面，告诉众人她们是出国留学——总要有个好的名目，不是吗？

丫头老妈子带着两个孩子还有前来送行的亲友，熙熙攘攘站在码头上，等着最后的时刻来临。在这样煎熬的时候，竟然又出现了戏剧性的一幕——有人将黄素琼丢失的几箱古董给送了过来！

临了，还是妥协，还是要展现温情的一面。可惜，已经晚了。汽笛声像拉长的呜咽声，替他来送行与哀泣。滚滚的海水汹涌澎湃像翻滚的沸水，似乎要把她整个儿放在那巨大无边际的锅里蒸煮。

码头上的人群立在那儿不住地挥手，对着越来越模糊和渺小的身影告别。珍重声此起彼伏，说的都是一样的话，可离别的人心里却有着不一样的愁绪。

在一群五味杂陈的成人里，小煐与小魁只是一副茫茫然的表情，他们实在不知道该做何反应，甚至不太明确妈妈与姑姑是做什么，为什么突然那么多的亲友要来到这个人潮拥挤肮脏不堪的码头。

他们自小便跟着保姆，饮食起居样样都是老妈子们照应，因而对于母亲的离去，他们甚至未感到有什么缺失。只是，从此，母亲的背影只能是他们记忆里的一抹香气了——嗅得到，摸不到，朦胧的美感、回忆的幻想装点了他们此后的童年岁月。

春日迟迟

> 最初的家里没有我母亲这个人，也不感到任何缺陷，因为她很早就不在那里了。
>
> ——张爱玲

当黑绿色的海水裹着各种欲望与不舍，离开了码头，黄素琼已经不再是过去那个裹着小脚的大家族小媳妇，而是一只重获自由的鸟儿，她期待着遥远的英国能给她带来焕然一新的生活。

她给自己取了个颇具文艺气息的名字——黄逸梵，大约换名字的瞬间多少有种改头换面的感觉。她不再是她了，而是一个二十八岁的自由女性，身边跟着的是比自己小几岁的小姑子张茂渊。如果说这桩婚姻还有什么令人惊喜的话，也许就是在丈夫令自己失望过后还能与小姑子成为知己。女人要成为好朋友真不容易。张爱玲自己写文章的时候也这样说道。女人与女人不太可能过于亲密，因为她们有较多瞒人的事情。

但女人与女人之间，一旦共享了私人秘密，感情便云蒸霞蔚起来。女人的友谊其实可以很持久，只要没有男人横亘其间。

她义无反顾地离开了生养她的祖国，离开熟悉的一切，投入一个全然陌生的环境，只为一个可以期待的未来。

她走后，对两个孩子来讲，影响并不太大。张爱玲曾经在《私语》里这样写道：最初的家里没有我母亲这个人，也不感到任何缺陷，因为她很早就不在那里了。

从前有句老话说，从来只有想孩子的父母，没有想父母的孩童。话虽然说得过于绝对，然而对于只有三四岁的孩子来讲，却又有着令人心酸的真实。因为小煐和小魁太小了，还不懂得何为相思。母亲的离开对他们实在没有太大的影响，他们日日照常在院子里荡秋千，老保姆何干每天必定带着他们去一趟公园，这是黄逸梵走之前定下的规矩。

张爱玲父亲家。

对于家的感觉，也许何干给予的比她还要具体实在。

这个少言寡语的老妈子总是践行着她所认定的一切，每日清晨当小煐醒来的时候，她会用舌头舔一舔小煐的眼睛，说清早的唾沫有元气，对眼睛好。不过她做这一切自然是等太太离开家以后的，因为她知道黄逸梵一定会反对。

家里的用人虽然不太希望太太出走，但黄逸梵的离开又给了他们行动做事的自由。这一阶段对整个家来说，实在是安静而宁馨的一段时光。张志沂起先独自去姨太太老八那里——老八是堂子里的说法，其实就是老鸨养的第八个女儿，后来慢慢地没有妻子的管束越发放纵起来，甚至带着张爱玲去老八的小公馆去。

也许，几岁的孩子已经有种朦胧的预感——母亲的出走大概跟这个什么姨奶奶有关。因而，她几乎是本能地反对，哭着说不要去，一双小手扣住门框子不松手。张志沂一看来了气打了她，硬是抱着她去了小公馆。

其实，之前黄逸梵在家的时候，他便偷偷带她去过，下人们很是担心，他倒是一副无所谓的样子——别告诉她不就完了吗？如今她已在万里之外，还想管得住他的身与心吗？

张爱玲跟着他到了小公馆里，他立在楼下直着嗓子喊："下来，来客啦！"姨太太老八袅袅娜娜地从楼上下来，又瘦又小的身形让她看起来显得弱不禁风。她比张志沂大几岁，跟着他的时候已经不小了，样子虽小巧玲珑，但瘦削的样子看起来有些憔悴。

张家也好，黄家也罢，甚至李家的亲友，都搞不懂他为何会看上一个比自己大几岁的"黄脸婆"。都说女儿是父亲前世的情人，只有张爱玲洞穿了这个小秘密。她后来在自传体小说《雷峰塔》里用轻描淡写的一句话带过，张志沂喜欢瘦削的女人，无论是妓女还是姨太太统统差不多，眉眼间怎样看都有点儿黄逸梵的影子。

也许，内心里他爱她还是多一点儿吧，否则何以要到处寻找那么一丁点儿相似？因而，他不介意老八比他大几岁，这些不是他要的重点。

黄逸梵走了没多久，旧历年一过，姨奶奶堂而皇之地入了张家的门，代黄逸梵行使女主人职责。

老八来了以后会是怎样的光景呢？幼小的张爱玲已经记得许

多事情，那么早慧的她在《私语》里这样写道："母亲去了之后，姨奶奶搬了进来。家里很热闹，时常有宴会，叫条子。我躲在帘子背后偷看，尤其注意同坐在一张沙发椅上的十六七岁的两姊妹，打着前刘海，穿着一样的玉色袄裤，雪白的偎依着，像生在一起似的。"

姨奶奶不喜欢我弟弟，因此一力抬举我，每天晚上带我到起士林看跳舞。我坐在桌子边，面前的蛋糕上的白奶油高齐眉毛，然而我把那一块全吃了，在那微红的黄昏里渐渐盹着，照例到三四点钟，背在用人背上回家。

这是张爱玲记忆里颇为热闹的场面，她因为喜欢有人声有人气的地方，那种烟火气让她迷恋了一辈子，哪怕到了晚年离群索居的她依然对这种人间的味道感到很有兴味。

她是喜欢姨太太的，尽管心里每想到这个便隐隐有些不安。是啊，哪有母亲刚走就立刻接纳另一个女人的？但，她确实如此。姨太太缘何那么"抬举"她而忽略弟弟，原因她在小说中全部交代了。

大约觉得儿子终归是继承家业的，而女儿就不是了，无论怎样抬举她将来总是如同泼出去的水，翻不上天。再者，家中人人都宠着弟弟张子静，这位姨太太想要拿出儿点威风也好，出于逆反的心理也好，便对小少爷爱理不理，反倒是对大小姐张爱玲百般疼爱——虽然这疼爱里有些虚假，不过是为了在她的父亲张志沂面前邀功。然而，到底是疼爱。因而，张爱玲内心里对她并不反感。

姨太太故意跟她一起穿着母女装，四处游逛，倒是恍惚中有种真母女的感觉。这种亲密很多年后她还记得。姨奶奶有一次花了大钱给她做了一件当时顶时髦的衣服，张爱玲的心立刻被"收买"了。

这位被张爱玲形容为"苍白的瓜子脸，垂着长长前刘海"的姨太太，向她说："看我待你多好！你母亲给你们做衣服，总是拿旧的东拼西改，哪儿舍得用整幅的丝绒？你喜欢我还是你母亲？"

"喜欢你。"张爱玲这样告诉她。姨太太满意地笑了。

羊毛出在羊身上，尽管姨太太花的还是她父亲的钱，可有着这份心就难得了。张爱玲终其一生都对别人的一点儿小恩惠记忆犹新，她在晚年写给好友邝文美的信中就曾说她是个对友情之类没有太多要求的人，别人的一点儿好她就感到满足，有时甚至感到一丝惶惶然。

姨太太的到来让张家改变了不少，除了热闹的人气外——姨奶奶从前堂子里的好姐妹很喜欢到她家来做客，一群女人叽叽喳喳，不改堂子里会应酬的本色，谈笑往来，家倒是喜气了，就是少了点儿庄重在里头。

但，好歹像个家了。

暮色里相依为命

> 一同玩的时候，总是我出主意。我们是"金家庄"上能征惯战的两员骁将，我叫月红，他叫杏红，我使一口宝剑，他使两个铜锤，还有许许多多虚拟的伙伴。
>
> ——张爱玲

不知为何，总觉得黄昏给人一种垂暮中的安全感，像怀了一肚子故事的老者一样让人感到安详，除了使人有昏昏欲睡的宁静，还有一种天荒地老的意味。

就像张爱玲的家，她说父亲的家永远是下午，在那里坐久了便要沉下去，沉下去。但父亲的家并不十分让她厌憎，她厌憎的是后母来了以后的家，在那之前她喜欢这股子黄昏气，跟后来的姑姑家一样给她种天长地久的感觉。

黄昏时分，在女佣"咚咚咚"切菜的声音里，那声音是人间烟火的美妙音乐。伴着饭菜飘香的气味，张爱玲与弟弟张子静开始了他们之间的小游戏，过家家也许能够使他们暂时忘记了母亲的离去。

原本他们并不记得母亲，只是老妈子丫头们隔三岔五地问他们："这个是谁买的啊？这个是谁送的啊？对，是妈妈和姑姑。你们要记得啊！"妈妈姑姑永远一体，也难怪张家的人要说她们是"同性情人"。

母亲虽然远在欧洲，但是心内总是惦记着她的一双儿女，不时寄回一些衣物。一张张爱玲和弟弟的老照片上，姐姐怀里抱着洋娃娃，身上穿着民国时期的夹袄和裙子，弟弟怀里则抱着一只小狗，安静地坐在藤椅上。

洋娃娃是妈妈从英国寄回来的，而那只姐弟俩十分钟爱的小狗也是母亲养的，在母亲走后它成了姐弟俩亲密的玩伴——只是后来那只可怜的小狗因为吵着父亲被下人给送走了，送走一次它又跑了回来——多忠心，想着就让人心疼的小家伙，再一次被送走的时候，下人将它的眼睛蒙上，送到了遥远的郊区。此后，它再也没有回来过。

那个洋娃娃在张爱玲的怀中，初看起来显得那么突兀，中西合璧的样子，自然看着触目惊心得很。中式传统袄裤像父亲那一面的遗赠，而洋娃娃是母亲那一面，那么迥异的特质却被她后来妙笔生花地搭配了，那么惊艳而动人，像她的文字总有人说用西方心理分析法写中国老故事，在二十年后的上海滩没有谁能像她这样写作，凄清而冷艳，也许根底就在这里。

弟弟虽然只比姐姐小一岁，但从小体弱多病，动不动就感冒发烧很是头疼，于是才有了张爱玲所写的那样"我能吃的他不能吃，我能做的他不能做"。因为不让他多吃，怕他的胃消化不了，于是常年的饥饿使得他特别嘴馋。

古老的中国人总是特别愿意相信饥饿使人清醒和健康，宁愿吃不饱也不能吃撑了，这和中国人的信仰也是有关的。在别人看来也许"过"与"不及"都一样不好，但在中国人心里，"过"似乎比"不及"还要让人讨厌。这样的事例多到无法列举，诸如宁愿做个缩头乌龟也不能去做那出头鸟，在"过"与"不及"的较量中，中国人是宁愿选择"不及"的。

不仅张爱玲的弟弟受过这样的饿，末代皇帝溥仪也如此，在他的自传《我的前半生》里，他就写过一次因为实在饿了偷吃了一块驴打滚，最后被几个太监架住往下"蹲"的事情——老太妃们愿意相信这样就能将积食"蹲"下去了。

这个弱小的张子静看见别人嘴巴动，总免不了要问一句："你吃了什么？"想来也实在可怜，像他怀里那只"没人要"的小狗一样，人人都只当他是个可爱的小玩意儿。

"我弟弟生得美，而我一点也不……"张爱玲说他长了一双大眼睛，尤其长长的睫毛特别漂亮。他们常常逗他玩，问他："你的睫毛能不能借我一下？"他一定是摇头否定的，设若遇到有人夸赞某个人漂亮，他会用孩童的虚荣问道："有我漂亮吗？"

此时姐弟俩的关系是他们一生中的黄金时期，他们的世界里暂时还是一元的，没有妈妈那一面的欧风美雨，只有父亲的旧诗词、旧小说，以及请来的先生满口的"之乎者也"。

这时候的她还是完全中国式的。

偶有亲戚走动，姨太太虽然也抽鸦片，但那时跟父亲一切都还过得去，一副天下太平的样子。

对于此时的小煐来说，最开心的还是能够与弟弟一起玩耍，那种童年的记忆跟着她一辈子，走到哪儿都忘不了。后来她在小说里、散文里都写下了这样一段游戏的场景：

一同玩的时候，总是我出主意。我们是"金家庄"上能征惯战的两员骁将，我叫月红，他叫杏红，我使一口宝剑，他使两只铜锤，还有许许多多虚拟的伙伴。开幕的时候永远是黄昏，金大妈在公众的厨房里"咚咚"切菜，大家饱餐战饭，趁着月色翻过山头去攻打蛮人。路人偶尔杀两头老虎，劫得老虎蛋，那是巴斗大的锦毛毯，剖开来像白煮鸡蛋，可是蛋黄是圆的……没等他说完，我已经笑倒了，在他腮上吻一下，把他当个小玩意儿。

这样的日子持续了好一段时日，姐弟俩守住这小小的秘密，姐姐觉得自己像个指挥若定的小女侠，威风凛凛，很是受用。

孩子们的把戏往往早被大人看在了眼里，有一天他们玩耍之后，一个机敏的丫头便开玩笑喊了他们的名字——月红、杏红。这一叫不得了，张爱玲立刻感到一种灰心丧气的颓败感，原本以为自己是个无所不能的女侠，没料到却不过是别人眼中的小玩笑罢了。

这件事给了她特别强烈的启示——"霎时间她看见了自己在这个人世中是多么的软弱无力，假装是会使双剑的女将有多么可耻荒唐"。

这就是张爱玲，早慧，记性好。

大约所有的天才都是相似的，某个方面有着异于常人的敏锐和早熟，某个方面又会特别迟钝。上天待人实在是公平——天才的乖僻与"无能"用不了多久便显示了出来——不过这迟钝也得等到母亲归来的一日才能被看到。

现下她还是个小书虫，每天喜欢钻到父亲的房间里东摸摸西看看。父亲甚至觉得她是很有点儿天资的，因而鼓励她读书认字。

三岁就会背唐诗的她，等到母亲离开那一年已经认识不少字，自然认字这方面母亲的心力也没有少费。

那年冬天，家里用人何干带着她去拜访隔壁路上的两个叔叔。其中一个清朝的遗老让她记忆深刻：他总坐在藤椅上，小小斗室里一个高大的老人。瓜皮小帽，一层层的衣服。旧锦缎内衣领子洗成了黄白色，与他黄白的胡须同样颜色。

他拉着孩子的手："认了多少字啦？有一百个吧？有三百个吧？"那一声声的问话中都是饥渴，渴慕下一代的声音。

张爱玲叫他"二大爷"。二大爷以前做过清朝的总督，受了皇帝的恩惠，因而时时不忘以前皇家的好，北洋政府也好民国政府也罢，再也不曾出来谋过一官半职。

他过得十分潦倒，张家称他们这一房叫"老房子"——有老就有新，"新房子"也是他们的兄弟，便是那位交通部部长张志潭，给张志沂谋了铁路局秘书职位的那一位。新、老之间不太来往，"老房子"生"新房子"的气，觉得他是丢了张家的脸，忘了从前的皇恩。但到底是一大家子，"新房子"每年会给"老房子"这边一点儿接济。这位二大爷从来不接——他的儿子却背着他统统接下来了，日子，总是要过的。

"背首诗我听听。"二大爷想听听张爱玲奶声奶气的背诵声。她略微有些紧张，缓缓开口道："烟笼寒水月笼沙，夜泊秦淮近酒家。商女不知亡国恨，隔江犹唱后庭花。"

背完了他不作声，她却看见他偷偷地拭泪。对这位风烛残年的老人来说，他的前程已经随着皇帝的逊位被埋葬了，想到从前清室的恩宠，不免难过落泪。

　　这是天津留给她的苍凉，也是笼罩在他们家族周围的阴郁。

父亲的馈赠

先要下功夫饱读经书，不然也只是皮毛。底子打得越早越扎实。女儿也是一样。我们家里一向不主张女子无才便是德，反倒要及早读书。将来等她年纪大了再驰纵也不迟。

——张志沂

张爱玲成名后，许多人声称她的作品里有《红楼梦》的影子，旧学底子十分深厚。张子静告诉读者说姐姐的旧学全部来自父亲那一面，那是父亲最为慷慨的馈赠。许多年后当张爱玲独自寓居美国的时候，不知是否能忆起父亲的这一点好处来，尽管是他不多的优点中的一项。若是想起，定会原谅他从前的种种不好吧？

"你若了解过去的我，你便会原谅现在的我"，这是张爱玲恋爱时说的话，然而莫名其妙觉得这句话特别适合她的父亲张志沂。

张志沂尽管终生是个肩不能挑手不能提的文弱书生，但自小便受到良好的私塾教育，因而对于自己两个孩子的教育问题，他也一如既往地延续了传统，为他们请了位老先生。

从这件事情上看得出张志沂的思想终究还是保守得多，他自己倒是会英文，也知道他所熟悉而依赖的世界已经天翻地覆，然而轮到子女身上则还是宁愿相信老经验。因而他没有让两个孩子去学校读书，而是在家里学习。

先生来的那一天是个大日子，老妈子们纷纷嚷嚷道："这下好了。"仿佛先生来了姐弟俩的未来便能就此定了一样。两个孩子被打扮一番后拉到先生面前，那是个五六十岁的老头，满面油光。第一次的课姐弟俩记忆深刻，《论语》。木刻大字线装版，很容易弄脏，一天下来的小煐、小魁早已变成个煤窑里走出来的孩子，满面苍黑。

刚来的时候还是按照过去的礼仪，需要他们对着孔子的像跪拜磕头。小煐照做，只是心内并没有什么神圣的敬重——后来的她说她顶反感这样的仪式，越是大家斩钉截铁地认为的事情，她越是厌憎，诸如这样的跪拜，以及母亲在金钱态度上所表现出的清高，都成为她讨厌的地方。

叛逆，也许另一层意思是独立与清醒，绝不随声附和"从善如流"。

"先要下功夫饱读经书，不然也只是皮毛。底子打得越早越扎实。女儿也是一样。我们家里一向不主张女子无才便是德，反倒要及早读书。将来等她年纪大了再驰纵也不迟。"张志沂第一天便对先生这样说着，他变得特别健谈，与先生大谈特谈，谈教育现状，顺带着连同学校与西方的大学一并踩了踩——在他的心里估摸着还存了一股子气，黄逸梵代表的便是西式教育。学校就是西式教育的物化，他不能对此投降。

这先生在张家并没有待多久，两姐弟又成为"散兵游勇"，跟在父亲后面学习点儿旧学知识。张志沂心情好的时候特别愿意教他们，尤其是小煐，他在她的身上似乎看到了一丝父辈们的写作天赋，于是便一力鼓励她。

"我父亲对于我的作文很得意，曾经鼓励我学作诗。一共做过三首七绝，第二首《咏夏雨》，有两句经先生浓圈密点，所以我也认为很好了：'声如羯鼓催花发，带雨莲开第一枝。'第三首《咏木兰花》，太不像样，就没有兴致再学下去了。"

应该说张志沂对文学也是十分喜爱的，他的屋子里藏着各种各样的书，古今中外。那里便成为张爱玲自得其乐的小天地，自小便嗜书如命的她常常在那里与父亲一起讨论读书心得。

除此之外，幼年的她即对色彩有着天然的敏感，没事喜欢胡乱涂两笔。张爱玲不止一次说过她对颜色总感到一种饥渴，所以喜欢色泽明丽的颜色——许是她的世界一直阴雨连绵，缺乏安全感，因而才会对色彩有一种近乎贪婪的酷爱。就像她能欣赏中国的旧体小说却不太喜欢国画一样，在她的观感中国画的颜色未免太素淡了。她喜欢刺激。

她的画很不错，因此她感到自豪。在《弟弟》中，她写到过这样一件事，因为她的画十分好，在她走开后，出于孩童的嫉妒心弟弟拿起笔，在她的画上画了两道黑杠子。

如果说文学是父亲的馈赠，那么绘画绝对算母亲的真传。黄逸梵跟刘海粟与徐悲鸿熟识，在留洋期间她曾拜师学习了油画。又或许，女人天生对色彩敏感。

不到八岁的时候，她已经在父亲的指导下读完了《三国演义》《红楼梦》这样的皇皇巨著。那时候的她已经是亲友圈里出名的小天才，正如她后来技惊四座的《我的天才梦》里所说的一样。

七岁的时候，她甚至写了一篇家庭悲剧小说。从这个天才的事迹里，除了她的早慧让人吃惊外，恐怕倒是更多的荒凉感。第一次写文章便是关于家庭悲剧，由此可见她该有多敏慧且让人哀怜。

这个没有母亲的家，无论如何对她来讲都是种缺憾。

这个时候她甚至已经准备向报纸副刊投稿，她的天才还在积淀中，总有一天会喷薄而出。张志沂此时对她感到十分满意，毕竟女儿遗传了他的文学天分，而这些年黄逸梵远在天边，功劳他也自然而然地认为是他一个人的。

当张爱玲仿照当时的报纸版式自己设计了一份家庭报纸时，他大加赞赏——报纸的文字与图片全是她一力完成，怎不让人欣喜呢？因而每逢亲友来访，他都要拿出来给人家炫耀地说："看，这是小煐做的报纸！"

那声音里有为人父的骄傲，也有那么多年压抑的喷涌吧？自己这辈子算是不中用了，但没想到倒让他培养了一个小天才。

他是该感到自豪的，在这一点上谁也不能抹杀他的功劳，即便后来父女反目也还是如此。

小煐除了喜欢读书画画，她最爱干的一件事是听人讲故事，尤其是老故事。后来她那么爱看电影，喜欢写小说，也许与此有关——都是让人哭哭笑笑的故事。她缠着老妈子讲各种传奇，白娘子与许仙的故事，听了不知多少遍也听不腻，雷峰塔倒了，有种令人欣喜的快慰。

下人里还有个被她称为"胸怀大志"的男用人，识字不少喜欢写大字，她总是跑过去软磨硬泡让他讲《三国演义》。老妈子朴素的善恶有报和《三国演义》的虚幻传奇给了她最初的创作灵感。

为此，她差点儿写了《隋唐演义》。

一个人以后的人生走向，在某些人身上是能够看出个一二来的。但凡大作家，似乎总是比别人敏锐，喜欢观察人与事，就连爱听故事也都一样。鲁迅小时候也听了一肚子的善有善报恶有恶报，日后全进了自己的文章里，不许一点儿浪费。

这些古典文学根基日后在遇到母亲带过来的新思想时，便会迸发出十分奇异的火花，令人目眩口呆，心生向往。

张爱玲的母亲已经走了快四年，几年里他们没有妈妈的温言细语，只有老妈子的悉心照料。但老妈子毕竟隔了一层肚皮，每当她读不好书或者惹父亲生气的时候，何干都会一脸淡漠的表情，这让她感到厌憎——莫非只因为她是个女孩子又或者她只能永远地讨好家里人，一旦得罪了父亲，便得罪了全天下？

在这样的时候，她的内心是孤独的。她想念自己的母亲，那个总是穿着得体优雅的女人，不知在海外的几年过得如何。

她能获知母亲信息的唯有她从欧洲寄过来的玩具了。

这个家倒是宁静了几年，父母在的时候一味争吵，那么多无谓的争吵，像一根根针刺痛她的心，只是她不习惯表达爱，不习惯表达恐惧和厌憎，生活将她洗练成一个内向、敏感而寡言的女孩。

她将心事全盘托付给书籍与绘画了。几十年后，她在给好友宋淇夫妇的信中，还不忘说"书是人类最好的朋友"之类的话。

书籍给了她与这个世界对话的平台，也给了她日后所有的自信与荣耀。"在没有人与人相交接的地方，我充满了生命的欢愉"，终其一生，她最擅长的还是与文字打交道，而非与同类。

可惜这个伴着书香的家还是没能宁馨多久，姨奶奶与父亲开始没完没了地争吵，有时甚至发展到要动手的地步。他们争执着，下人们冷眼旁观。小煐的心里应该比较复杂吧？毕竟她多少有点儿喜欢她，这个名为老八的可怜女人曾给过她不少母亲般的暖色。

父亲在铁路局的职位也丢了，理由很简单，几乎不上班、狎妓、赌博，最坏的一项还是跟姨奶奶打架。"新房子"的主人丢了官职，张志沂受到牵连，这辈子唯一正式的工作也没了。

他心灰意冷，想起黄逸梵的好来。是啊，若不是当初自己顽

张爱玲母亲年轻时的照片。

固，怎会将家里搞得一团糟？妻子总是为着自己好的。

他的情绪糟糕透了，跟姨奶奶吵了一架又一架，起初还只是君子动口不动手，后来忍无可忍互相扭打了起来。姨奶奶一着急，抓起一个什么劳什子扔向张志沂，结果打破了他的头！

张志沂大骂着要她滚。天津和北京的亲友又来帮忙，挤对着让老八走人。老八闹了半天，还是半点儿名分也没有，难免心寒吧？

姨奶奶走了。临走的时候，小煐被何干搂在怀里，看着她上上下下，进进出出，搬了两塌车的物件——真奇怪，才来了几年，哪里来那么多的东西呢？左不过一些女人的衣物和坛坛罐罐吧，随她去吧。

一场感情最后落得这样的收场，多少有些凄凉吧？小煐八岁的心智隐约已经能够理解这种男欢女爱的悲哀与无可奈何。

该走的总会走，该来的总会来。

面对千疮百孔的过去，直面它；面对扑朔迷离的未来，直视它。

如此，足矣。

一刹那的悲与喜

　　出走，归来，再出走，好似一个人生的怪圈，它是套在张爱玲母亲黄逸梵身上一生的魔咒，这个紧箍咒不时发作，时好时坏，影响了张爱玲前半生的悲欢离合——甚至在她的心里永远地种下了安全感缺乏的因子。

朱红的快乐

　　到上海，坐在马车上，我是非常傲气而快乐的，粉红地子的洋纱衫裤飞着蓝蝴蝶。我们住着很小的石库门房子，红油板壁。对于我，那也是有一种紧紧的朱红的快乐。

——张爱玲

　　姨太太走了，走得突然，就像她来的时候一样，说不上悲喜，只有感慨。姨太太刚走，就有消息传出来——黄逸梵跟张茂渊要回来了！

　　一家子热热闹闹，像迎接新年般，下人们告诉她说："要回上海了！高兴吗？"高兴！怎能不高兴呢？她还是在那里出生的呢，一别几年，真不知那庭院的蔓草有没有疯长，有她高了吗？

　　后来她才从七嘴八舌的议论中拼凑出母亲归来的真相——父亲答应不再出去乱来，撵走姨奶奶，戒烟戒赌——简直是洗心革面的样子！

　　只是，老话说人若改常，非死即伤；江山易改，本性难移。多少年来我们听着这样的话长大，好叫我们在变幻莫测的命运里摸到一点儿踏实的规律。

　　不过，眼下他约莫也是真心实意地悔过，已经三十多岁了，他的人生几乎一眼就看到头了。年轻时候读的书，还没等施展就过了效用。他领着一张过期的门票徘徊在名利的门口，末了，总算受了点儿教训，他才知道那些学问都是做不得真的。没有用，还是真刀实枪的日子来得真实。

过日子，就是要有个像样的妻子。姨奶奶当然不行。妻子对姨奶奶的反对声言犹在耳，若要她回来，只能一了百了，让自己做个"新人"，这样的他，黄逸梵这个拥有新思想的人才能接纳吧？

几年前她便是那样一个要求男女平等的人，如今到欧美走了一遭，只怕更甚，他能想象得到。

他已经做好了准备。他先行回上海，找房子，下人们连同两个孩子一起坐船回来。

"上海什么样子？船要经过什么地方？"她抬起一张稚嫩的脸问何干。老妈子不知从哪儿听了消息，只告诉她说要经过"黑水洋绿水洋"。

"我八岁那年到上海来，坐船经过黑水洋绿水洋，仿佛的确是黑的漆黑，绿的碧绿，虽然从来没在书里看到海的礼赞，也有一种快心的感觉。睡在船舱里读着早已读过多次的《西游记》，《西游记》里只有高山与红热的尘沙。"

黑的似盲人的黑，绿的是莹莹的绿，不消许多字眼，好似已经能够看见那海水——想象里的海洋。

在这样嘈杂的环境里，她还不忘温习下《西游记》，日后那样一下子红遍天下不是没有缘故的。

一路上伴随着沉闷的聒噪与汗津津的刺鼻气味，在摇晃与颠簸中，在《西游记》的幻想里，他们终于到了上海。

"到上海，坐在马车上，我是非常俦气而快乐的，粉红地子的洋纱衫裤飞着蓝蝴蝶。我们住着很小的石库门房子，红油板壁。

对于我，那也是有一种紧紧的朱红的快乐。"

母亲要回来了，下人们个个高兴得合不拢嘴，他们不住地说"这下好了"。

——我们中国人总是有一股近乎执拗的天真，以为一个家有父亲母亲便是十分完美的，于是才有了"宁拆一座庙，不毁一桩婚"。

下人们觉得这个家终于像个家了，有了女主人的家才像寻常人家。尽管，太太回来了，他们多少要受到点儿辖制，但中国人喜欢被管，没人管反而有种走投无路的惶恐感。他们是习惯了的。

父亲派出了最得力的下人去接母亲——母亲从南京的娘家陪嫁过来的男用人，自己也欢天喜地地去了码头。一家子喜悦中带着点儿不安，不知太太四年来的变化，人人面上都喜形于色。那阵仗与等待的心情活脱脱一个贾府等着元妃省亲的模样——一波三折，下人开着车去码头等了一下午，黄昏时候回来告诉一家子说太太让娘家人接走了——去了张爱玲的舅舅家。

白等了一天！白白浪费了她的心事。

她特意穿着一件自己特别中意的衣服——橙红色的丝锦小袄穿旧了，配上黑色丝锦裤很俏皮。

吃罢晚饭，暮色里她们终于回来了！她和弟弟被老妈子收拾停当带进了楼下的客厅。这是一别四年后他们的第一次见面，张爱玲在《雷峰塔》里这样写着她眼中的母亲与姑姑：两个女人都是淡褐色的连衫裙，一深一浅。当时的时装时兴拖一片挂一片，虽然像泥土色的破布，两人坐在直背椅上，仍像是漂亮的客人，随时会告辞，拎起满地的行李离开。

原本应当是十分快乐的会面，然而她却快乐不起来，原因是她的母亲才见面就说："怎么能给她穿这样小的衣服？"黄逸梵说衣服太小了拘住了长不大，又说她的刘海太长了，会盖住眉毛，要何干把她的刘海剪短。

黄逸梵总是这样，面对孩子总有一肚子的话，教育课听得人头昏脑涨。但，中国的父母又有哪个不是这样呢？

爱美的张爱玲对此很有意见，认为短短的刘海显得傻相——这还不算什么，最气人的还是她对那身衣服的批评，因为那是她最喜欢的而且也是最拿得出手的衣服。凭什么？

这种委屈和赌气，很有点儿像一个满心期待得到夸奖的孩子，小心翼翼地拿着自己的画作，满以为大人一定给个响亮的吻和一连串的"真棒"，哪知却是劈头盖脸的批评与训斥——其实这原不过是黄逸梵的个性，后来的张爱玲跟黄逸梵在一起的时候，总怕行差踏错，就此引来一顿无端说教，即便是写信给她也从不多说生活的细节，只一味说些"套话"——套话是最无错误的话，然而，也是最令人沮丧的话，因为充满了距离和揣测。

这样让人神伤的母女关系，想来不仅让张爱玲头痛，只怕更为寒心的还是黄逸梵这个做母亲的人。

姑姑觉得才见面就这样批评不太好，于是便转了个话题，大赞弟弟小魁长得漂亮。姑姑总是这样，一直充当她与父母的黏合剂。可黄逸梵并不买账，接过嘴就说："太瘦了——男人漂亮有什么用？"

若张爱玲能够体谅她母亲个性上的不讨喜处，也许会发现黄逸梵未必不喜欢她。黄逸梵喜欢什么都自己做主，看着不符合自己意的便要一番理论，就像这个带给张爱玲"朱红的快乐"的石库门房子，她也不满意，皱皱眉说这样的屋子怎能住人呢？

张志沂赶紧说他早知道她必须亲自挑的房子，这不过是暂时居所罢了，回头她喜欢哪里就搬到哪里。说这话的时候，这个男人对她有着怎样的包容与爱啊！

老妈子陪着她们说说坐坐了一会儿以后，天越发晚了，黄逸梵倦了，问了句何干是否准备好了床褥，然后拉着当时只有八岁的张爱玲说："等你长大了，你就会明白——我这次回来，只是答应你二叔回来替他管家。"

"二叔"就是她的父亲张志沂。

母亲算是回来了，这个家又像个能够正常运转的机器，从前缺了她这个重要人物，虽然平静而快乐，却总有股莽汉乱碰的兴奋，到底是没多少底气的。

"然而我父亲那时候打了过度的吗啡，离死很近了。他独自坐在阳台上，头上搭一块湿手巾，两目直视，檐前挂下了牛筋绳索那样的粗而白的雨。哗哗下着雨，听不清他嘴里喃喃说些什么，我很害怕了……"

姑姑回来后见到他这个样子十分气恼，叫了家里的下人，又请来舅舅和舅舅家的门警——原本是舅舅请来保护家人的，害怕一时战乱，有人会趁机浑水摸鱼，哪知道人高马大的男人平时没派上什么用场，这会子倒是显出他的作用来了。

张志沂说死了也不肯去，尽管他已经离死不远了，然而还是不愿意踏进医生的门。张茂渊给他请了个法国医生，莫非他心底里认为洋人医好了他是种侮辱不成？

一个发了疯的作"垂死挣扎"的人总会有无穷的力量，几个人捆绑着他才将他送到了法国医生那里。那一刻，说不定他是恨这个妹妹张茂渊的，甚至懊悔让她们回来吧？

不管他喜欢不喜欢洋人，对待吗啡这样的"病症"，洋医生确实很有一套，住了一段时间院，他活着回来了，完好如初。

"不久我就做了新衣，一切都不同了。我父亲痛悔前非，被送到医院里去。我们搬到一所花园洋房里，有狗，有花，有童话书，家里陡然添了许多蕴藉华美的亲戚朋友。我母亲和一个胖伯母并坐在钢琴凳上模仿一出电影里的恋爱表演，我坐在地上看着，大笑起来，在狼皮褥子上滚来滚去……"

多么踏实的快乐，触摸得到的温馨。

向左 or 向右

　　画图之外我还弹钢琴，学英文，大约生平只有这一个时期是具有洋式淑女的风度的。此外还充满了优裕的感伤，看到书里夹着的一朵花，听我母亲说起它的历史，竟掉下泪来。我母亲见了就向我弟弟说："你看姊姊不是为了吃不到糖而哭的！"我被夸奖着，一高兴，眼泪也干了，很不好意思。

　　　　　　　　　　　　　　　　　　　　　——张爱玲

　　母亲回来了，一切都与以往不同，她周围的环境与色彩不断变幻，像魔术师的手一样，只消轻轻一挥它便从淡雅悠远的国画变成色彩明艳的油画。

　　母亲与姑姑的朋友很多，既有教音乐的也有教绘画的。小煐姐弟俩度过了很多个这样的午后——姑姑十指纤纤弹着钢琴，母亲立在琴架旁唱着令人喜悦的歌，有时还会有一些洋人朋友过来，加上旧亲友，熙熙攘攘一屋子的漂亮朋友。母亲像个会变魔术的女主人，为大家精心准备了各种精美的糕点、奶茶……这样西式的聚会对张爱玲来讲太新鲜。

　　从她记事开始，她所闻惯的是鸦片烟令人困乏的味道，以及一切陈腐的气味，这些来自父亲的记忆成了她日后想甩也甩不掉的包袱。

　　自然，来自父亲的也不全是这样陈朽，比如那些黄昏时分阅读的书香。

　　　　　　　　　民国三大才女：林徽因　张爱玲　陆小曼

张爱玲陶醉在美妙的音乐声中，有时会冲弟弟张子静微笑一下，使个眼色，那意思像是说——看，有妈妈在家就是不一样吧？真好！

母亲有一天问小煐：你想学绘画还是音乐？张爱玲人小鬼大，她一直都是那种洞穿一切却不肯说出来的人。她用心揣测母亲的用意，到底是说绘画还是音乐呢？一时间只有八岁的她想不出任何好主意，于是便谎称自己需要好好想一想。缓兵之计。

黄逸梵觉得很有道理，选择未来不得不慎重。

姑姑跟她们两个一起去电影院看了场电影，多年以后名字已经记不得，但她独独能记得电影讲述的是一个落魄画家的故事。她在电影院里看了只觉得那样贫穷实在让人颓丧，最后自己忍不住哭了起来，嘤嘤地啜泣，心下想着原来画家的日子是这样凄惨，她不要过这样的生活，太可怕了。

她那样动情，黄逸梵只当她是个懂艺术的小女生，末了她告诉母亲自己不愿意做一个穷困潦倒的画家，还是学音乐吧——毕竟音乐会都是在金碧辉煌的大厅里举行的。

母亲承认这一点，确乎如此，如若你想学绘画就要做好潦倒的心理准备。张爱玲自然不会选择绘画，尽管她自小就喜欢涂涂画画，事实上成年后的她也一直钟爱绘画，她的早期作品中时常有她自己设计的效果或者配上插图。

但此时此刻，她还是个害怕贫穷的小女孩，想起找父亲要钱时候的难堪，那种立在烟铺前长长久久地等待，父亲沉默不语，这些童年时就开始的印象，让她对金钱有了近乎本能的喜爱。

此后的人生轨迹确实证明贫穷让人活得惨烈。

那你想要学什么？左不过小提琴和钢琴。她小心翼翼地揣测着母亲的意思，梵哑铃（小提琴）的声音太悲凉了，让人掉眼泪，像戏剧里的旦角。

"钢琴。"她这样跟黄逸梵说。黄逸梵赞许地点头，她惶恐的心暂时落了地——幸亏没选错，否则又要惹母亲不高兴。其实，她对于母亲的揣测倒并不是因为害怕或厌憎，完全是一个爱慕母亲的孩子想要讨好母亲的想法。

黄逸梵说："要学琴，第一件事要学的便是爱护自己的琴。"对于一个音乐家来讲，乐器就像是剑客手中的剑一样，自然是要万分小心的。母亲，不愧是母亲，在欧洲待了四年，学会了那么多尊重在里头——对一架琴也如此，这态度令人敬佩。

其实，黄逸梵和张茂渊两人名为留学，实则游学。四年里她们学会了英文，母亲的一双小脚甚至学会了游泳，两人还曾到阿尔卑斯山滑雪！这样的事情每每说起来总令张爱玲心驰神往，说不定自己哪一天也就到欧洲了。

黄逸梵给她挑了一个白俄钢琴家做钢琴老师，费用自然也是不少的，这也成为日后父女之间的爆发点。

她在《私语》里这样写道：画图之外我还弹钢琴，学英文，大约生平只有这一个时期是具有洋式淑女的风度的。此外还充满了优裕的感伤，看到书里夹着的一朵花，听我母亲说起它的历史，竟掉下泪来。我母亲见了就向我弟弟说："你看姊姊不是为了吃不到糖而哭的！"我被夸奖着，一高兴，眼泪也干了，很不好意思。

这种所谓"优裕的感伤"是典型少女时期的感怀，那时候她家境优越，母亲在旁，怎能不生出这样优裕的情怀呢？

母亲见她从未上学，只是一味在家里读书，觉得这肯定是不行的。她一心希望将自己的女儿打扮得像个欧洲上流社会的淑女，自然是要接受西式教育。

她要带小煐去读小学，这个消息无疑像一枚炸弹在张家再次炸开了锅。张志沂无论如何不同意，他的倔强与保守一时间又上来了。黄逸梵跟他大吵，日子仿佛又回到几年前她要出走的时候。

黄逸梵向来一不做二不休，她知道张志沂的脑筋像陈年的老日历一样，还不甘心退出历史舞台，于是便偷偷地带着张爱玲去她朋友的学校黄氏小学报了名。报名的时候需要填写中文名字，此时的她只有"张煐"这个唯一的称号，黄逸梵觉得实在土气又难听，坚决不用。可是她一时又想不起什么像样的来，灵机一动，便将小煐的英文名 Eileen 音译过来，随手一填——张爱玲。

黄逸梵想着以后想到好的了再来换，无所谓的，她绝对想不到的是这个她灵机一动想到的名字，日后成为红遍整个华人世界的大作家，就是这个看起来十分通俗的名字，写出了世间那么多永恒的小爱情，还有那些洞察敏锐的人性的角落。

张爱玲后来自己谈到这个名字，觉得虽然十分恶俗，但到底还是喜欢的，因为这种烟火气使得她时刻警醒自己不过是个自食其力的"小市民"，她的名字就像她任何一个普通的读者一样，那样亲切，没有距离。

世间事往往就是一个偶然的因素才酝酿出让人惊愕的结果。

一些我们拼尽全力去做的事情，最后常常落得一场空，难免要责怪命运的不公；有些我们从不在意的人，却在困顿之中让我们柳暗花明。所谓落花有意流水无情，也所谓有心栽花花不开，无心插柳柳成荫。

用了最多的心，未必结出最美的果；临时一动的念头，却有出人意料的结局。在这红尘滚滚的人间，有多少事就是出于我们的一个不经意，有多少情也正是因为我们的一个偶然回眸，才换得终生的厮守。

像张爱玲的父母，家人亲友那样欢天喜地地以为他们注定在一起，这样的郎才女貌羡煞旁人。可惜，用力太猛的事情，往往没有好结局。

时光若能倒回那个五光十色的年代，让我们见着那样一位不开心的美妇人和一位末世的才子，大约我们的心也会跟着痉挛一阵。

他们又开始争吵了，在和好不久后又开始了没完没了的争执与伤害，只是，这一次再无相好的机会了。

我的心像一根木头

我知道他是寂寞的，在寂寞的时候他喜欢我。父亲的房间里
永远是下午，在那里坐久了便觉得沉下去，沉下去。

——张爱玲

婚姻像一条寂寞而悠远的路，只有相互扶持着才能通向永生
的未来。

这世间总有许多令人感到无可奈何的事情，一朵花的凋零、
一阵风的疾逝、一段情的褪色……一个人面对自己的感情虽时有
手足无措的感觉，但好在身在其中，好与坏都有自己的把握，但
面对身边人感情的疾速萎谢，只有心焦如焚的份儿，因为你够不
着救不了。

张爱玲面对她那对冤家父母，大约就是这样的心情。她的父
亲张志沂在治好病以后，故态复萌，忽然后悔了起来，于是便重
新开始与鸦片为伍，堂子照常逛，跟从前姨太太的好姐妹老三好
上了！这些还不是这段婚姻最致命的地方，最要命的是他不肯出
钱，处处想要妻子贴钱，这便犯了大忌。哪有一个男人处处惦记
着女人的钱的？

他之所以这么做，无非是怕她再次出走，以为靠着这样的方
法，榨干她的钱，不是等于捆住了她的手脚了吗？从这件事上看
来，张志沂一直是个"天真"的男人。当一个女人变了心或伤了
心，哪里还能捆得住？

关于这件事情，张爱玲曾这样描述过：我父亲把病治好了之后，又反悔起来，不拿出生活费，要我母亲贴钱，想把她的钱逼光了，那时她要走也走不掉了。他们剧烈地争吵着，吓慌了的仆人们把小孩拉了出去，叫我们乖一点儿，少管闲事。我和弟弟在阳台上静静骑着三轮的小脚踏车，两人都不作声，晚春的阳台上，挂着绿竹帘子，满地密条的阳光。

黄逸梵终于忍无可忍。她看透了眼前的这个男人，一辈子没什么本事，靠着祖上的庇荫生活，除了抽大烟、逛窑子、念几句破诗词，他还会干点儿别的吗？从来没见过他赚钱，他都是有出无进——也难怪他要这样的精打细算，这样永远只有花出去的钱没有进来的，太可怕。张爱玲说了不止一次，"我太知道他的恐怖了"。

张志沂的母亲，李菊藕当初因为孤儿寡母的生活也是这样有出无进，害怕坐吃山空，所以特别节俭。张爱玲的老妈子何干从前是李菊藕最为信任的用人，她就说过"老太太省啊，连草纸都省"。

可是黄逸梵顶看不惯这样的作为，她喜欢豪掷千金，喜欢享受，像一切爱美的女人一样，她的衣橱里挂满了漂亮的衣服却还不嫌多，然而张志沂却说，人又不是衣架子，要那么多衣服做什么。他们在很多问题上无法统一意见，于是夫妻两个像回到了从前在天津的那段日子，没完没了地开战，没完没了地伤害。一个人在愤怒的时候，总是失去理智，失掉理性的话语比任何刀锋都尖利，杀人不见血。

像张志沂这样反反复复的态度想来着实让人气愤和遗憾。其实，不是他变了，只是他之前的状态不在常态罢了。那时的他丢掉了工作，与亲戚之间多少存了点儿尴尬，再加上自己打吗啡已经到濒死的边缘，自然只想抛弃这熟悉的一切，从头来过。

人类是这样的一群生物，不到"死到临头"，不到遇见重大的生活变故，是无论如何也想不起反思自己的生活的。就像一个被医生诊断为癌症的患者，他所能想到的一定是重新好好地生活，珍惜眼下的光阴。但若过一段时间医生告诉他说是被误诊了或者已经治愈，只怕他又将滑入过去他所熟知的生活。

惯性使然。

张志沂便是如此。他重新拾捡起这些被黄逸梵看不起的一切，以为那就是他的寄托与尊严所在。然而，黄逸梵早已不是几年前出走欧洲时候的女人，她看见了外面的世界，知道天有多高地有多厚。

她心灰意冷，这段错误的婚姻实在无须假模假式地维持下去。

她要离婚，做一个真真正正彻底的新女性。"离婚"两个字在亲友之间又炸开了锅，且比上一次她的出走更具有爆炸性。中国人的婚姻是这样的，宁愿死守着不幸福也不能撒手，因为讲究从一而终，怎能半途撂挑子呢？

在婚姻这件事上，人们宁愿赞颂一个女性的保守——只要她不离婚，什么都可以商量，也不会去认同一个女人追求幸福的自由。这有悖常理。

张爱玲在小说中就写过她的一个表大妈，其实真实的身份是李鸿章的长孙媳妇，她一辈子婚姻不幸福，丈夫李国杰根本不爱她，她战战兢兢地守候了一辈子，如同跟着古墓活了一生，但是她不会想到离婚。她跟黄逸梵和张茂渊还时有来往，有她做例子，谁能想到黄逸梵那样坚定执着？

何况提出离婚的不是张家的男人而是黄家的女人！张志沂起先是暴跳如雷，坚决不同意离婚。后来黄逸梵请了租界里的一个英国律师，那阵仗是铁了心要走。

几次三番后张志沂同意了，然后又在最后签字的关头反悔了。他的嘴里不住地喃喃自语道："我们张家就没有这样的事！"还是一副老派的思想，以为离婚是一件不太光彩的事情，尤其还是张家的女人提出来的，要他如何见列祖列宗呢？

每每想到此，他就焦躁不安，一次次答应了签字又一次次拒绝。直到黄逸梵冷漠的眼睛望向他，幽幽地说了这样一句话——我的心已经像一块木头了！

张志沂听到这样的话心内一定是波涛暗涌，他没想到自己在她的心中竟然像一根朽木般没有生命，而正是这根朽木伤害磨钝了她的心。

他看了一眼这个与自己共度过那么多年的女人，叹了口气终于同意离婚。

一段互相捆绑互相伤害的婚姻终于解脱了，没有输赢和对错，只有合适不合适，对他们来讲这段姻缘不是月老的多情而是长辈的"无情"。根据离婚协议书，两个孩子的抚养权都归张志沂，另有一项特别的规定，以后所有涉及小煐的教育问题必须征得她的同意——包括她读什么书，上什么学校都要黄逸梵点头同意了才可以。

她这样卫护女儿，根底还是她自己思想里对男尊女卑思想的厌憎。张爱玲记事开始，她的母亲与姑姑时常说"我们这一代是晚了"这样的话，然后要小煐锐意图强，言下之意你们这一代人再也不能过我们这代人的日子了。

　　爱什么人要自己选，读什么书也要自己选，至于职业更是如此。一句话，凡事需自己拿定了主意才好，切莫做一个任人宰割的羔羊。母亲刚回来的时候，问他们想要把房间涂成什么颜色。张子静一如既往地沉默，张爱玲心内狂喜，赶紧要了橙红色，她说这种色彩没有距离，温暖亲近。她觉得那是她第一次有了属于自己的东西，其实，不过是因为自己挑选的便觉得万分珍贵。

　　但，因为于她来讲这样的事情实在少之又少，于是便显得弥足珍贵。她终生都在渴望一处属于自己的居所，在《私语》里，她这样说：我要比林语堂还出风头，我要穿最别致的衣服，周游世界，在上海自己有房子，过一种干脆利落的生活。

　　她的弟弟张子静认为母亲黄逸梵给她留的最宝贵的东西也许是她遗传了母亲的艺术细胞，其实，黄逸梵的勇敢与独立才是她最好的遗赠。

　　只可惜这么伟大的馈赠只有女儿受惠，她的独子张子静却不曾分得一分一毫，就连离婚协议书里也不曾提及关于儿子的教育问题。倒不是做母亲的偏心和狠心，她以为张志沂那样的家庭怎么也不会亏待她唯一的儿子吧。

　　女儿就不同了，她从小的经验告诉她，中国的家庭是宁愿牺牲女孩子的前途以保证儿子的。事实也确乎如此。

因而，她拼尽一生的力量所要保证的不过是张爱玲的受教育权，而这也成为一个女人唯一的出头机会。她不去相信那些流言蜚语，尽管后来的她多有抱怨。朋友都跟她讲，女孩子读书没什么用，将来到底是要嫁人的，还是人家的人，不划算。

　　她气愤和焦躁的时候便把这样的话喊了出来，这成为让张爱玲一辈子耿耿于怀的地方。

　　父母离婚了。"他们的离婚，虽然没有征求我的意见，我是表示赞成的，心里自然也惆怅，因为那红的蓝的家无法维持下去了。幸而条约上写明了我可以常去看母亲……"

　　母亲离开了父亲的家，姑姑因为一向与母亲交好，跟父亲意见不合，因而也跟着她搬了出去。她们租了个小洋房，过起了单身女性的自由生活。

　　父亲在衣食方面不算讲究，唯一讲究的地方是"行"，他只肯在汽车上花钱，还有在鸦片上舍得花血本，即便它的价钱一而再再而三地疯长，他都不肯戒了烟。跟姨太太一起抽，与小舅子黄定柱一起抽，跟后面娶的女人一起还是抽，直到抽光了祖宗留下来的老本，抽光了儿女教育的资本，甚至独子张子静的婚事也就此罢休了，这才戒了烟。

　　难怪张爱玲这样厌憎她的父亲，在父母离婚这件事上她显然是站在母亲那一边的。"我父亲的家，那里什么我都看不起，鸦片，教我弟弟做《汉高祖论》的老先生，章回小说，懒洋洋灰扑扑地活下去。像拜火教的波斯人，我把世界强行分作两半，光明与黑暗，善与恶，神与魔。属于我父亲那一边的必定是不好的，虽然有时候我也喜欢。我喜欢鸦片的云雾，雾一样的阳光，屋里乱摊着小报，（直到现在，大叠的小报仍然给我一种回家的感觉）看着小报，和我父亲谈谈亲戚间的笑话——我知道他是寂寞的，在寂寞的时候他喜欢我。父亲的房间里永远是下午，在那里坐久了便觉得沉下去，沉下去。"

可即便是这样日落一样不可避免地沉下去，她还是爱过他的，尽管她多次说过自己不曾爱过父亲。她崇拜母亲，同情父亲。他们这一段悲伤的婚姻虽然结束了，但伤害与影响还不曾消失。旧的东西在崩塌，还将有更大的破坏要来。

不可挽回的脚步

人生聚散，本是常事，我们终有藏着泪珠撒手的一天！

——张爱玲

生活又回到了从前的轨迹，像上海六月天下的梅雨，滴滴答答，忧伤而安静。原本以为黄逸梵回国后这个家会重新走上"正常"的道路，哪知道幻梦灭了，她回来给了做梦的人一个响亮的嘴巴子。

父亲搬离了母亲挑选的家——那个所谓红的蓝的快乐的家，住进了一所石库门弄堂房子，靠近她的舅舅黄定柱一家。张爱玲在小说《小团圆》里写到他这样选择，大约还是不肯死心，以为靠近黄逸梵的弟弟便能随时得到她的消息，指不定哪天她回心转意又要来复婚呢。

他是真的爱她。

不幸的婚姻简直是一场灾难，无一人能够幸免于难。张志沂永远只能守望着黄逸梵却再也无法靠近她，黄逸梵却因此不得不一次又一次地出走，寻找她的自由与爱情。在中国，那样一个年轻貌美的女性，离了婚还生过两个孩子，只怕没有男人敢爱她。她常说中国人是不懂得恋爱的，中国人只喜欢少女——处子，仿佛女人只要是处子便身价高了不少。因而，在张爱玲长到十几岁的时候，她总不忘交代她一句——千万不要有男女关系。

幸福的家庭都相似，不幸的家庭则各有各的不幸。托尔斯泰的警世恒言放之四海而皆准。

在陈旧的婚姻里浸泡了好多年的黄逸梵终于决定再次出走。"不久我母亲动身到法国去，我在学校里住读，她来看我，我没有任何惜别的表示，她也像是很高兴，事情可以这样光滑无痕迹地度过，一点麻烦也没有，可是我知道她在那里想：下一代的人，心真狠呀！"

张爱玲一直就是这样的一个人，感情内敛，不惯表达。她喜欢将一切都藏在心里，要么绘图，要么读书写作，在色彩缤纷的世界，在文字萦绕的天地，她抛洒了全部的热情与理想。

在人与人的交际上，她不惯于此，即便是自己最亲的亲人，就算是爱人，也没有过多表达的欲望。因此，她的所作所为常常被人误解——误解了也不解释，这就是她。越说越乱，她对自己的语言表达总是不自信，以至于后来遇见能言善辩的胡兰成顷刻间就缴械投降。她崇拜他，人总是容易崇拜一个在你弱势的方面显得强势的人。

其实，她的心里未尝不感到哀伤。"一直等她出了校门，我在校园里隔着高大的松杉远远望着那关闭了的红铁门，还是漠然，但渐渐地觉到这种情形下眼泪的需要，于是眼泪来了，在寒风中大声抽噎着，哭给自己看。"

她的确是哭给自己看，连给她最后一点儿温暖的母亲也走了，她感到的是一种深深的无助感和孤独感。在这个世上，没有谁会永远陪着谁，大约在母亲的来来去去中她体悟到了人生最初的苍凉。

好在她还可以去姑姑那里。"母亲走了，但是姑姑的家里留有母亲的空气，纤灵的七巧板桌子，轻柔的颜色，有些我所不大明白的可爱的人来来去去。我所知道的最好的一切，不论是精神上还是物质上的，都在这里了。"此后姑姑的家一直给她一种天长地久的踏实感，除了姑姑之外，也许这股母亲的味道也是安慰人心的一剂良药。

此时的她已经上了一所教会学校——圣玛利亚女校，开始看巴金、老舍、张恨水的作品。圣玛利亚女校是旧上海著名的贵族女校，与中西女中齐名。这所学校一向以英文教育闻名，学生都说得一口流利的英文，所有的女生梦想着能嫁给一个门当户对的男人，做外交官夫人。

因为是教会学校，除了英文教育外，自然宗教活动也是必不可少的，仿照当时美国女校流行的教育方法，她们在校期间还要学习烹饪、缝纫、园艺等课程，完全按照当时的西方上流社会淑女培养方法来教育学生。

美国著名女演员茱莉亚·罗伯茨曾经饰演的影片《蒙娜丽莎的微笑》反映的正是这一时期美国社会的女性问题，也是由这样的校园运动开始，只不过换成大学而已。

学校十分重视英文，对中文教育难免忽视。据传很多学生连一张像样的中文便签写得都别别扭扭，真的很难想象，在这个教会女中日后竟然诞生了震惊文坛的女作家。像是一幅色调风格全然西式的画作，冷不丁旁边冒出一株东方情调的红梅，那样触目惊心，那样惊喜万分。

在圣玛利亚女校读书期间，因为父母离异带来的心情灰暗，张爱玲完全成为一个内心敏感异常的内向少女。在这所贵族学校里，她是真正的贵族，但是落魄的贵族。她对一切活动都不感兴趣，成日只知道埋头读书，偶尔上课的时候偷偷地给老师们画速写。

与其他同学朝气蓬勃的面貌不同，她好似还没成熟就已经苍老。这种早慧表现在很多方面，诸如十二岁的时候就石破天惊地说了这样一句话：人生聚散，本是常事，我们总有藏着泪珠撒手的一天！

这样老练，简直似看破红尘的老者。

也许，透过她冷淡的表情看过去，便能理解这个少女的话了。那时候母亲离开中国，也许是这样的事情让她觉得聚散无常。她说父亲是寂寞的，母亲走后她同样是寂寞的。平时回家她喜欢在父亲的房间里与他一起聊一聊文学，在文学方面父亲一直是比较支持和赞赏的，大约跟他自己的喜好有关。他在自己的小圈子里以诗闻名，被称为"小杜牧"。

十二岁的时候她已经看出《红楼梦》后四十回写得前言不搭后语，于是便跟父亲探讨后四十回的续作问题。十二岁，很多人还不知道《红楼梦》是什么，她却已懂得这本书的前后不一致。为此，她魔怔了一辈子，少年时写了一本《摩登红楼梦》，父亲张志沂煞有介事地给她拟了回目：沧桑变幻宝黛住层楼，鸡犬升仙贾琏膺景命；弭讼端覆雨翻云，赛时装嗔莺叱燕；收放心浪子别闺闱，假虔诚情郎参教典；萍梗天涯有情成眷属，凄凉泉路同命作鸳鸯；音问浮沉良朋空洒泪，波光骀荡情侣共嬉春；隐阱设康衢娇娃蹈险，骊歌惊别梦游子伤怀。

张志沂旧学功底着实了得，怪不得张爱玲日后能写出那样亦新亦旧的好文章。

张爱玲在父亲这里体味到一种暮气沉沉却安稳踏实的味道，虽不及母亲带来的新鲜别致，却是血脉里一直流淌着的中国传统文化。在父亲这里她不仅看到了《红楼梦》这样的书，还有《官场现形记》，及至后来听张子静说了才知道的《孽海花》。在《小团圆》里她描写一段战乱期间在教授的阅览室里拿杂志看，自然而然地想到从前在父亲书房取书的情景。

父亲虽鼓励她读书，但总有些图书不适宜孩童看——他不明说，她知道，于是便趁着他昏昏沉沉闭目养神的瞬间偷偷溜进去，摸出来一本书，看完了，再用同样的方法偷偷放进去。神不知鬼不觉，父亲的书柜成为她少年时期最要好的朋友。

也是在那里她第一次看到胡适的作品集，胡适先生是首先提出《红楼梦》后四十回为高鹗续书的大学者，想来正因为少年时期的这一印象，大有跟胡适心有灵犀的感觉，因而后来到了美国后还心心念念，跟好友炎樱一起去拜访了胡适，也算了了她年少的心愿。

炎樱是张爱玲港大时期的好友，此时的她尚未登场。她们散落在上海的两个角落，静静等待着命运的推手。

生命中总有这样的时候，对我们重要的一些人有可能就在身边我们却不知，不到那一刻完全没明白宿命的安排，像面纱一样罩着。

对张爱玲稍有了解的人都知道炎樱，可是却很少有人知道在圣玛利亚女校的时候，张爱玲也有一位好朋友，姓张，叫张如瑾，江苏镇江人。

在她最灰暗而敏感的时期，如若没有这个天资聪颖的女生陪伴，也许会更加颓丧。两个人没事的时候总爱谈电影、文学，张爱玲喜欢张恨水，张如瑾喜欢张资平。两个女孩时常为了谁优谁劣争论不休——这种争论是青春独有的，以后想要再得再也没有了。

在暑假的日子，她也不忘乘车来上海，只为找张爱玲一起谈天说地，可见友情的亲密。

寻常人只认为张爱玲冷艳、孤僻，其实，对于一个心思细腻的天才少女而言，她只是没有那么健谈罢了。友谊对她来讲，宁缺毋滥。如果对方的个性与喜好不能与自己相投，又何须强在一起说些无谓的话呢？

志趣填密想象的空间。

晴天霹雳

我只有一个迫切的感觉：无论如何不能让这件事发生。如果那女人就在眼前，伏在铁栏杆上，我必定把她从阳台上推下去，一了百了。

——张爱玲

黄逸梵出走法国的那段日子，张爱玲虽万事懒懒的，但心情尚可，跟父亲谈谈文学，没事去姑姑家聊聊天，看着各色美丽朋友进进出出。

她以为日子还是一如既往地这样过下去，直到一个晴天霹雳打过来，她才感到一阵天旋地转的痛楚——父亲要再婚了。消息是从她的姑姑张茂渊那里得知的，整日与父亲生活在一起，却不是他直接告诉她，也许心内多少有点歉然。

羞于出口。中国的父母总是这样的，在面对再婚这样的事情时，在喜悦之余总掺杂着惶恐不安，生怕面对儿女时的尴尬——要是反对怎么办？

"我只有一个迫切的感觉：无论如何不能让这件事发生。如果那女人就在眼前，伏在铁栏杆上，我必定把她从阳台上推下去，一了百了。"张爱玲这样说道。她的心里剧烈地斗争，尽管知道这斗争都是徒劳。

平静的湖水投入一块巨石，一声巨响之后，犯浑的水，不清不楚万事敷衍不敢较真，将是以后生活的原则。她不能要求年纪轻轻的父亲一直不娶，她没有那个胆量也没有那个资格。

向来只醉心文学的张志沂不知怎么鬼迷心窍跟着一个兄弟跑金融市场，情场失意的他赚了一笔钱，这使得他立刻成为别人家东床快婿的人选。帮他介绍女人的便是这位兄弟，在小说里张爱玲称他为"五伯父"。

正是在张志沂人生唯一春风得意的当口，孙用蕃出现了。孙家也是当年的名门望族，父亲在北洋政府做过总理，儿女亲家里既有李鸿章的后人，还有邮政大臣盛宣怀的后人、袁世凯的后人，全是显赫家世。

对于当年的张志沂来说，孙用蕃显然是下嫁了。

孙用蕃这样"委曲求全"不是没有原因的。她抽鸦片，跟徐志摩的夫人陆小曼是好友，当年人称"芙蓉仙子"。她的父亲家世虽显赫，但母亲是个不得志的姨太太，家里姊妹众多，连男带女二三十个。

年轻的时候她跟自己的表哥好了一阵子，家里死活不同意，嫌那男人家穷。倒像是《红楼梦》里迎春的大丫头司棋的命运，

孙用蕃的父亲孙宝琦。

跟表哥相爱家人反对，末了没有别的法子解决难题，唯有一死。

孙用蕃也是这样的想法。她跟心头所爱相约吞鸦片自杀，她倒是吞下去了，可男人害怕了，于是赶紧给孙家打了电话，要他们到旅馆将她接了回去。她没死成，被父亲囚禁了起来——一日后她那样对待张爱玲，想想都让人觉得不寒而栗，但偏偏有些女人就是这样的不可理喻。自己受过的罪必定让别人也亲自尝过了，那才算痛快。

她为了爱情失了身，又差点丢了命，遇见张志沂的时候已经是个半死的女人，一个对生活失了兴趣的老姑娘，三十多岁了还没嫁出去。别人知道根底的都不愿意要这样一个"残花败柳"，只有张志沂不介意。他跟妹妹张茂渊说："我知道她从前的事，我不介意。我自己也不是一张白纸。"倒是一副大丈夫的坦荡胸怀。

结婚的日子说来就来。如今的我们已经无法想象张爱玲当时的心情，她躲不过，跟着弟弟一起打扮一番像个木偶般参加父亲的婚礼。亲友在关注新娘子的同时，必定都替这对十来岁的姐弟捏了一把汗。读了那么多关于后母怎样心狠虐待前妻留下的孩子的书，想不到有一天这样的事情竟然落到自己的头上。

等着被人戏耍的猴子，没有选择。若是能够逃走，她该多么欢欣？然而，只是幻想，像五彩缤纷的肥皂泡，不用风吹自会破灭。

婚礼竟然是西式的。张爱玲曾这样"讽刺"了她的父亲——"世纪交换的年代出生的中国人常被说成是谷子，在磨坊里碾压，被东西双方拉扯。榆溪（张志沂）却不然，为了他自己的便利，时而守旧时而摩登，也乐于购买舶来品。他的书桌上有一尊拿破仑石像，也能援引叔本华对女人的评论。讲究养生，每天喝牛奶，煮得沸腾腾的。还爱买汽车，换过一辆又一辆。教育子女倒相信中国的古书，也比较省。"

这样矛盾的男人，也许曾对黄逸梵倾心爱过，这一点点西式的东西算是靠近她的表示吧？然而，谁都料不到他竟然要行新式婚礼。

"婚礼也跟她参加过的婚礼一样。新娘跟一般穿西式嫁衣的中国新娘一样，脸遮在幛纱后面。她并没去看立在前面等待的父亲，出现在公共场合让她紧张。台上的证婚人各个发表了演说。主婚人也说了话。介绍人也说了。印章盖好了，戒子交换过。新人离开，榆溪碰巧走在琵琶（张爱玲）这边，她忍不住看见他难为情的将新剪发的头微微偏开，躲离新娘……"

婚礼上的张爱玲绝对不是唯一的伤心人，她的姑姑张茂渊因为与一个"表侄"的感情焦头烂额，没有前途，喝了不少酒，又带头闹洞房，她不过是要用热闹的氛围驱散心头的孤寂，方不显得她的青春已经逝去。

怀着对从前黄逸梵婚礼的回忆，以及对自己青春的回首，她比任何人都活跃，别人只当她是高兴呢，毕竟是自己的亲哥哥结婚。

十几岁的侄女看出了她的心事。到底，还是女人了解女人。一个异性的了解多少有限，同性之间哪怕是敌人，往往一个眼神、一句话就能够看透对方。

异性看异性总带着朦胧的幻想，男人如此，女人如是。

可惜，新娘子太大了，早已经过爱情的生与死，没有小姑娘的娇羞，闹不起来。亲戚们隐隐有点儿难堪，张志沂倒是满心希望大家能够热热乎乎地闹起来。自从黄逸梵走后，他太寂寞了，这个家太冷清了。他需要热烈。

张爱玲是懂她的父亲的。女儿都是父亲前世的情人——尽管这辈子他们不相爱。

从此之后，她不再有独自立在父亲跟前与他一起谈文学谈家常的机会了。她虽不爱父亲，但这个男人终于要被另一个女人霸占了去。

就为了那熟悉的气味还有一起说红楼的回忆，她也无法从心底接受这个女人。何况，这个女人并不那么好相处。

孙用蕃原本在娘家就是出了名会操持家，谁不知道会操持家意味着什么——强势、抠门、精明。看她能够为了所爱想到吞鸦片赴死的法子，刚烈的程度只怕不亚于黄逸梵。

张志沂一辈子都爱消瘦的女人，一辈子受着强势的女人主导着。也许因为他的软弱，也许因为他的旧文人的恂恂儒雅。他不争，自有别人来争。他不问家事，自有别人来替他过问。

从此，这个家将不复宁馨了。

张家交给了孙姓女人。一切祸福喜乐，命运全由别人来裁判。

对张爱玲尚且如此，对张子静更是如此。

他们还不知道自己将迎来怎样的人生。

冥冥中总感到一股惘惘的威胁，毕竟来了个陌生人——这个陌生人，以后她要管她叫娘。

看不见的网

有一个时期在继母治下生活着，拣她穿剩的衣服穿，永远不能忘记一件暗红的薄棉袍，碎牛肉的颜色，穿不完地穿着，就像浑身都生了冻疮；冬天已经过去了，还留着冻疮的疤——是那样的憎恶与羞耻。

——张爱玲

张爱玲和弟弟张子静两个人看着布置一新的房屋，突然有种在天津那个家过节的感觉。桌子上摆满了糖果等吃食，像一种诱惑性的讨好——新来的后母总要先过了张志沂眼睛那一关。

弟弟胆子小不敢拿。张爱玲装作若无其事的样子抓起糖果低着头一顿猛吃，有了她这个榜样，张子静也不再客气。两个人专心致志地吃着糖，眼见着果盘快要吃了一半，两个人还长了点儿心眼，每个盘子均着吃，不大看得出来。

孩子的把戏永远这样的自以为是，像小时候一起耍剑做游戏时一样。以为自己无所不能，却料不到都在大人的眼睛里。孙用蕃陪房过来的女佣笑盈盈地站在那儿，讨好的声口说："吃吧，吃吧，多吃点儿。"他们本来还有点儿不好意思，这下则干脆吃个够。张爱玲觉得她们是用这样的小恩小惠收买他们，一面吃着一面感到羞愧——自己竟然那样容易就被收拾妥帖了。一霎想起黄逸梵，心里隐隐有些歉疚。

两个人准备给孙用蕃行大礼，左不过下跪磕头那一套。她说

如今自己长大了，早已看开了，形式而已，做不得真的，于是便
笑眯眯地行了礼叫了一声娘。

　　结婚没多久他们搬家了，搬回从前的老房子。"房屋里有我们
家的太多的回忆，像重重叠叠复印的照片，整个的空气有点模糊。
有太阳的地方使人瞌睡，阴暗的地方有古墓的清凉。房屋的青黑
的心子里是清醒的，有它自己的一个怪异的世界。而在阴阳交界
的边缘，看得见阳光，听得见电车的铃与大减价的布店里一遍又
一遍吹打着苏三不要哭，在那阳光里只有昏睡。"

　　张爱玲说父亲不知怎么突然起了怀旧的心，在那所老房子里，
他的母亲李菊藕去世，迎娶黄逸梵，生下女儿张爱玲。倒也未必
是他要怀旧，日后跟父亲与后母一直生活着的弟弟也许更清楚事
实的真相。

　　孙用蕃因为自来就有擅长主持家政的名声，新官上任还要烧
三把火，何况是她那样一个要强而失落的老姑娘？首先，便是搬
离这个黄逸梵喜欢的房子，去一个她讨厌的地方——老房子；其
次，张志沂选择的住处距离黄家太近了，保不准黄定柱和他的那
些个女儿一天到晚像间谍一样，将来跑到黄逸梵那里嚼舌头，自
己岂非坏了名声？为了自由的便利，也要搬家。

　　搬家是孙用蕃的主意，她要拿出点儿威风来治理好这个家，
再不许别人轻视了去。非但如此，她还进行了一系列"改革"。诸
如将用人的工资进行一番调整，原来何干的工资从十块钱变成了
五块钱，与其他用人平等。张家原本多给何干一点儿钱，左不过
是看在她从前服侍过老太太的分儿上，地位也尊贵些。

如今，大家都一样了。何干敢怒不敢言，以前很爱提老太太那时候，现在再不说老太太半个字——怕别人听了去，以为她心有埋怨。何干带大的张爱玲将这一切都看在眼里，跟她一样忍气吞声，因为自己又是住读，回来时候比较少，因而一开始总还是敷衍着过去了。

她只是看着何干有些难过。她已经老了，人一旦老了仿佛所有人都要嫌弃。作为一个靠张家工资养活家人的老女佣，她只是害怕丢了工作——那么大的岁数，没人肯要了。因而尽管孙用蕃那样对她，她还是一口一个太太，热情里掺着一股近乎谄媚的悲哀。耳朵已经有点儿背，却将一双眼睛用得太多，总是太过紧张太过小心地转动着她的眼睛——以为能够靠着眼睛来补救。

家里养了两只鹅，孙用蕃认为鹅可以生蛋，然后再生鹅。利滚利，好证明她的精明不是浪得虚名。可惜，天不从人愿。两只鹅每天昂首阔步地散步，就是不见动静。谁也不敢说——连鹅都不生养？太晦气。孙用蕃多么想要一儿半女，她将张茂渊送给张爱玲的娃娃抱了去，放在自己的屋里。

事后，张爱玲告诉姑姑时，姑姑大笑。这是所有女人的悲哀。

她的所谓精明会过日子还表现在送给继女穿不完的旧衣服上。没嫁过来的时候就听说张爱玲跟自己身材相似，瘦高，于是便好心带了很多衣服——大约还是想节省点儿钱，留着钱买鸦片，跟张志沂两个人躺在烟铺上吞云吐雾的时候最快乐，忘记了自己曾被最爱的男人抛弃过，忘记了自己怎样被家族人视为有辱门楣的女人，忘记了被父亲关押的黑暗，忘记了如今自己已经是两个半大孩子的后妈……

　　她太寂寞，跟张志沂一样。寂寞的人需要鸦片的氤氲互相安慰，对他们来讲日子太长了，磨难太多。

　　"有一个时期在继母治下生活着，拣她穿剩的衣服穿，永远不能忘记一件暗红的薄棉袍，碎牛肉的颜色，穿不完地穿着，就像浑身都生了冻疮；冬天已经过去了，还留着冻疮的疤——是那样的憎恶与羞耻。一大半是因为自惭形秽，中学生活是不愉快的，也很少交朋友。"幼年缺少什么，长大后便会特别想要弥补，因为缺乏安全感。

　　小时候吃不饱的人，长大了万分地喜欢吃；童年没有钱花的人，一旦发了财第一件事就是享受挥霍金钱带来的快感；少女时期没有美丽的华服，成年后便要加倍地补偿自己。

　　张爱玲所在的学校里非富即贵，在那里她如同一只丑小鸭般。别人有漂亮的衣服穿，她没有；别人有美满的家庭，她没有；别人有那么多的朋友，她没有。圣玛利亚女校曾一度想要制作校服，张爱玲心里暗暗地支持，她太渴望校服了，倒不是想要统一的严肃感，而是她缺少衣服。如果所有人都穿着一样的衣服，她也不会显得那么寒碜。中年以后的她去中国台湾，听闻某学校要做校服学生一律反对，她只凄然地笑笑。

　　带着这样颓丧的心情学习，她的床铺总是最乱的，她的懒散是出了名的，对什么都提不起劲儿，心灰意冷，除了文学与电影、绘画。学校语文老师布置的作业，她常常不做，老师问起来的时候，总是一句"我忘了"。她丢三落四是真的，但老师的作文题像八股文一样拘着个性，太讨厌，与其写那样的文章不如不写。要写就要写自己喜欢的，写自己熟悉的。她一辈子都在朝着这个目标努力。

有一次她没有按照老师的要求去写作，自己拟了个别致的题目《看云》，这样的别出心裁获得了老师的称赞。学校的校刊《凤藻》和《国光》，她倒是投过几次稿。在中学期间她发表了《不幸的她》《霸王别姬》《牛》《论卡通画之前途》……内容从小说到散文，题材从都市、历史到乡村，应有尽有，足见对于一个十几岁的少女来说，她涉猎的题材之多，眼界之广。

姐姐的生活固然愁云惨淡，但好在只有周末回家才能与孙用蕃见上面，因而好对付得多，何况张爱玲那样有主见，孙用蕃根本影响不到她。

弟弟张子静就没那么幸运了。他是她的傀儡，逃不掉。张爱玲一早就将姑姑和母亲的家视为自己的依靠，她是站在那一面的，因为母亲没有放弃她。但弟弟不是如此，他的命运跟张志沂和孙用蕃捆绑在了一起。他是独子，是男人，继承了中国传统留给男人的权利——继承家族财产，但也继承了传统遗留给他的责任——给父母养老。

他清楚地知道自己的身份，他逃不掉，如果可以，他也希望自己能够逃走。每当想起这种无法抉择的命运，便让人感觉到传统像一张巨大的网，网住了千千万万的中国人。被网住的中国人，一个个像被打捞上岸的鱼，大张着嘴巴想要呼吸，然而，再多的挣扎都是徒劳，只会死得更快。

她住读回家少，每次回去的时候——"大家纷纷告诉我他的劣迹，逃学，忤逆，没志气。"她比谁都气愤，附和着众人，如此激烈地诋毁他，他们反而倒过来劝她了。

恨铁不成钢，这种痛心唯有手足间才可感知，一如当年的张茂渊看着张志沂每日被鸦片烟熏得意志消沉。她恨弟弟中了人家的计——张爱玲始终认为是孙用蕃挑唆张志沂的缘故，因为在她到来张家之前鲜少听说他打张子静，自从有了后母，他们父子关系也跟着紧张起来。

她在好几部作品里都提及下人看不过眼这样说道："哪有这样打人的？他是独子喔……"可是敢这样仗义执言的下人被张志沂派到乡下看地去了，没过多久死在了乡下。

"后来，在饭桌上，为了一点小事，我父亲打了他一个嘴巴子。我大大地一震，把饭碗挡住了脸，眼泪往下直淌……"这样的悲怆，旁边的孙用蕃偏偏还笑着说："咦，你哭什么？又不是说你！你瞧，他没哭，你倒哭了！"

这样讥讽，但凡有点心智的一定恨死了她。

"我丢下了碗冲到隔壁的浴室里去，闩上了门，无声地抽噎着，我立在镜子前面，看我自己的掣动的脸，看着眼泪滔滔流下来，像电影里的特写。我咬着牙说——我要报仇。有一天我要报仇！"

然而就在张爱玲的自尊感觉受到巨大伤害的同时，她的弟弟却像个没事人一样在阳台上踢球——他已经忘了那回事。这一类的事，他是惯了的。她没有再哭，只感到一阵寒冷的悲哀。

姐姐替弟弟感到悲哀。

总有撒手的一日

　　人活在这世上，无时无刻不想着钱的好处与爱的妙处，然而当金钱与爱不分你我地混合在一起以后，我们往往得到的不是双倍的好处，而是被它们"合力绞杀"的痛楚与无可奈何。

渐渐流走的青春

青春——嬉笑、躁闹、认真、苦恼的；在着的时候不觉得；觉得的时候，只觉得它渐渐流走。

——张爱玲

我们活在这样一个多情而恼人的世界。多情是围着阔与美的优裕的赞美，恼人是紧跟贫与贱的膏药——一剂又一剂，全然无效。

张爱玲说青春——嬉笑、躁闹、认真、苦恼的；在着的时候不觉得；觉得的时候，只觉得它渐渐流走。再贫穷不堪的青春，一旦回忆起来大脑总是自动屏蔽那些不愉快的尴尬，留下的便是雾蒙蒙的清晨，氤氲的黄昏景色，看什么都带着罗曼蒂克的爱。

一个女人的青春期，再快乐，里面总是要掺杂着敏感的忧伤，为赋新词强说愁是绝大多数人的情绪。但张爱玲没有这种所谓优裕的忧伤，她那个敏感期早已逝去，就是母亲刚回国为她选择音乐老师的那段时光。那是因为空气里有母亲纤巧灵敏的味道，被保护着的安稳的日子，总会生出这样无谓的小哀伤。

此时的她依然敏感，事实上她终生都敏感异常。敏感是艺术家触摸世界的手与脚。日子尽管如她所说，那样的懒散和暗淡，然而她还是有两个可以说上知心话的朋友。一个是那个镇江姑娘，另一个则是她的舅舅黄定柱的女儿。

"姐姐与舅舅家的表姐感情很好。放假回家就往她家跑，也常约她们一起去看电影、逛街。那时她也常去姑姑家。从姑姑那里

民国三大才女：林徽因 张爱玲 陆小曼

可以知道母亲在国外的情形。母亲写信给她，也都是寄到姑姑家转的。"

　　并不是所有的表姐跟她感情都好，她喜欢的是一个年纪与自己相仿的，在众姐妹中一直被欺负的老实本分的姐姐。后来这个善良而安静的表姐被她写进了小说《花凋》里，二十岁的年纪终于不用再穿姐姐们穿剩下的衣服，家里才开始发现她的美好来。只可惜，还没来得及享受爱情的甜蜜，二十一岁的时候她便得肺痨死了。

　　这位表姐死后，张爱玲很少再去舅舅家。因为她将这件事写成了小说，舅舅一家读了以后十分愤慨，认为她简直是个白眼狼。等她母亲归国时，满心期待黄逸梵能教训几句，好替他们出口气。哪知，一向姐弟情深的黄逸梵没有说什么，他们姐弟的感情随即淡了下去。

　　这位可怜的表姐还在世的时候，她们常常一起去电影院看电影——小说里写她临死之前，撑着虚弱的身子跑到了电影院一个人坐了一下午，不免让人心酸。

　　表姐倒是想结婚的，在生病之前婚事差点就订了，一位留学归来的学生。她是带着对婚姻的憧憬与破灭走向永恒的死寂的。另一个好朋友，那个时常与她讨论张资平和张恨水到底哪个更好的女子，后来嫁人了。

　　到底分道扬镳，成为隔江相望的两个人。

　　圣玛利亚女校的几年中学生涯，呼啦一下子就没了。毕业纪念册上，有人问她最恨什么，她随手一填，惊为天人。人生最恨——一个天才的女人忽然结了婚。

倒是有点儿像贾宝玉的声口。没结婚的女儿是水，结了婚的简直一个个成了没颜落色的珠子。如果说贾宝玉的观点只是一个爱美的男人的心里话，那么张爱玲的这一句则是一个早熟的女性的悲凉的话。

中国的女人一旦结了婚便没了自我——倘若是甘心如此便也罢了，若是道德压迫着必须如此，该有多么悲哀？女人，合该为了丈夫和孩子牺牲所有，否则便不算得好女人。中国人能给你戴上一百顶大帽子，压不死人也能闷死人。

而对于那个从前与自己谈天说地的女生，张爱玲是感到一种凄凉的惋惜。原本，她该有更大的作为吧？却早早地投身到没有硝烟的战场，像一个很好的前奏，高潮还没有来，命运的剪刀毫不留情地下手，一切戛然而止。

这些都使得她加深对于女性自身，以及两性关系与婚姻问题的思考。后来的她终生流连于男女之间那点儿事，除了因为她的女性身份之外，恐怕独特的遭遇是其中最为重要的原因。

她生在一个随处可以见到争斗和争吵的家庭，就连她的亲友们也同样如此，就像《花凋》与《金锁记》（小说女主人公原型为李鸿章孙媳妇）里所表达的一样。钱，往往一点一滴毁了亲人之间的信任与爱。

十七岁，她从圣玛利亚中学毕业。前途一片暗淡，海面上没有灯塔，四顾茫然。此时的她早已经放弃学了多年的钢琴，明面上的意思是她自己不愿意去学了，内里的故事，她一而再再而三地写明了，还是一个"钱"字作怪。

"我不能够忘记小时候怎样向父亲要钱去付钢琴教师的薪水。我立在烟铺跟前，许久，许久，得不到回答……"她也不止一次说过她深知父亲的恐惧，"到底还是无所事事最上算。样样都费钱，纳堂子里的姑娘做妾，与朋友来往，偶尔小赌，毒品的刺激。他这一生做的事，好也罢坏也罢，都只让他更拮据。"

有出无进的日子自然如此。娶了个填房更是如此，孙用蕃处处节俭——除了给自己添置衣物与买鸦片这方面绝不吝啬，别的方面实在舍不得出手。

又一次张爱玲期期艾艾地站在父亲的烟铺前，嗫嚅着表达了要钱交钢琴费用。父亲的烟铺上不再是他一个人，旁边的孙用蕃旁敲侧击冷嘲热讽，各种暧昧不明的说法，诸如：女孩子要学那么多做什么？到底还是要嫁人的；我们中国人啊，就是这点让人觉得没骨气，什么都是外国的好，连教个钢琴的都是外国好，崇洋媚外，难道我们中国那么大的地方就找不出一两个教钢琴的吗？

林林总总，无非逼迫张爱玲的父亲不给钱，但是又不肯明说。张爱玲恨透了她的各种听起来大义凛然的大道理，她一生最恨各种大帽子，偏偏后母便是这样一个人。

张志沂听着不吭声。张爱玲虽然个性内敛，但多少继承了母亲黄逸梵的爽利。她直言道："是不是因为钱？"——不是钱还能是什么呢？为了她的教育花费太多，后母心里有了怨言。

孙用蕃却说："不是钱不钱的问题。"然后又是一堆巴拉巴拉的大道理，她厌憎她的虚伪，满口仁义道德，临了还是一个

"钱"字。

就这样，张爱玲不再去那个白俄老师的家里学钢琴，而是去了另一个中国老小姐那里练习。老小姐对待小姑娘十分严苛，教法完全不同，动不动就打她的手背，她终于妥协了，对着这优雅的钢琴，放弃了母亲希望的欧洲淑女风范，也为了不再站在烟铺前难堪地开口。

她也知道她这样做真的中了孙用蕃的计，可是除此之外，她还能怎么办呢？她还太弱小，只有十几岁，还活在她和父亲的统治下。

她跟姑姑说自己不学钢琴了，姑姑并没有太多意外，只是提醒她说："那么你想学什么呢？"张爱玲满心歉然，好不容易才出口说道："我可以画卡通画啊。"没错，她绘画确实很有天赋，第一份稿酬也是画画得来的——是将被囚禁的日子画成漫画，投给当年上海的《大美晚报》——为什么投给这家报纸？她在后来的自传性小说里早写明了，因为她知道她的父亲订阅了这份报纸。

后来的张志沂果然看见了漫画，内心更加懊悔也更加愤恨，家丑不可外扬，这是中国人一贯的信条。

《大美晚报》给她寄过来五块钱稿酬——五块钱是他们家用人一个月的薪资，她拿着钱欢天喜地地买了一支丹琪唇膏。花自己赚来的钱，就是这样心安理得。

不过这是不久的将来才会发生的事情，眼下她这样跟姑姑说，心里其实没有任何把握，只不过像个急着要证明自己的孩子——我不是那么没用的。害怕大人低看了她，恐惧被家人所抛弃。

姑姑望着她夸口的样子也是半信半疑，只说了一句，如果选定了就要坚持，不可随意更改，否则，年纪大了——女人年纪大了，什么都没了。希望没了，人生也没了。那时候的女人，似乎只有嫁人这样一条路可选择。职业女性太少，还是个新鲜名词。但姑姑就是个自食其力的"轻性知识分子"，这给了张爱玲不少信心，也给了她方向感。

　　"乱世的人，得过且过，没有真正的家。然而我对于我姑姑的家却有一种天长地久的感觉。我姑姑与我母亲同住多年，虽搬过几次家，而且这时我母亲不在上海，单剩下我姑姑，她的家对于我一直是一个精致完整的体系……"

　　中学毕业这一年，姑姑告诉她母亲要回来了。母亲总是这样，在她人生的十字路口，像一盏探照灯，指引她前行。张爱玲后来与母亲虽多有不愉快的事情，但黄逸梵对她的人生确实是第一位影响者。她知道女儿的人生要发生重大的转折，于是便千山万水地跋涉而来。

　　可怜天下父母心。张爱玲曾不止一次这样说过"父母大都不懂得子女，而子女往往看穿了父母的为人"。

　　其实，未必如此。张爱玲终其一生没有做过母亲，像她后来在《小团圆》里说的那样"害怕生了孩子会对她不好，替她的母亲报仇"，到底还是知道自己对母亲也是有所亏欠的。

　　也许可以这样讲，她们虽各有亏欠，也曾努力地爱过对方，但她们都更爱自己，爱人生。年代的鸿沟将温情脉脉的亲情掩埋了。

扑朔迷离的前程

中学毕业那年，母亲回国来，虽然我并没觉得我的态度有显著的改变，父亲却觉得了。对于他，这是不能忍受的，多少年来跟着他，被养活，被教育，心却在那一边。

——张爱玲

童年的时光无聊而漫长，度日如年般，天天盼望着能穿上妈妈的高跟鞋，吃任何想吃的东西，看任何想看的书，没有禁忌——在孩童的世界里，成年后的生活应当就是这样的吧！

越是盼望着长大，越是长不大。悠长得像永生的童年，老棉鞋里粉红绒里子上晒着的阳光。众生的悲哀与无奈也正在此，以为日子还将一如既往地永生下去，哪知一个春秋后猛然间就发现，无论快乐不快乐的童年一去不返了。

她像雨后的春笋般一下子高出了一大截，细细瘦瘦的她站在圆润的姑姑旁，简直像一出戏剧般令人捧腹之余不禁生出惘惘的哀伤来。这张照片被张茂渊寄给了黄逸梵，因为觉得那时候的小煐就是那个样，身体只一味地往上蹿，像一株笔直而纤细的幼苗，没有所谓女人的风韵——少女是不需要女人味的，青春逼人就是她最好的资本。

这张照片在几十年后辗转又落到张爱玲的手上，因为那时的黄逸梵已经故去。世间事，常常这样，从终点又回到起点。

黄逸梵归来了，那一年正是张爱玲中学毕业。此时的黄逸梵愈加美丽，像一个标准的西洋贵妇，她整日里只穿着漂亮的洋装，几乎不穿旗袍——这与她的女儿终生挚爱旗袍，实在迥然不同。

张爱玲跨了一代替她捡起古老中国的风韵，她的人、气质完全是中国式的，只有头脑中的思想是新多过旧。

母亲的归来，她立时便感知到了。黄逸梵要她学着待人接物，什么时候笑、什

少女时期的张爱玲和姑姑张茂渊。

么时候沉默，如果没有幽默细胞最好不要轻易讲笑话，诸如此类，打算将女儿按照自己的心愿打造成一个西方淑女。

然而，这位母亲注定要伤心，因为像张爱玲这样的天才，在生活上的"白痴"程度是相当惊人的。她能够住在一个房间里长达两年之久而不清楚电铃的位置在哪儿，也能够走同样一段路三个月后却不清楚那段路究竟如何，转个身也许会将桌上的花瓶打碎，哈哈笑起来牙齿外露毫无淑女韵致。

她根本不愿意做什么西方淑女，只想做自己，就像那些在母亲看来十分沮丧的事情，在她，也许关注内心精神世界比物质世界来得更为紧迫罢了。

后来的她总是说一个写作的人绝对不能够是个淑女或绅士，也许是对母亲的一点儿回应。

一次，母亲与姑姑的家里要宴请客人，椅子不够用，她为了不显得自己无用——孩子在父母跟前，永远这样急着证明自己，像张爱玲自己所讲的那样，困于过度的自卑和自夸中，跑到走廊的尽头打算搬走一个沙发椅。沙发椅相当笨重，根本进不来，母亲看着她笨拙的模样只生气，每每如此，她便感到自己的毫无用处。那么"处心积虑"地想要在这个美丽的女人面前表现自己，往往最后适得其反，如果她有别的选择，一定希望能够落荒而逃。

她与母亲之间的矛盾，现在只影影绰绰地隔了一层朦胧的细纱，及至将来投奔她来了，张爱玲才切身感觉到深如鸿沟。

此刻，她最头痛的不是与母亲的一点儿琐屑的事情，而是未来的路究竟该如何走。一次，张爱玲拿出中学的照片端详，怎么看怎么觉得自己没有女人的风情雅致，一旁的继母孙用蕃说可能是发型的缘故，问她要不要去烫发——在当时的贵族小姐中，烫发相当于准备相亲嫁人的意思。她将这番话转达给母亲与姑姑的时候，张茂渊来气了，说哪有这样小的年纪就想让人出嫁的？——还不是害怕张爱玲一路读书用光了张志沂的财产！

无论多少人替孙用蕃惋惜过、辩解过，在关于财产问题上，她的精明与势利应该是十分确定的事情。但我们若站在孙用蕃的立场上想一想，便觉得释然——年纪一把嫁给张志沂，自己无所出，日后靠的只能是张志沂的财产，还有张子静的养老送终，因而她目标明确，笼络并控制张子静而疏远张爱玲——何况张爱玲是与张茂渊、黄逸梵一边的，女儿都是泼出去的水，读再多的书最后还是逃不过嫁人这条路。

既然如此，何必再继续读书呢？她当然想早点儿嫁掉张爱玲，省却她的一桩心事。

黄逸梵问张爱玲："你想继续读书还是用读书的钱打扮自己？"自小便是书虫的张爱玲自然选择第一个，再者她亲见过同学张如瑾怎样在嫁人之后萎谢了才华。她害怕婚姻，她父母的婚姻让她想了太多关于女人的出路——读书虽然不一定有自由，但不读书注定要被"三从四德"的礼教捆住一辈子。

她决定报考英国名校伦敦大学，可出洋的学费从哪里来，看来只能去找父亲了。在《私语》里，她这样写道：中学毕业那年，母亲回国来，虽然我并没觉得我的态度有显著的改变，父亲却觉得了。对于他，这是不能忍受的，多少年来跟着他，被养活、被教育，心却在那一边。我把事情弄得更糟，用演说的方式向他提出留学的要求，而且期期艾艾，是非常坏的演说。他发脾气，说我受了人家的挑唆……

张爱玲当时只是个十七八岁的少女，一心向往母亲与姑姑的欧洲，仿佛能出去留洋便能改变自己的命运一样，她多么盼望着能够走出一条与当时社会绝大多数女人不同的道路啊。那种一眼望到头的未来不是她所期待的，因为毫无惊喜。

因为想去英国留学，于是便有了上面那段故事，她用演说的方式跟张志沂提出要求，那种感觉是居高临下的，对于母亲那一面新世界的向往与对于父亲这一面旧世界的厌恶，都在这演说的态度里显露出来——那一定是自信而张扬的，同时又因为要向父亲代表的"旧势力"低头——伸手要钱，于是便在倨傲的态度里掺杂了更为明显的看不起。这自然让张志沂大为光火，不仅是他，就连一旁的孙用蕃也听不下去了，发狠话骂道："你母亲离了婚还要干涉你们家的事。既然放不下这里，为什么不回来？可惜迟了一步，回来只好做姨太太！"

这等牙尖嘴利只怕日后为文一向刻薄的张爱玲也要折服，张家的女人都太厉害了，强势而精明，男人一味文雅退让，好似有传统似的。

这样的话传到了黄逸梵耳朵里，黄逸梵那一声轻哼里有着咬牙切齿的痛恨，又有一种"失败"的得意——毕竟是她主动离开了张志沂，孙用蕃是后来捡剩下的女人——女人，有时就是这样的天真幼稚，习惯自我安慰，用情爱上的一点儿小胜利慰藉孤独的灵魂。

离婚后的黄逸梵不知是否后悔过，她后来虽然不断换男友，但终其一生从未听闻过获得情感的稳定，她也曾幻想过，爱憎过，但一个女人年岁大了，跟随青春一道走远的还有爱情。她不止一次在张爱玲面前说过这样的话，也跟张茂渊提过这样的话题，女人的爱情多数是伴着青春与美貌而来的。

她和张志沂都有惶恐感，于她来讲是时间无情的消逝，于他来讲则是只出不进的危机感。

张爱玲在《对照记》里写过，她的母亲一直要她不要恨自己的父亲——只有透彻的了解与爱，才能这样吧？她愿意相信他们的婚姻虽然解体了，但情爱尚有余温。正如张爱玲说的那样，黄逸梵对张志沂还有魔力，当她一次次站在他的烟铺前，告诉他说自己要去姑姑（母亲）那里住两日时，张志沂头也不抬，眼皮微微耷拉着，只柔声地回应一个"嗯"。

在午后细细的阳光里，他在独属于他一个人的时光里，静卧着回忆从前。被阳光照耀下的细小的尘埃也成了时间的载体，那样充满郁郁苍苍的身世之感，那一刻他的心是温柔的，因为他想起了黄逸梵。

可眼下这个女人让他犯了难，为什么自己倾心教育的女儿被她三言两语就轻松地拉了过去？他感到费解，费解里涌出了愤怒。愤怒于自己总是失败——当年挽留他们的婚姻失败，如今看女儿的样子似乎又要步入她和妹妹的前尘，他注定要失败吗？

孙用蕃的话无异于火上浇油，他的左右为难全在愤怒的表达上。张爱玲则觉得自己演砸了，跟他们的关系又远了一步。但她铁了心地要去英国，不管他们愿意不愿意。

认定的事情从不轻易放弃，也绝不轻易言悔，这是张爱玲从母亲那里继承过来的性格。

月色也癫狂

> 我暂时被监禁在空房里，我生在里面的这座房屋忽然变成生疏的了，像月光底下的，黑影中现出青白的粉墙，片面的，癫狂的。
>
> ——张爱玲

命运或者说命数往往情牵一线，像游丝一般，看着脆弱，若有若无，必定要等到我们转过身来，摸爬滚打里受了点儿伤，才会悟出点道理来，那时便将一些看似偶然实则必然的事情当作命运。

好似张爱玲，父亲给了她那么多年中国传统教育，怎会想到日日伴在一处的父爱还不及偶尔出现的母爱呢？一颗嫉妒的种子埋在了张志沂的心中，等待合适的土壤就要破土而出。

既然父亲不同意她出国留学，那么她的梦只能暗地里悄悄地做了。黄逸梵为了她能顺利通过伦敦大学的考试，为她请了英文老师和数学老师。当时的剑桥、牛津、伦敦三所英国名校在上海租界里均有本校老师负责招生事宜，同时给贵族子女有钱大亨人家的儿女补补课，收取高昂的费用。

张爱玲多年后还清楚地记得给她补习英文的老师每小时五元钱，这相当于他们家用人一个月的工资！常常为了节省点儿坐车的费用，她要走上很久的路才能到补习老师的地方。

这一切自然都是瞒着张志沂悄悄进行的。补课还好，可是考试怎么办呢？考试可是接连考两天的。他们的老房子临近苏州河，沪战爆发后，轰隆隆的炮声砸向每个人的耳朵，无法入睡。母亲提议她过来住两个礼拜，张爱玲自然是愿意的，比起张志沂与孙用蕃的死寂沉沉的鸦片烟雾，母亲唠叨的"营养教育学"课程与"西方淑女培训课"倒也容易接受得多。

她专门挑了个父亲独自一人的时候跟他说了这件事——姑姑要我到她那儿住段时间，张爱玲如是说。父亲柔声地"嗯"了声，在他的心里张茂渊叫女儿过去，其实就是黄逸梵的主意，黄逸梵隔了那么久远的时光已经从胸口的米饭粒变成他的床前明月光。男女之事最为奇怪的地方就在这里，在一起的时候可能相互厌憎，待到分开后却又急切地想念——大脑屏蔽了嫌恶与伤害，自动储存感动和温存。

为了这唯一的出路，张爱玲十分用心，也交出了令人满意的答卷。伦敦大学的大门向她敞开了，她是整个远东片区第一名！也许，黄逸梵会感到点儿慰藉，在培养西式淑女的课程上，她失败了，而且败得很彻底，但张爱玲在学业上的进步则多少弥补了点儿缺憾。

考完试后，她回到了那个到处摊着小报，整个屋子弥漫着鸦片烟雾的老房子。家里正准备用餐，饭菜刚上桌。迎面就是孙用蕃，她问她怎么走了也不跟她说一声。张爱玲回了句："跟父亲说了。""哦，跟你父亲说了！你的眼里哪里还有我呢？！""啪"的一个嘴巴子打了过来，猝不及防，张爱玲被掌嘴了。她本能地想要还手，多年来维护着的表面一团和气终于打破了，两个人积攒着的愤怒与厌恶终于找到了合适的理由释放。

张爱玲的双手被老妈子拦了下来，孙用蕃却一路锐声叫着：

"她打我！她打我！"上楼了，张志沂趿着拖鞋，"吧嗒吧嗒"地冲下楼，抓住瘦弱的张爱玲一顿拳脚相加，怒吼道："你还打人！你打人我就打你！今天非打死你不可！"

父亲将对黄逸梵的爱与不甘全部加诸他们共同的女儿身上，何况他的身边一直还有个煽风点火的孙用蕃，他们是嫉妒和厌憎黄逸梵、张茂渊的人，这件事只不过是多年置下的怨气总爆发罢了。

张爱玲的头被他打得偏到一边又偏到另一边，无数次，耳朵也震聋了一般。她在那样激烈的伤害中还想起了母亲黄逸梵的忠告："万一他打你，不要还手，不然，说出去总是你的错。"知夫莫若妻，那么多年的共同生活黄逸梵对张志沂是了解的，与此同时，她虽然一身洋装，屡次出洋，骨子里还是不得不接受旧中国的一些传统。晚辈对长辈只能如此，否则说出去一个"不孝"便要了人的命了。

因而，张爱玲像一只死狗般被张志沂又踢又打，直到老妈子们过来拉开，他才住手。打红了眼，那么多年的不满才得以发泄。

他这一打，将张爱玲对父亲的最后一点儿爱恋与同情打没了，从此后，只剩下漠然和憎恨。她在浴室里看着自己身上左一块右一块的伤痕，这些看得见的伤痕还可痊愈，心里那看不见的裂痕却再无愈合的可能了。

她当下就走到大门口，指望出去报警，哪知他们家看门的巡警告诉她门被锁上了，钥匙在张志沂的手里。梦境被彻底碾碎了，曾经梦想着踏着母亲的步伐去英国留学，看看外面的世界，只这一打将她打回了原型，原来她不是小时候跟弟弟玩耍时候手里使着宝剑的侠女，而是一个行动自由都没有的弱者。她的一切未来都不是由自己裁判，眼下父亲就能裁断她的命运与生活。

她又一次看见了自己的渺小。

"我暂时被监禁在空房里，我生在里面的这座房屋忽然变成生疏的了，像月光底下的，黑影中现出青白的粉墙，片面的，癫狂的。"一直照顾她的老妈子何干对她态度也是冷冷的——中国人相信"父要子亡子不得不亡"，她那样对待她的父母便是大逆不道。

唯一可以给她安慰的何干竟然也这样，她只感到一股冷冷的悲哀，尽管她知道何干也是为了她好——不得罪张志沂便是安好与孝敬，否则连带着她都要跟着受罪。老妈子是爱她的，但终究还是爱自己的。人性在这里显得无比的强大，没有纯良也没有纯恶，正如张爱玲日后在《自己的文章》中所说的一样，她向来不喜欢斩钉截铁的人物，认为那样的人不过是个例外，实在太假，而生活的传奇往往是具有参差对照的凡夫俗子缔造的。

也许，她对于人性复杂的刻画之所以如此深刻，跟她生在这样一个大家庭里有着密不可分的关系。她从何干这里看到了人的自私，她对张爱玲的爱也是其次的，首先要确保的还是老爷张志沂的喜怒。她看透了一切，但还是从苍凉里生出了无尽的悲悯。

这个她曾经出生在这里的老房子，如今成了她的活牢房。在这所老房子里，李菊藕静静地谢世，黄逸梵喜忧参半地嫁进来，张爱玲呱呱坠地，这四壁上都是写满回忆的篇章，然而，他却亲手将女儿送进了这片不得自由的居所。

他甚至扬言要打死她，张爱玲心里渐渐地怕了起来，因为她知道父亲的确有手枪。在这暗无天日的房子里，她什么都不能做，只是干等，等一个机会，逃出生天。曾几何时，这个堆满了小报、烟雾缭绕的家，也给过她温馨的回忆。那些与父亲坐在一起笑着谈些亲友们的八卦时光，一去不返了。

他们像墙壁上积年的影子般消逝了。

现在留下的只是恐惧、无聊、憎恨。每天她竖起耳朵听外面的动静，寻找一切可以逃脱的机会，但总是循环着等待与失望的轮回。

机会曾经有过一次，却在她的犹豫中溜走了。

那是她被打的第二天，姑姑张茂渊来了。本来张茂渊因为与大伯张志潜打官司的事情，与亲哥哥张志沂闹翻了，早已不来往，如今却为了她亲自登门说理。可是她刚进门，孙用蕃就别有心计地说了句："是来捉鸦片的吗？"只这一句就将张志沂的怒火勾了起来，因为吸食鸦片的只有他跟孙用蕃两人，无形中将张茂渊推到了对立的阵营里。

张志沂没等张茂渊开口，跳将起来，拿起烟枪打伤了她。张茂渊溃不成军，此后再也没有踏进这个家门，兄妹俩再无任何交集，即便很多年以后张子静打电话告诉她张志沂去世了，她也静静地说了句"哦，知道了"，便挂断了电话。

初看来张志沂算得胜了，妹妹不再敢说任何反对他的话，女儿也在自己的家中被看住，可亲人之间从来没有绝对的胜负。他打了张爱玲又打了张茂渊，一并伤害了两个与他有血肉联系的女人。这一次，他输得彻底，因为再无补救的可能。

张茂渊捂着受伤的脸去医院缝了好几针，还好眼镜的镜片没有戳到她的眼里，但从此那张美丽的脸上留下一条细细长长的疤痕，时刻提醒着她这伤害的由来，叫她不去怨恨都难。

打断骨头连着筋，毕竟是血浓于水的亲兄妹，当年的李菊藕仅有的一对子女，张茂渊没有去报警，怕家丑外扬，且从来没有主动跟张爱玲提及过。她一直就是那样一个淡定而骄傲的女人，不祈求用悲情的故事获得别人的谅解与同情。

从小一直跟着她生活的张爱玲也学会了这一点，遇到天大的困难也不习惯抱怨与诉苦，从来都是淡淡的，人们以为她寡情，其实她们那样的性格，只是不喜欢到处卖弄不幸，热情留在了心底最深处。

在你的心里睡着月亮光

Beverley Nichols 有一句诗关于狂人的半明半昧："在你的心中睡着月亮光。"我读到它就想到我们家楼板上的蓝色的月光，那静静的杀机。

——张爱玲

中国台湾著名女作家三毛生前唯一一部编剧的作品《滚滚红尘》，谁都知道那是以张爱玲为原型改编的电影。影片中林青霞饰演的韶华被父亲囚禁于家中，她绝望地拍打着四壁，希望能引起人的怜悯将她放出来。那样凄厉而强烈，大约是三毛想象里的张爱玲。

事实上，张爱玲自从住进了空洞洞的老房子里，从未这样激烈地叫嚷着要出去，她太冷静而理性，知道那样叫嚷徒劳无功，只会让人感到厌烦。进进出出的人她只能靠一双耳朵倾听，整日里负责她饮食起居的只有何干一人。

电影里韶华因悲痛欲绝而自杀未遂——大约改编的影视作品总需要这样才能符合大众的期待，实际上张爱玲非但没有自杀，求生的欲望反而十分强烈。她没日没夜地锻炼身体，据后来张子静的回忆文章称，姐姐无时无刻不在压腿锻炼，就怕自己关在屋子里久了人就废了。

她的脑子里幻想了各种各样的逃跑路线，什么《三剑客》《基督山伯爵》这些从前看过的书一股脑地涌上来了。她甚至想到了一篇小说里有个人用被单结成了绳子，从窗户里缒了出来。"我这里没有临街的窗，唯有从花园里翻墙头出去。靠墙倒有一个鹅棚可以踏脚，但是更深人静的时候，惊动两只鹅，叫将起来，如何是好？"

两只鹅是孙用蕃的主张，那时的她刚嫁过来没多久，以为靠着鹅生蛋、蛋生鹅便能致富——起码能显出她在娘家就有的卓越的名声，擅长持家。如今这两只鹅没有为张家添置什么财产，倒成为张爱玲的"拦路虎"，想来当时的她想到这点必定也是懊恼不已的。这个后母处处与她作对，即便是她被幽禁，估计也与她的建议有关。在自传体小说中，她曾明确地说了这样的话：她自己在娘家就因为恋情被父亲孙宝琦囚禁过，她应当知道那种滋味，可偏偏还要我也来尝一尝。

足见她们之间的裂痕与憎恨，唯有让她走过自己最不堪的路，方才解气。

在那被囚禁的半年里，没有季节的更替，没有日夜的轮回，有的只是恐惧和憎恨。这段灰暗的日子留给她永生的记忆与伤害：Beverley Nichols 有一句诗关于狂人的半明半昧："在你的心中睡着月亮光。"我读到它就想到我们家楼板上的蓝色的月光，那静静的杀机。

连月亮也不复从前的柔和了，不再是那些毛茸茸淡黄晕的温柔，而是暗涌着杀机的蓝色月光，像复仇的夜晚也像变态的心理折射。

"我也知道我父亲绝不能把我弄死，不过关几年，等我放出来的时候已经不是我了。数星期内我已经老了许多年。我把手紧紧捏着阳台上的木栏杆，仿佛木头上可以榨出水来。头上是赫赫的蓝天，那时候的天是有声音的，因为满天的飞机。我希望有个炸弹掉在我们家，就同他们死在一起我也愿意。"

宁愿一起死掉，这是多么大的仇恨？怪道她一直叫嚷着"我要报仇，总有一天我要报仇"。对于经济上还要依赖父母的少女来说，唯有这样夸张的语言方能表达她的愤怒与无可奈何。

然而，最初让她说出"我要报仇"的那个人是弟弟张子静。一度她将他当个美丽可爱的小玩意儿，当她眼见着他被孙用蕃欺辱和控制时，她的愤怒比他本人要来得强烈得多。可是，在她跟孙用蕃闹翻这件事上，她无意中竟然看到弟弟写给天津的一个堂哥的信，信还没写完，只看到了他形容姐姐的事情是"家门之玷"已经无力继续看了。

原本毫无缝隙的血肉姐弟，如今为了一个外人的介入，他们渐行渐远，终于成为没有话题的两个人。这样的悲哀，大约晚年后的姐弟俩会有更加深刻的记忆。无怪乎姑姑张茂渊常告诉她说亲戚没有朋友可靠——后来远走美国的她与中国香港宋淇夫妇通信不间断长达四十多年，而跟弟弟只有寥寥几句话，实在让人不胜唏嘘。

没有任何人肯帮助她逃出这个已经让她十分厌憎的家，就连老女佣何干也总是说："千万不可以走出这扇门呀！出去了就回不来了！"

可是这样的一个家还有什么可留恋的？最亲的人那样对待她，她只好计划逃脱。正计划酝酿这件事的时候，偏偏得了严重的痢疾，高烧不断，差点儿送了她那年轻的生命。

在《私语》里她说父亲没有为她请医生，也没有药，即便后来在晚年写的自传体小说里也持有同样的说法，高烧的时候何干怕她出事，于是禀告给了张志沂夫妇，孙用蕃只叫人拿了点儿不管用的中药。

正是这些琐屑的事情毁掉了她对父亲的最后的依赖与爱。然而关于这件事，晚年的张子静说了不同的情况。他说不清楚姐姐是忘记了还是出于什么原因，没有写上父亲为她亲自注射治病的事情。

姐弟俩说法各异，在这件事上我倾向于张子静的说法。张志沂应该还没有糊涂到不给唯一的女儿治病的分上，而张爱玲一再强调父亲没有给她请医生送药，也许是心中的激愤难以消除，以致几十年后的她提笔写起来还是自动屏蔽了这件事——爱之深恨之切，曾经与自己那样亲密的父亲竟然为了孙用蕃打她，害她被幽闭在家里半年多！

张爱玲本来的性格也是爱憎分明绝不拖泥带水，从她给《西风》杂志投稿，写《我的天才梦》那件事就能够看出来，几十年后，她依然不忘《西风》杂志的"言而无信"。念念不忘，不是小气，而是她干脆利落不亏欠别人也不喜欢被人占便宜的个性使然。

所以，那么多年过去以后，她写起这件事来还是不忘那股当时的仇恨——尽管晚年的她对父亲的感情十分复杂，有思念与爱也有厌憎，但一码是一码，在幽闭她这件事上，她一辈子没有原谅他。

这就是张爱玲，写起文章来参差对照，做起人来干净利落。

刚被幽闭的日子，她急切过，等到后来又是伤病又是疼痛的，渐渐地学会了寻找机会，察言观色。父亲对她的看管慢慢放松了，不再像当初那样严厉。每次老女佣何干进来的时候陪她说说话，她装作漫不经心的样子跟她套话，从何干的回答里她知道唯一的机会是吃晚饭的时候，两个门警要换岗。起先是一个吃完饭去替换另一个，如今放松了警惕，开饭的时候大家一起坐下来吃饭。

她又让何干把她的大衣带给她，何干有些狐疑地望着她，她骗她说天凉了，夜里会冷。她做好了所有的准备，唯一担忧的事情是自己的身体刚好，只怕受不住那么冷的天。已经接近年关了。

她被关了半年！半年里，欧战爆发了，她的伦敦大学也去不成了，一切都成了泡影。曾经那么用心努力地证明着自己，成人的世界只轻轻地转个身就将她的梦想碾压个粉碎。无穷的天与地，渺小的个人。

"一等到我可以扶墙摸壁行走，我就预备逃……隆冬的晚上，伏在窗子上用望远镜看清楚了黑路上没有人，挨着墙一步一步摸到铁门边，拔出门闩，开了门，把望远镜放在牛奶箱上，闪身出去——当真立在人行道上了！"

这种不敢置信的喜悦一瞬间冲击着她瘦弱的身躯，街上没有风，只有快到年底的寂寂的冷，路面上一片寒灰！多么可亲又可爱的世界啊！不曾失去过自由的人，一定无法领略到她当时的心情。每一步踏在街面上，都像一个响亮的吻！

她疾走几步，在靠近家不远的地方跟一个黄包车讨价还价起来，实在不敢置信，她居然还没有忘记这生存的技能。转念一想，想到家里人发现后鸡飞狗跳，会不会立刻追出来抓她，兴奋与害怕一同刺激着她。

她终于逃离了这个让她眷恋过也厌恶过的家。何干因为她逃跑的缘故，受到很大的连累，被迫回乡。原本她大约计划着等小煐长大成人了，嫁出去后她好跟过去，可是已经不太可能了。

孙用蕃对何干原本就不满，这下正好给了她撵人的借口。在张爱玲走后，何干还曾拿过来她小时候的玩具，算是尽到了最后的忠义。其中有一把淡绿色鸵鸟毛扇子，因为年深日久简直不敢用，稍微一动满屋子飞毛，呛人。孙用蕃直当张爱玲死了，将她的旧衣物全部送人——在江浙一带，只有人死了才会将那个人的衣物悉数送人或烧毁。因为有这样的风俗，因而当何干去看她，把这样的情景说出来时，黄逸梵几个人十分愤怒。

这位从前跟着老太太李菊藕的女佣，曾因为害怕被东家嫌弃刻意讨好孙用蕃，结果还是被孙用蕃三言两语就打发了。临行前张爱玲去送了她，她用从张家逃出来的几块钱给她买了上海的点心——那种昂贵到何干这辈子舍不得吃的点心。之所以买点心而不是将五块钱直接送给何干，张爱玲在文中说了这样的理由：何干的儿子十分贪婪，给她多少钱最后还是落到了她儿子的手里，不如买点儿存不住的东西，好歹她能够吃上。

然而，真正送到她手里的时候，她又后悔了，看她衰老而无望的眼神，甚至是淡漠的，想着还不如直接给她一点儿钱呢。

两个人都没有哭。于何干来讲，心里多少是委屈的、不甘的，一辈子伺候张家老少三代人，最后还被扫地出门，怨恨一定少不了。于张爱玲来讲，她是个不习惯表露感情的人，只喃喃地说着无用的话，称她将来要去英国留学，等回来了自己赚钱了，给她钱用。

她说这样的话，自己都不敢相信，何干也只是木讷地笑着——即使有那一日也等不到了。

何干走了，她才站在一个角落里哭了起来，泪水汩汩地流了下来，毕竟她是真心爱过她的一位老人，从她的安徽话里她像是听到了祖母的声音，从她偶尔的叙述里，她感知到她的家族老故事。

这个最后的老人也离她而去，从此以后她将伴着母亲与姑姑相依为命了。

鞋里的沙粒

常常我一个人在公寓的屋顶阳台上转来转去，西班牙式的白墙在蓝天上割出断然的条与块。仰脸向着当头的烈日，我觉得我是赤裸裸的站在天底下了，被裁判着像一切的惶恐的未成年的人，因为困于过度的自夸与自鄙。

——张爱玲

性格相似的同类可以做天然的知己与朋友，却不一定适合生活在一起；性格互补的异性倒是更适合在一起，因为很少有冲突——只要互补的是个性，相似的是兴趣爱好，便是绝佳的组合。

很显然张爱玲跟她的母亲属于前者，跟父亲属于后者。每每她跟母亲在一起相处时便神经紧张，因为她的母亲太完美主义，要求高，于是张爱玲便时刻提心吊胆，生怕惹母亲不高兴，黄逸梵一旦不高兴便会说出许许多多抱怨的话，或刻薄或无情，而这些话都被一心渴望被爱的张爱玲记在了心里。

相比之下，她与张志沂在一起生活完全没有这种担忧的必要，她不必讨好他，他堆满小报的烟铺虽然让她看不起，却也让她感到放松，因为毫无压力。在绘画方面她能够跟母亲一起交流意见，在她最为得意的文学方面，饱读诗书的张志沂无疑是最好的倾听者也是最好的交流者。

因而，她曾说过父母离婚以后她并没有感到特别的不快乐，那是因为母亲原本就很少在家里，而与父亲的相处绝大多数是轻松愉悦的。只可惜，这和谐因继母的到来被打破了，她对孙用蕃的讨厌几乎是先天的，毫无来由的厌恶——因为她抢走了她的父亲，那些与父亲谈天说地的老日子被一股脑儿地掠夺了。

可眼下她像一头惊慌失措的小鹿般投奔了母亲来。此时的母亲正经历她人生中最为灰暗的日子。她的财物被张茂渊拿去送了人——帮助李鸿章的长孙李国杰打官司所需费用；她的恋人因为欧战爆发丢了性命，她一路辗转着到过印度，在那里做了印度首任总理尼赫鲁的两个姐姐的秘书；她在英国的工厂里做学徒，想学习制作手袋来卖，可惜她生早了几十年，那时候在东方还不流行定制手袋……诸事不顺，因而张爱玲说这时候母亲的家不复是柔和的了。

只是，这些感情上的不顺与事业上的挫折，她不愿意透露给女儿，母亲太要强太要面子。女儿因为这个原因对她产生了误解，以为自己成为母亲不得已的累赘。

黄逸梵其实是一个特别情绪化的人，心直口快，往往在生气的时候会说出特别伤人的话语，可惜张爱玲并不懂得。

原本财力上比较拮据，她又因为此事正跟张茂渊有了不痛快，可为了节约房租，又不得不姑嫂二人租住在一起。张茂渊是特别喜欢独来独往的人——这点个性也影响了后来的张爱玲，孤僻也许算不上，但不是十分热情好客总是有的。

因而黄逸梵与张茂渊这段时间的合住一定是充满了各种不愉快，一个喜欢结交朋友，一个喜欢清静，无法协调的天然矛盾。

现在张爱玲没头没脸地投奔了来，她作为母亲自然是不会让女儿再回到那个差点儿要了她命的地方，但是女儿的到来也确确实实增加了她的负担，为此她时常会说两句，抱怨张爱玲花费了她那么多心血却做不出她所希望的样子来。

"在父亲家里孤独惯了，骤然间学做人，而且是在窘境中做淑女，感到非常困难。同时看得出我母亲是为我牺牲了许多，而且一直在怀疑着我是否值得这些牺牲。我也怀疑着。常常我一个人在公寓的屋顶阳台上转来转去，西班牙式的白墙在蓝天上割出断然的条与块。仰脸向着当头的烈日，我觉得我是赤裸裸的站在天底下了，被裁判着像一切的惶恐的未成年的人，困于过度的自夸与自鄙。"

起初向母亲伸手要钱是一件顶美好的事情，她一直用一种罗曼蒂克的爱来爱黄逸梵。可她渐渐地看出母亲的窘迫与为难来，为她的脾气磨难着，这些琐屑的事情一点点地毁了她的爱。她记得母亲在前一次回国的时候，过马路的时候突然牵起了她的手，两个人都觉得不习惯，因为缺乏爱的了解，于是便有了种刺激性的尴尬。

爱一个人能够爱到向他伸手要零花钱的地步，这是最大的考验。张爱玲如是说。

除了曾经的补习费——据她的自传体小说，她统共考过两次伦敦大学，第一次因为数学的缘故没考上，第二次则是以远东区第一名的成绩被伦敦大学录取。她害怕在这个精美无比的家里犯错误，她走长长的路去补习，为的就是怕向母亲要钱。

"琵琶（张爱玲）打破了茶壶，没敢告诉她母亲，怕又要听两车话。去上麦卡勒先生的课，课后到百货公司，花了三块钱买了最相近的一个茶壶，纯白色，英国货，拿着她从父亲家里带出来的五块钱。三块似乎太贵了，可是是英国货，她母亲应该挑不出毛病来。"(《雷峰塔》)

母女之间需要这样的小心翼翼，爱被包裹得太压抑，只剩下了谨小慎微。

一点点的不愉快像鞋里的一粒细沙，虽不致影响奔跑，总是走起来就痛。

有一次，张爱玲得了很严重的伤寒，大约因为前些时候在父亲的家里受了不少罪，因而身体一时半会儿缓不过劲儿来。母亲为她找了位法国医生——一位母亲的爱慕者，黄逸梵漂亮得体，随便走到哪里总有不少倾慕她的人，此时的她依然年轻，为了张爱玲不得不困在国内。有时她会抱怨说都是因为张爱玲才留在中国，每每如此张爱玲便暗自下定决心一定好好读书，将来将母亲的钱还给她。

亲情，有人说是世间最坚固的感情，因为它不问缘由地爱。其实，亲情有时未必那么固若金汤，一点儿琐事，尤其关于金钱方面的纠葛就能让一家人横眉冷对。这样的事例实在太多，并非张爱玲一人遇到，也非一时一地之事，古往今来皆如是。

张爱玲在那位法国医生的照料下康复得不错，与她同一病房的一个女孩子，十六七岁的年纪，与她相仿，巧合也是得了伤寒，哼哼唧唧一整夜，待到第二天她却听见护士漫不经心地谈起来，死了。生命，有时竟是那样的脆弱。她惧怕起来，以为自己没有死在父亲的老房子，却要因为伤寒而送命。

好在过了一阵子，她的病情好转了。黄逸梵因为每日要照顾她的饮食起居，又要与护士套近乎，弄得烦闷的时候便抱怨起来：你就是个害人精！你只会拖累别人！我真不该救你，就让你自生自灭好了！

这样刻薄的狠话，确实不太像一个母亲所说。然而，我以为像黄逸梵那样情绪化的女人，她说出这样的话也属于正常。任何人，愤怒的时候说的话总是比刀锋还要锋利。

那时候的她虽然美貌依旧，可年岁不知不觉大了，她时时刻刻感到作为女人的危机感。她曾经不止一次跟张爱玲说过青春易逝、红颜易老的话题，想来也是有感而发。

因而，当她面对张爱玲这样一个甜蜜的负担，肯定会感到身不由己。若不是因为她投靠了过来，若不是她作为一个母亲也是一个女人的责任，她大可以潇洒地甩甩手周游世界，像从前一样。然而，她没有。她没有那样做是出于理性，可从感情上她又一天也不愿意在中国待着。中国的男人，中国的道德观里不太欢迎她那样的女人。

有了这样矛盾的心理，所以她才会那样反复，一会儿要好好培养女儿，一会儿又会抱怨她是个拖累。张爱玲终其一生也不太理解她母亲的这点儿心思，她只想着黄逸梵没别人母亲的温情。从这个角度来讲，张爱玲也跟黄逸梵一样，是个有些自私自利的女人。

这些自私的小缺点，非但没有折损她的光辉，反而令人感到她的真实。她不是神坛上的女神，也不是天庭里遨游的仙子，诚如她在《忆胡适之》一文中所说的那样，她一直都认为偶像都有"黏脚土"，否则便会站不住脚。

在与母亲一起生活的这段日子，虽然时刻有被教训、被批评的隐忧，但是总体来讲还算平稳。她对目前的训斥一直耿耿于怀，以至于晚年的她给宋淇夫妇的信笺中还要说家长对孩子最好多夸奖少批评，这样的孩子容易建立自信。可见，黄逸梵曾经怎样将她推上了高等教育的路，又怎样带给她十分难过的伤害。

姑姑相比起来倒还好，也许因为究竟不是自己的儿女，就像黄逸梵所说的一样：姑姑之所以不说你是因为你是外人，有一天你会后悔没人唠叨你。

多朴实的话，每一个中国的父母都有过这样的时刻吧？

张茂渊对喜欢丢三落四的张爱玲只有一个要求，那就是将她的英文书摆放整齐，否则那些放倒了的萧伯纳等，客人来了还以为她不懂英文呢。

张爱玲此时的英文已经十分好，这为她的未来写作储备了能量与知识。

张爱玲逃出老房子后，除了何干来了一趟，张子静有一天冷不丁地突然跑了来。他拿着球拍和报纸包装着的球鞋，满心期盼黄逸梵能够收留他。可见那个家是真的让人没法留恋了，就连一直被视为与张志沂一边的张子静，如今也投奔了来。

张爱玲虽然气愤他的"家门之玷"事件，但到底是血浓于水的姐弟，内心一直希望母亲能够收留他，然而面上却没有任何表示，因为她自己都是作为"难民"被收留的，哪里还有资格要求母亲做更多牺牲呢？

果然，黄逸梵要他吃了饭后还是回家去。张爱玲退缩在一角默默地哭泣，这是将弟弟推到没有希望的永生里，他还是个少年啊！后来她在《私语》里写到老女佣何干拿来的童年扇子时，这样写道："因为年代久了，一扇便掉毛，漫天飞着，使人咳呛下泪。至今回想到我弟弟来的那天，也还有类似的感觉。"

感觉生活无味无望的张子静，走投无路间投奔了母亲，然而黄逸梵只淡淡地说了句"你还是回去吧"，不得不让人感到悲哀与苍凉。不是她不愿意收留唯一的儿子，而是她的经济负担一个张爱玲已经捉襟见肘，如果再来个儿子显然吃不消。

在她的概念里，他是张志沂唯一的儿子，他不会不给他教育的——事实上，张志沂一直都是在家里请先生来教儿子，断断续续的，张子静很大了才去上学。在这件事上，张爱玲很不客气地说父亲这样做无非是为了省钱——省下钱好跟孙用蕃一起躺在烟铺上吞云吐雾。

黄逸梵又以为不必为这个儿子费心，因为按照中国人的传统，父亲是不会不管儿子的，最后他的家产总是要留给张子静的——然而，张子静生前给张志沂与孙用蕃送终后，得到的唯一资产便是静安区一处十四平方米的老房子！

假如人真的有前后眼，黄逸梵还会不会那样斩钉截铁地要求张子静回去？也许，她对儿子的爱不及对女儿的爱，但至少会为他谋个好的前程吧？

可是，这些只能是令人痛心的假设。因为，历史的车轮从不会倒退着走，岁月的流水也不会回头。

一出没有结局的戏

　　十九岁离家远走到了香港，像是从繁华闹市到了一个人心荒凉的岛上，孤独而封闭。很多年以后她为上海人写了一出香港传奇，哪知道传奇的背后竟是些琐屑的不堪。

一无是处的才华

好容易船靠了岸，她方才有机会到甲板上去看看海景。那是个火辣辣的下午，望过去最触目的便是码头上围列着的巨型广告牌，红的，橘红的，粉红的，倒映在绿油油的海水里，一条条，一抹抹刺激性的犯冲的色素，窜上落下，在水底下厮杀得异常热闹。流苏想着，在这夸张的城里，就是栽个跟头，只怕也比别处痛些，心里不由得七上八下起来。

——张爱玲

战争说来就来，完全由不得人的想象。张爱玲颇看了些北京作家老舍的作品，想必也看过《四世同堂》。书里赵老太爷听闻炮火轰隆隆砸向北京城的时候，固执地相信只要将门抵死了，战争说走就走的。

可惜，这只是人们的一厢情愿。

20世纪三四十年代战火肆虐，所到之处人心惶惶，上海置身于战火的包围里，反倒生出一种及时行乐的洒脱来。乱世的人，哪里顾得上将来？

因为欧战爆发，英国是去不成了，退而求其次去英国的殖民地香港吧。于是，在母亲的建议下，张爱玲在十九岁那一年踏上了去香港的轮船。在一片脏乱的码头，她的送行人只有黄逸梵、张茂渊两人。

就在这需要伤感表现的一刻，拥挤的人群里走过来一个黑、矮、胖的女孩子，人虽然不算漂亮，却浑身透着一股世俗的机灵劲儿。她就是炎樱——炎樱本人对张爱玲给她取的这个名字并不感冒，她本人更喜欢什么"嫫梦"之类的名字。

原本她们补习的英文老师就是同一人，只是从未见过彼此。

炎樱的母亲是天津人，一直在上海生活着，炎樱算半个中国人，父亲是个珠宝商人。《色戒》中，易先生为王佳芝购买"鸽子蛋"的地方正是炎樱父亲开的珠宝店。

她与张爱玲走在一起永远是一道奇妙的风景：张爱玲高、瘦、白，她黑、胖、矮，时时有继续发胖的危险；张爱玲性格较为内敛孤僻，没有什么朋友，炎樱性格外向，活泼开朗，朋友遍天下，人缘极好；张爱玲不会待人接物，只是个"书呆子"——《小团圆》中她的同学评语，而炎樱却对于世俗生活如鱼得水，处处显示出她是世俗世界里的精灵女子。

可，就是这样的不同，却填密张爱玲此后的青春岁月。

炎樱主动与张爱玲打招呼，张爱玲腼腆一笑。黄逸梵在上船前跟炎樱套近乎，一个劲儿贬低张爱玲的生活能力——其实，张爱玲的生活自理能力不用她贬低，也就那样了，毕竟从前是个处处有女佣照顾的贵族小姐，突然放到了社会上，哪里有自谋生路的本领呢？

但炎樱不同，生意人家的孩子多少会沾染商人的市侩与精明，在这一点上她天然地比张爱玲有优势。黄逸梵又赞她聪明得体，她做这一切无非是希望漫漫旅途里她能够代替她照顾她那可怜的女儿罢了。可怜天下父母心。

张爱玲在港大的入学证件。

　　张茂渊能做的则是请她的朋友，一位名叫李开弟的工程师做张爱玲的监护人，照顾她在香港的生活。这位李开弟在几十年后，成为张茂渊的丈夫，而当时的张茂渊已经 78 岁，几乎单身了一辈子。

　　炎樱处处与张爱玲不同，就连家庭也与她不同。炎樱的家里欢乐和谐，在这样的家庭里成长的孩子性格想不开朗都难。她一眼就瞥见了炎樱的父母如何温柔而热情地与之道别，换到她跟自己的母亲则一切都是淡淡的，甚至连个拥抱都没有。她们不习惯这么亲密。

　　原本以为姑姑会与自己拥抱一下，哪知临了姑姑只给了她一个英国式的道别。她立在那里有点儿想要尴尬地偷笑，最后还是拼了命忍住了，急切地钻进了船舱里。

炎樱邀请她一起去甲板上再看一眼亲人们，她却摇摇头不愿意去。张爱玲是惧怕分离的场面的，那种似乎必须挤下几滴眼泪才算圆满的场面，不如不见。从前送黄逸梵去法国时有过一次，送何干的时候也是，她害怕那种尴尬。

船上的无聊时光全被健谈的炎樱给打发了，自然她还有书可以读。经过漫长的航行，船终于抵达了目的地，香港。初到香港的感受如何，她后来也没有过多的描述，但也许从她的传世名作《倾城之恋》里可以找到点儿当时的影子："好容易船靠了岸，她方才有机会到甲板上去看看海景。那是个火辣辣的下午，望过去最触目的便是码头上围列着的巨型广告牌，红的，橘红的，粉红的，倒映在绿油油的海水里，一条条，一抹抹刺激性的犯冲的色素，窜上落下，在水底下厮杀得异常热闹。流苏想着，在这夸张的城里，就是栽个跟头，只怕也比别处痛些，心里不由得七上八下起来。"

炎樱学医，当时的港大许多马来亚的学生都是学医。只有张爱玲一个人学文学，那时的港大文科并不算好。她与一切的同学都显得格格不入。她来自内地，从内地过去的学生统共就几个人，她生在上海，竟然连上海话都不太会讲，广东话就更不会讲了，本来她就是个不愿意开尊口的人，因为语言不通索性沉默。

书是她最好的朋友，就像她写给朋友的信里所说的一样。

在没有人与人相交接的地方，她充满了生命的欢愉。

周围的同学非富即贵，她身处于一群橡胶大王的子女中，少女的敏感和自尊常令她更为沉默。在上海的圣玛利亚女校，虽然穷困但还不至于那么窘迫，如今正是女孩子该打扮恋爱的季节，偏偏她没有多余的钱装扮自己，身体也只是一味地抽条，细而高，仍像孩童，没有女性的诱惑。她的感情世界一直空白得可怜。别人都嫌她古怪，只知道学习，背地里叫她书呆子。她听了倒也不去分辩，本来就是书虫一个，还有什么可争辩的？

贫穷像旧年的冻疮般，如影随形地跟着她，走过她人生的花季雨季。满校园里只有她一个人买不起一支自来水笔，到处托着一瓶钢笔水走动，成了同学间议论的对象。

没有贫穷过的人无法理解其间的辛酸，不可为外人道也。

几十年后她在《忆〈西风〉》里写过这样一件令她尴尬的事情：

本地人都是阔小姐，内中周妙儿更是父亲与何东爵士齐名，只差被英廷封爵的"太平绅士"，买下一个离岛盖了别墅，她请全宿舍的同学去玩一天。这私有的青衣岛不在渡轮航线内，要自租小轮船，来回每人摊派十几块钱的船钱。我就最怕在学费膳宿与买书费外再有额外的开销，头痛万分，向修女请求让我不去，不得不解释是因为父母离异，被迫出走，母亲送我进大学已经非常吃力等等。修女也不能做主，回去请示，闹得修道院长都知道了，连跟我同船来的锡兰朋友炎樱都觉得丢人，怪我这点钱哪里也省下来了，何至于。我就是不会撑场面。

这段叙述没有张爱玲一贯的冷艳和刻薄，平静如水的写作下我却看到了那个几十年前左右为难的少女，为了一点儿钱，那样的难堪。也难怪她要这样斤斤计较，在晚年还不忘记下一笔。英国著名作家乔治·奥威尔跟她一样年少时受过穷，他就曾写过没有人能理解贫穷对于一个少年（少女）所带来的震动这样的话。

何况她还是在一群富贵小姐的包围里？个中滋味只有她自己饱尝，外人再怎么想象着体谅也只是隔靴搔痒。

张爱玲一生看重世俗生活的意义，自然也包括对待金钱的态度，固然与她出身大家庭有关，想必这些上学时期的窘困也是助她了解金钱重要的原因。

在港大，她成为一个熟读古书满肚子旧诗文的异类，尽管她的英文也十分好——张子静就曾写过这样的事情，张茂渊对他说：你姐姐真是个怪人，什么样的英文书拿过来就看，哪怕是一本牙医的书。

她在那儿，没有任何优势。论家世，她那个早已破落的家世简直不值一提，香港一直就是一座务实而重经济的城市，那些新鲜阶层的资本家才是吃香货；论样貌，张爱玲虽不至于丑，但若说她多么美貌恐怕也言过其实了；论性格，她孤僻不善于与人周旋，处处显示的只能是她的劣势。

就连她一向骄傲的中文，在这里也失去了用处。在《对照记》里，她曾经这样写过她的父亲："我父亲一辈子绕室吟哦，背诵如流，滔滔不绝一气到底，末了拖长腔一唱三叹地作结。沉默着走了没一两丈远，又开始背另一篇。听不出是古文时文还是奏摺，但是似乎没有重复的。我听着觉得心酸，因为毫无用处。"

张爱玲的唯一长处，在港大校园里也有这种类似的"毫无用处"的心酸。

西风多少恨

> 不过十几岁的人感情最剧烈，得奖这件事成了一只神经死了的蛀牙，所以现在得奖也一点感觉都没有。隔了半世纪还是剥夺我应有的喜悦，难免怒愤。
>
> ——张爱玲

王国维在《人间词话》里称清人纳兰容若写词为"有宋以来第一人"，确乎如此。纳兰词里有一句并不为多少人所熟知的，我却十分喜欢，因为它透着无数的风情韵味。"西风多少恨，吹不散眉弯"，每每读到此词我像巴甫洛夫的条件反射一样，不自觉地就想起张爱玲跟上海《西风》杂志社的一段文坛公案，于当事人来讲，确实是西风多少恨。

张爱玲到了港大以后，努力适应着那边以英文教育为主的生活学习习惯，将中文当作一柄不轻易示人的利剑深藏于心。

在这个以写流畅的英文为骄傲的地方，她实在没有一样拿得出手的东西。然而，一个来自她的故乡上海的机会来了。当时，上海《西风》杂志社举行了一次征文比赛，名为——《我的……》。《西风》是一本十分洋派的杂志，也是十分具有海派风格的杂志，这本杂志的顾问便是当时红遍天下的林语堂。彼时的张爱玲对林语堂十分羡慕，曾经说过这样的话：我要比林语堂还要出风头！

这样便不难理解她缘何要给《西风》投稿了。张爱玲后来在《忆〈西风〉》里这样写道："我写了篇短文《我的天才梦》，寄到已

《天才梦》。

经是孤岛的上海。没稿纸，用普通信笺，只好点数字数。受五百字的限制，改了又改，一遍遍数得头昏脑涨。务必要删成四百九十多个字，少了也不甘心。"

大约张爱玲在"西风"这件事上隐约记错了一些细节，有人找出当年的《西风》杂志，赫然写着的却是"五千字以内……"，诸如此类，云云。

"法国修道院办的女生宿舍，每天在餐桌上分发邮件。我收到杂志社通知说我得了首奖，就像买彩票中了头奖一样。宿舍里同学只有个天津来的蔡师昭熟悉中文报刊。我拿给她看，就满桌传观……"

张爱玲或许会记错当时的征文要求与细节，但别人通知她得了首奖的事情，给当时的她"出口气"的事情，想必不是记错了。越是这样，越是证明它的真实性。因为这件事好比一个一穷二白的女学生，一直吃不好穿不好，猛然间收到别人赠送的一件漂亮连衣裙一样，那样喜悦，自然就念念不忘。

甚至更甚，因为这是她自己凭借努力得来的荣誉。"蔡师昭看在眼里，知道我虽然需要钱，得奖对于我的意义远大于这笔奖金。"

那时的张爱玲满怀期待，期待看到结集出版的书籍，和餐桌上分发邮件时众人的惊呼——我的天！那么多的奖金！她等着同伴们的侧目，那样需要被承认，因为她自小以来一直在否定声中长大，唯一的肯定却是来自父亲那一面。

人类大约对于纸质书有种天然的迷恋和迷信，以为一旦白纸黑字敲定了，仿佛便是种权威的象征，至少是种能力的证明吧。因而，张爱玲万分期待《西风》杂志社的最后通告。

可，越是希望的事情最后往往落空。

她晚年这样沮丧地说："不久我又收到全部得奖名单。首奖题作《我的妻》，作者姓名我不记得了。我排在末尾，仿佛名义是'特别奖'，也就等于西方所谓'有荣誉地提及（honorable mention）'。"

在这样尴尬的一刻，她竟然还想到了幸亏没有写信告诉黄逸梵，否则该有多么囧！

原本期待能够一扫被人小瞧的境地，哪知竟然让自己那样难堪，恨不得找个地缝吧？后来征文结集出版的时候，倒是用了张爱玲的题目《我的天才梦》。

天才梦，区区五百字不到，却让我们看到了一颗文坛新星呼之欲出。今天任谁看了这篇短文都会忍不住为她早慧的犀利文风所震撼，尤其是末尾那一句"生命是一袭华美的袍，爬满了虱子"。

写《我的天才梦》那一年她是个才十九岁的少女。"不过十几岁的人感情最剧烈，得奖这件事成了一只神经死了的蛀牙，所以现在得奖也一点感觉都没有。隔了半个世纪还剥夺我应有的喜悦，难免怨愤。"

出名要趁早啊，这是张爱玲一直以来的观念，所以才会对十九岁那一年的征文比赛那样耿耿于怀。

她渴盼奖金，因为她受穷；渴望得奖，因为想在母亲的面前露个脸，好让她夸赞两句——黄逸梵对于儿女们的表现实在吝于夸奖。再者，她也许想借着这样的事情好证明给母亲看：看看，我是有还你钱的本事的。

她一直说"我知道二婶为了我牺牲很多，我将来一定会还钱给二婶的"。

多悲哀，母女之间竟然要这样楚河汉界泾渭分明。

时间像离弦的箭一般，轻描淡写间就射过了一个寒来暑往。暑假的时候原本说好跟炎樱一起回上海的，那个家再怎么冰凉，也是个家。何况，整个上海对她来讲是一处巨大的容身之所，只有在那里她才能感到人生的欢愉与自在。

她在别处写过这样的话，还是爱上海，没有离开已经想念了。上海，对她而言就是朦朦胧胧的巨大的家的概念。很多年后，当她独居美国时，闭门谢客的习惯没改，但是有一次翻译家冯亦代去美国，给她家中的邮箱里写上希望能见上一面的话语云云。

她后来说上海来的朋友还是想见一见的，只可惜等她看到那封短笺的时候冯亦代已经回国了。什么人都不愿见，除了上海来的。上海是她的根，她的魂魄，哪怕几十年别居海外梦里也要招她的魂去幽会。

因而，对她来讲，她暑假说要回家，与其说回家，倒不如直接说回上海。她整个的人都是上海的。

可惜，说好的跟炎樱一起回去，不知怎么炎樱悄无声息地一个人独自回去了，留下了张爱玲一个人孤零零地住在修道院办的宿舍里。从来不喜欢放声痛哭的她破例哭了一回，且是那种撕心裂肺的恸哭，我以为应该不是孤单的落寞感带来的失落导致情绪崩溃，而是她向来喜欢别人言而有信，这样不着边际，又是自己唯一的信得过的朋友，怎么想都是十分受伤。这伤害里又涌进了一点点恼恨的怒火。

她干脆不回去了，一个人安安心心地住下来，倒也省心，起码不用听黄逸梵的唠叨，不用因为住在姑姑那里，担心她嫌她烦。整日里只有书为伴，日子虽清苦，总也是好的。

可是有一天，让她意想不到的是母亲黄逸梵来了，她还是那样明艳动人，时髦女郎。有天下午，一个老嬷嬷叫她有人找。来者正是她的母亲——想不听唠叨都难。老嬷嬷引导她去校园里逛逛，随口一问："你住在哪里？"

黄逸梵顿了顿说道："浅水湾饭店。"听了母亲的话，张爱玲觉得十分尴尬，因为她之所以搬到修道院来住，完全是为了节省一个夏季的住宿费，何况有修女知悉她家庭困难的情况。黄逸梵冷不丁冒出一句"浅水湾饭店"，着实让人窘迫，因为那是全香港最贵的酒店。

她猜到母亲能这样"挥霍"一定是姑姑还了她的钱了。张茂渊为了年轻时所谓的爱情，贴了人还贴了钱，不划算。因为帮助她所爱的什么表侄子打官司，她先是发动张志沂一起与张志潜打官司，后来官司败了又拿了黄逸梵的钱贴给李国杰。与亲戚反目，跟哥哥成仇，总之，一败涂地。

黄逸梵也不说自己要到哪里去，好似是印度马来亚之类，张爱玲也不好问。她们母女的关系永远这样亲密中带有距离感的尊敬，疏离又了解，很奇怪。

母亲在香港住了不少时日，那段时间她每天要乘车去浅水湾饭店，在那里她见到了母亲同行的朋友，也是后来香港爆发战争后她时常去见的人，最终这一对平凡男女化身成《倾城之恋》里不朽的白流苏与范柳原。

阅尽人间沧桑，写尽世间男欢女爱，不如自己有个倾心相爱的人。在世界崩坏的一刻，唯有人与人之间的关系是"真"的。

最后一根稻草

> 朋友是自己要的，母亲是不由自己拣的。从前人即使这样想
> 也不肯承认，这一代的人才敢说出来。

> ——张爱玲

同性之间做朋友，难免喜欢比较，虚荣心作祟。炎樱总是用
一根手指略带嫌恶地戳一下张爱玲的小腿，然后称她那白皙的腿
叫"死人白"。也许，因为她不够爱她，也许只是单纯地太爱自
己，以至于稍微超出自己所拥有的范围，便要被视为不好。

她自己黑自然心里嫉妒张爱玲的白皙——炎樱的种族或许以
黑胖为美，但她毕竟算半个中国人，且一直在中国长大，怎能不
懂东方的审美？白皙纤瘦是中国人的心头好。

因而，她们的关系属于亲密中还略带竞争性的。两个都太过
自恋的人，无论如何不会真心爱上对方，因为缺乏体谅与宽容，
因而，张爱玲与炎樱自始至终就是个青春好做伴的朋友。

她一直缺爱，没有谁给过她满足的爱，也没有人给过她欣赏
和信任的爱。父亲那边就不消说了，黄逸梵对她永远是要求多过
赞美，就连姑姑张茂渊也说过这样的话：同你在一起人都会变得
自大，因为对方太无能。

刻薄的幽默，但听者无论怎样总会在心里留下点儿伤痕。就
像她在港大的几年，也是一样的灰暗缺爱，直到她的历史老师佛
朗士教授出现。佛朗士是一位单身汉，英国人，为人有着简单的

快乐，反对一切现代化的文明，认为人应当过着返璞归真的生活，在这一点上倒是与《瓦尔登湖》的作者梭罗有着几分相像，怪道晚年的张爱玲还写过一篇关于梭罗的文章，也许在他的身上看到了一点儿当年老师的影子。

他的日子过得十分简朴，自己从来不坐汽车，家里唯一一辆破旧的汽车是给仆人买菜用的。因为为人真诚不喜奉承，因而在港大算是过得不太如意的老师，但是他似乎对此并不介意。他本人是剑桥毕业的高才生，常常能够将呆板严肃的历史书讲得风生水起，课堂上同学笑声四起。

这是他的魅力，有一段时间张爱玲甚至疑心自己爱上了他。

他有孩子似的肉红脸，磁蓝眼睛，伸出来的圆下巴，头发已经稀了，颈上系一块暗败的蓝宁绸作为领带。上课的时候他抽烟抽得像烟囱。尽管说话，嘴唇上永远险伶伶地吊着一支香烟。跷板似的一上一下，可是再也不会落下来。烟蒂子他顺手向窗外一甩，从女学生蓬松的鬈发上飞过，很有着火的危险……

这是张爱玲在《烬余录》里描写的历史教授，不拘一格不拘小节，幽默俏皮带着孩子气。

他很喜欢张爱玲这个学生，大约在张爱玲身上看见了一个新星的兆头，也可能仅仅出于对学业好的贫困女生的怜悯与同情。但是说他对张爱玲仅仅是同情似乎又将他的感情世俗化了，他是伯乐，给了她人生第一份大礼——自信。

在《小团圆》里，写了这样一件事，张爱玲从浅水湾饭店回到学校时，收到了一份厚厚的邮件，打开一看却是许许多多卷了边的或新或旧的港币，数了数，一共八百港币！这在当时来说绝非一笔小数目。

"先看末尾签名，是安竹斯（佛朗士）。称她密斯盛（盛九莉，即张爱玲），说知道她申请过奖学金没拿到，请容许他给她一个小奖学金。明年她如果能保持这样的成绩，一定能拿到全部免费的奖学金。

"一数，有八百港币，有许多破烂的五元一元。不开支票，总也是为了怕传出去万一有人说闲话。在她这封信是一张生存许可证，等不及拿去给母亲看。"

这笔钱对她来讲不仅是可以缓解她生活上窘困的钞票，而且是一种证明，她终于可以证明给母亲看她原来不是个无用的人，读书好也可以拿到钱，甚至佛朗士教授说按照她现在的成绩，毕业后可以直接到牛津大学去读研究生。

从前去英国留学的梦又被点燃了。这八百块港币是茫茫海面上指路的灯塔，也是救生服，因为有了它，终于可以扬眉吐气一番，至少在母亲面前自己不再一无是处。

幸亏母亲今日叫了她去，不然还要憋一两天，怎么熬得过去？"心旌摇摇，飘飘然飞在公共汽车前面，是车头上高插了只彩旗在半空中招展。到了浅水湾，先告诉了蕊秋（黄逸梵），再把信给她看。邮包照样包好了，搁在桌上，像一条洗衣服的黄肥皂。存到银行里都还舍不得，再提出来也是别的钞票了。这是世界上最值钱的钱。"

她的喜悦与珍视，隔了那么久远的时光，读着这样富有温度的文字，还令人震撼。

可是，这样一张"生存证书"，世界上最值钱的钱，母亲却说："这怎么能拿人家的钱？要还给他。"

更糟糕的还不是这里，而是黄逸梵以为张爱玲与佛朗士的关系不正常，这些钱大约是女儿的"卖身"钱！在另一本自传体小说里，黄逸梵有一次在张爱玲洗澡的时候莫名其妙地闯了进来——用中国最为古老的方法，"鉴定"她是否还是处子之身。

这样的事情自然让张爱玲出离愤怒，原本她以为母亲会感到骄傲和希望，谁承想她那样轻视她。压抑着心里的不满，她听话地将钱留在了母亲的桌上。后来两天心里着急得要命，想问黄逸梵怎么处理那笔钱可是又不好意思问，于是一直憋着，简直成了心里的一块病。

然而，再一日去浅水湾母亲那边的时候，恰巧碰见黄逸梵的朋友过来，称他们昨天打牌，黄逸梵输了钱，整整八百块！《小团圆》里这样说道：

偏偏刚巧八百。如果有上帝的话，也就像"造化小儿"一样，"造化弄人"，使人哭笑不得。一回过味来，就像有件什么事结束了。不是她自己做的决定，不过知道完了，一条很长的路走到了尽头。

究竟是一条什么样的漫漫长路，又是怎样一件事结束了呢？

那是一条依靠血缘连接着的亲情之路，也是努力想要爱着母亲的一件宏伟的事情，终于结束了，不是经由她的手，而是母亲亲手了结了它，愤怒里夹杂着失望和满不在乎，以至于后来的她在上海写了舅舅家的事情——《花凋》与《琉璃瓦》，舅舅一家生气，从此不跟她往来，她的姑姑笑着说："二婶回来要生气了。"

"二婶怎么想，我现在完全不管了。"不管，是一种放任，你爱怎么样就怎么样，过去如果说还谨慎地想要讨好母亲，如今她如何想她都不在乎了。不在乎就是放弃，她有这个母亲跟没这个母亲，关系不大。

自从这八百块钱的事情发生后，她对于母亲一直便是这样的态度，那笔钱成为压死骆驼的最后一根稻草。姑姑只好说："她倒是为你花了不少钱。"她则回答她道："二婶的钱我无论如何一定要还的。"像因为赌气而发誓的孩子，以为还清父母为了培养她的钱就算还清了人情一样。

那时候的张爱玲还年轻，没有晚年后的通透与豁达，太爱计较，哪怕与自己有着血肉之亲关系的母亲，也不例外。

"反正她自己的事永远是美丽高尚的，别人无论什么事马上想到最坏的方面去。"张爱玲如是评价她的母亲，虽刻薄了点儿，却也未必不是实情。因为黄逸梵跟她一样是个自私而自恋的女人，一个自负于自己的美丽，一个自负于自己的才华与魅力，除了自己，天下的女人哪有几个入得了眼呢？

何况，黄逸梵因为漂亮的缘故，从来不缺追求者，兼着本来个性上的刚强，使得别人与她相处起来总感到一股压力，透不过气来。尤其，两个一样只认同自己的女人在一起，简直要了命。

在香港的几个月里，黄逸梵倒是跟张爱玲说了不少成人间的事情，到底把她当作一个成年人来对待。然而，张爱玲宁愿喜欢童年，她记忆里的母亲永远是那样，换上一身漂亮衣服去跳舞，她就站在过道那儿看着她，替自己找定了一个小客人的位置，尽管是客人的身份，因为有童年的安全感，所以分外留恋。

黄逸梵告诉她说舅舅黄定柱是抱来的，讲当年娘家的一个老嫂子怎样冲破层层检查抱回来一个男婴——若没有这个男婴，那个旧家庭就要将他们孤儿寡母生吞活剥了去。血淋淋的家族感情，令人看了汗毛倒竖。却是真的。

张爱玲在一篇名为《谈看书》的散文里说过这样的话：事实比虚构的故事有更为深沉的戏剧性，向来如此。

她自己的家族故事就是这样的富有深沉的戏剧性。

母亲在谈了那么多娘家成年往事后，却话锋一转要她尊敬舅舅，将来千万不要去跟舅舅打官司。张爱玲一惊，母亲怎会把她看作这样的人？可黄逸梵却又继续唠叨着："你们家的人啊，谁不知道！"

她始终没把自己当作张家的人，这也是中国绝大多数女性的宿命吧？

她憎恨张家的人，就连没见过面的婆婆李菊藕，她也连带着一起怨恨。因为张家消耗了她的青春，却没给她美好的未来。

人类天生地喜欢浪费

我们对于战争所抱的态度，可以打个譬喻，是像一个人坐在硬板凳上打瞌睡，虽然不舒服，而且没结没完地抱怨着，到底还是睡着了。

——张爱玲

"大考的早晨，那惨淡的心情大概只有军队作战前的黎明可以比拟，像《斯巴达克斯》里奴隶起义的叛军在晨雾中遥望罗马大军摆阵，所有的战争片中最恐怖的一幕，因为完全是等待。"

这是张爱玲在自传体小说《小团圆》中开头写到的事情，那一年已经是她在港大的最后一年冬季，眼看着要期末考试了，人心惶惶，平时忙着恋爱的人不免忧心忡忡，担心不能考出好成绩。

张爱玲也在这担忧的人群中，她不是忧心不及格，而是忧心能不能继续考出好成绩，拿到奖学金，安慰历史老师佛朗士的心，总算没白栽培她。港大已经承诺，她毕业后直接去牛津继续深造。

几个同学互相问答着温书，互相说着令自己都不敢置信的话。"哎呀，我都没看书！""死喽，死喽，一点儿书都没看！"是不是相当的熟悉？每逢考试前夕，这样的声音充斥我们的耳膜，女人就是这一点假。明明努力了，明明背地里看书了，偏偏要说自己没看书，还要做出忧心不及格的样子。

也许，这不是假，而是女人天生地喜欢比较，生怕自己被人比下去了，一点儿虚荣心支撑着，只好告诉同学说自己还没有准备好，不然考砸了的话如何是好？考好了还好，那是天分高，嫉妒不来。

炎樱问张爱玲的历史准备得怎样，她只漫不经心地说大概总是能及格的，其实自己心里也迷糊，因为讲到了近代史，那是她所熟悉的历史，因为有她的先人，李鸿章、张佩纶，亲友的小道消息也许比白纸黑字的历史教科书说得还要可信，还要有趣吧？近代史让她觉得有些生硬，因为纸上的文字隐去了太多的内容。她一生尊敬的偶像胡适先生就曾说过历史是个任人打扮的小姑娘。

可是，在这一片紧张的慌乱里却出现了更为令人惊叹的声音，不知谁喊叫了一声说战争爆发了，英国在欧洲已经忙得焦头烂额，作为其殖民地的香港只怕是顾不过来了。日本人真的打过来了！不敢置信，一直谣传着的谣言成真了。

不用考试了！许多学生首先感受到的是解脱、轻松。张爱玲，稍稍不同，在轻松懈怠之余又隐约有点儿遗憾，不会不考了吧？她别无长处，唯有读书好。

然而，刚听闻战争消息的同学第一反应不是恐惧，而是发愁没有合适的衣服穿！张爱玲在《烬余录》里写过这样的趣事，宿舍里一位有钱华侨人家的女儿，每天要穿不同的衣服——对于社交上的不同场合需要不同的行头，从水上跳舞会到隆重的晚餐，都有充分的准备，但是她没有想到打仗。

竟然想的是如何找到合适的衣服穿——怎样的幼稚才能说出这样的话？难怪时隔两年后张爱玲写作时还不忘调侃两句。也难怪，和平世界里长大的人哪里得知战争的残酷？一切事情，人们务必要自己亲身经过了，方才知晓个中滋味。

所有的想象，不过是想象。因为，想象不能代替事实，想象不是夸大痛苦，就是一味避重就轻。

"至于我们大多数学生，我们对于战争所抱的态度，可以打个譬喻，是像一个人坐在硬板凳上打瞌睡，虽然不舒服，而且没结没完地抱怨着，到底还是睡着了。能够不理会的，我们一概不理会。出生入死，沉浮于最富色彩的经验中，我们还是我们，一尘不染，维持着素日的生活典型。有时候仿佛有点反常，然而仔细分析起来，还是一贯作风……"

战争也没改变了人与人性。自私的依旧自私——张爱玲与炎樱两个人曾经在看护伤员时，一边不耐烦地听着他们的号叫，一边自己去温了牛奶喝，且不管他们如何直勾勾的眼神望着你，张爱玲说自己一向缺乏正义感——其实，她对整个的人世有种天然的悲悯，像老子所说的"天地不仁，以万物为刍狗"，她的悲悯与同情完全是天与地的，不是那种温情脉脉时常流露的小情调。

但，世人都爱这小情小调，因为温暖。她不是习惯让人感到温暖的女人，她是冷艳之外自有大世界。

因为粮食渐渐地要靠配给，本来就不够吃，可同学们个个吃得比平时多。

——每个人都想着不知道下一顿还能不能吃到美味的饭菜，即便是漂着青虫的菜汤，也总有结束的一日。

人人都被这种惶恐感攫住了，总觉得身后有种惘惘的危机，于是及时行乐伴着急切想要抓住点儿什么的心理，使得人们特别愿意找点踏实可靠的东西，人们竞相结婚了。倒不是因为有多恩爱，而是战争的恐慌让人们感觉到了爱，就像《倾城之恋》里的男女主角一样。

在一片昏天暗地的轰炸里，人人自危，害怕与人有着亲密的关系，怕被粘连上，

张爱玲的土布裙子。

如果需要帮忙，不伸手又说不过去，于是只好做个独来独往的独行侠。

还好，炎樱尚在身边，还不算孤独。炎樱的胆子向来很大，洗菜的小大姐都不敢靠近窗户，因为害怕被流弹击中，但炎樱不怕。同学们挤在宿舍的最下层，只听见机关枪"突突突""哒哒哒"的声音，有今天没明天的。

"同学里只有炎樱胆大，冒死上城去看电影——看的是五彩卡通——回宿舍后又独自在楼上洗澡，流弹打碎了浴室的玻璃窗，她还在盆里从容地泼水唱歌……她的不在乎仿佛是对众人的恐怖

的一种嘲讽。"

一开始还有粮食配给，慢慢地因为战争越来越激烈，港大停止办公了。异乡的同学被迫回乡，像无家可归的流浪儿一样，除了参加守城工作，否则别无出路。回上海的船票一票难求——那时的返乡船票也许比之今时今日春运的票要难多了，因为有钱也买不到。两眼昏黑，完全看不到出路，是生是死全凭命运的裁决。

为了有容身之所也为了能得到一点儿可怜的口粮，张爱玲毅然报名参加了守城工作。刚报完名出来就遇上空袭。炮声轰隆隆地砸向地面，没有可以防御的地方，不知道自己身在何处，那样赤条条地站在天地间，真有种原始的荒凉感。

"轰天震地一声响，整个的世界黑了下来，像一只硕大无朋的箱子，啪地关上了盖。数不清的罗愁绮恨，全关在里面了……"

"我觉得非常难受——竟会死在一群陌生人之间么？可是，与自己家里人死在一起，一家骨肉被炸得稀烂，又有什么好处呢？"她第一次真正地想到了死，那一刻她才悲哀地意识到这样的问题：在斜坡路上走着，她猛地想到都差点儿炸死了，也没有谁可告诉。比比（炎樱）走了。非仅是香港，而是在这个世界上，有谁在乎？有幸不死的话，她倒是宁愿告诉她的老阿妈（何干）……将来她会告诉珊瑚姑姑，不过姑姑就算知道她差点炸死了，也不会当桩事。比比倒是会想念她的，可是比比反正永远是快乐的，她死了也一样。

战争对她来讲与其说是恐怖的事情，倒不如说是一个让她想清很多事情的契机。

在同学们报名守城的同时，佛朗士教授也嚷着要参军护城。像绝大多数的英国人一样，他报名参军。在某个黄昏时分他返回营地的时候，也许在思考着某个问题，教授、书呆子大约时常如此吧，总之哨兵叫了他，他却像没听见一样径直走路，然后在一声枪响之后，佛朗士倒下了。

　　这个曾给过张爱玲最初的温暖与希望的英国人，在战争爆发的时候却死在了自己人的枪口下。张爱玲说可惜了，这么好一个人，真是人类的浪费，最没有目的的死。

　　人类天生地喜欢浪费，尤其是对天才的浪费。

那些触目惊心的战事

现实这样东西是没有系统的，像七八个话匣子同时开唱，各唱各的，打成一片混沌。在那不可解的喧嚣中偶然也有清澄的，使人心酸眼亮的一刹那，听得出音乐的调子，立刻又被重重黑暗拥上来，淹没了那点了解。

——张爱玲

战争一旦打响，各色人等纷纷登场，人类的恶被空前地放大，像压抑许久的困兽跑出来，见人杀人见神杀神，杀红了眼。

战乱对于张爱玲这样"无家可归"的外地女学生，触目惊心的倒不是死亡，而是如影随形的饥饿，不知道什么时候配给的粮食才能下来，总是一句"快了，快了"，却没有一定的日期可以期待，像等待一个不知道会不会来的人一样，那样心焦却无能为力，又因为别无他法唯有等待。

此时的张爱玲在香港真的是举目无亲，就连炎樱也被分在了不同的地方，在城里的中环。而当时母亲与姑姑托付的监护人李开弟先生早已离开了香港，又将她托付给另一位友人，一位港大教授。

如果说战争中还有什么是可以值得欣慰的，也许要算得上给一位教授帮忙了——在图书馆里干活，事情特别简单，让她记下每一次防空警报、空袭及解除警报的时间。运气实在太好，一个书虫被分到图书馆，简直像孩子被领进了玩具店。她忙着读书，时常忘记教授安排的活儿，等到那位教授问起来的时候，她总是略带不安地回答一句："哦，我忘了。"一如当年在上海的圣玛利亚女校，忘了交作文时的腔调。

在这样忙乱的时刻，她只顾着挑拣自己感兴趣的书阅读，有时也会想到万一流弹砸中了窗玻璃，玻璃戳瞎了眼睛可怎么好？那样便无法读书了，然而又想着"皮之不存，毛将焉附"，将自己嘲笑了一番，又心安理得地读书去了。

没在南方过冬的人也许无法理解香港的冬天，照样冷得人牙关直颤。冷与饿是最难挨的事情，为了打发饥饿的时光，她时常靠着读书喝点儿热水就过去了。

"她在循道会拿旧的画报杂志当毯子盖。杂志冰凉又光滑，只要不滑下地，还是可以保暖……满目疮痍的感觉，使她缩回了自己，求取保护，觉得是贞洁良善的，因为把自己照顾得很好。深深地弯腰，触碰脚趾十次。"

这样饥寒交迫中过了两日，她还自我安慰道，这样断食有助于身体健康，可是渐渐地只感到头也变得轻飘飘的，身体空落落的，有点儿累，像是热水澡泡太久……只有晚上胃微微抽搐，但一会儿就过去了。

饿着肚子，她照常去教授那边报到。教授的太太过来，给丈夫送饭，一碗炒饭。"琵琶在书上读过饿肚子的人看见食物，喉咙里就会伸出只手来……等她真的饿昏了，她会开口问他们要，可是还不到时候。她把两眼黏住一本枯燥的书，不动声色。可是林先生清楚她的窘境。他一头吃，脾气很坏的样子，无疑在提醒自己，她这个人不负责任而且一无是处。"

战争不仅让人变得恶，甚至连仅剩的一点儿怜悯也随着炮声消散得一干二净。

这样的日子没持续多久，听说香港沦陷了，日本兵很快就要入城。港大抢在日本人进驻之前，忙着清理各类文件，就连学生的成绩单也不放过。《小团圆》里特别写到这样的事情，倒不是张爱玲成名多年还念念不忘此等小事，实在是港大里唯一的骄傲便是那些成绩报告单。

"此地没有成绩报告单，只像发榜一样，贴在布告板上，玻璃罩着，大家围着挤着看。她也从来不好意思多看，但是一眼看见就像烙印一样，再也不会忘记，随即在人丛中挤了出去。分数烧了，确是像一世功名付之流水。"

一位男同学特地跑来跟她说这样一件事，再三邀请她去看那滔天的火光。她怎能去？她想起了小时候发现弟弟在她画上偷偷画两道黑杠子的童年。嫉妒，人类的天性。

终于停战了，一切都结束了。如同喝醉了酒一般，兴奋却一时找不到方向。香港沦陷后她跟炎樱满街去找卖冰激凌的地方，什么都想买，广东土布、唇膏。可是，兜里的钱实在有限，还要预备着回上海的船票。只能看看过着眼瘾，即便是这样也还是高兴。

她们能够不知疲倦地满港岛跑，只为吃一口满是冰屑子的冰激凌。从那时候开始，她体会到了怎样以买东西当作一件消遣。

也是从这个时候开始，她开始接受炎樱那套理论——炎樱向来总说她太过苍白无力，想要引起别人的注意，唯有往奇装异服的路上走。

日后，她回到上海的时候总是这样着装，唯恐别人注意不到她，哪怕成名以后，她有一次去印刷厂也是穿着美艳不可方物的衣服，引得印刷厂的工人都停下来观看。

她解释说她的这种衣服控也许是受到当年孙用蕃赠衣的影响，无论如何，她好似一下子开窍了。知道如何打扮自己，不再是过去那个丑小鸭，如她自己所讲，长大了也还是个丑小鹭鸶。

也许，女人的韵味与魅力正是从这个时候开始绽放的。

除了穿，香港好似一下子重新发现了"吃"的喜悦。"在战后的香港，街上每隔五步十步便蹲着个衣冠楚楚的洋行职员模样的人，在小风炉上炸一个铁硬的小黄饼……我们立在摊头上吃滚油煎的萝卜饼，尺来远脚底下就躺着穷人的青紫的尸首。"

有一次，她在中环那里遇见一个挑着菜的贫苦的农民，见他正一脸巴结地讪笑对着面前的日本兵，因为语言不通的缘故，他分外努力地作揖，以为就此就能罢免掉羞辱。张爱玲怔住了，脚底下像给钉住了一样，无法挪动脚步。

那日本兵"啪啪"地给了他几个响亮的耳光，那耳光似抽在张爱玲的脸上，心内一阵翻涌，脸上似乎也跟着火辣辣起来。这是一向说自己自私毫无正义感的张爱玲，第一次感到作为"低等"民族的悲哀，被征服的人们，还有什么尊严可言？

后来我去港大的时候，也曾怔怔地望着张爱玲当年读书的地方，但犹记得在黄昏时分的中环，望着灯火辉煌的大楼与人潮涌动的码头，没来由地想起张爱玲见穷人被日本兵扇耳光的一幕，心里一酸，没敢继续想，跟着行人落入暮色里。

这些民族的记忆，文化的烙印，像胎记一样，一生一世也休想去掉，也许这样的事情也让她倍感家乡的可贵来。她想要回到那个亲切而熟悉的上海。哪怕，物是人非。

战争是短暂的，然而留给她的印象却是些林林总总的琐事。"现实这样东西是没有系统的，像七八个话匣子同时开唱，各唱各的，打成一片混沌。在那不可解的喧嚣中偶然也有清澄的，使人心酸眼亮的一刹那，听得出音乐的调子，立刻又被重重黑暗拥上来，淹没了那点了解。"这是她在回忆港战的散文《烬余录》里所说的话，可见场面的凌乱。

家，有时不是想回就能回得去的，一票难求，从开战开始一直到战争结束，状态没有丝毫好转，人人都想逃离这块被日本人占领的地方，把香港当个弃儿一样丢掉。

在战乱的时代，人类的一切感情都显得那么不可靠，哪怕是对着自己的家国。

她跑去找母亲的那对朋友，他们因为《倾城之恋》而终于下定决心走进婚姻里，常常她要打电话到他们的寓所询问船票的事情，也亲自去过他们在铜锣湾的寓所，可后来渐渐自己先不好意思起来，怕人家觉得沾惹上麻烦。

张爱玲一生都有这种清绝的清醒，无论何时。

按照《小团圆》里的解释，最后弄到船票的方法竟然是她"要挟"港大的一位教授，只因为那位老师负责伤病员的口粮，她目睹过他的昏暗，他不得不替她安排了返乡这件事。

终于可以回家了！那一刻，只怕欢呼都无法宣示自己的心情。梦里梦见过姑姑的家吧？正如她所说的一样，姑姑绝对可以依靠，她知道。姑姑，从某种意义上来讲，甚至比母亲还可以依靠。

在返乡的船上，她遇见过意料之外的人，梅兰芳先生，然而最让她惊愕的倒不是梅兰芳，而是《倾城之恋》里那两位精刮的主角，也是她一直追问船票的上海朋友。当他们无意中相逢时，除了尴尬还是尴尬，人人都尽力做到平静，心里都不免翻江倒海。

他们一直告诉张爱玲他们也不清楚什么时候有回上海的船，更弄不到票，可真是现面打嘴。让他们惊讶的是张爱玲一个女学生如何能在沦陷的香港弄到比登天还难的船票，望着张爱玲鼓起的衣物心下了然——兵荒马乱的年代，一个女人家除了出卖身体去依靠个男人，还能怎样？

心下便释然了，隐隐中有幸灾乐祸的不齿。

张爱玲懒得解释任何理由，她一向是宁愿别人误解也不肯多说一句的人，何况对于他们那样的人，实在没有任何必要。

上海，我回来了！

"上海不是个让人看的地方，而是个让人活的世界。对琵琶而言，打从小时候开始，上海就给了她一切的承诺。而且都是她的，因为她拼了命回来，为了它冒着生命危险……上海与她自己的希望混融，分不清楚，不知名的语言轰然地合唱，可是在她总是最无言的感情唱得最嘹亮。"

上海就是她的所有希望，每一次回到上海总有种衣锦还乡的感觉，虽然她并没有什么值得一提的事迹，然而心内总是这样的感觉，因为爱上海。上海也待她不薄，他们是彼此彼此，相互了解、宽容。

"黄包车颠簸着前进……景物越来越熟悉，心里微微有阵不宁，仿佛方才是在天堂，刚刚清醒……我回来了，她道。太阳记得她。"

千辛万苦，终于回来了。似当年季羡林归国时的感受，他说当自己经过深圳罗湖关的时候，眼泪忍不住就要下来，想要亲吻脚下的这片土地。

张爱玲不是爱国情感的激烈，而是思乡情浓。感情浓了，怎样都一样。

花至荼蘼

　　成名、恋爱，这些旧戏里大团圆的戏码轰轰烈烈地上演。她被时代推着向前走，眩晕的名与利、眩晕的爱情，一切来得太快，杀她个措手不及。然而令人遗憾的是，这是一出苍凉的悲剧。

第一炉香

就算最好的宝石，也需要琢磨，才会发出光辉来。

——张爱玲

回家了，家还是老样子，姑姑永远是友好而淡淡的，她不会浓烈地表达关爱，因为习惯"君子之交淡如水"。张爱玲在作品中曾经就写过她跟姑姑似朋友关系，朋友自然没有亲人来得热烈，却更投契。

上海也还是老样子，可是看着就满心欢喜，因为它那样真实可爱，到处都是生活的尘世之美。她爱这样的世界。

刚回到上海的那段日子，张爱玲无所事事，因为找不到未来的方向，后来想着总是要拿个文凭才好，这样方不负母亲那么多年的付出，于是跟炎樱一起打算进上海的圣约翰大学。

可是，学费从哪儿来？张爱玲跟弟弟表明了难处，张子静自告奋勇说他帮忙说服父亲。于是，找了个机会，趁着孙用蕃不在场的时候，他跟张志沂说了姐姐的情况。彼时，距离当年张爱玲被毒打及逃脱张家已经4年了！血脉亲缘的神秘性就在这里，无论当时怎样憎恨，总会不用多言，三言两语就能化解仇恨。张志沂听了只轻声地说了句："你让她来吧。"

时隔几年，张爱玲重新进了这老宅，父亲也许老了些？因为港战的原因，她已经原谅了他，甚至孙用蕃。在生与死面前，一切的仇恨都显得渺小。没有过多的语言，只十来分钟后张爱玲就离开了这所老宅子，此后余生几十年她再没有回过这个家，也没有见过她的父亲。

父女俩若知道这是他们这一生的最后一面，会不会说话的时候语气温柔一些？眼里多一点儿不舍而不是尴尬？然而，历史全无假设的可能。他们，这一世父女情缘缘尽于此。在这所老房子里，她第一次睁开眼睛打量这个世界，他则第一次体会了初为人父的欣喜。如今，他们的一切恩与怨，也结束在这宅子里。但，老房子记得她。永永远远。

炎樱生意人的本性，让她走到哪里都如鱼得水，她在圣约翰大学混得风生水起。她人缘好，张爱玲正好相反。张爱玲跟弟弟抱怨说圣约翰大学的老师不行，课程也不行，于是想要退学。其实，她真实的心理无非仍关于钱。父亲已经给了学费，不好意思再向他要生活费。而母亲远在国外，姑姑，怎么说也不是自己的父母，不能像找父母伸手要钱那样理所当然、理直气壮。何况，她自香港回来后一直借住在姑姑那里，已经给她添了不少麻烦。曾经，黄逸梵这样说过张茂渊，她就是多条狗都嫌烦，何况是张爱玲这样一个活生生的人！

她总有一种客人的情绪，挥之不去。

她曾经那样渴望在上海有自己的房子，可惜直到她离开内地也没有实现这个愿望。她的一生竟然没有一栋属于自己的房子。人的理想与现实之差距往往这样惊人。

为了替姑姑分担点儿开销，她开始尝试写作。之前，在香港的几年里，为了实现比林语堂还要出风头的愿望，她几乎从不用中文写作，除了那篇《我的天才梦》。她一直练习着用英文写作，哪怕是一封短笺也不例外。然而，当她离开了香港回到上海的时候，好似心底里隐藏着的故事一下子就冒了出来。她要为上海人写一段关于香港的传奇，故事不长，点一炉香的机会也就说完了。她为这个故事起了个别致的名字:《沉香屑·第一炉香》，这篇文章发表在"鸳鸯蝴蝶派"鼻祖周瘦鹃主办的杂志《紫罗兰》上。

有些天才的显现是早慧且一鸣惊人式的，有的则用滴水穿石的功夫抽丝剥茧，大器晚成。人们喜欢第一种，因为太富有传奇性和戏剧性。幸运的是，张爱玲便是这样的人。从前的她蛰伏得毫不惊人，即便是与好友炎樱一起外出，她也没有丝毫过人之处，人们往往关注炎樱多过她。想来也很正常，天才的乖僻未必是我们寻常人能包容与消化的，反倒是炎樱那充满市井的小聪明小机灵为我们所熟知。

如今，改天换日一般，这"第一炉香"引起了沪上文人的注意，因为这样的字眼实在怪异而新鲜:

"请您寻出家传的霉绿斑斓的铜香炉，点上一炉沉香屑，听我说一支战前香港的故事。您这一炉沉香屑点完了，我的故事也该完了。"

她的文字从这里已经看出了端倪，用新方法讲老故事。她的文章不似老派那么幼稚保守，也不似新派那样"革命"，更不是新文艺腔的做作无聊。她太过独特，仿佛横空出世般，出现在这个日渐沦陷的孤岛上海。

此后，《沉香屑·第二炉香》《金锁记》《倾城之恋》一气呵成，遍地开花，她忽然间尝遍了被人追捧的感觉。她红了，红得发紫，风头早已盖过了从前的目标——林语堂。

一时间，整个上海滩人人都在谈论她，不知道这位笔底生花的作者什么样，许多热爱她的读者不知从哪儿打探到了她的住址，竟然寻了过去，大有今时今日年轻女子追星的架势。然而，她一概不见，因为实在尴尬，不知面对陌生人该说些什么。不仅是陌生人，就连一些她认识的朋友，如果想要见她，必须提前预约。你若到得早了，对不起，吃个闭门羹，因为她还没有准备好见你；你若到得晚了，更对不住，她一张冷脸打开房门告诉你一句"对不起，张爱玲小姐此时不在"，然后便是一声巨响——"砰"的一声，将访客挡在门外。

从前，跟张爱玲交恶的上海滩女作家潘柳黛，曾经这样说过她，也曾讥讽她的贵族身份就好比太平洋死了一只鸡，上海人家却津津乐道自己喝上了鸡汤。

时隔多年，今时今日我倒觉得潘柳黛说她的事情未必是假，她一向就很清高怪僻，兼之文人相轻，女人之间更是有种天然的虚荣心，喜欢比较，个性不相投者如潘柳黛说出这样的话并不奇怪。

生活在这个人世间，每个人都会遇到一些难堪的人与事，有些甚至是你永远不愿意再见的人，不是因为憎恨而是因为厌恶。

至于，张爱玲成名后这样的反应——不见生客，倒不是她拿架子，而是实实在在不知道如何应付那些热忱的读者，这样的心理几十年后她在给宋淇夫妇的信中也说到了。

万一来者是一位看得感动的女人怎么办？她若在她那里哭哭啼啼如何是好？她天生不会安慰人，哪怕是黄逸梵在她面前哭泣，她也只是怔怔地，不发一言。

而说她对于来得早来得晚的客人都不面见的事情，也许是她天性里喜欢别人守时，也许是她在香港接受了几年英式教育留给她的习惯。而对于不守时的人，张爱玲不见这样的客人，无可厚非。自然，她若能打开门一张脸笑眯眯地将客人迎进去，还能热情地招待一番，那当然是最好不过的了。

只可惜，那样的人不会是张爱玲，只会是寻常的我们。

但，她并非拒绝所有的陌生人，对一个男人便是例外。这个人就是胡兰成。在她过去二十三年的人生里，感情世界一片空白，好似一直在等待着这样一个人出现。

她曾说自己从未谈过恋爱，所写的文章却几乎篇篇都讲爱情，给人知道了不好。

如今，她命中注定的那个人正循着她的芳香走过来。当时的胡兰成还在南京休养，一日他坐在庭院里翻看苏青寄给他的杂志，随手一翻便是张爱玲的一个小短篇《封锁》。

"开电车的人开电车。在大太阳底下，电车轨道像两条光莹莹的，水里钻出来的曲蟮，抽长了，又缩短了；抽长了，又缩短了，就这么样往前移——柔滑的，老长老长的曲蟮，没有完，没有完……开电车的人眼睛盯住了这两条蠕蠕的车轨，然而他不发疯。"

这是《封锁》开篇的一句话，也正是这样一段话让原本漫不经心的胡兰成心内一惊，坐直了身子又惊又喜地往下看，一个巨大的问号盘旋在他的脑子里：张爱玲到底是谁?

他若知道张爱玲也在等待着他这样一个男人，内心必定欣喜万分吧。眼下，浓烈的兴趣积攒了太多的好感，他是每篇张爱玲的作品都看，每篇都赞好，只要是张爱玲的东西便是好的。胡兰成就是这样一个人。

这个爱情故事的开端实在没有太多令人惊异的地方，无非是出于文人之间的相互吸引，进而引发好奇罢了。然而，我们还是被它吸引，因为实在华美而苍凉。

如果说她的人生是一本精彩绝伦的小说，那么他则是这本书里一直按捺着性子直到高潮时候才出现的人物，人人都想争睹这段万分之一的华美，他却浅尝辄止，甩甩衣袖，走了。留下一个黯然神伤的故事，等着她收尾。

原来你也在这里

于千万人之中遇见你所遇见的人，于千万年之中，时间的无
涯的荒野里，没有早一步，也没有晚一步，刚巧赶上了，那也没
有别的话可说，唯有轻轻地问一句："噢，你也在这里吗？"

——张爱玲

人世浩渺，能在萍水相逢的故事里生出几许妩媚的香气就是
缘分，便算没有辜负一片好春光。

胡兰成自从读了《封锁》后，心内便存了一个愿望，必得亲
自登门拜访。他从苏青处得到了张爱玲的住址——关于这一点，
我一直有个想法，胡兰成既然与苏青熟识——因为胡兰成遭遇牢
狱之灾的时候，苏青曾邀请张爱玲一起到南京去营救他。张爱玲
对此却一反常态，答应她跟着去南京，为了营救一个完全陌生的
男人。她们摸不着门路，居然跑到周佛海的家里，事后才得知周
佛海跟胡兰成压根不对路。

但女人就是这点儿幼稚的莽撞让男人心动。我总怀疑张爱玲
通过苏青对胡兰成一定有所耳闻，大约也是看过他的文章，心里
多少有点儿欣赏的意味。

而胡兰成既然从苏青那里要到了张爱玲的地址——当时的苏
青不仅自己写文章，还是一个俊俏的离了婚的女编辑。她跟胡兰
成的关系应当不会止于普通朋友的关系，即便是好友，应当也是
有暧昧关系的朋友，因为胡兰成是那样一个男人，只能允许自己

不下手去捕猎，绝不能允许对自己没兴趣的猎物出现在势力范围内——一般来说，只要他有兴趣，女人总会乖乖地自动缴械投降。《小团圆》里写到他去一个日本人家里避难，五日内竟然与日本主妇发生了关系！

在这一点上，基于对胡兰成个性的认知，我是不惮以这样的"恶意"揣测他们的关系的。否则，哪有这样仗义的女人？没有一丝一毫的好感，就能舍身跑魔窟一趟？难。

想必，张爱玲对他也是心存好感在先，然后才答应苏青去营救他。在这一点上，实在是两个喜欢他的女人的卖力表演。

胡兰成在对女性的嗅觉方面有着异常的敏感，他必定是得知了她曾经去营救过他——苏青怎能不告诉他呢？放着展现自己的英勇与果敢而不说？这不像苏青的为人。

因而，当他站在静安区常德路上的爱丁顿公寓六楼零五室张爱玲的门前，他一定是志得意满的，他像一个高明的猎人一样，等待着猎物的乖乖投降。

他，这样一个情场老手，与从未恋爱过的女作家周旋，胜负高下立判。

然而，头一遭他却吃了个闭门羹，张爱玲并没有他想象的那样轻易就范。她不见生客，这样的规矩他从苏青那里知道了，但人总是这样的犯贱，不自己亲身试验过是不大愿意相信的。

见她执意如此，他只好留下一张纸条，纸条上留下了自己的联系电话，这才是重点，他在等着她的主动靠近。有人说爱情犹如高手对弈，谁先动心满盘皆输。

他自信满满地回到了自己的家——美丽园。此时的胡兰成已经阅人无数，早已不是那个当年从浙江嵊县胡村走出来的穷小子，他已经见过了大世界，知晓了女人的千种风情万种妖媚，对如何吸引不同女性的技巧了解得通透。

这一次他面对的不是普通的对手，对方是名满天下的女作家，他即将准备展现的则是作为文人的博学与智慧，对此，他应当也是自信的。

他安静地守株待兔。果然，张爱玲第二日便沉不住气打了电话过来，并且声称自己要登门拜访！这些反常情形，足以说明张爱玲对他不是一无所知。她那样惧怕见陌生人，只因为害怕无话可讲，如今却为了这个男人要登门拜访。

之前，她为了答谢周瘦鹃先生也没有说登门拜访，而是邀请他来姑姑的家中。

胡兰成接到电话先是有些诧异，然而这诧异只是一时的，因为他预料到了这样的进程，只是比他想象的稍微快些罢了。

像一个想象了太久的地方，等到我们有一日亲临其境的时候，总觉得熟悉里又有许多不知所措的陌生。人，也是如此。胡兰成在《张爱玲记》里这样写道初见她的情景："我一见张爱玲的人，只觉得与我所想的全不对。她进来客厅里，似乎她的人太大，坐在那里，又幼稚可怜相，待说她是个女学生，又连女学生的成熟亦没有。我甚至怕她生活贫寒，心里想战时文化人原来苦，但她又不能使我当她是个作家。"

单单从这几句话里，胡兰成的心思一览无余。张爱玲的身形外貌大约不是他所喜好的，他中意的女人是小巧玲珑而娇俏机灵的，至于个性上则又要体贴宽容而保守的，像他的发妻玉凤。

一个人对异性的审美一旦形成，日后很难改变，看胡兰成一路走来所爱过的女人，统统都是样貌清秀的小女人。张爱玲是个例外，每个人生命里都会有个例外。不按常理出牌，往往遇见这样的命中注定，像经过几世的劫难一样，在劫难逃。

张爱玲对他来讲太过高大，在心理上他没有了怜惜的成分，也少了点儿从前的心理优势，自信会随之减少。这也是人之常情，无论胡兰成怎样说他跟张爱玲是天上人间，神仙眷侣，但终归是普通人的恋爱，寻常男女的婚恋故事，再传奇也要有世俗的底色。看他写这段故事远不及张爱玲来得实在，就是因为他太想要传奇性戏剧性，而张爱玲在为文方面似乎比他更为开阔大气，因而才敢那样不经雕饰地写作。

张爱玲在他面前像个女学生一样拘谨，她见到陌生人总会如此，何况还是个自己有些好感的男人。女人，在遇到自己心仪的男人时，总是过分地紧张，因为紧张导致一系列的错漏失误，事后往往后悔不迭。

胡兰成说她比个女学生的成熟都不到，这句话倒是看出胡兰成多么成熟，毕竟是官场里打滚过的男人，又比她大上个十几岁，自然觉得这个二十二三岁的女作家像个小姑娘般稚嫩。至于担心她生活清贫——一个男人不会无缘无故地友好到担心一个刚认识的女人的生活，除非他对她抱有好感。

事实证明也确乎如此。

"张爱玲的顶天立地，世界都要起六种震动，是我的客厅今天变得不合适了……她的亦不是生命力强，亦不是魅惑力，但我觉得面前都是她的人。我连不以为她是美的，竟是并不喜欢她，还只怕伤害她。"

这种四壁里都是张爱玲的人，可见她气场的强大，连胡兰成这个见惯大场面的男人都要觉得"自惭形秽"，很有种《论语》里说"仰之弥高，钻之弥坚，瞻之在前，忽焉在后"的意思。她太高深、太强大，以至于他觉得满屋子里都是她的人。

"美是个观念，必定如何如何……张爱玲却把我的这些全打翻了。我常时以为很懂得了什么叫惊艳，遇到真事，却艳亦不是那艳法，惊亦不是那惊法。"

张爱玲革新了他的审美观——其实，他的审美一直没变过，只是遇见一个精神上能与自己相通的女人罢了，自然是要颠覆他以往的女性经验。

胡兰成这个人曾经接连很多年在广西湖南做老师，甚至也在燕京大学给副校长抄写文书，一张嘴能说破天，突然面对这样一个奇特的张爱玲，他竟然要跟她斗起来，滔滔不绝地讲——张爱玲也写过他的演讲十分有感染力，何况单对单地演说，不消说张爱玲这个没有任何异性经验的女人，一定被他的各种时髦说法或渊博的知识给镇住了。

胡兰成的相貌与张志沂，以及张爱玲一生最为尊敬的偶像胡适先生，都是郊寒岛瘦的一路，面容清秀，身形消瘦，一派江南文士的风雅。张爱玲对异性的审美始终是这一路的，她曾说张茂渊与奶奶李菊藕喜欢李国杰父子，也全是这样漂亮清秀的长相。

也许，对异性的审美也是遗传的。

胡兰成面对一个毫无爱情经验的女作家，这个感觉实在太过刺激——眼前的这个女人最擅长写爱情，可是她自己都没有恋爱过。她出身高贵，却像个女学生一样稚嫩。他的男子的英雄主义劲头上来了，竟然要跟张爱玲斗——他们品评当时的文章，甚至讲到了张爱玲文章好在哪里。

有些人就是这样，才见面却像见过许久的老朋友重逢一般，人与人之间就是有这样奇特的磁场。一如《红楼梦》中宝玉初见黛玉时所说的一样：这个妹妹我是见过的。

他还问到了她的稿酬收入，放在别人身上，张爱玲一定反感得要命，可偏偏眼前这男人她不厌烦，居然老老实实告诉了他。完全不似第一次见面的人，因为实在投契。

张爱玲端然坐着，只顾着听他的高论，时间似流水，静悄悄地流过了刚开始的尴尬与陌生，越来越亲密。

"在客厅里一坐五小时，她也一般的糊涂可笑。我的惊艳是还在懂得她之前。所以她喜欢，因为我这真是无条件……"初次见面的男女就有这样的话说，一连五小时，真是"桐花万里路，连朝语不息"。

意犹未尽，他送她出去，两个人走在华灯初上的路上。他竟然说："你的身材这样高，这怎么可以？"张爱玲听罢几乎要起了反感，然而终于还是没有。这是将她当作自己的情侣来考量，否则一个男人何必去关心另一个女人的身高？

也许，就是他这样一句话给了她无限的遐想，让她日后加速沦陷进他精心布置的网里。

一切竟然是不可选择的，命里注定，像张爱玲写胡兰成的庶母一样："于千万人之中遇见你所遇见的人，于千万年之中，时间的无涯的荒野里，没有早一步，也没有晚一步，刚巧赶上了，那也没有别的话可说，唯有轻轻地问一句：'噢，你也在这里吗？'"

因为懂得，所以慈悲

见了他，她变得很低很低，低到尘埃里，但她心里是欢喜的，从尘埃里开出花来。

——张爱玲

我一直觉得从前的人比我们要懂得浪漫，即便是谈起恋爱来也是这样的别致，全是风情。我们被房子、车子给压垮了，再不敢轻易冒险，就连一趟小小的远足也要掂量再三，生怕这个，生怕那个，说到底就是怕失去。

可，我们手中所握着的东西真的那么可靠吗？世间万物，临了，总有撒手的一日。好在，从前的人谈起恋爱要从容得多，就连定情信物也显得与众不同。

古人，可能是从一首诗、一阕词开始，也可能从一张画开始，张爱玲与胡兰成虽不是什么太远古的人，然而他们的开头总是温情脉脉的。我以为他们的爱情也许始于张爱玲的一张小像。

就在张爱玲拜访过他的第二天，胡兰成就迫不及待地回访她。"她房里竟是华贵到使我不安，那陈设与家具原简单，亦不见得很值钱，但竟是无价的，一种现代的新鲜明亮几乎是带刺激性。阳台外是全上海在天际云影日色里。底下电车当当地来去。张爱玲今天穿宝蓝绸袄裤，带了嫩黄边框的眼镜，越显得脸儿像月亮。三国时东京最繁华，刘备到孙夫人房里竟然胆怯，张爱玲房里亦像这样的有兵气。"

一个见惯了大场面的年近四十岁的男人，居然在这里——张爱玲的闺房里起了胆怯的心思。胡兰成这段话我向来是按照两个意思来理解的，一个自然是张爱玲的贵气逼人，连带着她的房间也使人望而生畏；另一个则是这个来自浙江嵊县胡村的男人，无论经过多少的世事，那种根底里的小户人家的自卑感也会在遇到张爱玲这样的世家女时喷涌而出。

不论他如今如何身居高位，从前贫困的经历就像旧年的冻疮，溃烂早已愈合，那酱紫色的难堪却还在，如影随形，一辈子跟着你。

何况，他过去的窘迫又非张爱玲式的落魄——一个是从未富过，一直穷；一个是阔气过然后日薄西山了，自然看透人世间物质的虚妄，尽管也会爱钱，但就像万花丛中过，不会乱花渐欲迷人眼。

胡兰成不同，他是从未真正大富大贵过的男人，又有着不同寻常的野心，因而骨子里一直有种世俗到底的基因，在见着张爱玲这样的"有兵气"的房间陈设时，立刻矮了几分，不再觉得她是昨天那个可怜相的女学生，更不会觉得她贫寒，哪怕她真的贫寒，他也会觉得贵气。衰落的贵族，总给人夕阳无限好的错觉，因为有种参透人生的苍凉在里面。故事太多了，何况还是普通人够不着的故事？

因而，他几乎是一瞬间就被她征服了，原本他像个精明的猎人，她是一只不会奔跑的猎物，如今全乱了。她不费一兵一卒，他已经缴械投降。

"我向来与人也不比，也不斗，如今却见了张爱玲要比斗起来。但我使尽武器，还不及她的只是素手。"

这是胡兰成的大实话。我总觉得使他爱上张爱玲的第一印象，除了她是个才华横溢的女作家外，还有她身上流淌着的贵族血液。胡兰成是小康人家的儿子，或者说连小康也算不上的人家，他多年混迹社会，早已了解了社会上一套"潜规则"，他太需要像张爱玲这样一张拿得出手的王牌。

论家世，论才华，她样样都好，这些他爱过的女人们无一能够与之比肩，别说比肩了，只能是黯然失色。

胡兰成在另一篇名为《两地》的散文里，写了一大段这样得意扬扬的话：

我即欢喜爱玲生在众人面前。对于有一等乡下人与城市文化人，我只可说爱玲的英文好得了不得，西洋文学的书她读书得来像剖瓜切菜一般，他们就惊服。又有一等官宦人家的太太小姐，她们看人看出身，我就与她们说爱玲的家世高华，母亲与姑母都西洋留学，她九岁即学钢琴，她们听了当即吃瘪。爱玲有张照片，珠光宝气，胜过任何淑女，爱玲自己很不喜欢，我却拿给一位当军长的朋友看，叫他也羡慕。爱玲的高处与简单，无法与他们说得明白，但是这样俗气的赞扬我亦引为得意。

这绝对是胡兰成的心里话，因为太过真实。他懂得察言观色看人下菜，他根据不同的人群，知道他们各自在意的点在哪儿，然后拿出张爱玲的一面就足以令别人汗颜。张爱玲在他这面像个万花筒，他则像个魔术师，需要什么就变出什么。

然而，胡兰成之所以会变得这样功利而富有虚荣心，全赖他从前不幸的经历。因而，我每每读到这些总是体谅，想必张爱玲那样智慧的女人也是如此，我们都是一群不彻底的人，不是彻底的好——圣人，也不是彻底的坏。她不是不清楚他的弱点，只是爱一个人没有那么富有目的性。因为她说过但凡有目的性的爱情就不能称为爱情。

人生最怕的往往是你认清了某个人的好处与坏处，还是飞蛾扑火一样奋不顾身地爱上他。女人，常常如此。张爱玲也不例外。

胡兰成曾经在胡村的家里，通过相亲认识了他的发妻玉凤，玉凤是那种传统的女性，有着朴素的美，跟他一起生儿育女，后来得了重病没钱医治，终于死了。她死的时候，他不在身边，而是四下借钱，准备为她的后事用钱。

他找到了从前一位老朋友……

"我从小承他看得起，我才向他开口借六十元治丧，焉知他简单一句话回绝，说没有。但他且是殷勤留坐，我也且歇一歇脚，只默然喝茶。

"这时外面又来了二人，也是问成奎借钱的，借票写五百元，利息长年一分半，当场现款点交。我一气，站起身要走，成奎又务必留我吃了午饭，我想想还要走路，空肚是不行的，吃饭就吃饭，饭罢出来，我关照了四哥一声，就急急趱行折回俞傅村，一路上怒气，不觉失声叫了出来'杀！'"

玉凤无力回天，终于恋恋不舍地去了。他带着这样的心情回到了家，抱着发妻还没有僵硬的身体号啕大哭。

"此后二十年来，我唯有时看社会新闻，或电影并不为那故事或剧情，却单是无端的感触，偶然也会潸然泪下。乃至写我自己的或他人的往事，眼泪滴在稿纸上的事，亦是有的。但对于怎样天崩地裂的灾难，与人世的割恩断爱，要我流一滴泪总也不能了。我是幼年的啼哭都已还给了母亲，成年后的号泣都已还给玉凤，此心已回到了天地不仁。"

尝过太多的人情冷暖，才会格外地想要荣华富贵，因为被人狠狠地踩踏过。这样的事情在《今生今世》里很常见，也是他写得最为真挚的地方，因为实在用了感情，倒是比他写张爱玲要来得精彩。

玉凤是他的命，他曾说他们合二为一，是一体的命。因而当他遇见张爱玲的时候，只是枯木逢春般动了心，要说有多爱，一开始是谈不上的，起码没有张爱玲爱他来得坦荡热烈。

正因为他有着不堪回首的过去，所以他格外需要张爱玲的爱，何况她还是个不谙世事的女人。

这番见面又是大谈特谈文艺，两个人能够于茫茫天地间携手不是没有因由可寻的，他们在话题与兴趣上总是相近的。

也是在这一次见面后，胡兰成终于下定了决心要追求张爱玲。他回去后就给她写了封信，照他自己的话说写得很有点幼稚可笑的"五四"时代的新诗，后来自己想着都有点儿难为情。然而，张爱玲并没有如何取笑他，不似她惯有的刻薄与冷僻。胡兰成像得了奖赏，只好称她是谦虚。张爱玲回了信只道是"因为懂得，所以慈悲"。

此后胡兰成似得了鼓励，隔天就去张爱玲的寓所看她。某一日，张爱玲有点儿没头没脑地来了一句："你以后不必再来了。"根据胡兰成的文字记载，他只交代说自己并不觉得有什么冲撞，于是还是照旧去找她。她见了他还是一样的高兴，他索性每天都去了。

这不过是胡兰成狡猾的谎言罢了，他那样阅人无数的人，怎会不知道无缘无故发脾气正是一个女人爱上你的信号？事实是，张茂渊在胡兰成第一次去见张爱玲时，她就说了这样的话：太太也在这边吗？无非是要暗示给自己的侄女听，怕她到底年轻，上了人家的当。

然而，张爱玲那时还没有意识到事态的发展根本不是她所能控制的。

张茂渊眼见着两人打得火热，且越坐越久，她意识到问题的严重性，何况她对于胡兰成汪伪政府高官的身份一定有所耳闻，故而她不得不提醒张爱玲少跟胡兰成来往。

张爱玲毕竟是个动了情的女人，不管她怎样的才华惊人，爱情里的女人智慧令人担忧。

胡兰成见她并没有不喜欢他去见她的意思，进而大着胆子向她要了张照片，张爱玲便将她一张题了字的照片送给他：

"见了他，她变得很低很低，低到尘埃里，但她心里是欢喜的，从尘埃里开出花来。"

从来人们只见到张爱玲的尖锐与刻薄，就算是炎樱也没有见过她这样谦卑而诚挚的一刻。这句简单的话被那么多人说起过，只因为美得离谱，三言两语道尽爱上一个人的卑微与欢喜。

但张爱玲的谦卑也不是自降格调，而是一种自谦的说法罢了。她那样孤傲的人，不过遇到了个倾心相爱的人罢了，哪里就一下子变了个人呢？

岁月静好，现世安稳

她从来不悲天悯人，不同情谁，慈悲布施她全无，她的世界里是没有一个夸张的，亦没有一个委屈的。

——胡兰成

中国人讲"泪眼问花花不语"，景随人语。伤心的时候看什么都是灰色，就连一朵花的露珠也成了啜泣的泪水。反之，人逢喜事精神爽。问世间最令人感到喜悦的事情，也许不是金榜题名也不是获人青眼，而是张爱玲所说的那样，最幸福的事莫过于你喜欢的人，他刚好也喜欢你。

情不知所起，一往而深。只有爱情才能予我们长久的喜乐。

一个人，无论怎样的个性，一旦爱上另一个人，心情便会变得晴空万里，见什么人都想笑，看什么景都是美。胡兰成这样成熟的男人也如此。他在《今生今世》里说到自己有一晚从张爱玲处出来，到了别人家看人打牌，只觉得坐立不安，倒不是因为紧张而是过于兴奋，变得想要啸歌，想要说话，甚至疑心那电灯儿也要笑话他。

胡兰成因为工作的缘故，时常往返于南京和上海之间。到了上海也不回家，总是先到张爱玲处，说一句："我回来了。"这句话稀松平常，然而，人世里最令人感到温暖的往往是这样平淡无奇的话语，所以民谣音乐人宋冬野在《安和桥》里也套用了这样一句话：你回来啦。

那是亲人的问候，是无间的话语。"晨出夜归只看张爱玲，两人伴在房里，男的废了耕，女的废了织，连同道出去游玩都不想，亦且没有功夫。"热恋中的男女向来如此。

说不完的话——能这样说话的时候暂且毫无顾忌地说吧，总有一天会无言以对的。"我们两人在一起时，只是说话说不完。在爱玲面前，我想说些什么都像生手拉胡琴，辛苦吃力，仍道不着正字眼，丝竹之音亦变为金石之声，自己着实懊恼烦乱，每每说了又改，改了又悔。"

他仍是喜欢跟张爱玲斗法，不服输。实在不是因为他喜欢斗，胡兰成的个性应该就像他自己所言的一样，甚少与人发生斗争，因为他不过是个书生意气的男人罢了。但他在张爱玲面前每每如此，因为她太过优秀，而他与张爱玲相比，唯一的长处只能是知识了，因而不肯罢休，好像为了证明自己确实优秀，张爱玲没有爱错人一样。

但他又说张爱玲是个心狠手辣且十分自私的人，虽然他附带着解释了这样一句："她的自私是一个人在佳节良辰上了大场面，自己的存在分外分明。她的心狠手辣是因一点委屈受不得。"张爱玲晚年也说她宠爱自己就像一个溺爱孩子的家长。

其实，胡兰成口中的"自私"不过是"自恋"罢了，而"心狠手辣"这样的词语又未免太触目惊心——每每看到这样的地方，总使我疑心胡兰成是否真心爱过张爱玲，或者毕竟爱得没有那么深，才会有后面接二连三的伤害。

"她从来不悲天悯人，不同情谁，慈悲布施她全无，她的世界里是没有一个夸张的，亦没有一个委屈的。"这句话倒是十分中肯，只是说张爱玲没有悲天悯人的情怀，实在令人难以信服。她的悲悯一向是天与地之间的大情怀，从来不需要一点细节的温情来衬托自己的高尚。张爱玲还有过这样的话："一般多数人我都同情。又说即便是十分讨厌的人，你若细细想了发现原不过是个可怜人罢了。"

——可胡兰成却说她没有悲悯，怪不得晚年的她给夏志清先生信中说胡兰成也没老到那样，怎么什么事都说得对不上路。

张爱玲带给他种种新鲜与不习惯。他自己声称有权有势从不使他畏惧，但是学术权威会让他胆怯，倒是让人信服的实话。从来寒门学子的特点便是喜欢挑战权势，以此来宣示自己的清高，但做学问的人则往往不能有如此勇气。

张爱玲不需要像他这样谨小慎微，他说《红楼梦》《西游记》比托尔斯泰的《战争与和平》和歌德的《浮士德》要好，张爱玲只轻描淡写地说句那自然是这样。

说到底，还是她自信，因为家族的环境给了她眼界与这样的从容，就像她那句警世恒言一般的名言——生命是一袭华美的袍，上面爬满了虱子。没有她衰败的大家族，压根写不出这样一半是繁华一半是疮痍的苍凉。

"我自己以为能平视王侯，但仍有太多的感激，爱玲则一次亦没有这样，即使对方是日神，她亦能在小地方把他看得清清楚楚。"还是不自信，到底胡兰成这样的高官是一路辛苦钻营投机得来的，自然也少不了他自身的才学，但不是王侯人家的后人，所以只是心理上以为能够与人比肩，临了还是矮了一截。张爱玲不存在这样的顾虑，她知晓王侯背后的千疮百孔，所以从不惊异，就像她日后写到胡适的时候，只觉得偶像都有"黏土脚"——不沾着地的偶像太过假、大、空，张爱玲反感这样的人。

但胡兰成也带给张爱玲无限的想象，她一系列重要作品都发表于两人相恋的这段时间里。爱情是最好的灵感，是幸福的催生剂。

张爱玲天生缺乏安全感，小时候母亲来来去去让她一直当自己是个小客人，而父亲的狎妓与鸦片，继母的刻薄，统统让她没有安全感。她与胡兰成在一起的时候，总还疑心是幻影，常常会不自觉地问一句："这是真的吗？"在自传体小说里甚至写到两人亲吻时她还忍不住问：这是真的吗？

因而胡兰成在《今生今世》里也写到类似的事情，张爱玲每次这样问还必须让他回答，往往弄得他很僵。其实，这也是恋爱中女人的寻常话语，男人认真不得，一旦较真又没意思了。可是男人若一点儿也不重视，又会换来女人更为严重的伤心。女人，就是这点难以伺候。

"你爱我吗？有多爱我？"这样的话几乎每个女人都曾问过她们爱过的男人，与张爱玲所谓的"你的人是真的吗"约略一个意思，无非是想听到男人肯定的答复罢了。女人都是用耳朵谈恋爱的，耳朵听了甜蜜的话，心里也蜜似的。

胡兰成应该说是个聪明人，因为张爱玲自己只喜欢聪明人。上海人的所谓聪明就是精明，精刮透明，脑子一定要灵活；死板的人，像儒家所谓的"大智若愚"不是上海人概念里的聪明。

他说话的时候，她就孜孜地望着他，然后不胜喜悦地说："你怎这样聪明，上海话是敲敲头顶，脚底板亦会响。"情人眼里出西施，那时的她是那么爱他。

恋爱就是夸张一个异性与一切异性的区别，果真如此。

两个人在一起久了自然会想到谈婚论嫁的事情，然而胡兰成说张爱玲对此没有什么想法——这不过是她清醒而已，哪有不希望安稳生活的女人？男人能给一个女人最好的安稳，也许就是温馨的婚姻生活。

她是知道他有妻有子的，并且胡兰成此间还照样去狎妓，他声称张爱玲毫无意见。也许

1944 年 12 月，张爱玲出版了第一本散文集《流言》。

张爱玲从小就听惯了这样的事情，像她的父亲那一辈男人，哪有不狎妓的？然而，说到爱情的排他性，注定了她心里会难过，只是狎妓总比出现第三者来得要好，因为完全是一次性交易，动身不动心。

他的朋友总是想见张爱玲，大概是因为都清楚大作家的社会影响力。但张爱玲一个也不见，除了一位日本人池田，后来张爱玲曾为日本文化着迷过一阵，大约也是这个时期受了影响。

胡兰成三十八岁那一年终于离了婚。他在《今生今世》里用了这样一句出人意料的话——英娣竟与我离异，说得好似他一点儿责任没有的样子。难道眼见着自己的婚姻名存实亡还要这样抱残守缺吗？也许很多女人会如此，但这个叫英娣的女人没有这样，尽管她也曾哭哭啼啼过。从来只有新人笑，哪闻旧人哭？爱情，向来如此。

他与英娣离婚那日去了张爱玲处，满心不舍，满以为张爱玲会安慰或愧疚，至少应当表示点儿不好意思吧？怎知张爱玲根本不同情他，他心内郁郁。我常觉得胡兰成这样的男人是滥情多于多情，他对每个女人都好，不忍伤害她们，最终却没有一个女人不被他伤害！

他才华横溢、温和细腻，却又软弱，甚至功利。我总以为他与历史上著名的大才子元稹相似。元稹悼念亡妻的诗作"取次花丛懒回顾，半缘修道半缘君"及"曾经沧海难为水，除却巫山不是云"多深情动人，与胡兰成写玉凤颇有几分相似。然而，这并不妨碍他们接二连三地爱上别的女人，甚至同时爱几个女人。

胡兰成说张爱玲自私，其实他自己才是真正的情感自私，因为他爱天爱地爱女人，远不及爱他自己。

也是在他三十八岁这一年，年方二十四岁的张爱玲与他成婚了，没有任何仪式，当时的汪伪政府已经岌岌可危，害怕举行仪式会为日后的张爱玲招致灾祸。在这一点上，胡兰成总算像个男人作为。

婚书是炎樱做证，张爱玲写"胡兰成张爱玲签订终身，结为夫妇"，胡兰成则写"愿使岁月静好，现世安稳"，当时的他已经隐隐感到时局的动荡，因而才希望一切雨过天晴，风平浪静便是最好的婚姻礼物。

可惜，该来的总会来，亏欠的总要偿还。

命运常常喜欢急转弯，在最得意处让人掉下来，也许是为了更痛让人铭记，然而人类是最擅长遗忘的。

老天爷打错了主意。

与半个人类为敌

> 原来道德学问文章亦可以是伪的。真的好文章，必是他的人比他的文章要好，而若他的人不及他的文章，那文章虽看似很好，其实并不曾直见性命，何尝是真的格物致知。
>
> ——胡兰成

20 世纪 40 年代的旧上海，虽一度成为纸醉金迷的孤岛，但终究还是免不了被时代的大潮包裹着，那时的中国整个山河浩荡，好不壮烈！

胡兰成常常在上海与南京两地奔波，两处都是活火山，看着平静，不知什么时候就喷发。

"南京就是这点伟大，好像没有古今。我便爱在南京的城墙上走，也不知上去的地方是什么城门，唯见那墙又高又大，在上面只顾迤逦走去，看城外落日长江，城内炊烟暮霭，走了半日到底也走不完。也只有我会做这样的傻事，就只为了山河浩荡。"

此时的南京已经不是当时暮色里悠闲地晃悠着的南京了。

婚后，胡兰成动身去武汉，接收那边的《大楚报》。在武汉，他还带去了周作人的所谓四大弟子之一，沈启无。张爱玲则留守在上海。从前，胡兰成写到周作人的时候是仰望的，可是轮到沈启无则没了那份崇拜。一来因为沈启无是他带到武汉的，二来则是因为一个名叫周训德的年轻护士。

相信两个人刚开始的时候还是"臭味相投"的，只是后来胡兰成竟然说沈启无"秽亵下流"，可见两人有多么互相不待见了。

"原来道德学问文章亦可以是伪的。真的好文章，必是他的人比他的文章要好，而若他的人不及他的文章，那文章虽看似很好，其实并不曾直见性命，何尝是真的格物致知。"这段胡兰成评价他的文字，莫名其妙觉得有时跟胡兰成本人也相符合。

"那周小姐，女伴都叫她小周，我不觉她有怎样美貌，却是见了她，当即浮花浪蕊都尽，且护士小姐们都是脂粉不施的，小周穿的一件蓝布旗袍，我只是对众人都有敬。"

年轻的女孩子不需要美貌，只青春就够了，若能再生得秀气一点儿，最令胡兰成这样的中年文人喜欢。哪里是因为小周好，只怕若换成小李小王也一样。胡兰成赞她洗衣服都比别人干净，烧菜端过来也是端端正正。他是在这个当时仅十七岁的女孩身上寻找到一种父兄的感觉，且他以为自己一肚子才华无处施展，在涉世未深的小周面前正好有用武之地，何况还能扮演一个拯救少女的大人物。

由来有一定成绩的男人都乐意如此，好似他若不教那女子学唐诗做文章又或者不出钱资助她学习，真辜负了他的万丈雄心。张爱玲后来在文章中还讽刺过那些所谓军阀的姨太太们，一个个皆如此，靠着年轻貌美，男人们送她们出国，美其名曰留洋。哪里留什么洋？不过是出去开开眼界罢了。

小周长得清秀而水灵，胡兰成说"她的人就像江边新湿的沙滩，踏一脚都印得出水来"。一个男人对女人的爱情，多半是从这水灵的外貌开始的吧？

就在胡兰成与周训德黏黏糊糊的时候，张爱玲还独自一人留在上海守着他，经常与他鸿雁传书。胡兰成与张爱玲结婚之前不曾提及"婚姻"二字，如今为了小周，他倒是跟她说："训德，日后你嫁给我。"真真当张爱玲是个不存在的女人，简直是空气，他伤害人而不自知，或者说明知故犯，还不知悔改。在这种男女情事上，胡兰成的满嘴扯谎也算是登峰造极了。

他还自己辩称爱玲也不吃醋。世上哪有不懂得吃醋的女人？除非她不爱他。事实上，张爱玲对他的爱恐怕要比他的爱来得忠诚而深厚多了。张爱玲在文章中曾不止一次地说过嫉妒心人皆有之，又在《借银灯》里用略带讥讽的口吻说旧时的所谓妇德，所谓为妻之道，不过是：怎样在一个多妻主义的丈夫之前，愉快地遵行一夫一妻主义。

不仅如此，她还尖锐地提出这样的问题：丈夫在外面有越轨的行动，他的妻是否有权利学他的榜样？

但纵观胡兰成的书稿，他却不止一次说爱玲从来不吃醋。——并非爱玲不介意，而是她是那样一个人，表现出嫉妒心来，胡兰成又不会改变，没有实际效果的事情，说了不如沉默。

"我与爱玲说起小周，却说得不得要领。一夫一妇原是人伦之正，但亦每有好花开在墙外，我不曾想到要避嫌，爱玲这样小气，亦糊涂得不知道妒忌。"

他倒是将自己的责任撇得一干二净，好似他与小周相好倒是张爱玲的不是。

胡兰成甚至在与张爱玲的信中不住地提及小周这样好小周那

样好，他那样刺激她的神经，当真是把她当作天上的圣女了，以为她连女性在爱情中基本的嫉妒都不会了，真正不懂女人心——又或者不是不懂，只是他为自己洗脱的借口罢了。

小周的事情还没有了，南京汪伪政府就起了天翻地覆的变化，汪精卫去日本医病，胡兰成则惶惶如丧家之犬逃往温州的乡下避难。

张爱玲此时因为受他牵连，已经不太有作品面世，没有作品发表就没有收入，几乎过着愁云惨淡的日子。她在散文和自传体小说里不止一次提过一件关于吃包子的事情。有一次她想吃包子便跟姑姑说了，没有馅子，姑姑问芝麻酱是否可以，她自然说好。包子做好了，两个人对坐着品尝，因为没有酵母的缘故，面皮硬硬的，吃起来像咬着一块皮一样。张茂渊还不住点头称赞说："嗯，不错。"

张爱玲也笑着说"不错"，脸别过去，悄悄地抹了抹眼泪——我们太穷了，简直吃的是"贫穷"。

然而，即便是这样窘迫的日子，胡兰成在温州避难的日子，一直以来都是张爱玲寄钱给他用。一日夫妻百日恩，何况他们曾那样高山流水般，张爱玲那样孤傲的女人，何曾对人说过"因为懂得，所以慈悲"的话呢？只得他一人而已。

像胡兰成自己也说过的话一样，这世间千千万万的男子和女子，只有那一个才是你的夫，只有她才是你的妻，竟是不可选择的，所谓缘分吧。

不过，也许在情分之外，还有一个重要的原因，乃是之前胡兰成曾从南京带过一大笔钱给张爱玲。张爱玲做人向来恩怨分明，大约也是想到了将来劳燕分飞的一日，不想有所亏欠。千里搭长棚，没有不散的筵席。她十二岁的时候就能说出"人生聚散，本是常事，我们终有藏着泪珠撒手的一天"，又怎会不知道他们的感情没有光明的未来呢？

抛却胡兰成汪伪政府官员的身份，胡兰成自己到处留情的个性也是他们感情路上的障碍。

张爱玲曾说女人能用自己的钱固然骄傲，但若用了丈夫的钱则又是另一番欢天喜地的景象。她在胡兰成面前说起过黄逸梵，她一直想要还母亲为培养她而花费的钱，胡兰成听了进去，所以后来才有了从南京带钱过来的事情。

在这一点上，胡兰成也算仗义，金钱有时也是男女双方感情的试金石。

有时，我常觉得胡兰成像化学元素中特别容易起反应的物质一样，走到哪儿都有风流韵事。他是一刻也不肯停歇的男人，在温州避难的时候还不忘与一个名为范秀美的妇人相好。范秀美人如其名，既秀且美。

不过，我倒是从胡兰成一连串的情史里看到了这样一个事实，那就是胡兰成抛却他的人品来看的话，确实是个吸引人的男人，否则不会有那么多女人喜欢他。他样貌清秀又学识渊博，性情较为温和细腻，嘴巴又会讨巧，这样的性格向来在女人堆里吃香。

中国台湾著名作家朱天文、朱天心曾写过胡兰成晚年到台湾时，依然受到很多女作家的追捧，讨好的方式便是在他面前大段大段地背诵张爱玲的文字，而那时的张爱玲正过着离群索居的日子，独自在洛杉矶忙着从一个地方搬到另一个地方。人生，有时竟是不能够去细思量的。

只可惜，凡是爱了他的女人便要承受住被冷落的滋味，甚至要有足够强大的心，眼睁睁地看着一个又一个后来人杀过来，还要面带微笑地迎接，否则就要沦为他笔下与口中的"小气"与"糊涂"。

张爱玲还在为小周的出现思量着，他这边已经与范秀美过起了夫妻生活。她以为他们的情感世界里从此后只有她一人，怎知又多了小周——未来还有更多的名字出现，挡得了一个女人，挡不了整个同类——难道要她与半个人类为敌？

这是做女人的无可奈何处，即便才情旷古绝今的她也未能免俗，还是要落入这样的俗套里。

手心里的月色

> 我想过,我倘使不得不离开你,亦不致寻短见,亦不能再爱别人,我将只是萎谢了。
>
> ——张爱玲

手心的月色再朦胧,总是惘然;手心里的一滴水再清润,时光也会消耗干。热恋时候的话语,日后想起来总像是隔着朦胧的窗纱,看着那样美,竟然不像真的——如手掬水。

别后相思隔烟水,山水迢迢,偶尔偷偷写一封信,那薄薄的信纸怎能承载厚厚的相思?想到胡兰成在武汉与温州的风流韵事,莫名想到了坊间流传甚广的一首诗:

一朝别后,二地相悬。只说是三四月,又谁知五六年?七弦琴无心弹,八行书无可传,九连环从中折断,十里长亭望眼欲穿。百思想,千系念,万般无奈把郎怨。万语千言说不完,百无聊赖,十倚栏杆。重九登高看孤雁,八月仲秋月圆人不圆。七月半,秉烛烧香问苍天。六月伏天,人人摇扇我心寒。五月石榴似火红,偏遇阵阵冷雨浇花端。四月枇杷未黄,我欲对镜心意乱。急匆匆,三月桃花随水转;飘零零,二月风筝线儿断。噫,郎呀郎,巴不得下一世,你为女来我做男。

张爱玲当时的心情约略如此,所以才会心急如焚,等不及地要舟车劳顿去温州乡下看他。正是春寒料峭的日子,她伴着阴冷的天气南下，那时的她心情一定是焦急里有兴奋，因为完全是期待。

在漫漫的舟船里，她可曾幻想过见面的情景？小别胜新婚，他该有怎样的快慰？都说贫贱夫妻百事哀，可是在贫贱里不离不弃无论如何都是最动人的爱情篇章吧？

然而，全然不是那么一回事。胡兰成见到她非但没有感到快乐，反而粗声大气地跟她说："你来做什么？还不快回去！"

他倒是个会给自己找台阶和辩解的人。"二月里爱玲到温州，我一惊，心里即刻不喜，甚至没有感激。夫妻患难相从，千里迢迢特为来看我，此是世人之事，但爱玲也这样，我只觉不宜。"做妻子的山一程水一程地去寻找他，他倒是觉得"不宜"，任何人都不会觉得不宜，大约只有他才会如此想法。他为了自圆其说，甚至抬出了这样的说法：别人这样做可以，那是因为寻常夫妻，而他们不是。

神仙眷侣不过是做给人看的，哪有不食人间烟火的伴侣？

胡兰成无非是觉得张爱玲去得不是时候，因为此刻的他身边并不缺乏所谓爱情，范秀美的陪伴削弱了他对张爱玲的思念。类似的事情他也有过，从前他的发妻玉凤跑到学校去找他时，他也有过这样的念头，尴尬中带着不耐烦，只催促玉凤赶紧回乡下。

虽然，他解释说并非因为玉凤的穿着与言行似乡下妇人，但我总觉得太牵强。胡兰成是个彻头彻尾虚荣的男人，看他得意扬扬地向朋友介绍张爱玲的时候便知晓了。他不过是个贪恋权势、贪恋女色的普通男人，而张爱玲满足的是他身份的象征，他多年后还念念不忘这一点，恰好证明了他是怎样的一个人。可惜了张爱玲，原本那样智慧的女人，在爱情面前一样昏头昏脑地被他拖入泥塘而甘之如饴。

他竟然没有主动向张爱玲坦白范秀美的事情，还大言不惭地说因为没有觉得惭愧。"爱玲并不怀疑秀美与我，因为都是好人的世界，自然会有一种糊涂。"这样的话令人看了只觉得可笑，胡兰成到底是个自私自利的男人，为了掩饰自己的风流成性，竟然罔顾了张爱玲的智慧。

可是，张爱玲多么爱他。"我从诸暨丽水来，路上想着这里是你走过的。及在船上望得见温州城了，想你就在那里，这温州城就像含有宝珠在放光。"因为爱一个人，然后爱上一座城，像陈奕迅《好久不见》歌里唱到的一样：我来到你的城市……

一个地方从来让人爱上的不是它的繁华甚至也不是它的素朴，而是居于那里的人们。

平时，胡兰成照旧跟着范秀美一起，反倒是张爱玲一个人住在旅馆里，等待，等待，像一个完全被动地等着丈夫驾到的妇人。没事的时候，她甚至注意到窗外的一只乌鸦，还笑着告诉他说："我是不迷信的——可是它飞走了的时候，我还是忍不住高兴。"

到底是中国人。张爱玲一生在某些地方总是愿意相信神秘的东西，比如她特别愿意用一副抽签的牌，每有作品要出版前她都会这样"卜一卦"，以测吉凶。直到她晚年在美国也还是如此，只可惜后来那副牌丢失了。

中国人在这些神秘力量面前总是宁愿信其有，不愿信其无。

但张爱玲的"宁愿信其有"则是因为关心则乱，无论胡兰成是个怎样的男人，无论他被多少人穷追猛打，对她来讲仅仅是自己爱的人。

只是她还不明白的是，此时的胡兰成对她早已没了当初的热烈，甚至她在他心中已经不是第一位的女人。他坐在她临时租住的旅馆里，两人说着些有的没的，他隐隐觉得肚子有些痛，但是一直忍着不说，直到范秀美到了，他才告诉她说自己肚子痛。

可以想见张爱玲的惊异与酸痛，与自己相伴两三年的人，对着自己都不肯说的话，如今却跟另一个女人像话家常一样说了出来。

这件事情虽小，然而到底是伤着她了。从来，一个人在痛苦或危险时想到的第一个人便是自己全心所爱的人。

张爱玲因见范秀美生得漂亮，便自作主张要给她画小像，怎知画了一半她却画不下去了，叹口气跟胡兰成说："我只觉得她的眉眼都是你的。"心心相印的男女，因为生活在一起的缘故，常常在言行上甚至气质上都有相似之处，让她难过的必定是这样的根底。她原本抱着希冀过来寻他，没有寻回那颗热烈的心，只带回一肚子的怨与无可奈何。

此时的张爱玲大约已经想到了日后分别，所以让胡兰成在她与小周之间做个选择——多么卑微的爱，一代才女竟然沦落到这步田地。爱情的世界里果然是公平，管你是什么人，丘比特的箭射中你，你只能承受。

她这样问他，虽也料到他的反应，但总算是给两个人的姻缘最后一次机会。"我待你，天上地下，无有得比较，若选择，不但于你是委屈，亦对不起小周。人世迢迢如岁月，但是无嫌猜，按不上取舍的话。而昔人说修边幅，人生的烂漫而庄严，实在是连修边幅这样的余事末节，亦一般如天命不可移易。"

胡兰成这样想两全其美，可天底下哪有鱼与熊掌都能兼得的美差呢？他这番话叫张爱玲伤透了心："你说最好的是不可选择的，我完全懂得。但这件事还是要请你选择，说我无理也罢——你与我结婚时，婚帖上写现世安稳，你不给我安稳？"

然而面对她的诘问，他还是百般推脱。终于引得她说了这样的话："你到底是不肯。我想过，我倘使不得不离开你，亦不致寻短见，亦不能再爱别人，我将只是萎谢了。"常有人说离开胡兰成的张爱玲，萎谢的不只是爱情还有才华，约略有几分道理。

她在温州住了二十来日，本意还想住段时间，可惜胡兰成一味催促她回上海。她倒是成了他跟范秀美之间的第三者了，黯然离别的一刻，她知道已经无法挽回属于他们的情感，只是感到椎心的痛苦，像被马蜂蜇了般，爱情的甜蜜还没来得及品尝，却已被它伤得遍体鳞伤。

"那天船将开时，你回岸上去了，我一人雨中撑着伞在船舷边，面对滔滔黄浪，伫立涕泣久之。"老天爷都应景，宁愿下雨天，让雨水洗刷心里的灼热，雨水和着泪水，汩汩而下，分不清是天意还是人意。

千疮百孔的爱

> 她觉得真正的爱是没有出路的，不会有婚姻，不会有一生一世的扶持，一无所求，甚至不求陪伴。

> ——张爱玲

自温州回到上海的张爱玲，过了段她二十多岁的人生里最灰暗的日子，没有爱人——她爱的人在爱着别人，没有收入，无人问津。她从上海滩最炙手可热的女作家，变成了一个过街老鼠似的"汉奸文人"。

过去热捧她的人，全部远离了她；过去赞美她的人，开始怀疑她的人品。

——从文品到人品，各路打击接踵而来。在《小团圆》里，她甚至写到了一个文坛上的老朋友，从前因为被日本宪兵逮捕，张爱玲与胡兰成营救过，哪知释放以后一次在公交车上相逢，他却趁机"吃豆腐"——果然是"汉奸妻皆可戏"。

这样的事情即便是"小说家言"，恐怕也是当年她遭遇的投射，实际情况比小说里的境遇好不到哪里去。

她从来不让人占便宜，可是也从不愿意对别人有所亏欠。胡兰成曾经放在她那里的一笔钱，渐渐地也被用空了——说是要还给黄逸梵，可是当她把一箱子钱递到母亲面前时，母亲却是又惊又愧，哭着说不要。张爱玲，说到底还是不理解一个母亲的心思。从来做父母的只是嘴上抱怨几句罢了，哪会真的让子女偿还经济上的付出？

　　但胡兰成不一样，她不能对他有所亏欠。她早已想好了分手，只是不愿意提出来，因为那时的他毕竟是在东躲西藏中，为着这夫妻之间的最后一点缘分，她一直在等待一个合适的机会。

　　期间胡兰成有一回回到上海，在张爱玲那里住了一晚，却是分居的状态，一宿无话，待到清晨他起身准备告别时，张爱玲却只抱住他喃喃地叫了句"兰成"便泣不成声。胡兰成不明就里，只有她自己心里清楚他是不爱她了，而她也终将决定离开他。

　　这期间她认识了上海著名导演桑弧，当年的上海滩是中国电影事业的中心。桑弧邀请张爱玲为他们公司撰写故事，编剧她没做过，不清楚该如何进行。桑弧鼓励她说：我也不知道怎么导演电影，都是慢慢来的。张爱玲听了便有了信心，回家看了些西方的剧本格式，很快便写出来《不了情》。《不了情》的剧情与主要内容贯彻她小说的风格，寻常男女悲欢离合。这部电影算得上是一部中国式爱情悲剧，一经上映立刻风靡上海滩。

　　一炮而红的局面令桑弧倍感欣喜，自然张爱玲也同样开心，一辈子喜欢看电影，想不到自己编剧的作品能如此受到观众的喜爱——这证明她虽然有两年没怎么写东西，却从未脱离过普罗大众，否则不会知晓如何写一部观众爱看的电影。

　　两个人决定趁热打铁，在这件事上张爱玲是分秒必争的，她一向喜欢锦上添花，从前出版《传奇》便是如此，趁着读者对你还有几分喜欢赶紧出版新的篇章。因而，电影也同样如此。她很快便写了另一部令人啼笑皆非的喜剧《太太万岁》，跟上一部的反应一样，观众十分喜爱这部电影。

两部电影的成功为张爱玲带来一笔可观的收入，她终于可以直起腰来写这样一封富有尊严的信：

"我已经不喜欢你了。你是早已不喜欢我的了。这次的决心，我是经过一年半的长时间考虑的，彼时唯以小吉故，不欲增加你的困难。你不要来寻我，即或写信来，我亦是不看的了。"

随信附赠的还有三十万元，正是她写电影剧本的稿费。胡兰成接到信以后写下了这样的话："当下我看完了这信，竟亦不惊悔。因每凡爱玲有信来，我总是又欢喜又郑重，从来爱玲怎样做，怎样说，我都没有意见，只觉得她都是好的。今天这封信，我亦觉得并没有不对。我放下信，到屋后篱落菜地边路上去走走，唯觉阳光入睡，物物清润静正，却不知是夏天，亦不知是春天秋天……"

张爱玲的来信使他感到一种苦楚，但是他却没有回信的意思，也没有去寻找她，只是过了两日他给张爱玲的好友炎樱写了封王顾左右而言他的信，结果自然炎樱只字不提。

山河浩荡，在这浩渺的人世里，他们相伴着一起过了三年，然而，终于还是要分手。"爱玲是我的不是我的，也都一样，有她在世上就好。我仍端然写我的文字，写到《山河岁月》里的有些地方，似乎此刻就可以给爱玲看，得她夸赞我。有时写了一回，出去街上买块蛋糕回来，因为每见爱玲吃点心，所以现在我也买来吃……"

到底还是惦念的。胡兰成是这样一种男人，你只有离开他，让他失去你不再拥有你的时候，他才会格外惦记你的好。你若日日与他伴在身边，他只会加速厌倦你。他是女人眼中温柔多情的情人，不是相濡以沫的丈夫。

自始至终，他一直如此。

晚年的张爱玲，曾经在与宋淇夫妇的通信里，提及亦舒在报上大骂胡兰成一事，张爱玲直说骂得好，可见这怨恨几十年后还没有消。

然而，这些都是对别人说的，自己内心的感情恐怕要复杂得多。女人是这样的动物，在朋友面前可能会大骂某个负心汉，一转脸独自面对时却又深情款款，满心的不舍。

在《小团圆》里，她写到自己三十岁时记下的话："雨声潺潺，像住在溪边。宁愿天天下雨，以为你是因为下雨不来。"第一次全心爱过的人，无论他多么糟糕，总是特别的。

"她从来不想起之雍，不过有时候无缘无故的那痛苦又来了……有时候也正是在洗澡，也许是泡在热水里的联想，浴缸里又没有书看，脑子里又不在想什么，所以乘虚而入。这时候也都不想起之雍的名字，只认识那感觉，五中如沸，浑身火烧火辣烫伤了一样，潮水一样的淹上来，总要淹个两三次才退。"

这样的伤痛，若非爱过的人简直无法理解，爱情本来就像是一场高烧，烧得人失去理智，怎知失去的时候还是如此，像患了风寒，抽丝剥茧般，好得奇慢无比。

她做梦，梦见"青山上红棕色的小木屋，映着碧蓝的天，阳光下满地树影摇晃着，有好几个小孩在松林中出没，都是她的。之雍出现了，微笑着把她往木屋里拉。非常可笑，她忽然羞涩起来，两人的手臂拉成一条直线，就在这时候清醒了。二十年前的影片，十年前的人，她醒来快乐了很久很久……"。

曾经她竟是幻想过跟他天长地久，有一群孩子，过着寻常主妇的日子……原来最美的都在梦境里，原来爱情不过是一场梦幻，梦里哄得人开心——只是太短暂。自从那一次抱着他哭着喊了一句"兰成"便泣不成声后，他们这一生东奔西走，再也没有相逢过。

后来的他去了中国台湾又去了日本，最后老死在东洋，而张爱玲亦在新中国成立后不久辗转香港去了大洋彼岸的美国，再也没有回到上海过。

他们这一生算是结束了，然而我知道她一定没有后悔过，因为她是那样的一个女人，敢爱敢恨，干脆利落。胡兰成是她的缘还是她的劫，没人能讲得清，只怕她自己也说不好。

我们这一生里，约略都会遇见一个那样的男人，为了他飞蛾扑火，最后自己也落得个残肢，再也不能完整地去爱另一个人。

曾经说好的"签订终身"，然而终于逃不过命运的翻云覆雨手。年轻时候所谓的永远与一生一世，不过是三年五载吧——中年以后说起十几年前的事还像昨天一样。时间啊，任何人在它面前都是输家。

只爱一点点

虽然当时我很痛苦，可是我一点不懊悔……只要我喜欢一个人，我永远觉得他是好的。

——张爱玲

"面对一个不再爱你的男人——做什么都不妥当。衣着讲究就显得浮夸，衣衫褴褛就是丑陋。沉默使人郁闷，说话令人厌倦。要问外面是否还下着雨，又忍不住不说，疑心已问过他了。"她这样写道，可曾是在下雨的时候面对过那个不再爱她的男人？

当伤痛以猝不及防的速度击败我们时，有时我们多么希望身边能有根救命的稻草，哪怕只是帮助我们度过临时的难以自拔。

张爱玲在与胡兰成这场千疮百孔的爱里面，在残留的尾巴那里曾出现过一个漂亮的男人，那个人正是张爱玲剧本的导演，桑弧先生。

桑弧样貌上有些像张爱玲的弟弟，圆脸大眼睛剑眉，标准美男子，与胡兰成的清秀不同，他的美是温厚儒雅的。

在《小团圆》里，张爱玲只是将桑弧的身份从导演换成了演员而已。桑弧跟胡兰成一样是浙江人，只是个性上相差太多。桑弧没有胡兰成的机警，他拘谨老实，甚至有些内向和软弱。父母早亡，跟着兄嫂一起生活，有些像张志沂的遭遇，这样的男人多数是保守老派的，长兄如父长嫂如母，兄嫂掌控着他未来的婚姻。他自己是做不得主的，然而他还是忍不住爱上了张爱玲。

单单为了这一点，张爱玲也对他充满感激，她说她从不后悔，因为那当口幸亏有了他——不然，如何度过那些痛苦难挨的日子？从来对女人来讲，忘记一个人最好的方法便是投入另一个男人的怀抱。一边爱，一边忘。

　　但桑弧的谨慎老派也是一定程度内的，比方他十分介意张爱玲不化妆这件事。张爱玲跟他在一起的时候刚好二十八岁，还是十分青春的年纪，然而她却说自己老了，开始用冷水洗脸——为的是紧缩肌肤，三十岁不到竟然已经惧怕衰老了，不过是爱上了一个美男子，害怕自己与周旋于他身边的一众女演员相比在容貌上失了色。

　　他跟胡兰成毕竟不同，如果说胡兰成还有点儿旧文人的风雅，他能欣赏张爱玲的才华，那么桑弧作为一个导演来讲，恐怕欣赏她才华的程度远不及胡兰成。唯一能有些优势的无非是仗着比他小几岁的"美色"——可是这美色也令人犹疑，因为张爱玲并不能算得上是一位标准美人。

　　在《小团圆》里，她这样写道："她一向怀疑漂亮的男人。漂亮的女人还比较经得起惯，因为美丽似乎是女孩子的本分，不美才有问题。漂亮的男人更经不起惯，往往有许多弯弯扭扭拐拐角角心理不正常的地方。再演了戏，更是天下的女人都成了想吃唐僧肉的妖怪。不过她对他是初恋的心情，从前错过了的，等到了手已经境况全非，更觉得凄迷留恋，恨不得永远逗留在这阶段。这倒投了他的缘，至少先是这样。"

　　看桑弧先生的照片，确实算一等一的美男子，也难怪张爱玲要那样紧张和"自卑"了，她爱他深邃的目光，却又疑心那不过是因为她爱他。人一旦爱上某个人，总会在他的身上发现类似"神"的光芒，正如《追忆似水年华》的作者普鲁斯特所言，所谓爱情不过是将你欣赏的特质投射到某个人身上而已，也许他原本并非那样的一个人。

为了他，二十八岁的她第一次学化妆，学搽粉，他还感到惊讶，因为竟然还有女人不会化妆！约略是因为桑弧整天看见的都是打扮得光鲜靓丽的女演员，自然他的审美也是那样的时髦女郎，对张爱玲独特的美一时还未能全盘接受。

张爱玲特别写到一件琐事，两个人一起看完电影出来后，因为鼻头那边出油，涂抹的粉也变了样，桑弧的脸色很不好看，张爱玲见了更难过。

她有两个月月信没来，以为怀了孕，告诉桑弧的时候，桑弧倒是没有推卸责任，说一句我们不如直接宣布……应该是想到结婚这样的终身大事，然而张爱玲比他清醒，知道他们之间的阻碍，隔着千山万水的中国传统道德观。因而，张爱玲说我们这样开头实在太凄惨了。

原本是喜事，但在她看来却是凄惨的开头——因为她一眼就看到了这段感情的未来。

桑弧介绍了一位医生给她，一通检查后发现没有怀孕，却检查出子宫颈折断。她心内一沉，估计跟胡兰成相关。因为是桑弧介绍的朋友，想着如果不告诉他，日后他总会知道的，因而跟他坦白了自己的情况，她是以一种"残花败柳"的心思来讲述的。

"心里想使他觉得她不但是败柳残花，还给蹂躏得成了残废。他听了脸上毫无表情。当然了，幸免的喜悦也不能露出来。"

"没人会像我这样喜欢你的。"她说。

"我知道。"

但是她又说，"我不过是因为你的脸"，一面仍旧在流泪。

自小被大哥养大的桑弧十分听兄长的话，在几十年前写作被视为不是正经职业——事实是直到今天，但凡是与文艺沾边的事业还会被保守的人视为"不正经"，更别提她所在的20世纪40年代了。

一个以写作为职业的女性更是被视为"不务正业"，这是他们家反对张爱玲的第一因素。除此之外，张爱玲与胡兰成的往事也是重要的阻碍。其实，说到底桑弧自己也没有多少坚持，在他心里多少是介意张爱玲的"残花败柳"的。

两个人因为家庭的阻力渐渐地少有来往，直到有一次两人重逢。

张爱玲这样简洁描写一段复杂的感情：

这天他又来了，有点心神不定地绕着圈子踱来踱去。

九莉笑道："预备什么时候结婚？"

燕山笑了起来道："已经结了婚了。"

立刻像是有条河隔在他们中间汤汤流着。他脸色也有点变了。他也听见了那河水声。

当张爱玲装作轻描淡写问他何时结婚的时候，心内必定以为他一旦要结婚，至少会先告诉她一声吧？怎知竟然没有！

民国三大才女：林徽因 张爱玲 陆小曼

因而她觉得有条河隔在他们中间，一条寂静的沉默的河，那是存了心思的隔膜与尴尬。

桑弧对张爱玲还算有情，报纸上刊登他们新婚夫妇的消息，他担心张爱玲看了觉得刺激，于是托人给报馆里说了，以后再也不要刊登他们夫妻的私生活。

然而，她到底是看见了。

"她只看见他的头偎在另一个女人胸前，她从那女人肩膀后面望下去，那角度就像是看她自己。三角形的乳房握在他手里，像一只红喙小白鸟，鸟的心脏在跳动。他吮吸着它的红嘴，他黑镜子一样的眼睛蒙上了一层红雾。

"她心里像火烧一样。"

从此她听见别的男人说"我能不能今年再见你一面"就心惊肉跳，因为那样的话从前桑弧在电话里说过。

一辈子写尽了爱情的苍凉，末了自己也受了爱情一身的伤，无法自愈。"但是燕山的事她从来没懊悔过，因为那时候幸亏有他了。"

后来的她这样说道："藉写作来宣泄——于是其他人就会分担我的记忆，让他们记住，我就可以忘却。恋爱上的永不与永远同样的短促吗？但我的永不是永不，我的永远是永远，我的爱是自然死亡，但自然死亡也可以很磨人和漫长。"

她周遭的人与事已经没有太多值得她留恋的了，只有姑姑一人始终伴着她——然而，姑姑也是因为李开弟的缘故吧？否则，早已离开中国了。她曾对张爱玲说过喜欢加拿大，愿意在那样的地方度过生生世世。

不是一个地方留人，是情字牵人。

这里，如今于她来讲已是生无可恋的了。当她穿着一身旗袍出席上海的第一次文代会时，她就已经明白了，这已经不是属于她的时代，也不是属于她的世界。

她曾那样爱过这地方的人与事，然而终究免不了一别。

她要与这个世界做最后一次告别，告别前半生的辉煌与灰暗，奔向一个全新的未知。从此，属于上海的传奇与流言都将留在恍如隔世的身后。

背着故事行走的人

我的人生——如看完了早场电影出来，有静荡荡的一天在面前。

——张爱玲

　　人生有时就是这样的，你以为千秋万载不变的事情，它说变就变，压根儿不会提前告知你做好心理准备。张爱玲的人生，她自己形容说是看了早场电影出来，面对满街大太阳，剩下的大把光阴却不知如何打发。

　　她的人生确实走到了这样的当口。

　　一度她在《诗与胡说》里写了长长的一大段，阐述自己如何爱中国：

　　所以活在中国就有这样可爱：脏与乱与忧伤之中，到处会发现珍贵的东西，使人高兴一上午，一天，一生一世。听说德国的马路光可鉴人，宽敞，笔直，齐齐整整，一路种着参天大树，然而我疑心那种路走多了要发疯的。还有加拿大，那在多数人的印象里总是个毫无兴味的，模糊荒漠的国土，但是我姑姑说那里比什么地方都好，气候偏于凉，天是蓝的，草碧绿，到处是红顶的黄白洋房，干净得像水洗过的，个个都附有花园。如果可以选择的话，她愿意一辈子住在那里。要是我就舍不得中国——还没离开家已经想家了。

　　写这篇散文的时候，她何曾想到有朝一日自己却要作别这样脏与乱的中国？倘使她能够看见的话，见到如今这个满是高楼大厦的故乡，不知还能否辨认得出来？也许，只有那份脏乱和独特的吃食与乡音让她觉得熟悉了。

然而，20世纪50年代初的上海已经不是她记忆里的上海了，她思虑很久决定离开。离开的时候甚至都没有告诉弟弟张子静——后来弟弟到姑姑处去找姐姐，姑姑开门只简单地说了句"你姐姐走了"便关上门。我看到张子静那看似平静的回忆文字，每每眼泪都止不住汩汩地流。姐弟一场，最后各自流落在天涯的两个角落。

《对照记》里她放了张姑姑穿着旗袍戴着眼镜端坐的照片，她写到离开内地的时候姑姑就是这个样子，在她记忆里姑姑永远是那时候年轻的样子。也好，总好过看见苍老的窘迫。

她申请出内地的理由是回到港大继续读完学业，那也是母亲黄逸梵的愿望，她始终希望张爱玲能拿个文凭。张爱玲曾说她的母亲因为自己没去过学校的缘故，所以一辈子是个学校迷。她总是那样一张刻薄的嘴，一颗悲悯的心——张爱玲亦写过她对几乎所有的人都有同情心这样的话，因而她也绝非胡兰成和炎樱口中的十足自私的人，她悲天悯人。

因为有这个充足的理由，因而内地这边在仔细审查后决定让她走。我常常想，若他们知晓她是打算一去不返的，还会这样吗？

终于要走了，离开这座生养她三十多年的城市——1952年她离开上海，心中没有悲喜，只是静默，因为完全不知道这个选择到底好不好。

那样可爱的上海哟，挥一挥手，再看最后一眼吧，此后余生几十载再无再见你的机会，是永别，如同跟最爱的亲人诀别，凄怆充塞心底。

又到了香港，过去读书、逛街、战争的画面还仿佛在昨日，时光怎样轻易地改变了一个人？她不再是过去那个不解风情的书呆子，已然是一位才情卓越的女作家，她还年轻，还有美好的未来可以期待。

在香港美国新闻处，她有幸认识了一辈子的挚友宋淇与邝文美夫妇。如果说在她之前的人生里，我们见到的都是人性中较为灰暗的部分，那么在宋淇夫妇这边，难能可贵地为我们展现了一位珍惜友情的寻常女人。

张爱玲后来给邝文美的信中提及炎樱与桑弧，说他们对她的了解只是一部分，不及邝文美那样了解她的每一面，可见她对这位挚友知音的珍重。

"我们两人的背景与环境那么不同，可是本性和气质都那么像，真奇怪！

"一个知己就好像一面镜子，反映出我们天性中最优美的部分来。幸而我们都是女人，才可以这样随便来往，享受这种健康正常的关系，如果一个是男的，那就麻烦了。"

这样充满人情味又小女人的文字，此后在她们的通信中时常出现。多么难得，天地间有一个那样的人，能够不用你说就明白你的所思所想。正如她自己所言的那样，"每次想起在茫茫人海中，我们都很可能错过认识的机会——太危险了。命运的安排真好"。

在她人生最需要的时刻，邝文美出现了，她欣喜万分。这个被张爱玲视为知己，此后四十多年往来不间断的女人，究竟是个怎样的女人呢？

邝文美对于绝大多数人来讲是个陌生的名字，世人皆知晓炎樱，因为张爱玲在作品里单独写过《炎樱语录》，那样活泼慧黠的女子。但张爱玲又说炎樱是"红玫瑰"，看过她的经典之作《红玫瑰与白玫瑰》的读者一定对红玫瑰留有深刻的印象，因为她是男人眼里的尤物，漂亮天真，然而没什么脑子，所以总是在男人的世界里前仆后继地吃亏。

也许，炎樱出于天性也因为家庭环境影响的缘故，对赚钱的兴趣多过读书，所以不能很好地理解张爱玲的世界，但邝文美不同，她是被她赞为"钗黛一体"的女子。她不止一次说过，但凡她遇见举止优雅形容漂亮的女人，又有智慧的同类，她总是忍不住要拿过来跟邝文美做一番对比，末了只得感慨世间只得一个 Mae（邝文美英文名）。

邝文美漂亮、优雅、智慧，与先生宋淇都是标准的知识分子，因而她在知识上理解张爱玲完全没问题。

从个性上来讲，邝文美的性格显然更讨人喜欢。张爱玲说她见过那么多的女人，却只有一个人像《半生缘》里的女主角曼桢的，那个人便是邝文美。邝文美聪慧无比，又生得美貌，然而却没有一般女人惯有的毛病——设若一个女人有些才华便会自以为是，张爱玲说她最讨厌自以为有才华的女人与自以为长得漂亮的男人；而且，一个女人若生得漂亮，难免会在同性面前孜孜地谈论她的情史，她怎样被一众男人苦苦追求，她又如何巧妙拒绝云云。

炎樱属于后者，她不止一次说过这样的事情，同时她又说张爱玲苍白，从不夸赞她。与这样的同类在一起，难免让人觉得泄气。

但邝文美这样两者兼具的女人，却没有这些女人的通病，这样好修养好学问的女人，别说张爱玲欣赏，只怕很多女人都会喜欢。

张爱玲写信给邝文美的丈夫宋淇先生，称自己在遇见 Mae 之前根本不信什么"钗黛一人"说，可是见到她了她毫无来由地就相信了。对中国人来讲，哪怕没看过

1952 年离开上海的派司照。

好友炎樱的艺术照。

《红楼梦》的人都会知道这样一个基本事实：黛玉以才情动人，宝钗以端庄大气服人。她既然认为邝文美兼有钗黛之美，则她必定是兼具两者的优点。

可是宋淇回信告诉她说，Mae 跟宝钗确实有几分相似，但不是深沉的心机那一面相似，于黛玉却没有什么相似的——这无非是宋淇先生的谦语。

邝文美性情端庄温柔，与张爱玲的尖锐刻薄正好相反，她的宽厚能够与她的锐利和平相处——换作炎樱则不能，她会忍不住讥讽几句张爱玲，而张爱玲必定奋起反抗，于是辩论会无休止地进行，继而互相伤害。

再者，张爱玲再次到了香港的时候，已经是个死了心的人，虽然外表还年轻，可心内已经苍老，正像她在《小团圆》里所写的那样：

"过三十岁生日那天，夜里在床上看见阳台上的月光，水泥栏杆像倒塌了的石碑横卧在那里，浴在晚唐的蓝色的月光中。一千多年前的月色，但是在她三十年已经太多，墓碑一样沉重地压在心上。"

心里藏了太多的故事与太多的郁结，难免苍老了心，她对未来几乎是不抱什么太大希望了，对友情爱情都一样。怎知，还有柳暗花明的一日？她的欣喜在通信集里我看了十分安慰，因为她不是人们所想象的那样孤僻与孤单，她有终生挚友，有了倾听的人，人生才不会那么无聊。

另一面镜子

> 我最好的朋友——中学时的张秀爱和后来的炎樱——都到美国去了，而且都是从来没有想到会去，兼且没有亲人在美——"一二不过三"，我想将来你也会去。
>
> ——张爱玲

好的知己是自己的一面镜子，邝文美就是张爱玲人生的另一面，她在她的身上时常看到自己。从来没有见过张爱玲这样对一个人没有戒心，也没有见她那样不吝辞藻地夸赞别人，只有对邝文美才如此。

除了这份性情相投外，恐怕与宋淇夫妇对她雪中送炭有关。在她最无助的一刻，他们与她做朋友，真诚地向别人推荐她的作品，介绍她为香港电懋写剧本，后期的诸如《情场如战场》《南北一家亲》等作品皆是张爱玲为电懋所写，这也成为她后半生主要的生活来源。

我以为最为难得的还是从邝文美这里，我们这些后人可以窥见张爱玲清冷的另一面。邝文美曾写过一篇关于张爱玲的文章，她特别喜欢。黄逸梵晚年在伦敦病重的时候，希望张爱玲能够去看她一趟，但当时的她也是状况窘迫，终于没去见母亲最后一面。然而，她寄了一点儿钱，附上了唯一一份文字资料，便是邝文美的那篇文章，足见她对这篇文章的重视与认可。因为那文章最接近她本人，所以她想让母亲读了以后能够了解她的状态与为人，算是母女俩最后的沟通。

知己是自己的另一面镜子，尤其是同性的知己，往往比异性知己要来得了解透彻。尽管张爱玲曾说同性可以了解，异性才能安慰——然而最透彻的安慰往往来自最彻底的了解，到底还是同性知己更为默契。

因为没有负担——不用惧怕异性知己的伴侣妒忌。

邝文美在张爱玲的眼里看见了自己的端庄与温柔适意，而张爱玲则在她那里看见自己不可多得的体贴。

邝文美的一篇文章，为张爱玲做了不小的"翻案"。

很多时候，人们都以为张爱玲十分清高，有时见到人都爱理不理。但是，邝文美却这样说："（我们）一见如故，后来时常往来，终于成为无话不谈的好友，我才知道她是多么的风趣可爱，韵味无穷。照我猜想，外界传说她'孤芳自赏'，'行止隐秘'，'拒人于千里之外'……很可能是由于误解。例如，她患近视颇深，又不喜欢戴眼镜，有时在马路上与相识的人迎面而过，她没有看出是谁，别人却怪她故作矜持，不理睬人。再者，她有轻性敏感症，饮食要特别小心，所以不能随便出外赴宴。不明白这一点的人，往往以为她'架子很大'。再加上她常在夜间写作，日间睡觉，与一般人的生活习惯迥异，根本没法参加各种社交活动，这也是事实。我相信'话不投机半句多'的这种感觉是任何人都有过的。在陌生人面前，她似乎沉默寡言，不擅辞令；可是遇到只有二三知己时，她就恍如变成另一个人，谈笑风生，妙语如珠，不时说出令人难忘的警句来……"

这个张爱玲一定是大多数人感到陌生的，因为人们一时无法接受她原来如此幽默风趣，仿佛她就该高高在上，就该"高处不胜寒"。否则就不是她。

然而，别忘了她是最喜欢人间烟火气的作家，她是一个喜欢中国的脏与乱的作家，喜欢颜色与气味的人，如何能是个不通人情世故的女人呢？

邝文美称自己是个幸运的人，因为遇到了自己的知己，其实，张爱玲遇见她何尝不是一种幸运？她初到香港的时候，住在女青年会，靠着给人翻译稿子维持生活——有时没日没夜地写作，一天竟然写十几个小时，简直像个机器。为了生活，她什么稿子都接，哪怕是那种专业性很强的稿子，诸如牙医之类的。这样的事情后来也被她写进了《小团圆》里。这期间她翻译了《老人与海》，以及《爱默生选集》与《无头骑士》。但张爱玲做翻译完全是为了讨生活，并不是她的兴趣所在，就像她晚年在美国给美国广播公司改编苏联作家索尔仁尼琴《伊万的一天》一样，都是为了生存。

她不爱翻译的工作，因此她曾这样说："我逼着自己译爱默生，实在是没办法。即使是关于牙医的书，我也照样会硬着头皮去做的。"她又曾跟宋淇夫妇抱怨说："译华盛顿·欧文的小说，好像同自己不喜欢的人说话，无可奈何地，逃又逃不掉。"

只怕每个人都有过这样的无可奈何吧？

生活，从来就是这样的真刀实枪，哪里有那么多梦幻？这也是她行文总是不脱离实际的缘故之一。

她在香港逗留了三年之久，日子过得还算平顺，港大一直给她保留着奖学金，然而经历过人世的一番变迁后，她对读书拿文凭那样的事情早已失了兴味。这倒是让黄逸梵很是气恼了一阵，因为她多么希望女儿能继续读书——她缺少的必定要女儿拿到，中国的父母总是这样的情结。

　　然而不知出于怎样的考虑，她竟然要离开香港，彻底远离了她所熟知的中国！"我最好的朋友——中学时的张秀爱和后来的炎樱——都到美国去了，而且都是从来没有想到会去，兼且没有亲人在美——'一二不过三'，我想将来你也会去。"说着这样话的张爱玲，大约当时也未曾想到自己要去美国。后来她在"美新处"（美国驻港总领事馆新闻处）的麦加锡的介绍下准备赴美。

　　1955 年秋天，张爱玲搭上一条名为"克利夫兰总统"号的邮轮离港赴美——这艘船的名字听着十分高端，然而事实是，她以难民的身份彻底离开中国，奔赴美国。形影相吊的一个人，立在初秋的船舷上，望着送行的宋淇夫妇，心内的暗涌只怕要甚于船下的波涛。

　　从此，她将孤身踏上一个全然陌生的大陆。刚得了个精神知己，又要独自飘零，注定了漂泊无依似的。

　　船刚到日本，她就迫不及待地给宋淇他们寄去了信件，长达六页之多，该有多少的体己话想说？

　　"别后我一路哭回房中，和上次离开香港的快乐刚巧相反，现在写到这里也还是眼泪汪汪起来。"这样写来还不够，又叮嘱他们"一有空就写信来……但一年半载不写信我也不会不放心的。惦记

1954 年张爱玲在香港。

是反正一天到晚惦记着的"。

读了这样的书信简直令人不敢置信，这是那个向来说话刻薄、行文淡漠冷艳的张爱玲吗？只有在最真的朋友面前才会吐露自己的心声，只有在这样的朋友面前才会不设防，将自己和盘托出献给对方，只因对方完全懂得。

到了美国的张爱玲，先在纽约短暂住下，因为大学时期的好友炎樱在那边，算是投靠她来了。在上海滩，曾几何时，张爱玲风头正劲的时候，炎樱的光彩都要被掩盖，而如今她却成为一个落魄的作家。

因为在香港时期她曾经尝试用英文写小说，《秧歌》后来出版了，在美国引起不小的轰动，《纽约时报》甚至为此写了两次书评。《秧歌》出版后，她曾经将书籍寄给胡适先生看，希望能得到他指点一二。

如果说张爱玲也有所谓精神偶像的话，那么，我想除了她引以为恨的曹雪芹外，另一人必定是胡适。她无法忘记在父亲昏沉沉的房间偷取出的《胡适文存》。事实上，胡适的父亲与张佩纶还认识，后来他甚至告诉过她张佩纶帮过他的父亲，这样的小事胡适先生记得，然而张家人自己并不清楚，可见胡适的家教，滴水之恩涌泉相报。

当张茂渊与张志沂因为家产官司闹翻的时候，张志沂心心念念的竟然是"你姑姑那儿还有我两本书没还"。其中一本就是《胡适文存》。

张茂渊与黄逸梵跟胡适先生也认识，他们甚至一桌打过牌，然而张爱玲从未见过这个精神世界里的偶像。她刚到纽约便迫不及待地想去拜访胡适先生，像极了一个小女生要见偶像的心情。

她拉着炎樱一起去拜访胡适先生，欢天喜地。

在张爱玲的世界里，她主动去拜访对方，且是个男人，在有限的资料里，我只能想到两个姓胡的男人。一个是胡兰成，另一个则是胡适。

无论多么"高处不胜寒"的人，心里总有一块圣洁的月光，那月光指引她前行。胡适于她就是这样的清寒的月色。

聚散两依依

病后的世界就像水洗过了似的，看事情也特别清楚，有许多必要的事物也都还是不太要紧。任何深的关系都使人 vulnerable（容易受伤），在命运之前感到自己完全渺小无助。我觉得没有宗教或其他 system（思想体系）的凭借而能够禁受这个，才是人的伟大。

——张爱玲

中国人有一句俗气得不能再俗气的话：有什么别有病，没什么别没钱。可是，眼下摊到张爱玲头上的偏偏就是这两桩事，手头没钱，赖雅身体状况每况愈下。

他们婚后曾经在纽约住过一段时间，那个可怜的孩子也是在那里离开了他只住了四个月的母体。后来他们又一起返回彼得堡，麦道威尔文艺营就在新罕布什尔州的彼得堡，还是寄居在那里。

然而，这样的日子毕竟是短暂的，很快日子到了，他们也不能够再继续申请延期，赖雅向耶多文艺营的申请也被拒绝了。福无双至，祸不单行，屋漏偏逢连夜雨，老话说得自有其深刻的苍凉。

他们开始了漫长的居无定所的迁徙，像是回归到动物的状态，哪里便宜哪里方便就迁往哪里。

赖雅因为身体的缘故已经无法继续写作赚钱，依靠每个月社会福利金五十二美元生活——这笔钱连最便宜的房租都不够！房租还要七十二美元！他们甚至贫穷到租住过布鲁克林贫民区，然而还是无济于事。

有谁会想到这个曾经红遍上海滩的女作家，晚景这般凄凉？

张爱玲又是习惯大城市生活的，因为便利。她说过在乡下住过一段时间后，再回到都市里来，看到电车闻着汽油味都觉得是享受。可是，他们入不敷出捉襟见肘的经济状况实在不能允许这样的生活，于是他们又搬到一些小镇上。

总是这样来来回回地迁徙，没有一定的居所。从前不会做饭的张爱玲，如今不仅要忙着翻译工作赚取生活费，还要照顾身体状况不佳的赖雅。

熟悉她的宋淇夫妇均说过她对翻译工作并不十分热情，除了完全出于热爱翻译的《海上花》外。但是她在 20 世纪 60 年代给著名学者夏志清的信中却说自己喜欢翻译工作，恐怕多少有些违心，因为没有翻译收入的话，他们就真的坐以待毙了。

因为当时最为糟糕的事情已经发生了，电懋背后的大老板陆运涛先生飞机失事骤然离世，依靠给电懋写剧本生存的情况瞬间不复存在。这对张爱玲来讲，打击几乎是致命的，从此她的生活来源基本就依靠翻译作品，她甚至还给 VOA 打工，改编了苏联作家索尔仁尼琴的《伊万的一天》作为广播稿。

可即便是在这样处处不顺心的情况下，当她听闻台湾准备将《红楼梦》搬上荧幕的时候，还是抽空去了一趟台湾，可见她对这部书的热爱。

这是她唯一一次台湾之行，以前只在船上远远地看过。那时候她还年轻，二十刚出头，从战后的香港逃回上海，船经过台湾那片海域时，她望着郁郁苍苍秀美的山，第一次觉出中国画的美好来，因为竟然真的有那样秀气的山！

就在她东方之行的途中，赖雅中风病倒了。

她离开美国的时候，赖雅甚至担心这个美丽智慧的东方妻子不再回到他的身边，从前潇洒豁达的赖雅如风中之烛，开始对张爱玲越来越依赖。夫妻本是同林鸟，大难临头各自飞，也是人之常情。然而，他绝想不到这位看起来瘦弱的东方女性，有着常人难以想象的坚韧。

从前胡兰成避居温州跟范秀美在一起的时候，她也不曾因此对他有分毫抱怨。"天涯地角有我在牵你招你"，她一直是这样重情重义信守承诺的女人。在给宋淇夫妇的信中，她曾经说过不讲信用的人最可怕，然而面对这样的人实在无可奈何，因为毫无办法。

事实是，张爱玲直到1995年去世，对外宣称的依然是赖雅的妻子，冠上夫姓近四十年。她在爱情的世界里，一直忠心耿耿。

因而，当赖雅中风病重的消息传到她耳朵里时，她心急如焚，然而却没有钱买一张立刻返回美国的机票。她不得不做些改变，结束在台湾急匆匆的行程，去香港写点剧本赚取稿费，因为总是熬夜用眼，她的眼睛一度患了疾病。

"病后的世界就像水洗过了似的，看事情也特别清楚，有许多必要的事物也都还是不太要紧。任何深的关系都使人 vulnerable（容易受伤），在命运之前感到自己完全渺小无助。我觉得没有宗教或其他 system（思想体系）的凭借而能够禁受这个，才是人的伟大。"不知道这样的话是在赖雅病后有感而发还是因为她自己的病痛。

总之，他是她自己挑选的爱人，她唯有不离不弃地陪着他走完人生的最后一程。照顾赖雅又分出她不少精力，她的日子过得只能用"落魄"来形容。

　　也许，在生与死面前，从前认为十分重要的事情也变得可有可无了。她细心照料赖雅的生活，从不抱怨，因为这是她选择的一切。

　　在赖雅状态稍好的时候，甚至与张爱玲计划攒钱一起去欧洲和东方旅行，当时的张爱玲在给邝文美的信中写到幻想里的相聚，用了句母亲家乡南京的土话——乡下人进城，说得嘴都疼。还曾幻想过宋淇夫妇能吃到赖雅做的饭菜，因为他实在是个好厨师，"他的烹饪实在不错，比普通的馆子好"。

　　作为张爱玲后来近半个世纪最为重要的朋友，赖雅对他们的故事也是十分熟知，曾经他还给宋淇夫妇写了信。

　　"爱玲说她的朋友当中，就只想让你们跟我见面，但她讲了这么多有关你们的事，使我觉得大家早就见过了。我只想向你们保证，与我一起她很安稳，永远都会这样美丽，开怀而睿智。这一切奇迹的发生，并不因为要互相迁就而改变。过去如是，今天亦然，直到永远。"

　　可惜，想见面的终于没能见上面，想去的欧洲和东方也只能成为脑海里的幻影，人生就是如此，计划好的事情往往只存在一个备忘录上。一切都是天注定，终究她也是无力回天。在贫病交加中，赖雅安详地去世了。十年来，他们一起满美国地奔波，到处奔走，只为求一个安静舒适的居所，颠沛流离的现实反倒磨炼了他们。张爱玲跟赖雅的婚姻前后维持十来年，她在赖雅死后过起了离群索居的生活，仿佛一下子看透人世间所有悲欢离合，人世的浮华与喧闹她再也不需要。

那时的她不过四十几岁，然而整个世界开始一片灰暗。没有人能想到她能够陪伴赖雅走完最后的旅程，大家对她爱人的能力一直怀疑着，但是她用坚韧还击了所有的质疑。

从前盼着与胡兰成相守到老的日子没能够，在这个美国男人身上，她却实现了天荒地老的誓言，实在让人有种人世的荒芜感。

中年丧偶对谁来说都是一件极为残忍的事情，无论怎样强自镇定还是免不了痛楚，这种伤痛只能随着岁月的河流慢慢流逝，被它那温柔的双手抚平。

沧海桑田亦不过是一瞬，若能够看透个人在命运面前的渺小，也许能够释然。此时的张爱玲早已经历过一番人世的变迁，父母已谢世，他们的故去，带着她的爱与恨一并入土。

十几年前，张志沂死在上海静安区那个十几平方米的老房子里，也是后来张子静终结生命的所在地。

再后来，1957 年的时候，黄逸梵病重祈求女儿赴伦敦见最后一面——正是她困难重重的时候，一张机票的钱已然是庞然大物样吓人。她只是寄去了一点儿钱还有邝文美写的那篇文章，母亲看了快乐了很久。在生与死的界限上，她们得到了最后的和解。

如今，她的亲人各自离散在天涯，她唯将自己蜷缩着像个隐形人一样寄居在这个世上，总有一天她也会赶到那个世界与他们再相逢。

我的心是一座小小的孤岛

回忆这东西若是有气味的话，那就是樟脑的香，甜而稳妥，像记得分明的快乐，甜而惆怅，像忘却了的忧愁。

——张爱玲

她从不刻意回忆往事，可是过去像长了脚一样自动走过来，牵一牵她的衣角，要她回过头来看看从前的面容。

人生就是这样的反反复复，说好了不回首，还是忍不住想回到最初的地方。赖雅去世那一年，她还不到五十岁，外表依然年轻，然而内心却像个历经沧桑的老人，看透世间的悲欢离合。

她曾经说过三十岁已经够久了，过去的历史像墓碑一样沉重地压在心头。自从去了美国以后，有人说她的才华萎谢了，这其中就有一直欣赏她的香港后辈女作家亦舒。亦舒看了她所谓新作认为不过是新瓶装旧酒，很是乏味，宋淇夫妇将她的评语写信告诉了张爱玲，张爱玲说：这些是我仅有的一点儿东西，也是我的包袱，一辈子甩也甩不掉，只得背着，直到死。

她在美国时认识了著名学者夏志清，还有文艺评论家庄信正。前者将她的文学史地位提升到从未有过的历史高度，使得她的作品得以在 20 世纪 70 年代初陆陆续续在中国台湾出版，这让她的经济状况也随之好转。

但写作的人状态从来都是时好时坏，没有个定数。

庄信正则介绍她到加州伯克利大学的中国研究中心去工作。

她在去伯克利之前，还曾去过迈阿密大学当过住校作家，也曾给赖氏研究机构做了一阵子学术研究。

漂泊无定是她在美国的生活状态，无论哪个时期，从未真正稳定过。到了伯克利的张爱玲，已经把自己装扮得像个寄居蟹一样，从不将自己的心事轻易示人，唯一能够得到她真话的只有香港的宋淇夫妇。即便是给她充满信任的夏志清与庄信正写信，我看到满纸的，也都是带着距离感的朋友。

她像是要把周围的世界强行按在另一边，属于她这一边的只有她自己一个人。据她当时的"同事"回忆，张爱玲几乎"从不上班"。不上班自然是不可能的，她只是生活习惯与人不同罢了，白天休息的她往往下午时分趁着别的同事准备下班回家的时候，才会踩着猫一样轻巧的步伐来到办公室，一不小心见到别人了，只会露出尴尬而腼腆的笑。然后，再也没了然后，似乎是个隐形人，从不与人交谈，同事都觉得她十分孤僻。

但凡艺术家都有种常人无法理解的乖僻，像她十九岁所写的文章《我的天才梦》一样，她说：世人原谅瓦格涅的疏狂，可是他们不会原谅我。

多清醒的自嘲。

她昼伏夜出，在此期间干着一份可有可无十分无聊的工作，说是研究，竟然让她研究中国报纸等媒体上常出现的一些字眼！简直是浪费她的天才！

然而，人类天生地喜欢浪费，尤其在天才的浪费上，简直不遗余力。

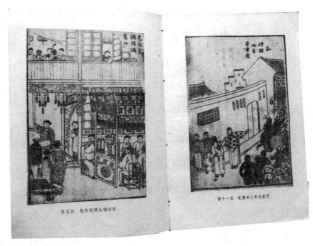

《海上花》书影。

　　这段时间她慢慢变得像个学者多过像个小说家，她写了很多关于《红楼梦》的详解文章，也尝试着翻译《海上花》——不仅有国语版，还有英译版。《海上花》原来是用苏白所写，为了使它流传更广，张爱玲将其翻译成普通话。只需要稍稍涉猎《海上花》便可知张爱玲的古文根基，读了小说的楔子，你会疑心自己又读到了《红楼梦》呢。

　　她如此热衷写这样的"老"文章，也许就像现下流行的一句话一样：当你喜欢回忆往事时，你便老了。她孤身一人活在异国他乡，唯有从回忆里寻找到片刻安稳妥帖。她连看到某个地方公寓像上海都感到极大的快乐，她的心真的成了一座小小的孤岛。"回忆这东西若是有气味的话，那就是樟脑的香，甜而稳妥，像记得分明的快乐，甜而惆怅，像忘却了的忧愁。"

她一生里最为灿烂的日子是在上海，最为传奇的爱恋也是在上海，她的半条性命留在了上海。

她变得更加敏感，害怕与任何陌生人交往，除了不得不保留的应酬，其他几乎不跟任何人联络。她屡次搬家，次次都再三叮嘱夏志清千万不要把她的地址和电话泄露出去。

好在夏志清理解她的乖僻与难处，屡屡为了她而去请求别人帮忙。年轻的时候她就说过书是人类最好的朋友，在没有人与人相交接的地方，充满了生命的欢愉。她宁愿与书为伴，也不愿跟她的同类交流，这导致她的人缘极坏。不过，她这一生似乎从未有过人缘特别好的时候，因为实在不善交际，不知如何待人接物，不似她的母亲那样朋友遍天下，人人都爱她。晚年写《对照记》的她还说自己只遗传了黄逸梵对颜色的某种偏爱，她的优点却一点儿没能继承。

1971年时，她在伯克利工作两年后跟那里的文学评论家陈世骧先生发生了矛盾，起因自然是大家对她常年不上班感到不快，直接原因张爱玲在给夏志清的信中这样愤愤然写道："加上提纲、结论，一句话说八遍还不懂，我简直不能相信。"——针对陈世骧说她的研究文章即使经过修改别人也看不懂，她这样反驳。这样的谈话自然是不欢而散，而结局对张爱玲来说几乎是致命的。

她因此丢掉了一份可以糊口的稳定工作，此事件被夏志清先生说成是她到美国后十几年来所经受的最大的打击。

此后三年，她没有过固定工作，也没有任何固定收入，所幸的是因为夏志清等人的介绍，台湾民众重新对她的作品产生了兴趣，她的一些旧作得以重新发表。其间她也写过几篇散文，包括她的研究文章几乎都是在台湾地区发表，这个曾经让她祖父丢掉官职的伤心地，怎知翻过一个世纪倒成了她的救命稻草。

此时，她的母校港大找到了她，希望她能写一些关于丁玲的研究文章。为了赚取稿费，她不得不接下这桩活，并且找夏志清先生，希望他能够帮忙找点儿相关书籍。夏先生痛心疾首地说："张、丁二人的才华、成就实有天壤之别，以爱玲这样的大天才去花时间研究丁玲，实在是说不通的。"

可是，天才不是往往被我们浪费在这些无用的事情上吗？就像给贵族小姐教钢琴的莫扎特，终生只卖出一张画的凡·高一样。人类是这样的短视，非得等到天才们谢世了，我们才格外珍视起他们以及他们的作品。

她也曾无可奈何地说："除了少数作品，我自己觉得非写不可（如旅行时写的《异乡记》），其余都是没法才写的。而我真正要写的，总是大多数人不要看的。"

"一提到有些话——关于前途——便觉得声音嘶哑，眼中含泪，明知突然 embarrass（为难）人，但无法自制。其实心中并不大感觉 pain（痛苦），似乎身体会悲伤，而心已不会了。浴时（或做任何杂事时）一念及此，也觉得喉头转硬，如扣一铁环，紧而痛，如大哭后的感觉。"

为了赚点儿生活费，也想在时间终止之前能够将心中的故事写完，她通常从下午开始一直忙到天亮，为此她的眼睛都熬出了血！

然而，她却也说："写小说，是为自己制造麻烦……人生恐怕就是这样的罢？生命即是麻烦，怕麻烦，不如死了好。麻烦刚刚完了，人也完了。"

　　我们就是这样一群人，在人海里流浪，在无休止的烦恼中怀揣小小的卑微的希望，希图有一日在沧海桑田的变幻中博出个云淡风轻。多美好，多艰难。

归去，也无风雨也无晴

人老了大都是时间的俘虏，被圈禁禁足。它待我还好——当然随时可以撕票。

——张爱玲

十九岁的时候，她说生命是一袭华美的袍，上面爬满了虱子。谁曾想到这警句成了她晚年生活的谶语。在丢掉伯克利的工作后，她的精神状态与身体状态都变得越来越差，三天两头与疾病相伴，孤独和病痛成为她忠实的伙伴。

因为常年熬夜写稿，眼睛动不动就流血，吃饭总是凑合，肠胃和牙齿跟着都坏了。从前邝文美称她有轻性敏感症，如今人老了皮肤却陷入无休止的敏感中。她无时无刻不感到被跳蚤追赶着，心里的厌恶和烦恼可想而知，她唯有不断地搬家，"三搬当一烧"，好多旧年的东西能扔就扔了。

她一辈子不喜欢置办家产，连她最爱的书也不买，唯一让她甘心情愿掏钱买的书是《醒世姻缘》。她说因为买了东西就感觉像生了根一样，东西长了脚会将她牵绊住——浮萍一样聚散无依的一生，难怪习惯与孤独做伴。

几年里她搬家的次数多到令人咋舌，常常在一个地方住不上一周就要转走，总觉得跳蚤如影随形，皮肤溃疡。夏志清写给她多封信也不见回音，后来终于来了一封信，却是诉说"人虫战争"——"天天上午忙搬家，下午远道上城，有时候回来已经过午夜了，最后一班公交车停驶，要叫汽车，剩下的时间只够吃睡，才有收信不拆看的荒唐行径。"

"先些时我又因为逃虫患搬家，本来新房子没蟑螂，已有了就在三年内泛滥，杀虫药全都无效。最近又发现租信箱处有蚂蚁……接连闹跳蚤蟑螂蚂蚁，又不是住在非洲，实在可笑。"

因为有虫患，她对房子的要求就是要新，没有任何家具，仿佛虫子在她的肌肤上跳来跳去——自然，她这样的敏感也有不少人认为可能是她的心理疾病，研究张爱玲的权威学者陈子善先生则认为她是出于作家的敏感性。

晚年的她经常托林式同先生代为找房子。林先生是学者庄信正在美国读书时候认识的朋友，张爱玲晚年住在洛杉矶，林先生恰好也在洛杉矶，当时的庄信正则在纽约，因而托付他照顾张爱玲，以备她不时之需。

然而林式同先生第一次去见她也是吃了闭门羹，后来她有段时间几乎每周都要搬家。林先生在回忆文章中这样写道：

"起先我觉得张爱玲这人真怪，为什么一天到晚要搬家？而且搬的都是些汽车旅馆。她说她在躲蚤子，我说我不信，有蚤子，喷喷杀虫剂就完了，不至于要搬家去躲。她强调说那些蚤子产于南美，生命力奇强，非搬家避难不可。我听了还是不信，蚤子就是蚤子，哪有什么北美南美之分？

"自1984年8月到这时（1988年3月），前后约三年半的时间，张爱玲一直过着迁徙流离的汽车旅馆生活，可能因为是搬家太频繁了，生活不安，饮食无节，从信中可以看出她的身体已大不如前了，不能再继续那独来独往的流浪生涯，而想找一个地方安顿下来。何况她已经六十八岁了……在那段流浪的日子里，她把随身带的东西都丢光了，连各种重要证件也都没有保住！"

因为常常搬家的缘故，她丢了许多身外之物，一个人的行李变得少之又少，有些老照片也丢了，后来仅存的一些照片被她写进了《对照记》里。

当年那样喜欢奇装异服的女作家不见了，世间多了个孤僻不见生人的寻常老妇人，成日里被病痛折磨着。因而她说人一旦老了就成为时间的奴隶，被圈禁禁足，随时有被撕票的可能。

在接二连三的搬家中，最为宝贵的丢失还是手稿。1986 年 12 月 29 日，她在给宋淇夫妇的信中这样说："检点东西的时候，发现《海上花》译稿只剩初稿，许多重复，四十回后全无。定稿全部丢失，除了回目与英文短序。一下子震得我魂飞魄散，脚都软了……"

另一个叫人担忧的则是，张爱玲的身体状况越来越差，几乎靠速食食品充饥，然后配以炼乳就当她的全部餐饮了。在她给宋淇夫妇的最后几封信里，说到这样的话：肤科医生叫我去看眼耳口鼻喉科，但还是需要倾全力自救——简直到了浑身都是病的地步！

对她来讲最痛苦的还是皮肤瘙痒症——"我目前一天十三小时照日光灯——家用的日光灯照十分钟要半个多钟头，（它需要五分钟暖身，廿分钟冷却）又只照一小块地方，座位调整得不大对就照不到——接连多天睡眠不足……

"天天去 tanning salon（日光浴店）很累，要走路，但是只有这一家高级干净，另一家公车直达，就有 fleas（跳蚤），带了一只回去，吓得连夜出去扔掉衣服……我上次信上说一天需要照射十三小时，其实足足廿三小时，因为至多半小时就要停下来擦掉眼睛里钻进去的小虫，擦不掉要在水龙头下冲洗，脸上药冲掉了又要重敷。有一天没做完全套工作就睡着了，醒来一只眼睛红肿得几乎睁不开……"

为此，她的衣服总是不断地扔了买，买了扔，全是便宜货。后来干脆将头发剪光，害怕虫子跳进她的头发里，于是便买了假发来戴。

上面那段耸人听闻的跳蚤应对法——照射，内容来自1995年7月25日她写给宋淇夫妇的信，这是她生前写给这对人生知己最后一封信。

因为写完信后的一个多月她便在洛杉矶的寓所里溘然长逝。没人知道她去世的准确时间，因为她被房东发现的时候已经去世了三四天左右。1995年9月8日上午，房东太太的女儿给林式同先生去了电话，告诉他张爱玲去世的噩耗，他简直不敢置信，因为不久前他们还像往常一样通了个电话。

"张爱玲是躺在房里唯一的一张靠墙的行军床上去世的，身下垫着一床蓝灰色的毯子，没有盖任何东西，头朝着房门，脸向外，眼和嘴都闭着，头发很短，手和腿都很自然地平放着。她的遗容很安详，只是出奇的瘦，保暖的日光灯在房东发现时还亮着。"

那盏日光灯应该是不久前刚买的，正是用来驱赶虫子的道具。

"张爱玲没有家具，没有珠宝，不置产，不置业，对身外之物，确是看得透、看得薄，也舍得丢，一般注重精神生活的艺术家都有这种倾向，不过就是不及她丢得彻底。看她身后遗物的萧条情形，真是把生不带来、死不带去的精神，发挥得淋漓尽致！

"她不执着，不攀缘，无是非，无贪嗔，这种生活境界，不是看透看破了世事的人，是办不到的。"

这是与晚年的她接触最密切的林式同先生眼里的张爱玲。

我们以为她会恋恋于过去而不舍，然而她没有；我们又以为她会格外喜欢回忆老上海，然而她也没有。她将手头的一切，能扔掉的皆扔了，如果不是为了饮食的需要，也许牙齿也要被舍弃——一次在与林式同谈到拔牙问题时，她感慨一句：看来我将身外之物还是没扔完。

独居近三十年的日子里，她过着不被常人理解的隐者生活，其实不过是她早已看透了人世的虚妄，知道一切的名与利终有随风而逝的一日，因而她过得虽然清简，却自有其云淡风轻的自由。

若不是那些亦步亦趋的跳蚤，她的日子还是十分如意的。

我想起了我十分喜欢的苏轼的一阕词，里面有一句"归去，也无风雨也无晴"，倒是与晚年的她十分相配。她早已看开了这万丈红尘，倒是我们这些爱她的人还在为她的人生唏嘘不已。

生与死，她一早就免疫——她称这是母亲黄逸梵的功劳。她的人生里有过传奇，有过流言，也遇见过一场倾城之恋，如此，足矣。

总有人说她的人生太过苍凉，然而若不是见过了人世间最为繁华的凋谢，哪里懂得苍凉的意味？

苍凉，不是她人生的注解。她就是她，世间只得一个张爱玲，从滔滔的黄浦江边走来，江面上立着位临水照花的美人，眉梢眼角带着笑意，秀口一吐便是半个海上传奇。

传奇未完……

有的人迷失了，
有的人又重逢。
幸有你来，
不悔初见。

繁华落尽，雾冷笙箫

——陆小曼传

如花美眷，轻舞霓裳唤风华

　　陆小曼的芳华一生，是她与那个时代的一场华丽之缘。民国的烟雨红尘成全了她一生艳丽的传奇故事，而她幽婉的身影里又摇曳着一个时代风情，如此香韵契合，成就绝唱。

繁花似锦，佳期如梦

有这样一种女子总让人又爱又恨，她是带刺的玫瑰，娇艳欲滴，不禁让人想拥入怀中。或喜或悲，只是前世今生的轮回。爱情或许是不灭的火种，上辈子便已轻轻地埋下。当她出现的时候，你就如此这般无可救药、真真切切地爱上了。你不仅爱上了她绚烂的美丽，还爱上了她夺目的锋芒。幸运的？不幸的？几世修炼，一世光阴。

佛说：前世的五百次回眸才能换来今生的擦肩而过。

难道此生只为遇见那个人？世间万事，尽是因缘际会，缘起时起，缘尽还无。挚爱只在心中，或许只有当局者才能体会。

陆小曼的芳华一生，是她与那个时代的一场华丽之缘。民国的烟雨红尘成全了她一生艳丽的传奇故事，而她幽婉的身影里又摇曳着一个时代风情，如此香韵契合，成就绝唱。

她的一生，经历过名噪一时的风光和热闹，享受过奢华富贵与万般宠爱，也饱受过诟病冷眼，寂寞孤苦。甚至归尘而去时，她的葬礼也显得极度冷清。

人生的大喜大悲，大苦大乐，她都历尽了。缘起缘灭，当一切随风逝去，当年华易转，世事流变，她依旧是一个惊艳的传奇。

走不回旧时风景，只盼能在书香好梦里瞥见你半分笑靥……

众星捧月，万千宠爱

上海这座华丽的城市，拥有着千年不变的辉煌，万世隽永的奢华。这个城市见证了太多悲欢离合，成就了太多的传奇佳话。有理的、无奈的，都在这里停留不愿离去。就在这样的城市里，红叶遍地的秋天诞生了才华横溢、冰雪聪明、桀骜不驯的她。

生活偏爱这样的女子，充满诱惑与忧伤的大门，已经为她敞开。命运之轮展开了神秘的画卷，等待着这样的佳人儿画上动人的色彩……

她，名门闺秀，父母挚爱的明珠。

她，一枝独秀。显赫的家族，疼爱她的父母，成就了她与生俱来的优越感。优雅平静的古村落，陆家祠堂屹立那里。时局动荡，人心飘忽。乱世出英雄，陆家是银行金融界屈指可数的家族。小曼的父亲陆定是清末举人，与曹汝霖、袁观澜、穆湘瑶等民国名流成为同班同学，留日归来自是前途光明。往来是军政要员，出入于上流社会。

江南烟雨蒙蒙，断桥天涯恰似人间天堂。知书达理、才华横溢的吴曼华，小曼敬爱的母亲，又是一代名媛淑女。江南出美女，吴曼华未出阁时已是无人不知的才女。温柔贤惠是名门闺秀的标志，而她将这种美德发挥到了极致。

一夜清风，半度相思，江南风雨几多愁。这样的女子总是让人难以忘怀，牢记于心间。贤妻良母这样的词语喜欢这样的女子，封建世俗偏爱这样的女子。青出于蓝，名媛闺秀好像也是代代传承。孩童时代的小曼就有了这般超脱的气质。吴曼华对小曼是十分严格的，所有闺秀都有这样的家教。

幼时严母严父是孩子的噩梦，记忆中只有严肃的面容，或许还有家法加身。时光流逝，慢慢成长，渐渐发现，严母严父是自己的幸运。孩子就像是一棵天然生长的植物，美丽纯洁，却也容易旁逸斜出，最后，变成不可逆转的歪脖树，却没有人调教，这才是最可怕的事情……

吴曼华就是小曼的严母，一代才女的女儿自是才貌俱佳，高贵气质与生俱来。古往今来，名垂青史的女子都是独特的。赞赏的、唾弃的，浮沉间，那些令人心碎的人儿还是铭记于心间。小曼就是这样独一无二的女子。不管是受人褒扬还是诟病都已经无所谓，重要的是历史记住了她，陆小曼。

一片阳光，洒进心房。清晨初醒，那一刻，父母就是清晨的旭日，我们期盼那迷人的光彩。小曼为自己的父母骄傲。商界政界叱咤风云的父亲，才情卓越的母亲，这是上天的恩赐。果敢的性情、闺秀的气质已经在她的血液里涓涓地流淌着。世界上没有两片相同的叶子，人也是如此。一花一世界，一叶一菩提，或许就是这个缘由。人的性子看似是后天的修炼，却又像是冥冥之中早有了安排。

躲不过的是命运，改不了的是天性。开朗、明快又掺杂着任性，新时代的女性是有些锋芒的。忍气吞声已经成为历史，女人要为自己做主。新旧交替，火花四溅。生于这个时代的女人，承担了 20 世纪的期盼，这个世纪的挣扎。有的人，注定要被这两股力量撕扯。她的灵魂早已注入的勇敢，这是幸运还是不幸？

风口浪尖，世俗难容，不是每个女子的命运。上一代的烈女子都已经飘然远逝，只有祠堂里那空空的牌位接受着香火的供养。我们已经忘却那个女子到底是怎样的光景，她曾经风华绝代，是受到褒奖的大家闺秀。这些自然是令人羡慕的，时光流逝，操劳一生，这个女子最后却只留下一尊牌位，一座坟头。

冬的寒冷，夏的热烈，自然法则。看似没有什么道理，我们却也习惯。女人就像是世间的繁花，姹紫嫣红，各有各的美丽。然而，她们的美丽离不开脚下的土壤。只有像陆家那片肥硕的土壤才生长得出小曼这般美丽、充满才情的女子。

虽不是富可敌国，但也算是光耀门楣。锦衣玉食、娇生惯养、良好的教育早已为小曼的成长铺平道路。青砖红瓦、亭台楼阁将她包围。她，生而被人仰视。玉洁冰清如芙蓉，雍容华贵似牡丹。她是娇艳的玫瑰，处处散发着夺目的光彩。她的清香在空气中飘荡，胡适说，她是北京一道不可缺少的风景。

南的柔美、北的端庄集于她一身。人间需要这样的女子，易碎的心灵多了几分坚强，这是属于女人的蜕变。柔情是打开心门的神秘钥匙，我们赞美绚烂的烟火，却改变不了烟花易冷、人心易老的凄凉。只期待，时光能够将那瞬间的美轻轻地收藏。风儿吹拂着她的脸庞，为她种下了柔情的种子。

解开枷锁，抛弃束缚，她将是新一代名媛。聪慧的她，拥有艺术家的敏锐与天赋。文学艺术，慢慢成为她的一部分。仿佛天性使然，抑或是上天的偏爱。这个女子拥有太多，让其他人望尘莫及。

细雨飘，卷珠帘，佳人如斯。没有世俗的牵绊，离开喧嚣的世界，她是否就是完美的圆弧？

徐徐的春风，暖暖地吹动着她的发带。闪闪发光的眸子，充满了对未来的期盼。若人生没有穷尽，只有奔流入海的希望，她将是美好的神话。千篇一律的旋律总会让人疲倦，只有不一样的节奏才能让人留恋，回味无穷。个性鲜明的她，让人看一眼便铭记于心。名媛或许只是一个虚名，长久存在的只是这个"另类"。一颦一笑、一举一动如同诗人笔下的文墨，写下来，便走进了世人的眼里、心间。

皎洁明媚的容颜是扣人心弦的玉指，跟随着空气的流转，悄无声息地侵蚀着人的灵魂，喜爱之情油然而生。他们预见了她不平凡的未来，花瓶易碎，明珠却能万世长存。世间之人都爱触手生温的美玉，所以有一些女子注定是让人爱不释手的宝贝。

柳絮飘，书卷香，女儿闺中待长成。诗词歌赋是名媛淑女不可或缺的外衣，中外文化的熏陶犹如空气中飘荡的花香慢慢沁入如白雪般的肌肤。靠近，便已让人心旷神怡，目光再也无法从她身上转移。

她，陆小曼，是诗人徐志摩挚爱的小眉。她必定不是凡俗女子。香气徐徐，慢慢进入他的梦。萦绕在他心头，占据了他的灵魂。这样的女子一定是美丽、善良、自由的化身。志摩的妻，名门闺秀的她，谁都没有料到，后来"祸水""淫妇"这样污秽的词语会与这般美好的女子联系在一起。

衣香鬓影，一晌贪欢

她，上天的宠儿，众星捧月的公主。

上帝在为你关上一扇门的同时，会为你打开一扇窗。然而，她却是这般幸运，美貌、智慧、家世无不让一般女子艳羡。她犹如雨后春笋清新宜人，还带着些许的墨香。自古南方闺秀温婉如水，北方佳人端庄坚毅。当各种美集于一身时，她便已超凡脱俗，与众不同。

从繁华的上海，到古老的北京城。在这种空间的转换中，她也汲取了这些城市的味道。上海滩的情调加之北京城的雅韵，将她出落成一种格外风情的小曼。她，6 岁进北京女子师范大学女子附属小学读书，13 岁转入法国人办的贵族学校北京圣心学堂读书。正值豆蔻芳年，小曼的光彩越发耀眼。同年，父亲陆定还专门为她请了一位英国女教师教授英文。

聪明、机灵、可爱、美丽、多才多艺的女子总是最引人注目的。满天繁星，只有那一颗是我们的挚爱。漫山遍野的鲜花，也只有那一朵紧紧地抓住了你的目光。青春年少，热情温柔，男孩子心目中的女孩。多少青年追逐、讨好，她自然趾高气扬，对别人不屑一顾，骄傲得像一个真正的公主。

没有奴颜，没有卑微，只有真性情，这就是小曼。出水芙蓉不带任何修饰，天然的纯美。那是一片碧波荡漾的湖面，平静中带有些许悸动。安稳中的不安是一种诱惑，总是让人想一探究竟。蜻蜓点水，一闪而过，那只是瞬间的记忆。少年的梦里，钟爱的女子总是各种美好，却只剩下模糊的幻影。纯洁灵魂才是最灵动的魅影，最爱，莫过于隐藏于躯壳中的真实。

成绩优异、活泼可爱、精通英文法文，这样的女子在圣心学堂自然也是熠熠生辉，如鱼得水。活泼开朗、不拘于俗世的性格，让小曼更适合外国学校的生活。对于女子，说教多过于教育，这是中国的传统。封建社会浩浩汤汤几千年，秦皇汉武、唐宗宋祖，何等气势？女子是锦上添花的浮华，男人们美丽的外衣。小曼这样的女子是稀缺的，处在时代变迁的尴尬夹缝中，她的人生注定是冰火两重天，褒贬不一。有人爱之深，自有人恨之切。

能弹钢琴、善于油画，怎能不让人钦佩？音乐是醉人心田的一杯美酒。美人抚琴，才子多情。音律总能为女子披上一层轻柔的纱衣，细雨绵绵，欢乐、忧郁都蕴含在空气中，那若有若无的旋律之中。钢琴发源于西方，东方人也爱上了它。那个时候，上流社会的人们开始接受西洋文化。钢琴成了新一代名媛的喜爱之物，当然小曼也不例外。

对于艺术，小曼表现出独特的天分，油画更是一绝。置身于山水之间，情意绵绵。每一幅优秀的画作都是一种意境，人、物、情的完美结合。感情细腻而热烈，这是才女的特质。不论是内心深处，还是浮于外表的幻象，都是那么真挚，让人不禁感叹，怜香惜玉之情油然而生。她的画作被外国友人欣赏，用200法郎高价买走。这是荣誉，也是鼓励。现在这个画作一定还在某个地方，久久屹立，受人赞赏。

肌肤白皙、眉清目秀、机灵聪明的女孩，这是众人对小曼的印象。这样的女子在学堂里，自然是招人欢喜，惹人疼爱。小曼更胜一筹，聪明伶俐如她，端庄娴静如她，她成为学堂里最受欢迎的女学生。

时光如梭，慢慢老去的，越陈越香的，逐渐成熟的，都在时间里静静地变化着。等发觉的时候已经物是人非抑或大放异彩。女子都是这样的蜕变过程，不知不觉中长成一朵美丽的鲜花，最后凋零在时空中，不留痕迹，细细品味只有丝丝的清香。

没有永恒的美丽，能够留住的只有记忆。小曼就是一抹红霞，那么耀眼，一眼万年，收藏在心中。那个学堂里的某个少年，多年之后变成老翁，夕阳下，忆当年，或许会记得曾经有一个女子，就像朝霞一样走进自己的生命，又不留痕迹地离开了……

她被誉为东方美人，外国朋友都喜欢她。开朗的性格，不羁的性情，当时，这样的女子一定是少数。精通英、法文的她自是深得外国友人的喜爱。与外国朋友的融洽相处是她成为名媛重要的部分。当时中国正处于危难之时，与外国友人之间的交往需要小曼这样的性子，不卑不亢。

她的成长让人嫉妒。破茧成蝶，惊艳的瞬间，光芒四射。为了这个结果，一定是经历了无尽的痛苦与挣扎。小曼的成功显得那么顺理成章，仿佛是注定的，一切都是不需要努力的美丽。

有多少名门闺秀与小曼一起出生在那个时代，一样是显赫的身世，良好的教育，骄人的容貌，但是被人们久久记于心间的却是少之又少，一切都是有缘由的。一个美丽的小姑娘，在一座古宅里，一遍一遍地练习着乐曲；坐在书桌前书写着娟秀的小楷，背诵着英文、法文。天赋一定是有的，最重要的还是小曼努力地进步着。

她一定是想成为一代优秀的名媛，所以她一直在努力着。陆家孩子们九死一生，活下来也是一种压力。深深的疼爱，殷殷的期盼，陆家的希望，作为女儿身，她不能上阵杀敌，不能完成父辈的伟业。她，一定要成为陆家骄傲的女儿。优秀或许是一种必需，又是一种无奈。

书香墨韵，春日芳菲

　　幽静的院落里，飘来若有若无的读书声。那银铃般的声音，轻轻地碰撞着院子里的花架。池塘里，鱼儿吐着一串串泡泡，蜻蜓不时地在水面上探着小脑袋，亲吻着如镜般的湖面。鸟儿在枝头唱着欢快的乐曲。若是停留在山水间，小溪环绕在脚下，与世无争，岂不逍遥？

　　　　常记溪亭日暮，沉醉不知归路。

　　　　兴尽晚回舟，误入藕花深处。

　　　　争渡，争渡，惊起一滩鸥鹭。

　　这是李清照早期的一首《如梦令》，流传至今。李清照出身书香门第，父亲喜爱诗词，母亲是状元的孙女，知书达理，文思敏捷。她的一生如楚河汉界，前后差距颇大。小曼与李清照虽然相差好几个世纪，但是她们却有相似的地方。一样的美貌，一样的才情，还有一样让人心酸的经历。

　　古代才女如蔡文姬、李清照、柳如是、上官婉儿，她们都是名垂青史，被后人赞赏有加的女子。她们的诗词流传至今，然而，红颜多薄命，她们的命运多是充满了曲折与磨难。不禁让人感叹：难道这就是才女的命运？

　　女子的诗词多是清新婉约，触动着人心中最柔软的部分，柔情蜜意相思成灾或者无尽忧愁黯然伤怀。万花丛中一点绿，不同风格，不同视角的情感，总能让人有一种焕然一新的感觉，倍感难得。小曼读着千百年前的诗句，感受着他们的爱恨情仇，悲欢离合。

书是个神奇的物件，人常说知书明理，书本不仅能够帮助人提高文学素养，还会教给人很多道理。将古人总结的经验和教训装在自己的心里，是为了更好地生活，不再重复古人犯过的错误。父母让小曼饱读诗书，是为了让她增长见识，不做一般的女子，一定要成为他们最值得骄傲的女儿。

历史的车轮碾过，一切都会不复存在。我们只能抓住此时，这一刻，未来不可预知，历史无法重来。历史留名的人，多么令人羡慕。小曼喜欢那些已经逝去的才女们，她们香魂已逝，飘散在那个时空隧道。每当看到书上的句子，小曼总是深深被诗句中的情景吸引，静静地陶醉在那个画面中。

秋风落叶，多少英雄魂！上下五千年，中国文化何等璀璨。文人墨客，来去匆匆，人生不过短短数十载。他们留下的诗词歌赋不计其数，代代相传。一首好诗，是一个意境，一段故事，一声轻叹，将每一个懂她的人定格在那个时间里，回味回味……

踏上人生的旅程，一个又一个十字路口接连出现。当你迈出一只脚的时候就已经不可能再回到曾经的那个路口。小曼选择了一条光明的道路，她要成为被历史记住的女子。

古语有云，女子无才便是德。古代有才情的女子又何止一二？她们的诗词也是万古流芳，命运喜欢与这样的女子开玩笑。痛苦与折磨伴随着她们，逃不了。或许才华是女子的罪过，无知才是对自己最好的保护。别院深闺，针织女红才是女子的生活。

循规蹈矩，三纲五常，遵守俗礼，才不会为世俗的剑所伤。

民国时期，风雨飘摇，上流社会依然安逸。名门闺秀受到中国文化熏陶的同时，也开始接受西方的文化。小曼精通钢琴、擅作油画。她崇尚西方自由的思想，希望能够按照自己的意愿生活。矛盾的种子在不经意间已经悄悄萌发。

优美的旋律，欢快的节奏，带给小曼的不仅是美的享受，更是灵魂的洗礼。爱之梦，悄进心间。

养尊处优，西式教育，娇惯任性，这是名媛的天性，在那个年代却也成了她们的悲哀。就如同理想与现实之间的落差，怀揣美丽的梦想，是误落凡尘的孤星，只能把内心的火焰与寂寞都轻轻地埋葬。小曼不拘于世俗，不愿将自己的内心隐藏，只想过自己的生活。女儿柔情的世界里，太多的诱惑，太多的困扰，而她，选择了跟随自己的内心。

她或许是过分了，凡事都要随心所欲，不是任性，是蛮横。成长的点滴都在影响着自己日后的抉择。生活总是给人太多选择，看似眼花缭乱，却也暗藏着折磨。总是无法预料，踏出右脚之后，迎接你的将会是什么？怡人美景，或是万丈深渊。与生俱来的优越感，一路走来风和日丽，她无所畏惧。

破茧成蝶，风光无限

天空澄碧，纤云不染，远山含黛。沉睡的珍珠，醒了，慢慢地睁开眼睛。绽放在梦中，漫步于云端。才貌双全的女子，被人宠爱的女子，这样的光环一直围绕着小曼。

清晨温柔的阳光洒落在红墙上，露珠滑过池塘里的荷叶，北京城里开始热闹起来了。伴着清脆的鸟叫声，她开始梳妆，一束青丝，在阳光下发出幽幽的光泽；胭脂水粉、珠光宝气的点缀，让她更加迷人起来。新的一天开始了，日程总是满满的，春风得意也不过如此。

她是北京一道美丽的风景线，她活跃于上流社会，与阔太小姐们在一起，开始了她的名媛生活。每天都活跃于各种舞会，社交场所。一位名媛必须有滋润她成长的舞台，有人欣赏她的才华。随着时间推移，在一个万众瞩目的圈子中成长，小曼已经成为北京城里无人不知的名媛。

聪明、好学、伶俐这些赞美的词语小曼最适合不过了。优秀女人的光环已经围绕在她的身上了。虏获了多少青年的心，又让多少女人羡慕，嫉妒？她还那么高高在上，以优越的眼光注视着身边的一切。她的气质更加优雅起来了，名流们争相与之交往。

空有美貌，没有才情的女子只有瞬间的美丽。只有才华，没有情调的女子又是枯燥的。男人对女人的期望就是这个时代对女人的要求，只有将这些因素完美结合，才能进入那些所谓上流社会男人的眼。小曼是成功的，她赢得了他们的眼光。

小曼小姐是圣心学堂里最优秀的学生，她是神秘的，因为没有人知道她还有什么没有被挖掘的潜质。作为一个社交场上的名媛，她已经是完美了，没有任何瑕疵。她是一条美人鱼，社交场所就是她梦寐以求的豪华泳池，走进社交场所，她享受到了如鱼得水般的痛快。

求学时期的陆小曼。

她离不开社交，她不能失去那种被簇拥，被捧得高高在上的感觉，她一直在捍卫着自己的地位。这也是她的悲哀，一直活在海市蜃楼之中，过着缥缈的生活。沉醉于这种生活，这就是她悲剧的源泉，也是被世人诟病的原因。

上流社会的生活最离不开的就是金钱，挥金如土的生活是社交场合中司空见惯的情况。当挥霍成为一种习惯的时候，就会很难改变。对物质的渴望是女人的通病，小曼将女人的渴望变成了自己的特质。她与志摩的矛盾也由此产生。不禁让人惋惜，人生没有如果，她，也只能终生悔恨。

走上名媛之路是她的命运，生在陆家那样的人家，那般美貌，聪明伶俐，求学之路充满了光辉。没有迟疑，没有犹豫，直接踏进了社交圈。或许，在某个明月当空的夜晚，她曾经想过自己的人生还有其他的可能。又或者，她一直对自己充满了信心，知道自己一定会成为受人瞩目的名媛淑女，她喜欢将自己置于舞池的中央，华美的灯光下，在那些热情的、激动的、柔情的、嫉妒的目光中尽情地表现着自己。这是一种可遇不可求的享受。

舞池之中的小曼就像出水芙蓉般美丽，她是人人喜欢的女舞伴。年轻貌美，舞姿卓越已经是令人欢喜，高贵孤傲的气质更是让她成为男人眼中的皇后，与皇后共舞自是一件令人羡慕的事情。小曼对很多人不屑一顾，只觉得他们是微不足道的俗人。社交场上小曼游刃有余，受到大家的青睐。

美人花开，明艳照人

三年的翻译生涯或许是小曼最辉煌的时期，这三年的时间将她的才华发挥到了极致。香闺淑女，巾帼不让须眉，小曼将这份工作做得十分出色。小曼爱国，她不只是活跃于社交场所的名媛。国不强，则家不兴。国家兴亡，匹夫有责。小曼走马上任，进入外交部，聪明、机灵、博学多识的她得到了大家的认可。她，总是能带给别人惊喜，含苞待放的花儿，让人期待。那必将是艳丽的玫瑰，娇美、动人，散发着诱人的气息。

小曼的英文、法文都十分流利，还有一手漂亮的蝇头小楷。钢琴、油画更是拿手好戏。当外交部部长顾维钧让圣心学堂推荐一名精通英法文，并且聪明伶俐、美丽大方的女孩子接待外国使节时，小曼脱颖而出，成为当仁不让的首选人物。当时小曼已经是学校里赫赫有名的"皇后"，老师心目中的优秀学生，加上她的艺术修养，会表演能朗诵的才华，走在哪里都是备受关注。这样的女孩子，自然要被学校骄傲地推荐给外交部。

小曼生性高傲，走在同学之中总是最特别的那一个。当时学生们一起出去，多少年轻的小伙子讨好她、巴结她，竟有人为小曼拿外套，帮她做一些琐碎的事，小曼对很多人都不屑一顾。花样年华，趾高气扬，天生的骄傲也会变成一种优势。

三年的翻译工作让小曼变成一个有主见、有魄力的名媛，她不再是单纯的学生，传统的大家闺秀。小曼慢慢地意识到了自己的才华与魅力，也在不断地释放着自己的能量，努力展示自己，提升着自身的修养。

一个女子要想成为真正的名媛淑女，要想成为顶尖的男人追捧的对象，这种锻炼是必不可少的。钢琴油画，诗词歌赋无一不通，最后却日复一日待在深闺之中，多数才女终究也是被埋没了。那个让人无可奈何的时代，两种主流思想相互碰撞，有志之士还是喜欢有能力、有主见的女子。社会上的一流人物总是围绕在那些才貌双全的女子身边，守候着能给他们带来光彩的女子。

这是人之常情，亦是很多人心中不容置辩的事实。陆家作为民国时期的名门望族，陆家的独苗一定会成为受人瞩目的人物，顺其自然要嫁给最有前途的青年。这是陆家的希望，更是小曼的命运。小曼，不负众望，三年时间一直都很优秀，得到了上司的赏识，也得到了大家的认可。有一次，外交部部长当着小曼父亲陆定的面对一个朋友说：陆建三的面孔，一点也不聪明，可是他女儿陆小曼小姐却那样漂亮、聪明。陆定听后既尴尬，又得意。有小曼这样的女儿，陆定是骄傲的。自从小曼开始懂事，他总是能听到身边的朋友对小曼的赞许声。这是作为一个父亲最大的欣慰。

小曼开始了接待外国使节的工作，她性格开朗，了解外国文化，懂得分寸。古老的中国被西方列强欺凌，这是不争的事实。就在那个受人掣肘的年代，外国使节总是那么高傲，对中国人是何等的不屑一顾，这是国人的悲哀。小曼不是逆来顺受的大家闺秀，她是不卑不亢，无所畏惧的。

外交部的翻译工作中她经常流露出爱国情感，外交工作最讲究技巧，然而一个人的风趣和幽默常常能化解一场危机，令人刮

民国三大才女：林徽因 张爱玲 陆小曼

目相看。小曼将自己随机应变的能力发挥得滴水不漏，更挽回了国家的尊严。她，是一个年仅 17 岁的女学生，豆蔻年华，年轻美丽，对别人有一种神秘的征服感。也许因为她是一个女学生，还是一个孩子，她说什么话别人都不在意。

有一次法国的霞飞将军在检阅我国仪仗队时，看到仪仗队的动作很不整齐，因此他奚落道："你们中国的练兵方法大概与世界各国都不相同吧！"小曼机智地回答："没什么不同，全因为你是当今世界上有名的英雄，大家见到你不由得激动，所以动作无法整齐。"她的回答既挽回了中国人的面子，也让将军愉快之余对中国人有了好感。这样令人赞叹的表现，只有小曼这样聪明、伶俐、大胆的女孩可以做到。有这样令人满意的经历，小曼当然对自己十分自信。

如此这般有胆识的女子在那个年代是稀有的，她就是最耀眼的明珠。陆家有女初长成，皓月晓风般迷人。外交翻译工作是小曼最为喜欢的，她喜欢挑战，又不甘于寂寞。这个工作无疑是最适合她的，舞池里的小曼仪态万千，博得中外贵宾的称赞。她举止得体，身材曼妙，每场舞会都有跳不完的邀约，飞扬在舞池中，犹如一只美丽、高洁的天鹅。

金石良缘，天作之合

远处若隐若现的石桥，天空飘落着细细的烟雨，朦朦胧胧。一个娇小的女子撑着油纸伞，踏着青石板，走过。眼神中带着愉快、希望还有丝丝的忧伤。女子出阁前的多愁善感，那是不可预知的未来，承载着一个女子一辈子的幸福。

漫天的柳絮，让人着迷，看久了便心烦意乱、莫名的烦躁。父母一直在张罗她的婚事，已经有了合适的人选。她脸上缺少了几分出嫁的喜悦，多了一些忧伤，却没有拒绝的理由。结婚已是既定之事，小曼只能接受。父母之命，媒妁之言，门当户对是大家闺秀婚姻的准则，数千年不曾变过。

女子总是在懵懂之时便已经嫁作人妇，小曼亦是如此。她是社交圈中的名媛，又从事过外交翻译工作，见多识广。比一般的女子更加有见识，有思想。但是面对婚姻，她还是不知所措的，那完全是一个新的世界，充满了好奇却还有恐惧。

陆家知道小曼的价值，对于女婿的挑选十分严苛。媒人踏断门槛，都不合心意。陆定夫妇细细挑选，终于有一个年轻人让他们眼前一亮。不论人品、相貌、才学都是佼佼者。这正是陆家心目中的合适人选，只有这样的人才配得上他们的掌上明珠。

王赓，1895 年 5 月 15 日生，1911 年毕业于清华大学，同年赴美留学，大概与金岳霖同年到美国留学。最初入密歇根大学，不久改入哥伦比亚大学，后到美国普林斯顿大学读哲学，1915 年获普林斯顿大学文学士学位。后又到西点军校攻读军事，与美国名将艾森豪威尔是同学。1918 年 6 月，以第十名的优异成绩毕业回国。这样一位留洋 8 年，既有文科修养又有西点军校背景的年轻人，在军阀混战时期，必定是不可多得的人才，陆定已经看出，这个青年的前途无可限量。

王赓回国后就供职于陆军部，1918 年巴黎和会期间，需要留洋的军事专家协助争取中国的权利，旋又任他为巴黎和会中国代表团上校武官，兼外交部外文翻译。可能正是在这个时候，他认识了在巴黎和会外围到处呼吁中国权益的梁启超。梁启超看重他的人品和才华，收他为弟子，像徐志摩一样，他也成为梁启超的弟子。1918 年秋，他任航空局委员，1921 年为陆军上校，正是在这个时候，唐在礼夫妇介绍他认识陆小曼。1923 年他任交通部护路军副司令，同年晋升陆军少将。1924 年年底，任哈尔滨警察厅厅长。短短的 6 年时间，他由一般青年，步步高升，平步青云，前途无量，这样屈指可数的人才，小曼父母当然看好。

陆家丝毫没有迟疑，将小曼许给了王赓。婚礼轰动北京城，陆家何等的财力和地位，独女的婚礼自是体面、奢华。不仅仅是金钱的堆积，更是身份的象征。傧相就有九位之多，除曹汝霖的女儿、章宗祥的女儿、叶恭绰的女儿、赵椿年的女儿外，还有几位英国小姐。为了这场盛大的婚礼，陆家也是费尽心思，一定要小曼风风光光地嫁出去。前来贺喜的显贵不计其数，社会名流、政界要员、商界泰斗，都是当时显赫的人物。

19 岁的小曼就这样轰轰烈烈地嫁给了王赓，陆家希望王赓能干出一番事业，也不枉费他们嫁女的心意。小曼不再是烟雨中的姑娘了，她变成了别人的妻子。现在，小曼是应该相夫教子，安心做个官太太的时候了。贤良淑德是一个已婚女性必备的品质，断绝与其他一切异性的交往。梧桐深锁，静静地待在暖阁中，等待着自己的丈夫。看着院内的景致，听着蝉鸣鸟叫，看着花落花开。这才是一个好女人的标准，一个好妻子的典范。

小曼深知这些道理，学校自然不去了，外交翻译的工作也不能再做了，女人结婚后不宜抛头露面，这是千百年来留下的古训。况且，小曼是大家闺秀。作为一个前途光明的男人之妻，只需要享受富贵的生活，生儿育女传宗接代。

王赓长小曼七岁，婚后对小曼也算疼爱有加。小曼和王赓也算是闪婚，从订婚到结婚也就一个多月。他们之间的了解不多，小曼只是顺从父母的意思，就像是一场被人编排好的戏一样。她是女一号，但是却演的不是自己。婚后小曼的性子有所收敛了，她想做一个好妻子，毕竟已经结婚了，是别人的妻子。

那时候多数人的婚姻身不由己，西方先进的观念已经开始动摇中国人的思想，根深蒂固的理念不会轻易被改变，有志之士已经开始反抗，这一切都需要时间。只有当生活无法继续，被苦痛包围的时候，人们才会对不合理的制度说出"不"字。

小曼与王赓的婚姻几乎是人人看好的金玉良缘。小曼家的财力和人脉能使王赓的仕途更加平坦。王赓是有真才实学的青年，有这样的女婿，陆家的地位也会更加稳固。

一代芳华，寂寞花开开无主

　　小曼喜欢热闹，害怕孤独。只有置身于人群里，她才能感受到快乐。笼子里的金丝雀，惹人怜爱。小曼绝对不想成为画里的风景，再动人，也不是真实。

桎梏婚姻，婚后哀怨

雪花悠悠飘落，小曼站在窗前，美景似画。屋子的暖炉里散发出阵阵的热气，她的心却还是凉。皑皑白雪淹没了一切，也尘封了一切。只有梅花依然那么美艳，鲜红的颜色犹如一团火焰，燃烧着寂寞人的心。美人倚窗扉，眼蒙眬。

自从结婚以来，小曼的心一直都充满了孤寂。她，不再是那个灵动的小女孩，不是可以独自参加各种宴会的名媛，她变成别人的妻子，只能独自待在家中。这对于小曼来说无疑就是一种折磨，她就像是炽热的阳光，怎么能隐藏在一个角落里。

小曼喜欢热闹，害怕孤独。只有置身于人群里，她才能感受到快乐。她受到西方教育的熏陶，在外交部任职，她已经习惯了被人追捧的生活。笼子里的金丝雀，惹人怜爱。小曼绝对不想成为画里的风景，再动人，也不是真实。

上一代的名媛淑女，秉承了几千年以来中国的传统，丈夫和孩子是女人这辈子的主题。多少女人的青春都埋葬在了幽静的院落里。陆小曼曾在日记中写道："她们（母亲）看来夫荣子贵是女子的莫大幸福，个人的喜、乐、哀、怒是不成问题的，所以也难怪她不能明了我的苦楚。"

小曼的内心是苦的，性格决定命运。她，受不了冷落，孤寂的生活对她是一种莫大的伤害。她是接受过西方教育的新一代名媛，她想要精彩的生活。丈夫、儿子不应该是女人的全部，只有为自己活着，才是真正的人生。所有人对女人的要求就是贤良淑德，一心一意为丈夫和家庭服务，张扬个性是不被世俗所容忍的。

她的丈夫，王赓，每天都忙于公务，早出晚归。少年得志的他，是上流社会人们心中有前途的青年。能够得到上司以及社会名流的认可，这与他的努力是分不开的。王赓对自己的要求极为严格，所有的事情都是泾渭分明，一板一眼。他在别人眼里是一名优秀的军官，出色的军人，好男人的典范，却不是小曼心中的理想丈夫。

王赓在工作日没有娱乐，只能工作。小曼只能自己待在家中，百无聊赖。她不想做男人的附属品，她是一个女人，一个名媛。她需要丈夫的陪伴，并能支持她的优越感和虚荣心。她不是一个没有思想、没有情感的摆设。一颗心跳跃在心间，她渴望浪漫的生活。王赓一心扑在了事业上，他抽不出太多的精力呵护自己的妻子。事业蒸蒸日上，他觉得自己已经是出类拔萃的人物，但是他想让自己变得更加出色。在他的心里，男人的事业就是资本，也是对妻子最大的报答。只是面对陆小曼这样的女人，这样的理论早已经变成了浮尘。

她，是一个个性十足的女人，浪漫、热情而知性。这样的女人更需要浪漫的情怀，风花雪月的陪衬。她与王赓是两个世界的人，她不理解王赓的雄心壮志，王赓也不理解她的少女情怀，一切都在慢慢疏远，离开原来的轨迹。心朝着不同的方向游走，这就是同床异梦的痛苦。

小曼试着缓和他们夫妻之间的隔阂，只是她太小看天性的作用。每当她感到寂寞万分的时候，就会让王赓陪她去参加聚会，王

风华正茂的陆小曼。

赓很少同意，总是以工作忙为理由拒绝她。是啊，他忙，工作是重要的，国家大事是重要的，而她只是一个微不足道的角色。小曼总是这样想，对于这段婚姻，她沮丧了，开始怀疑自己的婚姻。

此时的王赓，根本没有感受到自己妻子的忧伤。女人心海底针，对于女人的心思，男人好像永远是个局外人。而女人的感情就像一堵墙，总是随着自己的心发生倾斜。女人的心思也是有迹可循的，只是男人们不是太自信就是太大意，总是忽视身边的女人。男人总是认为，事业不仅是自己华丽的外衣，还是留住女人的资本。尤其是那个年代的男人，很少有人关心女人的感情世界。

小曼开始不想维持现在的生活了，她的内心开始反抗，她憎恨那些束缚女人的封建礼教。她不想也不会做唯唯诺诺，为别人而活的女人。她早已经看透了她母亲辈生活的无聊和无奈。她在日记中写道："从前多少女子，为了怕人骂，怕人背后批评，甘愿自己牺牲自己的快乐与身体，怨死闺中，要不然就是终身得了不死不活的病，呻吟到死。这一类的可怜女子，我敢说十个里面有九个是自己明知故犯的，她们可怜，至死不明白是什么害了她们。"

这是多么真实的宣泄，这也是小曼的内心独白。女人不应该承受这么多不公平的条款，这究竟是谁制定的？一定是男人，小曼常常想。世世代代的女人心甘情愿地遵守这些，小曼更是不理解。为什么没有人站出来反抗？小曼想自己这样过下去，不死也会疯。每天要面对一个工作机器，一个不懂体贴的男人，无聊地生活着，没有尽头直到死亡的那一刻，想到这里，小曼打了一个冷战。

不论她的内心是多么痛苦，多么悲伤，她终究还是一个生活在这个社会中的女人，她不知道自己应该怎么摆脱这一切。就像一只被关在笼子里的金丝雀，一点办法都没有，只能发出几声悲鸣。没有人理会，没有人关心，只有越来越强烈的痛苦围绕着她。不能拥有自由，为何还让她看见美丽的天空？

两个人的寂寞，或许王赓也是如此孤单。但不知道如何走进妻子的心，他不知道怎样才能让妻子拥有更多的笑容。他只能更加努力地工作，让妻子过着物质优越的生活，尽可能地满足妻子物质上的挥霍，他知道，小曼并不是一个懂得节省的女人。

在认识徐志摩之前，她只是消极反抗。与一些和她命运相同的权贵千金小姐、太太们一起出去吃饭、喝酒、打牌、捧戏子、跳舞、唱戏，过着名媛富足而百无聊赖的生活。这是意料之中的事情，小曼属于这样的生活。只是这一切看似和以前一样，其实都已经变了。婚前的她，就是展示自己，她是骄傲的公主，等着别人的追捧，这样的生活她是真心的喜欢。如今，这是放纵自己，消磨时间的方式。就像是手术前的麻醉剂一样，可以减少疼痛的折磨。难道这就是她曾经在梦里向往的生活？她苦笑着问自己。时间过得快了，痛苦是否就会少一些？

小曼总是很晚才回家，晚睡晚起，整天萎靡不振，生活没有目标，没有信心，对什么都漠不关心，为此丈夫对她多有微词。王赓虽然不能常在家中陪伴她，但对她的生活方式和人生态度并不满意，因此常常劝她不要出去，免得把身体搞垮，其实关心是一方面，更重要的一面是不愿意妻子抛头露面，不愿意妻子惹事。

丈夫这样的劝说没有用，小曼根本就不会放在心上。小曼极为任性，一直有着大小姐的脾气。父母虽然家教严格，但是因为是独女，也都尽量顺着她的意思。她向王赓诉说自己一个人在家多么无聊，多么难受，不出去玩又能做什么，怎样打发时间。任性的小曼说到气愤处就会恶语相讥，为了出气专拣难听的话说，时间久了互相伤了和气。小曼为此也很痛苦，但又无可奈何。

后来的第二任丈夫徐志摩也是这样，希望妻子乖乖待在家中，守着丈夫，因为这才是传统意义上的好妻子。社交圈也是一个复杂的地方，接触多了，人的心难免会受影响。人应该有自己真实的生活，浮华的生活会让人堕落，不敢面对现实。社交可以成为生活里的一部分，但毕竟不是人的主业。社交生活总是黑白颠倒，人不能正常起居。小曼的身体本来就不好，这种生活只能让身体更加虚弱。见到这种情况，小曼就会大发脾气，因为没有人了解她的心理和感受。那么，她的感受到底是什么？很难捉摸。

她，渴望爱情，希望男人给她浪漫的生活。她想拥有自由，永远像少女一样生活。这就是她的矛盾，她自己都很难说服自己，更何况是一个男人，如何能了解她那深邃、细致的心思。

她这样的性格，或许根本就不适合婚姻，因为婚姻本身就存在一种束缚。小曼的想法不是这样的，她只是觉得王赓不是能和她一起生活的人。她，没有意识到自己的问题。她与王赓真的不适合，王赓不浪漫，没有情调。志摩对她体贴，是她真心爱慕的人，最后，还是没有完美的结局。

浪漫相遇，擦出火花

清晨的微风透过窗帘，轻轻抚摸着美人的脸。山重水复疑无路，柳暗花明又一村。希望就是那片黑暗之中，星星点点的烛光，为你指明前进的道路。某个时间，某个场合，遇见一个情投意合的人，这就是缘分。那片桃花林，鲜艳的花朵，翠绿的树叶，散发着诱人的香气。缓缓地流进了你的心间，停留，久久不能消散。

有个叫徐志摩的人走进了小曼的生活。徐志摩是一位诗人，他，天性浪漫，外表英俊，才华横溢。当时已经是一位很有名气的文人，他的作品受到了上流社会的认可。风雅的谈吐，也受到了很多名媛的爱慕。

浪漫之都巴黎，徐志摩曾经与一名绝世才女林徽因有了感情。这段爱情并没有持续很久，林徽因认识到自己对于他的感情崇拜多于爱情，就毅然离开他，回到了北京。志摩对林徽因难以割舍，最终追到北京，还是没有得到自己想要的结果。林徽因嫁给了与她已有婚约的梁思成，这是志摩心中永远的痛。

北京是个古老而又高贵的城市，古往今来多少故事？无数人在这里谱写着他们的青春，他们的爱情。在这个热闹的城市里徐志摩伤痛万分，而就在这里，他遇上了让自己魂牵梦萦的人，这个人就是陆小曼。悲剧喜剧都不重要，我们不得不承认这是一段曾经让人艳羡的佳话。

小曼是怎样认识徐志摩的？不论当时是怎样的情况，但他们的相遇肯定是一种天意。一个受伤的男人，一个失意的女人，擦

　　　　民国三大才女：林徽因　张爱玲　陆小曼

出火花是必然之事。徐志摩与陆小曼都是充满魅力的人物，男才女貌情投意合，没有人会感到吃惊。爱情总是在没有预料的时候就悄然到来，让人措手不及，欣喜万分。

爱情是一滴甘露，能够滋润枯竭的心灵，就像春天的烟雨蒙蒙。那么细腻，那么柔软，滋养着美丽的花朵。志摩与小曼两个人的相遇是一种不期而遇的美丽，是一种内心的契合。爱上一个人或许就是裙摆飞扬的瞬间，嘴角上扬的弧线，不经意的一个眼神。我们感叹爱的奇妙，又不禁意识到这种偶然中的必然。郁达夫说：忠厚柔艳的小曼，热情诚挚的徐志摩，遇合在一道，自然要绽放火花，烧成一片。

正如张爱玲所解释的爱：于千万人之中遇见你所遇见的人，于千万年之中，时间在无涯的荒野里，没有早一步，也没有晚一步，刚巧赶上了，这就是缘分。王赓、志摩、胡适都是留美派，都是梁启超的弟子，又都是北京社交界的年轻俊杰，他们无论如何是要碰到一起并认识的。他们不仅认识，而且还是好朋友，常常一起聚会，出游。可能是在这些聚会中，也可能是和朋友一起去王家拜访时，徐志摩认识了陆小曼。

总之他们认识了，互有好感，大为欣赏，一见钟情。小曼容貌美丽、娇艳，身材婀娜多姿，性格活泼开朗，态度轻松、自然，说话柔声细气、幽默俏皮，为人机灵、大方，吸引了多情的志摩，征服了傲慢的志摩，志摩要找的就是这样灵性的女子。

只有这样的女子才与他的浪漫情怀紧紧相扣，小曼的影子已经在他的心里挥之不去了，她的一颦一笑都像烙印一样刻在了他的心里。爱情给他的眼睛蒙上了美丽的轻纱，小曼的一切在他的眼中都是一种吸引。接受了西方文化的熏陶，加上诗人的情怀，在志摩的心中爱情就是人能活下去的支柱。而他的爱情只有博学多识、美丽聪慧的女子才能够成就。

小曼这样多才多艺，美丽可爱，有灵气又超拔的女子可不是到处都能遇见的。对志摩来说，小曼就是世界上的唯一。他知道，要是错过了小曼，可能他这一生的爱情将变成幻想。志摩对小曼一见倾心，马上引为同道，到王家的次数也就多了起来，与王赓的聚会更是频繁得很。只有他自己知道，所有的一切都只是为了多看一眼她，和她多说几句话，多一些了解。他爱上了小曼，爱上了朋友的妻子。

小曼的心也跳动起来了，结婚后她一直都过着行尸走肉般的生活。自从志摩出现，她的心开始有了涟漪，暗暗地跳动着。她想压制自己的情绪，但是无济于事，越想控制越是那么肆无忌惮地思念。不知道从什么时候开始，她总是盼着徐志摩的出现，哪怕是他与王赓在交谈，自己只是在一旁偷偷地看上几眼。

她，自卑了，怯懦了。从小就娇惯任性，自我感觉良好的女子第一次出现这种感觉。毕竟自己已经是有夫之妇，是别人的妻子，如何能够对别的男人动心，况且还是那么一位有魅力的男人。想起自己读的书里的故事，突然觉得很真实，很凄美。以前总是觉得那些都是虚假的东西，别人杜撰的经历。此时的小曼真切地体会到书中女主人公的感受。

志摩就是她梦里的那个男人，能够温暖她心灵的那个人。王赓是一个刻板、尽职、沉着、干练的年轻人，是一个工作狂，除了周末，平时绝没有时间陪小曼玩耍或说话。这种婚姻已经让小曼厌倦，生活中出现像志摩这样的男人，自然会让小曼感受到柔情。已经开始倒戈的心毫不犹豫地偏向了另一边。

其实王赓是一个可怜的男人，作为一个男人他并没有做错任何事情，他是一个优秀的男人，这一点不容置疑。妻子背叛了自己，爱上了自己的朋友。这对任何一个男人来说都是奇耻大辱，自己却只能眼睁睁地看着，没有任何办法。一个是枕边的妻子，一个是挚交好友，却在自己眼皮底下眉目传情，这是多么大的讽刺！

小曼的母亲说，小曼是因为接触徐志摩这种人，又看了太多的小说才导致离婚的，这确实也是当时新潮的名媛淑女们离婚的原因。小曼这一代，女子的生活已经开始改变。各种歌颂爱情的书籍也传进了中国，加之接触了开明的绅士，受了西风的吹拂，中国的名媛淑女们开始变化，追求爱情是她们变化的第一步。

红袖香寒，寂寞烟云

红灿灿的朝霞渲染着整个老北京城，来来往往的人群夹杂着各种叫卖声。北京城里的大街小巷都是这么热闹，红砖绿瓦都散发着暧昧的气息。院落里的绿树显得更加青翠，蝴蝶在花丛中忙碌着，扇动着美丽的翅膀。豪门深闺显得愈加幽静，静谧的气氛中还有一丝丝的忧伤。

小曼是一个任性、多情，喜欢玩又玩惯了的女人，一天不出去，就浑身难受，无聊至极。她厌恶这种无边无尽的孤寂，没有激情，没有自由，无所事事。时间对女人来说是宝贵的财富，如此这般的花样年华，怎能就这样在寂寞中渐渐逝去。

小说是小曼的精神食粮，也可以帮她打发那一个又一个无聊的下午。她沉醉于那些动人的情节，不管是惊世骇俗的痴恋还是没有结果的暗恋，都深深地打动着她的心。她很想将自己的感受说给身边的人听，但是没有一个理解她心情和感受的人。她觉得自己在这个世界上孤军奋战，却连一个知心的人都没有。

每当小曼要对王赓说出自己内心的感受，王赓总是漫不经心地听着，小曼知道他并没有理解。王赓以为小曼就是抱怨几句，使点小性子，发个脾气，并不会真的有什么离经叛道的想法。在他的心目中，她就是一个任性的孩子。可她并不是一个孩子，而是一个女人，她有判断能力，会思考，是一个独立的个体。

他们夫妻间存在性格方面的差异，是完全不同的两类人，时间一久，自然产生矛盾、摩擦。矛盾、摩擦日积月累，夫妻变得疏远、冷漠，甚至成为怨偶。当夫妻之间的感情只剩下抱怨之后，婚姻已经名存实亡了。小曼开始消极对待，不想为自己的婚姻再做出任何努力。疲倦是婚姻里最可怕的情绪，憎恨往往还表示存在着激情或者感情。一切都变得无所谓的时候，婚姻也就走到了尽头。只不过是生活在一个屋檐下，无关紧要的人。这种称谓多么令人寒心！

进入热闹的戏院，已经听过好几遍的戏，每天都在上演。遇到的总是那么几个人，大家在一起喝酒、聊天、听戏。笑声像一阵热浪此起彼伏，夹杂在那激情澎湃的戏曲声中。大家互相看着对方的脸，却永远不知道对方在想什么。一个月不见面，就会把这个一起欢笑的人忘掉。这就是社交生活，华丽得令人着迷，只是到最后，你还是你，并没有任何改变。所有的孤寂和痛苦还是要自己承担，那些曾经一起欢笑的人早已经消失在脑海里，没有留下任何痕迹。

志摩是一个性情化的诗人，情绪好或坏的时候往往需要朋友或同伴，因此他常常心中没有杂念，无所顾忌地找上王家的门来。或许他的心里已经开始装着一个美好的女子，只是此时的他无法意识到自己的真心。或许他，还没有发现这颗寂寞的心。没有人能够界定爱情来临的时间，只有当它在自己的心中生根，才会逐渐发现这个奇妙的东西已经枝繁叶茂，留在心间无法移动。

毫无戒心的王赓正在批改公文或手不释卷或公务缠身，他会头也不抬地对志摩说："志摩，我忙，我不去，叫小曼陪你去玩吧！"若小曼想出去玩，而志摩又恰巧在跟前，王赓又会对小曼说:"我没空,让志摩陪你去玩吧!"王赓信任自己娇美的妻子和志摩这个磊落的朋友,而最初志摩和小曼也像两个小孩子一样只是想出去玩玩,并没有私情和奸杂之心。

可是孤男寡女在一起,不免日久生情。更何况他俩性情本相同,又是两个互相欣赏的人!再加之二人内心孤独,都需要深层情感的抚慰。他们在一起总是谈古论今,从孩提时代讲到青葱岁月,从少时学堂之事聊到父母高堂,最后聊到各自的婚姻。言语之间,他们看出了彼此的心事。他自己将对小曼的感受藏在心间,毕竟这个女人是朋友的妻子。小曼把自己对志摩的心意默默收藏,毕竟他是自己丈夫的朋友。

王赓没有时间陪小曼,志摩就陪小曼参加社交舞会。他们一起跳舞,他们两个都是艺术感觉十分敏锐的人,美妙或激越的音乐和舞蹈能唤起人的情感,激发人强烈的情感,更何况他们是如此般配的一对,才子佳人,一个浪漫风流,一个如花美眷。飞扬于舞池中,他们显得那么夺目,那么耀眼。

他们一起外出欣赏美景,春天西山满山遍野的杏花,让他们怦然心动,互相陶醉。大自然总能给人亲切的享受,就像投入了母亲的怀抱,不禁让人忘却了一切烦恼。他们分享着眼前的美景和各自的感受。他们一起唱戏义演,分享成功的喜悦。

他们一起喝酒聊天,袒露胸襟,说出自己最隐秘的痛苦和喜悦。这两个内心极端孤独痛苦的人,发现对方都是心地单纯、极其美好的人,于是他们同病相怜,互相需要。爱情的初衷就是相互欣赏,相互安慰。感情就像两条小溪,而后汇聚成一条大河。

这是一种自然的反应，没有人能够拒绝。

这样互相慰藉的两个男女，天长日久，必然生出深厚的情感，激发了强烈的爱情，爱情是如此甜蜜，爱情使他们快乐无忧。爱情这样美妙，他们发现自己还没有真正爱过，这就像是他们的初恋。他们需要同类、同伴，需要安慰和快乐，他们需要对方，他们已经离不开对方了。

当他们意识到自己的这种情感时，他们有些害怕，也有些内疚，但他们已经身不由己、心不由己。他们已经顾不了他人的感受，他们只能不顾一切地走下去，因为太美了，所以舍不得，他们只能错下去，于是震惊北京城的一场轰轰烈烈的爱情就如此这般开始了。

前世之缘，魂牵梦萦

有一条无形的线不停地牵动着两个人的心，这就是缘分的力量。冥冥之中仿佛早已有了安排，前世今生的等待就是为了这一次的相遇。众里寻他千百度，蓦然回首，那人却在灯火阑珊处。美丽的邂逅，彼此的眼眸在灯光下闪闪发亮。

一位依旧风光无限的少妇，才女。已经嫁为人妇的她，依然保持着少女的情怀。沉闷的婚姻令她意志消沉，对生活失去了乐趣。但是走进社交聚会，她还是风姿绰约，引来大家的追捧，她就是天生的名媛。不论到什么时候她都保持着高傲的姿态。

走进小曼的内心，才发现她是一个有思想、多愁善感的女子。风华绝代的舞姿背后隐藏着一颗受伤的心灵。只有真正懂得欣赏她的人才能看见最深层的她，才能够深切体会这个女子的喜怒哀乐。小曼在日记里这样写道："其实我不羡富贵，也不慕荣华，我只要一个安乐的家庭，如心的伴侣，谁知连这一点要求都不能得到，只落得终日里孤单的，有话都没有人能讲，每天只是强自欢笑地在人群里混。"这就是她的心声。

虽说她并不是一个懂得节俭的人，这缘于她的家庭，她的出身。从小过着锦衣玉食的生活，她并不知道生活的艰辛。衣来伸手饭来张口，已经成为她的一种习惯。但是，奢靡的生活并不是她的本意。不经意间，她的生活就变成了这样。

无聊的生活总要有一个宣泄的方式，她离不开那种浮躁的生活。这是她唯一消遣的方式，麻醉自己的良药。因为整天沉迷于口夜颠倒，脱离现实的生活，才让她远离了痛苦。那不是消失或者不存在，而是没有时间和精力去思考那些令人不快乐的问题。

一位浪漫的诗人，因为父母之命媒妁之言，迎娶了一个与自己没有共同语言的大家闺秀。她是一个好妻子，孝敬公婆，相夫教子。这样的女人贤良淑德，受人敬爱。一切都是那样的完美，只是志摩的心里却是那样的空虚。他羡慕轰轰烈烈的爱情，就算是为此而牺牲，也是值得。

志摩一生短暂，却留下很多令人感动的诗句。这一切都源于他丰富的情感世界，诗人总是多情的人儿。志摩追求了林徽因四年，却没有得到任何结果，他从巴黎追到北京，最后林徽因与梁思成却双双赴美国留学，斩断了他所有的希望。林徽因是志摩心中的女神，他们在巴黎相遇。林徽因欣赏徐志摩的才情，崇拜他，徐志摩更加喜欢林徽因，两个人在巴黎拥有一段美好的回忆。

有的人出现在彼此的生命里，只是暂时的停靠，轻轻地告诉你一些事情便离开了。对于志摩，林徽因就是这样的女子，她美好，充满魅力，令人着迷。但最终只是一个过客，一个令人伤心万分的曾经。

遇到小曼的时候，志摩正处于无尽的痛苦之中。这次失败的爱情已经彻底地击垮了他，生活已经失去了意义，每一天都是煎熬。爱情带来的伤痛没有人能够替代，所有的一切都要自己去承受。地狱的苦痛也不过如此吧，他要结束这种生活。沉闷、压抑、痛苦每一天都折磨着他的心。

他需要另一个女神抚平他的伤口，给他希望。小曼的出现无疑是柳暗花明，给他的生活重新带来阳光。美丽是女人吸引男人眼光的资本，而才情能够让男人心动，停留。他对女人是挑剔的，看女人的眼光比较高，女人就是他所谓爱、美、自由理念的体现。一个女人如果不漂亮，不活泼，没有灵性，没有知识，没有天赋，他绝不会喜欢。徽因有这一切，小曼也有这一切，他爱这一类女人。只有这样的女人才能够成就他的诗情画意，也只有这样的女人才能够成为他的知己。

志摩喜欢有志向的女子，没有才情、没有知识的女人是乏味的，当容颜渐渐老去的时候，什么都留不下，也剩不下。只有内心的学识和自身的气质能够长久地保留。小曼在他的心里就是这样的女子，美丽大方、多才多艺，看见小曼，志摩就知道，这就是他苦苦寻找的人。他热烈地爱上了眼前这个女子，在他的眼中小曼是完美的，无人能够取代。爱情让人变得盲目，看不清真相，只能够看见美好的一面，无视真实的世界。或许志摩觉得经过他的熏陶，小曼一定会成为他心目中真正的淑女。

在小曼的心中，志摩是那么与众不同。他不追名逐利，没有满脑子升官发财的想法，而是那么善解人意，懂得女人的心。他是真正地理解她，欣赏她。他的心是那样宽阔和柔软。小曼喜欢这样绅士又柔情的男人，想象与这样的人生活在一起，一定能够幸福。恋爱中的人总是把对方想得太好，或者只想对方好的一面，甚至夸大对方的好处。给对方戴上一圈光环，在这光环的照耀下，一切都美妙无比。

这就是前世的约定，无法逃避的命运，两个志同道合、同病相怜又相互欣赏的人注定要走到一起。

愁云惨淡，知音难寻

借问人间愁寂意，伯牙绝弦已无声。高山流水琴三弄，明月清风酒一樽。钟期久已没，世上无知音。伯牙绝弦，知音难觅。这是多少世间人心中的呐喊。人生友不过三，更何况，相识满天下，知心能几人？茫茫人海之中，小曼与志摩相遇了，相知相惜。他们就是彼此寻找的知音，两颗心已经默默地贴近。

小曼告诉志摩：从前，她只是为别人而活，从没有自己的生活，她的生活都是被别人安排好的，是别人要的，不是她要的。王赓是父母看上的，是他们押的宝。父母认为王赓以后必将有一番作为，而她是陆家的独女，一定要与这样的男子结婚才能给家族带来希望。她明白，她纵有千般本领，也只不过是个女流之辈。她不能像男人一样抛头露面，征战沙场。陆家的声望需要一个男人来成就，父母必须寻找像王赓这样的人。

没有反抗，没有太多微词，她听从了父母的安排。当时她没有真正地看透婚姻这件事情。没有人让她有爱情的感觉，没有人像志摩一样走进她的心扉。她以为结婚以后爱情自然就有了，结果她失望了，最终绝望了。这不是她想要的生活，她一直在坚持着，希望有一天她与丈夫的矛盾慢慢化解。时间一天天，一月月过去，她与丈夫之间的隔阂却是越来越深。

月上柳梢头，人约黄昏后。这样美的诗句，她只是欣赏。孤单地看着窗外的月色，一切只是更加冷清了。没有人陪伴，再美的景致也只剩下凄凉。她开始消极反抗，每天沉迷社交场所，跳舞、喝酒、打牌，过着虚幻的生活。只有这样她才能麻醉自己的灵魂，让时间过得快一些，痛苦可以变得少一点。

王赓劝阻她，让她远离那些浮躁的生活。小曼的身体一直不好，加上黑白颠倒的生活，身子更加不如从前。小曼的性格十分张扬，王赓怕她惹出什么是非。女人抛头露面难免让人担心，何况王赓也是有头有脸的人物。

她生活在牢笼中，生活在铜墙铁壁中，在生活张开的大网中，几乎窒息，喘不上气来。可是没人理解她，也没有人理睬她的感受。她需要一个倾听她心声的人，一个真心疼爱她的人。无数次在梦里，她看见的那个人，亲切地注视着她，只是每次都看不清他的脸。她知道，梦里的人终究会出现。

那股执着的意念一直支撑着小曼，这样痛苦的生活不会持续一辈子。小曼知道自己不会像那些郁郁而终的女子，葬送自己一生的幸福，只为一个"贤良淑德"的虚名。生命承受的是不可逆转的厚重，活出自己的精彩才是生命真正的意义，这些在当时看似不正常的想法就是小曼的真心。

社交场上的人，总是那般纸醉金迷，开心畅饮。这些都是虚假的表象，每个人都怀揣着自己的秘密在人群中沉醉，谁都看不见对方的真心。小曼看着那些阔太小姐们，竟然会有一股忧伤。看着这些女人在舞池中翩翩起舞，满面笑容，她仿佛看见了她们心中尘封的寂寞。她了解女人的心，明白女人的痛。有多少女人每天身不由己，乏味地生活着，像自己一样。

黛玉葬花，片片花瓣落在地上，这是花儿的命运，黛玉却不忍见，亲手将它们埋葬，多么凄美的画面。女人最爱自怜，这是天性使然。如同她一样的女子，世间不知多少，默默地忍受着生活所赐予的一切，从来不曾为自己争取。她不想将这样的命运延续下去，只是她不知道该如何改变这一切。站在人生的十字路口，陷入迷茫，她需要一个可以指引她方向的人出现。

终于，志摩出现了，在小曼最迷茫的时候。小曼向志摩敞开了心扉，说出她的希望和失望、情感和期盼、烦恼和痛苦。志摩就是她的知音，倾听着她的心声。心中的郁结慢慢解开，心胸开阔起来了。遇上一个真心理解自己的人，就像久旱逢甘霖般的畅快。

不知从何时起，小曼开始期待志摩的出现。每天盼望着见到他，与他交流思想，互吐心声。志摩与王赓不一样，王赓总是要求她按照礼数来生活，甚至不能有过分的想法。小曼一直都是一个不拘于世俗的人，王赓却一直想将她改变，希望她变得安分。这样的生活只能让小曼更加苦闷，内心反感，抗拒。与志摩在一起，可以畅所欲言，没有压力，不用担心被人指责，被人说教。

恋爱中的志摩，为这个自己爱着的，最纯洁、最可爱的灵魂所受的苦而不平，要为她申冤，帮助她。他为她有这样的灵性和觉悟而惊讶和赞美，他鼓励她要"力争自己的人格"，要搏斗，寻找自己需要的生活和爱人。他灌输给她新的理念和思想，使她觉醒。小曼开始反思自己的生活，默默地忍受只能让自己更加痛苦，只有努力争取才会获得幸福。自己还有希望，只要敢于挑战世俗对女人的不公。

小曼不满意与王赓的婚姻，却不知道自己该怎么做，怎么样才能逃离这样的生活。志摩是上天派来的使者，为她前方黑暗的道路指明了方向。她接受了西方的教育，知道自由的意义。女人应该有选择自己生活的权利，一辈子任人摆布就失去了生存的意义。

直到认识志摩一切开始改变了。她恋爱了，于是烦恼与痛苦，也跟着一起来。

毕竟小曼是有夫之妇，丈夫还是志摩的朋友。他们的爱情注定不会被世俗容忍，快乐的同时充满了忧愁。世间多少爱情被世俗断送，他们的前途一片黑暗，似乎看不到光明。小曼的心还是痛的，比以前更痛。她，害怕，担心这样快乐的日子会很快消失。她又回到昏暗的生活里，分不清白昼与黑夜。

芳心暗许，恨不相逢未嫁时

一世情缘，半生等待。伸手便可触及，那是幸运。时间在指缝中静静地流淌，等待亦是一件美事。一个美丽多情的女子，一个才华横溢的诗人，一见钟情的命运早已注定。

一世情缘，一见倾心

一世情缘，半生等待。伸手便可触及，那是幸运。时间在指缝中静静地流淌，等待亦是一件美事。茫茫人海，川流不息，每个人都在等待，机遇和缘分，在时间里成长着。一个回眸，一场细雨，就能完美地呈现，紧紧地抓在手里，绽放在心间。

一个美丽多情的女子，一个才华横溢的诗人，一见钟情的命运早已注定。志摩看见小曼轻盈的身姿，在舞池中犹如一只美丽的蝴蝶。这一刻，他已经被深深地吸引。

心里一直惦记徽因，那个让他肝肠寸断的女子。徽因的才情、美丽无人能及，徽因是志摩心中的女神。但是女神已经离开了志摩，只留下无限的遗憾和痛苦。志摩想开始新的生活，遗忘并不容易，这种女子世间罕见，又岂能轻易忘怀。

志摩一直苦苦挣扎，难以平复。志摩曾经因父母之命，与人结婚，一直过着相敬如宾的生活。志摩是留美派，自然是接受了西方先进思想的熏陶。他憎恨中国的封建礼教，那是捆绑人手脚和心灵的枷锁。只是身边的女人都是那么迂腐，她们不会为自己争取权利，结婚后总是唯唯诺诺地生活着，相夫教子，没有属于自己的世界。

直到志摩遇到徽因，他仿佛发现了一件稀世珍宝。徽因没有中国传统女性的软弱，她很坚强，自立，有自己的理想和抱负，才华横溢。这样的女子是多么难得，志摩就这样无可救药地爱上了徽因。只是这位佳人最后离开了，永远地消失在志摩的世界里。

她有自己的生活，已经成为别人的妻子，他要做的只有遗忘。

志摩还是决定与妻子离婚，因为他知道这样的婚姻是两个人的痛苦。他对自己的妻子说，你应该去勇敢地追求属于自己的幸福。我们俩现在就像是被绑在一起的蚂蚱，我们都不自由、不幸福。离婚对我们俩都好，你可以找一个心灵契合的人一起过幸福的日子。

他要找一个与他相知相惜的女子，他们能够互相理解，相互欣赏，既是知己朋友，又是爱人。这样的女子一定要是拥有美丽的容貌，博学多识，才华横溢。林徽因是这样的女子，他疯狂迷恋，真心喜爱。他以为自己会与徽因成就一段传奇的佳话，那将多么令人欢心喜悦。这椎心的痛，他没有料到。

小曼出现了，带着希望走进了他的生活，让他重新燃起了对生活的热情。小曼就是志摩心中理想的那个人，志摩觉得小曼就是上天给他的礼物，让他能够走出前一段感情的阴霾。阳光又一次洒进了他的世界，让他感受到无比的温馨。自从第一次看见小曼，志摩就知道他和小曼之间一定会有故事发生。一个人在另一人身上感受到美好，那就是爱情的前兆。

志摩完全被小曼迷住了，志摩说：弱水三千，我只取她那一瓢饮。北京城里的千金小姐千千万，他非她不娶。为了得到她，他说：我有时真想拉你一同死去。我真的不贪恋这形式的生命，我只求一个同伴。这就是志摩真挚热烈的情感，他是真正为爱而活的人，不向世俗低头，勇敢地追求属于自己的幸福。

就是因为这样强烈的情感才成就了志摩与小曼之间的故事。他们是生存在世间的一对痴人，可以为爱生，为爱死。他们的爱情比一般人更加艰难。前进的路上充满了险阻，他们退却过，但是没有放弃。小曼需要一次释放自我的机会，她想改变自己的生活。志摩就在此时出现给了她前进的勇气，小曼的出现坚定了志摩的爱情理想。他们就是这样成为彼此心灵的依靠，互相搀扶着走向爱情的终点。

志摩问小曼：我如果往虎穴里走，你能不跟着来吗？为了他们的恋爱，志摩什么都不怕。这是作为一个男人应有的担当，为了自己爱的女人，可以付出自己的一切。志摩的勇敢也激励着小曼，让她对这段感情坚定了信心。她知道志摩一定会带给她幸福的生活，志摩是这个世界最懂她、最爱她的人。只要坚持下去，他们一定会得到想要的爱情，幸福的生活。

志摩说：别说得罪人，到必要时天地都得捣烂他哪！为了得到他的同伴，他做好了赴死的准备，这就是志摩的情感，热烈、执着，这就是诗人志摩。对于爱情执着得像一个倔强的孩子，只为自己的内心，不去忌讳那些世俗的道理。

爱情的力量是如此的伟大，轰轰烈烈，至死不渝。真正的爱情就是这样的不顾一切，世间有多少人面对爱情能够保持理性，一辈子总要疯狂地爱一次，这才不枉来这世上走一遭。志摩和小曼都是这样思想，他们注定要在一起。我们惊叹爱情自私，同时又赞美着爱情的美好。看似矛盾的感情实则有其相通的地方，只是世人的出发点不同，站在不同的角度上，自然会看见不一样的结果，感受到不一样的情感。

浓情爱意，彼此心知

梁山伯与祝英台缔造的爱情神话，一段痴恋可歌可泣，最终幻化成美丽的蝴蝶，自由生活于天地间。世间的美景皆随心而动，蝉鸣鸟叫，绿树红花，亭台楼阁，都在某个瞬间里变得沁人心脾、色彩斑斓。没有丑恶，没有痛苦，只有美好，充满爱的世界里一切都变得与众不同，让人陶醉。

志摩总是找机会去王家看望小曼，他还不确定他们之间的未来，只是想多看这个女子几眼，就是这样纯粹的想法。

雾里看花总是美的，他在小曼幽幽的倩影里渐渐沉醉。

小曼对他有没有感情，他不是很清楚，只是觉得他们两个之间有谈不完的话题，愉快的气氛总是让他们忘记时间。每次能够看见小曼，志摩就会感到心情开阔，期待着下一次的见面。

王赓总是忙于工作，每当志摩邀请王赓参加聚会或者郊游。王赓总会说，工作忙啊，你让小曼陪你去吧，她也是个喜欢玩乐的人。志摩经常能够获得这样的机会。这或许就是缘分，上天的安排。没有单独相处的机会，志摩怎么会陷入热烈的爱恋，小曼怎么会向志摩倾吐衷肠！王赓给他们单独相处的机会，助长了他们爱情的幼苗在彼此的心中生根发芽。

孤男寡女在一起久了，难免互生情愫，更何况是才子佳人。王赓是一个君子，完全可以这么说。王赓把志摩和小曼当成两个贪玩的人，而且认为这两个人受过良好的教育，不会做出什么逾矩的事情。王赓对自己的好朋友和妻子充满了信任。加上小曼自从结婚以来一直过着没有白天黑夜的生活，有个人能够带给她快乐，让她远离社交，这也是一件好事。最后的结果王赓无法预料，只有承受无情的背叛与痛苦。

志摩带着小曼欣赏风景，参加各种宴会，在每一场场流光溢彩的宴会里小曼心中装满了喜悦，她很喜欢这样的生活。有人陪伴，有人分享她的喜怒哀乐，她的美丽也不再寂寞。他所给予的，正是她深深渴望的。一场爱的火花，在两个人越来越深的相处中迸射得更加灿烂。

志摩给了小曼这样美好的生活，风花雪月没有人可以抗拒。我们的诗人就有这样的魅力和手段。尤其是小曼这样的女人更是经受不住爱情的诱惑，她只能深陷其中，享受着纯净、简单的爱情。

爱情有一种神秘的力量，没有人能够了解其中的真谛与奥妙。无数的人为之疯狂，面对爱情，我们都是俘虏。多少人冲破束缚，只为拥有一段爱情，有人甚至付出自己的生命，承受着世人的唾骂。

爱情推动着人们执着地前进，不计后果，不惧险阻。不论世事如何变迁，爱情始终是人们赞美的佳话。当一个人走进你的心里，便掌控了你的情感，牵动着你的情愫。生根发芽，只为有一天繁花一片，姹紫嫣红。

小曼与志摩的爱情就是如此强烈，不计后果。只为奔赴一场华丽的人生盛宴。只为这一生能有这样一次灿烂。

志摩可以为了小曼放弃一切，违背自己的原则，背叛自己的朋友，什么都可以，只要能够拥有这个风华绝代的女子。有了小曼就像拥有了全世界，这是只属于志摩的世界。在这个独特的世界里，没有礼数，没有痛苦和挣扎，只有他和小曼的爱情。漫天繁星，闪烁着微微的光芒。志摩想，这就是他的梦想王国，小曼就是这个国度的王后，没有人比小曼更加高贵、美丽。恋爱中的人总是有太多美好的想象，梦幻也是爱情的一部分。脱离了现实，任何情感都是透明的，没有杂质，就像是清澈的湖水，可以看见鱼儿自由地游荡，水草像丝带一样翩翩起舞。当遭遇现实无情的冲击时，一切都会变化，支离破碎。

当初他们相识时，志摩已与前妻离婚，是自由身，而小曼却为婚姻所系绊，而且她的夫婿王赓也是上流社会有地位有前途的青年俊杰，如果没有志摩对小曼的"引导"，"他那双放射神辉的眼睛照彻了我内心的肺腑，认明了我的隐痛，更用真挚的感情劝我不要再在骗人欺己中偷活，不要自己毁灭前程，他那种倾心相向的真情，才使我的生活转换了方向，而同时也就跌入了恋爱的"。

志摩对小曼的影响巨大，以前小曼沉寂于痛苦之中，却没有勇气改变现有的一切。她，知道自己的命运不应该是这样的暗淡，没有希望。她却看不见黎明的曙光，看不见自己以后的道路。志摩的出现让她渐渐看清了自己，也找到了属于自己的人生方向。她知道志摩就是她的希望。每当志摩对她讲一些西方先进的思想时，小曼总是认真地聆听，仔细想着其中的道理。这就是一个精神导师的影响力，志摩就是带领小曼走出阴霾，突破自我的明灯。

爱情不是虚无缥缈的海市蜃楼，而是实实在在的感情。志摩给小曼讲了很多可歌可泣的爱情故事，多少男女为了爱情万劫不复。比起以前，当时的社会已经开明了许多。志摩告诉小曼，女人应该勇敢地追求自己的爱情与幸福。消极反抗不是解决痛苦的方式，一定要为了自己的人生努力争取，哪怕是与愚钝的世人为敌。

叶落北京，小曼的生活悄悄地发生着变化，小曼已经离不开志摩的开解和宽慰。小曼不清楚她对志摩的情感，只是觉得自己喜欢与志摩在一起，有了志摩的生活和以前不一样了。她开始盼望着天亮，盼望着每一次与志摩见面的机会。每次王赓没有时间的时候，都是他们两个人单独相处。小曼暗自感谢上天为她安排的这一切，让她在最苦闷的时候，遇见志摩这样一个人，一个不为权势，只为真情活着的男人。

小曼无数次幻想，自己没有与王赓结婚，这样她就可以等待志摩出现，他们俩可以永远在一起。这只是幻想，她知道自己现在的处境，已经没有机会再去拥有志摩这样的男人。她很苦恼，她想结束这种没有结果的感情。在一切都可以控制的时候，让自己可以全身而退。每当看见志摩真挚的表情，小曼又狠不下心来，毕竟这才是她真正的爱情。放弃志摩就像是往小曼的心上捅刀子，一刀一刀，她只能默默忍受，却无力反抗。

小曼不在乎别人的看法，她最担心自己的父母。他们是体面的人，陆家更是有头有脸的人家。她不想因为自己给父母的脸上抹黑，让祖宗跟着蒙羞。从古至今，陆家没有女人离婚的习俗。从一而终才是女人正统的命运，作为大家闺秀的小曼更是要遵守这样的礼教。她是懂的，从小到大，她没有做过让父母失望的事情。她是父母的掌上明珠，闪耀着绚烂的光芒。小曼一直是令父母骄傲的女儿，甚至自己的婚姻，小曼也没有违背父母的意愿。她，以为自己可以做得很好，就算是没有爱情的人，她也可以忍受。只要丈夫是一个有前途的男人，能为陆家带来荣耀，一切都是值得的。只是她没有想到，婚姻是如此一件令人无法隐藏自己真心的事情，越想掩盖自己的内心，越是不断地流露自己的喜怒哀乐。

小曼想过挽救自己的婚姻，也反思过，只是这些都是收效甚微的无奈之举。刚结婚的时候，她想改变王赓，希望王赓能和她有一些共同的爱好，一些交集。但总是事与愿违，王赓永远也不会走进她的世界。她有时候会想，也许王赓并不喜欢自己的世界，想要他走进自己的世界，那是痴心妄想。她陷入失望之中……

改变自己去适应王赓，这是最后的挣扎。小曼想改变自己的性格，让自己能够变得和一般的闺秀一样，安心地相夫教子，传宗接代。只是一切都是自己想得过于简单，改变并不是那么容易。小曼发现自己的决定十分荒唐，如果一个人的性格那么容易改变，世界上就不会出现那么多怨偶。小曼只是一个普通的女人，她充满了小女人的情怀。她，消极反抗，总是让王赓摸不透她的心思。她不想再去努力什么，想尽办法挽救自己的婚姻，活跃于各种社交场所，发泄着自己的情绪，消磨时间。这是小曼过了很久的日子，可以逃避的生活还是充满美好的，毕竟还有一个逃避的藏身之处。这样就可以避免遍体鳞伤，最大限度地保护自己。

生活像是泉水叮咚，无时无刻不在累积，爱恨情仇沉睡在每个人的心里，最终都会到达极限，到那一刻任何事物都无法改变，只能爆发。小曼的痛苦与挣扎也在不断地积累，小曼知道自己有一天会倒下，无法再去维持这一段令她绝望的婚姻。小曼想到过千万种可能，结局在刹那间出现，只是不知道何时是尽头，那遥远的未来是悲是喜？

小曼没有想到拯救她灵魂的人来得这么快，有时候自己都不敢相信会有志摩这样的人走进自己的生活。从此，她已经停滞的生活开始有了变化。她逐渐有了反抗的勇气与决心。一味地妥协，只能让自己的生活陷入无限的纠结与痛苦之中。人活一世，一定要活得精彩，追求自我。她是受过现代教育的女子，她是新一代的女性，她要与命运对抗。

正是因为志摩对小曼的热爱和志在必得，才使小曼走出婚姻，成为当时社会认为的不道德的女人。而事实上，小曼是先有与王赓的不和，才有与志摩的结合。她说："婚后一年多才稍微懂人事，明白两性的结合是不可以随便听凭别人安排的，在性情与思想上不能相谋而勉强结合是人世间最痛苦的一件事。"因此，小曼绝不是一个水性杨花、见异思迁的女人。她是一个情感的觉醒者，比起一般的女人，她不愿逆来顺受，她的个性和情感的觉醒使她走出婚姻，走向志摩。

这是一个女性真实、勇敢的体现。只是当时的社会无法容忍这样的女子。封建礼教下的女人只是男人的附属品，没有灵魂，没有思想。小曼这样的女人注定要被世俗疑惑，消融。小曼没有惧怕，只是勇敢地前进，走向自己理想的春天。志摩就是小曼看到的希望，她终于明白自己的思想不是遥远的梦想，是可以拥有的现实。不是所有的男人都喜欢追名逐利，看淡感情，至少志摩是一个真性情的人。

他对小曼说："让这伟大的灵魂的结合毁灭一切的阻碍，创造一切的价值，往前走吧，再也不必迟疑！"可事情并不像志摩想象的那么容易，周围所有的人都来说服小曼，让她悬崖勒马。小曼知道前来劝阻的人都是怀着一颗想要拯救她的心，其实她是感动的，只是她只能选择属于自己的路。时间久了，小曼的心被两方的力量撕扯着，变得精疲力竭。

年迈的父母坚决反对她，所有的压力都朝着她扑来，有时候她真的灰心了，不想再争取了，她觉得自己没有足够的力量，社会和他人的压力太强大了。志摩一封封的信寄到小曼的手中，每接到志摩的信，小曼就会受到感动和鼓励；可父母和亲戚一逼迫，她就又软了下来，她真难啊！好难啊！在那样一个封建社会，没有一个人同情她、支持她，站在她一边，更没有一个人理解她。志摩让她勇猛地上进，可周围到处是铜墙铁壁，她怎样上进？怎样搏斗？她唯一的办法是拖延和坚持，挺住！志摩恨透了这可恶的道德、家庭和社会，他在《这是一个懦怯的世界》里写道："这是一个懦怯的世界：容不得恋爱，容不得恋爱！披散你的满头发，赤露你的一双脚；跟着我来，我的恋爱，抛弃这个世界，殉我们的恋爱！我拉着你的手，爱，你跟着我走；听凭荆棘把我们的脚心刺透，听凭冰雹劈破我们的头，你跟着我走，我拉着你的手，逃出了牢笼，恢复我们的自由！"

志摩对小曼的影响巨大，小曼的内心赞同志摩，只是强大的现实让她不知道如何自处，毕竟自己已经是别人的妻子，总是比不得那些未婚的青年，还有资格祈求幸福。压力使小曼喘不过气来，残酷的事实纠葛着她的心。

相爱容易，相守难……

浪漫情怀，女儿痴情

缘分来了，谁都无法逃避，只能面对。小曼爱上了志摩，她真切地感受到了自己内心的声音，一直在呐喊。窗外的风景已经变得暗淡，社交场上的热闹早已进不了小曼的眼。只有与志摩在一起才是真正的快乐。她要给志摩一份完整、热烈的爱情。

为了他给她的那一片纯洁的真情，小曼不能不还他整个的从来没有给过人的爱！他们这样情不自禁地抑制不住地相亲相爱、难舍难分。志摩赞美小曼道："像一朵高爽的葵花，对着和暖的阳光一瓣瓣地展露她的秘密。"小曼快乐得像一个贪玩的小孩，每天跟在志摩的身后，快乐无比，满足异常。这是爱情的力量，爱情能让一个陷入痛苦的女人重新感受到幸福的滋味。一个懂得爱情真谛的人，都能在爱情之中获得极大的满足。

能够拥有志摩的爱情，是小曼毕生的荣幸。小曼没有后悔过，爱上志摩是她正确的选择。女人的心是最坚强也是最脆弱的。当女人爱上一个人的时候，那个人就是神，她们就是虔诚的信徒。对于这个令人崇拜的男人，女人只有无限的爱意与敬意。当一个女人开始变心的时候，外界任何的诱惑都会是致命一击。她们容易受到伤害，容易变得遍体鳞伤。有时候女人却像是斗士一般，保护着她们认为美好的事物。

志摩快乐得像雪花，他在献给小曼的诗中写道："那时我凭借我的身轻，盈盈的，沾住了她的衣襟，贴近她柔波似的心胸——消溶，消溶，消溶——溶入了她柔波似的心胸！"正当他们快乐得像神仙一样时，他们的秘密被人发现了。家庭和社会都不谅解她和志摩的爱。

这是必然的结果，没有人会赞同他们之间的爱情。没有这样的先例，就算有也是寥寥无几，被世人诟病，没有立足之地。身边的亲人和朋友一致反对他们，志摩顶着巨大的压力。但是他没有退缩，为了小曼，他可以付出一切。这就是志摩坚强的信念，就是这颗坚强的心成为小曼与志摩爱情的催化剂，让他们之间难舍难分，没有谁能够阻止这两颗炽热的心。

小曼的丈夫王赓把小曼交给她的父母，小曼被父母像看管犯人一样看了起来，她不得离开家门半步，小曼再也见不到志摩，志摩更是无法见到小曼，一对鸳鸯就这样被拆散了，这是怎样的残忍。一对炽热的情人就这样被活活地分开了。

这是预想之中的事情，小曼的父母一定会尽力阻止这段不被世人祝福的情感。他们每天都游说，企图改变小曼的心意。他们对小曼讲出其中的缘由，各种利害关系，希望小曼能够迷途知返。小曼有时候会动摇，毕竟她不是只为自己而活，她还有亲人，还有家族。她想到了自己的决定给这些人带来的冲击。母亲坚决反对，女人的名节是一生的荣耀。红杏出墙，一辈子都会抬不起头做人，这是母亲对小曼的肺腑之言。小曼不在意别人的看法，只要真实地活着。但是父母的清誉也会因为自己的自私毁于一旦，她陷入了沉思，父母也让她好好地思考，找出自己的错误，走向光明的道路。

小曼成了毫无自由的囚犯，家庭给她施加的压力和恐吓使她身心俱碎。小曼恨父母不理解自己，也无力与整个家族和社会对抗，这时她痛苦灰心极了。干什么都没有意思了，走路也无力气了，活着还有什么快乐可言？志摩见不着小曼，只能通过写信与她沟通，并支持她。虽无法见面，但志摩决心已定，他不相信通过奋斗爱而不得，因此他在一封封的信中吐露真情，鼓励小曼。

有了志摩的鼓励小曼变得坚强起来，她不要再摇摆下去。如果她放弃志摩就是放弃了这么多年来的希望，生活又会回到从前。她还是那么寂寞，就连秋叶落地的声音她都能听见，她害怕那样的清净。每日在社交场上与那些与自己一样无聊的人一起，没有任何精神上的享受，只有空无的笑声与快乐。

想到这些，小曼决定不再犹豫，她明白自己的心，她是爱志摩的，所以她要与志摩在一起，相爱的人应该一起生活。不断地迟疑或许会让志摩受到伤害，这是小曼内心的担忧。志摩的感情那么热烈，令人无法抗拒，他一定是从内心深处爱着自己。小曼十分欣慰，她已经是一个没有自由的女人，别人的妻子，能够得到这样的爱情是小曼没有料想到的。她以为自己到死都难以享受到爱情，只能凄凉地活在这个世界上。志摩的出现就像是冬日里的一股暖风，怎能不让人珍爱万分？

用现代的眼光看小曼，她只是一个最具勇气，毫不伪饰，敢于追求个人幸福的真女子，最平常不过。用当时的眼光看，如果宽容些的话，她也只不过是抛头露面的另类女子。世间万物都在变化之中，都有一个过程，小曼就是那些走在改革前沿的女性。

棒打出头鸟，她注定要被世人看作不甘寂寞、行为放荡的女人。

如果用道学家的眼光看，她就是一个不贞的"淫妇""荡妇"，是遭万人唾弃，见弃于社会的坏女人。小曼的不幸并不在于社会把她看成一个不贞的女子，因为她和志摩，还有他们的朋友都蔑视假道学家。就算是被社会上的各种维护社会礼教的人谩骂，甚至诋毁，小曼也没有害怕，她早已经做好了被世人伤害的准备。她想通过这次的反抗能够换得后半生的幸福生活。这是她的希望，而且她知道这一切都会实现。志摩让小曼看到了希望，他是一个值得信任的人。面对外界的阻力，他从来都没有退缩，一直在鼓励自己，激发她的信心。

她的后半生坐实了骂名，人们可以找到各种借口侮辱小曼。毕竟她是一个离过婚、背叛丈夫的女人。她千辛万苦与志摩结婚，幸福却也是短暂，一生没有儿女。这也是一个女人的悲哀，也成了被世人谩骂的借口。

小曼真切地爱上了志摩，她明白自己的心。她决定与志摩相守一生，这是她此刻最坚定的信念。就算是放弃一切，小曼也要给自己的爱情一个完美的结局。一路走来，小曼几乎没有为任何事情这般徘徊过。爱情就这样来了，在小曼完全没有防备的情况下，一定是上天的安排。小曼感激上天的眷恋。志摩就是她此生最大的礼物。

爱就爱吧，志摩是一个值得深爱的男人……

摇摆不定，愁云惨淡

压力遮天蔽日地袭来，没有人可以安然度日，怀揣着希望，等待着幸福的到来。黎明前的黑暗让人找不到前进的道路，小桥流水，薄薄的烟雾笼罩着平静的湖面，看不清，摸不透，只有等待才是最真实的感受。何去何从，还不见分晓。

志摩遭受到前所未有的压力，他与前妻离婚之时，父母颇为反对，认为志摩是瞎胡闹。现在竟然要娶一个有夫之妇，父母的忍耐已经达到极限。他们绝对不可能接受小曼这样一个背叛丈夫的女人，走进自己家的大门。他们认为这是莫大的耻辱，只是儿子的坚持，让老两口儿已经不知道该如何劝阻。

志摩的父母想尽了办法让志摩放弃这个他们认为近乎可怕的念头，这是自毁前途的表现。他接触的圈子，朋友们都很开明，认为爱情是值得争取的。但是王赓也是无辜的人，无端被人扣上一顶绿帽子，未免有些无辜。有人赞同，有人唾弃。当时的志摩已经身心俱疲，但是他还是无法放弃这段爱情。阻力越大，志摩越觉得他们的爱情伟大。多少人为了爱情不惜飞蛾扑火。他不能做一个懦弱的男人，他要为小曼遮风挡雨。

正当志摩走投无路、愤恨不已的时候，志摩收到印度著名诗人泰戈尔的助手恩厚之从南美发来的信，说泰戈尔近来身体欠佳，在病中牵挂着志摩，希望他能到意大利与病中的老诗人相会，安慰老诗人。收到信后，志摩非常激动和着急，他把这一消息告诉了老大哥胡适，胡适鉴于他目前尴尬、痛苦的处境，劝他最好借此机会出去走走。他劝他说："志摩，你该了解你自己，你并不是什么不可撼动的大天才。安乐恬逸的生活是害人的，再像这样胡闹下去，要不了两年，你的笔尖上再也没有光芒，你的心再也没有新鲜的跳动，那时你就完了。你还年轻，应该出去走走，重新在与大文学家大艺术家的接触中汲取营养，让自己再增加一些作诗的灵感，让自己的精神和知识来一个'散拿吐瑾'。"志摩想，事实就是这样，眼前靠他的勇气和胆量于事无补，反而给小曼增加更大的压力，不如先退一步。

分别就在眼前，志摩对小曼万般不舍。自从与小曼相遇，他们之间经历了太多的甜蜜与痛苦。面对离别一切都是幸福的回忆，志摩沉醉于这样的美好之中。就算是离别也要再见一面，这是恋人之间最甜美的约会。志摩与小曼想尽办法，挣脱双方的束缚。他们已经很少见面，只能依靠书信表达彼此的思念。

终于得以相见，小曼带着幸福与痛苦对志摩说："虽然我舍不得你走，你不在我说不定会被他们逼疯，我也会感到势单力薄，但我不会妨碍你的前途，你这次出去游历，和大诗人在一起，肯定会对你的才艺有极大的促进作用。再说，这样的环境，你在，可能更糟糕，他们会防得更紧，不如你先离开，让我与他们周旋斗争，也让时间考验一下我们的情感，看看能不能忘掉对方。"

这是一段看似理智的对话，也是他们唯一可以选择的方式——折中的处理方式，希望这种方式能将对所有人的伤害降到最低。人生有千万种可能，或许在志摩出走的这段时间一切都会发生变化，小曼是这样想的。短暂的痛苦却可以换来长久的平静，她不愿再看见志摩为了她受到大家的谴责，家庭的责罚。她不想让自己变成伤害志摩的利器，不想让志摩从此一蹶不振，将他的才华就此埋没。小曼的父母也对小曼讲了一些道理，无非就是女人的命运在结婚的时候就已经注定。王赓是一个不错的青年，小曼应该依靠这样的男人，陆家需要这样的女婿。志摩只不过是一个文人，他没有雄才伟略，没有他们希望的前途。他们明白要是小曼放弃了王赓与徐志摩在一起，不仅他们陆家的名誉会受到影响，陆家的前途和地位更会受到巨大的影响。父母劝小曼冷静地思考，爱情毕竟是一个虚幻的东西，她与志摩爱情的前途更是一个未知的景象。

他们真的需要一段时间冷静下来，仔细地思考他们之间的关系。面对这次抉择，他们将会失去什么，得到什么。或许他们之间的爱情经不起时间的考验，夭折于摇篮之中，也未可知。理智让他们放慢了脚步，作为一个有行为能力的成年人，他们必须为自己的行为负责。他们的决定影响着身边很多人的幸福与生活，这种慎重必不可少。

面对分离，谁又能冷静面对？志摩一个男子尚且伤痛，何况一个柔弱的女子。在为志摩饯行的酒宴上，小曼非常痛苦，表现得很不理性，相爱的人被强行分离，就如同从她身上撕她的肉，这份难受只有当事人感受深刻，于是她只有借酒消愁。俗话说借酒消愁愁更愁，但是除了用酒麻醉自己，小曼想不到其他的方式能够让自己脱离痛苦的纠缠。她只想用酒精麻醉自己的神经，让自己不再那么沉痛。

那天小曼喝醉了，别人劝她不要再喝了，但痛苦的小曼接连叫着：我不是醉，我只是难受，只是心里苦。志摩看在眼中，痛在心里。小曼的话一声声像钢铁锥子刺着志摩的心。愤、慨、恨、急的各种情绪就像潮水似的涌上了心头。

志摩真想带着小曼离开这个充满束缚的地方，海阔凭鱼跃，天高任鸟飞，志摩可以带着小曼去国外生活，摆脱这里的一切。看到小曼，他心疼极了。那时志摩就觉得什么都不怕，勇气比天还高，比海还深，只要小曼一句话出口，志摩什么事情都可做到！为小曼抛弃一切，只是本分。为小曼，志摩不会顾忌什么性命与名誉。但是小曼只是哭泣，没有任何要求。

看着痛苦的小曼一阵阵地呻吟和挣扎："顶好是醉死了完事。"看着阻碍他们结合的人们，志摩的肝肠寸寸地断了，他太痛苦了，可在这些人面前他却不能说不能动，只能忍受。他们之间的爱情毕竟不是光明正大的正统。志摩看着这种场面比自己的伤痛还要令人难以忍受，不仅仅是痛苦还有无限的煎熬。作为一个深爱小曼的人，怎么能够容忍这样的伤痛发生在心爱的女人身上。看着痛苦围绕着小曼，志摩心如刀绞。

他觉得好恨啊，为什么相爱的人反而成为罪人，而那些并不理解小曼的人倒成了审判者。他们只隔着一张桌子，痛苦的小曼需要他，"我知道我的龙儿的心坎儿只嚷着：我冷呀，我要他的热胸膛偎着我；我痛呀，我要我的他搂着我；我倦呀，我要在他的手臂内得到我最想望的安息与舒服！"但是实际上志摩只能在旁边站着看。这样生离的场面怎能让人不为之同情、落泪？

阻力、压力更坚定了他们爱的决心，饭局后志摩写信给小曼说："想你，疼你，安慰你，爱你。……我人虽走，我的心不离开你，要知道在我与你的中间有的是无形的精神线，彼此的悲欢喜怒此后是会相通的，你信不信？"他鼓励小曼："你这回冲锋上去，死了也是成功！有我在这里，龙龙，放大胆子，上前去吧，彼此不要辜负了。……天下没有不可能的事，只要你有信心，有勇气，腔子里有热血，灵魂里有真爱，我的孤注就押在你的身上了！再如失望，我的生机也该灭绝了。"

　　志摩的信，言辞恳切，让小曼感动不已。就在这个秋天，志摩离开了北京，去了遥远的国度。小曼一个人与世俗对抗，她不知道自己能够得一个怎样的结果，不论是怎样的艰难，她都要努力下去。只要他们的爱情经得起时间的考验，她就无怨无悔。

两情相悦，彼岸花开

曾经沧海难为水，除却巫山不是云。经历过大海的波澜壮阔，就不会再为别处的水所吸引。陶醉过巫山的云雨梦幻，别处的风景就不会觉得震撼了。有的人出现的那一刻，便已走进了你的心。一世传奇，抑或，一场灾难，不可避免。

初次与志摩相见，志摩的眼神就深深地吸引了小曼。他的目光照进小曼的肺腑，看穿了小曼的辛酸。志摩在外留学多年，也算是见过世面的男人。在他心中，男人和女人一样都有追求幸福的权利。国外的女人并不像中国的女人过得那么身不由己。像小曼这样的女人受过西式教育，心中必然有着一颗炽热的心。面对父母之命、媒妁之言的婚姻自然反感。志摩遇到过很多婚姻不幸福的女人，经常与她们交流。他发现很多女人都是才华横溢，却在深闺之中埋没了才华，葬送了青春。

志摩是一个诗人，他懂得怜香惜玉。女人的心思细腻、脆弱，只有遇上真正情投意合的人才能受到呵护，否则女人就如同娇美的花朵，虽然美丽，但是过了花期就会腐烂在泥土里。志摩第一次看见小曼就有好感，活泼可爱，天真烂漫，一点也不像一个已婚女人，活脱脱就是一个少女。优美的舞姿，得体的谈吐，一看就是名门闺秀，淑女佳人。志摩找机会与小曼交谈，才发现她是真性情，博学多识，他们交谈甚欢。

恨不相逢未嫁时啊，志摩总是这样地感慨。若是他能早早与小曼相见，今日或许已经佳偶天成，成就一段才子佳人的美谈。

现在一切都为时晚矣，小曼是王赓的妻子，这是不可改变的事实。志摩知道他的爱情或许又是一场空，但是付出的感情已经难以收回。他只能这样爱着这个令人魂牵梦萦的女子。

经常出入王家，与小曼见面的机会逐渐多起来。志摩总是寻找各种机会进入王家，志摩与王赓同是留美派，有一些交情。王赓对志摩充满了敬佩之意。当时志摩已经在文人墨客之中有了一些名气，王赓也十分欣赏志摩的才情。他们之间却走着不同的道路，志摩是文学名人，致力于学问。王赓走上了仕途，追名逐利，也受到上流社会达官贵人的器重，前途不可限量。

王赓是一个忙人，经常有公务在身。陪伴妻子的时间并不富足，更何况是自己的朋友。小曼与志摩有了很多单独相处的机会，志摩对小曼的了解进一步加深。他知道小曼的婚姻生活并不幸福，小曼与王赓是两种不同的人。他们之间的隔阂不是一两天能够消除的，几乎是个死结。小曼这么热情的女子受不了冷落，王赓这样的青年才俊不可能沉迷于女人的闺房中。奋斗是王赓生活的主题，只要是关于仕途的一切都是大事，其他的在他看来都是琐事。

小曼忍受不了这样的孤寂，她希望有人陪伴，看尽世间美景，共度青春年华。等渐渐老去之后依然可以回味曾经的幸福，这是女人最单纯的想法。时间是王赓最宝贵的东西，小曼天真烂漫的想法，在这种胸怀大志的男人面前就是浮尘，不值一提，只有实实在在的金钱和权力才能入王赓的眼。王赓正是少年得志的时候，他只能更加努力变成更好的青年。小曼在他眼中只是一个爱胡闹的孩子，他可以娇惯她，容忍她。王赓认为随着时间的推移，小曼会逐渐成熟起来。女人一旦变成母亲就会处处为家庭和孩子着想，那些虚无的，幼稚的想法也会逐渐褪去。王赓一直等待着小曼蜕变的那一天，只是他没有想到，还没有等到小曼改变的那一天，她就遇见了志摩，两个人不顾一切要在一起，将他一切的希望全都捏得粉碎。

小曼把志摩当成自己的救命稻草，知己朋友。初次遇见志摩，她就知道这个男人与众不同。那时候小有名气的志摩已经写下了很多诗句，小曼偶尔也拜读。从志摩的诗里流露出的热情，每每都将小曼感动。看见志摩的时候，小曼觉得有一种似曾相识的感觉，或许是志摩的诗句看多了，心里已经有了他的影子。小曼在舞池中翩翩起舞的时候，不时向志摩的方向看上几眼。她发现志摩一直彬彬有礼，举止大方，他有时与一些名流谈笑风生，有时安静地坐在角落里品着红酒。

终于有机会认识了志摩，他还是王赓的好朋友，这样她就与志摩有了更多接触的机会。每到夏天，小曼的应酬最多，她在家里待不了，总是在外面疯玩，过着奢靡的生活。因为小曼的生活方式，王赓不知道说了多少次。小曼依然故我，根本没有改变。这也是一种社会现象，小曼身边有很多女人都是这样生活，若是小曼一个人这样生活，那还有什么乐趣？小曼身边有无数个这样的女子，每天纸醉金迷，听戏、吃饭、捧戏子。有时候还会闹事，这是王赓最害怕的。他不想成为笑柄，更不想因为这些无聊的事情影响自己的名声与前途。

小曼并不这样认为，任性惯了的她，根本就不会把王赓的话放在心上。她本身就是一个名媛，即便是结了婚，这个事实也不能改变。她要快乐地生活着，至少在这些时候，她能够活出真实的自我。志摩的到来仿佛改变了小曼的习性。志摩来王家的时间越来越多了，总是隔三岔五就能看见他。王赓的工作很忙，一直都是小曼陪着志摩。小曼有意无意地疏远了社交圈，她想多一些时间与志摩在一起。社交场上的欢乐只是一时的痛快，与志摩在一起是整个灵魂的放松。

看到小曼出去的时间少了，王赓知道是志摩开导的结果。王赓知道志摩的性格与小曼极易相处，而且志摩是一个有思想的人，一定会带领小曼走上贤妻良母的正途，慢慢远离那些腐朽的气氛。小曼的身体和精神都会慢慢好起来，过上正常女人的生活。他也赞成小曼与志摩单独相处，希望一切都能向着好的方面发展。

人算不如天算，事情终究不是像王赓想的那么美好。志摩是开导了小曼，却是朝着离王赓越来越远的方向。小曼本就有一颗蠢蠢欲动的心，加上志摩的指引更加不安分起来。她以前心里期盼一个美丽的梦。志摩出现后，她发现爱情不是小说里的剧情，不是镜花水月，可以通过努力拥有幸福。志摩就是那个她一直心中所想的男人，不重名利重情义。志摩拥有诗人特有的浪漫气质，每次与志摩单独相处都是一种享受。志摩每次都能让小曼有一种耳目一新的感觉，就像是一个宝盒，每一层都充满了神奇。女人对男人的爱情第一步就是好奇，在小曼的心中志摩就是一个充满神秘感的男人。他的思想，他的谈吐，博古通今，文采一流。小曼用敬仰的眼光看待志摩。

小曼将心中的委屈告诉志摩。志摩已经看出了小曼与王赓之间的问题。他让小曼放宽心情，好好生活。小曼的痛苦却是愈演愈烈，时常在志摩面前流泪，她说自己就像是一只被关在笼子里的小鸟，每天看着主人的脸色度日。她就是一个被别人圈养的宠物，一刻都没有为自己活过。爱情就是天上的月亮，只能远远地看着，绝对不可能拥有。小曼羡慕那些小说故事里的女人，虽然结局不一定完美，但是她们毕竟曾经为自己活过，轰轰烈烈地爱过。而她知道自己没有这样的机遇。志摩宽慰小曼，若真是如此痛苦，不如反抗吧。为自己的幸福努力一把，不论成败，此生也不会后悔。

　　志摩对小曼说，你是一个绝世的好女子，美丽大方，多才多艺。你应该拥有自己的爱情，自己的生活。我支持你，我希望你能找到自己的幸福。而且我相信，你终有一天会美梦成真，自由地生活在天地间，将你的才华挥洒，为世人留下美丽的篇章。

　　小曼静静地思考志摩对自己鼓励的话语，恍然大悟。是啊，还有时间，人生才刚刚开始，应该为自己争取。想到如何去努力小曼便灰心了，自己一个人如何孤军奋战？没有目的地，如何出发？终究是一个女子，一个人终究没有办法踏出一条违背世俗的道路。

　　志摩知道了小曼的心思，他愿意与小曼站在同一条战线上抗争。志摩对小曼说，自从我看见你的第一眼，就知道你的与众不同，你的不可多得。我已经深深地爱上了你，你愿意成为我的女神吗？小曼感动得落泪，她没有想到竟与志摩有这样的缘分。

当你爱着一个人的时候，那个人也深深地爱上了你，这是一件多么幸福的事情。小曼陶醉在志摩的柔情之中，这是她一直以来梦想的境况。小曼想这一定是上天给她的机会，让她脱离苦海，成为幸福的女人。志摩告诉小曼，为了他们的爱情，他可以放弃一切，甚至生命。小曼是他爱情的终点，一切都是上天的旨意。在他最痛苦失落的时候，小曼就像天使一样出现在自己的生命里，那么灿烂，光彩夺目，为自己的生活带来了阳光和希望。

他一定要珍惜小曼，如同珍惜自己的生命。遇上这样的爱情是一辈子的幸运，一个诗人如果没有爱情的浇灌，一定会变成一堆干骨，没有血肉，没有灵性，只有堆积如山的文字，却不能变成一首感人肺腑的诗句。作为诗人的志摩，需要小曼这样的女人成就自己的柔情。她就这样出现了，在他毫无防备的情况下，住进了他的心里。就算是落下夺人所爱的骂名，志摩也要将自己真心付出，绝不后悔。

小曼掉入混沌的深渊无法自拔，过着没有自我的生活，这时候志摩出现了，将她拉进了现实的生活，并给了她希望和爱情。小曼想起志摩对自己的种种好，不禁羞答答地笑了起来。王赓从来没有让小曼有这样忘我的情怀，只有志摩才是与小曼心灵契合的那个人。

天下没有不透风的墙，何况是他们之间如此炙热的情感。身边的朋友，包括王赓开始察觉他们之间的感情。一场争取爱情的战斗慢慢地拉开了序幕……

斯人憔悴，独为一人

那是一个离别的夜晚，皎洁的月儿挂在天空，发出银白色的光芒。嘈杂的车站，来来往往的人群，身边的一切都像空气一样流过小曼的身边。她失魂落魄，仿佛行尸走肉般跟随着送别的队伍。她是最痛的那个人，心如刀绞。落寞伤痛的心，寂静冷清的夜，离愁别绪慢慢飘散。

小曼想哭，自己心爱的人即将离自己远去，她想走过去与志摩再说上几句，却怎么也开不了口。她怕自己无意间将自己的真心流露，抑制不住泪水。看着众多朋友对志摩说着离别赠言，那样依依不舍。小曼还要佯装着嘻嘻哈哈，不想让任何人看见自己的眼泪，这样的场合小曼知道一定要顾及自己的身份，一个有夫之妇，志摩朋友的妻子。所以，她不能太过悲伤。

她看出来志摩的悲伤，志摩总是有意无意地看着自己，那是心疼的眼神。眼睛是心灵的窗口，两个相爱的人彼此对视，流露出的一定是柔情。小曼知道志摩的心也很痛，离开也是无奈之举。车就要开动了，志摩走上前来与她握手告别，她发现他眼含热泪看着她，她也只能眼泪汪汪地看着他说一句：一路顺风。

千言万语也难以将此刻的心情表达，唯有把所有情感都深深埋葬。今日的离别是为了以后长久的相聚，他们若是熬过了这些离别的日子，或许就能看见晴天。抱着这样的希望，小曼用泪水送别志摩，等待着志摩再次出现，到那时，美好的日子也就来临了，他们之间将没有任何阻碍，神仙眷侣般地生活在一起。

车开动了，小曼眼前好像有一层东西隔着，慢慢地连人影都不见了，心里也说不出是什么滋味，好像她的心被志摩带走了，没有一点知觉，一直等到耳边有人对她说：不要看了，车走远了。她才像从梦中醒来似的，回头看见大家都在向她笑，她才很无味地回头就走。她回到家里，走进屋子，四面都露出一种冷清的静，仿佛时间都停滞了，一切都悄无声息。她坐到书桌前，看着他给她的信、东西、日记，她拿在手里发怔，不敢去看，也不想开口，只是呆坐着，也不知道自己要做点什么才好。

志摩这一走便是半年，小曼从送别那一刻便开始思念。漫无边际的思念萦绕在心间，她不知道自己如何度过以后漫长的日日夜夜。小曼一遍遍地看着以前志摩写给她的信和诗，感受着志摩炙热的情感。她愿意保护志摩这份纯真的情感，就留她一个人与世俗抗争。

志摩的感情之路这么坎坷，坐在去西伯利亚的火车上，志摩倍感孤苦。曾经他花了四年时间苦苦地追求林徽因，那时候的他把自己后半生的幸福都放在了徽因身上。徽因是一个难得的奇女子，她的好几天几夜都说不完。这样的女子已经离自己远去，他只有默默地祝福。徽因是绝情的，一点机会都没有留给他。

追求徽因的四年，志摩像一个多情的青年，用尽各种办法向自己心爱的女子献殷勤。志摩以为终有一天徽因一定会被自己感动，结果却以伤心落幕。徽因已经成为别人的妻子，而且婚姻幸福美满。他知道自己已经没有任何机会。就在自己最痛苦，掉进十八层地狱的时候，小曼出现了，她就像一只灵动的蝴蝶，美丽得令所有人注目。无论在什么地方，小曼总是可以吸引所有人的目光。小曼知书达理，是一个性情中人。志摩喜欢有个性、有思想的女人，志摩觉得小曼就是这样的女人。小曼就是他苦苦寻找的灵魂伴侣，从看见小曼的第一眼起，志摩就知道小曼是那个能够带给他爱情的女人。

天意弄人，与小曼相遇之时，小曼已为人妇。这使他们的爱情充满了险阻，志摩的感情之路如此坎坷，让他倍感心酸。但是他知道今生要是错过小曼，他将会遗憾终生。就算在异国他乡，他也要时时想着小曼，让自己的思念穿越千山万水温暖小曼的心。寒风凄厉、冰天雪地的西伯利亚，让志摩感到孤独、可怜。他对小曼的思念恰与西伯利亚的寒冷相互呼应。

冰冷的天气里，只有他那颗心是火热的，冰雪也无法将他的心冻结。离别只能将他心中的爱火点得更旺。离开小曼的日子里，志摩受尽了相思的煎熬。这次分离坚定了他对小曼的爱，时间只是坚固了他们之间的爱情，并不能消减分毫。

他一天一封热情的快信，诉说他对她的爱与思念。鼓励小曼一定要努力，斗争到底。为了他们的爱，经历什么痛苦、折磨都值得，他的心中期盼着未来的胜利，期盼着小曼的苦斗，期盼有个好结果。只要能和小曼光明正大地走在一起，志摩便已心满意足，此生无憾了。志摩给予小曼信心与勇气，虽然他现在身处异地，但是他的心永远与小曼在一起。那不是一个人的抗争，他时刻都在小曼身边。只要小曼能够坚持下去，他一定要给小曼一个完美的爱情。

小曼的处境变得更加艰难，这是必然的结果。王赓升官了，不仅王家高兴，小曼的父母也对王赓褒奖有加。他们没有看错王赓，他的确是一个有前途的青年。小曼随着王赓去了上海，志摩已经远去西伯利亚，王赓想让小曼借此机会换个生活环境，或许一切都会成为过眼云烟。小曼是他的妻子，他想挽救自己的婚姻。小曼的父母和王赓都想通过这次远迁上海，让一切不开心的往事都随风飘散。

离开触景生情的地方，远离心生爱意的人，这一切都可以慢慢回到原来的轨迹。这是普通人的想法，也是一般事物发展的规律。事情却没有朝着人们预想的方向发展，小曼对志摩的思念与爱意丝毫也没有因为分离而减弱。志摩写给小曼的信一直鼓励着她，让她有了继续与世俗对抗的勇气。志摩只需要对抗自己的内心，小曼却要对抗所有的人。

那种年代，一个女人走上离婚的道路是多么困难的事情。亲朋好友都来劝阻小曼，告诉小曼离婚的想法非常可怕。分析了各种利害关系，小曼开始胆怯了。她摇摆不定，不知如何是好。社会与家庭的压力那么强大，她看不见前方的路。她想过要放弃，这样的斗争太艰难了。作为一个名门闺秀，不知道被多少双眼睛看着。被人们放在心里是一种荣耀，这是作为名媛的成功。小曼走到哪里都是焦点，她一直以来都是这般骄傲。可如今，这种绚烂却变成了伤她杀她的利剑。

志摩要她战斗，为他们的爱情争取一条生路。勇于面对世俗的眼光，敢于承担一切唾骂。这些都是浮世中的幻象，总有一天会消失。只有爱情是最纯净的天空，永恒的美丽。志摩许给小曼一个灿若星辰的未来，这是所有女人都会贪恋的凡尘。

没有人会奢望一个不得而知的天堂，喜爱是因为知道，只要拥有就会幸福。与志摩相处的日子里，小曼感受到了从未有过的触动。爱情可以让人生，亦可让人死。每每想起两个人在一起的欢乐时刻，小曼便不能自已，甜甜地微笑。他们在一起的每时每刻都值得回忆，值得留恋。欢乐与悲伤就是一个逆转的过程，想起现在的处境，小曼又是痛苦万分，以泪洗面。

现在她才感到事态的严重，感到自己势单力薄，她后悔让志摩出国，她需要与志摩一起斗争，需要志摩的力量和爱，她感到自己好难好难。好比黑夜里的舟行大海，四面空阔无边，前途又是茫茫的不知何日才能到达目的地，天空随时都会刮起云雾，吹起狂风，降下骤雨，将船打碎沉没海底永无出头之日。小曼总是会做这样的噩梦，她很害怕，她担心自己永远沉沦在这不死不活的境况之中，无力挣扎，无心生活，不知道何去何从。一边是自己的挚爱，一边是亲人朋友，不论是谁都难以抉择。

也许能在黑雾中走出个光明的月亮，送给黑沉沉的大海一片雪白的光亮，照出到达目的地的方向。所以，看起来一切还需命运来帮忙，人的力量是很有限的，这是她真实的心理。她虽有信心，但阻力、压力太大，吉凶未卜，她不知未来到底怎样。一个名媛淑女的婚姻容不得污点，否则定会受到世人的唾骂。小曼深知这些道理，苦苦挣扎，自己与自己的战争最艰难，说服自己做一个别人眼中的异类、不守妇道的女人，这需要莫大的勇气。

志摩走后不久的一个日子，在亲戚家应酬，亲戚为她闹离婚的事奚落了她半天，她受到那些不理解她的人的侮辱，回到家中情绪一落千丈。究竟自己的选择是对还是错？现在她已经全然不知了，志摩认为他们之间的爱情那么神圣，那一定是正确的。除了志摩，身边的人都认为她极其错误。现在怎么办？小曼不知道。她与志摩的事情一定不会这么简单地结束。志摩远在异国他乡，冥冥之中她仍然能够感受到志摩的坚持与温情。

如果志摩能够陪伴着她该有多好，就算是冰天雪地也倍感温暖。别人的刀剑伤不了她，只要志摩守在她的身旁，陪她经历风风雨雨。花儿依旧开得那样艳丽，只是冷月之下，花儿也失去了往日的气质，只留下冰冷的感伤。

小曼在日记中写道："我真恨，恨天也不怜我，你我已无缘，又何必使我们相见，且相见而又在这个时候，一无办法的时候？在这情况之下真用得着那句'恨不相逢未嫁时'的诗了。现在叫我进退两难，丢去你不忍心，接受你又办不到，怎不叫我活活地恨死！难道这也是所谓天数吗？"小曼每天在这样心神不定的折磨中度日。作为一个名媛，要接触各种人，现在，大家都用一种特殊的眼光，也许是轻蔑的眼光看她，让她怎样在社会上做人？

往日的光彩，别人羡慕的眼光，一时间变成了讥讽与嘲笑，让人情何以堪。阔太小姐们将往日的嫉妒完全爆发出来，私下里用尽各种诋毁的语言侮辱小曼。还有一些则是开明的女人，她们敬佩小曼的勇气，却不赞同小曼张扬的性格。女人太过招摇总归会受到伤害，小曼就是这样的女人。众说纷纭，贬责的声音充斥着小曼的世界。

……

煎熬煎熬，引无数忧愁空伤情，何时才是头？

缘定三生，绚烂花期为君开

　　只要不放弃就有希望，小曼这样认为。路都是人走出来的，这世间再霸道也不能把人活活逼死。只要一直坚持，希望就会如期到来。真心不改，终有一天她与志摩会成为神仙眷侣。小曼等待着那一天的到来。

绝处逢生，柳暗花明

自志摩走后，痛苦与思念一直伴随着小曼。她后悔让志摩出国，现在独独就剩下她一个人孤军奋战。压力、阻力布满了小曼前进的道路。走在寂静的小路上，没有人陪伴，狂风骤雨只能自己承受，小曼已经疲惫不堪。幸福就在风雨之后，黎明总在黑暗之后，他们美好的未来即将到来，小曼仿佛看见了希望。

孤身奋战的小曼就是这样痛苦挣扎、心事沉沉、情绪不定，看到风平浪静，她想再把事情推进一步，遇到挫折压力，就害怕、灰心、退缩。当压力太大、无力承受时，她便病倒在床上。小曼本来身体已经不堪重负，加上现在的忧思、受苦，身体已经大不如以前了。自从志摩走后，小曼经常卧病在床。这样有时候生病也是一种解脱，小曼可以不用面对亲戚好友的数落和劝说。本是好意，但是小曼现在已经害怕听到这样的话语。所有的情绪都已经麻痹了，因为已经听了太多遍，想了太多回了。

只要不放弃就有希望，这是志摩告诉小曼的话。小曼也这样想，路都是人走出来的，这世间再霸道也不能把人活活逼死。只要一直坚持，希望就会如期到来。志摩给小曼的信，字字恳切，句句真诚，这份坚决，让小曼有了安全感。只要他们两个人心若磐石，别人又有什么办法。管天管地，但管不了人的心。小曼想，只要自己不改自己的真心，终有一天她与志摩会成为神仙眷侣。小曼等待着那一天的到来。

在少有女子离婚的年代，一个女子要尝试离婚，那种压力是难以想象的。如果我们知道被世人误解的小曼在20世纪初为了争取婚姻自由经受了怎样的挫折和痛苦，怎样的挣扎和考验，没有人不说她是最勇敢、最真挚的，没有人不佩服她，没有人不说她是有价值的女性文化名人。今天人们念念不忘她，或许与她在离婚这件事上，对女性觉醒的推动有直接的关系，因为人们只记得那些对社会做过贡献的名媛，她对社会的贡献就是敢于冲开一道离婚的口子。即使社会环境这样宽容的现代，也不见得所有的女性都能有她那时的勇气与激情。为了追求爱情，可以牺牲一切，这种行为，不管在哪个时代，都足以令人敬佩不已。为爱情而斗，就是为自由而斗，为精神而斗，有几个人为精神而活着？大多数的人为生存而活着。

　　站在不同的角度上看待问题，自然会有不一样的答案。没有对错，只有愿意与否。对陆家、王赓以及亲朋好友来说，小曼与志摩的事情就是一场变故。小曼的父母为小曼精心挑选夫婿，希望小曼能够过上幸福的生活。事实已经证明王赓是一个好青年，是他们心中理想的女婿，没有辜负两位老人的心。王赓的事业一直蒸蒸日上，他得到上司的重用，仕途一片大好。小曼的父母难以割舍这样的女婿，王赓也是一个孝顺的人，对陆家二老更是照顾有加。陆定夫妇知道自己女儿的脾气，那是骄纵惯了，谁都不怕。小曼一直像公主一样生活，事事都要顺她的心意。王赓对她是极容忍、宽待的。就算是知道小曼与志摩的事情也是想极力挽救婚姻，不想就此失去小曼，失去这个家庭。他一直觉得小曼是不懂事，年龄还小，不成熟。如果小曼任性，犯了错他可以原谅，只要小曼可以迷途知返。

刚知道小曼与志摩的事情，王赓痛苦万分。他找小曼谈心，劝她放弃这样的想法。王赓认为小曼极不理智，才会做出这样的决定。王赓告诉小曼不要头脑发热，这只是一时之气，一时痛快。日后的问题不是小曼能够面对和解决的。但是小曼听不进去王赓的劝阻，无奈之下，王赓将小曼交给了她的父母，希望小曼能够体谅亲人的感受，及时抽身。他们依然是恩爱的夫妻。

只是王赓的想法太简单了，小曼已经陷得很深，难以自拔。不论是谁的话都听不进去。就算志摩远去异国他乡，小曼依然抱着离婚的念头不肯改变。看着小曼因为离婚的事情，一次次病倒，他真的不忍心，毕竟是几年的夫妻。王赓对小曼一直爱意不减，只是他不是小曼心中想的那一位。这是作为丈夫的悲哀，还要面对有些人异样的眼光。王赓已经开始力不从心，心痛万分。至今为止他还是没有改变，只要小曼能够回到自己的身边，这些屈辱他也可以忍受。

王赓一直在等待，小曼也在等待，但是小曼却是在等待志摩回来，带着她逃离王家。她想永远和志摩在一起，成为志摩的妻子。王赓的希望注定要落空。小曼静静地等待着，只要收到志摩的信，小曼的情绪就会好很多。小曼给志摩回信道："摩，为你我还是拼命干一下的好，我要往前走，不管前面有几多的荆棘，我一定直着脖子走，非到力尽我决不回头的。因为你是真正地认识我，你不但认识我表面，你还认清了我的内心，我本来老是自恨为什么没有人认识我，为什么人家全拿我当一个只会玩只会穿的女子。……只有你，摩！第一个人从一切的假言假笑中看透我的真心，认识我的苦痛，叫我怎能不从此收起以往的假而真正地给你一片真呢！我自从认识了你，我就有改变生活的决心，为你，我一定认真地做人了。"

很多名媛都有追求自己幸福的心愿，但是现实毕竟是现实，她们的想法多半被扼杀在摇篮里。遗憾终生，直到死亡的那一刻还不知道自己如若经历另一种人生，那将是怎样的光景。小曼见惯了那样的女人，太多无奈，一生匆匆数十载转瞬即逝，只能眼睁睁地看着自己随着岁月流逝越来越苍老，再无挣扎的力气，只能任由他人摆布。

比起古代的女人，已经有了好转。尤其是大家闺秀开始接受良好的教育，不仅是三从四德，还有西式先进的教育。很多女子还有了出国留学的机会，自然与以前的女人有天壤之别。但是封建礼教在中国存在了几千年，人们的思想已经根深蒂固，不可能在一时之间有所改变。女人的处境实际上更加艰难了，她们的思想已经进化，拥有一颗追求自由的心，但是外界的环境却不容许她们走自己的路。中国的女子一定要受到礼教的束缚，女人提出离婚，这在别人看来就是一个笑话，一个不可能出现的现象。

小曼要抛开一切，为了自己神圣的爱情斗争。不论世人如何诋毁她，都无所谓，不重要。她与志摩在一起的幸福，只有她自己能够体会，别人都无法理解。包括自己的母亲，曾经自己最亲近的人。女儿的心事，母亲最能理解。从小到大，母亲对小曼的浇灌众所周知，对母亲说出心事已经成为小曼的一种习惯。当小曼陷入困境的时候，母亲总能开导她，并为她想出解决的办法。母亲在小曼的心中就是最值得信任的人，也是最爱自己的人。曾经依偎在母亲的怀里，听着母亲讲着世间的奇人异事，小曼觉得很开心，很温暖。从小曼的学业到穿衣打扮，母亲都尽心尽力。小曼是吴曼华唯一成年的孩子，自是非常疼爱。可怜天下父母心，父母总是打着为孩子好的旗号，做一些令孩子厌恶的事情，古往今来从来没有改变，这个叫作代沟的东西，从来都没有消除过。

当小曼被痛苦包围的时候，她想到了自己的母亲，也许她能够理解自己的处境。小曼将自己内心深处的感受告诉了母亲，母亲落泪了，她心疼自己的孩子。她知道女人心中对那些虚无缥缈的事情存在的渴望，但是那些毕竟是人杜撰的故事。在现实生活中，她从来没有见过一个女人可以不顾三从四德，追求所谓的爱情。吴曼华告诉小曼，这是一条不归路，终究不会有什么好结果。吴曼华规劝着小曼，她希望小曼能够与王赓一起好好地生活下去，相夫教子，享受齐人之福。她认为这才是女人一生的命运。

小曼想要自己的母亲站在自己这一边，但是母亲太固执了，她一直认为小曼这是胡闹。小曼越是强调她与志摩之间的感情，母亲的反感情绪就越强烈。吴曼华认为，诗人都是善于风月的人，杜撰一些骗人的假话，欺骗那些年纪尚浅、不经世事的年轻女子。她对志摩本就存在偏见，现在徐志摩还要教唆自己的女儿离婚，吴曼华气急了。

小曼更加伤心了，真的是自己孤军奋战。就连自己的母亲都不能理解她，还有谁会站在自己这一边！小曼将母亲的态度告诉了志摩，并告诉志摩，她伤心万分。母亲抛弃她了，不喜欢她了。小曼情绪不稳定，总认为事情已经到了最坏的情况。志摩理解小曼的痛苦，没有人比志摩更了解小曼。母亲的态度对小曼实在是太重要了，这就是小曼从小到大的指向标，精神支柱。志摩安慰小曼，母亲的身份一辈子都不会改变，小曼是独女，母亲一定会对她疼爱有加。这种态度只是暂时的，过一段时间一切自然就会好了。等有一天，他们结婚了，幸福地生活在一起，母亲一定会高兴。

另一方面，志摩想了许久，自己什么也不能为小曼做。不能陪在她的身边，为她阻挡迎面而来的狂风暴雨，只能默默地支持着小曼的斗争。志摩给小曼的母亲写了一封信，言辞恳切。志摩在信中请求他们为女儿的幸福给他们一条出路。他在信中表明了自己的真心，他可以为了小曼放弃一切。他发誓一定能够给小曼幸福，让小曼无忧无虑地生活。小曼就是他的女神，没有小曼他活不下去。小曼也是如此，她因为他们之间的事情已经痛苦万分，身体也垮了。他希望家里能给小曼一条生路，也给他们的爱情一点希望和祝福。

小曼母亲看后，大为恼火，不仅不同情，反而说志摩在教训他们。小曼看了信，看着震怒的母亲，不知有多么生气和伤心，她给志摩写信说："你为我太苦了，摩！你以为你婉转劝道一定能打动她的心，多少给我们一条路走走，哪知道你明珠似的话好似跌入了没底的深海，一点光辉都不让你发，你可怜的求告又何尝打得动她滑石一般硬的心呢！一切不是都白费了么？到这种情况之下你叫我不想死还去想什么呢！不死也要疯了，我再不能挣扎下去了。"当时小曼确是在用生命争取爱情，到了这种时候，小曼的心碎了。一到心里沉闷得无法解脱时，她就会感到心内一阵阵的痛，痛得好似心被一块一块撕下来。

看见小曼的信，志摩流泪了。他告诉小曼不是绝望的时候，他一定不会让小曼这样痛苦下去，他要给小曼一个结果。作为一个深爱小曼的男人，他要成为小曼的守护神。他告诉小曼，眉，等着我，不要灰心，我一定会给你幸福。

小曼等待着……

民国三大才女：林徽因　张爱玲　陆小曼

破茧成蝶，不负相思

每一段美丽都需要历练，每一场传奇都是血泪的累积。破茧成蝶是瞬间之事，这种震撼让人感动。经历了黑暗的洗礼，黎明已经开始召唤。冰天雪地，寒风刺骨，却也是春的脚步将近。小曼与志摩的爱情也将走出困顿，面对崭新的未来。小曼与志摩就这样斗争着，等待着。

为了减轻痛苦，小曼去大觉寺休养了两个礼拜。在远离家庭与社会的大自然中，小曼变得异常快乐，完全与自然景色融为一体。她激动地写信告诉志摩："你看那一片雪白的花，白得一尘不染，哪有半点人间的污气？我一口气跑上了山顶，站上一块最高的石峰，定一定神往下一看，呀，摩！你知道我看见了什么？咳，只恨我这支笔没有力量来描写那时我眼底所见的奇景！真美！从上往下斜着下去只看见一片白，对面山坡上照过来的斜阳，更使它无限的鲜丽。那时我恨不能将我的全身滚下去，到花间去打一个滚，可是又恐怕我压坏了粉嫩的花瓣儿。"那一天，她被美丽的花熏醉了；那一晚，她不由得在花丛中睡着了，似梦非梦地感到志摩来到她的身边，与她说话，亲吻她，醒来发现是一场梦。

沉醉在大自然的怀抱里，小曼仿佛回到了与志摩初次相识的地方，找到了甜美、自由的感觉。就算是梦境，也是那般引人入胜。小曼喜欢大自然的美丽，一切都像是画家笔下的水墨，这般不真实起来。小曼真心佩服那些画家，山水在他们笔下那么灵动，那么逼真，真是奇了。此刻的美景，她似曾相识。或许是那个画家已经把眼前这般美景融进了自己的画作里。小曼与这精致早已有了不解之缘。

小曼拿出来自己的笔墨开始描绘眼前的美景，离开世俗的喧嚣，没有亲朋的逼迫，一切都是那么美丽。小曼挥洒自如，她是一个油画能手，早在她在圣心学堂时，就有人出高价买过她的作品。自从嫁给王赓之后，小曼已经很少作画。她认为，作画必须将自己的感情融入，才能有别具特色的作品出现。没有感情的画是没有生命的笨拙之物，难以入真性情人的眼。所以，小曼很少作画，只要肯动笔画，必然是佳作。因为与王赓的婚姻，小曼失望过，也放纵过，所以作画，必然是少的。

小曼又开始挥动手中的笔了，看见这般景色，她幻想着志摩就在她的身边，他们一起欣赏着美景。志摩为她打开心灵的那扇窗户，灵感如一阵清风，轻轻地吹动着。爱情就像这大自然，不知是何人的鬼斧神工，这般神奇。没有人能改变大自然纯净的气息，也没有人能阻止已经根深蒂固的爱情。人的心事是最难以控制的神物，不论是谁都难以抗拒内心深处的趋势。

小曼最喜欢画风景，每完成一幅风景画，她都陶醉其中。曾经与志摩游玩时，自己也画画。那时候志摩还会指点小曼，让她静静地体会这美丽的风景，然后再开始动笔。心中必有一段规划，才能挥洒自如。现在志摩不在小曼身边，小曼只能自己完成。小曼依旧是快乐无比，至少她可以这样安静地作画，这样肆无忌惮地想着志摩，幻想着他们的未来。

她随时随地想着志摩，她本来就是一个容易动情的性情中人，与志摩一模一样的多情。她多么想与志摩隐居在这美丽的大自然中，再不回到那令人烦恼的尘世上去。就在这里等待着志摩，守护着他们的爱情，只有这里的纯净的天空。

可她必须回到令人烦恼的尘世中，回到令她灰心的尘世。在尘世，她是一个任人摆布的木偶，一个弱女子，她的任何争取和挣扎都没有回应，无济于事。灰了心的她又开始到娱乐场所随波逐流，在热闹中忘却愁苦。这是小曼最后的栖身之所，为了躲避婚姻的束缚，她选择消极反抗。走进热闹非凡的社交场所，过着黑白颠倒的生活。管它什么世俗礼仪，你们不让我追求自己的幸福，但是我依然有选择生活的权利。放纵也是一种快乐，这是两者之间折中的法子。沉醉在别人的欢乐中，至少可以减少小曼心中的伤痛。生活只给人一个不得已的选择，无力反抗的人只能默默地承受。小曼心中的苦痛，无人能知。很多人都不屑地看待小曼，这样的女人必是受尽白眼。

在别人眼中她就是一个背叛丈夫，离经叛道的女人。喜欢交际，张扬放纵，行为举止不像是一个名媛淑女，竟像是一个十足的交际花。不知道多少人在背地里这样描述小曼。他们嘲笑王赓戴了绿帽子，他们用幸灾乐祸的眼光看待着，现在发生的一切，只是一场好戏。多少人都充当着看客的角色，却不知你在看别人的时候，自己或许已经成为另一出好戏的主角。人生难免会落入这样的轮回之中。

为了躲开家人，躲避丈夫，她出去跳舞、喝酒、打麻将、逛戏院。但更大的逼迫还是来了，王赓准备到上海任职，要把家搬到上海去，要小曼与他一起去。小曼不愿去，王赓严厉地告诉她：你没有不去的理由。这话意味着命令。小曼明明知道这是一种强制，可自己又没有说出口的理由，不得已和他吵了起来。这一生气，心跳加速，就晕了过去。她被送到医院，医生诊断说病情很重，是心力交瘁所致，这下大家都吓坏了。如果小曼连命都保不住，这闹下去还有什么意思？为了安慰小曼，大家暂时不提去上海的事。王赓因为公务缠身，第二天就去上海公干了，这让小曼觉得寒心。

毕竟是夫妻一场，总该有些情分。她现在病成这样，王赓依然把工作放在第一位，不管她的死活。女人总是这样敏感，易受伤害。小曼与王赓的心结已经不是一两天了，在这种状况之下，小曼更是会伤心，难过。更加思念志摩，而远离王赓。小曼冷静下来之后，也看透她与王赓之间的隔阂其实早已经无法消除。现在一切都是在挣扎，就像是困兽一样，发出几声哀鸣。

其实，小曼也明白自己已经没有资格再要求王赓对自己好。她的心已经给了志摩，现在留给王赓的只有一具躯壳。但是，夫妻这么多年，还是有些情分，就像是亲人般的扶持。然而，王赓却是一个不会想很多的人，生病自然有医院照顾，他就算是每日陪伴在病榻前也是于事无补，又来了紧急的工作，他只能暂时丢下小曼。没有谁对谁错，性格决定了人生的每一次选择。

病中，胡适等朋友前来看望、陪伴小曼，胡适看小曼病得不轻，就在小曼耳边轻声地问："要不要打电报叫志摩回来？"小曼知道病一定是十分凶险，心里倒也慌起来了，问："是不是我要死了？"胡适看她紧张的样子，又担心她害怕，立刻和缓着脸笑眯眯地说："不是，病是不要紧，我怕你想他所以问你一声。"小曼心里十二分愿意志摩回来，可是懦弱的她又不敢直接说出口，只好含着一包热泪对胡适轻轻地摇了摇头。

口是心非是女人的通病，她岂能不想见志摩，不想让他回来。但是，她知道现在他们的处境。就算是志摩回来又能怎样，彼此之间徒增伤痛。志摩还是知道了小曼得病的消息，心急如焚。小曼一病多天，远在欧洲的志摩急得像热锅上的蚂蚁，痛苦无奈。他在信中写道："我唯一的爱，你真得救我了！我这几天的日子也不知怎样过的，一半是痴子，一半是疯子，整天昏昏的，惘惘的，只想着我爱你，你知道吗？早上梦醒来，套上眼镜，衣服也不换就到楼下去看信，照例是失望，那就好比几百斤的石子压上了心去，一阵子悲痛，赶快回头躲进了被窝，抱住了枕头叫着我爱的名字，心头火热，浑身冰凉，眼泪就冒了出来，这一天的希冀又没了。说不出的难受，恨不得睡着从此不醒，做梦倒可以自由些。眉呀，你好吗？为什么我这心惊肉跳的一息也忘不了你，总觉得有什么事不曾做妥当或是你那里有什么事似的。眉呀，我想死你了，你再不救我，谁来救我？"

他们两个虽然身处两处，可感受是相同的：一个在国内痛苦，一个在国外呻吟，但心有灵犀一点通。当小曼想志摩的时候，也是志摩想小曼想到最难受的时候，这样的真情连上帝都打动了，唯独打动不了国人，没有人同情他们，没有人肯原谅他们。

从古至今都是这样描述女人：不是红颜祸水就是红颜薄命，

女人就是毒药，男人要是陷得太深就会迷失自我，丧失斗志。温柔乡固然令人心动，但是好男儿志在四方，怎能为一个女人丧失自己的大好前程？一个人的名誉比生命更加珍贵，在遥远的古代一直到现在，中国人就是这样的铁血刚强。任何损毁名声的事情都是大恶，尤其是书香门第，官宦世家，名声就是一切。他们可以为了虚名牺牲一切，个人的幸福又算得了什么？中国男人大致不懂情感，他们懂的都是最原始的男女之情。男女在一起，只是为了传宗接代，将一家的香火延续下去。志摩是最先受了西方浪漫主义思想熏陶的诗人，把情感看得比生命还重，结果招来许多人的非议、不解和嘲讽、讥笑，认为他为了一个女人毁掉自己的事业和前程是发傻，是傻瓜干的事情。

但志摩不这样看，人生要真切地活着，为了虚名存活，那是没有意义的。此时志摩正在巴黎看一出瓦格纳的音乐剧《特里斯坦和伊索尔德》，这出戏是最出名的情死剧，特里斯坦与伊索尔德因为不能在这世界上实现爱，他们就死，到死亡里去实现更绝对的爱。其实中国也有这样可歌可泣的爱情，只是中国人都不会大肆宣扬这样的情节。

志摩在给小曼的信中写道："伟大极了，猖狂极了，真是'惊天动地'的概念，'惊天动地'的音乐。眉，下回你来，我一定伴你专看这戏，现在先寄给你本子，不长，你可以先看一遍。你看懂这戏的意义，你就懂得恋爱最高尚、最超脱、最神圣的境界。"

20 世纪 20 年代，一个最讲伦理道德的社会，有两个年轻人以爱情至上的理念冲击着社会的罗网，这是中国绝无仅有的事。志摩是中国的普罗米修斯，他把西方的爱情火种带到中国来，给陈旧老朽的中国社会放了一把火，让人们震惊，让大多数的中国人瞠目结舌。连同他的老师梁启超在内。

志摩就是这样轰轰烈烈的人物，他是男人之中的真性情。为了爱情他可以不顾一切，为了小曼他可以牺牲自己的名誉、前途，什么他都不在乎。他知道小曼也是如此，所以他不会放弃，他不能让小曼一个人承受剩下所有的痛苦，这不是大丈夫作为。

只要坚持一定会看见胜利的曙光，他们的爱情就像美丽的蝴蝶，总有一天会展开美丽的翅膀，在花丛中翩翩起舞。在小曼和志摩的心中，爱情是他们此生最重要的经历。不能放弃，一定要奋斗。他们的坚持终究会感动身边所有的人。小曼与志摩等待着那一天的到来。

飞舞于天地之间吧，不要受到命运的束缚……

高山流水，倾世情缘

他是才华横溢，温柔多情的诗人；她是艳压群芳，多才多艺的闺秀。他们之间的缘分，是一见钟情的美好，是惺惺相惜的牵挂，是才子佳人的千古传奇。看见的是细雨之中迷离的感伤，繁花丛中比翼双飞的绚烂。爱情就像一道彩虹，照耀着古老的大地。

志摩告诉小曼："爱给了我们勇气，有勇气就会成功，要大抛弃才有大收成，有大牺牲的决心是向爱进军的唯一通道。我们有时候不能因循，不能躲懒，不能姑息，不能纵容'妇人之仁'。现在时候到了，眉呀，我如果往虎穴里走（为你），你能不跟着来吗？"志摩是一个传播现代西方思想和理念的传道士，因此在当时的中国他是最痛苦的一个灵魂。在寻找自己灵魂的伴侣这件事上，他坚决不退让，不妥协。

小曼被志摩一次次地感动，他的爱是那么强烈，那么坚决。每当小曼颓废想要放弃的时候，志摩总能给予她力量和勇气。她舍不得让志摩伤心，如果她倒下了，就剩下志摩一个人孤军奋战，一定会遍体鳞伤。只有两个人的坚持才能战胜那些世俗人的刁难，取得最后的成功。志摩太苦了，小曼心里最清楚。小曼告诉志摩："摩，我一定会坚持下去，为了我们的将来。我不会让你一个人痛苦，让你在世俗之中徘徊。我陪着你，不论到什么地方，我都陪着你。就算是刀山火海，我也要陪着你一起走过。"

志摩教会小曼怎样爱，志摩是小曼的灵魂导师。小曼说："爱，这个字本来是我不认识的，我是模糊的，我不知道爱也不知道苦，现在爱也明白了，苦也尝够了；再回到模糊的路上去倒是不可能了，你叫我怎么办？"

小曼已经真真切切地爱上了志摩，已经付出的感情收不回。女人就是这般痴情的种子。士为知己者死，女为悦己者容。小曼就是这样爱着志摩，没有退路，没有后路。小曼此刻就想这样爱着志摩一辈子，就算是伤痛也是值得的。小曼开了爱情的窍，这是一切快乐与痛苦的源头。因为志摩，小曼懂得了爱情的美妙，问世间情为何物，直教人生死相许。也是因为志摩，她尝到了世间极致的伤痛。没有尽头的思念与等待，心被撕碎的感觉，她都尝遍了。

如果上天再给小曼一次选择的机会，小曼依然会选择志摩。她宁愿承受这些痛、这种伤，也不要平淡无味地过一生。没有激情，没有希望，就是活着，如行尸走肉般的生活，没有人不害怕，那是消磨青春的黑洞，一生数十载，只是别人生活的装饰品，附属品。那是何等的悲哀。小曼不要那样生活，志摩是给她希望的那个人。

正是在志摩出国后的第三个月，王赓在上海安好家，要求小曼去上海定居，小曼不肯，闹了起来，为此小曼生了一场大病。几个月过去了，现在王赓下了最后通牒，一封爱的书信，下令叫小曼母亲即刻送她到南方去，这次再不肯，就永远不要她去了。口吻非常严厉，好像长官给下属的命令，口气很大。

王赓是真的动怒了，作为一个丈夫，王赓觉得自己有这样的权利让小曼到自己身边。作为一个妻子，跟随丈夫也是本分之事。

这也是无可厚非，世人都懂的道理。但是小曼的任性，从小便已养成。她不善于向别人屈服，她不要做任人摆布的棋子。王赓这次的行为触及了小曼的自尊心。

小曼一家人围坐在一起，被这封书信吓慌了，母亲想，再不去，就要被人家休了，于是对小曼说："倒是怎么办？快决定！"小曼说："这有什么为难之处呢？我愿意去就去，我不愿去难道能抢我去吗？"母亲听了这话立刻变了色说："哪有这样容易，嫁鸡随鸡，嫁狗随狗，这是古话，不去算什么？"父母要她一个星期内动身，小曼一急，心脏病复发，立刻晕了过去。

1925年7月16日，小曼想了一夜，最后还是决定第二天再去争闹，非达目的不行。第二天小曼信心百倍地来到父母家，她对父母说："要是你们一定要逼我去的话，我立刻就死，反正去也是死，不过也许可以慢点；那何不痛快点现在就死了呢？"父母一听，马上回话说："好的，要死大家一同死！"接着父母双泪俱流，苦苦哀求，让她听他们一次，最后一次。事到如今，小曼只能可怜他们，在他们眼里，离婚是家庭中最羞耻的事，儿女做了这种事，父母就没脸见人了。小曼不忍看着年迈的父母伤心欲绝，只好遂了父母的心愿，决定与父母一同去上海定居，与志摩分手。到了上海，她就等于坐了禁闭，一切努力只能付诸东流。

志摩终于回国了，但是却还是见不到小曼。小曼已经去了上海，而志摩依然住在北京。志摩回国已近一月，却难得见上小曼几面，即使见面也是在朋友的聚会上，这让心急情浓的志摩焦急，甚至对小曼产生了不满。有一次在舞会上，小曼为了避嫌总是和别人跳舞，有意不理睬志摩。志摩哪受得了这个，他想的是当晚与小曼共舞，一起沉醉，谁知却落得个坐冷板凳。着急的志摩只好不顾一切地请小曼跳舞，小曼趁机接受了他的邀请，作为社交明星的小曼最懂这些礼仪，做得天衣无缝。着急、不满的志摩问小曼为什么要这样对待他、折磨他，小曼聪明地回答："我们还有什么客气？"说得志摩很不好意思。在这样的社交场合，也许小曼更有风度，更会来事，而志摩却要莽撞得多。

小曼不敢再次接触志摩，她怕刚刚整理好的思绪不小心又一次掉进万劫不复的深渊。王赓已经对她一再地恼火，她不想在这个时候再节外生枝。父母已经年迈，经不起这样接二连三的打击。所以，她要避嫌，不管她的心是如何的血泪模糊。

志摩也实在是被逼无奈，回来这么长时间，见不着自己日思夜想的爱人，这也不是回事。他想对小曼说：小眉真对不起人，把人家万里路外叫了回来，可连一个清静谈话的机会都没给人家！这不是志摩想要的结果，志摩无法忍受要在人前装模作样的虚假，也无法忍受思念而不得相见的折磨。可是能跳一曲舞，还是让他很满足很销魂，因此他写道："今晚与你跳的那一个舞，在我最享受不过了，我觉得从没经历过那样浓艳的趣味。你要知道，你偶尔唤我时，我的心身都化了！"

志摩就如此这般的煎熬着，小曼把志摩的心一片片地撕碎，志摩渴望小曼的柔情。小曼就是志摩的救命稻草，没有小曼的眷顾，志摩就像一具行尸走肉。小曼何尝不是如坐针毡，脸上笑容映射的是心中的伤痛。短短的几句话，完全可以体会处在热恋中的志摩敏感的神经。爱神志摩的情感太浓烈，诗人志摩不能没有爱情。

志摩对小曼说："眉，我的诗魂的滋养全得靠你，你得抱着我的诗魂像母亲抱孩子似的，他冷了你得给他穿的，他饿了你得喂他食粮——有你的爱他就不愁饿不怕冻，有你的爱他就有命！"志摩就是这样爱着小曼，她就是志摩心中的那块不可触摸的圣地。小曼那么高高在上，小曼的一个微笑都会让志摩心花怒放。

在这段苦恼的日子里，愤怒激发诗人经常写诗。每次写完，他就拿给小曼看。刚开始小曼还感兴趣，时间长了就有些不耐烦，或敷衍了事，或根本不看。这时，志摩就会有些尴尬，甚至难堪，就不再准备给她看。小曼与志摩在一起是因为那种诱人的情，甚至是因为新鲜和刺激，因为志摩与别的男人是完全不同的一种类型。

他懂得赞美，能够发现，会呵护、体贴，当这一切一旦得到或习惯后，兴奋与喜悦的情绪就会减弱。小曼并不真正喜欢文学，喜欢诗。她看诗，多是因为诗是诗人为她而作，是为了那种被特殊对待和赞美的感觉。如果诗人的每首诗都拿给她，让她看，她也会不耐烦，这一点志摩感觉到了。

现在志摩没有多余的情绪思考几年后的事情，他只想与小曼在一起，不管以后的生活会变成怎样，志摩总是抱着美好的理想。沉浸在爱情中的人都是盲目的，不会看见以后的苦难，只会看见希望和幸福。他们是才子佳人的组合，将会成为让人羡慕的神仙眷侣。

盛世欢歌，同往锦年

茫茫人海，千万次回眸，眼里只有一个倩影。死生契阔，与子成说。执子之手，与子偕老。爱情不是一句话，一个承诺，而是生生世世的守候。许久的等待与挣扎之后，爱情的光芒洒进了小曼与志摩的生命里。一场轰动北京的婚礼慢慢地拉开了序幕……

小曼与志摩的事情一直都没有进展，只好求救于老大哥胡适。胡适看着志摩可怜，就答应志摩去和小曼的家人提一提。胡适是志摩的知己朋友，志摩遇到困难总会想到他，胡适对志摩与小曼之间的事情也了解一些。他知道志摩对小曼的感情已经根深蒂固，小曼对志摩也是一往情深。他决定帮助这对真心相爱的人，希望他们能有一个美满的结局。

胡适来到陆家，见到了小曼的母亲，对她讲了志摩与小曼之间的故事。胡适告诉陆夫人，志摩是全心全意地爱着小曼，小曼就是志摩的一切。小曼对志摩的感情，还有她与王赓之间的问题，老夫人应该是知道。希望老夫人能够同情他们，让他们能够从此幸福地生活在一起。但小曼的母亲告诉胡适，王赓对小曼很好，对他们夫妇很孝敬，让她怎么开得了口。再说离婚这种事要是做了，还让他们老夫妇怎么见人，怎样在社会上做人！胡适确实无法反驳小曼母亲的话，他无功而返，志摩心灰意懒。他与小曼之间仿佛走进了死胡同，志摩已经束手无策。

志摩告别了小曼，踏上了前往上海的征程。之前，志摩心里记挂着小曼，一直待在北京，希望能够解决他们两人之间的事情。

事情最终还是没有解决，志摩想到了自己的父母，自从回国后还没有看望过他们二老，真是不孝。志摩就南下上海，一来是探亲，二来可以放松一下身心。

没想到志摩到上海的第三天，小曼与母亲也来到上海，因为王赓在上海孙传芳的五省联军中任参谋长，小曼写信告诉志摩这个消息，并且答应他绝不负他，让他按她的要求办事，还有不要到车站接她，听她的安排。小曼此刻心中已经有了主意，志摩就是她的精神支柱。

志摩却按捺不住一定要看见小曼，还是去了车站。小曼的母亲在车站看到志摩，十分生气，一看到他，带着小曼就走，没让他与小曼说一句话，而且训斥小曼不准再与他来往。志摩自找没趣，反而增添了不少烦恼。志摩没有想到小曼的母亲如此决绝，一点情面也不留给他。

三天后志摩给王赓写了一封信，要求去府上拜访，大度的王赓答应了志摩的请求，给了小曼与志摩单独说话的时间。小曼向志摩表白，她永远是他的，又偷偷地给了志摩两个吻，志摩这才定下心来。但小曼的母亲恨透了志摩。遇了陆家冷脸的志摩也恨透了小曼的母亲，说她母亲"横蛮得叫人发指"。志摩知道小曼的母亲永远不会支持他与小曼之间的爱情，小曼的母亲太固执了。陆曼华是古典大家闺秀，在她的心里女人的贞操是比生命更加重要的东西。女人一生只能坚守一个男人，一份情。

志摩约小曼与他的父母一起游西湖，但怎么也等不来小曼。原来小曼的母亲早已发现了他们的计划，把小曼看管了起来，不让她离开公寓一步。小曼不来，志摩无心游玩，路途中的美景只是让志摩更加痛苦。昏昏沉沉，打不起精神来，走到哪里想的都是小曼。

回到上海后，志摩几近万念俱灰，朋友们说他不是近痴，简直已经痴了。陷入爱情的人，会失去理智，失去自我，若是求爱不得一定会痴呆一阵子。更何况是两情相悦却不得正果的煎熬，这时他想起了泰戈尔的诗《世界上最遥远的距离》。

世界上最遥远的距离不是生与死，
而是我就站在你面前，你却不知道我爱你。
世界上最遥远的距离不是我站在你面前你却不知道我爱你，
而是明明知道彼此相爱却不能在一起。
世界上最遥远的距离不是明明知道彼此相爱却不能在一起，
而是用一颗冷漠的心对爱你的人铸成一条无法逾越的鸿沟。

这首诗正是志摩此时心情的写照。

志摩想起了刘海粟，他是一个靠得住的朋友。志摩去找刘海粟，可是见到刘海粟，志摩又踌躇了。刘海粟问他："你有什么心事？"志摩说："你看出来了？"刘说："你讲吧。"志摩说："我和她认识才两年多，现在已经不能自拔了。"志摩开始诉说他们的情感和目前有情人不能终成眷属的苦恼，他要刘为他想办法。刘很为难，因为三角恋情中的人，都是风云人物。志摩见刘面带难色，就说："这样下去，小曼是要愁坏的，她太苦了，身体也会垮的。"刘想起小曼多病的身躯，开始同情他们。他想想自己也是为了幸福和自由逃过婚的人，不能不帮志摩，于是血气方刚的他痛快地说：那我就去试试。志摩有了刘海粟的这句踏实话，就放心地回北京去了。

志摩回北京后，小曼与王赓却因一件偶然的事发生了冲突。有一天，上海的名门闺秀唐瑛请他们夫妇吃饭。当时有"南唐北陆"之说，南唐是上海的唐瑛，北陆指北京的陆小曼，两人都以美艳和善交际出名。王赓有事先走一步，但他不忘吩咐小曼不要单独随他们出去跳舞，看来他对小曼看得够紧。小曼本来就对他有情绪，现在他竟然限制她的行动，就产生了反感。当同伴约她外出跳舞时，她略有犹豫，但后来想想，我出去你又能把我怎样，赌气之下准备与朋友们一起去跳舞。正要上车时，王赓回来了。王赓看到她不听自己的话，自己对她没有一点权威，感到很失面子，气得满面绯红地说："你是不是人，说定了的话不算数。"周围的人看到王赓发脾气，纷纷溜走了，剩下没面子的小曼站在那里。小曼一看大家都给吓跑了，气得哭着跑回家中。回到家，小曼就哭着告诉母亲，王赓对自己的侮辱和看轻，并且声称非要回北京不可，绝不再回王家。母亲无奈，只好与小曼一起回到北京。回到北京之后，小曼又向父亲诉说自己的不平，父亲很气愤，赞成女儿与王赓离婚。

这时，刘海粟也来到北京，找到小曼的母亲。对她说："老伯母休怪我轻狂雌黄，我学的虽是艺术，但我也很讲实际。目前这样，把小曼活活逼到上海，又能解决什么问题？她和王赓就能白头偕老吗？小曼心里也苦，整日里跟你们俩闹的话，你们也得不到安宁啊！"小曼的母亲一听也是，就说："我们何尝不知道，可

民国三大才女：林徽因 张爱玲 陆小曼

是因为我们夫妇都喜欢王赓，才把亲事定下来的，我们对志摩印象也不坏，只是人言可畏啊！"接着她又说："老实说，王赓对我们两老还算孝敬，对小曼也还算厚道，怎么开得了口要他和女儿离婚？我这也是老生常谈了，但是人活着就是这么一个理儿啊。"刘海粟说："只要您能理解，王赓那里我去说。"于是商定由刘海粟陪小曼母女回上海。

志摩听到这个好消息后，高兴得像个孩子。他把希望寄托在刘的身上。刘说："志摩，你不要想得太乐观，这件事不是简单的。"志摩说："只要你肯用心去办，准能办好，我也只有把希望放在你身上了。"有趣的是，当他们到上海还未立定脚跟，志摩又追到了上海。

为了解决王赓、小曼、志摩之间的问题，刘海粟就在上海有名的公德林设宴请客。他请的主客，除了小曼母女和王赓外，还有歆海、唐瑛和杨杏佛，同时还请了李祖德，唐瑛的哥哥唐腴胪。志摩既是客位，又帮他张罗，亦有半个主人的地位。但是他尽量不使志摩太突出，以免使王赓不快，反坏了大事。这一桌酒席，充满了戏剧性。当时，志摩有些紧张，我们的女主角陆小曼的心情更不平静了。小曼在当时来说，确是个崭新的新时代女性。对王赓，她虽然始终缺乏绵绵情意，但是一直对他怀着三分敬意。聪明美慧的小曼，此刻自然对王赓的心情有深刻的体会，尤其是涵养甚深的小曼，在这种场合，绝对不会使王赓有难堪的感觉。她从容自如，仪态万方地坐在母亲身边，既有些腼腆，又有些矜持，她的任务是：既让王赓不觉得尴尬，更不能让志摩有得意忘形的举止。

刘海粟在祝酒时以反封建为话题，先谈人生与爱情的关系，又谈到夫妻之情应建筑在相互之间感情融洽、情趣相投的基础上。王赓也是极聪明的，终于觉察到刘的用意和这宴席的宗旨。他终于举杯向刘海粟、向志摩、向其他人，自然也向小曼，说："愿我们都为自己创造幸福，并且为别人幸福干杯！"宴会后，王赓推托有事，要小曼随老太太回去，他先走了。

这是志摩与小曼相爱以来第一次与王赓直接公开交涉，在此之前只是做小曼母亲的工作，却从没正面和王赓谈过此事。王赓当然是不肯放弃小曼的，他爱小曼，看重小曼。小曼是那个时代成功男人的理想妻子，能娶到小曼实不容易。但这次以后，他被迫认真思考他与小曼的婚姻，小曼既然已经铁石心肠，硬把自己与小曼拴在一起，也不是办法，更不会幸福，不如放小曼走，让她追求她的幸福去。于是在两个月后的一天，他对小曼说，如果她认为她和志摩在一起幸福，他愿意离婚。小曼听了他的话，抑制不住地哭了，一块石头终于落地。

她对王赓有感情，只是没爱情；王赓待她不薄，只是她不爱他而已，真的要离开王赓了，她反而觉得自己对不起他，但她实在没办法，只有离他而去了。王赓说："我祝福你和志摩以后能得到幸福，手续我会在几天后办好。"

王赓正逢多事之秋官司缠身。离婚的事在时日上又拖了两个月。1925年年底，李祖虞正式找王赓谈判，王赓在狱中签了离婚协议，这对王赓是一个沉重的打击，当时的他几乎失去了一切。

牢狱之灾，失妻之痛，这对于一个男人是莫大的打击。王赓的心一定是无比沉痛，此时的他已经无法选择。

小曼得到这一消息后，欣喜异常，小曼的母亲却很难过。小曼顾不得一切，急切地跑到北京去找志摩，要亲口将这个等待了许久的好消息告诉他。这时，志摩已经听从胡适等人的劝告，准备做点事情。事业是男人真正的战场，志摩想让自己成为小曼的骄傲。

9月底他回到北京，受众朋友委托，接办《晨报副刊》，并任北京大学教授。10月1日，志摩接编《晨报副刊》。10月5日，在《迎上前去》这篇著名的接编宣誓词中，他表明自己是怎样一个人，要办怎样一份报。他一向是做什么就全情投入的那种人，现在他要投入全部精力办报，绝不留后路。

在这篇文章中他一再告诉读者自己是怎样的一个人，他说："我是一只没笼头的野马，我从来不曾站定过。我人是在这社会里活着，我却不是这社会里的一个，像是有离魂病似的，我这躯壳的动静是一件事，我那梦魂的去处又是一件事。我是一个傻子，我曾经妄想在这流动的生里发现一些不变的价值，在这打谎的世上寻出一些不磨灭的真，在我这灵魂的冒险是生命核心里的意义；我永远在无形的经验的巉岩上爬着。……冒险、痛苦、失败、失望，是跟着来的，存心冒险的人就得打算他最后的失望……我的头是流着血，但我的脖子还是硬的；我不能让绝望的重量压住我的呼吸，不能让悲观的慢性病侵蚀我的精神，更不能让厌世的恶质染黑我的血液。厌世观与生命是不可并存的；我是一个生命的信徒，起初是的，今天还是的，将来我敢说也是的。我决不容忍性灵的颓唐，那是最不可救药的堕落，同时却继续躯壳的存在；在我，单这开口说话，提笔写字的事实，就表示后背有一个基本的信仰，完全的没破绽的信仰；否则我何必再做什么文章，办什么报刊？"

小曼爱着的人就是这样一个真挚、勇敢的斗士，小曼怎能不被他做人的信仰和热情感染？小曼更加迷恋志摩，他是一个真正的男人，不是世俗金钱的奴隶。志摩的心像玉石般坚韧，他有高尚的追求，没有奴颜，只为自己的信仰和真心活着。

1925 年年底，小曼终于离婚了。她从上海回到北京，急切地要见志摩。这几个月，他们失去了联系，小曼来到北京后，还不知道志摩住在哪里。经打听，才找到志摩。当她把这个等了很久的好消息告诉志摩时，志摩激动得不知该怎样表达才好。小曼最终没有辜负她的爱人，志摩为她而自豪。欣喜若狂的志摩高兴得跳了起来，他紧紧地把小曼抱在自己怀中，就像抱着自己的幸福。他终于争到了自己的幸福，得到了自己灵魂的伴侣，这是他一生最大的幸福。

离婚后的小曼终于实现了自己的愿望，可以自由地与自己心爱的人在一起。现在不再有什么人管束、限制他们了，他们快乐得上了天。这两个快乐的人决心白头到老。婚姻是爱情最好的归宿，因此婚姻自然而然提上议事日程。

当然能否结婚还要征求小曼父母的意见，这是必走之路。志摩还是委托胡适向小曼父母提出结婚的请求。现在，小曼的母亲当然不会反对，女儿已经离婚，离婚就是为了与志摩结婚，他们还能有什么意见？况且志摩对他们也是毕恭毕敬，忠厚孝道，他们当然愿意。只是得对社会有个交代，这有关陆家的脸面。因此小曼的母亲向胡适提出两个条件：一、要请梁启超为证婚人，以表明社会对他们的承认，好让他们以后在社会上能立住脚。二、要在北海公园图书馆这样高雅的礼堂举行婚礼。这样的要求几乎是一件不可能完成的任务。让梁启超证婚，几乎是不可能的事情，梁启超一直反对离婚再结婚的人，他十分不情愿出面做这种事。在北海公园图书馆举行婚礼，也是没有先例的。但为了志摩能实现最终的愿望和幸福，胡适答应尽一切努力去说服。

接着需要征求志摩父母的意见。这件事似乎并不容易，要比志摩想象得难。志摩以为父母爱他胜过一切，对于他的结婚请求肯定不会为难，结果志摩的父亲却十分顽固，坚决不同意志摩和小曼的婚姻。他反对的理由是：第一，小曼是有夫之妇，放着幼仪这样的一品夫人不要，娶一个二婚头，那是丢人败兴的事情，徐申如不高兴。第二，他耳闻小曼不是一个贤淑的女子，这样的女人根本不适合做徐家的媳妇，娶这样的儿媳妇，非他们夫妇之愿。第三，他认为陆小曼不会给志摩带来幸福和福气。总之，在徐申如的印象中，一个只会跳舞、看戏、打牌、吃酒、闹婚外恋的女人绝不会是什么好女人。他对陆小曼的印象太坏，十二分地不情愿接受这个媳妇，因此他百般刁难。

他说，志摩与小曼的婚姻需要征得身在德国的张幼仪的同意。虽然志摩曾与他多次说起，自己与幼仪几年前已在德国离婚，但徐申如不承认那次离婚的事实。因为那次离婚既没有征得父母的同意，也没在亲戚间有一个交代，这不符合中国传统的做法，因此不算数。这次志摩要和陆小曼结婚，必须征得幼仪的同意，在他的观念中，幼仪仍然是徐家明媒正娶的媳妇。如果幼仪不同意，他就不能同意志摩与陆小曼结婚。志摩无奈，只得听从父亲意见，写信给在德国的幼仪，请她回国，征求她的意见。1926年年初，张幼仪取道西伯利亚回国，先到北京在哥哥张歆海家住下，准备南归。志摩在老家硖石等着张幼仪，却左等右等也等不来幼仪。

等待小曼的这段日子里志摩天天给小曼写信，诉说他的相思之苦。虽然相思、等待是一场辛苦的事情，但是志摩的内心深处却是甜蜜的，因为这是充满希望的等待，志摩仿佛已经看见他与小曼幸福生活的样子。他告诉小曼，以前的思念都是苦涩的，现在却是带着幸福的思念，他让小曼也要放松心情，事情马上就能解决。他们要一起过只羡鸳鸯不羡仙的生活，小曼畅想着，等待着……

张幼仪到上海后，志摩也到了上海，开始他们这次不得已的谈话。那天张幼仪走进徐家住的旅馆后，深深地给老爷、老太太鞠了一躬，然后朝坐在沙发上的志摩点了点头。徐申如打破叫人紧张的沉默气氛，慢条斯理地说："你和我儿子离婚是真的吗？"这时，徐申如和老太太早已知道这件事，可是他们不管离婚文件写什么和徐志摩告诉他们什么，他们都要亲耳听张幼仪承认。张幼仪说："是啊。"徐志摩这时发出一声呻吟的声音，身子在椅子里往前一欠。徐申如显出一副迷惑的样子，听了幼仪的回答，他差点难过起来。徐申如问张幼仪："那你反不反对他同陆小曼结婚？"张摇摇头说："不反对。"徐申如把头一撇，一副对她失望的样子。从他的反应来判断，张幼仪猜他一直把她当作说服志摩痛改前非的最后一线希望。徐志摩高兴得从椅子上跳起来尖叫，乐不可支，忙不迭地伸出手臂，好像在拥抱世界似的，没想到玉戒从开着的窗子飞了出去。徐志摩的表情一下子变得惊恐万状，那是小曼送他的订婚戒指。总算过了幼仪这一关，志摩高兴得发狂。志摩认为这是最难过的一关，虽然幼仪已经与他离婚，但是幼仪曾经对他的心是真挚的，只是他们之间缺少爱情的因素。幼仪又是一个通情达理的女子，这才与志摩离了婚。志摩没有想到幼仪居然如此大度。

虽然过了幼仪这一关，但徐申如并没有痛快答应志摩的结婚请求。他与志摩做了一次长谈，又经胡适、刘海粟等人劝说，这才答应下来。一旦答应下来，做父母的还是愿意为儿子尽一份心，儿媳虽然不是他们满意的，毕竟是儿子成婚的大事。江南富商徐申如准备为新婚夫妇盖一所此地前所未有的豪宅，供这对新婚夫妇使用。这所房子到现在也还很气派、洋气，是中西结合，现代设施应有尽有的舒适住所。为了装修房屋，志摩在硖石住了好长时间，为新房购买所需物品。这对历尽磨难的人准备8月份正式结婚。

才子佳人，金玉良缘

才子佳人，金玉良缘，男女之间的缘分半随天意，半由人为。古往今来，长城内外，多少英雄儿女演绎爱情佳话。封建礼教禁锢不了人的灵魂，不知何时，追求自由的声音已经回荡于人的心间。荡气回肠的爱情已经开花了，小曼与志摩即将拥有他们梦寐以求的生活。

这场震惊北京的婚礼已经开始筹备，一对新人将踏上红毯接受众人的祝福，成为名正言顺的夫妻。双方父母提出的条件成为这场婚礼最大的阻碍，也成为大家的看点。毕竟他们走的是与众不同，违背常理之路。一个诗人与一个背叛丈夫的交际花之间的风流韵事，定会成为闲人茶余饭后的话题。两个有头有脸的人家定要想办法解决这个难堪的问题。希望世人的眼光可以转移，他们这场近似无理的婚礼能够得到大家的认可。

徐申如虽然答应让他们结婚，但他也有三个条件：一、结婚费用自理，家庭概不负担。这也是对小曼的制约，不想让她拿上徐家的钱在北京铺张浪费。二、婚礼必须由胡适做介绍人，梁启超证婚，否则不予承认，这是为徐家的面子考虑。三、结婚后必须南归，安分守己过日子，这才是真正的条件，用来限制小曼的生活。为了达到结婚的目的，志摩当时全都答应下来。现在他们需要立刻结婚，至于以后的事情，以后再慢慢解决。志摩想得过于简单，也为以后的生活埋下了祸根。小曼不可能以老人的意志为转移，新潮的陆小曼毕竟不是守旧的张幼仪。她只做她自己，接受过新思潮熏陶的小曼不可能做一个真正三从四德的儿媳妇。

　　小曼从离婚到结婚等了 8 个月，现在有情人终成眷属，他们俩高兴得不得了，把其他的一切全都抛在脑后。结婚本就是一件令人开心愉快的事情，加上小曼与志摩的婚礼是那么的来之不易，历尽了磨难，他们自是更加珍惜万分。

　　1926 年 8 月 14 日，即农历七月初七，传说是牛郎织女相会的日子，陆小曼和徐志摩在北海公园举行订婚仪式。据梁实秋记载：那一天，可并不静，衣香钗影，士女如云，好像有百八十人的样子。也许正因为有人反对他们的恋爱，他们才刻意布置了浩大的场面，邀请来众多的人士，既是庆贺，也是对他们婚姻的承认，可见用心良苦。当然更重要的原因在于小曼，她是北京城最有名气的名媛，结婚时震动四方的场面必须有，更何况她是二婚，要比前一次还风光才能交代得了社会。这一点，她是一定要讲究的，这是面子。

　　10 月 3 日，农历八月二十七日，孔诞日，他们在北海画舫斋举行了结婚典礼。志摩的父母没有来，只是来电说："余因尔母病不能来，幼仪事大旨已定，你婚事如何办理，尔自主之，要款可汇。"不管怎样，父母没来，对志摩和小曼，总不是一件愉快的事，也许这正是徐申如对他们婚姻的态度，不支持，但也管不了。这天，来宾总有 200 人，赵元任和陈寅恪专程从城外的清华赶去。金岳霖是伴婚人，按婚礼规定必须穿长袍马褂，金没有，"我本来就穿西服，但是，不行，我非穿长袍马褂不可。我不知道徐志摩的衣服是从哪里搞来的，我的长袍马褂是从陆小曼父亲那里借来的。"

证婚人是梁启超。做徐志摩与陆小曼的证婚人，梁启超是十二分的不情愿。因为王赓也是他的门生，他当证婚人不就是对王赓的打击，对志摩的支持吗？他怎能做这不仁不义的事情？重要的是，他一直反对徐志摩与张幼仪离婚，他对志摩的情感生活持有看法。更重要的原因是，他对陆小曼有成见，他不喜欢这种只知吃喝玩乐又讲排场的名媛作风。他喜欢女孩子既朴实，又有事业追求，对社会有一定的责任感，还要遵守社会礼法。他的女儿个个如此，他选择儿媳妇林徽因也是这样的标准，因此对志摩娶一个交际界的名媛做妻子，他持反对态度。更何况是夺人之妻，这人还不是别人，同样是他的弟子，对这件事，他可以说厌恶之极，让他做证婚人，他怎能没有情绪？但他还是来了，一是因为胡适三番五次地请求；二是对志摩这位弟子的呵护。可是他来了，就不能当和事佬，他要亮明自己的观点，起到先生教诲警醒弟子的作用。因此他说了下面这段绝无仅有的训词："徐志摩，你这个人性情浮躁，所以在学问方面没有成就。你这个人用情不专，以致离婚再娶。以后务要痛改前非，重新做人！……徐志摩、陆小曼，你们听着！你们都是离过婚，又重新结婚的，都是过来人！这全是由于用情不专，以后要痛自悔悟，希望你们不要再一次成为过来人。我作为徐志摩的先生，假如你还认我为先生的话，又作为今天这场婚礼的证婚人，我送你们一句话，希望这是你们最后一次结婚！"听到这里，徐志摩实在听不下去了，便走到梁启超面前低声说："请先生不要再讲下去了，顾全一点弟子的面子吧！"

梁启超在给梁思成和林徽因的信中写道："我昨天做了一件极不愿意做之事，去替徐志摩证婚。他的新妇是王受庆夫人，与志摩爱上，才和受庆离婚。实在是不道德之极。我屡次告诫志摩而无效。胡适之、张彭春苦苦为他说情，到底以姑息志摩之故，卒徇其情。我在礼堂演说一篇训词，大大教训一番，新人及满堂宾客无不失色，此恐是中外古今所未闻之婚礼矣。今把训词稿子寄给你们一看。青年为感情冲动，不能节制，任意决破礼防的罗网，其实乃是自投苦恼的罗网，真是可痛，真是可怜！徐志摩这个人其实很聪明，我爱他，不过此次看着他陷于灭顶，还想救他出来，我也有一番苦心。老朋友们对于他这番举动无不深恶痛绝，我想他若从此见摈于社会，固然自作自受，无可怨恨，但觉得这个人太可惜了，或者竟弄到自杀。我又看着他找得这样一个人做伴侣，怕他将来苦痛更无限，所以想对于那个人当头一棍，盼望他能有觉悟（但恐甚难），免得将来把志摩累死，但恐不过是我极痴的婆心便了。闻张歆海近来也很堕落，日日只想做官（志摩却是很高洁）。此外还有许多招物议之处，我也不愿多讲了。品性上不曾经过严格的训练，真是可怕，我因昨日的感触，专写这一封信给思成、徽因、思忠们看看。"梁启超的训词当时许多人虽然觉得过分，可事后志摩与小曼的情况却不幸被梁启超言中，却也是小曼不争气，不能有所改变，为爱努力做人。

或许真是当局者迷，旁观者清。志摩与小曼看不到他们的问题所在，被爱情冲昏了头脑。每一个决定都要付出相应代价，爱情、婚姻亦是如此。志摩不顾一切地爱上小曼，一切的欢乐与痛苦就已经开始。王赓被迫离婚，痛不欲生，双方父母寒心。虽不一定有因果报应，但是人心中沉寂的情愫，却不知何时何地就会爆发。

志摩非达官贵人，也非富商大贾，以一般人的看法，志摩应该找一个贤惠的妻子。可志摩是个热情的人，他找妻子是找爱，而不是传统意义上的贤妻。小曼多么妩媚，多么可爱，虽然喜欢挥霍，有许多不良的生活习惯，但志摩相信，因为有爱，今后通过他的调理，小曼会变成他希望的那一类女人。一般人认为，像志摩这样的文人、教授的理想太太应该是凌叔华或韩湘眉那样有学问、有教养，既能教书、办报、写文章，又能相夫教子，上上下下打理得妥妥当当，上得厅堂，下得厨房。再不济，也得找一个像胡适夫人那样的旧式女人，虽然没有什么学识，但贤惠娴熟，可以把男人伺候得舒舒服服，让男人安心做事奔功名，每个成功的男人后头，都有一个这样的贤内助。当时文人、学者的妻子，大多是像冰心、杨绛这样的知识女性。但志摩和一般人的理念不同，他求的不是现实，而是浪漫。总之，一般男人认为，理想的夫人能在精神和实际生活中助男人成功，能吃苦，能牺牲，以男人为中心，围着男人转，需要的时候首先牺牲自己，成全丈夫。

用这样的标准衡量小曼，小曼或许并不符合。因此除了胡适、金岳霖等少数朋友外，大多数的朋友认为徐志摩是胡闹，是发了爱恋狂，是神经病。陆小曼这样的女人最适合做官太太，现实一些，陆小曼做王赓的太太最适合不过，有名有实。可惜小曼不满足，这也是小曼不理性的一面，或许也是小曼可爱的一面。小曼的母亲说，志摩和小曼互相害了对方，互为因果，这是知情者的中肯之语。

小曼的母亲毕竟是一个经历过风雨沧桑，读过圣贤书，相夫教子一辈子的女人。她知道男女之间的相处之道，虽说吴曼华是一个旧式的女人，但也是极聪慧的女人。事物的本身就处在不断变化之中，万事皆在变，但有一些东西仍然根深蒂固，雷打不动。那就是人的性格，小曼的性格从小如此，一直未曾改变。一时的爱情能让她收敛自己的脾气秉性，天长日久一切坏习惯都会慢慢地浮出水面。到时候，现在恐怕就是爱之深，责之切。小曼的母亲早已料到小曼与志摩之间的问题，但是她还是希望女儿的这次婚姻能够像期盼中的那样美好。

志摩 31 岁了，他还没有真正拥有过一个女人，虽然十年前他就结婚了，但那不是他喜欢的女人。徽因是他理想中的爱人，可他没有福气享受。只有小曼才是他爱、爱他，他也能得到的女人。一个情感丰富、感情热烈的诗人，到了 31 岁才有了自己喜欢、属于自己的女人，他怎能不珍惜？拥有小曼是他最大的满足，是他人生的成功。1926 年 10 月，志摩与小曼正式结婚，依父母之命带小曼南下。在途中，他感慨地写道："身边从此有了一个人，究竟是一件大事情，一个大分别；向车外望望，一群带笑容往上仰的可爱的朋友们的脸庞，回身看看，挨着你坐着的是你这一辈子的成绩，归宿。这该你得意，也该你流出眼泪，前途是自由吧？"

志摩与小曼的眼中满是幸福，现在可以毫无避讳地依偎在一起，是他们共同努力的结果。他们终究没有让这段圣洁的爱情灰飞烟灭，他们成功了。他们此刻是世界上最幸福的人，他会成为小曼引以为豪的丈夫，并一如既往地疼爱小曼，关心小曼。时间能够消磨人的热情，但是丝毫也不能伤害他们的感情。这是志摩对小曼的许诺，作为一个男人的承诺。

夜里，小曼有时会自己醒来，看看身边这个男人，心里便会踏实许多。这就是小曼要的生活，有一个爱自己、懂自己的男人，日日陪伴在身边。她知道这个男人不会因为工作冷落自己，不会让自己尝尽孤独的滋味。这是神仙般的生活，没有人不贪恋。

刚刚结婚的几天，他们一直忙着答谢曾经帮助过他们的朋友们。志摩与小曼一一拜访他们，表达他们的谢意。尤其是胡适，他就像是志摩的亲人一般，只要是志摩的事情，他就全力帮助。当他看见这对新人的时候，他表示祝贺，说他们两个是有情人终成眷属。但是，他们两个都是二婚，加上小曼与王赓的事情，所以胡适希望他们两个能够珍惜彼此，做一对要好的夫妻，不要让世人看了笑话。志摩与小曼，表明了自己的立场，知道自己的处境，他们一定好好生活，做一对恩爱夫妻，直到永远。这是他们两个的承诺，也是他们的真心。

志摩对小曼是极好的，总是嘘寒问暖，时刻注意小曼的情绪。虽说小曼从小娇生惯养，但是志摩这般的用心，小曼还是非常感动，以前所受的煎熬、痛苦都已经不重要，现在她身边的这个男人能够弥补一切的缺憾。与志摩在一起，小曼有一种说不出的亲切，她不会害羞，不会不好意思，有什么话，什么要求都会很自然地说出来。志摩总是把她的要求当作圣旨一般对待。喜欢吃的、用的，没有不称心的，志摩都一一替小曼置办。

小曼时常依偎在志摩的怀中撒娇，志摩年长小曼好几岁，他既是小曼的丈夫，又把小曼当作妹妹一样呵护。爱情甜蜜时，男女之间往往就是这样，分不清是爱情还是亲情，就是互相爱戴，超出常人千万倍。新婚宴尔，心情自然不是一般的好，他们两个人的新房中时常会传出银铃般的笑声。志摩这位浪漫的诗人，很会讨好女人，小曼是他的妻子，他更是不遗余力讨她欢心。小曼沉浸在志摩的爱情之中，就连天气也变得那样美好。有太阳的时候是阳光明媚的好，下雨天是烟雨蒙蒙的好。就算是令人心烦的阴天，也充满了诗情画意。

志摩与小曼都有自己的宝盒，他们将自己的宝盒打开，相视一笑，原来这些都是他们之间来往的书信和赠送的东西。现在念起那些信还是有些心动，小曼撒娇让志摩亲口念给她听，志摩也有些含羞了，当时就是一气呵成，没想到现在读起来那么强烈。志摩还是依了小曼，读起了那些曾经的情书。

这样的良辰美景让人陶醉，小曼与志摩一直沉浸在这种美好的氛围中。志摩知道小曼有绘画的天赋，就鼓励小曼，眉啊，女人应该有自己的情趣，自己的志向，这才是新时代的女性。眉，你有这样的实力与气质，何不将你的天赋全数发挥出来，岂不是一桩美事。小曼点点头，答应了，只要是志摩希望自己做的，小曼一定会全心全意地去做。当时的小曼已经被志摩的柔情俘虏，她失去了自我，不想再进入社交场所，她想一辈子与志摩相守，不受外界的影响。可是与世隔绝，这又谈何容易。人生于这个世界上，就注定要与形形色色的人打交道。想将自己孤立，那是不可能的事情。

小曼与志摩的甜蜜日子让人羡慕，刚结婚的日子是小曼与志摩最幸福的时刻。志摩有时候想，就算是死也是知足了，此生能够拥有小曼，是上天的恩赐。塞翁失马焉知非福的故事，一直流传至今，自有它的道理。幸福的生活，轰轰烈烈的爱情里却隐藏着灾难，无人能料。

打开窗，满园景色皆是春……

前尘尽散，不许人间见白头

　　小曼要过自由自在的生活，这是她的生活理念，不管与谁生活在一起，都无法改变她的这一人生态度。她不想因为一个男人而变成守旧的女人，失去自我。能理解她这种人生态度的人，与她相处自然愉快；如果干预、反对她的人生态度，自然最终只能变成冤家。

北雁南飞，世外桃源

美丽的风景，甜蜜的生活，小桥流水，烟雨朦胧。由北向南，一路美景，眼花缭乱。北国山水壮阔，像一个雄壮的男人；南方清风细雨，像一位惆怅的女人。身处大好河山，心在沉醉，眼已迷离。如诗如画，却更胜一筹。

走，走，一直走。眼中只有你的身影……

新婚之后，小曼跟随夫君徐志摩从京城出发到江南的一个名叫硖石的小镇完婚并拜见公婆。小曼被一路的美景吸引，她快乐得像一个小孩子，一直喋喋不休地对志摩讲着自己的感受。小曼说自己从未有过这样快乐的时光，感觉好轻松，没有压力和束缚，好久都没有这样的心情。志摩给了小曼重生的机会，"志摩从此你就是我的全部，我的天。我此生就指着你活。"小曼紧紧地抱住志摩，害怕他就像一阵风，一场梦。梦醒时分，还是自己一个人。志摩安慰小曼不要想太多，要珍惜现在的幸福。他们能够在一起不容易，历经了多少挫折与苦难。现在都不敢回头想，生怕幸福就是长着翅膀的小鸟，一眨眼就不见了。人总还是这样的，越是幸福得极致，越会患得患失。

小曼是一个典型的新潮人物，但是不管她接受过多少新思想，为了自己心爱的人，赢得公婆的喜欢，还是有必要的。爱屋及乌，这是一种爱情的情绪，何况是爱人的父母，一定要当是自己的亲人般爱戴。小曼心里有点害怕，担心志摩的父母不喜欢她这样一个女人。但是志摩安慰小曼，"我的父母疼爱我超过自己，我爱的人他们一定会喜欢的。"小曼心里充满了担忧，她希望他们能喜欢她，她愿意放下自己的架子，讨他们的欢心，她相信自己能令公婆满意。小曼说："结婚后我们的快乐就别提了，我们从此走入了天国，踏入了乐园。"在北京结婚，一同回到家乡，度过了几个月神仙般的生活。

能够得到爱人，这是人生最大的乐事。志摩心中的女神，就是小曼这样的女人。思想新潮，博古通今，多才多艺，还能理解他作为诗人浪漫的情怀与抱负，不必对他百依百顺，那样的女人就像是一个花架子，反而没有意思。但是必须与他有共同的思想，脑中无物的女人，志摩一点兴趣都没有。小曼与志摩心中的形象完全吻合，志摩的心被小曼深深地吸引。

志摩更是小曼心中理想的男人，懂得浪漫，明白女人的心，对自己堪称无微不至。这样一个男人，自己还有什么好挑剔的。志摩与王赓最大的区别就是，志摩永远把她放在第一位，不贪图名利，只做自己喜欢的事业，身上没有丝毫的铜臭味，这是志摩的优点，到最后却成了他致命的缺点，这就是人生，没有定数。善恶、好坏都在命运的轮回中时刻转变着。优点与缺点又有谁能够说得清？

此刻，他们是最快乐的人儿。什么闲言碎语，什么世俗道理都已经变成了遥远的声音。志摩与小曼拥有彼此，真切地感受到对方的存在。爱情走到现在已经完满。他们现在就是要将自己的爱情升华，让这份圣洁的爱，真正成为自己生活的一部分，生命的原动力。美丽的风景，世间万物开始锦上添花，变得更美了。

他们先到了上海，住在上海新新旅馆，一个很普通的旅馆。这个普通的地方也成为他们的浪漫驿站，一份不可或缺的回忆。志摩独自回到硖石，看新房施工情况。小曼一个人待在旅馆，她就像普通的妇人一样，等待着自己的男人回家。小曼现在的状态一点也不像一个名媛、交际花，俨然就是一个贤妻良母。温柔是女人的天性，没有女人不懂柔情，只是女人的本性只有在遇上心灵深处的那个人时才会慢慢展现出来。在志摩的眼中，小曼越发美丽了。志摩告诉小曼："你就是我今生的宝藏，用什么都换不走。"

　　志摩看完新房的施工情况，就很快回到上海，因为他太思念小曼了，现在他已经离不开这个小女人了。他与小曼移住到朋友吴德生家暂住。吴德生对志摩和小曼十分好，一切都照顾有加。在吴家的这段时间虽然是寄居，总有一些不便，但是生活得还是很好，衣食方面的事情，吴家料理得十分周到。志摩与小曼住了一段时间后，志摩征求小曼的同意，前往老家硖石看望自己的父母。这是他们结婚后的头等大事，因为志摩的父母没有参加他们的婚礼。志摩与小曼拜别吴德生，开始踏上了前往硖石的路途。

　　志摩带小曼回硖石，想着这是一个一石四鸟的行程。一是为了带着新婚妻子履行拜见父母的仪式；二是尽儿子的孝道；三是为了讨父亲的欢心；四是想清静地过一段田园风光的生活，写些诗。小曼很支持志摩的想法，毕竟自己想过上简单幸福、受到家人祝福的生活。志摩的父母以后就是自己生活中不可缺少的人。小曼想做一个讨公婆喜欢，孝顺的儿媳妇。这也不枉费志摩对自己的情意。志摩是一个极孝顺的人，志摩信奉"百善孝为先"的古语。志摩告诉小曼这次他们的婚礼已经伤了二老的心，不能再让他们操心了。

陆小曼。

小曼心疼志摩，所以小曼下定决心要放下自己所有的大小姐脾气，做一个贤良淑德的女人。她想和以前的自己告别，以前是年少无知，现在已经是别人的妻子。与王赓的婚姻，让她成熟了不少，她也学会了不少礼数。小曼告诉志摩，她一定会尽力让两位老人高兴，小曼让志摩不要担心，她相信自己有这样的实力。

11月16日，新婚夫妇回到硖石，住进父亲给盖好的漂亮、舒适的新居。志摩在写给张慰慈的信中详细描述了回到硖石的情景："上海一住就住了一月有余，直到前一星期，我们俩才正式回家，热闹得很啊。小曼简直是重做新娘，比在北京做的花样多得多，单说磕头就不下百外，新房里那闹更不用提。乡下人看新娘子那还了得，呆呆的几十双眼，十个八个钟头都会看过去，看得小曼那窘相，你们见了一定好笑死。闹是闹，闹过了可是静，真静，这两天屋子里连掉一个针的声音都听出来了。我父在上海，家里就只妈，每天九点前后起身，整天就管吃，晚上八点就往床上钻，曼直嚷冷，做老爷的有什么法子，除了乖乖地偎着她，直偎到她身上一团火，老爷身上倒结了冰，你说这还是乐呀是苦？"

究竟应该是乐吧，志摩一定享受在其中。能够成为心爱的女人的依靠，不是所有男人都有这样的福气。志摩觉得自己是世界上最幸运的人。患难见真情，小曼就算是多么艰难也没有抛弃自己。志摩要加倍地对小曼好。小曼以后就是自己的女人，没有人会比自己更加疼爱小曼。小曼吸尽自己身上的温度算什么，就算是要付出他的生命，志摩都是愿意的。

志摩是为了讨父亲的欢心才回老家硖石的，他也准备在硖石多住一些日子。他在写给张幼仪的信中说，他准备在硖石隐居，好在硖石有他喜欢的蟹和红叶。回硖石之前在上海的日记中写道："蜜月已过去，此后是做人家的日子了。回家去没有别的希冀，除了清闲，译书来还债是第一件事，此外就想做到一个养字。在上养父母（精神的，不是物质的），与眉养我们的爱，自己养我的身与心。"志摩喜欢这种田园式的生活，让他身心完全放空，这样他才能写出更好的诗句。如果一切都像是料想的那样，一切都只如初见，那该有多好？

可是回家之后才过了一个月，志摩的父母就因为看不惯小曼的行为做派而离家出走。这"上养父母"首先失败了，自然也没有讨得父母的欢心，而且与父母不欢而散。志摩的父母没有正面批评小曼的行为，只是用出走表明他们的立场。他们的生活里绝对容不下这样的儿媳妇，这是怎样不懂妇德的女人，让人发指。

小曼也是那样的令人失望，任性过头的女人，一点也不可爱，会让人觉得反感。作为一个历尽千辛万苦才在一起的人，怎么不能暂时收敛一下自己的性子，却只能做一些惹人厌烦的事情，让志摩两头为难。徐家二老不喜欢小曼，小曼是知道的，但是她并没有因此而掩饰自己的个性。或许她是一个真性情的人，或许她就是一个恃宠而骄、自私无比的人。没有人能给小曼一个准确的定位，就连志摩也一定被小曼的好与坏折磨着。

　　志摩父母与小曼住了一个月后，摩擦越来越大，各自长期在不同的环境中生活，不合之处自然不少。他们看不惯小曼的言行，离开老家到了天津。在天津，他们给在北京的干女儿幼仪发了电报，要她速带一女佣来天津某旅馆相见。幼仪立即赶到天津，张幼仪到天津以后，看到老爷和老太太非常烦恼的样子。老太太想起与小曼见面的情形，怒发冲冠地说："陆小曼竟然要求坐红轿子！"这种轿子需要六个轿夫扛，而不是两个人抬的普通轿子，而且一个女人一生只坐一次。可见老太太也是一个被传统思想禁锢了头脑的人。老太太话讲太快，声音都发起抖来了。她继续讲："吃晚饭的时候，她才吃半碗饭，就可怜兮兮地说：'志摩，帮我把这碗饭吃完吧。'那饭还是凉的，志摩吃了说不定会生病啊。"

　　这是志摩的母亲找出了两件她极不能接受的事情讲给张听，或许她还有千百件看不惯、不喜欢的事情。也许小曼的任何一个举动老妇人都不喜欢，已经产生的印象很难改变。一个守旧的，大门不出二门不迈的女人，最接受不了这样的女人。她的思想已经稳固的存在，这辈子都很难改变，她对小曼有偏见这是理所应当的事情。

接着徐申如说："现在，你听听陆小曼下面说什么，吃完饭，我们正准备上楼休息的时候，陆小曼转过身子又可怜兮兮地对志摩说：'志摩，抱我上楼。'"老太太差不多是尖叫着说："你有没有听过这样懒的事情？这是个成年女子呀，她竟然要我儿子抱她，她的脚连缠都没缠过。所以，我们就到北方来找你啦，你是我们的干女儿嘛。"如果一个人先存了偏见，那对方的所有行为他都看不惯，志摩父母与小曼的矛盾大概就是这一类。张幼仪把二老带到北京她自己的家中住下。

小曼的身上也有不小的毛病，以前他对于王赓的父母没有太上心过。王赓的父母也不会有这样的架子，毕竟陆家比起王家也算是更胜一筹，当初王赓也是费了很大的力气才娶到小曼。虽然王赓是少年才俊，但是家境不如小曼家殷实。王家的父母就算是心里不高兴也从来没有挑剔过小曼。而且，小曼的父母与王赓的父母关系融洽，小曼对于公婆关系上并没有什么经验。更何况，从一开始徐家的二老就对小曼存在看法，这就更难了。

住在硖石小镇的日子里，小曼不能入乡随俗，一切按北京的排场要求，什么都讲究名牌，这让公婆气愤，这样的儿媳妇根本不是他们想象中的儿媳妇，他们当然看不惯，而且认为小曼根本不懂体贴他们的儿子，而是专门折磨他们的儿子的，他们自然反感。

这是所有父母的心理，一个挥霍无度的女人，一个只会吃喝玩乐的女人，没有父母会喜欢这样的儿媳妇。小曼成为那个小镇里人们茶余饭后的谈资，自然不是什么好话。北京算是个早就被文明净化的地方，那里的人们都难以接受小曼的行径，偏远小镇的人们更是看不起这样的女人。排场越大，讲究越多，越让人在背地里谩骂。女人都说，什么东西，还以为自己是皇贵妃，就是一个交际花。志摩娶了这样的女人，真是徐家的不幸啊。

他们说的也有道理，小曼这样的女人，任何男人都不能牵绊住她。志摩只是暂时得到了她的垂怜，她的一时欢乐。终究，她的坏习惯慢慢浮出了水面。父母已经因为这个他深爱的女人离开，他不能不正视这样的问题。但是，爱情的力量还是支持着志摩，他想，小曼不会一直这样，她还像个孩子一样。总有一天会好起来，他们会过上平静的生活。

12月间，北伐军渐渐逼近，孙传芳的部队加紧备战，硖石一带处于战线的中心，一天也住不下去了，志摩与小曼仓促乘船到了上海。归隐和过田园生活的美梦破灭了，和小曼这样在大城市长大的名媛在一起生活，想归隐和过田园生活，本身就是笑话。紧张的局势只是他们离开硖石的导火线，离开是迟早的事情。

乡下的生活根本不能满足小曼对于交际的需要，只有北京、上海这样的城市才是名媛渴望的故乡。住了一个多月小曼已经开始厌烦，志摩只是让她拿起画笔，自己则是看书、写诗。小曼觉得这样的生活十分无聊，小曼发现自己已经没有太多的乐趣去作画，没有那种情绪。自从离开学校，小曼就已经少有这种作画的情绪。

欣赏风景也是暂时的，那样的小镇，虽然如画般美丽，但是如果读不懂，就会很快变成穷山恶水，没有一点意义。小曼本就是一个心性浮躁的人，更是受不了志摩心中所谓的田园风光。对于小曼来说，这就是乡下，要是待一段时间还行，长期下去，小曼觉得自己一定会疯狂。

离开，离开他们曾经最原始的幸福……

芥蒂渐生，深情何赋

　　小桥流水近人家，情到深处化泪珠。生生世世的约定，今生已经远惆怅。你的身影便是指路明灯，照亮了我前进的路。岸边的绿柳依然柔美，白色的柳絮轻轻地飘落。我依然是我，你还是当初的你吗？爱情与现实的斗争，从古至今都是如此惨烈。

　　志摩是浪漫主义诗人，他所憧憬的爱，是虚无缥缈的爱，最好永远处于可望而不可即的境地，一旦与心爱的女友结了婚，幻想泯灭了，热情没有了，生活便变成白开水，淡而无味。小曼心里是这样认为的：志摩对她不但没有过去那么好，而且干预她的生活，叫她不要打牌，不要抽鸦片，管头管脚，她过不了这样拘束的生活。她现在就像是笼中的小鸟，她很苦恼，她要飞，飞向郁郁苍苍的树林，自由自在。

　　矛盾开始浮出水面，他们这次的硖石之旅，仅一个月的时间志摩父母因为看不惯小曼的行为做派，愤而出走。这就是小曼后来说道的不到三个月就出了变化，他的家庭中，产生了意想不到的纠纷。志摩绝对是一个孝子，他忍受不了父母受到这样的打击，有时候暗自自责，都是因为自己盲目的爱情，才让已经这般年纪的父母离家出走。志摩理解老人的心，他们一定是心疼自己，希望自己能过上幸福的生活。想是他与小曼，眼前的一切景象让他们失望透顶了。

　　志摩还是一如既往地爱着小曼，他们的爱情从来没有改变。只是现实让他们的爱情变得脆弱，打着爱情的旗号走到一起的人，要是没有爱情的支撑，将如何继续？志摩坚持自己的爱情，就算是遇到现实的阻力，他也要继续下去。他们已经没有任何退路，只能这样爱下去。小曼沉浸在志摩为她营造的安逸氛围之中，根本没有感受到危机。她还是随性地生活。

从这时开始，志摩父母对小曼不再有好感，他们与小曼之间的关系已经雪上加霜。徐申如夫妇离开硖石时太匆忙，没有安排志摩夫妇的日用花销。也许是因为讨厌陆小曼什么都要高档、外国的，不愿在经济上支持她的这种奢侈、挥霍，有意不给他们钱财。按说这个时候他们已经把家分作三份，张幼仪可以从家族生意中每月支取 300 元，但志摩夫妇好像一直没有这笔钱，这显然是徐申如的有意控制。因此当志摩夫妇仓促逃离硖石时，竟没有路费，也无权从家族公司中支款，这些恐怕都是朝着小曼来的。志摩不得已向舅父沈佐宸借款方得成行。

这种经济上的封锁，激化了小曼与志摩之间的矛盾。小曼难改挥霍的习性，失去了父母的支持，强大的经济压力就落在了志摩的肩上。小曼是一个骄纵惯了的人，只要有施展的机会，她一次也不肯放过。志摩就一直在为这个娇贵的女人埋单，毫无怨言。

小曼的心里无时无刻不爱着志摩，但是她就是这样的性子，改变不了。她需要鲜花簇拥的生活，不进入舞池，挥洒自己的舞姿，她觉得自己就失去了活着的意义。她本以为志摩那么疼爱自己，一定会支持自己这样的生活，至少志摩不会阻拦自己享受快乐。她想两全其美，既得到志摩的爱情，又能活跃在社交圈里。

这就是小曼想要的完美生活，但是世间十全十美的事情太少了。有时候必须要做出选择，鱼和熊掌不可兼得。

到了上海后，他们的经济状况更糟。先是住在通裕旅馆——一家普通客栈，生活很不方便。为了舒坦一点，随后搬到宋春舫家。这确实没有办法，他们的经济实在是存在着危机。在上海没有现成的房子，一时间又找不到合适的租用。就在那个客栈里凑合，小曼和志摩都受了一些苦。他们都是大家出身，尤其是小曼，一直都是锦衣玉食，她根本就不知道落魄的生活是什么样子。住在这样的小旅馆里也实属无奈，都是为了志摩。当小曼因为这样的生活发脾气时，志摩总是耐心地抚慰她，告诉她一切都会好的，让小曼再坚持一段时间。

还未搬家时，志摩在给幼仪的信中说："知道你们都好，尤其是欢进步很快，欣慰得很。你们那一小家庭，虽是新组织，听来倒是热闹而且有精神，让我们避难人听了十分羡慕。你的信已经收到，万分感谢你，幼仪，妈在你那里各事都舒适……我不瞒你说，早想回京，只是走不去，没有办法。我们在上海的生活是无可说的……破客栈里困守着，还有什么生活可言。日内搬至宋春舫家，梅白路六四三号，总可舒坦些！"

结发夫妻，原配离婚后，还是会有感情。只是这种感情一般都是亲情，互相之间就如同亲人、知己般亲切。志摩与幼仪之间就是这样的关系，虽然离婚了，还是互相关心，彼此照顾。当志摩执意要与小曼结婚的时候，幼仪没有反对。因为幼仪不是站在前妻的立场，而是朋友的立场看待这件婚事。既然志摩这么执迷不悟，一定深爱着那个女子，一辈子遇上真爱也实属不易。她就摆明了自己的立场，因为她了解志摩的为人。就算当时她反对，志摩还是不会打消迎娶小曼的念头。幼仪看了志摩写的信，心里有一丝丝酸楚，她也不知道志摩这次娶的女人是否能给他带来幸福。

到了上海之后，志摩一时找不到理想的事做，先是想通过恩厚之的帮助，与小曼一起到国外读几年书。通过胡适的周旋，泰戈尔的秘书恩厚之答应给他们一笔钱。可当恩厚之寄来旅费后，他又不去了，原因是小曼体弱多病和其他的原因，志摩也只好放弃。如果他们当时按照原计划出国了，后面的故事也会不一样。国外的生活更适合他们两个人，没有世俗的烦恼，在异国他乡没有人知道他们的过去，也没有人会反对他们，针对他们，一切会慢慢地好起来。再说只要小曼脱离那个令她浮躁的环境，没有办法进入交际圈，她的心也会慢慢地沉静下来，好好地生活，好好地作画。

外国不去了，志摩开始在上海找事。为了生存，在光华大学找了一份教职，又在法租界找到一处住宅，到此他们夫妇总算在上海安顿下来。小曼后来在文章中写道："离开家乡逃到举目无亲的上海来，从此我们的命运又进入了颠簸，不如意事一再加到我们身上。"爱情的光环渐渐褪去，小曼也很苦恼，这段时间她受到了前所未有的苦。在自己家里的时候那就不用说了，每天都是富足的生活，从来就没有为钱发过愁。后来嫁给王赓，虽然他们之间没有激情，没有缠绵，但是她的生活依然衣食无忧，现在居然过上了几近贫困的生活。

在上海受了几个月的煎熬，小曼染上一身病。小曼本来身体就不好，她黑白颠倒的生活方式，与王赓离婚的种种坎坷，都加速了她身体的疾病，越发不好了，后来的几年中，小曼每日与不同药炉做伴。小曼最害怕中药的那种味道，不喝已经感觉到苦了。这样的苦药她每天都要服用。拖着生病的身体，小曼的情绪更加不好，时常摔东西，有时候刚熬好的药，就被她一发脾气摔在地上。

小曼想自己的身体照顾不了志摩，志摩也得不着半点的安慰，小曼一直觉得对不起志摩。在上海的这些日子，跟着志摩，小曼吃了一些苦，等到在上海法租界安顿好后，他们就进入安家立业的生活。他们婚后一直没有安定下来，不是住旅馆就是住别人的家里。现在终于有了一个还不错的固定居所，小曼与志摩都非常开心。

在上海，小曼很快如鱼得水，欢畅自如，再没有先前的愁苦相了。而志摩却在写给胡适的信中说，他不喜欢上海这个地方。他在日记中写道："我想在冬至节独自到一个偏僻的教堂里去听几曲圣诞的和歌，但我却穿上臃肿的袍服上舞台去串演不自在的'腐'戏。我想在霜浓月淡的冬夜独自写几行从性灵暖处来的诗句，但我却跟着人们到涂着蜡的跳舞厅去艳羡仕女们发金光的鞋袜。"这就是志摩最真实的内心，只是小曼没有意识到志摩的不快。她还是过着自以为充满乐趣的生活，她以为志摩与自己一样享受上海繁华的生活。

当快乐的小曼拽着志摩唱戏、跳舞时，他不仅没有感到快乐，而且感到十分烦恼和厌烦，因为这不是他要的生活，是小曼要的生活，可他却必须跟着过这种生活，而他想过的却是另一种有作为的生活。他喜欢真实的生活，在志摩的心里，社交生活只是浮躁生活的一角，多则无益身心健康。那样的生活里，志摩没有灵感，他写不出任何有质感的句子。志摩想要浪漫的生活，那是真正的浪漫，完全是精神上的享受。不是这种物质堆积起来的假象，越是热闹非凡的聚会，空虚的灵魂就会更多。

志摩想回到以前的生活，虽然是孤独的，但是他却是自由自在地追求自己所崇尚的艺术。他现在已经开始因为生计和钱财发愁，一路走来三十多年，徐家虽不是什么大富大贵的人家，但是志摩一直过着衣食无忧的生活。父母对志摩的爱，志摩深深地记在心中。现在因为自己娶了小曼，家中已经不再那么慷慨地提供物质帮助。其实以他自己的能力以及在文学界的影响力，过上普通人家的生活没有问题。小曼是名媛，普通的生活根本不是她的追求。她希望轰轰烈烈地生活，不想做一个普通的女人。每天大门不出，二门不迈，那样的日子不是生活，是坐牢。志摩需要更加努力地工作，为自己妻子昂贵的生活埋单。

志摩是诗人，多情浪漫，容易对女性产生感情。他有精神洁癖，注重精神生活，喜欢大自然，与小曼喜欢热闹的社交生活有本质的不同。志摩是理想主义者，他认为，只要她爱他，将来一定能让她与他志趣相投，但事实证明这是不可能的。两个人的目标不同，生活中就少不了摩擦和失望。

田园蜜爱是恋爱初期陷在爱情里的二人世界。进入现实生活，爱情就会慢慢开始变化，生活琐事开始与爱情一决高下，没有任何人的爱情能够抵抗得住时间的消磨，只是有的爱情会随着时间的推移，变成无人取代的亲情。相濡以沫的生活是夫妻的必经之路，没有人能够轰轰烈烈一辈子。

小曼与志摩的爱情更是一种精神层次的追求，他们之间的感情没有掺杂任何物质因素。小曼头也不回地离开了王赓，放弃了官太太的生活投入了志摩的怀抱。志摩不顾前途与小曼这样的女人结婚，他们真心相爱，感动了身边的人。只是他们的爱情依然是镜中花，水中月。虽然美好，但是终归是不实际的东西多于现实。他们根本没有考虑两个人存在的差异，只是觉得爱情已经占领了高地。没有闲暇的时间和精力想这些事情。现在他们之间生活态度的差异已经开始影响他们的感情。

小曼喜欢城市生活中灯红酒绿的沉醉与刺激，喜欢那种像吸了鸦片一样的兴奋、享受的感觉。到 1927 年，她已经过了 8 年这样的生活，这种生活已经成为她的习惯，积 8 年之久的习惯和生活方式，已经成为她精神和心理的需要。冰冻三尺，非一日之寒，要想改变非一般意志所能为。她觉得这种生活很愉快，希望这样快乐的生活永远继续下去，因为她还年轻，她要享受生活。

志摩开始干涉她的生活，经济原因是一方面，小曼的身体实在是不好，她现在已经离不开药罐子，就像林妹妹一样。但是小曼却不知道爱惜自己的身体，一直在任由自己的性子作践自己的身体，志摩因为小曼的身体一直很苦恼。小曼现在是他的妻子，志摩想更加呵护她。志摩希望小曼健健康康，永远开心快乐。

志摩心中还是小桥流水，眼前还是美丽佳人。他坚信小曼就是他一直等待的伴侣。他还是满怀希望，小曼一定会为了他，为了他们之间的爱情而改变自己，不再那样生活。只要小曼能够回头，他就心满意足了。交际场上鱼龙混杂，志摩还担心小曼会变心，这都是完全可能出现的情况。他见识过小曼在交际场上的风姿，那么迷人。志摩也有点神经质了，他有时候会害怕别人看见小曼的美，从他身边抢走她，他会像王赓一样绝望。但是这样的念头都会一闪而过，他相信小曼对自己的感情一定是真挚的。

小曼开始觉得志摩不理解她，一直在逼她。她不愿意改变自己的生活方式和生活习惯，即使志摩再管也无用，她不仅不会听，反而会起反感。她从来没有想过要反思自己的生活。这是小曼最大的缺点，她的固执会伤害身边的人。她一直像个公主一样生活，一切都想随自己的心意，她总有自己的道理。别人劝阻她，就是不理解她，不爱护她。她就是这样倔强，从女孩到少妇。

志摩父母的态度也让小曼寒心，她看不见自己的错误，只是觉得徐家二老就是针对她，以为她是一个离过婚的女人。对于他们的经济徐家居然不伸出援手，小曼觉得很委屈。这就是她进入徐家以后的待遇。现在小曼也在消极对抗，她还是要过自己的生活，整天吃喝玩乐，其他一概不管。一切的开支都由志摩来承担，小曼是一个对于金钱没有概念的人。她根本就不知道，自己昂贵的社交费用意味着什么。她不知道志摩因为这些钱付出了多少努力。

她要过自由自在的生活，这是她的生活理念，不管与谁生活在一起，都无法改变她的这一人生态度。她不想因为一个男人而变成守旧的女人，失去自我。一辈子的时间过去了，都是在为一个男人活着。小曼觉得这样的生活是可悲的。好雨知时节，可梅雨季节的雨实在是让人心烦。所有的东西都湿湿的，潮潮的，小曼的旧疾也严重起来。这段时间，小曼还是没有闲下来，有时候会在家里会客。她的人缘一直都是这么好，从来不缺少聊天、喝茶的朋友。

不管是王赓、徐志摩还是翁瑞午，都不可能是她的全部。她不想让别人管，不想被束缚，不想像别的女人那样过传统的生活，她要自己的生活，独特的生活。但什么是自由自在，她并没有深思过。她要跟着自己的感觉走。世界上像小曼这样的女人是极少数，多数女人还是会顾及自己的家庭还有亲人。

小曼与王赓、志摩都没有一儿半女，但是小曼却从不因为没有孩子的事情难过。若是有个孩子或许小曼的性子会收敛一些，但是老天却是这样安排，她一直都没有孩子。这种情况更加助长了她放纵生活的心理，男人不能成为她的牵绊，又没有嗷嗷待哺的孩子，所以她比任何女人都要自由。

能理解她这种人生态度的人，与她相处自然愉快，像翁瑞午；如果干预、反对她的人生态度，自然最终只能变成冤家，像王赓和徐志摩。她的自由是绝对的自由，她的感觉才是最重要的事情，她不想干涉别人，也不想让别人干涉她，这就是她的生活态度。她不想做笼中的小鸟，她要自由。可是，婚姻与自由是相悖的，是冲突的，要婚姻还是要自由，也许永远是小曼这种女性的矛盾。

月满花开，情暖一场

又是一个情满人间的午后，夕阳透过轻纱照在一个女子的脸上。幸福的颜色绽放着光芒，女子望着窗外，她在等丈夫回家。最真实的等待，最深情的凝望，那是白头到老的思念。不求你生生世世的柔情，只求你朝朝暮暮的陪伴。

执子之手，与子偕老。这是多少人追求的爱情宝塔，每个相爱的人都希望自己能够站在爱情的塔尖，体验最美好的时刻。爱情令人疯狂，几近疯狂之后就是平淡中夹杂着烦恼的生活。相爱容易相守难，多少人只能享受爱情的轰轰烈烈，却经不住生活的琐碎。

人生之情应该细水长流，天崩地裂的爱情到最后或许都是以破碎收场。志摩对小曼的好，小曼深深地藏在心里，只是某一刻她的心开始独自落泪。小曼与志摩在硖石不到两个月，他们就被迫离开家乡逃到举目无亲的上海，从此他们的命运进入了颠簸。在上海受了几个月的煎熬，小曼染上了一身病，后来的几年中就无日不同药炉做伴。

小曼在那段日子中确实受了不少苦，这是她没有料到的。事实上，她自己身体一直都不怎么好，她以前就有心脏病、胃病、神经衰弱等疾病，在北京如此，到了硖石，后来到了上海，一天没有半天或小半天完全舒服，更加严重了。病是一直带在身边，她是一辈子在病痛的折磨中度过的。

冬天小曼与志摩来到了上海，他们到上海仅仅不多的几日，小曼就开始与一班票友登台唱戏，并且硬拽上不情愿的志摩，小曼还经常光顾舞厅。小曼过得快乐、惬意，这就是小曼想要的生活，也是她的兴趣所在。小曼本就很喜欢跳舞和唱戏，只因为小曼的身体一直欠佳，而唱戏又是一件十分浪费精力和体力的事情，所以有时候她觉得十分疲劳。

志摩也被小曼强拉起唱戏，志摩不喜欢这样的生活。他的内心一直处于挣扎状态。志摩在日记里写道："我想在冬至节独自到一个偏僻的教堂里去听几曲圣诞的和歌，但我却穿上了臃肿的袍服上舞台去串演不自在的'腐'戏。"志摩厌倦这样的生活，因为小曼却默默地忍受，只是在他的心中，小曼的形象也慢慢地开始变化。志摩开始怀疑小曼并不是他心中的那个女人，小曼喜欢的繁华并不是他想要的生活。

小曼心里想的是唱戏和跳舞，而志摩却想让她成为一个画家或作家。志摩因小曼不听他的话，不做功课，不与他静静地相守，过他们理想、安静的生活而烦恼。这时，他们因情趣不同，生活中开始有了裂隙。这种裂隙在一时之间无法改变，只能任由他们之间的感情自由发展。

小曼是一个不甘于寂寞的人，她喜欢男人的陪伴，男人的宠爱。她是一个受不了平淡的人，她与王赓分手就是这个原因。小曼很快有了非常默契的知己翁瑞午，陆小曼是有这种本事，也有这种本钱的。志摩不情愿做的事，自有人情愿代劳，就像当初他代劳王赓陪陆小曼玩一样。翁瑞午是陆小曼生活中出现的第三个关键人物，他几乎伴随着她与志摩婚姻的始终。

志摩在上海的日子一直不怎么愉快，从志摩的日记中就能看出来，他一直饱受煎熬。12月28日志摩写道："投资到美的理想上去，它的利息是性灵的光彩，爱是建设在相互的忍耐与牺牲上面的。"他需要的是性灵的光彩，因此他要投资到美的理想上去，但是他逐渐发现爱情并不是单纯的美，在爱情的背后更多是忍耐和牺牲。志摩已经开始意识到自己需要忍耐小曼，牺牲自己，婚姻变成忍耐是理想主义诗人的悲哀。这不是诗人独有的悲伤，爱情本身就隐藏着失望。轰轰烈烈的美丽就像是灿烂烟火，瞬间绽放，瞬间美丽，留下的却是遮天蔽日的黑暗。

　　现实的琐碎可以消磨掉一切光辉，当爱情的光环一层层褪去，留下的就是一个谁都不愿看到的真实。多少缠绵悱恻的爱情，不是殉情就是不能在一起的终生遗憾，又或者是一句：从此，他们幸福地生活在了一起。只有想象是美好的，无法接受的缺点，只有留给包容和忍耐。

　　小曼的身体一直是志摩担心的事情，自从志摩遇见小曼就没有见过小曼有一天是完全舒服的。一天之中总有一些病痛缠绕着小曼，每次都让志摩无比心痛。小曼却是一个固执的人，她只想享受欢乐，病痛的折磨完全抛到了脑后。志摩对小曼已经无计可施，他只是想起曾经一起快乐的日子，他们经历了那么多挫折才能走到一起，但是现在小曼却不去珍惜这份情谊。那时候为了在一起，他们付出了许多，伤害了很多本来很好的人，包括自己的父母。但是现在终于在一起了，却不如那时候相亲相爱。怎样才能真正融化一个女人的心，这是志摩思考最多的问题。他曾经以为他已经得到了小曼的心，小曼的心中一定只有他。事实看来不是这样的，一切的美好都只是他一个人的幻想。志摩的情绪一直都不好，他不知道怎样才能高兴起来。

志摩开始绝望了，结婚不久志摩就开始慢慢地陷入感情的低谷。现在是绝望，伤心只是绝望的开始，看来志摩已经伤心透了。难道自己的选择是错的？志摩经常这样想，但是爱情是没有对错的，志摩坚信。到底是什么地方错了？唯一的解释就是爱错了人。小曼或许不是自己一直想要找的那个人。他，真正想要找的人不是这样浮躁，不是这样任性，一点追求都没有。志摩慢慢看透了小曼，她是一个没有深度的女人，只贪图享乐。志摩很苦恼，不知道接下来怎么生活。他与张幼仪的生活只是无趣，但是与小曼的生活却是折磨。

清明节到了，自然万物已经开始有了新的景象。想到许久都没有亲近大自然了，小曼与志摩决定外出踏青。小曼最喜欢热闹，志摩走进大自然多少有了一点活力，但是志摩兴致还是不高，一直处于冷静的状态，不悲不喜，既不是开心，也不是难受。这次是与翁瑞午一起游山玩水，显然小曼的兴致比志摩更高，而且也是历来最积极踊跃的一次。清明节志摩与小曼回硖石扫墓，但在扫墓前已经与翁瑞午约好扫墓后一起在杭州游玩几日。

这次游玩是翁瑞午提议并做东，因为杭州有翁家的祖业和茶山，显然这次游玩是翁瑞午为讨好陆小曼的一次盛情招待，同时也是为了展示他家产业的雄厚，祖业的石碑上还有翁瑞午尊人手笔，可见翁家在此地的影响，不可等闲视之。小曼自然玩得很尽兴，她不会放过任何一个娱乐的机会。一路上小曼表现得很兴奋，很久没有看到小曼这么开心了，志摩看在眼里，心里有一种莫名的酸楚。翁瑞午不是什么等闲之辈，上海有名的票友，与小曼一样喜欢吃喝玩乐，有共同的爱好，自然对小曼有很大的吸引力。

志摩在日记里写道："下山在新吃早餐，回寓才八时。十时过养默来，而雨注不停，曼颇不馁，即命与出游。先吊雷峰遗迹，冒雨跻其巅而赏景焉。继至白云庵月老求签。翁家山石屋小坐，即上烟霞，素餐至佳，饭毕已三时。天时冥晦，雨亦弗注，顾游兴至感勃勃，翻岭下龙井，时风来骤急，揭瑞与顶，夫子几仆。龙井已十年不到，泉清林旺，福地也。自此转入九溪，如入仙境，翠岭成屏，茶丛嫩芽初叶，鸣禽相应，婉转可听。尤可爱者则满山杜鹃花，鲜红照眼，如火如荼，曼不禁狂喜，急呼采采。迈步上坡，蹀亦弗顾，卒集得一大束，插戴满头。抵理安天已阴黑，楠木深郁，高插云天，到此吐纳自清，胸襟解豁。"

杭州真的是人间仙境，铸就了多少美丽的爱情。白娘子的千年之恋，断桥犹在。世人皆感叹这样的奇女子，为爱牺牲自己千年修炼，被囚禁于雷峰塔里直到西湖水干、雷峰塔倒，也要许仙一世短暂的爱恋。这是何等的悲壮！多少人为了爱情万劫不复，却还有一些不懂怎样珍惜自己的爱。人都是后知后觉的，只有失去后才知道拥有的可贵。

志摩决定放松心情好好欣赏眼前的美景，小曼与翁瑞午依然那么亲密地有说有笑，志摩只是看在眼里。志摩想小曼虽然任性，但是他相信小曼对他的心一定是真的，与翁瑞午就只是志同道合的朋友，他要改变自己，让自己能够更加理解小曼。或许他们之间的爱情也会变成永恒的神话，直到死亡的那一天，他们还是紧紧相拥，为了此生拥有彼此而庆幸万分。

这次外出踏青还是很尽兴，志摩决定要更加爱护小曼，尽量理解她，希望过了这段磨合期后，彼此之间能够互相体谅，成为一对让人羡慕的夫妻。回到上海3个月后，他们搬到了法租界的花园别墅，最后又搬到福熙路四明新村，租有一座同样是三层楼的豪华住所。租这样的房子完全是为了小曼的社交需要，小曼是一个讲究排场的女人。要是住的房子拿不出手的话，小曼一定会非常苦恼。志摩为了满足小曼的虚荣心，找了一个不错的住所。他们来到上海后，小曼也吃了不少的苦，志摩知道。小曼为了住所的问题，跟他哭诉了很多次，有时候还会发脾气。志摩想，自己是一个男人，应该给妻子提供优越的生活条件，现在这个房子已经堪称豪华了。

这是一所上海老式石库门洋房，高爽宽敞，环境幽静，治安管理井井有条。这种石库门洋房一般由一家几代一起居住，是真正有钱人家的理想选择，与上海一般的新式弄堂或公寓不同，是一种身份的象征。这样的房子光房租一月就近200元，没有一定家产，不敢作此考虑。平常居家过日子的人最多选择一处新式弄堂房子或公寓，只有讲排场，把自己看作有钱人的人才这样安排自己的生活。小曼过惯了有钱人的生活，这样的房子在她看来并不觉得有什么过分。

这所房子的结构是这样的：楼下当中客堂间，陈设很简单，当中摆设佛堂，一般没有人到这间屋子里来坐；边上那间统厢房是陆老太爷的房间；二楼亭子间是陆老太太的房间，有内外两间之分，内间是陆老太太的卧室，外间则是来了亲戚住的；陆小曼和徐志摩住在二楼统厢房前的那一间，后面一间是她的私人吸烟室，只有一张烟榻；二楼客堂才是真正的客堂，也有一张烟榻，供客人吸烟使用，中间一张八仙桌，是吃饭的地方，但只限吃晚饭。三楼亭子间是徐志摩的书房。这所房子，装饰豪华、讲究，陈设也很精致，有古玩，有花卉，有文房四宝。在陆小曼干女儿何灵琰的记忆中，这所房子是极洋派的。

　　住在这样的豪宅里面，真正属于小曼的生活开始了。她就是要住在这样的房子里，享受这样尊贵的生活。房子并不是小曼的终点，小曼想要过的是社交生活，是热闹的聚会。房子只是社交必须具备的一个场所。志摩以为给妻子准备这样的房子能够让她高兴一些，以缓解他们夫妻之间的矛盾，但是没有想到一切都仅仅只是开始。

陆小曼与徐志摩的家。

千年隽永，情之所钟

春花秋月年年有，唯有吾爱暖人心。为你极尽我之所能，只盼换来你的半分笑靥。相爱容易相守难，一切的难题都由我一人承担，你只要享受我为你缔造的爱情神话。

相信：唯有爱经得起时间的消磨。

承诺：此生的挚爱。

期盼：千年隽永的深情。

志摩为了小曼真的是竭尽所能。关于小曼与志摩的房子，当时的朋友都有很深的印象。郁达夫的夫人王映霞回忆说，陆小曼在上海租了一幢房子，每月租金银洋一百元左右，那房子是极好的，看着就让人羡慕。我们是寒碜人家，这个数目可以维持我们大半月的开支了。我们绝不会有这样的钱租房子，根本不需要那样豪华，主要住着舒服就行了。陆小曼真派头不小，出入有私人汽车。那时，我们出门经常坐黄包车，有时步行。她家里用人众多，有司机，有厨师，有男仆，还有几个贴身丫头。她们年轻俊俏，衣着入时，不知道的人还以为是主人家的小姐呢。家里的用人都是有一些体面的，不像一般人家的仆人，打点用人应该也是一笔不小的开销。陆小曼挥霍无度，想买什么就买什么，不顾家中需要不需要，不问价格贵不贵，有一次竟买了五双上等的女式皮鞋。家庭经济由她母亲掌握，她向我们叹苦经，说：每月至少得花银洋五百元，有时要高达六百元，这个家难当，我实在当不了。我听了，更为之咋舌。那时五百多元，可以买六两黄金，以现在的人民币来说，要花两万元左右。

　　小曼以前就是一个不会省钱的人，现在更加挥霍无度。志摩只得在光华大学、东吴大学、上海法学院、南京中央大学，以至北平北京大学，到处兼课，拼命挣钱，只为博小曼一笑。即使这样，还是经常欠债，志摩急得像热锅上的蚂蚁，团团转，而小曼则若无其事，坦然处之。这是一个名媛的本性，她们就是这样的让人无可奈何，就是一件奢侈品，拥有的人一定要付出很大的代价。

　　小曼在上海的生活，是把婚前她在北京的生活原样搬到了上海，过去有的现在必须有：豪华的房子，私家车，众多用人。至于钱的问题，那是男人的问题，男人没本事赚钱就不应该娶她这样身价高昂的名媛做老婆，既然娶了，就应该老实赚钱，不能诉苦。志摩当初娶她，自然应该考虑到这一层，难道要喜欢了奢侈生活的她像王映霞一样步行不成？她以前没受过这样的苦，她也丢不起这样的人。

　　小曼的内心已经膨胀到了极致，得不到的东西永远是最好的。这是人的特性，在小曼的身上这种特点非常明显。曾经与王赓在一起，虽然无趣，不幸福，但是小曼从来没有为钱的问题做太多考虑。小曼在北京过的奢靡生活一点也不比现在的开支小。王赓从来没有因为她的挥霍斥责过她，所以在她心里这一切都是理所应当的。小曼只想到她自己，她没有想到生活已经发生了变化，鱼和熊掌岂能兼得？这样的事情小曼在爱上志摩的时候就想到了，但是她没有想到经济条件居然差了这么多。小曼曾经想，为了志摩她什么都可以做到，就算生活清贫一点也没有关系，她可以忍受。只是她没有想到，要改变一个习惯竟然如此之难。

小曼实在忍受不了平淡的生活，她的圈子就是这样。她身边的人都是一些阔太太、小姐，都是上流社会的人。她们的生活可想而知绝对不会是平常人家的生活，要是自己太寒酸真的很丢人，也会变得格格不入。小曼的用度在普通人家看来真的是一笔天文数字，但是在小曼的世界里，她已经从简了。她觉得自己已经牺牲了很多，虽然表面上与北平的生活没有大区别，但是小曼自己知道已经大大不如从前了。随着时间的推移，小曼愈加管不住自己的虚荣心，慢慢回到那种大肆挥霍的生活。

志摩对小曼的忍让，有时候让人心痛。志摩已经做到了极致，小曼拥有女人的大部分缺点。据陆小曼的干女儿何灵琰回忆说，这个家究竟算是徐家还是陆家，我一直也没有弄明白。因为陆家的老太爷老太太也都住在这儿，而用人称徐干爹为姑爷，称陆干娘为小姐，想来是陆家的了。那时干娘常常犯病，一病就晕过去，或是大叫大嚷，见鬼见神，现在想起来大约是神经衰弱。志摩在自己租的房子里的地位就像一个倒插门的女婿一样，赡养小曼的父母本来也是一件极正常的事情，但是这样的称谓还是让人寒心。志摩都可以忍受，毕竟他早已经决定将自己的全部献给这个女人。

看来徐公馆其实是陆公馆，因为所有用人都是陆小曼家以前的，陆小曼被称作小姐而不是太太和夫人，那她就是主人了。志摩在这个家的地位如何？志摩因为陆小曼这个女人已经付出太多，有时候还没有男人的尊严。志摩不在乎他在家中的地位，只希望小曼能够好好地生活，一直待在他的身边。志摩一直担心他不能给小曼她想要的生活，虽然他并不赞成小曼的生活方式，但是他还是不希望小曼过着不自在的生活，所以他只能努力赚钱，为小曼撑好排场。其他的事情，志摩想一切都会慢慢地好起来。

小曼的房间里总是阴沉沉地垂着深色的窗帘，连楼上的客堂间和小吸烟间也是如此。她与其他吸鸦片的人一样，有时候很害怕阳光。白天基本上是不出门的，只有晚上才出去活动。她从来不爱惜自己的身体，痛了，难受了，就吸食鸦片。这样的恶性循环让小曼的身体更加不好，一日不如一日。小曼自己并不担心，鸦片就是有这样的功效，能够让人忘记现实，忘记疼痛。

她是以夜为昼的人，不到下午五六点钟不起，不到天亮不睡。每天到上灯以后才觉得房子里有了生气。何灵琰说她住在陆家的时候，只盼天黑，因为天黑了小曼才起来，此时上下灯火通明，客人也开始来访，记得在座皆属一时俊彦，如胡适、江小鹣、邵洵美、沈从文、张歆海夫妇、陈定山伉俪及钱瘦铁等诸位老伯、伯母。小曼与志摩的朋友多数都是一时名流，他们就是这样的生活圈子。小曼是一个爱热闹的人，她的人缘一直都很好，在北京如此，在上海也是如此。刚来到上海的时候，朋友就已经很多，在上海住了一段时间之后，朋友就更多了。很多人都把小曼家当作聚会的最佳场所，家里经常有舞会。大家都知道小曼是一个不拘小节的人，乐意在她家玩闹。这正合小曼心意，小曼喜欢热闹。

小曼已经将志摩抛到了脑后，她现在最在意做的事情就是鸦片和聚会。他们俩已经同床异梦，志摩不喜欢这样的吵闹，他是一个诗人，他有自己追求的生活，绝不是这样的浮躁。志摩的心一直在挣扎，他不知道怎样将自己的这份爱进行下去。

外面竟然变成一方净土，寂静的夜，银色的月光洒满整个学校的小路。志摩害怕回家，他接受不了那种吵闹。有时候他甚至推脱学校有事就不回家住了。自从小曼开始这种生活，志摩很多时候都说不好，晚上家里会很吵闹。志摩喜欢静谧的生活，他喜欢做学问，只有安静的环境才能给他带来灵感。他现在发现自己的创作已经没有了感情，就像一个怨妇一样，感叹悲凉。

上海是一个不夜城，陆小曼是喜欢过夜生活的人，这里就成了小曼的天堂。王映霞回忆说，我多半在下午去，因为她是把白天当作黑夜、黑夜当作白天的人。每天近午起床，在洗澡间里摸弄半天，才披着浴衣吃饭，所以她的一天是从下午开始的。或许是早晨的阳光过于绚烂不适合这种夜猫子，小曼很久没有感受过早晨的新鲜空气了。

在下午，她作画、写信、会客、记日记；晚上大半是跳舞、打牌、听戏，过了子夜，才拖着疲倦的身体，在汽车里一躺，回家了，她过的是不夜的生活。这就是大诗人徐志摩的妻子陆小曼的生活。只有这样的生活才能够给小曼带来快乐，带来安慰。小曼觉得女人就应该过得精彩，等到年老色衰了，自然没有好看的资本，但那时再回归家庭也不迟。小曼想趁着自己年轻好好地享受生活，她最不喜欢那些整天待在家中的女人。她觉得那些女人都是在为别人而活，一点意义都没有。最后再因为心中的忧郁得个不死不活的病，了却一生。她觉得这样的生活很可悲。

小曼喜欢被人奉承、追捧，被人赞赏、追求，喜欢在上流社会被人看和看人，喜欢前呼后拥，喜欢热闹、兴奋、刺激的生活，喜欢明星一样的感觉。而且有一阵小曼确实有意成为明星，志摩在1926年2月26日的信中说，前天有人很热心地要介绍电影明星给志摩认识，他一点也没兴趣，一概婉辞谢绝。上海可不得了，这班所谓明星，简直是"火腿"的变相，哪里还是干净的职业。他告诉小曼，趁早打消上银幕的意思！志摩希望小曼往文学美术方面发展。

陆小曼不管在生活中，还是想象中，都把自己当明星，这就失去了人生朴素的底子。虚荣心是小曼最大的缺点，小曼是一个浮躁的女人，她最大的问题就是太贪图享乐，还有太过喜欢那些不切实际的追捧。小曼与志摩婚后的奢侈生活让人不禁同情志摩的遭遇。志摩太不容易了，因为娶了小曼这样一个女人。

小曼依然故我，她从来没有觉得自己的生活方式有什么问题，身边的人也不敢说什么，因为志摩没有开口，他们作为局外人就不应该说。志摩只是害怕吵架，这个问题讨论的最后结果都是以争吵结束。小曼总是觉得志摩不够理解她，作为一个新时代的名媛这样的生活并没有任何问题。她不想做男人的傀儡，这个志摩是知道的。但是志摩希望小曼的任何规划都能从他们的实际生活出发，一味地追求自己，而不去考虑现实生活是不对的。小曼觉得志摩像王赓一样想干涉自己的人生，她告诉志摩自己不是那种逆来顺受的女人，她有自己的生活方式，她不会把一个男人当成自己生活的全部。志摩要是有这样的想法就是对她的伤害。志摩面对这种状况已经没办法了，他只能听天由命，等待着妻子回头。

志摩为了满足心爱的妻子的物质需求，身兼数职。他在尽自己所能为妻子提供舒适、奢华的生活。志摩辛苦赚钱，小曼却是挥金如土。

陆小曼喜欢捧戏子，常常一掷千金。她认一对唱京戏的小姐妹为干女儿，又认一个上海坤伶"小兰芳"为干女儿，她喜欢这些唱戏的小姑娘。这样认亲的方式当然是要花一笔钱，干娘不是谁都能当。总之，她的花费太大，自己又无法控制，结果只能是增加丈夫的负担。她喜欢看戏，在高级戏院常年包有座位，并很大方地请朋友看戏。看戏是她生活中最重要的事情，看戏就像吸鸦片一样上瘾，如果几天不看，她就会难受得要死。鸦片、舞会、看戏，她一样都不能少。

几经挣扎，终于修成正果。世事变迁，却将爱情遗留在曾经的某个空间。若人生只如初见，爱便成永恒。若只如此痛苦，我愿将那一刻永久地埋葬，我们的爱依然隽永长存。

千疮百孔，双栖各梦

朝辞白帝彩云间，千里江陵一日还。时间推动着风景变换，人心更是朝夕之间各不相同。痛苦和欢乐比疾风骤雨的速度更快，爱情会在一瞬间发生，或许就在一眨眼的时间里，爱情就逃跑得无影无踪。爱情里的彼此只是自己心中梦想的那个人。

小曼不仅常常光顾戏院，还喜欢去赌场玩，大约也是翁瑞午带上她见世面的缘故。小曼真的很会玩，还带朋友去著名的一百八十一号赌场，那是一所私人大花园洋房，楼房上下布置华丽，灯火通明，客人们全是当时社交场合中有名气的人物。小曼也喜欢吃大餐，当然老带着一帮朋友，去新利查、大西洋、一品香等餐厅。

一个女人这样挥霍，家中有多少钱也是不够的。这些场合当然也是翁瑞午献殷勤的场合，但她喜欢吃喝玩乐，她喜欢这样轻松愉快的人生。志摩为了给小曼创造幸福的生活，整天在外面忙碌。小曼就和翁瑞午一起享受轻松的生活，他们一起看戏、吃饭、抽大烟。小曼喜欢一个男人如此陪伴着自己，让自己不再那么孤独。小曼就是这样的女人，一个男人不仅需要腰缠万贯，还必须有足够的时间陪她吃喝玩乐，只有这样的男人才是小曼心中最理想的丈夫。小曼永远无法体会志摩心中的伤痛。

爱一个人到底是怎样的光景？百依百顺就是爱情吗？每个人都有自己的底线，自己的脾气，再卑微的爱情也有起码的尊严。志摩的心又是如何的破碎。自己的妻子每天接触各色人等，还有一个亲密的男性朋友，每天出入厅堂。男人最忌讳的事情，在小曼的生活里每天都在上演。

小曼觉得自己问心无愧，她与翁瑞午只是普通的朋友。她觉得自己的行为没有任何不妥之处。小曼是一个处处要求权利的女人，她认为自己有交朋友的权利，结婚只是一种形式的稳定，并不是人格的禁锢。小曼一向都是这样的作风，不然，她与志摩也不会在一起。她与志摩也是婚外情的产物，可见她就是一个不拘于礼数的女人，这是她的天性，不容易改变。

小曼喜欢漂亮的衣物，她的衣服、鞋袜、手帕、装饰多得不计其数，而许多是外国货、名牌。小曼喜欢昂贵的东西，这一点大家都知道。刚与志摩结婚的时候，她就是这样的要求，这才逼走了志摩的父母。这样一个儿媳妇没有人会喜欢，就连志摩老家硖石的人也都议论志摩娶了一个不知天高地厚的女人。

徐申如曾经因为她什么都要外国的、高档的而看不惯她，对她存了芥蒂。徐申如本来就不喜欢小曼，那样一个背叛丈夫的女人一定不会是个好妻子。徐家二老的目光如炬，他们把小曼看得十分真切，她真的不是一个好妻子。徐家也算是不错的人家，志摩也拼命挣钱还是不够小曼挥霍。小曼确是如此，她已经养成了习惯，不是好东西不用。她的丝织小帕必须用外国的一个牌子，不管多么费劲也要朋友从国外捎带。有一次刘海粟出国，徐志摩写信给他："小曼仍要 DonMarche 的绸丝帕，上次即与梁君同去买，可否请兄再为垫付百方，另买些小帕子寄来。小曼当感念不置也。"这样的女人有时候很让志摩的朋友反感，他们都很心疼，也为志摩娶了这样一个女人而惋惜。

王映霞回忆说，她买衣物从来不问贵不贵，需要不需要，喜欢就买。这些平时日常的消费志摩也不太管，可是有一次，她说她要义演，需要做一幅堂幔，做一副行头，还要做许多佩饰。这些东西她本可以借用，但因为别人都是自己的，也是虚荣吧，她非要亲自制一套不可。她对志摩说，人家都是自己的，我偏偏要去借。我怎么就这么不如人，摩，还是给我定做一套吧。这样穿上也好看体面，而且以后还能再用。志摩根本就拿她没有办法，就给她定做了一套，又是一笔花费。

小曼的戏票朋友，如江小鹣、翁瑞午、唐瑛都有属于自己的行头，她也要，否则没面子。可是这些人都是些家财万贯的公子小姐，志摩是靠工薪养家的人，怎能与这些人相比。置办这些行头可需要很大一笔钱，而志摩这个月的薪水已领取，再没有财源，从哪里给她找这笔钱去？小曼开始打恩厚之给他们寄来作为旅费的英镑的主意，她说可以先挪用一下这笔钱，过后有钱了再补上，反正现在也不出国。小曼就是这样不顾大局，她只会想到自己的需要，哪会管以后的事情，但是志摩是一家之主，只要是需要花钱，志摩都要想办法。

志摩说这笔钱是供他们出国学习用的，如果条件允许的话，他还准备带妻子去欧洲，实现他们婚前的愿望，也给朋友一个交代，所以绝不能动用这笔钱。陆小曼软磨硬磨非要制作行头不可，志摩只好破例，挪用这笔钱，小曼的虚荣心满足了，但志摩心里却十分难受。

陆小曼挥霍无度的行为，已让志摩感到头疼。这个女人的性格此生都难以改变了，志摩想改变小曼的理想已经落空。志摩看见了未来的形式，小曼是一个虚荣心极强的女人。只有奢侈的生活才能让她感到满意，志摩所希望的田园式生活在小曼的世界里是一个不可能实现的理想。志摩的心开始变化，他对小曼的感情已经开始慢慢变淡，有时候甚至想小曼根本就不是一个值得珍爱的女子。

志摩一直在维持这段婚姻，因为毕竟他们经历了很多挫折才走到一起。从结婚那天起，志摩就决定要与小曼一生一世。婚姻不是儿戏，既然他们能够在众人反对的情况下结婚，自然要过得好，才对得起当初的选择。就算小曼是一个不值得期待的女人，婚姻总是神圣的殿堂，不能轻易地推翻，志摩只有忍耐。

朋友们的妻子中，没有一个像她这样挥霍的，小曼真的是女人中的"异类"。只结婚，不生子。每天过着吃喝玩乐的生活，油瓶子倒了也不会扶一下。同样是大家闺秀，没有人比小曼更加娇气，经常生病。什么都要用名牌，不好的东西不往眼里放。看看别人的妻子，志摩只能默默地寒心。

胡适的妻子温柔贤惠，从不会招摇过市，只在家中相夫教子；张歆海的妻子持家、教子、教书，儒雅的气质让人赞叹；梁思成的妻子林徽因更是一面持家、教子，一面与丈夫一起做事业，勘察、发现、丈量、保护古建筑、写作建筑学史。林徽因是一个奇女子，她将女人所有的优点集于一身，但是她从不张扬，所以她才受到那么多人的爱戴。林徽因也是家世显赫的名门闺秀，却是那样大方知理。同样是新时代的女性，都是追求新生活，却是那样的不同。林徽因走上了光明的大道，陆小曼只学会了吃喝玩乐。

志摩一直认为小曼与徽因是一种类型的人，怎知她们之间有天壤之别。现在志摩的心中小曼与徽因差距何止千万倍。想起曾经与徽因擦肩而过，现在依旧感伤不已。徽因越发美丽了，她是一个真正的女神，没有人能够超越她的美。现在自己的妻子一天吃喝玩乐，挥霍无度，看戏、跳舞、抽鸦片，简直没有过日子的样子，他真是看不透陆小曼到底是怎样一个人了。他只知道，小曼绝对不是他曾经心中想象的那样美好的女子。这样的女子只有一个，那就是林徽因。他此生已经没有机会，只求来生，能够遇上这样美好的女子。

小曼一直为自己的衣物铺张浪费，她很有兴趣做这些事情。自己的衣服一定要细细地过目，布料还要精心挑选。做衣服的师傅更是有讲究，一定要是上海滩鼎鼎大名的才可以，不然小曼会不放心。衣服只要稍不合她心意，不管是花多少钱得的，她都一律不会再穿。可她对志摩的衣物却很少过问，这些事都由她母亲料理。可怜的志摩虽然一月赚不少钱，可只有一两身衣服，而且都破旧不堪。有一天胡适的妻子看到志摩的袖子上有两个洞，领子也磨破了，要他脱下来给他缝补。当他外出或有些场合需要衣服时，张幼仪的服装店可以给他制作一两身。小曼太贪玩，常常会忘了丈夫的需求，长此以往，志摩有些灰心、伤感，并从内心发出不满。这不是他要的生活，虽然他仍然爱着她。

她还喜欢出游，有一次他们去杭州的西湖博览会游玩，志摩大约有事不能去，但这些场合总有翁瑞午，翁瑞午似乎寸步不离陆小曼，他总能满足她的要求，因此小曼对这位朋友很是满意和欢喜。小曼的身边从来都不缺这样的朋友，以前与王赓在一起，志摩就是她如影随形的保镖。现在她与志摩结婚，又出现了一个翁瑞午。小曼对丈夫的话总是不理解，觉得他限制她的自由，她很孤独。但是她真的寂寞吗？就算志摩真的每天都陪伴着她，不出去赚钱，小曼依然不会满意。她还是需要翁瑞午这样的人陪伴，这样才能快乐。或许是因为每天对着同一个人，对小曼来说本身就是一种寂寞。

何灵琰回忆说：对于徐干爹，我认识的就不太清楚了，因为他在家的时候很少（大约那时他正在北大任教不常回家）。只记得他是一位白面书生，戴副黑边眼镜，下巴长长有一点凸出，人很和气，不太高谈阔论，很安静。当他在家时好像也不太适应家中那种日夜颠倒的生活，有时他起早了，想早一点吃饭，叫用人，用人总说：小姐没有起来，等她起来一块儿吃吧。他性情很好，很少发脾气，平时干娘吸烟，天亮才睡，他又不吸烟，只有窝在干娘背后打盹儿。这个家好像是干娘的家，而他只是一位不太重要的客人。

志摩就是这样卑微地生活在小曼身边，小曼一直以为志摩是真的赞同她的生活，就算不高兴，也不至于反感。小曼没有意识到志摩的心早已经伤透了。小曼的世界只有她自己，只有享受的欢乐，已经没有志摩。若是一个细心的，关心丈夫的女人绝对不会看不出丈夫的心酸和辛苦。

翁瑞午天天报到，有些喧宾夺主的味道，又好像是这家的男主人。就连何灵琰认干爹时，也将翁瑞午一同认作干爹。何灵琰说，干娘和翁干爹带我们去逛西湖，我初次领略到湖山秀丽，高兴万分。小曼与翁瑞午自是亲密无间，两个人说说笑笑，还会逗逗他们的干女儿。这是一家三口的景象，不了解的路人一定会为这样其乐融融的景象感动。

　　小曼的心中并没有忘记志摩，她还是深爱着志摩。小曼的灵魂深处也在挣扎，她不知道自己怎么了，就是控制不了自己。她想改变自己，想成为志摩的小眉。但是当诱惑来临之时，她总是抑制不了自己的情绪。她已经过了太久那样浮华的生活，就像是鸦片一样，任何可以享受的事情都是这样让人难以自拔。

　　翁瑞午是小曼的朋友，小曼从来都不会逾越朋友的界限。可是男女有别，有些事情还是需要避讳的，尤其是那样的年代。小曼就是那样的异类，她从来不会顾及这些。敢爱敢恨是小曼的特质，她要是爱一个人就会义无反顾，绝对不会躲躲闪闪。她对翁瑞午只有友情，没有爱情。只是别人都不这么想，因为她已经是一个背负骂名的女人。背叛丈夫的名声，她一辈子都摆脱不了。

　　像小曼这样玩，这样让男性朋友登堂入室的名媛似乎也不多，这也是陆小曼的作风，比起一般名媛似乎更张扬，或许是因为光明磊落而坦荡。她的热情不能得到丈夫以及世人的认可，她也许没有感觉到志摩对她的爱，已经慢慢褪去颜色，变得黯淡。爱情有时候是那么的脆弱，经不起一丝伤害。

　　那个秋天，小曼的心等待着志摩的情。

心泪生花，人生聚散两依依

　　衣带渐宽终不悔，为伊消得人憔悴。爱情披着华丽的外衣，姗姗走来，婀娜多姿。洗尽铅华，留下的只有落寞。你是我的此生，我却不是你的唯一。一个世纪的悲凉与失落，都在这里沉睡，沉睡……

世俗难容，美人心伤

红颜知己，人生难求。士为知己者死，女为悦己者容。人生有一人心灵相契，只谈风情，不做逾越之事的知音，也是一件美事。若是知己，必然珍惜。世俗就是一个装满规范的框子，所有旁逸斜出的枝叶都要被歧视，被修剪。再肮脏的灵魂也有纯净的土壤，何况是一个坦荡荡的女人。

翁瑞午也算多情，他对小曼真是用心良苦，无微不至。徐志摩去世后，他更是照应小曼，供养她。后来小曼烟瘾越来越大，人更是憔悴枯槁。翁瑞午是有妻有子的人，小曼的生活也给了他沉重的负担，而他却能牺牲一切，至死不渝。若是没有翁瑞午，在志摩走后，小曼一个人根本无法活下去。

小曼与翁瑞午之间的情感又是一段故事，他是小曼的票友，烟榻上的伴侣，就连小曼的烟瘾也与翁瑞午有关。翁瑞午，江苏吴江人。其父翁印若历任桂林知府，以画名世，家中书画古董累筐盈橱。他会唱京戏，能画画，懂得鉴赏古玩，又做房地产生意，是一个文化掮客，被胡适称为"自负风雅的俗子"。他家在杭州拥有一座茶山，在上海拥有房产，他自己还拥有父亲留下来的数不清的字画古玩，可谓家财万贯。

翁瑞午也算是一个出身名门的人，因为父亲的荣耀，自出生便有光环在头上熠熠生辉。他有资本成为上海的一个浪荡公子，没有生计的无奈，没有任何负担。他也是风流一时，阔太小姐，豪门公子，名角儿，没有他不熟的。小曼来到上海后，翁瑞午带着她认识了很多志同道合的人，让小曼这位社交名媛在上海开始崭露头角。

翁瑞午是有名的阔少，他不需要固定的工作，可以凭着自己的兴趣选择工作和休闲。他喜欢戏曲、绘画，还有许多娱乐爱好，上海的娱乐场所是他经常光顾的地方。赌场、戏院、酒店、夜总会进进出出。因为闲来无事，他喜欢去戏院看戏，捧戏子，时间长了也会唱戏，是铁杆票友，同时也喜欢去舞场跳舞，喜欢交朋友，出手大方，颇有人缘。他人聪明、自然、风趣，很招人喜欢。他还抽鸦片，追女人，是上海十里洋场的花花公子，风流倜傥、蕴藉潇洒。如果说北京交际场合多的是绅士官僚的话，上海交际场合多的就是这一类洋场阔少，靠吃祖上产业过他们有品位又自由自在的生活。

他懂女性，既会逢迎、拍马屁、讨好，也知冷知热，体贴周到。他家中有妻有子，还断不了与戏子厮混，曾与一女学生生下一个私生女，他死后由陆小曼抚养。对于女人，他并不看重，就像衣服，旧了就扔。但对陆小曼却情有独钟，多方讨好，不惜血本。对小曼，他是情真意切，深情厚谊，颇为看重，引为知己，一生不离不弃。

翁瑞午与小曼的嗜好相同，他们都抽大烟，都是日夜颠倒，又都会唱京戏，唱昆曲。翁瑞午更是精明仔细，善体人意，在小曼身上处处留心体贴。他在陆家的时候比志摩在家的时候都要多，差不多天天报到，他对小曼的干女儿也是极好。他们俩经常带着何灵琰到处游玩，翁瑞午还给何灵琰买孩子喜欢吃的东西和玩具。

何灵琰喜欢翁瑞午超过徐志摩。

翁瑞午长得清秀，体瘦长脸，白白的，总是穿长袍，黑缎鞋，北方话还说得不错，人很活络也很风趣。翁瑞午是一个风趣、懂得讨好女人的男人，他能说会道，轻松幽默。他对小曼是极好，绝非始乱终弃，更没有轻浮之意。事实上，就是真正的浪子，对于他真喜欢的女人，也会恩宠有加。

这样一个洋场浪子成为小曼的闺中密友，小曼就是有这样的魅力。世上很多事情仿佛早已经注定，小曼因为遇到翁瑞午，晚年间的生活才没有那么绝望。自志摩走后，小曼受了很大的打击，如果没有翁瑞午，她或许根本撑不下去。

翁瑞午也给小曼带来深刻的困扰，他带领小曼进入鸦片的世界。鸦片必然需要很大的花费，更可怕的是鸦片并不是好东西，会让人的身体更加枯槁，更加虚弱。人生就是这样的祸福相依，没有人能够判断这一切究竟是对还是错？是福还是祸？

翁瑞午本来就是抽鸦片的，小曼身体常年不舒服，他就劝她抽几口，以减轻病痛。果然见效，于是一发不可收拾，小曼依赖上了鸦片。这就是近墨者黑，翁瑞午对小曼即使有千般恩，可在抽鸦片这一件事上却是耽误了小曼一生，害了小曼与志摩的家庭生活，也给自己增加了不少的经济负担。此后他们俩天天在一起抽鸦片，风雨无阻。翁天天来小曼家报到，最后干脆住在小曼家。

小曼与翁瑞午的关系自然是会受到世俗的讨伐，他们之间太过亲密，已经超越了普通朋友的程度。他们每天都在一起，小曼与翁在一起的时间比与志摩在一起的时间都多。自从来到上海，志摩与小曼之间的关系也不如以前那么亲切了，小曼与翁之间的感情却好像一直在升温，这让身边的很多人不满。

志摩的母亲对志摩的前妻说：我再也受不了啦，我一定要告诉你陆小曼的事情，我再也没办法忍受和这个女人住在同一间屋子里了。家里来了个姓翁的男人，陆小曼是通过她在戏院的朋友认识的，他现在是她的男朋友噢，而且已经住在这儿了。冰箱里本来有块火腿，我叫用人热了给老爷和我当晚饭的菜。第二天陆小曼打开冰箱一看，想知道她的火腿哪儿去了，我告诉她是老爷和我吃了，她就转过头来尖声怪叫，数落我说：你怎么做这种事？那块火腿是特意留给翁先生的。老太太继续说：我真搞不懂这件事，志摩好像不在意翁先生在这里。他从北平教了那么多个钟头书回来是这样累，喉咙都痛死了。我就告诉用人替他准备一些参药，可是用人回来说我们不能碰屋子里的人参，因为那人参是留给翁先生吃的！这到底是谁的家？老太太喊道，是公婆的，是媳妇的，还是那个男朋友翁先生的？徐志摩一点都不在乎这件事，他说，只要陆小曼和翁先生是一起躺在烟榻上吸他们的鸦片，就不会出什么坏事。

徐家二老已经非常恼怒小曼，觉得小曼是一个浪荡的女人。他们还希望小曼嫁给志摩之后会有所收敛，结果他们发现，小曼劣性难改。她从骨子里就是一个放荡的女人。现在居然公然把男人养在了家里。志摩的母亲总是在志摩面前抱怨，她说就没有见过这样不自重的女人。对于以前的传统女性，小曼的这种做法真的让人难以理解。

志摩一直理解小曼，他知道他们只是互相为伴，所以每次母亲斥责小曼的时候，他总是向着小曼说话。一是怕老人家动气，二是想尽量保全小曼在他父母心中的印象。有一天晚上志摩回家以后，爬上烟榻另一头和陆小曼躺在一起，陆小曼跟翁先生一定一整个晚上都在抽鸦片烟，早上他们三人全都躺在烟榻上。翁先生和陆小曼躺得横七竖八，徐志摩卧在陆小曼另一边，地方小得差点摔到榻下面。

　　这样的生活志摩的母亲已经看不下去了，家中要有一个抽鸦片的人，生活一定会变得糟烂不堪，再加上一个女人还领回家一个男性烟友，谁都无法忍受。志摩的母亲说："这个家毁了！"是啊，已经没有一个家的样子。家应该是温馨的港湾，我们可以缱绻休憩。家不需要富丽堂皇，不需要万贯家财，家是一首温馨的小夜曲。不论多晚，都有一盏灯，一个人在默默地等待着你，这就是家。慈祥的父母，忠诚的伴侣，可爱的孩子，这就是一个美好的家。志摩的家已经变成聚会的舞厅、大烟馆、戏院，却没有温暖的气息。

　　志摩拖着疲倦的身体走进房子，一股浓浓的烟味扑鼻而来，他知道自己的妻子又在吸鸦片，他走进烟室，看见小曼与翁瑞午一起围着桌子倒在烟榻上。小曼淡淡地说了一句：你回来了。志摩说：嗯。然后就躺在小曼身后睡着了。志摩很快就入睡了，因为太累了，还要在路上颠簸。志摩在梦中，他与小曼在硖石，青山绿水环绕着他们。志摩觉得神清气爽，小曼笑得很灿烂，就如他们初见。

沉沉地睡了一觉，志摩醒来之后，发现自己与小曼、翁三人躺在烟榻上，房间里充斥着浑浊的空气，有点想吐。他迅速离开那间房子，走到院子里，吸了几口凉气，慢慢地开始恢复平静。他开始厌恶这样的生活，已经完全没有生活的情趣，只剩下挣扎。

　　小曼一旦抽上鸦片就立即忘记了身边所有的人，自己也没有了灵魂，只有在烟雾中迷离，游荡。鸦片就是会让人变得面目全非，人事不通。小曼知道自己的丈夫回来了，但是抑制不住自己想抽大烟的情绪，她看见翁瑞午一直点着烟。不知不觉天已经大亮了，等她醒来，她发现志摩已经不在她身边了。

　　小曼奢靡的生活已经引起了那些小报记者的关注，一篇恶毒的文章刊登在《福尔摩斯》小报上，污言秽语对陆小曼大肆攻击，也玷污了志摩的名节。文中有这样几句："诗哲余心麻，和交际明星伍大姐的结合，人家都说他们一对新人物，两件旧家生。……因此大姐不得不舍诸他求，始初遇见一位叫作大鹏的，小试之下，也未能十分当意，芳心中未免忧郁万分，镇日价多愁多病似的，睡在寓里纳闷，心麻劝她，她只不理会。后来有人介绍一位按摩家，叫作洪祥甲的，替她按摩。祥甲吩咐大姐躺在沙发上，大姐只穿一身蝉翼轻纱的衫裤，乳峰高耸，小腹微隆，姿态十分动人，祥甲揎袖捋臂，徐徐地替大姐按摩，一摩而血脉和，再摩而精神爽，三摩则百节百骨奇痒难搔……"

　　这篇文章用词卑鄙下流，别说攻讦志摩这样的文人书生，不管攻击谁都是恶毒之极。不用猜，谁都知道余心麻是徐志摩，伍大姐是陆小曼，汪大鹏是江小鹣，洪祥甲是翁瑞午，而这里主要攻击的是陆小曼。这样的下流文章志摩看了很气愤，也很苦恼，谁遇到这种事都会烦恼，更何况是理想化的诗人？

这篇文章当时引起了很大的骚动，有为志摩抱憾的，有拍手叫好的，形形色色的人都在这件事情上发表自己的感想。志摩就这样被硬生生地扣上了一个"绿帽子"，成了众人皆知的笑柄。因文章太下流，租界巡捕房已经以攸关风化为名予以检举，由临时法院处罚示警。但徐志摩、陆小曼、江小鹣、翁瑞午觉得这处罚太轻，便又向法庭提起刑事诉讼，但随后却因已处理过而不了了之。这件事后，志摩的心情一直不好，感叹颇多，既气愤社会上无聊的人们，上海的乌烟瘴气，又不满小曼一年来的生活方式，也气自己竟然没有做一首诗，而且连诗意的影子都没有。自从与小曼结婚以后，志摩的创作灵感就陷入了枯竭，他每天都要为生计奔忙，还得不到妻子的爱戴，一点浪漫的情怀都没有了。

志摩的情绪已经跌到了谷底，他开始躲着小曼。他想冷静地思考他们之间的感情和婚姻。他知道自己的心里还是爱着小曼，但是作为男人的尊严已经因为小曼被世人践踏，他受不了这样的伤害和打击。他想逃离上海这座纸醉金迷的城市。

这次丑闻事件，小曼受到了很大的伤害。这篇文章成为世人讨伐她的把柄，也让她坐实了"荡妇"的罪名，从此名誉扫地，成为大上海人们茶余饭后的笑料。

伊人憔悴，红颜病绕

态生两靥之愁，娇袭一身之病。小曼多病多痛，灵丹妙药都无法根治。她娇生惯养，依然不能拥有健康的体魄；锦衣玉食，换不来一日康健。带着一身病痛在世间停留的又何止黛玉，病来如山倒，病去如抽丝。一生以药为伴，药炉为友，也是小曼的命运。心脏病、胃病，成年之后还加上了神经衰弱，这与她的生活习惯有很大的关系。黑白颠倒的人，最容易精神萎靡。小曼从来就不爱惜自己的身体，她是一个享乐主义者，只要是令她快乐的事情都不会在乎对自己身体的影响。王赓劝过她，志摩说过她，但是她根本没有当回事。小曼经常说，平平庸庸地活着，不如轰轰烈烈地去死。

小曼染上大烟还是因为自己这多病多痛的身体，她每一天都生活在病痛的折磨之中。与志摩结婚以后，在硖石受了气，在上海受了罪，她的身体更加虚弱了。她遇上了翁瑞午，他是一个有烟瘾的人，看见小曼被病痛折磨没有特效的药物，就向小曼推荐了鸦片，没想到小曼最后竟然陷进去一发不可收拾。小曼的才华和聪明全让鸦片害了，本来二十八岁正是一个女人成熟的年龄，可以做一些有意义的事业，可小曼却在鸦片烟的升腾中虚度终日，谁看了都可惜。过去爱惜她的胡适等老大哥这时只能对她摇头。正因为此，在历史的记载和人们的传说中，陆小曼是名媛中的反面典型，当然这样的女人还很多，只不过她的名气最大罢了。

小报的事情发生之后，志摩一直处于低落的状态。他对任何事都没有兴趣，也不愿意出门，一直待在家中。胡适等朋友怕徐志摩在上海被毁掉，执意要他到北京做事。志摩早已烦透了上海的生活，正想换个环境生活。在这里，他总是能够感受到别人鄙夷的眼光，还要忍受小曼与翁瑞午每日的烟雾缭绕。他可以去北京静静地过一段时间，也调整一下自己的生活状态还有心情。他想等一段时间，稳定下来之后，将小曼也接到北京，让她远离上海的生活。

徐志摩到北京执教，长时间不在家。这时，陆小曼大多时候由翁瑞午陪伴，徐志摩的家几乎就成了陆小曼和翁瑞午的家。现存最后一封致小曼的信一开头就说："今天是九月十九，你二十八年前出世的日子。我不在家中……今天淘美等来否？也许他们不知道，还是每天似的，只有瑞午一人陪着你吞吐烟霞。"从这封信可以看出，志摩是多么的在乎小曼，就算是在遥远的北京，也牢记小曼的生日。

女人对于纪念日是看重的，尤其小曼是受过西式教育的女子，自然更加在意自己的生日。此时的小曼已经没有往日的风采，已经沦落到大烟鬼的行列，就算是自己的生日也离不开大烟。小曼并没有庆祝自己的生日，她觉得这是一件没有意义的事情。生日当天，她还是与翁瑞午一起抽大烟。最后，小曼命用人准备了一个蛋糕，还有几个可口的小菜，与翁一起过了一个简单的生日。

小曼每天都要吸食鸦片，但是她的身体更加不好，虚弱了。人已经开始日渐消瘦，精神也一天不如一天好。徐志摩到北京后，希望把家安在北京，多次写信请求小曼与他一起北上，但她坚决不肯。她不愿意北上的原因是她已经习惯了上海的生活，离不开她的朋友们。

曾经小曼不愿意从北京到上海生活，那时候是因为王赓不是她所爱，她不愿意妥协。现在志摩又让她从上海到北京生活，她还是不愿意，上海的生活才是她追求的归宿。时间不仅能够改变一个人的容颜，还能改变一个人的习惯。上海，这座繁华的都市，让小曼留恋，与她志同道合的一帮朋友都在上海。曾经在北京的生活，她已经遗忘了。

最重要的原因是，她离不开鸦片和翁瑞午的推拿。翁瑞午既为她施其推拿妙技，又导引她吸鸦片。小曼已经离不开翁瑞午这个人，他就是小曼生活里的一缕阳光，在她不见天日的房子里，翁是陪她走过黑暗的人。翁瑞午是一个合格的知己，他对小曼的用心令人感动。小曼也是看在眼里，记在心里。

志摩多次催促，她都以各种借口推辞，一年之久还是没有一个定论。小曼不愿意离开上海，实在是习惯了上海的生活，这里的生活正是她要的生活，这并没有错。可一个家庭，最终还是需要协商，有一方牺牲，小曼显然不愿意牺牲自己，也不愿意轻易投降，因此家庭矛盾开始上升。去不去北京成为他们夫妻矛盾的焦点。

小曼不愿意跟随志摩北上，令志摩无比痛心。他没有想到小曼竟然如此倔强，难道小曼就不想与自己在一起幸福地生活？小曼有没有在遥远的上海思念着自己？这都是志摩在北京任教之后，每天都会想的问题。看来答案已经很明显了，小曼根本就没有这样的想法。她最喜欢的是奢靡、鸦片还有翁瑞午的按摩。她就是这样的女人，从来都不会为别人考虑。

徐志摩很生气，陆小曼大事、小事都不听他的，这么多年他就这样迁就过来了。小曼要名牌，所有的东西都要好的，志摩就努力赚钱为她提供经济支援。不管他在外面多么辛苦，他都没有抱怨，他只希望小曼能够过得开心，不会为了和他结婚而后悔。志摩什么事情都要顺着小曼的意思，因为小曼的身体很不好，不能生气。志摩作为一个男人，他觉得照顾自己的妻子是他的本分，所以他对小曼疼爱有加，尽自己所能让她幸福。

来不来北京，可不是能迁就的事，她不来就意味着她根本不把志摩放在眼里，不在意与他的婚姻，这表明小曼的生活中就算没有他志摩，她也完全可以生活得很好，这已经触及婚姻的实质：要还是不要这个婚姻？这是自结婚以来志摩第一次考虑这个问题，他对小曼真的已经失望透顶。

小曼并没有意识到志摩的变化，她已经不去想这些问题了，疾病与鸦片的双重折磨已经让小曼的身体濒临崩溃的边缘。她的精神很少有好的时候，每天都昏昏沉沉。志摩非常气愤地给小曼写信，但是，令志摩不理解的是，因为那篇下流的报道，小曼应该受到教训，远离那些招惹是非的人，离开那个地方，岂不是更好？小曼却是那样的无动于衷，她还是每日与翁瑞午厮混在一起，完全不避讳。志摩觉得小曼现在已经不注重廉耻了，她就是贪图享受。

徐志摩虽然对陆小曼抽鸦片一事无可奈何，但他始终痛恨鸦片，为此痛苦不堪。鸦片是害人的东西，林则徐禁烟的时候，中国人就认识到鸦片的危害。但是这种暴利的毒品自从鸦片战争开始就没有在中国这片热土上消失过。尤其是上流社会的人，更加愿意尝试那个害人的玩意儿。小曼就是因为来到上海，才卷进了这样的旋涡里，身体也被鸦片搞垮了，生孩子现在已经成为一个不可能的事情。以小曼的身体状况，医生说，小曼要是一直这样生活，还是不生孩子的好，生出来的孩子也未必好。

志摩在给小曼的信中说："我对你的爱，只有你自己知道，前三年你初沾上恶习的时候，我心里不知有几百个早晚，像有蟹在横爬，不提多么难受。但因你身体太不好，竟连话都不能说。我又是好面子，要做西式绅士的，所以至多只是短时间绷着一个脸，一切都郁在心里。"志摩为了小曼真的很苦，当初在一起的时候是何等的快乐，现在却落到这般田地。每天痛苦的度日，还要为小曼的身体担忧。他已经筋疲力尽，他只希望小曼能够体会他的良苦用心。

可小曼并不能体会志摩的这份爱与苦，她更多的时候想到的还是自己，并不觉得自己抽鸦片有什么错。鸦片消磨了她的意志，鸦片像魔鬼一样侵吞了她的心智。除了放弃自我，她已经没有了事业心，甚至失去了明辨好坏的理智，沉醉在鸦片烟的享受中，就像与魔鬼打交道，已经没有了正常人的心态。

陆小曼对翁瑞午的评价也是中肯的，陆小曼对晚年的忘年交好友王亦令说，志摩去世后翁医治更频，他又作为好友劝慰，在她家久住不归，年长月久，逐委身焉……但陆小曼自动向他约法三章，不许翁抛弃发妻，她也不愿和翁瑞午名正言顺结婚，宁愿永远保持这种不明不白的关系，因为一则她始终不能忘情徐志摩，二则翁之发妻是老式女子，离异后必无出路。在这一点上其实也可看出陆小曼的忠厚之处。小曼是一个善良的女子，只是她的生活铸就了她娇生惯养的性格，她展现给别人自私的一面。但是她绝对不是一个恶毒的人，骨子里既纯情又善良。

陆口口声声说，跟翁并无爱情，只有感情。这话也许是真的。然而即使对待感情，她也是认真而坚强的，决不三心二意。当时许多朋友不赞成她与翁的这种关系，任凭怎样劝说，她都不为所动。当然她对翁瑞午更多的还是依赖。

翁瑞午对小曼始终如一，这不是爱又能是什么呢？没有婚约，能这样厮守的，世间又有几多？他们确实是一对知己，彼此互相了解，相互欣赏。在世人的眼中他们的爱好是那样的卑微，他们过的就是不正常的生活。在他们的世界里，他们是多么的快乐，这样就足够了。小曼已经受尽了婚姻的苦，爱情的伤。对于婚姻与爱情，她已经没有任何希望，她只想这样安静地生活下去。不要对任何人造成伤害，对于王赓，小曼的心中也充满了愧疚。虽然她与王赓并没有爱情，但是不管怎么说小曼还是背叛了王赓。他们的离婚协议是王赓在牢狱之中签的字。小曼一直觉得自己就是一个罪人，可能就是因为对王赓做得太绝了，所以她与志摩也没有幸福下去。最后，她还染上一身烟瘾和疾病。身体就像是被抽干了一样，一日不如一日。

他们确实很相投，是真正的一类人。为了供养小曼，他将自己的所有收藏变卖不遗。20世纪60年代，物资奇缺，为了一包烟、一块肉，翁瑞午不惜冒着酷暑、顶着严寒排长队去设法弄到。他有一香港亲戚，时有副食品惠寄，翁瑞午也只取十分之一，余者都送给小曼。陆小曼发病，他端汤奉药，不离左右，直至1961年故世。1961年，翁瑞午临死前两天，约赵清阁和赵家璧见面，翁瑞午拜托他们多多关照小曼，说他在九泉之下也会感激不尽的。这片心意再说明问题不过，他爱她，对她有责任感，他能这样待小曼，这样情深意浓，能不让人感动吗？他不是一个轻薄负义的男人。

他们这种寄生而另类的关系不被人理解，不仅仅是朋友，他们互为需要，相依为命。所有感情并不只有爱一种，而爱也并非只有一种。

对于小曼他是情深意长。

多情诗人，为稻粱谋

衣带渐宽终不悔，为伊消得人憔悴。爱情披着华丽的外衣，姗姗走来，婀娜多姿。洗尽铅华，留下的只有落寞。你是我的此生，我却不是你的唯一。星星点点，郁郁葱葱，洁白的月光洒进了门前的池塘，一个男子在池边久久徘徊。黑色的眸子里隐藏闪烁着烦恼忧愁。一个世纪的悲凉与失落，都在这里沉睡，沉睡……

才华横溢的徐志摩，寄情于山水，他将自己的情与爱全部蕴含在诗句中。一生都保持着真性情，爱憎分明。小曼就是志摩一生的等待，将自己的全部甚至生命都奉献给这个他深爱的女人。

爱上一个名媛是志摩的悲哀，一个诗人的悲哀。他们注定是两个世界的人，彼此除了爱情，他们之间的交集太少。小曼的生活是金钱堆积的华丽，志摩为了让自己的妻子过上这样的生活，疲于奔命，还是入不敷出。为了满足小曼的物质需求，一人在上海、南京、杭州等地的几所大学同时兼职任教。他还办了书店、杂志，并编辑翻译图书，一月下来能赚 600 ~ 1000 元，这在当时是一个很大的数目。

上海这个繁华的城市还是不适合志摩这样的诗人，他一直想离开这个地方，只是一直没有下定决心。小曼很喜欢上海的生活，志摩知道小曼不会为了跟随自己而离开上海。促使徐志摩做出离开上海的决定，是光华大学的一次学潮。到了 1930 年，志摩只在上海光华大学和南京中央大学两处教书，而上海光华大学是志摩 4 年来经济的主要来源。但 1930 年年底，光华大学的一次学潮却使他丢了饭碗，他被当局政府辞退了。原因是作为学校选出的校务执行委员会委员之一的他，在国民党支持的特务学生杨树春闹事的学潮中，坚决反对政府干预校政。志摩被辞退后，北京关心他的几个朋友，特别是胡适，为他着想，给他在北京大学找到一份不错的教职，因此志摩决定北上。

走，既是为了个人前途，也是为了生计。在上海，失去光华大学的工作，志摩已没有足够的钱养家。上海的家，一个月的开销最少要在五六百元上下。在北京的北京大学和女子大学两处教书，他的工资所得是 580 元，再加他写作、翻译和其他收入养家不成问题，因此他才南北奔波。从春季到夏季，他来回往返于北京上海达 8 次之多。小曼依然坚持留在上海，不肯北上。

志摩这次决定不再迁就小曼，他要用自己的真情感动小曼，让小曼跟随自己在北京生活。志摩把小曼当作自己的唯一和希望，两地生活给志摩带来了莫大的苦恼。每天满满的工作让志摩感到疲惫，他需要小曼的陪伴。真心相爱的夫妻，需要彼此的温暖，怎么能够容忍长时间分离？志摩一直跟小曼书信联系，每一封都情真意切，希望小曼能够来北京与他一起生活。他用尽了各种办法，请求、哄骗、责备，任何方式在小曼面前都是耳边风，一点作用都没有。小曼喜欢上海的生活，尤其是翁瑞午的陪伴，让小曼觉得很快乐。要是到了北京，她就不能像现在这样自由自在地生活。她困了，翁瑞午会给她按摩；无聊的时候，翁会陪她外出游玩；想抽大烟的时候，他们同榻而卧，彼此陪伴。这一切只有在上海才能够实现。所以，小曼断然不会离开上海。

志摩忍受不了小曼的固执，他给小曼写了一封严厉的信。这封信诉说了多年来他对小曼的不满，指出她舍不得离开上海的原因是舍不得鸦片和与她一起抽鸦片的人。志摩一直用理解想感动小曼，他相信小曼与翁瑞午之间没有男女之间的私情。但是，小曼现在的态度，让志摩心灰意懒，他再也想象不到任何强大的理由能让小曼这么执着地待在上海。志摩觉得自己在小曼心中已经没有了位置，要是他们这样分居下去，他不知道他们的生活又会发生什么变故。

　　他在信里说："我想只要你肯来，娘为你我同居幸福，决无不愿同来之理。你的困难，由我看来，绝不在尊长方面，而完全是积习方面。积重难返，恋土情重是真的。……就算你和一个地方要好，我想也不至于好得连一天都分离不开。况且北京实在是好地方。你实在过于执一不化，就算你迁就这一次，到北方来游玩一趟。不合意时尽可回去。难道这点面子都没有了吗？……现在我需要我缺少的只是你的帮助与根据于真爱的合作。"

　　这封信看出志摩的严肃，也感觉到他们夫妻的疏远，直至志摩死，小曼也没有给他这点儿面子。

　　夫妻吵架在所难免，床头吵，床尾和，这也是常见的事情。小曼对于志摩这封信却是不理不睬，她心里充满了不满的情绪。她对志摩的惩罚就是冷漠，这种伤害对志摩来说实在是太大了。志摩一直等待着小曼回信，但是小曼却与翁瑞午一起出去游玩，根本就没有给志摩回信的念头。

　　志摩已经意识到小曼的绝情，他看到了小曼的变化。爱情已经随风而逝，而志摩却是一个无爱不欢的人。他开始认为自己在小曼的心中只不过是一头牛，赚钱的工具。小曼现在离不开他，是因为小曼还需要他的供养。等有一天，小曼不需要钱的时候，他自然就成了无用之人，会被随意丢弃。志摩很害怕，他想要挽回小曼的心，就必须让她离开翁瑞午北上生活。

志摩使出浑身解数也换不来小曼一封信，小曼已经麻木。志摩的任何语言都对小曼没有作用。志摩忍不住了，他想刺激小曼，希望她能回一封信，让他能够知道小曼心里的想法。志摩责怪小曼说：连一个恶心字也不给我寄。这一激，还真激出一封信来，虽然是姗姗来迟。这封信是回复志摩前头几封信的，她写道："顷接信，袍子是娘亲手放于箱中，在最上面，想是又被人偷去了。家中是都已寻到一件也没有。你也须查看一下问一问才是，不要只说家中人乱，须知你比谁都乱呢。现在家中也没有什么衣服了，你东放两件西放两件，你还是自己记清，不要到时来怪旁人。我是自幼不会理家的，家里也一向没有干净过，可是倒也不见得怎样住不惯，像我这样的太太要能同胡太太那样能料理老爷是恐怕有些难吧，天下实在很难有完美的事呢。玉器少带两件也好，你看着办吧。既无钱回家何必拼命呢，飞机还是不坐为好。北京人多朋友多玩处多，当然爱住，上海房子小又乱地方又下流，人又不可取，还有何可留恋呢！来去请便吧，浊地本留不得雅士，夫复何言！"

小曼从来都不是逆来顺受的女子，她一直都像一个公主、王后一样活着。她不了解志摩，志摩这样逼迫，只是因为他还是那么在乎小曼，没有小曼的日子依然是世界末日。但是小曼却不这么想，她认为志摩在无理取闹，他开始嫌弃自己不是一个贤妻良母。自己的品性志摩已经很清楚啊，那时候的海誓山盟一点也经不起时间的考验。在小曼的心中志摩那一封封信，就是在找她的不是。小曼想，志摩或许还有别的主意，在北京另有新欢也说不准。一个变心的男人还有什么挽留的必要，所以小曼让志摩自便。小曼就是这样骄傲的女人，她有这样的资本。小曼的身边从来都不缺知己，她的异性朋友多不胜数，所以她从来都不会感到寂寞。

一对夫妻，来往书信变成一种争吵和讥讽，还有什么感情可言。小曼请志摩一切自便，话已至此，情也所剩无几。志摩更是心灰意懒了，他没有想到小曼对待他们之间的感情这么随意。这样就尽了，心也凉透了。人们常夸小曼聪明，可她的聪明在哪里？一个靠男人供养的女人，竟可这样理直气壮，只有小曼才会有这样的脾气和架子。

1931 年 6 月 25 日志摩写信与小曼摊牌："如果你一定要坚持的话，我当然也只能顺从你（指不来北京的事）；但我既然决定在北大做教授，上海现时的排场我实在担负不起。夏间一定得想法布置。你也得原谅我。我一人在此，亦未尝不无聊，只是无从诉说。人家都是团圆了。叔华已得通伯，徽因亦有了思成，别的人更不必说常年常日不分离的。就是你我，一南一北。你说是我甘愿离南，我只说是你不肯随我北来。结果大家都不得痛快。但要彼此迁就的话，我已在上海迁就了这多年，再下去实在太危险，所以不得不猛醒。我是无法勉强你的；我要你来，你不肯来，我有什么想法？明知勉强的事是不彻底的；所以看情形，恐怕只能各行其是。"志摩决心不再迁就、勉强小曼，决定各行其是，这或许就是解决问题的暂时办法。

任劳任怨的徐志摩开始对抗自己曾经认为理所应当的生活，他不想这样没有尽头地等待下去。他与小曼的生活已经感受不到任何快乐，只有痛苦与纠结。陆小曼是他的妻子，志摩一直死心塌地地爱着她，他希望能够挽回她的心。志摩选择了这样极端的做法，但是，他没有想到，就是这封信把他们的关系推到了破碎的边缘。

阴阳两隔，匆匆永诀

"十年生死两茫茫，不思量，自难忘。千里孤坟，无处话凄凉。"生生世世的等待，一回眸，时过境迁，物是人非。你走了，我还在这里。你洒脱离开，却留给我日日夜夜的思念。此生的泪水注定要为你流干，一个人，一盏灯，一扇窗，一直等待着你的归来，午夜梦回，你还会回来吗？

> 轻轻的我走了，正如我轻轻的来；
>
> 我轻轻的招手，作别西天的云彩。
>
> 悄悄的我走了，正如我悄悄的来；
>
> 我挥一挥衣袖，不带走一片云彩。

志摩轻轻地走了，却将无限的悲伤与思念留给了小曼。是是非非都变得苍白无力，所有的琐事都变成了过眼云烟，唯有爱情经得起生死的考验。曾经以为的天堂变成了地狱，那时候的地狱却成了现在美丽的梦幻。志摩的每一个身影都深深地印了小曼的心中，久久不肯离去。生活就是一个骗子，他戴着面具欺骗着所有无知的人。只有真情与信任能够逃过生活的骗术，但是，很多人不经意间丢弃了曾经的真心，陷入他精心设计的琐碎。有时候，他是一个魔鬼，会将一个人的心撕得粉碎。

志摩飞机遇难，送给他免费机票的南京航空公司主任保君健，亲自跑到徐家给陆小曼报噩耗。但小曼不能相信这是真的，她把报噩耗的人挡在门外，是她确实不能相信。好好的人，一夜之间，竟然生死两茫然。志摩说过要陪她终老，等头发全白了，牙齿都落了，还要牵着她的手一起看夕阳。他怎么会先走呢？他不是希望自己北上陪他吗？这一切都不是真的，小曼不敢相信自己的耳朵。她还想向志摩道歉，那一天她不该那样对待志摩。小曼将保君健推出了自己的家。

保君健不得已只能去找张幼仪，因为徐志摩的父亲和儿子与张幼仪一起生活。张幼仪冷静地处理了这一悲痛的事件，她派13岁的儿子徐积锴和八弟去山东认领尸体。后来张幼仪说："她（陆小曼）出了什么毛病？打从那时候起，我再也不相信徐志摩和陆小曼之间共有的那种爱情了。"张幼仪的心里责怪陆小曼，确实这些事情归根究底还是因为陆小曼。她是一切灾难的源头，人生没有再选一次的机会，如果知道志摩会离开这个世界，张幼仪那时候断然不会点头。她以为自己这样坦然的做法能够让志摩从此过上幸福的生活。没想到，志摩婚后的生活并不快乐，现在居然因为这个女人的虚荣丢了性命。张幼仪悲痛万分，她又很庆幸，毕竟她还生下了志摩的孩子，保住了徐家的根。每当想到志摩那个不称职的妻子，张幼仪就心生怜悯。

死讯得到证实后，小曼一下昏厥过去，醒来后，号啕大哭。这时，她真的悲痛到极点，害怕到极点，悔恨到极点。痛苦和悲伤击倒了她，使她变得麻木。在徐志摩的所有亲人和朋友中，数她最痛，她和志摩唇齿相依，失去志摩，就等于她的天塌了。她思绪万千，悔恨自己的所作所为，她失去了世间最爱她的人，失去此生唯一的依靠，她以后该怎样生存？这种种使她悲痛不已，伤心欲绝。

志摩死后，所有的亲人和朋友都为他悲痛，他的老父悲痛不已。他哀痛、悔恨、难过，他恨陆小曼害死了他的儿子。如果不是她，不是为了供养她而南北奔忙，他怎么会乘飞机飞来飞去？志摩死后，他的老父亲瞬间又老了很多，白发人送黑发人，而且在这同一年，他失去了两个最亲的人，妻子与儿子。知儿莫如父，他在挽联中写道："考史诗所载，沉湘捉月，文人横死，各有伤心，尔本超然，岂期邂逅罡风，亦遭惨劫？自襁褓以来，求学从师，夫妇保持，最怜独子，母今逝矣，忍使凄凉老父，重赋招魂？"徐志摩去世后，徐申如把一切罪责加在陆小曼身上，对她痛恨万分。

志摩的去世，林徽因十分悲痛，写下了感人肺腑的《悼志摩》一文。胡适失去了他最好的朋友，惋惜痛哭。志摩所有的朋友都流下了悲痛的眼泪。

悔恨、痛苦、恐惧一起向小曼袭来，本来病弱的她一时无法承受，哭泣耗尽了她所有的力量。志摩去世后的第二天下午，郁达夫与王映霞去看望她。小曼穿了一身黑色的丧服，头上包了一方黑纱，十分疲劳，万分悲伤地半躺在长沙发上，见到郁达夫夫妇，没有多说什么。在这场合，说什么安慰的话，都是徒劳的。沉默，一阵长时间的沉默。小曼蓬头散发，连脸都没有洗，一下子老了很多。

郁达夫描写道："悲哀的最大表示，是自然的目瞪口呆，僵若木鸡的那一种样子，这种状态我在小曼夫人当初接到志摩凶耗的时候曾经亲眼见到过。小曼几乎倾尽了自己的力气，整个人被掏空了，她的目光呆滞、游离，仿佛已经没有了灵魂。"

志摩的唯一一件没有损坏的遗物，是放在铁匣中小曼的山水长卷，准备拿到北京让朋友们再题词的。小曼看到这件遗物，想起志摩一贯对她的深爱，哭得死去活来。小曼的悲痛就像热浪一般，一阵阵向小曼袭来，她好几天都茶饭不思，不眠不休，闻者悲痛，听者伤心。

1931 年 12 月 6 日，上海举行了公祭，去了两三百人。死，总是一件可悲的事情，而志摩之死极尽哀荣，大厅里人山人海，挽联挂满了墙壁，花圈从灵堂一直放到天井里。小曼极度悲哀，朋友们本应安慰她，请她节哀，但许多朋友却不能原谅她，恨她切齿！许多朋友，如何竞武、胡适、林徽因、金岳霖等不肯原谅陆小曼，认为小曼不肯北上是志摩死的原因，此后这些朋友大都与她断绝来往。

一个月后，小曼在极度悲哀的情境中写下凄婉哀怨的长篇悼文《哭摩》。《哭摩》表现的是志摩的死对小曼的打击，是小曼的后悔，是小曼的无助，可是一切都晚了。志摩写于 1928 年的《怅然》几乎就是为回应现在的小曼而作，诗句说："怅然用火烫的泪珠见证你的真。"《哭摩》更多表现的是小曼的悔恨、自恨、忏悔，检讨自己婚后的种种过错，为自己的行为感到内疚，觉得万分对不起志摩。她说，由于她的病，使他无法过安逸的日子，不再欢笑，沉入忧闷，使他失去了诗意和文兴。他们理想中的生活全被她的病魔打破，因为她连累志摩成天也过那愁闷的日子。

小曼回想起志摩对她的好，两年来从未有一丝怨恨，也从未对她稍有冷淡之意。志摩一直迁就小曼的生活，一直努力赚钱供养着小曼昂贵的开销。志摩就是这样爱着小曼，是他彻底宠坏了小曼。她变得那么自以为是，看不见志摩的伤心，听不进他的好心宽慰。志摩总是耐着性子安慰她、怜惜他。

　　曾几何时，小曼只要稍有不适，志摩就声声地在旁慰问，如今小曼即使是痛死，也再没有志摩来低声下气地慰问了。再也听不到志摩那叽咕小语了。这一切都已经变成苍白的回忆，只有曾经那些若隐若现的身影陪伴着她。

　　过去她从听不进志摩的劝，现在志摩用死换来了她的大彻大悟。她说："我现在很决心地答应你从此再不睁着眼睛做梦躺在床上乱讲，病魔也得最后与它决斗一下，不是它生便是我倒，我一定做一个你一向希望我所能成的一种人，我决心做一点认真的事业。"她一直怀念着志摩的一切，将泪水化作前进的动力。小曼想用以后的人生偿还她欠下志摩的债，她从此要好好地生活，再也不过那种浑浑噩噩的生活。志摩走后，小曼也开始大彻大悟，重新审视生命的价值，生活的意义。

　　志摩死后，小曼确实变了。陈定山先生在《春申旧闻》中说：自摩去世后，她素服终身，从不看见她去游宴场所一次。王映霞也回忆说：他飞升以来，小曼素服终身，我从未见到她穿过一袭有红色的旗袍，而且闭门不出，谢绝一切比较阔气的宾客，也没有到舞厅去跳过一次舞……在她的卧室里悬挂着徐志摩的大幅遗像，每隔几天，她总要买一束鲜花送给他。但这只能表示她的忏悔，用志摩《枉然》中的诗句说："纵然上帝怜念你的过错，他也不能拿爱再交给你！"也许不懂珍惜，换来的只能是天谴。这不是小曼声声说的命，痛，只有自己默默承受。

若你归来，我将珍爱一生。此生你我的缘分已尽，但求来生我能还你今世的情。

鸦片毒瘤，蚀人心骨

罂粟是蛇蝎美人，世间人只要沾染上她，就会深深地迷恋，难以自拔。被她俘虏的人直到生命的最后一刻依然快乐，她带领着烟民生活在与世隔绝的世界里。那是一个神秘的国度，终极的享受掩盖着累累白骨。片刻停留，一生悔恨。

翁瑞午教会了小曼吸食鸦片，他是小曼的一生之中举足轻重的关键人物，他帮助了小曼一生，也害了小曼一生。鸦片这个令人闻风丧胆的东西，翁居然介绍给了小曼，最后一发不可收拾。翁瑞午是抽鸦片的，在认识小曼之前他就一直在抽，他认为这样才是享受生活。作为一个洋场浪子，他不为钱财发愁，不为生计担忧，剩下的就是想尽办法享受生活。他经过朋友介绍开始将鸦片作为自己玩乐的工具，鸦片让他享受到了极致的快乐。他并不知道这个给他带来快乐的东西就是最后让他失去生命的罪魁祸首。

因为小曼身体常年不舒服，所以染上鸦片，渐渐地成了依赖。鸦片给人带来快乐，止痛的效果非常好。小曼这多病多痛的身体，自然成为鸦片乘虚而入的良机。鸦片进入小曼的生活以后，小曼是没有以前的疼痛了，但是她变得麻木冷血了。这个蛇蝎美人从来没有让任何人成为赢家，世人只要沾染上她，就没有好下场，她会耗尽他们所有的元气，最后成为一具枯骨。

志摩走后，小曼的烟瘾更大，终日用大烟麻痹着自己的灵魂。翁一直供养着小曼，包括她的鸦片以及其他所有的用度。小曼在二十八岁就已经深深陷入鸦片的旋涡，没有任何创作激情。曾经的绘画天赋也全都抛弃了，志摩十分痛心。小曼在志摩眼中就是一块璞玉，只要加以雕琢，前途不可限量。没想到，小曼的人生就这样毁了。

小曼的烟瘾是志摩的心头大患，不仅是巨额的花费，而且那东西根本就不是减轻病痛，而是将小曼的身体抽干，就连她的灵魂也没有放过，尽数摧毁。志摩痛心疾首，小曼却是一个倔强的女人，不论志摩如何劝阻，她还是认为鸦片就是拯救她的好东西。志摩只能眼睁睁看着小曼被鸦片残害。志摩恨毒了鸦片，每次看见小曼躺在烟榻上，他的心就在滴血。他看见的不是满屋子的烟雾而是小曼飘零的灵魂。

志摩日日夜夜的操劳，为了妻子的用度，拼命赚钱。到了家中看见自己的妻子待在不见天日的房间里与另一个男人抽着大烟，这就是志摩在上海每天看到的情景。志摩回到家，蜷曲在妻子的身后，心里思绪万千，慢慢地进入梦乡。这样的日子，没有人能够长久地忍受。志摩最终离开了上海这个让他深恶痛绝的城市，到了北京。小曼与翁还有鸦片厮守在一起，直到志摩离开人世，小曼也没有离开上海的念头，更没有戒烟的想法。

小曼曾向王映霞解释过自己抽鸦片的缘由，她说："我是多愁善病的人，患有心脏病和严重的神经衰弱，一天总有小半天或大半天不舒服，不是这里痛，就是那里痒，有时竟会昏迷过去，不省人事。……喝人参汤，没有用，吃补品，没有用。瑞午劝我吸几口鸦片烟，说来真神奇，吸上几口就精神抖擞，百病全消。"小曼并没有意识到鸦片正在将她的身体慢慢地蚕食。她是一代名媛，接受过良好的教育，她知道鸦片的危害，她一直都知道鸦片不是好东西。当自己开始吸食鸦片时，小曼觉得鸦片是一个神奇的东西。时间久了，就更离不开了。

志摩发现小曼的身体越来越瘦，他很担心，就对小曼说了自己的想法。鸦片并不是灵丹妙药，她的身体愈加不好了。小曼笑着说，是没有以前的胖了，但是她觉得精神非常好，尤其是刚吸完之后。志摩不知道怎样劝说小曼离开翁，离开鸦片。

鸦片成了翁与小曼之间增进感情的利器，他们的共同爱好又多了一个不可或缺的项目。鸦片是每一天都离不了的，他们每天都在一起吞云吐雾。翁也享受着与小曼在一起的快乐，对于烟榻上的事情志摩是不过问的。翁就是这样静静地陪伴着小曼，他们俩天天在一起抽鸦片，风雨无阻。最后干脆住在小曼家，成为陆小曼的闺中密友。

看似荒谬的事情就发生在小曼的身上。翁瑞午这个花花公子对她一往情深，拜倒在她的石榴裙下，并且甘愿做她的知己、闺密。小曼对翁也是用情深厚，他们每天都在一起，小曼对翁的关心甚至超过了对自己丈夫的关注。志摩的母亲一直看不惯小曼的作风，她也感觉到小曼对翁瑞午那种超出朋友之间的关怀。

翁居然住进了小曼的家中，这是闻所未闻的怪事。一个男人光明正大地住进了一个有夫之妇的家中，这是何等的讽刺。志摩却容忍了翁与小曼的豪放作风，他知道一切都是鸦片惹的祸。

志摩回到家中看到陆小曼一天萎靡不振，成天就是吞云吐雾，十分不满，不免要说两句：眉，我爱你，深深地爱着你，所以劝你把鸦片戒掉，这对你身体有害。现在你瘦成什么样子，我看了，真的很伤心，我的眉啊！这是志摩的肺腑之言，他看见自己的妻子陷入大烟的泥淖，一定想尽力将自己的爱人挽回。

小曼本来不高兴，心里不好受，听志摩这么一唠叨，她大发雷霆，随手将烟枪往志摩脸上掷去，志摩赶快躲开，金丝眼镜掉在地上，玻璃碎了。小曼以前也经常使性子，但像这样对志摩发狠、动手还是第一次。她这样发作、狠毒，令志摩伤心至极。志摩想，小曼这样做说明她对自己已经没有疼惜之情。况且自己的颜面已经让小曼的烟枪打得粉碎，志摩这次真的伤心欲绝了。

他一怒之下离家外出，晚上也没有回来，他太绝望了，第二天下午才回去。回家之后，看到小曼放在书桌上的一封信，读后悲愤交加却又气极无语，没和小曼说一句话，随便抓起一条上头有破洞的裤子穿上，提起平日出门的箱子就走。这一切小曼和她母亲都看在眼里，却无法阻拦，只能眼睁睁地看着志摩离家出走。

这一走，竟成了永别……

醉生梦死，形影相吊

繁花深处，如梦幻泡影般，来来回回，熙熙攘攘。名媛淑女，大家闺秀的生活，光芒四射，万人瞩目。多才多艺的她，面若桃花。男人爱慕、追逐的对象，女人羡慕、嫉妒的美艳女子。她的身上有太多的爱恨交织，赞美与诟病并存。

她能跳（跳交际舞）、会唱（唱京戏、昆曲、评剧）、能写（写诗、剧本、小说、散文）、会画（画山水、花鸟）、能书、会译（懂英文、法文），还能说会道，这样的名媛一个时代出不了几个，因此当时成为众男人追求的对象。她的生活充满了赞美，从上学的时候，她就是一个与众不同的学生。进入交际圈大放异彩，这样的生活让她感到快乐、满足。

从此，她便爱上了万人追捧、纸醉金迷的生活。她拥有完整的自我，从不为世俗、权势折腰，真切地活在这个世界上。封建礼教禁锢不了她的灵魂，她毅然选择了爱情。她只为自己活着，没有任何一个男人能够让她牺牲自己的人生。她，就是繁华中的璀璨，冷傲中却带着柔情。

她不仅是一个漂亮、多才多艺的女人，还是一个十分聪明的女人。连徐志摩的前妻张幼仪，一个本应嫉妒她的女人，也说："我看到陆小曼的确长得很美，她有一头柔柔的秀发，一对大大的媚眼。饭局里，她亲昵地喊徐志摩'摩'，他也亲昵地叫她'曼'和'眉'。"这等风情万种、自然潇洒的女人谁不喜欢？谁不想拥有？男人对于小曼的追捧造就了她目中无人的性格。她就是这样的随性，与王赓分手时没有一丝留恋。对于志摩，她没有牺牲自己的追求，最后也没有跟随志摩北上。

王赓想拥有她，徐志摩想追到她，翁瑞午想占有她，人同此心。小曼虽然多才，但那个时代女人一生的事业还是嫁人，嫁对人就是女人的成功。在王赓的眼中，她是美艳的夫人，可助他爬上更高的位置；在徐志摩的眼中，她是一块璞玉，他要亲手雕琢，让她成才；在翁瑞午的眼中，她就是女人精华中的精华，就是精彩绝伦的女人，他喜欢，为她可以付出一切。她一生中最重要的三个男人，陪她走过了最美丽的年华，见证了她的美丽。不论是在舞池中，还是戏院里、烟榻上，她都是那么迷人。志摩在舞池中看见了这个翩翩起舞的女子，翁瑞午在烟榻上陪伴着这个女子。他们都无怨无悔，倾尽了自己的一生。

这样的女人注定是一把伤人的刀子，世人在赞叹她美丽的同时被她的锋芒刺痛。美丽的女人，令人着迷的女人，看不到这个女人的全部，这是一种魅惑。只有在社交场上，明亮的灯光下，才能将她的美丽捕捉。

这就是陆小曼的魅力，女人的魅力是需要男人来证明的，陆小曼到老，她的家中也常有六七个男人与她聚会、谈天，男人们喜欢她、欣赏她，因为她不是传统意义上的女人，也不是交际花，她是男人们的知己和朋友。男人们除了需要家中有贤惠的妻子外，还需要女人能理解他们，小曼就是善解人意，受欢迎的女人。

志摩认为，小曼每天和诗人在一起就应该会写诗，她喜欢唱戏就应该写剧本，她有绘画的天赋就应该成为画家，其实这也是一种误解。对一个人的期待过高，就成为他人的痛苦。小曼当然懒得听他的，每天仍然不是打牌、看戏、跳舞、吃饭，就是生病、抽大烟。渐渐地，志摩失望了，小曼却不以为然。

令志摩烦恼，影响他们夫妻感情的最重要的问题是金钱。小曼过惯了锦衣玉食的生活。她用的东西，什么都要最好、最贵的。就连家里的用人穿戴都比别人家的好很多。她捧戏子，一掷千金。她抽大烟，这又是一笔不小的花费。她这样生活，从来没有考虑过金钱的问题。身边的男人，自己的丈夫就是应该赚取更多的钱，供养自己的生活。

志摩到北京后写给小曼的24封信，几乎有一半谈到钱的问题。1931年2月24日内的两封信都谈到钱，第一封问：大夏六十元支票已送来否？他时时处处惦记着家中钱的用度，一是因为钱用得太快；二是因为经常处于缺钱的状态，所以刚到北京就问大夏大学的钱，看来临走时，家中钱已不多。同一天的第二封信，告诉小曼他来北京后所能得到的薪水数目："北大的教授（300）是早定的，不成问题。只是任课比中大的多，不甚愉快。此外还是问题，他们本定我兼女大教授，那也有280，连北大就600不远……只要不欠薪，我们两口子总够过活。"这个时候，志摩在钱的用度上还是胸有成竹，比较乐观的。他来北京刚20天，家中就等钱急用，他托朋友余上沅带现洋100元，劝小曼别急，日内即由银行再寄钱回去。3天后，即1931年3月18日，来北京还不到1个月，已领到北大300元，由银行汇到上海。到了1931年的6月14日，他来北京不到4个月，除了自用不算，路费不算，已给家中寄去 2000 多元，他规定小曼一个月的开支是 500 元，但小曼那里又似乎连 500 都还不够用似的，钱不管有多少，总不够小曼用，到了这个月似乎需要借钱，但借钱又无处开口。

小曼就是这样一个花钱如流水的女人，志摩的朋友就告诉他，陆小曼只适合做官太太之类。看来这句话是真的有道理。小曼的作风真的就是这样，还经常惹事。王赓那时候就经常告诫她，不要在外面太过招摇，以免生事。小曼根本就不会放在心上，她依然那样高调地活着。这就是陆小曼的本性，只有爱情的婚姻与只有金钱的婚姻在陆小曼看来也没有太大的区别。

她因为钱的事情，对志摩心生不满，已经不是一天两天了。小曼认为一个丈夫的责任就是养家糊口，这没有任何抱怨的必要。刚结婚的时候，小曼也受了不少的苦。小曼讨厌那种生活，她从来都没有受过苦，她觉得自己是真心对待志摩。作为他的妻子，享受丈夫带来的幸福生活也是理所当然，小曼在钱的问题上考虑得并不周全。她没有看到王赓与志摩的区别，志摩是一个文人，他并不擅长取财之道。这些钱对于志摩来说是一笔不小的数目。

志摩因为钱的事情焦急得睡不着。诅咒：钱真是太可恶了，来时不易，去时太易。最后不得不与小曼商量，在房子、车子、厨房三样上节省，因为他们的房子太大，两个月就需要 300 多元，确实是太奢侈了。车子似乎也是一笔大的开支，劝小曼卖了车子。而厨房更是一个大窟窿，因为在他家吃闲饭的人太多。小曼家里总是有客人，他们经常聚餐，自是丰富的菜肴。小曼是一个极爱面子的人，不可能在吃饭上亏待这些朋友。善于交际是小曼的优点也是缺点，她总是不会筛选。免不了会有一些酒肉朋友，他们就是来吃饭、热闹，对于小曼的事情并不上心，只是在小曼家里吃喝玩乐。志摩讨厌这样的朋友，也没有必要与这样的人交往。小曼并不在意这些，她需要热闹与浪漫，其他的事情她从来都不会多想。

这一大笔的费用在志摩活着时，小曼似乎一样都没有省，只是在志摩去世后，在写给胡适的信中说为了节省开支要搬家，但也并没有搬，她的铺张是一贯的。志摩希望以后把家用节省到每月400元，但那是不可能的，她只鸦片、医药两项下来就得300元，再加上吃、用，车子，衣物，上上下下十多个人的开销，每月最少600元。志摩实在负担不起上海的家用。而举债过日子的生活太让他难堪、丢脸。他真有些招架不住了！

志摩想逃离这样让他喘不过气来的生活，他是一个诗人，不是一身铜臭的商人。志摩一生最看不惯为钱而活的人，现在他却过上了这样的生活。只是因为自己娶了一位名媛做妻子，他就要付出自己的理想与追求。爱了就爱了，志摩没有办法控制自己的情感。小曼一生都没有彻底脱离那种浮夸的生活。

　民国三大才女：林徽因　张爱玲　陆小曼

铅华洗尽，绝世红颜落花逝

　　时光匆匆而逝，容不得半点挥霍。生命的灿烂在指缝间轻轻滑过，若不珍惜，稍纵即逝。歌舞升平的繁华，遮住了你宁静的美丽。爱的尽头，你的倩影，在某个时空留下了隽永的印记。

若你归来，挚爱一生

　　爱与不爱，他就在这里，不曾离去。一次华丽的邂逅，一场浮华的美梦。执子之手，与子偕老。夕阳的余晖照耀着大地，等待着月夜的降临。一切都静得可怕，风，吹动着树叶，沙沙作响。那是死亡的气息，要抽走身上的最后一丝温暖。漫无边际的黑暗，压抑着所有的人。想见的人已经慢慢远去，渐渐模糊……

　　他们夫妻之间变得越来越疏远，信中彼此没有好话，见面也没有热脸。以致志摩在信中求她给他一种相当的热情，给他一点欢容。为了满足陆小曼庞大的开支，徐志摩不得不像翁瑞午之流一样做起了房地产中介人，希望通过赚点佣金补上家中的亏空。可是赚这点佣金并不容易，来来回回很麻烦，问题层出不穷，还不见得做成，对于无所事事的人似乎并没有多大关系，对于本已很忙，还想写诗的志摩来说，就是一种折磨，大大地影响了他的情绪和精神。志摩为了小曼什么苦都能受，他不想让小曼因为钱有任何的不快。就算是自己最不情愿做的事情也要尝试着进行。

　　家中还急等钱用，志摩没有其他办法能够挣到更多的钱。因此他不得不为此事，奔波于南北之间。志摩已经身心俱疲，小曼一点都不理解自己，还经常给他脸色看。再加上繁重的工作，志摩真的是在强撑。小曼并不觉得感激，还是坚持着自己的喜好。可怜的是，志摩要回上海，竟连买票的钱都没有，如果走就得负债，这便如何是好？他说自己穷得寸步难行。结果在他去世前，还欠债 500 元。

志摩做的工作挣的钱并不少，要是普通人家，肯定是绰绰有余。但是小曼还是不够用。不论志摩给小曼的钱增加多少，总是满足不了小曼的需求。志摩每个月都只给自己留一小部分钱，其他的全数寄到上海供家里开销。志摩的衣服有时候都是破烂的，没有人缝补，也没为他人置办新衣。现在志摩连买车票的钱都没有，只有负债才能回家。因为借钱的事情，志摩在朋友面前抬不起头来，他总是那么拮据，朋友们也为志摩难过。看到志摩的行头，谁都不会想到，他的家中居然会有一位一掷千金的夫人。

他想改变环境，重新振作，但小曼不配合，闹得他不仅要两地分居，忍受生活的不便和分居的寂寞，还得为钱奔忙，终究还是举债度日，他的日子真是过得暗无天日。所以胡适在《悼志摩》的文章中说，志摩死前，苦状不可形容，精神已到崩溃的边缘，可小曼还在那里浑浑噩噩。小曼一点也没有洞察到自己丈夫处境的艰难，她不是一个称职的妻子。

志摩与小曼结婚后，小曼并没有精力照顾志摩的饮食起居，有时候还要志摩为小曼担心。小曼喜欢热闹的生活，她的热闹里有自己的朋友、知己，却唯独没有志摩。她每天沉浸在自己的快乐之中，根本看不见志摩的悲伤。尤其是与翁在一起之后，小曼变本加厉。志摩只能默默地忍受着他的爱人带给他的所有苦痛。

为了做成蒋百里和孙大雨的两桩房地产生意，志摩决定回上海一趟。1931年10月29日，他给小曼写信说：我如有不花钱飞机坐，立即回去。随后小曼写信来催他：你来不来，今天还不见来电，我看事情是非你回来不成。况且这种钱不伤风化的，少蝶不也是如此起家的吗？你不要乱想，来吧。志摩从10月29日准备回家，但因没有钱买火车票，想乘张学良的飞机，但张一再展期，志摩也只能一等再等。

在等待回家的过程中，他几乎见了北京所有的朋友，好像是在与朋友们做最后的告别。离京之前他见到了刘半农、熊佛西、叶公超、许地山、凌叔华、吴其昌、陶孟和、沈性仁夫妇、周作人。11月10日晚，参加宴请英国柏雷博士的茶会，林徽因也去了。柏雷博士是英国作家曼殊斐尔的姐夫，来中国开太平洋会议，志摩十分殷勤，希望可以再从柏雷口中得些曼殊斐尔早年的影子。只因时间所限，茶会匆匆便散了。他和徽因一起出来，在北总布胡同口分手，当时还不知道明天能飞。回到胡适家，得知明天要南飞。又来梁家，适遇思成和徽因有约外出，他等了一会儿，喝了一壶茶，等不来主人，便在桌上写了个便条：定明早六时起飞，此去存亡不卜……

徽因回来一看便条，心中一阵不痛快，忙给志摩去了一个电话，说：到底安全不安全？志摩说：你放心，很稳当的，我还要留着生命更伟大的事迹呢，哪能便死？11月11日晨6时乘飞机由北京起飞，到南京后去看望张歆海、韩湘梅夫妇，谈至夜晚，张韩夫妇送他上火车回沪。

1931年11月18日下午，徐志摩坐车到南京。急急忙忙从北京赶回来，在南方只待了7天，在家只过了3天，还受了这样的侮辱，就又急急忙忙往北京赶，实非他所料。18日上午，志摩在陈定山家，托查猛济约曹聚仁第二天同往苏州访章太炎先生。也

民国三大才女：林徽因 张爱玲 陆小曼

就是说，如果不是小曼的那封信，第二天他不是回北京，而是去苏州。但看到小曼的信后，他改变主意，不去苏州了，而是要回北京。回北京，确也正好可以去听林徽因的演讲，是小曼的这封信促使他离南回北。也是因为要急着离开南方，他临时决定坐邮机回北京。

到南京后，住在老同学、好朋友何竞武家，彻夜长谈，所谈内容一定是小曼的问题，志摩一定向他最信任的朋友诉苦，所以志摩死后，何才坚决要与陆断绝来往。19日早上8点钟，乘"济南"号飞机从南京明故宫机场起飞。9点钟从南京机场给梁思成夫妇发电报，让下午3点到南苑机场去接。虽然与小曼不欢而散，但10点在徐州，他有不祥之感，还给小曼发一信，说头痛不想再飞。10时20分，飞机继续北飞，飞抵济南附近党家庄时遇上大雾，因正驾驶王贯一精神不集中，飞机误触山头，机身着火遇难，徐志摩终年35岁。

志摩就是这样带着对小曼的怨恨离开了，或许没有恨，只有怨。志摩走时的心情没有人知道。但是，他一定不愉快。这次回上海，他被小曼伤得遍体鳞伤。他们之间有太多的心结和误会，彼此都没有放下心中的不悦。这样的见面就更加容易引起矛盾，志摩与小曼都不是心平气和地交流。

志摩因为小曼不肯北上一直不开心，他真的恨透了小曼的自私。她从来都不为志摩考虑，只要自己快乐。小曼根本就没有把他放在心上，他始终不如翁瑞午和鸦片。曾经几封绝情的信，志摩并不是真心说，只是因为小曼的固执，他气得失去了理智。他说自己不再供给小曼的生活，但是他还是一如既往地努力赚钱。相信一切都只是气话，不是志摩的真心。

小曼却记在了心里，志摩现在居然开始用钱来威胁她了。这是莫大的侮辱，小曼一直觉得志摩是一个视金钱如粪土的人，怎么会在意那些身外之物？现在志摩已经变了，而且他的心里已经没有自己的一席之地。难道志摩想就此离开她？小曼一直想了很多天。她想志摩回来之后能够好好地聊一聊，看看志摩内心的真实想法。她绝对不是那种没有主见的女人，更不是随意屈服的女人。要是志摩真心不想与她一起生活，她就放手让志摩离开。

夫妻两地分居，应该是小别胜新婚，如胶似漆。小曼与志摩见面后，却是一番争吵，这是他们没有料想到的，事情最后竟然发展到如此田地。志摩是好心劝阻小曼，希望小曼能够戒掉鸦片。小曼看见的却是志摩那高傲的嘴脸。这就是感情的偏见，都带着自己主观的色彩看待一个人、一件事，自然会看见不真实的情况。志摩愤然离家，也提前了回北京的行程。小曼并没有阻拦志摩，她觉得强扭的瓜不甜。志摩却觉得小曼的心已经变了，不知道在谁的身上。

当小曼将自己的烟枪砸向志摩的时候，他们的夫妻缘分就已经开始倒计时。就是因为这个举动，促使志摩上了那架致命的飞机。人生没有如果，只是一场无法回头的棋局。生死一线，将志摩与小曼的距离拉伸到了无限。永恒的离别，阴阳两隔。

不离不弃，莫逆于心

沧海中一叶孤舟，随波逐流，漫无边际地游荡在海面上，只有孤独与黑暗的陪伴。她却还是幸运的，不论是身在何处、何时，总有那么一个人陪伴在她的左右。闺中密友成为她的救命稻草，伴着她度过最黑暗、寂寥的日子。

翁瑞午，小曼生活中的重要人物，世俗却容忍不了他们之间的关系。小曼的名誉全因翁瑞午受到玷污，可小曼却从不这样认为。不管是志摩生前的劝说，还是志摩死后胡适的最后通牒，或者是赵家璧和赵清阁临近解放时的好心相劝，小曼从不搭理，她可以众叛亲离，就是不离开翁瑞午。

小曼这样对待翁瑞午不仅因为她与翁瑞午之间志趣相投，还因为翁对小曼的关怀，让小曼倍感温暖。曾经她与翁的关系就是社交场上、烟榻上的相互陪伴。自从志摩走后，翁却成了小曼的精神支柱，她的依靠。志摩走后的那段黑色的日子都是翁陪伴着小曼，督促她吃饭、睡觉。要是没有翁，小曼也不知道自己怎么度过那段日子。

小曼的生活中出现的 3 个男人中，小曼与翁生活的时间最长，从 1928 年到 1961 年，共 33 年。33 年，不离不弃，也是一份情缘。不是丈夫胜似丈夫。没有爱情，也有感情。他们之间就是唇齿相依，相濡以沫。在小曼的心中，志摩就是她的星星，她仰望着，爱慕着，用尽一生的时光去爱这个男人。翁就是滋养她生长的水分和土壤，是她最离不开的人。

人的感情就是这样奇怪，王赓可谓正人君子，社会栋梁，可小曼就是不喜欢王赓。从始至终，小曼对王赓就没有爱情的感觉。徐志摩与陆小曼的爱情可谓惊天地泣鬼神，可生活中冲突频频，几乎濒临破裂。翁瑞午，小曼说她对他只有感情没有爱情，可他们却相处和睦，长达33年，至死恩爱。或许，拥有就是失去的开始，只有丢开对对方的控制与占有才能真正地天长地久。

　　小曼与翁最初绝无苟且瓜葛，后来徐志摩坠机罹难，小曼伤心至极，身体大坏，尽管确有许多追求者，也有许多人劝她改嫁，她都不愿，就因她深爱徐志摩。但是由于旧病更甚，翁瑞午为她按摩医治，他又作为老友劝慰，最后走到了一起。

　　与陆小曼来往较多的另一个老朋友陈巨来说：志摩死后，小曼家中除翁瑞午外，常客只有瘦铁与赵家璧、陈小蝶数人。当时，每夕瑞午必至深夜始回家中，抗战后他为造船所所长，我为杨虎秘书，均有特别通行证者，只我们两人谈至夜十二时后亦不妨。一日，时过两点了，余催瑞午同走，他云：汽车略有损坏，一人在二楼烟榻上权睡一宵吧，自此遂常常如此，小曼自上三楼，任他独宿矣。及那月底，徐申如送来300元附了一条云：知翁君已与你同居，下月停止给钱云云。后始知徐老以钱买通弄口看门者，将翁一举一动，都向之做汇报的。当时翁大怒，毫不客气，搬上三楼，但另设一榻而睡，自此以后小曼生活，由其负担矣。

　　她和他更像是不离不弃的知己：一起唱戏，共同游玩，偶然合作一幅画，送她喜欢的画作，投其所好；给她按摩，分文不取；点烟送茶，心甘情愿；听她诉苦，多有理解；关心照顾，体贴入微；提供金钱，不遗余力；半生相伴，不离不弃。一个男人33年如一日地对待一个女人，这应该叫什么？小曼说这是感情不是爱情，或许这是对抗世俗的借口，又或许她只是想让自己的心里舒服一点，不想承担背叛志摩的良心拷问。

徐志摩死了，小曼与翁瑞午更是纠缠不清。更有传闻，志摩在的时候小曼就已经给志摩戴上了"绿帽子"。这样志摩身边的朋友都为志摩感到惋惜，人都已经去了，还要遭受这样的侮辱。胡适要小曼离开翁瑞午，但她并没有离开翁。她为什么要听胡适的话呢？胡适能给她翁给她的体贴和供养吗？胡适说如果她与翁不断绝关系，他就和她断绝关系，她说那就自便吧！总之，这个世界上，她可以离开任何人，唯独离不开翁。她不在乎名节，她在乎有人照顾她，关心她，心甘情愿地服侍她。

胡适一直认为，老爷子已经每月给她300元了，她就应该为了志摩的名誉听大家的话离开翁瑞午，既拿了钱，又不听话，这叫什么事？300元，那个时候够一家大小十口人吃喝，这笔钱一个人花足够，靠这笔钱，她完全可以独立，离开翁。但陆小曼始终没有答应这个条件，她不想像那些旧式女人一样，年纪轻轻就守寡，还要断绝一切与男人之间的联系，最后抑郁而终，生命就在无限的寂寞之中度过。小曼不想要这样的生活，她断然不会离开翁瑞午，那是她最后的救命稻草，她需要翁的关怀。

志摩走了，她更离不开翁瑞午了，她需要一个男人，为什么她不可以有一个男人？她才29岁。何况她依赖惯了翁，她需要他的陪伴，需要他给她点烟，需要他陪她说话，需要有男人的感觉。

她是男人追捧惯了的那种女人，怎能离开男人？翁瑞午就是她的男人，她的情人，那又怎么样？她只要关起门来做她的皇后，别人又能把她怎么样？

陆小曼虽然为了翁瑞午顾不了社会舆论，但她还是为志摩留了一丝的尊严。比如绝不再嫁，还是为了志摩的名誉。一个名媛不能没有社会地位，否则她将失去名媛的身份，名媛最讲究的就是出身和身份。她虽然与翁瑞午同居，但是却不结婚。因为她不愿翁抛弃发妻。

小曼的卧室里常年挂着志摩的遗像，每天为他送上鲜花，翁也能接受。而翁在后期与一个女学生生了一个私生女，陆小曼也能包容。他们虽然一起生活了30多年，似乎还是各有各的自由，他们的生活中有这样的空间也属难能可贵。或许这样有空间的生活才是他们这种人需要的生活，他们不喜欢被别人完全地束缚、控制。王赓与志摩也是输在了这种观念上。就是因为彼此留有余地，他们才得以恩爱33年。

陆小曼最终在《自传》中承认她与翁的同居关系，在那样一个一统思想的局势下，公开他们的关系后还能继续同居？在那样一个只有清一色的夫妻关系的社会中，他们能共同生活也是一种奇迹。即使这样，小曼也没有抛弃翁瑞午，可见小曼的勇气。

小曼的朋友赵家璧和赵清阁也奉劝小曼离开翁瑞午。他们是出于好意，既是为了她的名誉，也是为了她的前途。因为他们认为翁瑞午这种人恐怕难以被新社会谅解和接受，怕小曼跟上他受连累。事实上，1955年翁就犯了错误，但小曼也并没有受到什么连累，也从没想过与他分手。

赵清阁和赵家璧把陆小曼约到赵清阁家，开始诚恳地劝她。赵清阁说："赵家璧更是开门见山劝小曼和好友断绝交往，澄清外间的流言。否则就和他结婚。"小曼不以为然，立刻反驳家璧，说："志摩死了我守寡，寡妇就不能交朋友吗？志摩生前他就住在同楼里，如今他会搬出去吗？况且十几年来他很关心、照顾我，我怎么可以如今又对他不仁不义？外间的流言，我久已充耳不闻了，反正我们只是友谊关系，别人怎么看，随它去。我问心无愧。"她言下确是坦荡豁达，并表现出一种固执和坚持。

志摩在世的时候，都没有说过非要他们分开的话，也许倒只有志摩能理解她。她对赵清阁说，她的所作所为，志摩都看见了，志摩会了解她，不会怪罪她。她说：冥冥间，睡梦里，仿佛我看见、听见了志摩的认可。是的，好心的志摩，宽容的志摩会认可的，志摩是一个现代人，一个拥有浪漫情怀的诗人，他或许能够宽恕小曼的所作所为。

志摩死后的 7 年中，小曼由公公供养。从 1938 年到 1956 年的 18 年间，完全靠翁瑞午变卖家产度日，小曼的开支很大，翁能 18 年如一日地无怨无悔地为她支出庞大的开支，如果不是强烈的爱还能解释成什么？但很少人理解这一点。也许志摩也是这样想的，没有翁，小曼无法活下去，所以能够认可。小曼了解志摩。真正考验人的或许正是金钱，这好像是亘古不变的真理。现实生活中，舍得拿出钱来的人和舍得拿出情来的人似乎同一性质。

翁的字画变卖得差不多了，晚年他俩生活很拮据，但还是一起过了下来。苏雪林曾在 1960 年见过小曼一面，她回忆说："她那时是住在翁瑞午家里。志摩逝世后，小曼穷无所归，依瑞午为活。我也不知道翁瑞午是否有妻儿，总之，小曼住在他家里，发生同居关系是万难避免的事。小曼长年卧病，连见我们也是在病榻上。我记得她的脸色，白中泛青，头发也是蓬乱的，一口牙齿，脱落精光，也不另镶一副，牙龈也是黑黑的，可见毒瘾很深。不过病容虽这样憔悴，旧时丰韵，依稀尚在，款接我们，也颇温和有礼。翁瑞午站在她榻前，频频问茶问水，倒也像个痴情种子。"在所有人的回忆中，翁对小曼都是极好极好的。

翁在临终两天前，把赵家璧和赵清阁请来，请他们在他死后关照小曼。他抱拳拱手说道："今后拜托两位多多关照小曼，我在九泉之下也会感激不尽的。"他一定也这样交代过其他人，小曼也许是他死前最不放心的人，他对小曼自始至终，也就算一份真爱了吧！1961 年，他离开了小曼。

翁瑞午是小曼生命中不可或缺的人，他是小曼的守护者。虽然，他们没有成为名正言顺的夫妻，但是他们的情意却是地久天长。至死不渝的陪伴和关爱，就是翁瑞午留给小曼最珍贵的情感。

丹青生涯，妙笔生花

一块璞玉需要雕琢，才能光彩夺目。才情需要有人欣赏，才能成名成家。图画是一个美丽的世界，真实中充斥着神秘的色彩。

将所有的思念与爱情都藏进画里，远在天国的你是否能够看见？完成你的心愿，成为你理想中的人，这就是我后半生的事业。

一声声真诚的表白，小曼已经认识到自己的错误，她明白自己是怎样辜负了志摩的良苦用心。世人是否也应该把怜悯施与她？不要那样绝情，一味地怪罪她吧！一个犯了错的人应该给她改正的机会，更何况她是在无意识中犯下的错。她没有未卜先知的能力，倘若她知道志摩会因为自己而成为另一个世界的人，她一定会改变自己的生活。她是一个任性的女孩，志摩就是这样宠爱着她，怜惜着她。小曼的坏脾气也是志摩这个深爱她的男人宠惯出来的，这些冥冥之中早有安排。

第一件让小曼从悲哀中惊醒的事还是经济问题，过去她可以把一切困难推给志摩，现在她没有了依赖，真成了一个叫天天不应，叫地地不灵的可怜女子。花丈夫的钱，是理直气壮的事情。可是丈夫去世了，她能靠谁呢？但她必须依靠人，于是志摩去世还不到一个月，她就强撑着身体，开始想办法了，现在她是连悲伤的权利都没有了。身边的朋友能够帮忙的并不是很多，她必须想到办法，让自己的生活继续下去。

振作一两个月后，钱的问题仍然渺茫，没有希望。衣食住行是必须承担的开销，最大的问题还是她的药还有大烟，这是花销中最大的部分。她已经离不开大烟，一日不抽，就会有万箭穿心般的痛苦。没有人愿意为她伸出援助之手，她快要过不下去了。志摩一走，竟没有人愿意帮助她，一个没有生存能力的女人。

小曼又开始变得消极、灰心、厌世。胡适发现不管不行，如果她生活没有着落，真的像志摩开玩笑说的变成风流寡妇，对志摩的名声会是一个沉重的打击，因此必须安顿好她的生活。胡适亲自去见老爷子，说服老爷子，老爷子实在没办法，答应每月给她300元生活费。但提出要求，必须在每月的20号才能取钱。小曼对这一限制有看法，她觉得这样十分不方便。她要胡适再去说情，让老爷子不加限制，她想什么时候取钱就什么时候取。想必胡适一定不会再为这些枝节的事情让老爷子心烦，所以她的这一请求老爷子没有同意。

小曼真的变了一个人，这确实是他人没有想到的。她不再去游宴场所，不再社交，闭门谢客，专心画画，编志摩文集，这是她后半生做的两件事。有一件事她十分坚决，绝不损毁志摩的名誉，也绝不能再爱。她每日待在家中潜心作画，她有绘画的天赋，这是志摩认可的。志摩在的时候，一直鼓励她好好作画，经过一段时间的历练，一定会成名成家。小曼在学校的时候，就有人看上她的画，并用高价买走。

志摩去世后的34年中，小曼为志摩编就的书籍有：《云游》《爱眉小札》《志摩日记》《徐志摩诗选》《志摩全集》。当时过境迁，别人各忙各的事，是小曼一直关心着志摩文集的出版，一次次地跑出版社，一次次地希望又失望，为志摩文集的出版操碎了心。她用她的实际行动表达自己对志摩的爱，表示自己真心的忏悔，证明自己做人的骨气。

一切的纷扰都已经离开了小曼的生活，以前那个作为名媛的小曼已经随风而逝。现在的小曼是重生以后的她。她要成为志摩的骄傲，因为她发现，以前灯火辉煌的生活并没有在她的生命中留下痕迹，唯有对志摩的爱镌刻在她的心中。茫茫人海之中，他们相遇了。他们快乐过，痛苦过，也悲伤过，但是他们的情却成为最永恒的记忆。她要成为志摩心中的完美女子，以前的任性她都摒弃了。

别的事情她是一概不涉足了，她只想做一些志摩走时盼她做的事。她下定决心：这一次她再不能叫朋友们失望了，大家等着将来看吧！而且她真的振作精神开始学画，她请贺天健和陈半丁教她画，汪星伯教她诗。她每天画画，两个月里成果显著，小曼和老前辈一起开了一个扇子展览，卖出一些扇子，应该有望靠卖画维生。这是一个真正的新时代女性的活法，她有这样的才情和能力。

她是一个专业画师，可以称得上是一个女画家，一个有成就的画家。她是一代才女，受过良好的教育。能让那么多男人为她死心塌地的女人，绝对不只是一个名贵的花瓶。小曼可谓博览群书，才华横溢。她与志摩情投意合，刚开始吸引志摩的就是小曼的思想和她的桀骜不驯。绘画更是小曼的强项，不论是国画，还是油画，她都有一定的造诣。只要是她想留住的景物和人，她都会用心将它们留在纸上。小曼认为画作是神圣的事物，一幅画不仅是对现实的描绘，更是对画家自己的诠释。

志摩去世前她已小有名气，志摩去世后，她刻苦努力，1941年开了个人画展，展出 100 多幅画，那全是她个人的努力，是她付出努力后得到的成绩。

为了提高自己的水平，她总是用多一半的时间练习。有时候还要请老师指导，画不好的她总是一遍遍地尝试。教她画的老师一直赞扬她是一个勤奋的学生。但她仍然没有摆脱大烟的毒害，这可能是她一生的遗憾。每天只有抽完大烟的时候，她的精神和身体才会变得好一点。其他时候，她总是被病痛折磨得生不如死。幸好还有一个翁瑞午一直陪伴着她，真心对她好了一辈子。

中华人民共和国成立之后，她的画入选第一次、第二次全国美展，那真是她骄人的成绩了。1957 年，她参加了美术家协会，光荣地成为美术界的一员，这是她为自己争得的荣誉。1959 年，她被全国美协评为"三八红旗手"，真正成了女性中的一类榜样，对于陆小曼这种懒散惯了的人，这是一件了不起的事情。这一年，她还任上海市人民政府参事室参事。

老了，她才成了志摩希望的那一种人。为此，志摩九泉之下也能微笑颔首了。志摩没有错爱，就算是以前的种种让志摩受尽伤害，但是小曼的心中依然那样爱着志摩，从来没有因为生活的琐碎而变心。她只是一个有思想，不愿受别人摆布的女人。志摩对于小曼的期望值过高导致了他最终的失望。

世人对小曼诸如"荡妇""交际花"之类的措辞真的太过严厉。若小曼真是这样的女人，王赓不会一直想挽留小曼，将她留在自己的身边。志摩不会至死都深爱着这个女人，翁瑞午不会倾尽一生的热情陪伴她。她一定是一个有魅力的女人，并且也是世间少有的真性情。很多时候，换一种立场就会有不同的感受和收获。世人都责怪小曼，将志摩的死全都归结在小曼的身上。她是有错，但是那都是间接导致的事故，小曼是无心之失。夫妻之间的是是非非只有他们自己才能深刻体会，局外人终究还是局外人。或许在天上，他们还能成为神仙眷侣，没有伤害，没有痛苦，更没有琐碎的生活。

> 我想成为你心中完美的爱人，
> 请收下我给你的礼物；
> 此生你可以轻轻地离开，
> 来世请带我共赴黄泉。

似水年华，花落天涯

时光匆匆，回忆万千。酸甜苦辣涌上心头，春夏秋冬在不经意间变化。亘古的思念随着爱恨迷失在时空隧道里，数十载，煎熬苦痛都变成落叶随风而逝。只有爱陪伴着这个受尽时间沧桑的女人走过后半生，她是一个惊艳，一个传奇，一个值得历史铭记的女子。

小曼在志摩死后，终生素服，绝迹于跳舞娱乐场所。那时的她心如止水，跟贺天健学画，又跟汪星伯学诗，以此打发寂寞时光。为了纪念对志摩的爱，她还长年累月，每天买来鲜花供奉在志摩的遗像前。大约在志摩去世两年后的清明节，小曼去了一次浙江海宁硖石，为安息在故乡的志摩扫墓。想到天人永隔，再也无从捡拾前欢，一腔孤苦无告之情演化成一首痛彻心扉的小诗：

肠断人琴感未消，此心久已寄云峤。
年来更识荒寒味，写到湖山总寂寥。

小曼的后半生大部分时间与药罐相伴，整月难得梳洗化妆一回，靓丽的青春变得憔悴不堪。志摩还活在她的心里，想到志摩种种的好处来，她既伤感又歉疚。然而，她离不开翁瑞午，翁瑞午也始终厮守在她的身边，不惜变卖全部的古董字画来满足小曼日常的生活和治病所需。此时的小曼虽美人迟暮，但往昔风韵犹存，只要她一开口说话，优雅大家闺秀的林下风度依旧使人陶醉，为之神往。

志摩走后，小曼为了麻醉自己更加离不开鸦片。她的身体也是一天不如一天。她有时想，死只是平常之事，没有什么好害怕。何况志摩已经在那个远远的地方等待着她的到来。志摩在那个冰冷的世界应该很寂寞，要是志摩想要她去陪伴，她一定义不容辞。自己的身体已经不重要。剩下的时间，她要用来思念志摩，她将所有的思念与情爱都寄托在她的画里。

小曼希望远在天国的志摩能够看见她的努力和进步，更重要的是她要让志摩知道，她一直深爱着志摩，只是还没有机会让志摩看到她的真心。志摩不喜欢她做的事情，比如社交这一类的事情，她杜绝了。现在才发现没有那样喧闹的生活，她的生活更加充实了。每天都要学习作画，还要和志摩聊天，告诉志摩自己一天的收获，就像志摩在自己的身边一样。志摩在的时候，一直希望小曼能够远离社交生活，潜心钻研画画，小曼做到了。她就是想让志摩走得安心，没有遗憾。翁瑞午看见小曼每天的生活状态，也没有责怪，她知道志摩是小曼心中永远的痛。小曼更离不开自己，因为一切已经成为习惯，自己也已经离不开小曼的陪伴。这就是平淡的生活，小曼与志摩的爱情就像是天上的月亮一样美丽，不禁让人抬头仰望。但是，他才是小曼赖以生存的空气，小曼没有自己活不下去，他也是如此。所以，他不会剥夺小曼仰望天空的权利。

小曼未尝不是留给翁瑞午自由的空间，翁本来就是一个洋场浪子，只是对小曼更加情深义重罢了，对于小曼这些已经足够。翁还有一个私生女，就是与小曼在一起的时候生下的。翁去世之后，小曼还替翁照顾那个孩子，小曼并没有责备翁。他们之间就是这样自然的关系，或许他们真的是同一类人，所以彼此了解，彼此宽容。

鸦片真的害苦了小曼，戒烟是志摩最后的心愿，小曼还是没能达成。因为抽鸦片小曼还进过监狱，最后还是翁瑞午想尽办法，打通关节才将小曼救了出来。小曼的烟瘾却是越来越大，花费更是一个大问题，翁瑞午变卖家中的收藏供给小曼的生活。他对小曼也算尽心尽力，因为他知道现在小曼的身边就只有他一个人而已。

小曼开始变得憔悴、苍老，她已经不是那个娇艳的名媛，优美的舞姿、姣好的容貌都已经不复存在。志摩走后的小曼已经真正成为一个普通妇人，一个有追求的女性，她每天都专心作画，安静地待在家中，拒绝一切社交活动，她就想用自己剩下的时间好好生活，努力弥补自己所犯的过错。翁瑞午也没有因为小曼不再美丽，年老色衰而离开小曼，对小曼仍然呵护有加。

美人迟暮，依然有痴情人陪伴在身旁。后来，小曼住进了翁瑞午的家中。翁就像亲人一样照顾小曼，至死不渝。翁瑞午在临走的时候，最放心不下的就是小曼。他还将小曼托付给赵家璧和赵清阁，他真切地说，要是他们同意的话，他将感激不尽，含笑九泉。

翁瑞午的一生几乎一直围绕在小曼身边，自从小曼来到上海，他们之间开始难舍难分。他是最懂小曼的人，他们之间有太多的相同之处。他为小曼推拿按摩，陪伴小曼参加社交场所，送她珍贵的名画，还教会了她抽鸦片。是他将小曼改变了，他既是小曼与志摩生活的破坏者，又是小曼的守护者。他的出现让小曼的世界悲喜交加。

小曼是一个有情有义的女子，不管社会上给她的压力多大，她都没有离开翁瑞午。很多朋友都劝小曼离开他，开始正常人的生活，免得遭受社会上那些人的侮辱，还能得到徐申如的资助。小曼拒绝了大家的好心劝说，她决意不会离开那个为了自己付出全部的男人。

1965 年，这个美丽、娇艳的传奇离开了这个世界，轻轻地走向了她的爱人。

不求同生，但愿相守

时光匆匆而逝，容不得半点挥霍。生命的灿烂在指缝间轻轻滑过，若不珍惜，稍纵即逝。歌舞升平的繁华，遮住了你宁静的美丽。爱的尽头，你的情影，在某个时空留下了隽永的印记。拥抱着的柔情，摈弃所有的冷漠，温暖生生世世的情。

志摩轻轻地走了，留给小曼数十载的寂寞与悔恨。寂寥、漫长的思念终究还是有个尽头。直到死亡的那一刻，小曼对志摩的爱依然深刻，曾经的是是非非已经让这数十载的时光洗刷得干干净净。唯有爱还珍藏在小曼的心中。

她不是一个水性杨花的女人，她对志摩的爱是真挚的，没有人能够取代志摩在她心中的位置。就算是最后与翁瑞午同居，小曼还是供奉着志摩的遗像。最后，小曼住在翁瑞午的家中，她依然带着志摩的牌位，这已经成为小曼的习惯。她离不开志摩的陪伴，哪怕只剩下回忆和照片，她也要紧紧地拥抱着。

小曼与志摩的爱情可谓轰轰烈烈，一段背弃道义的爱情，一场争取自由的战斗，小曼与志摩的爱情终究得以修成正果。他们的挣扎与努力，所有人都看在眼里。虽然，他们的爱情得不到世人的认可，但是他们的努力让别人再也无法阻拦他们的婚姻。最后不论是愿意还是抗拒，最终还是承认了他们的婚姻。

志摩带给小曼辉煌的前半生，翁瑞午送给小曼温暖的晚年。这两个男人给了小曼他们此生的爱情，小曼的一生也是幸运的。大家闺秀，父母的掌上明珠，嫁给王赓这样的男人，赢得徐志摩的爱情，得到翁瑞午的疼爱，她的一切还是令人艳羡。不是每个女人都有勇气和机会选择那样的另类人生。

翁瑞午与徐志摩都走在了小曼前面，她的后事可谓凄凉。翁走后，小曼一个人孤独地生活。她的一生就像是梦，酸甜苦辣，样样味道都让她尝遍了。小曼没有生儿育女，孤苦伶仃，形单影只，出门一个人，进门一个人，真是海一般深的凄凉和孤独。

没有生儿育女成为小曼这一生的遗憾，她与王赓没有儿女，小曼是庆幸的，不然，她与志摩也不会走到一起。孩子是女人一生的牵挂，要是她与王赓有一儿半女，他们的婚姻或许不会结束。也许因为孩子的降临，小曼的性格也会有所收敛，成为一个贤妻良母，她的命运也会是另外一片光景。

小曼与志摩恩爱一场，最终还是没有像正常夫妻一样，生儿育女。她与志摩结婚的时候，身体已经开始不好了，加上最后还染上了大烟，身体就更加不好了。直到志摩去世小曼都没有戒掉鸦片，所以他们到最后也没有孩子。这也是志摩一生中最大的遗憾，志摩一直都希望他与小曼能有一个孩子。小曼就说不是已经有干女儿了吗？志摩就没有办法再与她争辩。

关于这个问题，小曼更是痛心疾首。不能生育，这是一个女人最大的不幸，也是老天给小曼开的一个最伤人的玩笑。小曼的后事是那么凄凉，没有人不心酸。所有爱她的和她爱的人都已经离她远去，就只剩下一个表妹陪她走到了最后。弥留之际，她才感受到凄凉，她开始理解所有女人忍辱负重想要得到的天伦之乐，是多么温暖。年轻的时候没有感觉，只有迟暮之年才能体会到亲人的意义，家庭的重要。

　　陆小曼去世时，上无片瓦，下无寸土，无儿无女，无牵无挂。她说自己什么刺激、柔情都享受过了，生离死别尝过了，酸甜苦辣也尝过了，心碎心痛也尝过了，她说自己不枉活了一生。她虽然悲叹自己一生凄苦，可许多女人还不知怎样羡慕她的艳福呢。她生命中的三个男人，哪一个不是竭力尽心地对待她？哪一个不是不顾一切、牺牲一切、宽容大度地爱着她？从另一个角度看，她应该知足，她应该微笑着离开这个世界。那个年代多少女人一辈子身不由己，从来没有享受过幸福与爱情的滋味。

　　但小曼又是那个年代经历了太多的女子，在很少人离婚的 20 世纪 20 年代，她惊天动地地离婚；年纪轻轻守了寡；几十年与一个不是丈夫的人生活在一起，她的一生确实是不平静的一生。不论是被欣赏也好，谩骂也罢，她这一生都是跟随着自己的意愿生活。这就是她的成功，在她离世几十年之后，中国的女人才真正过上了属于自己的生活。

老年时期的陆小曼。

　　小曼要到另一个世界去了，她的三个男人已经先她而去了，现在她也要追随他们去了，丢弃人间的恩恩爱爱、是是非非和众说纷纭。

人生一世，没有任何东西可以带走，包括自己的感情。错与对，一切的一切只有留给后人来评断。她，轻轻地走了，没有带走一丝情愫，半点荣华。

假如不是因为爱，她或许也没有什么过错。她是一个热情善良的女人，她是璀璨的明珠，男人心中的皇后。她的悲剧又是什么原因造成的？是因为她的任性、随心所欲？还是因为她没有扮演好传统女性角色？是因为她想得到无止境的自由与幸福？她终究被人诟骂。活着时，她不被世人原谅，成为女人中的反面榜样。

她的生活极尽奢华，她要世上一切好的东西：名牌的服装、宽敞的住宅、社交的享受、热烈的爱情、忠诚的朋友、不受约束的自由。她想要的或许太多了，所以她是一个贪心的女人。这也是她人生悲剧的源头，一个人不能同时有太多的欲望。

小曼离开了这个世界，带着她的惊艳与传奇永远地离开了。志摩是她此生的爱人，他的生命却是那样的短暂，现在小曼要追随他去了。活着的时候没有好好地在一起生活，死后，小曼想带给志摩温暖，长眠于他的身旁。这是小曼死前最大的心愿。因为志摩的儿子徐积锴不允许她葬在硖石老家，所以小曼与志摩死能同穴的心愿没有达成。

肉体飘零了，灵魂却可以获得永恒的自由。志摩与小曼在另一个世界可以享受真正的自由，没有任何牵绊，幸福地生活在一起……

后记　花开荼蘼，叶落彼岸

一个转身，一次回眸，一声轻叹。大家闺秀，淑女名媛，这个女人成就了太多的惊艳和传奇。酸甜苦辣，她看尽了人间百态，世事沧桑。每个女人都是一本书，一首诗。她们绚烂美丽，就像流星划过天空留下的一道弧线。

陆小曼，陆家的千金小姐，民国时期才女，诗人徐志摩的妻子，洋场浪子翁瑞午难以割舍的知己。这个女人一生得到三个男人彻底的爱情，她将等待留给了王赓，与小曼离婚后，王赓并未再娶；她把一生的爱情都奉献给了志摩，后半生她努力成为志摩理想中的人；她将此生的陪伴留给了翁瑞午，她与翁瑞午相伴30余年，不离不弃。

舞池中翩翩起舞，一个华丽的旋转，志摩的心停留在她身上，直到死亡的那一刻。小曼与志摩的爱情可谓轰轰烈烈，他们不顾世人的唾骂、亲人朋友的劝阻，毅然走在了一起。他们带着对爱情美好的憧憬和期盼，相爱容易相守难，他们一起对抗命运，走过寒冬，却没有迎来想要的春天。

南北奔忙的志摩遭遇事故，英年早逝。小曼悲痛欲绝，素服加身，闭门谢客，潜心钻研绘画与作诗。她用自己的残生整理志摩留下的诗，这是她最后能为自己爱人做的事情。泪水和自责将小曼的世界淹没，刻骨铭心的思念每天都在折磨着她，人间地狱也不过如此。

她是一个极尽奢华的女人，锦衣玉食的生活，她过惯了，名牌衣服，宽敞的住宅，上流社会所享受的一切，她都不曾错过。最后，跟着翁瑞午抽起了鸦片，过着黑白颠倒的奢靡生活。她，从来都是这样潇洒地生活，直到志摩走后，她才开始改变自己。

她是多病多痛的身体，一生都以药炉为伴，到最后更是没有一天完全舒服的时候。疾病一直纠缠着她，就连抽鸦片开始也是为了减轻疾病的疼痛。与小曼这样的女人在一起，一定要有雄厚的财力，王赓一直没有在金钱上让小曼有任何的不痛快。志摩与翁瑞午也是尽自己所能供养小曼。金钱是名媛生活不可缺少的一部分。

陆小曼，她前半生大放异彩，成为引人注目的人物。后半生极尽孤苦，没有一儿半女是她一生的悲哀。晚景凄凉，翁瑞午去世后，小曼老无所依，她深深地体会到家庭以及儿女的重要性，不过为时已晚，她注定只能孤单地离开，独自踏上黄泉路。

死后，她想与志摩合葬的心愿没有达成，徐志摩的儿子徐积锴不容许她安葬在硖石。这是小曼一生最大的遗憾，没有儿女的她，注定后事一片凄凉。

孤孤单单地离开，奢华的生活，美艳的容貌，一切都已经成为过往，什么也带不走。留给世人的，唯有一代才女的美名，画笔下的美景。

我们感叹这个女子敢爱敢恨、重情重义的性情；我们留恋那个曼妙的身姿，留下的一段段故事。不论是对是错都不再重要，我们看见的只有这个女人不平凡的一生。我们祝福这个惊艳的女子，能够得到灵魂的自由，在天际，幸福地生活。